DIE GABE

DIE PELLINOR-SAGA

Band 1: Die Gabe
Band 2: Das Rätsel
Band 3: Die Krähe
Band 4: Das Baumlied

ÜBER DIE AUTORIN

Alison Croggon ist eine preisgekrönte Dichterin, deren Arbeiten in zahlreichen Anthologien und Zeitschriften sowohl in Australien als auch im Ausland veröffentlicht worden sind. Ihr jüngster Gedichtband, *The Common Flesh*, erschien 2003 bei Arc Publications. Außerdem schreibt sie für das Theater, und ihre Stücke und Opernlibretti werden in ganz Australien aufgeführt. Ferner ist sie als Herausgeberin und Kritikerin bekannt. *DIE GABE*, das erste Buch des Pellinor-Zyklus, war ihr erster Fantasy-Roman. Er wurde für zwei Aurealis Awards nominiert. Alison lebt mit ihrem Mann Daniel Keene, einem Dramatiker, und ihren drei Kindern in Melbourne.

Für weitere Informationen über die Autorin
besuchen Sie bitte www.alisoncroggon.com

ALISON CROGGON

DIE PELLINOR-SAGA

DIE GABE

ROMAN

Aus dem australischen Englisch
von Michael Krug

Weltbild

Die australische Originalausgabe erschien 2002 unter dem Titel
The Gift
bei Penguin Group, Australia.

Besuchen Sie uns im Internet:
www.weltbild.de

Genehmigte Lizenzausgabe für Verlagsgruppe Weltbild GmbH,
Steinerne Furt, 86167 Augsburg

Übersetzung: Michael Krug
Umschlaggestaltung: Nele Schütz Design, München
Umschlagmotiv: Nele Schütz Design, München
Gesamtherstellung: GGP Media GmbH, Pößneck
Printed in the EU
ISBN 978-3-86800-975-0

2015 2014 2013 2012
Die letzte Jahreszahl gibt die aktuelle Lizenzausgabe an.

Für Josh

Inhalt

Vorwort

Das *Naraudh Lar-Chanë* (oder *Rätsel des Baumlieds*), eine der wichtigsten Legenden der verlorenen Zivilisation von Edil-Amarandh, liegt hier zum ersten Mal in einer vollständigen Übertragung vor. Meiner Ansicht nach verdient dieser großartige Klassiker der annarischen Literatur ein weit größeres Publikum als die akademischen Kreise, in denen er bislang bekannt ist.

Das vorliegende Buch richtet sich daher eher an eine allgemeine Leserschaft als an Historiker oder Philologen. Bisher wurde das *Naraudh Lar-Chanë* vor allem aufgrund der Einblicke geschätzt, die es in die Kultur von Edil-Amarandh gewährt, doch was mir auffiel, als ich zum ersten Mal darauf stieß, waren seine erzählerischen Qualitäten. Mich überkam ein Wunsch, der zugleich bescheidener und ehrgeiziger als mein ursprüngliches Vorhaben erschien, eine Dissertation über die Gesellschaft der Annaren zu schreiben: Ich wollte die fesselnde Dramatik und einzigartige Magie in moderne Sprache übertragen. Falls es durch mein Bemühen gelungen ist, auch nur einen Teil der Faszination des Originaltextes wiederzugeben, habe ich mein Ziel erreicht.

Aus diesem Grund habe ich auf erklärende Fußnoten verzichtet, da diese den Fluss der Geschichte unterbrochen hätten. Stattdessen habe ich für die Leser in den Anhängen am Ende des Buches einige allgemeine Informationen über die Gesellschaft und Geschichte von Edil-Amarandh hinzugefügt, ferner Anmerkungen über die Aussprache annarischer Namen. Dennoch hoffe ich, dass die Geschichte ohne diese Erläuterungen auskommt und jene Leser, die vorwiegend das Vergnügen eines Abenteuers suchen, mit der Erzählung allein zufrieden sein werden.

Es wurde viel über die sensationelle Entdeckung der Annaren-Schriftrollen in einer Höhle geschrieben, die durch ein Erdbeben im Atlasgebirge von Zentral-Marokko freigelegt wurde. Seit jenem Ereignis im Jahr 1991 wurde außerdem noch wesentlich mehr über die bestürzenden Auswirkungen auf die moderne Archäologie gesagt, über die Rätsel der Datierung, die nach wie vor ungelöst bleiben, und über das mühsame Unterfangen der Entschlüsselung und Übersetzung. Wer sich als interessierter Laie näher über das *Naraudh Lar-Chanë* informieren will, sei auf Claudia J. Armstrongs *Uncategorical Knowledge: The Three Arts of the Star People* und Christiane Armongaths Standardwerk *L'Histoire de l'Arbre-chant de Annar* verwiesen.

Die Gabe umfasst die beiden ersten Bücher des *Naraudh Lar-Chanë*. Der Originaltext, von dem nur eine einzige vollständige Ausgabe existiert, ist in Annaren, der Hauptsprache von Annar, abgefasst. Mein primäres Bestreben bei der Übersetzung bestand darin, seine Lebendigkeit zu vermitteln; falls dies zu einigen unwissenschaftlichen oder gar strittigen Entscheidungen geführt hat, plädiere ich auf die konventionelle Entschuldigung von Übersetzern – dass es eigentlich unmöglich ist, sowohl den Wortlaut als auch die tiefere Bedeutung aus einer anderen Sprache zu übertragen. Wo ich auf unlösbare Probleme gestoßen bin, habe ich mich dafür entschieden, vor allem dem Sinn Rechnung zu tragen. So manche Entscheidung mag vielleicht einer kleinen Erläuterung bedürfen, doch ich möchte mich hier kurz fassen und nur die wichtigste näher betrachten, nämlich meine Wahl des Wortes »Barde«.

Ich habe den Begriff »Barde« verwendet, um *Dhillareärë* zu übersetzen. Wörtlich bedeutet es »Sternmensch«. Angesichts der Anmutung von künstlerischer Erhabenheit und spiritueller Kompetenz, die dieses Wort vermittelt, besitzt *Dhillareärë* kein richtiges Gegenstück in unserer Sprache. Ich habe dabei auch den Umstand berücksichtigt, dass *dhillë* in der Sprache der Annaren das Verb für »singen« oder »skandieren« darstellt, und dieses zweisprachige Wortspiel führte zur verbreiteten Bezeichnung der *Dhillareärë* als »Sänger mit der Gabe«. »Barde« schien sich als die passendste Bezeichnung anzubieten, um jenen, die es beschreibt, den angemessenen politischen, gesellschaftlichen und kulturellen Rang einzuräumen.

Die Gefahr der Verwendung des Begriffs besteht in der zwangsläufigen Assoziation mit irischen und walisischen Traditionen. Barden in Edil-Amarandh besaßen eine gänzlich andere politische Rolle und Macht als die Barden dieser späteren Gesellschaften; allerdings mag man den Status des Barden Mirlad in Gilmans Feste am Beginn der

Geschichte als Fingerzeig auf die spätere Funktion der Barden als höfische Chronisten und Lobredner betrachten. In der Gesellschaft der Annaren hätte man dies als weit unter der Würde eines *Dhillarearën* erachtet; und der heutige Niedergang der Dichterzunft, die wir als ihre zeitgenössische Nachkommenschaft ansehen, wäre nahezu undenkbar gewesen.

Ich bin vielen Menschen zu Dank verpflichtet, kann jedoch an dieser Stelle nur einige davon erwähnen. Nicholas, Veryan, Jan, Richard und Celeste Croggon haben das Manuskript in einer frühen Phase gelesen, und ihre Rückmeldungen haben mich beträchtlich ermutigt. Weiterer Dank gebührt Dan Spielman für seine begeisterte Begleitung des Projekts, ferner Sophie Levy vom Corpus Christi College, Cambridge, die mir bei zahlreichen faszinierenden Unterhaltungen einige der obskureren Aspekte des Gesellschaftslebens von Barden näher brachte. Auch Alphonse Calorge von der Fakultät für vergleichende Literatur der Université Paris IV – Sorbonne bin ich für seinen unschätzbaren Rat bei einigen Feinheiten der Übersetzung dankbar, ebenso David Bircumshaw für Vorschläge zur Prosodie der Gedichte, deren Übertragung ins Deutsche sich zumeist überaus schwierig gestaltete. Zu guter Letzt, aber in keineswegs geringerem Maße danke ich meinem Ehemann Daniel Keene für seine lückenlose Unterstützung, seine zutreffenden Kommentare zu manch tückischen Fragen der Annaren-Syntax und für das Korrekturlesen des Manuskripts sowie meiner Lektorin Suzanne Wilson für ihre exzellente und gewissenhafte Hilfe bei allen Aspekten dieses Buches. Verbleibende Unzulänglichkeiten und Fehler sind selbstverständlich allein auf mich zurückzuführen.

Alison Croggon
Melbourne, Australien, 2002

Eins für den Sänger, dem Licht verborgen,
Zwei für den Sucher, vor Schatten fliehend,
Drei für die Reise, in Gefahr begonnen,
Vier für die Rätsel, im Baumlied gelöst:
Erde, Feuer, Wasser, Luft –
und raus bist DU!

Alter annarischer Kinderreim
Annaren-Schriftrollen, Bibliothek von Busk

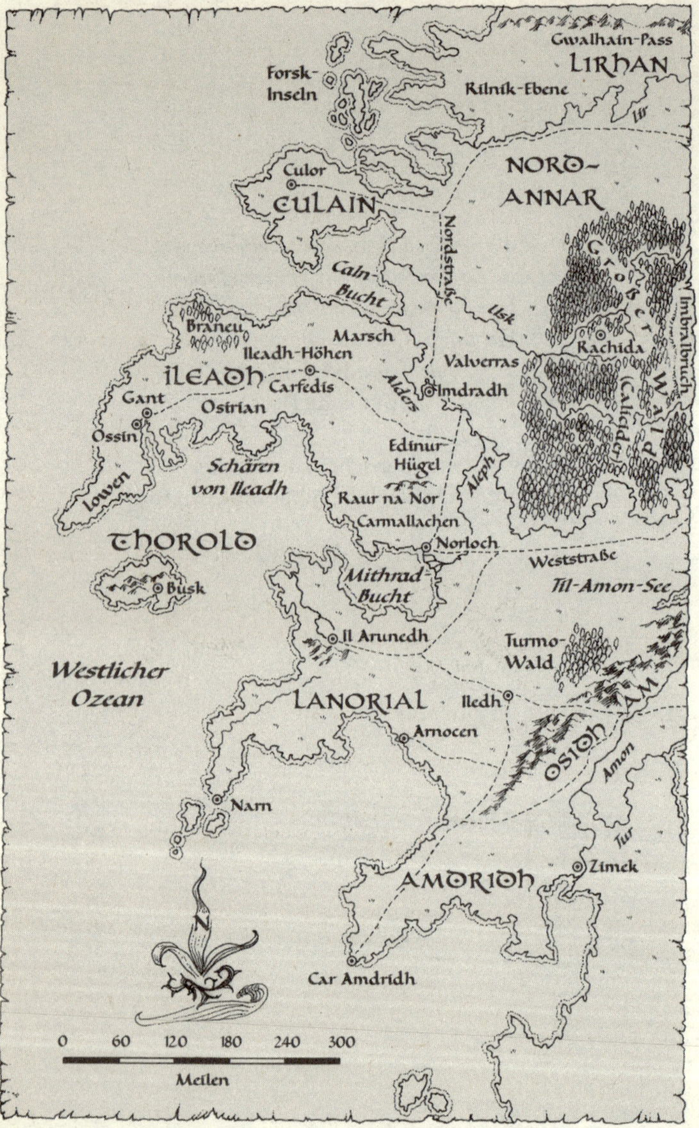
Gwalhain-Pass
LIRHAN
Forsk-
Inseln
Rilnik-Ebene
Lir
Culor
CULAIN
NORD-
ANNAR
Nordstraße
Caln-
Bucht
Großer Wald
(Caligida)
Imbralbruch
Usk
Braneu
Marsch
Ileadh-Höhen
Rachida
ILEADH
Carfedis
Valverras
Alder
Imdradh
Gant
Ostrian
Ossin
Edinur-
Hügel
Schären
von Ileadh
Aleph
Lowen
Raur na Nor
Carmallachen
THOROLD
Norloch
Weststraße
Mithrad-
Bucht
Til-Amon-See
Busk
Il Arunedh
Turmo-
Wald
Westlicher
Ozean
LANORIAL
Iledh
AM
Arnocen
OSIDH
Amon
Narn
Tur
Zimek
AMDRIDH
N
Car Amdridh
0
60
120
180
240
300
Meilen

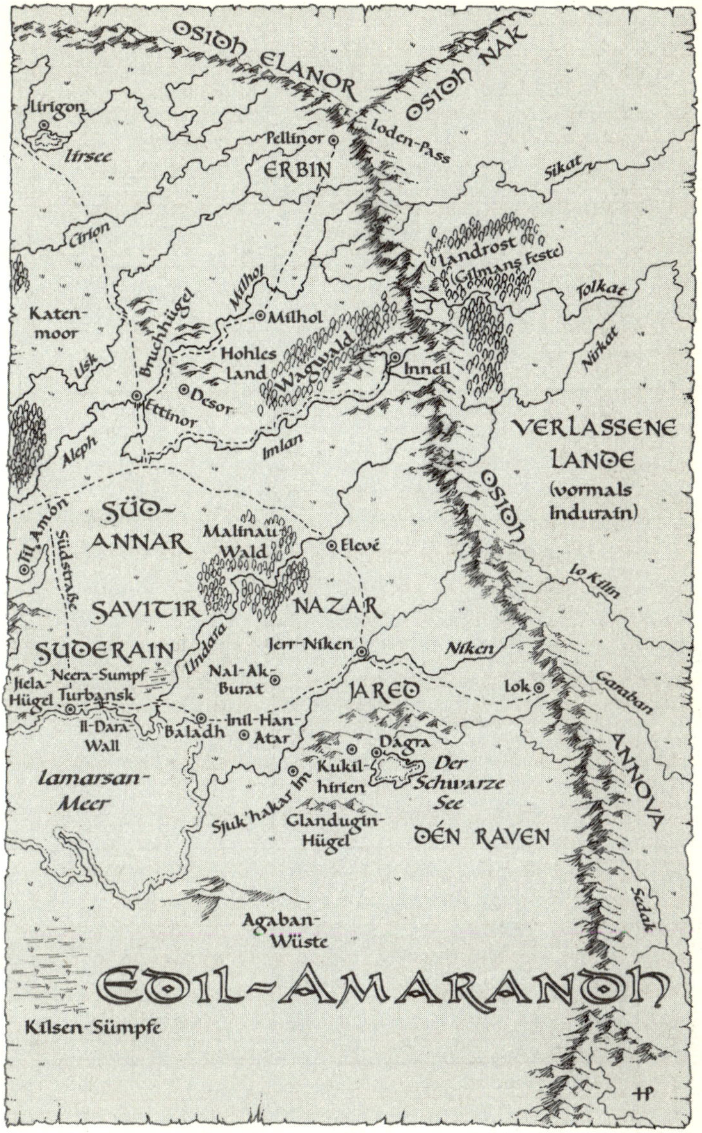
OSIDH ELANOR
OSIDH NAK
Lirigon
Lirsee
Pellinor
Loden-Pass
ERBIN
Sikat
Cirion
Landrost
(Gilmans Feste)
Tolkat
Milhol
Milhol
Bruchhügel
Katen-
moor
Hohles
land
Wagwald
Inneil
Nirkat
Usk
Desor
Ettinor
VERLASSENE
LANDE
(vormals
Indurain)
Aleph
Imlan
OSIDH
SÜD-
ANNAR
Til Amon
Südstraße
Malinau
Wald
Elevé
Lo Kilin
SAVITIR
NAZAR
Undara
Jerr-Niken
Niken
SUDERAIN
Jtela-
Hügel
Neera-Sumpf
Turbansk
Nal-Ak-
Burat
JARED
Lok
Garaban
Il-Dara-
Wall
Baladh
Inil-Han-
Atar
Dagra
ANNOVA
Iamarsan-
Meer
Kukil-
hirien
Der
Schwarze
See
Sjuk'hakar Im
Glandugin-
Hügel
DÉN RAVEN
Sedak
Agaban-
Wüste
EDIL-AMARANDH
Kilsen-Sümpfe
HP

Erster Teil
Gilmans Feste

Sprich zu mir, o schöne Maid,
sag mir an und weiche nicht,
welch ein Kummer dich bedräut,
der aus deinen dunklen Augen spricht?

Begraben meine Mutter liegt,
zerstört sind meines Vaters Hallen,
schwarz die Schar der Raben fliegt,
um die Mauern, die in Staub zerfallen.

Aus *Die Ballade von Andomian und Beruldh*

Erstes Kapitel
Flucht

Fast so lange, wie Maerad zurückdenken konnte, war sie hinter Mauern gefangen gewesen. Sie lebte als Sklavin in Gilmans Feste und fristete ein trostloses Dasein, das einen endlosen Kreis aus Plackerei, Erschöpfung und dumpfer Furcht bildete.

Gilmans Feste war eine kleine Ansiedlung in den Bergen jenseits der Grenzen der weiten Lande des Inneren Königreichs von Annar. Der Ort lag am Schluss eines kargen Tals auf der Ostseite der Berge von Annova, wo die Gebirgskette sich gabelte und nahe dem nördlichen Ende in zwei Klauen auslief. Aus Sicht von Baron Gilman bestand der Vorzug der Feste in seiner Abgeschiedenheit; hier konnte er unbehelligt als Herrscher seines eigenen kleinen Reiches walten.

Es handelte sich um eine gut befestigte Burg, wenngleich nie jemand hergezogen kam, um sie anzugreifen. Die Rückseite der Feste wurde von der Felswand der Außenmauer gebildet, einer steilen Klippe, die rund zweihundert Klafter zum Landrost anstieg, dem höchsten Gipfel in jenem Teil des Gebirges. Rings um die Feste ragten hohe Mauern aus grob behauenem Stein auf. An ihrem Fuß maßen sie über sechs Schritt in der Tiefe, nach oben hin verjüngten sie sich auf zweieinhalb, breit genug, dass zwei Männer nebeneinander gehen konnten. An der Vorderseite befand sich ein mächtiges zweiflügeliges Holztor, breit genug, dass ein Wagen oder ein Kriegertrupp es mühelos passieren konnte. Nachts und an den meisten Tagen war das Tor verriegelt, außer für die Jagd und wenn die Hügelbewohner mit ihren großen Wagen kamen, um ihre Waren – Pökelfleisch, Käse und getrocknete Äpfel – gegen Schwerter, Pfeile, Eimer und Nägel einzutauschen.

Etwa einhundertfünfzig Seelen lebten hier: der Baron Gilman und seine Gemahlin, die zu einem Schatten ihrer Selbst verblasst war, nachdem sie ihm zwölf Kinder geboren hatte, von denen noch fünf lebten; außerdem seine Schergen nebst deren Gemahlinnen und eine Schar unehelicher Bälger. Den Rest bildeten Sklaven wie Maerad, die in früheren Zeiten bei Raubzügen gefangen genommen, von Händlern eingetauscht oder einfach hier geboren worden waren. Sie lebten in Schlafhäusern, langen Hütten, die sich in den Schatten der Mauern duckten.

Die Feste war uralt, weit älter, als Gilman ahnte. In längst vergessenen Zeiten war sie von rauen Nordlandbewohnern errichtet worden, um Wölfe und Schlimmeres fernzuhalten. Unter Gilman dienten die Mauern in erster Linie dazu, die Einwohner von der Flucht abzuhalten. Die kleinen Felder innerhalb der Feste wurden von Sklaven bestellt, seine Tische, seine Kleider, sein Käse und sein Bier wurden allesamt von Sklaven hergestellt, und deshalb wollte Gilman nicht, dass sie ihm wegliefen. Seine zahlreichen Wachen dienten der Durchsetzung seiner Herrschaft und stärkten in nicht geringem Maße Gilmans Meinung von seiner eigenen Größe. Wie viele, die über weit größere Gebiete herrschten, war auch Gilman nicht über die Untugend der Eitelkeit erhaben.

Falls jemandem tatsächlich die Flucht gelang, konnte er nirgendwohin; das wahrscheinlichste Los bestand darin, einem der wilden Tiere in den Wäldern, die sich am Fuß der Berge erstreckten, zum Opfer zu fallen. Und selbst an diesen abgeschiedenen Ort drangen Gerüchte über Begebenheiten in der Außenwelt: Getuschel über namenlose Schatten, die durch die Tiefen der Wälder streiften, oder über vergessene Übel, die nun erwachten und bei Tageslicht auf Erden wandelten. So trostlos das Leben in Gilmans Feste sein mochte, jene vagen Schauergeschichten wirkten so gut wie jede Mauer und unterbanden jeglichen Versuch, den Ort zu verlassen.

Maerad war noch zu jung, um die Hoffnung auf eine Flucht gänzlich aufzugeben. Doch je näher sie dem Erwachsenenalter kam und je klarer ihr die Grenzen ihrer Möglichkeiten wurden, umso mehr empfand sie derlei Gedanken als einen kindischen Traum. Freiheit war eine Wunschvorstellung, an der sie in den kargen Augenblicken ihrer Muße nachgerade besessen nagte wie an einem Knochen mit spärlichen Fleischresten; und wie bei jedem Trugbild fühlte sie sich danach hungriger als zuvor und spürte umso deutlicher, wie ihre Seele dahinsiechte und ihre Schwingen ob der Verzweiflung, sie jemals entfalten zu können, verkümmerten.

Die Frühlingswende begann wie jeder andere Tag in Maerads Leben mit dem scheppernden Geläut der Morgenglocke, die sie unsanft aus dem Schlaf riss. Es beutelte sie an der Schwelle zum Bewusstsein, an der sie sich verwundbar, schwerfällig und blind fühlte, und ihre Träume versanken in den dunklen Winkeln ihres Geistes, als hätte es sie nie gegeben.

Gähnend wankte sie aus der Sklavenunterkunft zum Brunnen auf dem Hof. Ihre Haut runzelte sich angesichts der frostigen Luft. Sie zog den Umhang um ihre Schultern enger, schenkte den düsteren Schemen der Gebäude rings um sie kaum Beachtung, pumpte etwas Wasser und spritzte es sich über den Kopf. Japsend schüttelte sie sich das Wasser aus dem dichten Haar. Ihr Atem kräuselte sich in weißen Schwaden aus ihren Nasenlöchern und durch ihre klappernden Zähne. Ihre Glieder fühlten sich noch bleiern an, ihr Gesicht taub wie ein Ziegel, aber wenigstens war sie wach.

Sie trocknete sich gerade mit ihrem Umhang ab, als sie hinter sich schwere Schritte vernahm. Mit gesträubten Nackenhaaren wirbelte sie herum wie ein wilder Hund. Doch es war nur Lothar, der riesige Tölpel, der für die Vorratskammer zuständig war.

»Kurze Nacht gehabt?«, fragte Lothar kichernd.

Verächtlich drehte Maerad sich zurück zum Brunnen.

»Man konnte die hohen Herren bis zum Hahnenschrei hören«, sagte er. »Und wer hat dich letzte Nacht gevögelt?«

»Halt dein dreckiges Maul, Spatzenhirn«, fauchte sie kurz angebunden. »Sonst verfluch ich dich mit dem bösen Blick.« Mit finsterer Miene wandte sie sich ihm zu und hob die Arme. Lothar erblasste und verkreuzte die Hände vor den Augen. »Halt ein! Halt ein!«, rief er. »Ich hab's nicht bös gemeint, Maerad.«

»Dann hüte deine Zunge vor widerwärtigem Klatsch«, zischte sie. »Husch! Fort mit dir!«

Lothar hastete davon, und Maerad gestattete sich ein verkniffenes Lächeln, bevor sie den kostbaren Augenblick genoss, den sie ganz für sich alleine hatte. Die Feste lag noch halb im Schlaf; der Hahn hatte erst unlängst gekräht, und ihr blieb noch eine kurze Weile bis zum Läuten der Dienstglocke. Die meisten Sklaven kuschelten sich noch begierig in ihre kleinen Nester der Schlafwärme und zögerten bis zum allerletzten Augenblick, sie zu verlassen.

Maerad lehnte sich zurück, holte tief Luft und blickte zu den fernen Sternen empor, die sich als winzige Punkte frostigen Feuers hoch über den Bergen abzeichneten. Wie immer suchte sie nach dem Morgenstern Ilion, der hell am östlichen Horizont funkelte, und sie roch eine neue Frische in der Luft des frühen Tages. *Frühlingsbeginn*, dachte sie. Trotz ihrer Müdigkeit hob sich ihre Stimmung. Dann blickte sie auf ihre schwieligen Hände hinab und seufzte. *Aber nicht für mich; ich welke bereits. Was wird nur aus mir werden?*

Mit stumpfem Hass starrte sie auf die armseligen Behausungen ringsum. Abgesehen von den Gemächern des Lehnsherrn und der Großen Halle, die besser instand gehalten wurden als die meisten Gebäude, bestand die Feste aus Steinhütten mit Erdböden und Dächern aus verrottenden Holzschindeln. Viele Mauern bröckelten unter der Last des Alters und waren notdürftig mit Pflastern aus Lehm und Stroh geflickt worden, die ihnen ein sonderbar gebrechliches Aussehen bescherten. Es stank nach faulenden Misthaufen und menschlichem Dreck. Aus der Schlafhütte hörte Maerad das Greinen eines kranken Kindes. Irgendjemand brüllte wütend, dann folgte das trockene Schluchzen einer Frau. *Was soll aus mir werden?*, fragte sie sich sinnloserweise. Gleich darauf zersprengte das Geläut der Dienstglocke ihre Gedanken. Sie schüttelte sich und stapfte zum Gemeinschaftsraum, um das karge Frühstück aus dünnem grauen Haferschleim einzunehmen und ihre Aufgaben für den Tag zugewiesen zu bekommen.

An jenem Morgen wurde Maerad zum Milchhof geschickt, Lothars Bereich. Pech gehabt. Nachdem sie ihn zuvor vor den Kopf gestoßen hatte, würde sie sich nun den ganzen Tag mit ihm herumschlagen müssen, und heute fühlte sie sich ausgesprochen müde. In der vergangenen Nacht hatte eines von Baron Gilmans Gelagen stattgefunden, eine besondere Zusammenkunft zu Ehren der ersten Jagd des Frühlings. Seine Männer waren hungrig, zerzaust, blutbespritzt und streitlustig zurückgekehrt und hatten nach Bier, Voka, gebratenem Fleisch und Musik gebrüllt. Für Gilman zählte das Ereignis zu den Höhepunkten des Jahres, und die Arbeit für die Sklaven verdoppelte sich. Maerad hatte eine zusätzliche Schicht in der Küche geschuftet, um das erlegte Wild auf den Eisenspießen zu drehen und zu braten. Danach hatte sie, weil sie die einzige Musikantin in der Feste war, die ganze Nacht in der Großen Halle gesessen und die Balladen zum Besten gegeben, die sie so langweilig fand: Geschichten über das

Abschlachten von Wild und den Mut von Männern und Hunden; und später Trinklieder und die schlüpfrigen Weisen, die sie am meisten von allen hasste.

»Große Halle« war ein hochtrabender Name für etwas, das eigentlich nur einen großen Schuppen darstellte, mit groben Querbalken und einem rußgeschwärzten Loch im Dach, um den Rauch des mächtigen Feuers abziehen zu lassen, das stets mitten auf dem Boden brannte. Maerad hockte mit ausdrucksloser Miene, um ihre Verachtung zu verbergen, mit ihrer Leier in einer Ecke, während zwanzig Männer an einem langen, grob gearbeiteten, entlang der Wand aufgestellten Holztisch saßen, mit bloßen Händen Fleisch von Knochen rissen und sich mit Voka in die Besinnungslosigkeit tranken, einem scharfen Schnaps, der aus Steck- und Kohlrüben gebrannt wurde und einem die Tränen in die Augen trieb. Sie hatten sich nicht die Mühe gemacht, sich zu waschen, weshalb ihr säuerlicher Gestank und der Holzrauch Maerad das Wasser in die Augen trieben. Zu ihrer unaussprechlichen Erleichterung versuchte niemand, sie zu begrapschen; dennoch fühlte sie sich allein durch die lüsternen Blicke der Männer beschmutzt. Im Verlauf der Nacht wurde es in der Halle heißer und stickiger. Maerad fühlte sich regelrecht benommen vom Dunst und der eigenen Erschöpfung. Sie spielte schlecht, was selbst unter solchen Bedingungen selten vorkam, doch es fiel niemandem auf.

Das Gelage endete kurz vor dem Morgengrauen, als die Köpfe der letzten Trunkenbolde mit dem Gesicht voraus auf den langen Tisch plumpsten und mit dem Rest, der sich bereits im Schlaf auf die Hände sabberte oder im eigenen Erbrochenen gelandet war, um die Wette schnarchten. Erst da konnte die vor Müdigkeit zitternde Maerad endlich ihre Leier packen und die Halle verlassen. Zwischen schlafenden Hunden, zu Boden geworfenen Knochen, Unrat, verschüttetem Voka und ratzenden Leibern hindurch stolperte sie nach draußen an die frische Luft. Sie war so erschöpft, dass sie sich nur noch den Weg zu den Sklavinnenunterkünften bahnte und sich sogleich auf ihre armselige Pritsche legte, um noch eine knappe Stunde Schlaf zu erhaschen.

Im Kuhstall lehnte sie die Stirn an die warme Seite einer dunkeläugigen Kuh, die geduldig dastand und wiederkäute, während Maerad ihr pralles Euter knetete. Die Milch spritzte gleichmäßig in den Eimer. Maerad stand dicht davor einzunicken, als die Kuh sie beinahe trat und sich aufzubäumen versuchte. Ruckartig war Maerad hellwach, rettete den Eimer – verschüttete Milch bedeutete Prügel – und bemühte sich, das Tier zu beruhigen. In der Regel reichte dafür ein Wort von ihr, doch diesmal schnaubte und stampfte die Kuh weiter und zerrte an den Ketten, die ihr Hinterbein und ihren Kopf fesselten, als fürchtete sie sich.

Maerad sträubten sich die Nackenhaare. Ein sonderbares Gefühl der Beklommenheit beschlich sie, so als braute sich ein Sturm zusammen. Die Luft schien vor Spannung zu knistern. Maerad blickte sich im Stall um.

Keine zehn Schritte entfernt stand ein Mann – ein Mann, den sie noch nie zuvor gesehen hatte. Einen Lidschlag lang stockte ihr vor Schreck der Atem. Der Mann war groß und besaß ein kantiges Gesicht, das im Schatten einer dunklen Kapuze aus rauer Wolle verborgen lag. Im trüben Licht, das durch den Eingang hereindrang, erkannte sie den Umriss einer Adlernase und das Funkeln der Augen. Maerad stand auf, griff nach einem Kienspan und wusste nicht recht, ob sie um Hilfe rufen sollte.

»Wer seid Ihr?«, verlangte sie in scharfem Tonfall zu erfahren.

Der Mann schwieg.

Ihr wurde mulmig zumute. »Wer seid Ihr?«, wiederholte sie. War es ein Werwesen aus den Bergen? Ein Geist? »Hinfort, schwarzer Geist!«

»Nein«, sprach der Mann schließlich. »Nein, ich bin kein schwarzer Geist. Kein Werwesen in Menschengestalt. Nein. Verzeih.« Er seufzte schwer. »Ich bin müde und verwundet. Ich bin nicht ganz … ich selbst.«

Er lächelte, doch es glich eher einer Grimasse, und als der Kienspan die Kapuze erfasste und seine Züge erhellte, sah Maerad, dass sie bleich vor Erschöpfung waren. Sein Gesicht fesselte sie: Es schien weder jung noch alt zu sein, das Antlitz eines vielleicht fünfunddreißigjährigen Mannes, aus dem dennoch die Autorität des Alters sprach. Er besaß hohe Wangenknochen, einen festen Mund und große, tief in den Höhlen ruhende Augen. Unbeirrt erwiderte er ihren Blick. »Und wer bist du, junge Hexenmaid? Es bedarf scharfer Augen, um meinesgleichen zu sehen, obwohl mich vermutlich meine Kunst im Stich lässt. Nenn mir deinen Namen.«

»Wer seid Ihr, mich danach zu fragen?«, entgegnete Maerad kampflustig. Mit jäher Überraschung wurde ihr klar, dass sie keine Furcht verspürte; obwohl sie sich, wie sie in jenem flüchtigen Lidschlag dachte, eigentlich fürchten sollte.

Der Mann musterte sie eindringlich, suchte ihr Gesicht ab. Er taumelte leicht, fand das Gleichgewicht wieder und lächelte erneut, als wollte er sich entschuldigen.

»Ich bin Cadvan aus der Schule von Lirigon«, antwortete er. »Und nun, Fräulein, wie nennt man dich?«

»Maerad«, gab sie beinahe flüsternd zurück. Mit einem Mal fühlte sie sich völlig verunsichert und verwirrt durch seine Höflichkeit.

»Maerad aus den Bergen?«, fragte der Fremde mit einem süßsauren Lächeln.

»Maerad aus ... aus Gilmans Feste«, berichtigte sie ihn stockend. Dann fügte sie hastig hinzu: »Ich bin Sklavin hier ...«

»Eine Sklavin?«

Draußen ertönten Schritte, und Lothars fülliger Leib verdunkelte den Eingang. »Wo bleibt die Milch? Was tust du denn hier drin, hast du den Verstand verloren? Ist dir nach der Peitsche zumute? Wenn die Butter nicht richtig wird, dann wissen wir, wer Schuld ist ...«

Nach dem Rüffel, den er an jenem Morgen von Maerad erhalten hatte, zeigte er sich ihr gegenüber wenig wohlwollend. Doch nicht deshalb stockte Maerad neuerlich der Atem. Vielmehr deshalb, weil Lothar, obwohl der Fremde mitten in seinem Sichtfeld stand, geradewegs durch ihn hindurchzublicken schien.

»Es ... es tut mir leid«, stammelte sie. »Die Kühe sind unruhig ...«

Sie hockte sich auf ihren Schemel und beugte sich wieder zu der Kuh vor, die nunmehr geduldig dastand. Lothar beobachtete eine Weile, wie sie molk. Maerad wünschte sich inbrünstig, er möge gehen. Bald darauf hörte sie, wie seine Schritte sich entfernten, und sie entspannte sich ein wenig. Trotzdem molk sie weiter, zumal sie Zeit brauchte, um ihre Gedanken zu ordnen. Der Fremde stand nach wie vor dort und beobachtete sie.

»Maerad«, sprach der Mann leise. »Ich will dir nichts tun. Ich bin müde und brauche Schlaf. Deshalb bin ich hier.« Er fuhr sich mit der Hand über die Stirn und lehnte sich an die Stallwand.

»Er hat Euch nicht gesehen«, stellte sie verdutzt fest, während sie stetig weitermolk, um ihr Erstaunen zu verbergen.

»Nein, aber das ist nichts Besonderes ...«, meinte er fast beiläufig. »Bloß ein Trugbann. Viel bemerkenswerter ist, dass du mich gesehen hast.« Wieder musterte er sie mit jenem forschenden, beunruhigenden Blick. Plötzlich fühlte sie sich verlegen, beinahe so, als wäre sie nackt. Sie wandte das Gesicht ab. Erst spürte sie noch seine Augen, dann eine Art Erlösung, als er wegschaute. Unwillkürlich schüttelte sie sich. Sie hörte, wie er sich bewegte und Platz nahm.

»Ich wünschte, ich wäre nicht so müde«, meinte er schließlich, dann fragte er: »Du bist nicht als Sklavin geboren?«

»Meine Mutter war keine Sklavin«, antwortete Maerad zögernd, beinahe als spräche sie gegen ihren Willen. »Gilman hat sie hergebracht und hier behalten, als ich noch sehr klein war. Ich denke, er wollte Lösegeld für sie fordern, nur kam niemand, um sie auszulösen.« Kurz setzte sie ab, dann fügte sie mit tonloser Stimme hinzu: »Und dann starb sie.« Mit einem Anflug von Wut wand sie sich in seine Richtung herum. »Was geht Euch das an?«, verlangte sie zu erfahren. »Wie kommt Ihr überhaupt hierher?«

Der Fremde zeigte sich ungerührt und hielt ihrem Blick gelassen stand.

»Wie war der Name deiner Mutter?«

»Milana. Milana von Pellinor, Sängerin mit der Gabe, Tochter des Ersten Kreises. Mein Vater ...« Sie hörte zu melken auf und fuhr sich vor Verblüffung jäh mit den Händen an den Mund. »Oh!«

»Ganz recht«, sagte Cadvan.

»Ich meine, sie hieß wirklich Milana, aber das ist alles, woran ich mich erinnere ...« Verwirrt verstummte Maerad. »Sie ... sie starb, als ich sieben Jahre alt war ... Über ... über den Rest weiß ich überhaupt nichts. Habt Ihr mich das sagen lassen?«

»Lassen? Nein, ich kann dich gar nichts sagen *lassen*. Ich habe dich nur gefragt, und die Türen deines Geistes schwangen auf. In jener Schatzkammer befindet sich mehr, als den meisten Menschen bewusst ist. Die Schule von Pellinor«, sagte er wie zu sich selbst. »Sie wurde zerstört, vor vielen Jahren schon. Es hieß, alle wären getötet worden.« Er verstummte, und Maerad molk erschüttert weiter. Wovon redete dieser Mann? Wollte er sie verwirren, wie es wilde Geister angeblich taten? Ihre Sinne benebeln, ehe er die Falle zuschnappen ließ? Aber er wirkte nicht bösartig.

»Mit welchem Recht kommt Ihr hierher und sagt ... sagt solche

Dinge? Ich ... ich könnte die Männer des Barons rufen ...« Stockend verstummte sie. Aus unerfindlichem Grund wusste sie, dass sie die Wachen nicht rufen würde.

Der Fremde vergrub das Gesicht in den Händen und erwiderte nichts. Maerad betrachtete ihn wütend. Sie beendete das Melken der Kuh, befreite das Tier und holte das nächste. Cadvan saß reglos in unveränderter Haltung da.

»Wenn du aus Pellinor stammst, kannst du hier nicht bleiben«, erklärte er schließlich.

Mit einem Anflug unbändiger Hoffnung schaute Maerad zu dem Fremden. Sollte das bedeuten, dass er eine Möglichkeit kannte, sie zu befreien? Aber niemand konnte aus der Feste entkommen ...

Er blickte zu ihr auf. »Könntest du – vielleicht – ein wenig Milch erübrigen?«

Wortlos reichte sie ihm den Eimer. Nach einem ausgiebigen Schluck wischte er sich den Mund ab und lächelte. »Gesegnet seist du, samt deiner Familie«, sprach er. Maerad nickte ungeduldig und verdrängte seine Höflichkeit. »Kommst du noch mal in den Kuhstall?«, fragte er. »Heute, meine ich.«

Argwöhnisch musterte sie seine Züge. »Ja, ich bin heute hier eingeteilt«, antwortete sie schließlich. »Am Abend melke ich noch einmal. Warum?«

»Gut.« Er streckte sich aus und gähnte. »Ich werde jetzt schlafen. Wir unterhalten uns später weiter, wenn ich nicht mehr so müde bin.«

Damit legte er sich aufs Heu und schlief fast sofort ein. Maerad blickte auf ihn hinab und überlegte, ob sie ihn wachrütteln sollte, damit er ihre Fragen beantwortete, oder ob sie nicht doch die Wachen rufen sollte. Doch aus Gründen, die sie nicht nachzuvollziehen vermochte, tat sie weder das eine noch das andere. Stattdessen molk sie fertig und ließ ihn liegen.

Für die Verspätung setzte es Prügel.

An jenem Tag war Maerad so geistesabwesend, dass sie nur mit Glück einer zweiten Tracht Prügel entging. Beim Verrichten ihrer Aufgaben auf dem Milchhof, beim Buttern oder beim Ansetzen der Milch in Schalen für gesäuerte Getränke sah sie kaum, was sie tat. Zunächst wusste sie nicht, was sie hinsichtlich des Mannes im Kuhstall empfinden sollte. Ihr Verstand, geübt in der fürs tägliche Überleben nötigen Verdrängung, schob den Gedanken an ihn beiseite; er war, in gewisser Weise, undenkbar. Dennoch tauchte ab und an ungebeten ein Bild seines dunklen Gesichts vor ihrem geistigen Auge auf, begleitet von einem beunruhigenden Gefühl, das sie nicht zu benennen vermochte: eine prickelnde Vorahnung, nicht direkt unbehaglich, aber auch nicht richtig angenehm. Wäre sie ein an Namenstagsfeiern gewöhntes Kind gewesen, hätte sie es vermutlich mit der Erwartung auf ein Geschenk verglichen; aber sie kannte solche Feiern nicht. Zugleich schien die ausdruckslose Maske der Gleichgültigkeit, unter der sie überlebte, verschwunden zu sein, weshalb sie sich ungeschützt und ein wenig verängstigt fühlte. Es war, als hätte der Fremde in ihrem Geist eine lange geschlossene Tür geöffnet, durch die nun ein kalter frischer Wind wehte, der sie aus ihrer Abgestumpftheit wachrüttelte. *Wer bin ich?*, dachte sie. Und die Frage schmerzte.

Sie war an die eigene Sonderstellung gewöhnt, die sich ebenso häufig als Schutz wie als Fluch erwies. Wegen ihrer blauen Augen und schwarzen Mähne nannten die hellhaarigen Nordländer sie eine Hexe. Sie hatte diese Rolle schon früh angenommen und ihre Andersartigkeit in eine Tugend verwandelt. Und Maerad besaß tatsächlich die Macht des Verfluchens: Wenn sie jemanden böswillig anstarrte, mochte es durchaus vorkommen, dass derjenige ohne ersichtlichen Grund stolperte und stürzte oder dass ein Becher von einem Bord fiel und auf dem Kopf des Betroffenen zerschellte. Einmal hatte sie einem Mann sogar drei Tage lang das Augenlicht geraubt. Auch auf den Umgang mit Tieren verstand sie sich besonders gut, ein weiteres Anzeichen für Hexerei; die Tiere, die sie versorgte, wurden fett und gaben doppelt so viel Milch wie andere. Die meisten der Sklaven fürchteten und mieden sie, und Gilmans Männer ... nun, auch die Schergen des Lehnsherrn hatten gelernt, sie in Ruhe zu lassen.

Gilman war zutiefst abergläubisch und, wie die meisten Grobiane, ein ausgemachter Feigling. Er glaubte, dass Maerads Geist, sollte sie ermordet werden, ihn in einen grausigen Tod treiben würde; zum Beispiel, indem sie ihn um den Verstand brachte, bis er hinaus ins Revier der Wölfe rannte, oder indem sie ihn langsam mit unsichtbaren Klingen aus Feuer durchbohrte. Deshalb blieben Maerad die schlimmsten Pflichten erspart, was unter ihren Leidensgenossinnen

Gemunkel und Boshaftigkeiten heraufbeschwor. Unlängst war dieser unterschwellige Groll sogar zu unverhohlener Gewalt aufgeflammt: Vor einem Monat hatten sechs Frauen sie angegriffen und versucht, sie im Ententeich zu ertränken. Beinahe wäre es ihnen gelungen, aber Gilman war mit hochrotem Kopf aus der Halle gehetzt und hatte sie aus dem Wasser gefischt. Maerad erhielt für den Ärger, den sie verursacht hatte, zwar eine Abreibung, aber die Sklavinnen, die sie gepeinigt hatten, wurden ausgepeitscht und bekamen drei Tage lang nichts zu essen. Gerettet von Gilman! Freudlos grinste sie über die Ironie. Vorübergehend hatte dies der Plackerei ein Ende gesetzt, doch dafür sprach nun überhaupt niemand mehr mit ihr, außer Hohlköpfen wie Lothar.

Hätte sie nicht die Musik gehabt, wäre sie vielleicht in den Freitod gegangen oder hätte sich von ihren inneren Dämonen in den Wahnsinn treiben lassen. Oder sie hätte sich einfach in Stein verwandelt, um so zu werden wie die anderen, verroht und gefühllos. Ihre Leier stellte ihren einzigen Besitz dar, das Einzige, was sie noch von ihrer Mutter besaß. Sie war klein und schmiegte sich in ihre Armbeuge wie ein Säugling, ein schlichtes Holzinstrument ohne Zierwerk außer einigen unentzifferbaren Schnitzzeichen. Der Klang jedoch war rein und klar. Eine ihrer frühesten Erinnerungen war, wie ihre Mutter darauf spielte, die Saiten anschlug und Maerad etwas vorsang; vermutlich war sie damals noch sehr jung gewesen, denn ihre Mutter hatte sie nicht traurig angesehen.

Maerad war in der Lage zu spielen wie ein richtiger Spielmann. Ihr Gehör war ausgezeichnet, und sie brauchte eine Weise nur einmal zu hören, um sie wiederholen zu können. Mirlad, Gilmans Barde, entdeckte ihre Begabung nach dem Tod ihrer Mutter. Damals war sie erst sieben Jahre alt, und irgendwie überredete er Gilman, sie von ihren vormittäglichen Pflichten zu entbinden, damit er sie unterrichten konnte. Mirlad, ein barscher, einsilbiger, bisweilen strenger Mann, war ihr Lehrer gewesen, bis sie dreizehn wurde. Dann verlangte Gilman, dass sie wieder auf den Feldern arbeitete. Maerad erinnerte sich noch daran, wie elend sie sich ob jener Entscheidung gefühlt hatte, desgleichen an Mirlads merkwürdige Äußerung dazu. »Über Musik habe ich dir alles beigebracht, was ich weiß«, hatte er gesagt und gleichgültig mit den Schultern gezuckt. »Alles andere wäre hier Verschwendung. Du kannst ja an den Abenden spielen.«

Ihr Rang als Musikantin verschlimmerte ihre Vereinsamung, stellte allerdings auch einen weiteren Grund dar, weshalb Gilman sie duldete: Mirlad war vor zwei Jahren gestorben, wenngleich vermutlich allein Maerad sein Hinscheiden betrauert hatte. Jedenfalls war sie dadurch nun als Einzige in der Lage, bei Gilmans Gelagen für Musik zu sorgen. Wann immer sie konnte, spielte sie heimlich für sich selbst, und jene flüchtigen Augenblicke stellten den einzigen Trost in ihrem trübsinnigen Leben dar.

Milana. Meine Mutter. Wann habe ich zuletzt an dich gedacht? Jeden Abend hast du mir das Haar geflochten, selbst wenn deine Hände vor Müdigkeit zitterten. Du hast mir fröhliche Weisen vorgespielt, wenn ich traurig war oder mich jemand geschlagen hatte, du hast mich geküsst, genau hierhin, auf die Stirn ... Maerads Gedanken schreckten vor der Erinnerung an den Tod ihrer Mutter zurück; wie sie krank geworden war, ausgezehrt von Fieber, Schmerzen und Gram. Sie war gestorben, das war alles, und danach war Maerad allein zurückgeblieben.

Solange Maerad zurückdenken konnte, hatte sie davon geträumt, aus Gilmans Feste zu fliehen. Doch Jahr um Jahr verstrich und brachte nur die Gewissheit, dass eine Flucht unmöglich war. Ihre Hoffnung war Welle um Welle verebbt, bis Maerad, wenngleich sie es nicht wusste, dieselbe traurige Schönheit anhaftete, an die sie sich von ihrer Mutter erinnerte. Nun war dieser *Cadvan* – sie sprach den Namen verstohlen bei sich aus – wie aus dem Nichts aufgetaucht, als gäbe es die Mauern, die Wachen und die Hunde nicht.

Im Verlauf des Tages ließ sie sich die morgendliche Unterhaltung mit wachsender Ungeduld durch den Kopf gehen. Mitunter redete sie sich überzeugend ein, dass sie den Fremden nur geträumt hatte, dass er ein Trugbild ihrer Erschöpfung, ein Schatten der Sehnsucht gewesen war, die in ihr loderte. Sie hatte gedacht, die Hoffnung in ihr wäre gestorben; nun jedoch erkannte sie, dass sie nur geschlummert hatte wie von grauer Asche überzogene Glut, die noch einen glimmenden Kern besitzt, den der Hauch eines Luftzugs zu einer Flamme zu entfachen vermag.

Die Stunden verstrichen schleppend, aber schließlich wurde es Abend. Bevor Maerad sich zum Kuhstall begab, huschte sie aus einer unverhofften Eingebung heraus zurück zu ihrer Unterkunft und holte die Leier, die sie in Sackleinen gewickelt unter ihrer Pritsche verwahrte.

Cadvan war noch da. Er lag mit hinter dem Kopf verschränkten Händen im Kuhstall und schien die Decke zu betrachten. Obwohl noch immer dunkle Ringe unter seinen Augen lagen, wirkte er nicht mehr so bleich. Als Maerad eintrat, lächelte er sie an, doch als er die frischen Striemen an ihren Beinen sah, die von der Strafe an jenem Tag herrührten, verblasste sein Lächeln. Sie blickte ihn ausdruckslos an und wartete darauf, dass er das Wort ergriff. Schließlich seufzte er und stand auf.

»Also, Maerad, ich hatte ein wenig Zeit zum Nachdenken«, begann er. »Dies ist ein übler, widerlicher Ort. Die Tiere werden hier besser behandelt als die Menschen. Ein Unrecht sondergleichen.« Er setzte ab. »Möchtest du diesen Ort verlassen?«

Maerad hätte beinahe laut aufgelacht. Die Feste wurde Tag und Nacht bewacht, und die Wachen waren stets auf der Hut. Schon einige Sklaven hatten zu fliehen versucht, aber Maerad hatte in ihrem ganzen Leben noch von niemandem gehört, dem es gelungen war. Stattdessen hatte sie viele erbarmungslose Prügelstrafen und sogar einen Mann gesehen, den Gilmans Hunde in Stücke gerissen hatten. Das genügte, um einem die Lust auf einen Versuch zu vergällen.

»Diesen Ort *verlassen?*«

»Ich meine es ernst, Maerad.«

»All die langen Jahre habe ich nie von etwas anderem geträumt«, gestand sie. »Aber es ist unmöglich. Was denkt Ihr wohl, weshalb ich immer noch hier bin?«

»Also *möchtest* du ihn verlassen?« Cadvan verstummte kurz und schaute zu Boden. »Es wäre wohl auch überraschend, wenn dem nicht so wäre. Allerdings befinde ich mich dann in einer kleinen Zwangslage. Es wäre ausgesprochen unklug von mir, dich mitzunehmen. Ich fliehe von einer Gefahr in die nächste und bin nicht im Vollbesitz meiner Kräfte.«

Maerads Mut sank vor Enttäuschung. Ihr war nicht klar gewesen, wie sehr sie sich trotz ihres unverhohlenen Argwohns an den Hoffnungsschimmer geklammert hatte.

Doch Cadvan fuhr fort: »Ebenso wenig könnte ich dich hierlassen, wenn du tatsächlich Milanas Tochter bist und wirklich weg möchtest. Vielleicht könnte ich zurückkommen, wenn ich wieder stärker bin;

aber ich habe Pflichten, die ich nicht missachten darf, und es würde Monate dauern, bis ich sie erfüllt habe. Und mein Herz sagt mir ...« Abermals verstummte er und schaute zu Boden, als wöge er eine schwierige Entscheidung ab.

»Ich muss jetzt aufbrechen. Wenn du mit mir kommen willst, kannst du das gerne tun. Diesen Ort zu verlassen ist einfach. Andere Dinge werden weniger einfach sein, aber darum werden wir uns kümmern müssen, wenn sie uns begegnen.«

Maerad verschlug es jäh und so heftig die Sprache, dass sie zu keiner Erwiderung fähig war.

»Ja?«, wollte der Fremde wissen. »Oder nein?«

»Warum fragt Ihr mich das?«, entgegnete sie. »Es ist unmöglich! Treibt Ihr ein Spiel mit mir?«

Cadvan sah sie nur an, ohne zu antworten. Sie starrte störrisch zurück und weigerte sich, den Blick zu senken.

»Im Leben eines Menschen bieten sich nur wenige Gelegenheiten, eine klare Wahl zu treffen«, meinte Cadvan schließlich. »Der Unterschied zwischen den Menschen besteht darin, wie sie dieser Wahl begegnen.« Es folgte kurze Stille, dann vollführte er eine Geste der Ungeduld. »Ich habe keine Zeit. Mein Angebot gilt. Du kannst bleiben oder gehen. Ich frage dich, was du willst. Die Entscheidung kann ich dir nicht abnehmen.« Damit wischte er sich Stroh vom Mantel und wandte sich zum Verlassen des Kuhstalls.

Ein an Panik grenzendes Gefühl durchflutete Maerad. Einen Lidschlag lang vermeinte sie, wieder zu ertrinken, nur würde sie diesmal niemand zurück ans Ufer ziehen.

»Wartet!«, rief sie. »Wartet.«

Cadvan drehte sich zu ihr um.

»Ich komme mit«, sagte sie.

Cadvan blickte auf ihre eingewickelte Leier. »Musst du noch etwas holen?« Maerad schüttelte den Kopf. »Das ist gut. Also gehen wir.«

»Jetzt? Was ist mit den Kühen?« Und tatsächlich muhten sie, baten Maerad, sie von der Last der Milch zu erlösen.

»Jemand anders wird sie heute Abend melken«, gab Cadvan zurück. »Ich glaube kaum, dass Gilman die Tiere leiden lassen wird, dafür sind sie zu wertvoll. Und jetzt schnell. Komm her.«

Misstrauisch näherte Maerad sich ihm, und er ließ sie unmittelbar vor ihm stehen bleiben. Dann legte er ihr die Hände auf die Schultern und sprach etwas. Die Worte sandten einen Schauder durch Maerad; es fühlte sich an, als tauchte sie in das kalte, frische Wasser einer Quelle aus dem Morgen der Welt.

»*Larnea il oseanna, lembel Maerad inasfrea!* ›Wende die Augen der Menschen von Maerad ab, damit sie ungesehen wandeln kann‹, das habe ich in etwa gesagt«, erklärte er und ließ die Hände sinken. »Nun kann dich niemand sehen, selbst wenn du nur eine Spanne vor jemandes Nase stündest. Allerdings wirkt der Bann nicht bei Gegenständen, wenn du sie fallen lässt. Also halt dein Bündel gut fest! Und jetzt müssen wir die Mauern überwinden.«

Er hob ein eigenes Bündel auf, das Maerad zuvor nicht bemerkt hatte, und ging auf die niedrige Tür zu. Indes wurde Maerad von einem neuerlichen Anflug von Panik heimgesucht. Irgendwie spürte sie bereits, dass ihre Entscheidung unwiderruflich war, wusste aber gar nicht so recht, wofür sie sich entschieden hatte: Warum sollte sie diesem Mann vertrauen? Sie wusste gar nichts von ihm. Doch ihre Zweifel wurden von einem innigen Verlangen hinweggespült, als wäre der Staudamm der Hoffnungslosigkeit, der all ihre Sehnsucht nach Freiheit so viele Jahre zurückgehalten hatte, nun endgültig gebrochen. *Schlimmer als hier kann es nicht werden*, dachte sie, *denn hier werde ich mit Sicherheit sterben, und da draußen – wer weiß?* Sie holte tief Luft und folgte Cadvan aus dem Stall.

»Wir müssen uns beeilen«, sagte er. »Und sprich nicht. Ich kann uns nicht auch unhörbar machen.«

Sie verließen den Kuhstall und hielten auf die Südmauer zu. Maerad fiel es schwer, auf den offenen Plätzen, wo die Männer des Barons herumstanden und mit ihren Waffen spielten, nicht zusammenzuzucken; es war schwierig, an ihre Unsichtbarkeit zu glauben, zumal sie sich äußerst sichtbar fühlte.

Ihr Weg führte sie geradewegs an der Großen Halle vorbei. Die angeketteten Hunde schauten auf und schnüffelten zum Gruß, als sie an ihnen vorbeiliefen, doch die Männer blickten durch sie hindurch.

Maerad blieb dicht hinter Cadvan und schlich unwillkürlich auf Zehenspitzen, bis sie zum am leichtesten bewachten Abschnitt der Außenmauern gelangten. Die Mauer selbst zu erklimmen war nicht schwierig; Maerad hatte es sich oft ausgemalt. Unmöglich jedoch war, dabei den aufmerksamen Blicken der Wachen zu entgehen, die jeden Fußbreit der Mauer einsehen konnten und wussten, dass ihr Leben verwirkt wäre, wenn jemandem die Flucht gelänge. Cadvan setzte einen Fuß auf die Mauer, und Maerad zeigte ihm hilflos ihr in Sackleinen gehülltes Bündel, das sie sich nicht auf den Rücken schlingen konnte. Nachdenklich hielt er inne, ergriff es und verstaute es in seinem Beutel. Dann setzten sie sich wieder in Bewegung. Als sie die Mauerkrone erreichten, blieb Cadvan abermals stehen und hielt in beide Richtungen Ausschau nach den Wachen, die auf dem Wehrgang patrouillierten. Er wählte sorgsam den rechten Augenblick, ergriff Maerads Arm und schob sie über den schmalen Gang, dann kletterten sie gemeinsam auf der anderen Seite hinab.

Dabei hörte Maerad die Glocke läuten – einmal, zweimal, dreimal, bevor sie in ein langes, eindringliches Gebimmel überging. Es war das Zeichen für eine Flucht. Maerad zuckte zusammen, fühlte sich grässlich ungeschützt. Lothar musste ihre Abwesenheit bereits bemerkt haben, aber es war sehr schnell gegangen – zweifellos wollte er sich für ihr Verhalten am Morgen rächen; denn man würde sie dafür auspeitschen, einen Alarm ausgelöst zu haben. Die Feste geriet in Aufruhr. Halb kletterte, halb fiel Maerad die Mauer hinab und riss Cadvan zu Boden.

»Jetzt gibst *du* schon die Geschwindigkeit vor!«, meinte er lachend. »Und ich dachte schon, ich bekäme dich nie von hier weg!«

»Sie werden die Hunde hinter uns herhetzen!«, flüsterte Maerad und japste vor Angst. »Gilmans Hunden kann niemand entkommen. Sie wittern die Fährte eines Hirsches noch nach einer Woche, und sie reißen einen ausgewachsenen Mann binnen einer Minute in Stücke!«

»Hunde sind einfach in Schach zu halten«, entgegnete Cadvan. »Fürchte dich nicht, Maerad. Wenn Hunde das Schlimmste sind, dem wir uns stellen müssen, können wir uns wahrhaft glücklich schätzen. Aber jetzt müssen wir weiter. Siehst du das Tal dort liegen? Bevor die Nacht vorbei ist, möchte ich es hinter mir gelassen haben. Ich fürchte, wir sind heute Nacht zu einem langen Marsch verdammt. Danach können wir uns ausruhen.«

Maerad blickte das Tal entlang, in dem sie den Großteil ihres kurzen Lebens eingekerkert gewesen war. Das Gelände bildete einen langen Abhang mit Steinen, Geröll, vereinzelten Sträuchern und ab und an einem Baum, geneigt durch die rauen Winde, die aus den Bergen herabwehten, den Osidh Annova, der Ostgrenze des Inneren Königreichs. In der Mitte des Tals führte ein Trampelpfad entlang, der an einigen Stellen mit Schutt von Erdrutschen übersät war.

Plötzlich fühlte Maerad sich winzig und verängstigt. Sie sah den Mann an, der neben ihr stand, und schluckte. Sein Antlitz wirkte dunkel und verschlossen; ihm bereiteten die mächtigen Hunde, die vor Maerads innerem Auge Gestalt annahmen, schaurig kläfften und mit langen, weiten Sätzen rannten, kaum Kopfzerbrechen. Zweifellos kannte er viel Schlimmeres. Nun wirkte er abwesend, beseelt von einer verborgenen Macht, die nur sie spürte. Vor einem solchen Mann wollte Maerad nicht töricht wirken. Sie straffte die Schultern und holte tief Luft.

»Also gehen wir«, sagte sie und wandte das Gesicht dem unsteten Pfad zu.

Hinter ihr und der Feste ragte der Landrost auf, dessen Gipfel die untergehende Sonne in Rot tünchte und dessen mächtige Masse einen Schatten über das gesamte Tal warf.

Zweites Kapitel
Der Landrost

Sie hatten noch keine halbe Meile zurückgelegt, als Maerad das lang gezogene Geheul des Jagdhorns und das Gebell von Gilmans Hunden hörte. Ihr Herzschlag setzte aus. Bald darauf schwangen die Tore der Feste auf, und drei der Männer des Barons preschten brüllend in wildem Galopp heraus. Hinter ihnen strömten im Zwielicht die Hunde her. Mit den Schnauzen auf dem Boden schnupperten sie nach einer Fährte; der Blutdurst hatte bereits Feuer in ihren Augen entfacht. Maerad kämpfte gegen wachsende Angst an und rückte unbewusst näher zu Cadvan. Flüchtig sah er sie an.

»Maerad, sie können uns nichts anhaben«, erklärte er leise. »Die Männer können uns nicht sehen.«

Sie nickte, stapfte weiter und versuchte, sich zu beruhigen. Plötzlich erhob sich weiteres Gekläffe – die Hunde hatten ihre Spur gefunden und rannten los. Die Reiter folgten ihnen und trieben die Rösser an. Cadvan marschierte unbeirrt steten Schrittes weiter.

»Aber die *Hunde* können uns sehen«, flüsterte Maerad heiser. »Die Hunde können uns sehen, und ...«

»Sie werden uns nichts tun«, fiel Cadvan ihr ins Wort. »Es sind wilde, aber unschuldige Tiere. Sie dienen keinem dunklen Zweck. Hab Vertrauen.«

Rasch näherten die Hunde sich ihnen. Als sie fast bei ihnen angelangt waren, blieb Cadvan stehen und wirbelte herum. Er hob die Arme, und Maerad beschlich der Eindruck, dass ihn plötzlich ein Licht umgab oder in ihm schimmerte, wenngleich sie keine ersichtliche Quelle dafür feststellen konnte.

»*Lemmach!*«, sprach er.

Das vorderste Tier verharrte so jäh, dass der Hund dahinter über seine Beine stolperte. Das Rudel hielt inne.

»*Lemmach ni ardost!*«

Der erste Hund kam auf Cadvan zu und schnüffelte um seine Knie.

Cadvan tätschelte ihm die Schnauze. »*Ni Ardost*«, wiederholte er sanft. Die Hunde schnupperten nacheinander an ihm, dann trotteten sie zu den Reitern zurück, als wären sie nur losgezogen, um aus einem Teich zu trinken.

Maerad stand stocksteif mit verdutzter Miene da. »Was habt Ihr gemacht?«

»Ich habe Ihnen gesagt, sie sollen aufhören, und sie gebeten, nach Hause zu gehen«, antwortete Cadvan. »Und da sie freundliche Tiere sind, haben sie es gerne getan. Sie werden uns nicht mehr jagen, egal, was ihre Herren tun. Sie gehorchen älteren Gesetzen.«

Hinter ihr hörte Maerad, wie die Reiter die Hunde verfluchten, gefolgt vom Jaulen der Tiere, als sie Peitschen zu spüren bekamen. Ihr fiel auf, dass sie zitterte. Eine übermächtige Erschöpfung ergriff Besitz von ihr, und sie taumelte. Rasch und besorgt stützte Cadvan sie am Ellbogen.

»Es tut mir leid, dich antreiben zu müssen, Maerad, aber hier können wir nicht verweilen«, sagte er. »Gilmans Hunde sind keine Gefahr für uns, andere Dinge hingegen sehr wohl. Dies ist ein unwirtlicher Ort, und es wird bereits dunkel.«

Maerad schüttelte Cadvans Hand ab. *Andere Dinge?*, dachte sie. *Was für andere Dinge?* Sie musste an die jüngsten Gerüchte über Werwesen und andere Kreaturen der Nacht denken.

»Ich komme schon zurecht«, gab sie mürrisch zurück.

»Es ist am sichersten, wenn wir in Bewegung bleiben«, erklärte Cadvan.

Der Nacht haftete zwar ein kalter Hauch an, doch so früh im Jahr war sie insgesamt noch klar und mild. Eine Weile marschierten sie schweigend nebeneinander einher, und als Maerad die erste Müdigkeit überwunden hatte, entspann sich zwischen ihnen ein Gespräch. Maerad erkundigte sich, was Cadvan in Gilmans Feste gewollt hatte, aber er wich der Frage aus und wollte stattdessen von ihr etwas über ihr Leben dort erfahren und wissen, ob sie frühere Erinnerungen an Pellinor besaß. Zu Letzterem konnte sie ihm wenig berichten.

»Bruchstücke«, sagte sie. »Ein Mann – ich glaube, es war mein Vater. Ein gut aussehender Mann, groß, mit langem, schwarzen Haar, lachend. Ein Stuhl mit wunderschönen Schnitzereien in einem Licht von seltsamer Farbe, das durch ein hohes Fenster einfällt. Ein paar Takte Musik. Ich dachte immer, ich hätte das geträumt.«

»Es ist kein Traum. Die Schulen sind Orte hoher Bildung und großer Schönheit«, meinte Cadvan traurig, als spräche er von etwas, das er liebte, das jedoch im Verschwinden begriffen war. »Die Überlieferungen werden gewahrt, und das Licht scheint auf alle, die dort weilen. Nun aber schwindet ihre Macht, und Dunkelheit breitet sich in Annar aus.«

»Was sind die Schulen?«, fragte Maerad, die sich unwissend und tölpelhaft fühlte. »Habt Ihr dort diese Zauber gelernt?«

Er sah sie an, und zu ihrer Verwirrung lachte er. »Maerad, es kommt mir so komisch vor, dass jemand, der die Gabe besitzt, rein gar nichts über die Schulen weiß.«

»Die Gabe?«, hakte Maerad nach. Sie spähte das Tal entlang; in weiter Ferne konnte sie die Sterne zwischen den Hängen sehen, wo es endete und sich hinaus in die weite Welt öffnete, von der sie keine Ahnung hatte. Plötzlich fühlte sie sich einsamer als je zuvor in ihrem Leben. Und sie war so müde, müder, als sie es je gewesen war. Ein Kloß des Kummers stieg ihr in die Kehle, und sie war unfähig, etwas zu sagen.

»Bitte verzeih mir, Maerad«, bat Cadvan. »Ich wollte mich nicht über deine Unwissenheit lustig machen. Wüsstest du mehr, wärst du vielleicht schon tot. Mir scheint durchaus möglich, dass deine Ahnungslosigkeit dich vor den Blicken derer bewahrt hat, die dir andernfalls Böses gewollt hätten.« Er lächelte sie an, und Maerad lächelte matt zurück, wenngleich sie nicht recht verstand, wovon er redete. »Soll ich mich eine Weile als wandernder Weissänger verdingen?«, schlug er vor. »Wir könnten die heutige Nacht für eine Einführung nutzen. Das würde uns die Zeit vertreiben.«

»Na schön«, gab Maerad zurück und musterte den in Schatten gehüllten Mann neben ihr. »Erzählt mir von der Gabe.«

Sie hatten einen langen Weg zu bestreiten, aber sie kamen trotz Felsblöcken und losen Steinen, die ständig die Gefahr eines verstauchten Knöchels bargen, gut voran. Die letzten Spuren des Tageslichts verglommen in den Bergen, und die dunkle Zeit vor dem Aufgang des Mondes hielt Einzug. Maerads Beine fühlten sich vor Erschöpfung bleiern und wund an, doch die Unterhaltung lenkte ihre Gedanken von ihrem Unbehagen ab.

»Wo soll ich anfangen?«, sagte Cadvan. »Was ist die Gabe? Wie soll ich das beantworten, wenn es niemand wirklich weiß?« Er setzte ab, als sammelte er die Gedanken. »Nun, diejenigen, die mit der Gabe gesegnet sind, ähneln den Weissängern von Afinnil. Alle Barden besitzen die Gabe, was bedeutet, dass sie bestimmte Kräfte und Fähigkeiten haben. Am bedeutsamsten davon ist die Hohe Sprache.« Er setzte ab. »Barden erlernen die Hohe Sprache nicht, sie lebt bereits in ihnen, wenn sie geboren werden. Auf den Lippen jener, denen die Gabe innewohnt, haftet der Hohen Sprache eine natürliche Kraft an; sie stellt die Quelle unseres Wissens und eines Großteils unserer Macht dar. Kraft der Gabe überdauern wir die dreifache Länge eines gewöhnlichen Lebens. Gemessen an herkömmlichen Normen bin ich bereits ein alter Mann, obwohl du das vermutlich nicht annimmst.«

»Ein alter Mann?«, meinte Maerad und betrachtete Cadvan zweifelnd. Er erschien ihr keineswegs alt; sie hätte ihn auf etwa fünfunddreißig geschätzt. Kurz überlegte sie, ob er sich all das vielleicht ausdachte, doch dann fiel ihr wieder ein, wie er sie und sich selbst unsichtbar gemacht hatte.

»Nicht alt für einen Barden«, erwiderte Cadvan lächelnd, »trotzdem alt genug. Ein langes Leben ist ein zweischneidiges Schwert, glaub mir. Aber es gibt noch andere Anzeichen. Ein Barde erkennt andere Barden – so habe auch ich dich erkannt. Heute Morgen dachte ich einen Lidschlag lang, meine Macht hätte mich gänzlich im Stich gelassen, als du mich angesprochen hast.« Er fasste sich an die Brust. »Mir ist das Herz stehen geblieben! Aber dann sah ich deine Augen ...«

Maerad sah ihn an und war erneut unsicher, was er meinte oder ob sie lachen sollte. Dabei bemerkte sie, dass Cadvan, während er redete, ständig auf der Hut war, wenngleich auf eine ihr fremde Art und Weise. Er schaute sich nie um oder zurück, aber er schien innerlich auf etwas zu lauschen, das sie nicht zu hören vermochte, als flösse in ihm eine Musik, die zuweilen größter Aufmerksamkeit bedurfte. Es fühlte sich ein wenig merkwürdig an, so als wäre er nur halb da.

»Es gibt vieles, das du über Barden und das Licht wissen solltest«, fuhr Cadvan fort. »Die Gabe zu besitzen und nicht zu wissen, was sie bedeutet, kann schrecklich sein.« Er begann in einem sonderbar förmlichen Tonfall zu reden, der sich fast wie ein Sprechgesang anhörte und sie anfangs beinahe zum Lächeln brachte. Unaufgefordert drängte sich ihr das Bild einer Steinhalle mit hohen Fenstern auf, in der zahlreiche Leute im Kreis saßen und tief in Gedanken versunken die Häupter neigten. Das Bild verpuffte, und sie sah sich um, ließ den Blick in die leere Nacht und über die düsteren Schatten der Gebirgslandschaft wandern. Indes hallte Cadvans Stimme stetig durch die Dunkelheit.

»So wisse, Maerad, dass in Annar und den Sieben Königreichen die Barden damit betraut sind, das Licht zu behüten. Die Horte des Wissens sind die Schulen, doch das war nicht immer so. Vor vielen Menschenleben war der Hort der Überlieferungen Afinnil, die Feste des Liedes, errichtet, als die ersten Weissänger nach Annar kamen. Manche sagen, eine schreckliche Kälte habe sie aus ihrer Heimat vertrieben; andere meinen, sie seien aus einem versunkenen Land hierher gesegelt; wieder andere behaupten, sie seien einfach hier unter den Menschen aufgetaucht. Wie die Wahrheit auch aussehen mag, unsere Herkunft ist im Reich der Legenden versunken. Woher sie auch kamen, die Barden erschienen in Annar und brachten die Überreste eines uralten Wissens vom Anbeginn der Welt mit: die Gabe des Sprechens, des Lesens, des Erschaffens und des Behütens: die Fähigkeiten und Kenntnisse, die man die Künste des Lichts nennt. Und hier wurde die große Stadt Afinnil erbaut, die in den Tagen der Vorzeit den Hort des Wissens darstellte.

Viele Lieder berichten von ihrer unerreichten Pracht, von den mauerlosen Türmen, die sich wie Lilien neben der See, neben dem reinen Antlitz gesegneten Wassers erhoben. Und in jener Feste weilten die Weissänger, all jene, die der Welt Schönheit liebten und pflegten. Die Hohe Sprache war allumfassend, und alle verstanden einander.«

Cadvans Stimme verlagerte sich leicht und ging in einen Singsang über. Maerads Herz pochte schneller. Sie konnte sich gar nicht erinnern, wann sie zuletzt ein neues Lied gehört hatte. Trotz ihrer freudigen Überraschung stellte die Musikantin in ihr nüchtern fest, dass Cadvan einen sehr guten Bariton besaß.

Gefallen in Finsternis, tiefer als Herzensweh,
Alle Stimmen beweinen dich, niedrige, hohe,
In der Sprache der Bäume, der Tiere, der Menschen,
In der Bardensprache beweinen sie dich,
O Schatten des Mondlichts, aus Marmor gewoben,

O Blume aus Eis, die das Sonnenlicht küsste,
O Chor, aus tausend Kehlen gesungen.

In Afinnil, o Afinnil,
Der Traum ist verloren, die Leier still,
Wo die Türme einst ragten, wächst Dornengerank,
Und im Schattensee dunkel dein Licht versank.

»So besinnt man sich der Stadt im Lied, als Schmerz, als Erinnerung an etwas Wunderbares, das jetzt für immer verloren ist. Die Geschichte über ihren Untergang ist entsetzlich. Dennoch musst du sie kennen, wenn du die Barden verstehen willst. Denn die Gaben des Lichts waren leider ihr eigenes Verderben.«

Maerad stolperte abermals, und diesmal fiel sie. Sofort rappelte sie sich wieder auf. Cadvan blieb stehen. »Geht es dir gut?«, erkundigte er sich.

»Ja«, herrschte sie ihn verärgert an und presste die Hände aufeinander, die sie sich an den Steinen aufgeschunden hatte.

Cadvan bedachte sie mit einem scharfen Blick. »Du hast dich nicht ausgeruht, und das nach einem zweifellos schweren Arbeitstag«, stellte er fest. »Wir müssen zwar weiter, aber vielleicht können wir jetzt ein Weilchen rasten, um danach umso schneller voranzukommen.« Damit setzte er sich an Ort und Stelle auf den Boden. Dankbar ließ sich Maerad neben ihm nieder. Ihre Beine zitterten. Cadvan öffnete sein Bündel und holte eine Flasche daraus hervor. »Das hilft gegen die Müdigkeit«, erklärte er. Zuerst trank er selbst einen Schluck, dann bot er die Flasche Maerad an. Der Inhalt schmeckte wie Wasser, allerdings mit einem Hauch von Kräutern. Ein feuriges Kribbeln fegte durch ihren Körper, und ein Teil ihrer Erschöpfung hob sich jäh hinfort. In der lautlosen Düsternis fühlte sich das Tal bedrückend still an, und als Cadvan wieder das Wort ergriff, zuckte Maerad um ein Haar zusammen.

»Wie ich schon sagte, ging Afinnil teilweise durch seinen eigenen Großmut unter. Im Süden stieg ein König auf, der sich davor fürchtete, wie gewöhnliche Menschen zu sterben, und stattdessen nach dem ewigen Leben trachtete, befreit vom Los des Kreislaufs der Welt. Er gierte nach den Kräften des Lichts und wollte sie für sich selbst haben. Also verhehlte er seine wahre Absicht, trat an die freundlichen Barden von Afinnil heran und bat um Geleit. Da in ihren Herzen kein Argwohn hauste, gewährten sie es ihm mit Freuden. Er erwies sich als gelehriger Schüler und wurde mit der Zeit mächtiger in der Beherrschung der Hohen Sprache, feinfühliger im Umgang mit den Überlieferungen, begabter in der Kunst des Erschaffens und Aufhebens als jeder andere vor ihm. Nachdem er der Ansicht war, genug gelernt zu haben, kehrte er in sein Land im Süden zurück, das Königreich Dén Raven.

Die Absicht hinter dem Wissen um das Licht besteht darin, Schönes zu schaffen, Wachstum zu ermöglichen, das geheiligte Gleichgewicht zu halten. Dieser König aber beugte das Wissen für seine Zwecke. Sein erster Fehltritt war, seinen Namen abzulegen.«

»Wie kann man seinen Namen ablegen?«, fragte Maerad, gleichermaßen fasziniert und verwirrt. »Wie wurde er denn dann genannt?«

Cadvan lachte. »Dieser Hexer besitzt immer noch einen Gebrauchsnamen, obwohl er selten ausgesprochen wird. Für gewöhnlich wird er als ›der Namenlose‹ bezeichnet. Jeder Barde besitzt einen geheimen Namen«, fuhr er fort. »Du kennst meinen Namen nicht. Du kennst noch nicht einmal deinen eigenen. Einem Barden wird sein Name bei der Aufnahme verliehen, wenn er in seine Macht eingeweiht wird; er ist, wenn man so will, jemandes wahrer Name in der Ursprache. Er sagt aus, wer man ist. Ihn abzulegen ist so, als verstoße man sich selbst.«

»Aber das ist unmöglich!«, warf Maerad ein. »Wie kann man nicht derjenige sein, der man ist?«

»Leider ist das ganz und gar nicht unmöglich«, entgegnete Cadvan. »Der König wies seinen Namen zurück, weil er dadurch auch den Tod zurückweisen konnte. Aber mit der Gabe des Todes verwarf er gleichzeitig das Wissen derer, die sterben, und er stellte fest, dass sein Herz sich leer anfühlte – ein schärferer Schmerz, als er ihn je zuvor gekannt hatte. Denn er gehörte nicht zu den Unsterblichen und hatte daher kein Anrecht auf die Todeslosigkeit. Er blickte auf die Welt hinaus, und sein Blick war dunkel. Also trachtete er nach der Herrschaft über alles auf Erden und nach der Zerstörung all dessen, was ihm durch seine Schönheit widerstrebte. Er forderte das Gesetz des Gleichgewichts heraus. Dann marschierte er mit bewaffneten Heerscharen und Schwarzen Zauberern – jenen verderbten Barden, die wir Untote nennen – gegen die prächtige Zitadelle von Afinnil. Er riss ihre wunderschönen Türme ein und verdunkelte die See, auf dass der Mond sich nicht mehr darin badete und die Sterne vor seinem leblosen Antlitz flüchteten. Danach begann die Große Stille, und das Lied ward in den Weiten der Länder von Annar nicht mehr gehört.

Das war nicht die einzige seiner Missetaten, aber sie zählte zu den schlimmsten. Damals gingen viele Dinge für die Welt unwiederbringlich verloren.«

Cadvan seufzte. Maerad lauschte ihm schweigend, überwältigt vor Verwunderung, nicht nur über die Geschichte, sondern auch über die süße Erregung, die jene Bezeichnungen in ihr zu erwecken begannen: *Afinnil, Weissänger, das Licht.* Sie erinnerten sie stark an den Geruch und die Stimme ihrer Mutter, wenn sie die Leier zupfte, an ihr dunkles, herabfallendes Haar, wenn sie Maerad küsste, und an andere Dinge aus ihrer Erinnerung, die sie nicht nachzuvollziehen vermochte. Auch sie seufzte, dann sah sie sich um. Sie befanden sich auf halbem Weg das Tal hinab. Über ihnen funkelten Heerscharen von Sternen um einen zunehmenden, fast vollen Mond. Sie suchte die Fünf Juwelentöchter, die hoch über ihnen ihrem unablässigen Tanz frönten. Ilion war mittlerweile hinter dem Horizont versunken.

Cadvan stand auf. »Wir sollten weitergehen«, sagte er.

Maerad rappelte sich auf die Beine, und sie setzten den langsamen Marsch durch das Tal fort. Maerad spürte, wie ihre Erschöpfung zurückkehrte, doch sie zwang sich weiter, während Cadvan sich wieder dem Unterricht zuwandte.

»Die Geschichte vom Untergang des Namenlosen ist lang, hart und voller Verzweiflung«, fuhr er fort. »Begnügen wir uns damit zu sagen, dass er letztlich besiegt wurde. Nach seinem Sturz errichteten die Barden die Schulen, in denen das Wissen um das Licht gehütet und überall in Annar und den Sieben Königreichen weitergegeben wird. Der Mittelpunkt all dieses Wissens ist nunmehr Norloch, ein wunderschöner Ort mit Gärten und hohen Hallen. In einer Hinsicht allerdings unterscheidet sich Norloch von Afinnil: Norloch ist von Mauern umgeben und für eine große Garnison ausgestattet, damit die Unschuld, die Afinnil zum Verhängnis wurde, nicht neuerlich zu einer Schwäche werden kann. Und das ist der vermutlich größte Verlust, den der Namenlose herbeigeführt hat, wenngleich manche dem widersprechen und meinen, Norloch übertreffe mit seiner Pracht sogar jene uralte Zitadelle.«

»Seid Ihr schon einmal dort gewesen?«, wollte Maerad wissen, als er verstummte.

»Ja«, antwortete Cadvan. »Viele Male. Ich gehöre keiner Schule mehr an und reise nach Bedarf zwischen ihnen hin und her. Das Licht ist abermals in Gefahr. Barden werden auf gefährliche, geheime Pfade entsandt, um die Spur der Finsternis aufzunehmen, statt auf althergebrachte Weise über die Blätter des Frühlings zu singen und den Fortschritt zu fördern.«

»Wart Ihr deshalb in der Nähe von Gilmans Feste?«, erkundigte sich Maerad.

Ein schmerzlicher Schatten huschte über Cadvans Züge. »Wir sind noch ein wenig nah, um darüber zu sprechen«, meinte er. Danach schwieg er eine ganze Weile.

In der Stille spürte Maerad wieder die beklemmende Wirkung ihrer Umgebung. Inzwischen waren etwa drei Stunden seit dem Sonnenuntergang verstrichen. Das Mondlicht erhellte die steilen Kanten der Berge mit einem weißen Schimmer und tauchte die Schluchten in undurchdringliche Schatten. In der Ferne vermeinte sie ein leises Heulen und Kreischen zu hören. Auch fand sie, dass Cadvans Gesicht Spuren einer großen Belastung zeigte, wenngleich seine Stimme nichts dergleichen verriet. Maerad erinnerte sich an seine Erschöpfung an jenem Morgen und daran, dass er gesagt hatte, er sei verletzt. Allerdings sah sie keine Anzeichen einer Wunde.

Schließlich wagte sie eine weitere Frage. »Glaubt Ihr, ich könnte eine Bardin werden?«

»Hast du denn gar nichts von dem gehört, was ich dir erzählt habe?«, gab Cadvan kurz angebunden zurück. Maerad warf ihm einen verstimmten Blick zu. Ihre Füße begannen vor Schmerzen zu pochen. Sie marschierte schweigend weiter und fragte sich, ob sie dieses verwunschene Tal je verlassen würden. Plötzlich hielt Cadvan inne und keuchte. Schweiß stand auf seiner Stirn.

»Maerad«, sagte er. »Ich muss dich um Geduld bitten. Ich liege im Widerstreit mit dem Geist dieses Ortes, der uns nicht weglassen will. Er setzt mir zu, und es wird schlimmer, je weiter wir gehen.«

Nach kurzer Zeit setzte er den Marsch fort, allerdings langsamer, so als watete er durch tiefes Wasser. Besorgt stellte Maerad fest, dass sie noch einen weiten Weg vor sich hatten, bevor sie das Tal hinter sich lassen würden. Sie selbst spürte nichts, abgesehen von einem wachsenden Gefühl der Furcht. Sie wagte nicht zu sprechen. Das Gehen gestaltete sich schwierig, zumal sie sich mittlerweile einen Pfad zwischen Felsbrocken und von den Berghängen gerutschtem Geröll bahnen mussten, und bisweilen verschwand der Weg völlig. Maerads Stiefel waren zerrissen, ihre Füße wund und voller blauer Flecken. Außerdem machte ihr zum ersten Mal in jener Nacht die Kälte zu schaffen. Sie schien ihr ins Mark zu kriechen und in ihren Gelenken Kristalle zu bilden, die jede Bewegung erschwerten. Allmählich versank Maerad in einem Albtraum der Erschöpfung, und sie richtete ihre ganze Aufmerksamkeit nur noch darauf, einen Fuß vor den anderen zu setzen. Der Ausgang des Tales rückte näher und näher, aber im selben Maße steigerte sich die Kälte, und Cadvans Schritte wurden immer langsamer.

Schließlich konnte er nicht mehr weiter. Der Schweiß rann ihm über das Gesicht, und seine Mundwinkel zuckten. »Maerad«, stieß er heiser hervor. »Ich muss mich ausruhen, nur kurz.« Langsam schien er regelrecht in sich zusammenzufallen.

Unwillkürlich streckte Maerad den Arm aus und ergriff seine Hand.

Unvermittelt spürte sie es: einen kalten, grausamen Willen, der ihren Verstand wie ein Schraubstock zu zermalmen drohte. Sie ließ seine Hand los, als hätte die Berührung sie versengt.

»Was *ist* das?«, flüsterte sie.

Erstaunt musterte Cadvan sie.

»Du kannst es spüren?«, fragte er.

»Ich fühle etwas«, bestätigte sie und zuckte zusammen. »Etwas Entsetzliches ...«

»Nimm noch einmal meine Hand«, forderte er sie auf. Furchtsam sah Maerad ihn an und wich jäh zurück. Cadvans Berührung hatte ihr das Gefühl vermittelt, ein bösartiges Bewusstsein dringe in ihren Verstand ein, erbarmungslos und grauenerregend.

Keuchend stieß Cadvan die Luft aus, dann wappnete er sich, um weiterzuatmen, wie ein Mann, der Schmerzen leidet. Er streckte ihr die Hand entgegen und sprach in gemessenem Tonfall. »Maerad, im Augenblick halte ich den gesamten Berg davon ab, über unseren Köpfen einzustürzen. Vielleicht kannst du mir helfen. Nimm meine Hand!«

Widerwillig griff Maerad danach und umfasste sie. Seine Finger waren kalt wie Eis. Das Empfinden kehrte zurück, diesmal noch schlimmer. Cadvan umklammerte sie heftig, als wäre er am Ertrinken.

»Dräng es zurück«, forderte er sie auf. »Befiel ihm, sich zurückzuziehen.«

Maerad war verwirrt. Was meinte er damit?

Dräng es zurück!

Der Befehl schien nicht laut ausgesprochen zu werden, sondern in ihrem Kopf widerzuhallen. Es war Cadvans Stimme. Inmitten der unheilvollen Dunkelheit, die ihren Verstand umnebelte, wirkte seine Stimme wie ein Licht, eine kleine weiße Flamme ... Dieser wandte sie sich zu und kämpfte gegen das eigene Grauen an. Sie bündelte ihre Gedanken. *Geh weg!* schrie sie. Maerad wusste nicht, ob sie es laut aussprach. *Fort!*

Sogleich ließ das zerdrückende Gefühl der Böswilligkeit nach. Cadvan stieß einen tiefen Seufzer aus.

»Beim Licht, Maerad, du besitzt eine gewaltige Gabe. Jetzt ist es uns vielleicht möglich, diesen Ort zu verlassen.« Er hielt ihre Hand so fest, dass sie die Knochen knirschen spürte, und stand langsam auf.

Stetig und gebückt, als trügen sie schwere Bürden, schlichen sie weiter. Maerad empfand es als schwierig, gleichzeitig zu gehen und darauf zu achten, ihren Geist abzuschirmen. Einmal stauchte sie sich den Knöchel an einem Stein, stürzte beinahe und schrie laut auf, aber Cadvan nahm sie bei der Hand, und sie humpelte weiter. Qualvoll langsam näherte sich das Ende des Tales.

Schließlich, als die Berge sich im aufziehenden Morgengrauen erst silbrig und anschließend rosa zu verfärben begannen, erreichten sie das Talende. Sobald sie die letzten Ausläufer hinter sich gelassen hatte, spürte Maerad, wie der geheimnisvolle Wille hinter ihr gleich einem Tor zuschnappte, und plötzlich wandelte sie wieder unbeschwert. Vor Erleichterung jauchzte sie laut auf.

»Wir sind draußen!«, rief sie und wandte sich Cadvan erstmals mit einem unverhohlenen Lächeln zu.

Cadvan betrachtete sie mit düsterer Miene. »Trotzdem müssen wir weiter! Selbst in seinen Schatten besitzt der Landrost noch Macht.«

Wie zur Betonung seiner Worte ertönte hinter ihnen ein tiefes Grollen, und ein Erdrutsch löste sich vom Hang des Berges, um in einer Staubwolke herabzudonnern. Maerad drehte sich um und schaute ein letztes Mal in das Tal. *Seltsam,* dachte sie. Sie verspürte keinerlei Gefühlsregung, weder Freude noch Bedauern. Rein gar nichts.

Dann wandte sie sich ab.

Vor sich sah sie, wie die grasbewachsenen Ausläufer der Berge zu einem großen Wald hin abfielen, verhüllt von Nebelschwaden, die sich jedoch bereits lichteten. Über den grünen Hügeln stieg die Sonne auf, und ihr Licht erwärmte Maerads Herz.

Drittes Kapitel
Der Seelenblick

Maerad humpelte weiter. Ihre Beine fühlten sich schwer an und lechzten nach Schlaf. Eine Stunde nach Sonnenaufgang, nachdem die Mündung des Tales in der größeren Gebirgskette verschwunden war, aber noch bevor sie den Waldrand erreichten, hielt Cadvan neben einem kleinen Hain aus Bäumen mit weißer Rinde inne. Maerad erkannte, dass sie uralt waren. Sie besaßen breite, zernarbte Stämme und wuchsen in einem Kreis dicht beisammen.

»Die Birke ist ein Baum hehrer Vorzüge«, erklärte Cadvan. »Hier können wir friedvoll schlafen. Dieser Hain wurde vor langer Zeit von den nördlichen Barden gepflanzt. Er heißt Irihel, Eisheim, und reisende Barden pflegten hier zu rasten. Uns kommt er sehr gelegen!«

Sie traten zwischen den dicht gepflanzten Stämmen hindurch, und Maerad sah, dass innerhalb des Hains kurzes, üppiges Gras einen weichen Untergrund bildete, der sich zur Mitte hin wie eine Schale neigte. Die Äste verflochten sich über ihren Köpfen, die frischen Blätter filterten aus dem Licht der Sonne ein grünliches Gold. Cadvan setzte sich, warf sein Bündel auf den Boden und streckte die Beine aus.

»Es ist uns nicht gestattet, hier ein Feuer zu entfachen«, sagte er. »Schade. Ich bin bis auf die Knochen durchgefroren.«

Maerad nahm argwöhnisch neben ihm Platz. Das raue Leben in Gilmans Feste hatte sie Misstrauen gegenüber Männern gelehrt; sie hatte stets all ihrer List bedurft und auf Hexenfurcht zurückgreifen müssen, um sich Gilmans Schergen vom Leib zu halten. Maerad hatte gesehen, was sie mit anderen taten, die schwächer waren als sie. Nun war ihr unangenehm bewusst, dass sie sich alleine an einem wilden Ort und völlig in der Gewalt dieses Cadvan befand. Andererseits glich er keinem Mann, dem sie je zuvor begegnet war, nicht einmal Mirlad, Gilmans düsterem und einsilbigen Sänger.

Cadvan musterte sie mitfühlend. »Ganz in der Nähe fließt ein

Bach, falls du dich waschen möchtest«, verriet er. »Ich zeige ihn dir und lasse dich dann dort allein. Du wirst in Rufweite sein, falls du mich brauchst. Falls du nicht rufen kannst, schrei meinen Namen in deinen Gedanken. Ich werde dich hören.«

Maerad nickte und ließ sich zu einem kleinen Bach führen, der frisch und kalt von den Bergen herabfloss. Hinter hohem Gebüsch aus Stechginster und Brombeeren neigte sich eine kurze, mit weichem Gras bewachsene Böschung zu einem Tümpel hin, der wie geschaffen zum Baden schien. Dort ließ Cadvan sie zurück, und Maerad wusch sich zum ersten Mal seit dem Vortag. Das kalte Wasser ließ sie scharf die Luft einsaugen. Sie tauchte den geschwollenen Knöchel in das kühle Nass. Die Verstauchung erwies sich als nicht allzu schlimm; in etwa einem Tag würde sie abgeklungen sein.

Dann kehrte sie zu der Senke zurück, wo Cadvan eine Decke und ihre nach wie vor in Sackleinen gehüllte Leier aus seinem Bündel hervorgeholt hatte. Außerdem hatte er etwas zu essen ausgebreitet: getrocknetes Obst und Fleisch sowie hart aussehenden Zwieback. »Iss«, lud er sie ein. »Ich bin gleich zurück.«

Maerad ergriff die Leier, schüttelte die Sackleinenhülle ab und schloss das Instrument in die Arme, doch sie fühlte sich zu müde, um die Saiten anzuschlagen. Als Cadvan zehn Minuten später zurückkehrte, schlief sie bereits tief und fest. Sie hatte sich in die Decke gewickelt, und die Leier ruhte wie ein Säugling in ihrer Armbeuge. Das Essen hatte sie nicht angerührt. Cadvan lächelte schief und aß ein wenig von dem Zwieback. Dann schlang er seinen Mantel um sich und schlief ebenfalls ein.

Maerad wurde durch heftigen Hunger geweckt. Die Sonne stand bereits tief am Himmel. Cadvan saß mit dem Rücken zu ihr und drehte sich um, als sie sich regte. Er aß gerade und bot ihr sogleich etwas von der Mahlzeit an. Schweigend speisten sie zusammen. Das schlichte Essen, allein durch Hunger gewürzt, schmeckte auf Maerads Zunge wie Freiheit; außerdem vermeinte sie am ganzen Körper das Sonnenlicht, den durch endlose Weiten streichenden Wind und die Kraft der Bäume zu spüren, die ihre borkigen Arme dem endlosen Himmel entgegenstreckten.

Als sie fertig waren, strich Cadvan sich mit geradezu pedantischer

Sorgfalt Krümel vom Mantel. »Nun denn, Maerad«, sagte er, ohne sie anzusehen. »Wir müssen über unsere Pläne nachdenken. Ich muss viele hundert Meilen durch gefährliche Lande reisen, und zwar rasch. Nun habe ich eine Begleiterin, aber keinen zusätzlichen Proviant. Und wie ich sehe, hast du weder eine Decke noch Essen oder auch nur Ersatzkleider mitgebracht – lediglich eine Harfe, wie ein wahrer Barde. Was sollen wir tun?«

Maerad sah ihn an und achtete darauf, durch ihre Miene nichts zu verraten. »Woher soll ich das wissen?«, gab sie zurück. »Ihr habt mich *eingeladen*, mit Euch zu kommen.« Dann jedoch wurde sie von einer plötzlichen Furcht gepackt. Was sollte sie wirklich tun? Sie kannte nichts und niemanden. Soweit sie wusste, war ihre gesamte Familie tot. Sie hatte kein Zuhause. Und für diesen Mann, der sie aus der Sklaverei befreit hatte, obwohl er eindeutig selbst in Gefahr schwebte, konnte sie nur eine Last sein. Würde er sie zurücklassen?

Als hätte er ihre Gedanken gelesen, sagte Cadvan rasch: »Selbstverständlich würde ich dich nicht hier zurücklassen. Aber wir müssen uns überlegen, wohin wir uns wenden. Mein Weg führt nach Norloch, wo ich dem Zirkel Bericht erstatten muss. Ich kann dich entweder zu einer näher gelegenen Schule bringen, wo du dich ausruhen, genesen und unterrichtet werden kannst, oder du begleitest mich nach Norloch.«

»Ich möchte Euch nicht im Weg stehen«, meinte Maerad ein wenig verstimmt.

»Maerad, Barden lernen, dass nur wenig, was sie betrifft, bloßer Zufall ist. Das trifft auch auf unsere Begegnung zu. Menschen mit der Gabe sind rar, und dass ich unter solchen Umständen in einem Kuhstall auf dich gestoßen bin, ist zu seltsam. Und ich bezweifle, dass ich es ohne deine Hilfe aus dem Tal geschafft hätte. So viel ist mir klar. Ich persönlich finde es auch erstaunlich, dass jemand gänzlich ungeschult über solche Macht wie du verfügt. Hätte ich sie nicht selbst erfahren, ich hätte es nicht geglaubt. Es gibt viel, was ich dir erzählen sollte, viel, was du wissen solltest. Eine Gabe dieser Art ist ein zweischneidiges Schwert. Falsch angewendet kann sie dir Schaden zufügen. Kurz gesagt: Du bist mir ein Rätsel.«

Er lächelte sie an, doch Maerad kauerte nur mit finsterer Miene auf dem Boden und erwiderte die Geste nicht. Ein kurzes Schweigen breitete sich aus.

»Darf ich mir deine Leier ansehen?«, fragte Cadvan schließlich. »Mir ist etwas daran aufgefallen ...«

Maerad hob das Instrument auf, streichelte unbewusst darüber und reichte es ihm. Cadvan ergriff es und nahm es eingehend in Augenschein. Seine langen, zierlichen Finger prüften das Gewicht und die Ausgewogenheit. Dann strich er mit der Hand über die Saiten und schlug einen zarten Akkord an. Die Noten erklangen melodisch und schienen in der Luft zu schweben. Cadvan stieß einen leisen Pfiff aus.

»Diese Leier«, sagte er, »hat sie deiner Mutter gehört?«

Maerad nickte. Nachdenklich drehte Cadvan das Instrument in den Händen herum und fuhr mit den Fingern über die eingeritzte Schrift.

»Musstest du sie jemals stimmen?«, wollte er wissen. »Ich vermute, du hast die Saiten nie ausgetauscht, oder?«

»Nein«, bestätigte Maerad. »Hätte ich es tun sollen? Das wusste ich nicht ... Mirlad hat nie etwas davon erwähnt ...«

Cadvan lachte unverhofft, wodurch er sie erschreckte. »O Maerad«, sagte er, als er wieder zu Atem gelangte. »Ob du sie hättest bespannen sollen?« Wieder lachte er leise. In seiner Stimme schwang nachgerade greifbare Verwunderung mit. »Dieses Ding ist ein Vermögen wert. Was hätte Gilman wohl getan, hätte er gewusst, dass sich ein solcher Schatz in seiner kleinen Burg verbarg? Diese Leier ist zehn Mal, nein, tausende Male mehr wert als alles andere dort. Solche Leiern werden seit ganzen Zeitaltern nicht mehr hergestellt, seit den Tagen von Afinnil. Dieses Instrument wurde von einem großen Handwerker geschnitzt. Ich kenne diese Schrift überhaupt nicht, und ich bin mit vielen Schriften vertraut, die schon lange in Vergessenheit geraten sind; zweifellos bezeichnet sie den Namen desjenigen, der die Leier hergestellt hat. Instrumente wie diese sind als dhyllisches Gewerk bekannt, und in ihren Bau ist große Macht eingeflossen. Die in den Saiten verankerte Kunst ist längst vergessen. Ich habe über diese Instrumente gelesen, aber noch nie eines gesehen. Man dachte, alle wären verloren gegangen. Was bist du doch für ein Rätsel!« Nach wie vor lächelnd betrachtete er sie.

Maerad hatte keine Ahnung, was sie darauf erwidern sollte. Sie fühlte sich regelrecht benommen. Ihre bescheidene Leier ein Gegenstand aus einer Legende? Dann streckte Cadvan mit plötzlich ernster Miene einen Arm aus und tätschelte ihre Hand.

»Wenn wir zusammen reisen wollen, müssen wir Freunde werden«, erklärte er. »Und wir müssen einander vertrauen. Nimm meine Hänseleien nicht ernst. Nichtsdestotrotz müssen wir entscheiden, was wir tun sollen.«

Maerad blickte unbehaglich auf ihre Hände hinab und schwieg. Sie wusste nicht, was sie zu diesem Mann sagen sollte. Wollte er ihr Böses? Woher sollte sie es wissen?

»Auf jeden Fall werden wir nicht gleich aufbrechen«, fuhr Cadvan fort. »Um die Wahrheit zu sagen, ich bin immer noch erschöpft. Außerdem muss ich nachdenken. Hier sind wir vorerst in Sicherheit. Etwas Ruhe wird uns beiden nicht schaden. Vor uns liegt ein langer Weg, ganz gleich, wofür wir uns entscheiden.«

Er öffnete sein Bündel und holte eine Leier hervor. »Weniger edler Herkunft als die deine, aber edel genug, um mir Gesellschaft zu leisten«, meinte er. »Und mir immer noch treu, meine erste Liebe.« Er schlug einige Akkorde an und stimmte das Instrument, dann entfesselte er einen Schwall von Noten, der unmittelbar in Maerads Herz drang. Es war ein Lied, das sie gut kannte – der Beginn der tragischen Ballade um Andomian und Beruldh, die Mirlad ihr vor vielen Jahren beigebracht hatte. Cadvan begann mit klarer, wundervoller Stimme die Rolle Andomians zu singen.

Sprich zu mir, o schöne Maid,
sag mir an und weiche nicht,
welch ein Kummer dich bedräut,
der aus deinen dunklen Augen spricht?

Er setzte ab und zupfte die Melodie. Maerad erkannte, dass er auf ihre Erwiderung wartete. Sie hielt ihre eigene Leier immer noch in den Händen und begann, den Wechselgesang zu spielen und den Antwortreim zu singen. Seit Mirlad gestorben war, hatte sie kein Duett mehr gespielt. Zusammen sangen sie die abwechselnden Verse der uralten Ballade. Cadvans Bariton und Maerads Alt erfüllten den Hain mit Musik. Maerad beschlich das sonderbare Gefühl, dass die Bäume ihnen lauschten und sich nach innen neigten, um sie besser zu hören.

Begraben meine Mutter liegt,
zerstört sind meines Vaters Hallen,
schwarz die Schar der Raben fliegt
um die Mauern, die in Staub zerfallen.

Bleib und heile deinen Schmerz,
leg ab nun diese Last aus Stein,
Schöne, mein verborgenes Herz
sei von diesem Tag auf ewig dein.

Der Fluch des Karak hält mich hin,
der meine Brüder hat gebunden,
jede Freude muss ich fliehn,
bis ich seinen Ursprung hab gefunden ...

Maerad verstummte, geriet plötzlich ins Stocken. Cadvan hörte zu spielen auf, und nach den verhallenden Akkorden kehrte tiefe Stille ein. »Und so begegneten sich Andomian und Beruldh. Sie begaben sich auf den Weg in die Verliese des Namenlosen, wo sie starben, ohne Hoffnung auf Hilfe, fern vom Licht«, sagte Cadvan. »Aber keine der Legenden berichtet, dass sie es bereut oder bedauert hätten.« Unvermittelt schlug er einen harschen, ungeduldigen Akkord an. »Du hast recht, Maerad. Dies ist kein Lied für einen solchen Ort – ohne Dach über dem Kopf in der Dunkelheit, während in der Ferne Werwesen heulen. Du spielst gut: Man merkt, dass du Unterricht hattest, wenngleich mit einigen merkwürdigen Spielarten ... Wie ich sehe, weißt du mehr, als du zeigen willst. Das hätte ich erwarten sollen. Darüber unterhalten wir uns später.«

Er legte seine Leier beiseite und sprach eine Weile kein Wort mehr. Seine Miene wirkte düster und bekümmert. Maerad saß unglücklich da und fragte sich, ob sie unverfroren oder barsch gewesen war. Dieser Mann überstieg ihr Verständnis: Zumeist schien er sie geduldig und mit leichtem Spott zu betrachten, dann schlug seine Stimmung ohne Vorwarnung um, und er wurde unnahbar und zog sich zurück. Er gebarte sich so gänzlich anders als die Männer in Gilmans Feste, die nur ihren Trieben folgten, oder als Mirlad, der sich stets schroff gezeigt, darunter aber ein ausgesprochen freundliches Wesen verborgen hatte. Ein Gefühl hatte ihr verraten, dass Mirlad zutiefst unglücklich gewesen war, weshalb sie über seine Freudlosigkeit und seine Launenhaftigkeit hinweggesehen hatte. Über die Geschichte Annars, die Überlieferungen oder die Hohe Sprache hatte er nie mit ihr geredet, obwohl er ihr viele Lieder beibrachte, von denen er abschätzig meinte, sie vertrieben wenigstens die Zeit. Zurückblickend nahm sie an, dass er für ihre Flucht ebenso wenig Hoffnung sah wie sie selbst und sie davor bewahren wollte, von einem anderen Leben zu träumen, wie er es vermutlich selbst getan hatte. Ein Leben, in dem Barden und Gesang in Ehren gehalten wurden und nicht bloß als Unterhaltung bei derben Festlichkeiten dienten.

Und dort war er gestorben. Sie spürte, wie neues Mitgefühl für Mirlads vergeudetes Leben und seinen einsamen Tod in ihr aufkeimte.

Cadvan hingegen war völlig anders und wesentlich schwieriger zu ergründen. Er wirkte erheblich launenhafter; seine Gesichtszüge schienen ständig in Bewegung zu sein, und seine Gedanken zogen darüber hinweg wie Sonnenlicht, das über sich kräuselndes Wasser wandert. Zugleich allerdings schien er ihr verschlossener zu sein und voller Geheimnisse zu stecken, die weit über jene hinausgingen, die er andeutete. *Vielleicht,* dachte sie, *sind alle wahren Barden so wie er, gegenwärtig und doch zugleich weit entfernt.* Wenigstens hatte er sie aus der Feste befreit, wenngleich sie keine Vorstellung davon hatte, was sie nun tun sollte, außer Cadvan zu folgen. Er sagte selbst, dass dies gefährliche Gefilde waren, und sie selbst besaß keinerlei Kenntnisse von Gefahren, abgesehen von Prügel und der Mühsal, sich der Schergen des Lehnsherrn zu erwehren. Sie wäre verwundbar wie ein neugeborenes Reh.

Maerad lehnte sich an eine der Birken und blickte nach oben durch das Geäst, das sich verschlungen und schwarz gegen das tiefe Blau des Abendhimmels abzeichnete. Ein paar frühe Sterne schimmerten hindurch, weiße Juwelen, gefangen in einem verworrenen Netz. *Ich kann dieses Muster nicht verstehen,* dachte sie müde. *Aber zumindest die Sterne bleiben dieselben.*

Irgendwann schlug Cadvan vor, sie sollte sich ausruhen, und so wickelte sie sich in die Decke. Trotz der Unordnung in ihren Gedanken dauerte es nicht lange, bis sie einschlief.

Maerad erwachte ruckartig. Einen Augenblick lang vergaß sie, wo sie sich befand und fragte sich, weshalb keine Glocke geläutet hatte; dann schien ihr ein durch das Geäst einfallender Lichtstrahl ins Auge. Sie blinzelte, und die Ereignisse der beiden vergangenen Tage strömten jäh in ihr Gedächtnis zurück. Sie setzte sich auf und rieb sich die Augen. Cadvan war bereits wach und hatte ein Frühstück vorbereitet. Er war am Bach gewesen; das dunkle Haar hing ihm nass in die Stirn.

»Guten Morgen«, begrüßte er sie und verneigte sich. »Die Herrin des Hauses muss uns die Kost verzeihen, die bedauerlicherweise dieselbe ist wie letzte Nacht. Aber trotz ihrer Eintönigkeit gesund. Wünscht meine Herrin, sich vor oder nach dem Frühstück zu waschen?«

Maerad lachte. »Später, denke ich. Das ist ein besseres Frühstück, als ich es gewohnt bin!«

Sie aßen in geselligem Schweigen. Dann packte Cadvan ihre Habseligkeiten zusammen. Maerad schob ihre Leier in die Leinenhülle, und Cadvan verstaute sie.

»Wir müssen heute von hier aufbrechen«, verkündete er. »Ich habe beschlossen, meinen Kurs ein wenig zu ändern und einen Ort aufzusuchen, den ich kenne und der an die sechzig Meilen von hier entfernt liegt. Mit forschem Schritt und wenn alles gut verläuft schaffen wir es in etwa einer Woche. Wir brauchen Vorräte, und du benötigst ein paar Kleider. Barden sind dieser Tage nicht überall willkommen, deshalb werden wir uns verkleiden müssen. Aber ich denke, Reisende in Not wird man nicht abweisen.«

Kurz setzte er ab, als wäre er unsicher. »Ich möchte dich jetzt um einen Gefallen bitten. Maerad, du bist mir ein völliges Rätsel, und meine Mission ist so bedeutend … ich wollte dich fragen, ob ich einen Seelenblick an dir vornehmen darf.«

»Einen Seelenblick?«, fragte Maerad. »Was bedeutet das?«

»Das ist schwierig zu erklären, wenn man es nicht weiß«, gab er zurück. »Aber ich muss hinzufügen, wenn du dich weigerst, werde ich deine Entscheidung respektieren. Ein Seelenblick ist ein Unterfangen, das kein Barde leichtfertig in Angriff nimmt. Es bedeutet, dass ich in dich hineinschauen und sehen möchte, was du bist.«

»Oh«, machte Maerad. Sie hatte immer noch keine Ahnung, wovon er redete. Zweifelnd fragte sie: »Tut das weh?«

»Nun ja, in gewisser Weise schon. Es ist ein wenig so, als würde ich dich ersuchen, all deine Kleider abzulegen und vor mir zu stehen, während ich dich mit einer Lupe genauestens untersuche.«

Verdutzt starrte Maerad ihn an. Aus Cadvans Augen sprach Offenheit, und in seinem Ansinnen schien keine hinterlistige Absicht mitzuschwingen. Dennoch spürte sie, wie sich Bedenken in ihr regten. »Das klingt, als wolltet Ihr Magie an mir anwenden«, stellte sie argwöhnisch fest. »Vertraut Ihr mir nicht? Ist es das?«

Er seufzte. »Es ist kein Zauber, jedenfalls nicht im eigentlichen Sinn. Zumindest würde ich dir nichts antun, ich würde nur einen Blick in dein Inneres werfen.«

Maerad schwieg dazu.

»Es widerstrebt mir, dich darum zu bitten«, fügte Cadvan hinzu. »Ich habe dich in gutem Glauben von jenem Ort mitgenommen, und ich würde dich nicht darum ersuchen, wenn es nur mein Leben wäre, das auf dem Spiel steht.«

»Was ist, wenn ich nicht zustimme?«, wollte Maerad wissen.

»Dann werde ich es nicht tun«, antwortete Cadvan. »Und wir setzen unsere Reise fort.« Jäh trat eine unergründliche Miene in sein Gesicht, und er bückte sich, um sein Bündel aufzuheben.

»Wie habe ich mir das vorzustellen?«

Cadvan hielt inne.

»Ich sehe dir in die Augen. Ich blicke in deinen Geist. Das ist alles.«

»Das ist *alles?*« Maerad überlegte kurz. Für Cadvan schien dies wichtig zu sein, und sie glaubte nicht, dass er ihr zu nahe treten würde. Falls ihm der Sinn danach stünde, hätte er dafür bereits reichlich Gelegenheit gehabt. »Na schön«, willigte sie schulterzuckend ein. »Wenn Ihr Euch dadurch besser fühlt. Wie gehen wir es an?«

»Bist du sicher?«

»Wollt Ihr es nun oder nicht?«, gab sie zurück.

Cadvan ließ das Bündel wieder sinken. »Dann stell dich unmittelbar vor mich, wie du es im Kuhstall getan hast. Und leg mir die Hände auf die Schultern.«

Sie tat, wie ihr geheißen, und legte ihre Hände auf seine Schultern. So standen sie einander gegenüber, und Cadvan blickte ihr in die Augen. Maerad verspürte den plötzlichen Drang zu kichern.

»Nicht lachen, Maerad«, forderte Cadvan sie leise auf. »Leere deinen Geist.«

Er sprach Worte in der Hohen Sprache, so schnell, dass Maerad sie nicht verstand. Maerad beschlich der Eindruck, dass sich das Licht um sie herum verfinsterte und sie nur noch Cadvans Augen sehen konnte. Sie waren dunkelblau und von einem inneren Feuer erfüllt, das zunächst kalt wirkte. Dann jedoch erkannte sie, dass es in ihrer Mitte heiß loderte, heiß genug, um zu brennen. Und war das Traurigkeit, die sie darin entdeckte? Eine tiefe Traurigkeit, eine Wunde ... ein innig geliebtes Antlitz, das sie beinahe sehen konnte ... und etwas anderes, eine Dunkelheit gleich einer Narbe ... Doch dann wurde sie plötzlich von Erinnerungen aus ihrem eigenen Leben überwältigt: Erinnerungen, die sie vergessen oder in die Randbereiche ihres Geistes zurückgedrängt hatte. Wie eine Flut schwappten sie über sie hinweg, fast so, als spielte sich ihr gesamtes Leben in einem einzigen Lidschlag ab; aber einiges stach daraus hervor.

Erinnerungen aus Gilmans Feste; betäubende Erschöpfung, Langeweile und Schmerzen; die Demütigungen der Orgien und Prügelstrafen; das gemeinsame Spielen mit Mirlad, als sie noch ein Kind war, seine trübsinnigen Vorträge ... ihre Mutter und eine alte Frau mit blauen Augen, die Maerad festhielten; ein Garten voll süß duftender Blumen ... Gesang, Musik und Gelächter in einer großen Halle, gefüllt mit Männern, Frauen und Kindern in Prunkgewändern, erhellt von mächtigen Kerzenhaltern ... ihre Mutter, die sie entsetzt, kränklich und voll Gram umklammerte, während sie auf einem Wagen durchgerüttelt wurde ... ein kleiner Tisch mit hohen Obstbergen ... ihre Mutter, die sie als kleines Kind festhielt, ihr Bruder Cai, der glucksend nach einer roten Blume griff ... die Verzweiflung ihrer Mutter, das Sterben ihrer Mutter ... ihre Mutter, gelblich und ausgemergelt auf einer Pritsche, die Lippen aufgesprungen und voller Geschwüre, ihre Stimme ein Flüstern, als sie Maerad das Haar zurückstrich und sprach: »Maerad, sei stark. Sei stark ...« ... dann das Todesröcheln ... Krähen, die an einem dunklen Himmel kreisten, brüllende Männer und entsetzliche Schreie; ein Mann, von dem sie wusste, dass er ihr Vater war – gefällt vom Hieb einer Keule landet er zwischen unzähligen Leichnamen; ein hoher Turm, lodernd in der Nacht, ein Aufschrei, als das Dach einstürzte und gierige Flammen aufzüngelten ...

Schier unerträgliche Qualen ergriffen Besitz von Maerad, Qualen, die sogar den Kummer überstiegen, den sie beim Tod ihrer Mutter verspürt hatte; es war, als bündelten sich alle Schmerzen, die sie je erfahren hatte, in einem heiß lodernden Knoten mitten in ihrem Geist. Der Knoten wuchs, schwoll an, bis er als grelles Gleißen ihr gesamtes Wesen umfasste und sie es nicht mehr ertragen konnte. Ohne bewusstes Zutun schrie sie *Nein!* und brach in einen Sturm von Tränen aus.

Eine Zeit lang nahm sie nichts anderes mehr wahr. Nach einer Weile stellte sie fest, dass sie auf dem Boden kauerte, an Cadvans Schulter weinte und er ihr übers Haar streichelte. Schließlich verebbte ihr Schluchzen. Sie setzte sich auf, stieß Cadvan von sich und rieb sich mit dem Handrücken über die Augen.

Cadvan wirkte blass und gequält. »Maerad, es tut mir aufrichtig leid«, sagte er. »Sehr, sehr leid.«

Maerad war nicht sicher, ob er den Seelenblick bedauerte oder das, was der Seelenblick offenbart hatte. Sie fühlte sich schwach. Hinter ihrer Stirn pochten beginnende Kopfschmerzen. Sie verbarg das Gesicht in den Händen.

»Es *hat* wehgetan«, stieß sie mit erstickter Stimme hervor.

»Ich hätte dich nicht darum bitten sollen«, räumte Cadvan nach kurzem Schweigen ein. »Trotz all deiner Macht bist du kaum mehr als ein Kind, und selbst für die ganz Großen ist ein Seelenblick ein heikles Unterfangen. Aber ich hatte solche Zweifel darüber, ob du vielleicht ein Geist der Finsternis bist, der geschickt worden war, um mich hinters Licht zu führen.«

»*Ich?* Um *Euch* hinters Licht zu führen?« Ungläubig schaute Maerad auf.

Cadvan grinste sie schief an. »Du kannst dich damit trösten, dass ich für meine Zweifel bezahlt habe. Der Schrei, den du ausgesandt hast, schleuderte mich bis zu den Bäumen dort hinüber. Ich hatte Glück, dass ich mir nicht den Hals gebrochen habe!«

»Das habe ich getan?« Mit vor Erstaunen offenem Mund starrte sie ihn an.

»Und ob du das hast! Aber es war nicht deine Schuld.« Er verzog das Gesicht und rieb sich den Kopf. Dabei sah Maerad, dass an seiner Stirn ein Mal prangte. »Du musst erst lernen, wie du deine Macht beherrschen kannst.«

»Ihr werdet da eine ziemliche Beule bekommen«, stellte sie fest.

»Ja, werde ich wohl.«

»Also ist alles gut?«

»Was?«

»Ich meine, ist alles in Ordnung?«

»Oh ja.« Cadvan wirkte zerstreut, als er ihr antwortete. »In dir ist keine Finsternis, falls du das meinst. So viel weiß ich, auch wenn ich den Seelenblick nicht beenden konnte. Sonst wäre ich auf andere Mauern und andere Arten von Widerstand gestoßen.« Er musterte sie mit einer seltsamen Miene, beinahe scheu, wie sie fand. »Ein Seelenblick ist eine eigenartige Angelegenheit. Ich habe so etwas noch nicht oft gemacht. Aber ich kann dir sagen, Maerad, dass ich noch nie einen Seelenblick in jemanden geworfen habe, der so viele Qualen beherbergt wie du. Jedenfalls werde ich es nie wieder überstürzt tun; außerdem hast du stattdessen beinahe mich einem Seelenblick unterzogen!« Er schüttelte den Kopf, und die beiden saßen eine Weile schweigend nebeneinander. Maerads Kopfschmerzen verflüchtigten sich. Sie fühlte sich benommen und leer, doch da war auch ein sonderbares Gefühl der Erleichterung, als wäre sie von einem großen Geschwür befreit worden.

Unvermittelt stand Cadvan auf und bürstete sich ab. Er schien von einer neuen Entschlossenheit beseelt zu sein, als wären die Zweifel, die ihn zuvor geplagt hatten, nun zerstreut. »Wir müssen von hier aufbrechen«, verkündete er. »Die Sonne steht bereits hoch am Himmel, und wir haben einen weiten Weg vor uns.«

Maerad blickte mit verkniffenen Augen zu ihm empor. »Wohin gehen wir?«

»Ich denke, ich muss dich nach Norloch mitnehmen. Aber bis dorthin ist es ein langer Weg. Wir müssen zuerst Proviant und nach Möglichkeit Pferde finden.«

Mitten auf der Lichtung verneigte er sich vor den Bäumen und bedeutete Maerad, es ihm gleichzutun. Sie rappelte sich auf die Beine. »Wir müssen den Bäumen für ihre Gastfreundschaft danken«, erklärte er. »Sie sind gut zu uns gewesen.« Dann hob er sein Bündel auf und marschierte aus dem Hain.

Maerad verweilte noch kurz, bevor sie den Schutz der Birken verließ, um einen letzten Blick des frühen Sonnenlichts zu erhaschen, das durch die Frühlingsblätter schien. Sie fand, dass der Hain den schönsten Ort darstellte, den sie je gesehen hatte. Das Licht brach sich zu einem silbrigen und goldenen Glitzern auf dem Boden, und die verschlungenen Schatten der Äste tanzten Reigen mit den schimmernden Halmen des weichen Grases, das sich sanft in der Frühlingsbrise wiegte. *Danke*, murmelte sie leise, verneigte sich und empfand das Ritual als sonderbar angemessen: Die Birken wirkten tatsächlich lebendiger als die meisten Bäume. Einen Augenblick lang dachte sie fast, sie würden ihr antworten, und sie schienen ein wenig traurig zu rascheln, als wären sie Freunde, die Lebewohl sagten.

Viertes Kapitel
Kampf gegen die Werwesen

»Warum ist es so still?«, fragte Maerad. »Ist es hier immer so?«

»Nein, eigentlich nicht. Das gefällt mir nicht«, erwiderte Cadvan. »Hoch über uns sind Vögel. Ich kann nicht erkennen, um welche es sich handelt. Vielleicht beobachten sie uns. Es fühlt sich an wie die Ruhe vor einem Sturm, aber heute Nacht wird es keinen Sturm geben. Morgen vielleicht. Nein, es ist etwas anderes.«

»Habt Ihr eine Ahnung, was es sein könnte?«

»Ja. Aber ich mag mich irren. Was ich vermute, ist, dass der Landrost seine Boten ausgesandt hat und die Jagd eröffnet ist. Ich habe heute nur Krähen gesehen, alle anderen Vögel verstecken sich.«

»Die Jagd?«, hakte Maerad stockend nach. Ihr wurde klar, dass Cadvan recht hatte, was die Krähen anging – auch sie hatte den ganzen Tag keine anderen Vögel gesehen.

Sie marschierten in südöstliche Richtung. Die Berge befanden sich zu ihrer Rechten, die Wälder zu ihrer Linken. Der blassblaue Himmel war klar und kalt, und den ganzen Vormittag über hatte die Sonne sie kaum gewärmt. Rings um sie wirkte die Erde durch das fahle Grün des beginnenden Frühlings lebendig. Schneeglöckchen und Narzissen spitzten durch das Gewirr der Kräuter und Gräser, Majoran und wilde Minze setzten intensive Düfte frei. Im Windschatten der Hügel wuchsen niedrige, struppige Bäume und Grüppchen verkümmerter Kiefern, gebeugt von den Winden und umgeben von Stechginster und Dornensträuchern. Überall gedieh eine blassblaue, wie ein Stern geformte Blume, die Cadvan als *Aëlorgalen* bezeichnete. »›Blume der Morgenröte‹ in der Hohen Sprache«, erklärte Cadvan. »Sie wächst nur hier im Norden.« Maerad versuchte, den Namen zu wiederholen, stellte jedoch fest, dass ihre Zunge darüber stolperte, und bald konnte sie sich überhaupt nicht mehr daran erinnern.

Es war eine wunderschöne Landschaft, doch Maerad empfand sie als sonderbar einsam. Ihre Schritte widerhallten laut in der Leere; so weit das Auge reichte, schienen Cadvan und sie die einzigen Lebewesen zu sein. Nirgends gab es Anzeichen auf menschliche Besiedlung, wenngleich immer wieder grasbedeckte Rücken und Erdwälle, die zu regelmäßig wirkten, um natürlich entstanden zu sein, für Stolpergefahr sorgten. Vielleicht handelte es sich um die Überreste längst verschwundener Bauwerke. Außerdem sahen sie kaum Tiere – nur einige Hasen, die Haken schlagend im Wald verschwanden, das war alles.

»Ich dachte, der Landrost sei nur ein Berg«, meinte Maerad mit einem Blick zurück zu seinem hohen, schneegekrönten Gipfel. »Ihr aber redet, als wäre er ein Mensch ... und was ist die Jagd?«

»Der Landrost ist eine Macht, ja ein Wesen ... der Berg stellt lediglich seine Behausung dar. Aber er ist kein Mensch und ist nie einer gewesen.«

»Wie der Namenlose?«, hakte Maerad nach.

»Nicht so mächtig wie er, wenngleich der Namenlose einst ein Mensch war. Der Landrost ist lediglich einer seiner Sklaven. Ich will seinen Namen hier nicht aussprechen, auch wenn ich ihn kenne.« Cadvan setzte ab, und Maerad fiel abermals die Erschöpfung in seinen Zügen auf – eine tief sitzende Müdigkeit, die von langer Pein herrührte. »Er nahm mich gefangen und hielt mich in seinem Bollwerk tief im Berg fest. Dort sah ich Dinge, die ich nicht hätte sehen sollen; denn in seinem Stolz wollte er meinen Geist brechen, bevor ich sterben sollte. Nun reut ihn, dass er mir dies alles zeigte. Denn ich konnte fliehen. Doch seine Rache ist tödlich, und wir befinden uns noch nicht außerhalb seiner Reichweite. Im Tal konnte ich ihn dank deiner Hilfe mit Müh und Not abwehren, andernfalls hätte er den Berg über uns einstürzen lassen. Seine Macht schwindet, je weiter wir uns von ihm entfernen, aber wir sind ihm nach wie vor zu nah.

Er findet sich nicht leicht damit ab, wenn jemand seinen Klauen entrinnt. Ich glaube, er hat die Werwesen ausgesandt, deshalb ist es so still. Ihre Schatten verfolgen uns, wenngleich sie nichts tun können, solange die Sonne scheint. Erst in der Dunkelheit können sie Gestalt annehmen. Das wird eine schlimme Nacht.«

Er schwieg eine Weile. Seine Worte schienen die Stille ringsum zu verstärken, und Maerad sah sich unbehaglich um. Die Landschaft wirkte friedlich und keineswegs bedrohlich, aber ein feinsinnigeres

Gespür verriet ihr etwas anderes. Eine namenlose Furcht bescherte ihr eine Gänsehaut.

»Maerad«, meldete Cadvan sich schließlich wieder zu Wort, »ich glaube, ich hätte dich lieber zurücklassen sollen, als dich in meine Gefahr hineinzuziehen. Als ich in Gilmans Feste über dich gestolpert bin, habe ich nicht ausreichend nachgedacht. Ich war zu erstaunt und erschöpft. Und jetzt ist es zu spät, um noch umzukehren.«

»Nein«, widersprach Maerad heftig. Sie dachte zurück an die erdrückende Verzweiflung in Gilmans Feste. Hier und jetzt konnte sie wenigstens frei atmen. »Nein, es war gut, dass Ihr mich aufgefordert habt, mit Euch zu kommen. Ich würde lieber sterben, als dort zu verwelken.«

»Nun ja, du könntest tatsächlich sterben«, gab Cadvan zu bedenken.

»Dann sterbe ich zumindest nicht als Sklavin«, entgegnete Maerad. Stolze Worte, dachte sie; aber sie meinte sie ernst.

Cadvan beschleunigte seinen Schritt, und sie liefen schweigend nebeneinander einher. Jeder hing den eigenen Gedanken nach.

Maerad konnte immer noch nicht so recht glauben, dass sie der Feste entronnen war. Ab und an ertappte sie sich dabei zu denken, dass sie die eine oder andere Aufgabe zu erfüllen hatte – Unkrautjäten auf den Feldern, Buttern oder das Spinnen der rauen Wolle, aus der die gesamte Kleidung in der Feste hergestellt wurde. Dann stellte sie mit einem Hauch von Bestürzung fest, dass sie vielleicht nichts von alledem je wieder tun musste. Trotz des anschwellenden Gefühls, beobachtet zu werden, das ihr den Eindruck vermittelte, die Steine selbst spähten ihr hinterher, überwältigte sie der gegenwärtige Augenblick. Sie konnte sich nichts Erstaunlicheres als den bloßen Umstand ihrer Freiheit vorstellen. Wohin sie unterwegs war oder weshalb, waren Fragen, über die sie gar nicht nachdenken konnte. Und dieser Cadvan – wer war er wirklich? Warum hatte sie dieses eigenartige Gefühl, ihm vertrauen zu können? Sie wusste nichts über ihn. Maerad hatte noch nie einem Mann vertraut, abgesehen von Mirlad, und selbst bei ihm hatte es Jahre gedauert, jenes Vertrauen aufzubauen. Warum sollte sie nun damit anfangen?

Für die Mittagsmahlzeit hielten sie neben einem der zahlreichen

Bächlein an, die von den Bergen herabflossen. Maerads Knöchel begann anzuschwellen. Behutsam schlüpfte sie aus dem Stiefel, schloss die Hände um den Fuß und massierte ihn.

»Tut es weh?«, fragte Cadvan. »Lass mich mal sehen.« Er nahm ihren Fuß in die Hände und drehte ihn behutsam herum. »Er ist ein wenig geschwollen. Nichts Schlimmes. Atme tief ein.« Er presste die Hand heftig auf den Knöchel; Maerad japste erst vor Schmerzen auf, dann erneut, weil sowohl die Schwellung als auch die Schmerzen verschwunden waren.

»Es ist weg!«, stieß sie hervor. »Seid Ihr auch noch ein Heiler?«

»Alle Barden sind Heiler«, klärte Cadvan sie auf, der immer noch ihren Fuß hielt. »Du hättest mir das schon früher zeigen sollen.« Er lächelte sie an. Plötzlich fühlte Maerad sich unbehaglich, zog den Fuß jäh zurück und wackelte erleichtert mit den Zehen.

»Was geht hier eigentlich vor?«, wollte sie wissen. »Ich meine, es gibt so vieles, was ich nicht verstehe. Vielleicht könnte ich helfen.« Sie blickte unter dem zerzausten Haar hervor zu ihm auf. »Ihr habt gesagt, Ihr wärt verwundet, aber ich kann keine Verletzung an Euch entdecken. Habt Ihr Euch selbst geheilt?«

Cadvan stand auf und blinzelte in die Sonne. »Wir sollten weitergehen«, meinte er. »Ich werde dich zu gegebener Zeit in die Dinge einweihen, Maerad. Ich wurde mit einer geheimen Aufgabe hierhergeschickt und darf dir nicht alles erzählen. Aber ja, ich wurde verwundet, und nein, ich konnte mich nicht selbst heilen. Es ist keine Wunde, die man sehen kann. Ich bin schwächer, als ich sein sollte, und das schutzlos hier in der Wildnis.«

»Aber Ihr könnt mir vertrauen«, sagte Maerad mit aufkeimender Wut. »Und wenn Ihr in Gefahr schwebt, gilt das auch für mich, zumal ich ja mit Euch reise. Also seid Ihr es mir schuldig.«

»Ich bin dir gar nichts schuldig, Maerad.« Cadvan sprach zwar mit ruhiger Stimme, doch Maerad sah das Blitzen in seinen Augen.

»Ohne mich hättet Ihr es nicht aus dem Tal geschafft«, gab sie zu bedenken. »Das habt Ihr selbst gesagt.«

»Genug!«, gebot Cadvan barsch und schnellte mit dem Gesicht auf sie zu. »Maerad, du bist noch ein Kind. Behellige mich nicht mit all diesen Fragen, zumindest nicht jetzt. Wir haben einen weiten Weg vor uns.«

Mit einem Schlag zeigte Maerad sich wutentbrannt. »Und wer seid

Ihr?« Es kümmerte sie nicht, dass sie brüllte, obwohl ihre Stimme laut über die verwaiste Landschaft rings um sie hallte. »Ihr taucht in Lumpen aus dem Nichts auf und erwartet von mir, wegen Eures Geredes über Barden und Magie zu glauben, Ihr wärt eine erhabene Persönlichkeit aus dem Westen? Nach allem, was ich weiß, könntet Ihr ebenso gut ein listiger Kesselflicker sein. Und dann sagt Ihr mir, ich sei bloß ein Kind, das sich in die Ecke stellen und ruhig sein soll. Halt die Klappe, Maerad, du wirst es schon früh genug erfahren! Ich bin kein Kind. Ich bin sechzehn Sommer alt!«

»Es gibt wichtigere Dinge als die Eitelkeit eines jungen Mädchens«, entgegnete Cadvan nüchtern. Maerad wurde klar, dass sie mit geballten Fäusten und vor Zorn bebend vor ihm stand. Sie errötete.

»Ich bin kein Kind«, wiederholte sie, allerdings mit weniger Überzeugung, denn plötzlich fühlte sie sich sogar sehr kindisch. Cadvan sah erschöpft aus, aber aus seinen Augen sprach ein eherner Blick. Er wandte sich ab und begann davonzustapfen. Maerad verharrte noch kurz, dann folgte sie ihm, da ihr davor graute, in dieser gespenstischen Stille zurückzubleiben.

Er lief so schnell, dass sie rennen musste, um ihn einzuholen. Als sie zu ihm aufgeschlossen hatte, zog sie jedoch nicht mit ihm gleich, sondern marschierte unmittelbar hinter ihm drein. Sein Zorn war zwar ebenso jäh verpufft, wie er aufgeflammt war, doch sie wollte sich nicht entschuldigen.

Über zwei Stunden gingen sie in störrischem Schweigen weiter. Mittlerweile wärmte ihnen die Sonne die Rücken, und Maerad wurde allmählich müde. Cadvan behielt die forsche Geschwindigkeit bei. Maerad war derlei Wanderungen in keiner Weise gewohnt, auch wenn ihr harte Arbeit keineswegs fremd war. Allerdings war sie zu stolz, um ihn zu bitten, langsamer zu gehen, und so biss sie die Zähne zusammen. Sie begann seinen geraden, aufrechten Rücken zu hassen, der die ganze Zeit erbarmungslos vor ihr blieb. Vermutlich würden sie erst bei Sonnenuntergang anhalten, und bis dahin waren es noch mehrere Stunden. Obendrein bestand durchaus die Möglichkeit, dass Cadvan darauf beharren würde, die Nacht hindurch weiterzuwandern. Maerad hatte bloß einen Tyrannen gegen einen anderen eingetauscht ... Vielleicht konnte sie einen eigenen Weg durch die Welt finden, sobald sie diesen Ort erreichten, zu dem sie unterwegs waren – Norloch oder wie immer er heißen mochte –, aber vorerst saß sie bei Cadvan fest. Schweiß rann ihr übers Gesicht. Sie war durstig, und Cadvan hatte den Wasserbeutel.

»Wir kommen gut voran«, meinte Cadvan, als er sich schließlich zu ihr umdrehte. Maerad funkelte ihn düster an, was ihn zu überraschen schien. »Bist du immer noch wütend? Lass den Ärger beiseite, Kind. Er ist zu nichts nütze.«

»Ich habe gesagt, ich bin kein Kind«, gab Maerad mürrisch zurück. »Hört auf, mich wie einen Trottel zu behandeln.«

»Wenn du kein Kind bist, dann benimm dich nicht wie ein Kind«, erwiderte Cadvan unwirsch. Er setzte dazu an, sich von ihr zu entfernen, dann jedoch hielt er inne, seufzte, drehte sich erneut zu ihr um und streckte ihr die Hand entgegen. »Maerad, das ist lächerlich. Es tut mir leid. Ich bin es gewohnt, allein zu reisen. Verzeih, wenn ich dir gegenüber unhöflich war. Ich bin müde, und wir haben bis zum nächsten Unterschlupf noch einen langen Weg vor uns. Dieser Ort bereitet mir Sorgen; ich will die Nacht nicht unter freiem Himmel verbringen. Hören wir auf zu zanken, ja?«

Langsam ergriff Maerad die ihr dargebotene Hand, nickte und schluckte. Sie fühlte sich unter Cadvans ernstem Blick taktlos, heißspornig und zickig.

»Ich brauche deine Hilfe«, gestand er. »Maerad, sei versichert, dass ich dir zur rechten Zeit viele Dinge erzählen werde und es jetzt nicht tue, weil ich es nicht ertragen kann – nicht, weil ich geringschätzig über dich denke. Einige andere Dinge kann ich dir nicht anvertrauen, weil ich es nicht darf.«

»Wie Ihr wollt«, gab Maerad zurück. Mit einem Mal kümmerte es sie nicht mehr. Sollte er ruhig seine Geheimnisse haben.

Er deutete südwärts. »Ich möchte vor Einbruch der Nacht einen Ort erreichen, den ich kenne«, klärte er sie auf. »Er bietet uns zwar keinen solchen Schutz wie Irihel, ist aber immer noch sicherer als das freie Gelände. Bis dorthin liegt eine Wegstunde oder mehr vor uns, und der Nachmittag ist bereits halb verstrichen. Deshalb beeile ich mich so.«

»Darf ich bitte einen Schluck Wasser haben, bevor wir weitergehen?«, fragte Maerad.

Cadvan holte den Wasserbeutel aus seinem Bündel hervor, reichte ihn ihr und trank anschließend selbst. Danach setzten sie den Marsch fort.

Cadvan führte sie näher zu den Bergen, und kurz vor Anbruch der Nacht steuerte er auf etwas zu, das wie ein Dorn oder ein aufrechter Stein hoch auf einem kleinen, sonderbar rundlichen Hügel anmutete. Als sie sich dem Ort näherten, erkannte Maerad, dass es sich um eine Ruine handelte. Nicht einmal Moos wucherte auf den Steinen. Leere Schlitze bildeten die Fenster des verfallenen Gemäuers. Es wurde spät; die Sonne warf bereits die langen Schatten der Berge über sie, und Maerad spürte die Kühle frühen Taus. Mittlerweile herrschte ringsum völlige Stille, was ihr Furcht einflößte; sie hatte das Gefühl, dass ihre ungesehenen Jäger sich geduckt anpirschten und zum Angriff vorbereiteten. Vermutlich wäre ihr wohler ums Herz gewesen, wenn sie zumindest eine Vorstellung davon gehabt hätte, was sie verfolgte. Diese unsichtbare Bedrohung war zermürbend.

Als sie den Hügel erklommen, wobei sie Acht geben mussten, nicht auf dem glitschigen Gras auszurutschen, erkundigte sie sich, was die Ruine einst gewesen war.

»Das war einmal ein Wachtturm«, antwortete Cadvan. »Sonst steht hier nichts mehr. Wir haben uns wacker geschlagen, dass wir es vor Einbruch der Nacht hierher geschafft haben.«

»Was hat er denn bewacht?«, bohrte Maerad nach.

»Eine große Stadt«, erwiderte Cadvan. »Ihr Name ist längst in Vergessenheit geraten. Vor der Großen Stille war dies ein wohlhabendes und bevölkerungsreiches Land. Der Namenlose hat selbst die Erinnerung an diesen Ort ausgelöscht. Stein für Stein ließ er sämtliche Paläste und Gärten abtragen – bis auf diesen Turm. Vielleicht war er ihm nützlich.«

Sie schritten unter einem dicken Granitsturz hindurch in die dachlose Ruine. Es war ein kleiner Turm gewesen, etwa vier mal vier Meter, und früher hatte eine Treppe zu einem höher gelegenen Beobachtungsstand geführt. Die aus mächtigen, ohne jeden Mörtel aneinander gefügten Steinen bestehenden Mauern ragten größtenteils noch hoch auf, wenngleich das Dach eingestürzt und sowohl die Treppen als auch die Böden verrottet waren. Oben an den Wänden, wo sich einst Kammern befunden hatten, waren noch die Male von Kaminen zu erkennen. Es gab nur einen Zugang, und die schmalen Fenster befanden sich in größerer Höhe. Cadvan ließ sein Bündel zu Boden plumpsen.

»Wir haben nur wenig Zeit, die wir klug nützen sollten, wenn wir die Nacht überleben wollen«, sagte er. »Feuer ist unsere einzige Hoffnung. Wir brauchen Holz, und zwar rasch, bevor es dunkel wird.«

Sie verließen den Turm und begaben sich auf die Suche. Um den Fuß des Hügels wuchsen einige Dornenbäume. Zwei davon hatte ein Wintersturm entwurzelt. »Trocken – tadelloses Feuerholz«, meinte Cadvan. »Ich glaube, damit haben wir genug.« Maerad hatte bereits den Mund geöffnet, um sich zu erkundigen, wie sie mit bloßen Händen Feuerholz hacken sollten, als Cadvan unter dem Mantel ein Schwert hervorzog. »Verzeih mir, Arnost, dass ich dich einer solchen Verwendung unterziehe!«, rief er aus, dann begann er, das tote Holz so mühelos zu hacken, als schneide er Brot auf.

»Ich wusste gar nicht, dass Ihr ein Schwert besitzt«, sagte Maerad. »Ich habe es zuvor nie gesehen!« Plötzlich war ihr regelrecht leicht ums Herz, ganz so, als bereiteten sie bloß ein Freudenfeuer für eine Feier vor.

»Es gibt viel, was du nicht über mich weißt«, erwiderte Cadvan. »Bete, dass du die Gelegenheit erhältst, es herauszufinden! Und jetzt beeil dich!«

Angesteckt von Cadvans Hast schleifte Maerad Bündel von Geäst den Hügel hinauf, und nachdem er die Bäume zerteilt hatte, half Cadvan ihr dabei. Die Arbeit gestaltete sich schwierig, zumal das glitschige Gras sie behinderte. Dennoch hatten sie binnen kurzer Zeit einen hohen Stapel Feuerholz in dem alten Wachthaus aufgetürmt. Cadvan betrachtete ihn prüfend. »Das wird reichen«, meinte er. »Es muss reichen. Es ist fast dunkel. Hol noch ein paar Zweige, solange noch Zeit ist. Ich habe etwas anderes zu tun.«

Er zog einen kleinen, sonderbar geformten Dolch und begann, eine tiefe Linie um den Fuß des Hügels zu ziehen. Während Maerad weiteres Feuerholz in das Wachthaus schleppte, hörte sie ihn in einem tiefen, gleichmäßigen Sprechgesang Worte in der Hohen Sprache singen. Nachdem er den ganzen Hügel umkreist hatte, stand er still und streckte die Arme gen Himmel. Wieder schien er von einem merkwürdigen Licht erhellt zu werden, und einen Lidschlag lang sah Maerad einen Ring weißer Flammen um den Turm aufzüngeln; dann jedoch blinzelte sie, und das Feuer war verschwunden – es musste sich um einen Trick des schwindenden Lichts gehandelt haben.

Maerad betrat das Wachthaus. Der Holzstapel ragte hoch auf, und die Sonne glitt soeben hinter den Horizont. Im Turm herrschte beinahe völlige Finsternis.

Cadvan gesellte sich zu ihr, kniete nieder und bildete neben der Tür einen kleinen Haufen Anmachholz. Dann streckte er mit zwei versteiften Fingern die Hand aus und rief: *»Noroch!«* Eine winzige weiße Flamme erfasste das Anmachholz und breitete sich aus. Cadvan fütterte sie mit weiteren Zweigen, und das Feuer schwoll rasch an, bis Maerad gezwungen war, wegen der Hitze an die gegenüberliegende Wand zurückzuweichen.

»Das ist ein bisschen so, als würden wir rufen: ›Hier sind wir!‹«, meinte sie. »Findet Ihr nicht?«

»Und du denkst, sie wüssten nicht bereits, dass wir hier sind?«

»Was geschieht, wenn es dunkel ist?«

»In der Dunkelheit entfalten die Werwesen ihre Macht«, erklärte Cadvan. »Aber sie werden dieses Feuer fürchten. Und sie können die Steinmauern nicht durchbrechen. Ich glaube kaum, dass sie die Schranke zu überwinden vermögen, die ich errichtet habe. Ich denke, das Holz wird bis zum Morgengrauen reichen. Maerad, ich weiß, dies ist kein günstiger Zeitpunkt, dich das zu fragen, aber kannst du mit einem Messer kämpfen?«

Tatsächlich besaß Maerad einen Dolch, den sie von einem der Männer des Barons gestohlen hatte und den sie verborgen unter dem Gürtel an der Haut trug. »Ich kann es versuchen«, erwiderte sie. »Allerdings habe ich noch nie richtig mit einer Klinge gekämpft.« Sie zeigte Cadvan den Dolch, den er rasch in Augenschein nahm.

»Er ist zwar grob gearbeitet, aber brauchbar und für deine Größe geeignet«, meinte er. »Ziel nach Möglichkeit auf die Augen, falls du angegriffen wirst, und denk immer daran, ihn fest in der Faust zu halten, damit du ordentlich nachdrücken kannst. Wenn wir etwas weniger in Bedrängnis sind, werde ich dir Unterricht im Umgang mit Klingen erteilen müssen.«

Maerad spürte, wie sich ihr Magen zusammenkrampfte. »Was wird uns denn angreifen?«, wollte sie wissen. Was nützte ein Messer gegen Schatten?

»Das weiß ich noch nicht«, gestand Cadvan. »Aber vergiss nicht, obwohl sie Schergen der Finsternis sind, kann man sie töten. Ihre schlimmste Waffe ist die Angst. Bekämpfe deine Furcht mit aller

Kraft. Und setz dich nur zur Wehr, wenn du angegriffen wirst. Ansonsten überlass das Kämpfen mir.«

Damit zog er das Schwert. Das leicht klirrende Geräusch hallte von den Steinwänden rings um sie wider. Das Feuer knisterte und knackte, warf sonderbare Schatten auf die uralten Mauern und züngelte in die Dunkelheit über ihnen hinauf. Maerad konnte durch das Dach keinen Himmel erkennen, nur eine undurchdringliche Finsternis. Cadvan streckte sich, dann griff er nach seinem Bündel. »Aber vorerst bin ich am Verhungern!«, verlautbarte er. Er warf Maerad Zwieback, ein paar Nüsse und Obst zu, und sie aßen mit dem Rücken zur Mauer und dem Feuer entgegengestreckten Füßen, während die Hitze ihre Gesichter zum Schimmern brachte. Maerad lauschte in die Geräuschlosigkeit des verwaisten Landes, das sie viele Meilen über das fröhliche Knistern des Feuerholzes hinaus umgab. Die Stille lastete auf ihr wie ein Gewicht. Dann vernahm sie jenen Laut, den sie gefürchtet hatte: ein lang gezogenes Heulen. Vor Schreck ließ sie beinahe ihren Zwieback fallen. Cadvan hingegen zeigte sich ungerührt.

»Die Sonne ist untergegangen«, stellte er nur fest.

»Werwölfe?«, flüsterte sie.

»Ja, etwas in der Art. Die Jagd ist eröffnet. Sie werden eine Weile brauchen, um herauszufinden, was sie gegen die Schranke unternehmen können. Sie besteht aus weißem Feuer. Die Finsternis kann sie nicht überwinden, ohne ihre Macht zu brechen, und das wird nicht einfach werden. Du solltest ein wenig schlafen.«

Abermals ertönte das Heulen, diesmal gefolgt von einer Antwort.

»Schlafen? Jetzt?«

»Warum nicht? Ich halte Wache.« Cadvan drehte sich ihr grinsend zu. »Keine Bange, ich werde nicht zulassen, dass dir ein Feuerwerk entgeht. Vergiss nicht: Angst ist ihre schlimmste Waffe.«

Gehorsam legte Maerad sich hin und schloss die Augen. Sie versuchte, sich so zu geben, als fürchtete sie sich nicht und könnte sich entspannen, doch es fiel ihr schwer, zumal sie sich in freier Wildnis auf einem geborstenen Steinboden befand, umringt von nach ihrem Blut heulenden Werwesen, die ein schwarzer Magier geschickt hatte … Nach dem anstrengenden Marsch des Tages schmerzte ihr gesamter Leib vor Erschöpfung, und das Feuer war so angenehm warm, doch ihr Körper surrte vor Anspannung und wollte sie nicht einschlafen lassen. Nach einer Weile ließ sie von dem Versuch ab, setzte sich auf und rückte näher zu Cadvan, der nickte, aber schwieg.

Der Barde saß ganz still neben ihr und schürte behutsam das Feuer. Seine Züge entspannten sich; abgesehen von der Wachsamkeit, die aus seinen Augen sprach, erinnerte seine Miene an die eines friedlich Schlummernden. Sein Schwert lag gezogen neben seinen Füßen.

Die Werwesen umkreisten den Hügel. Maerad und Cadvan hörten ihre unablässig im Kreis laufenden Füße, als sie versuchten, einen Weg vorbei an der Schranke zu finden. Cadvan lauschte angestrengt und zählte vielleicht zwanzig. Gelegentlich hielt eines der Werwesen inne und heulte mit einem gedehnten Klagelaut, der das Blut in den Adern gerinnen ließ, einem Geräusch, aus dem tiefe Verzweiflung sprach, geboren aus langen Jahren des Grauens und der Leere. Die Rufe trafen Maerad in die Magengrube. Sie schienen den Inbegriff des Unlebens zu verkörpern, Laute von Kreaturen, die weder tot noch lebendig, sondern in einer quälenden Öde dazwischen gefangen und dazu verdammt waren, alles zu beneiden und zu hassen, was Freude am Dasein empfand. Sie schauderte vor Übelkeit. Cadvan schürte weiter scheinbar ungerührt das Feuer. Dann hörten sie, wie die Werwesen sich zusammenrotteten, und Cadvan griff nach dem Schwert. »Sie werden jetzt gegen die Schranke anstürmen«, flüsterte er, »alle auf einmal.«

Maerads Herzschlag hämmerte ihr bis in die Ohren. Sie umklammerte ihren Dolch, bis die Knöchel weiß hervortraten. Beklommen lauschte sie dem schweren Donnern der Pfoten der Werwesen, ihrem Atem und dem Aufprall, als sie lospreschten. Doch die Schranke hielt stand, und sie wurden heulend zurückgeworfen. Cadvan entspannte sich und lehnte sich zurück.

»Die erste Runde geht an uns«, meinte er zu Maerad. Durch die zuckenden Schatten sah sie sein Grinsen aufblitzen.

Die Angriffe der Werwesen auf die Schranke dauerten über eine Stunde an. Immer wieder hechteten sie gegen den Bann oder versuchten, ihn mit Klauen und Zähnen zu durchbrechen. Cadvan harrte die ganze Zeit lang schweigend aus. Cadvans Schranke bewährte sich; die Werwesen waren nicht stark genug, um sie einzureißen, und er wollte, dass sie sich mit nutzlosen Anstürmen darauf verausgabten. Er hoffte, sie würden sich die ganze Nacht dagegenwerfen. Doch dann gaben sie es auf, und er hörte, wie ein Werwesen – der Anführer, wie er vermutete – zu heulen begann. Allerdings war es diesmal ein anderes Geheul, ein dünner, fast menschlicher Klagelaut, in dem Worte mitschwangen. Es begann leise, wurde mit der Zeit jedoch lauter und eindringlicher.

»Der Anführer der Werwesen arbeitet an einem Gegenzauber«, erklärte Cadvan. »Wir haben Pech. Es ist selten, dass ein Werwesen etwas von Hexerei versteht.«

Maerad sah ihm in die Augen; neue Furcht durchströmte sie. »Was bedeutet das?«

»Entweder ist mein Bann gut oder nicht. Wir können nur abwarten, ob er standhält.«

Cadvan ergriff das Schwert und harrte gespannt aus. Maerad spürte die Macht, die sich draußen aufbaute. Sie sammelte sich an der schwächsten Stelle der Schranke, der Verbindung; wie eine bösartige schwarze Klinge versuchte sie, sich in Cadvans Geist zu zwängen. Mit verbissenem Kiefer stemmte er sich dagegen. Schweiß trat ihm auf die Stirn, und Maerad beobachtete ihn mit wachsender Sorge. Die Stimme schwoll zu einem Crescendo an, zu einem unerträglich durchdringenden Laut, dann folgte unvermittelt eine geräuschlose Explosion, ein Aufblitzen schwarzen Lichts, und Cadvan taumelte mit schmerzverzerrter Miene gegen die Mauer zurück. Aber die Schranke hielt stand. Die Werwesen konnten nicht herein.

Dann folgte etwas, das Maerad noch mehr missfiel: Stille. Die Werwesen formierten sich neu.

Cadvan legte das Schwert beiseite und kramte in seinem Bündel. »Trink etwas«, schlug er vor. Er reichte ihr die Flasche mit dem Kräutergebräu. »Wir müssen jetzt wachsam sein.«

»Wonach müssen wir denn Ausschau halten?«

»Nach allem. Wirklich allem. Setz dich mit dem Rücken zum Feuer hin. Und vergiss nicht, dass dieser Turm kein Dach besitzt. Der einzige Weg, den sie noch haben, um hereinzugelangen, ist von oben. Das Feuer wird sie abschrecken, aber wohl nicht genug.«

Maerad umklammerte den Dolch fester, rückte neben Cadvan und lauschte angestrengt. Sie hörte nur das Rauschen des Blutes in ihren Ohren. Furcht breitete sich in ihrem Herzen aus, bis sie beinahe wünschte, es möge etwas geschehen, irgendetwas, das die grässliche Anspannung durchbrechen würde. Verstohlen warf sie einen Blick auf Cadvan. Seine Züge wirkten entspannt, seine Augen wachsam. Sie holte tief Luft.

Scheinbar Stunden harrten sie in dieser Geräuschlosigkeit aus. Gelegentlich verlagerte Maerad das Gewicht, um Sitzkrämpfe zu lösen, Cadvan hingegen rührte sich nie.

»Vielleicht sind sie verschwunden«, meinte sie schließlich. »Wir haben seit einer Ewigkeit nichts mehr gehört.«

»Psssst«, zischte Cadvan. »Das Einzige, was wir als sicher annehmen können, ist, dass sie nicht verschwunden sind. *Horch!*«

»Aber da ist nichts, was ich hören könnte.«

»Sie warten. Sie wollen, dass Furcht unseren Willen schwächt. Unsere Angst nährt sie, ist ihr Lebensblut, ihr Brot. Hungere sie aus! Schick deinen Geist hinaus in die Nacht. Nutz die Gabe, die du besitzt. Lausche damit in die Nacht. Dann wirst du sie hören.«

Maerad fragte sich, was er meinte. Vielleicht sollte sie ... Versuchsweise sammelte sie ihre Gedanken und stellte sich ihren Geist jenseits der Mauern des Wachthauses vor. Sogleich verspürte sie Kälte, obwohl sie immer noch mit dem Rücken zum Feuer saß. Es war, als wäre sie tatsächlich aus dem Turm getreten, wenngleich sie nur die gegenüberliegende Mauer vor sich sah. Dafür hörte sie das träge Schlagen von Schwingen – Schwingen von Kreaturen, die sie sich nicht auszumalen vermochte, Schwingen ohne Federn, klauenbewehrt und schwer. Außerdem vernahm sie ein Zischen gleich frostigen Luftzügen, die von kalten, ledrigen Blasebälgen eingesogen und ausgestoßen wurden.

»Schwingen«, flüsterte sie. »Riesige Schwingen. Wie von Fledermäusen, nur dass die Fledermäuse so groß wie Wölfe sind.«

»Ja. Sie sind nah. Die Schranke wird sie nicht abhalten. Ich kann sie nicht hoch genug bauen.«

»Aber ich *sehe* nichts, Cadvan, ich sehe *gar nichts.*« Mit geweiteten Augen wandte sie sich ihm zu. »Sie sind so groß – ich kann hören, wie groß sie sind. Was sollen wir nur ...«

»Still!« Wie eine zornige Schlange wirbelte Cadvan zu ihr herum. »Ich kann dir nicht die Hand halten wie einem verängstigten Kind. Wenn wir diese Nacht mit heiler Haut überstehen wollen, musst du dich daran erinnern, wer du bist. Du besitzt die Gabe. Werd erwachsen, oder wir sterben hier.«

Maerad schluckte. Cadvan wandte sich wieder ab, schenkte ihr keine weitere Beachtung. Stattdessen lauschte und beobachtete er mit einsatzbereitem Schwert. Sie holte tief Luft und drängte das Grauen zurück, das begonnen hatte, von ihrem Geist Besitz zu ergreifen, sich heimtückisch und kalt wie giftiger Nebel durch ihre Glieder auszubreiten. Ihr Herz hämmerte in der Brust, doch sie zwang es zur Ruhe. In der Hand hielt sie immer noch den kümmerlichen Dolch. Er wirkte so klein. Sie wünschte, sie hätte ein Schwert und verstünde damit umzugehen. Vielleicht hätte sie sich dann mehr wie eine Kriegerin gefühlt. Da sie nicht wusste, was sie sonst tun sollte, entsandte sie abermals ihren Geist und hörte wieder die geflügelten Kreaturen, diesmal weiter entfernt und in größerer Höhe. Sie flogen zum oberen Rand der Schranke. Woraus bestand die Schranke eigentlich? Sie wusste es nicht, aber die Kreaturen würden darüber hinwegfliegen und auf sie herabstoßen. Das war ihr inzwischen klar. Unwillkürlich stand sie auf und sah, dass Cadvan es ihr gleichtat und nach oben starrte, hinauf zu den Wänden, auf die das Feuer flackernde Schatten warf, bis sie in undurchdringliche Schwärze übergingen. Maerad trat dichter an das Feuer. Cadvan warf ein paar weitere Scheite darauf, damit die Flammen höher züngelten. Es war schier unerträglich heiß. Mit angestrengtem Blick und zum Zerreißen gespannten Nerven schaute Maerad empor.

Endlich hörte sie etwas, aber so leise, dass sie nicht zu sagen vermochte, ob es der Wind war. Cadvans Atem zischte durch seine Zähne. Dann, so weit entfernt, dass Maerad ihn fast nicht zu erkennen vermochte, stürzte eine riesiger Schemen von weit oben auf sie herab. Kurz geriet er in das Feuer, kreischte und flatterte zurück. Cadvan stieß vor und hieb ihm mit dem Schwert auf den Hals, dann sprang er zurück, als das Wesen zu Boden stürzte und schwarze Blutfontänen aufspritzten.

Überrascht stellte Maerad fest, dass die Kreatur keineswegs so groß war, wie sie gedacht hatte: Der Körper maß etwa die Größe einer Ziege. Allerdings blieb ihr keine Zeit, das Geschöpf näher zu betrachten, denn mit einem Schlag war die Luft von Klauen, Schwingen und Zischlauten erfüllt. Eine der Kreaturen hielt unmittelbar auf sie zu; Maerad sah ihre Augen, die im Schein des Feuers rot loderten. Ihr Dolch schien nutzlos, und so ließ sie ihn, einer plötzlichen Eingebung folgend, achtlos fallen und riss stattdessen einen brennenden Ast aus dem Feuer. Sie schlug damit nach der Kreatur, die abdrehte und gegen die Wand krachte. Mit gebrochenem Genick fiel das Wesen zu Boden.

Sofort wurde sie von einem weiteren angegriffen, das landete und sich aufbäumte, um sie mit seinen Klauen aufzuschlitzen. Sie schwang den Ast herum und spürte, wie ein Ruck ihre Schulter durchlief, als sie das Ungetüm traf. Es zischte vor Wut, als die Flammen es erfassten, und der lange Hals streckte sich ihr entgegen. Maerad schlug abermals zu. Der Ast brach. Sie sprang zur Seite und ergriff ein anderes Stück Holz, doch das Werwesen versetzte ihr mit den Klauen einen Streifhieb gegen den Kopf. Sie spürte keinen Schmerz; ihre Furcht wurde unvermittelt von einer Woge blanken Zorns überschwemmt. Maerad packte ihr hölzernes Schwert mit beiden Händen und wirbelte es durch die Luft – der Raum war so klein, dass es unmöglich war, nichts zu treffen. Zu ihrer Rechten nahm sie Cadvan wahr, der um sich hieb und hackte, bedrängt von drei Werwesen, dann von weiteren drei Kreaturen, während andere über ihnen schwebten. Unermüdlich schlug Maerad um sich und besann sich darauf, auf die Augen zu zielen. Die Kreaturen wichen vor den Flammen zurück und bündelten ihren Angriff auf Cadvan.

Eines der Geschöpfe landete vor ihr, und zu ihrer Bestürzung sah sie, wie seine Umrisse waberten und verschwammen. Zunächst glaubte sie, nicht richtig zu sehen, doch dann begann das Wesen sich vor ihren Augen in einen Menschen zu verwandeln, der sich in der Dunkelheit erschreckend weiß abzeichnete. Sie schrie auf und schwang den Ast gegen sein Gesicht. Kurz wich er zurück, doch dann kam er auf sie zu, während seine Flügel in seinen Rücken verschmolzen. Aus seinen Zügen sprach Mordlust, eine klauenbewehrte Hand hielt ein schwarzes Breitschwert. Maerad duckte sich unter dem Hieb des Schwertes hinweg und schwang den lodernden Ast mit aller Kraft gegen den Körper des Angreifers. Die Flammen züngelten auf, leckten ihm über den Hals und setzten ihm das Haar in Brand. Er stieß einen schauderhaften Schrei aus, sank sich windend zu Boden und versuchte, die Flammen zu löschen, aber sie hafteten an ihm wie tödlicher Leim und breiteten sich aus, bis er gleich einer kreischenden Fackel lichterloh in Flammen stand.

Maerad beobachtete ihn entsetzt, vergaß einen Lidschlag lang die Gefahr, die sie umgab, doch dann landete eine weitere Kreatur, die sich auf die Hinterbeine aufrichtete, und ihr Grauen schlug jäh in

Raserei um. Diesmal traf sie das Wesen mit dem Ast, bevor sie sich zu verwandeln beginnen konnte. Betäubt stürzte es auf den mittlerweile vor Blut klebrigen und rauchenden Boden. Maerad trat vor und wollte gerade neuerlich darauf einschlagen, als Cadvan ihr zuvorkam und dem Geschöpf den Kopf abhackte. Und plötzlich kehrte Stille ein.

Keuchend standen sie nebeneinander. Maerad entsandte ihren Geist, um zu lauschen, ob sich weitere Schwingen näherten, aber sie hörte nur die Nacht. Im Wachthaus türmten sich tote Werwesen. Scharf sog sie die Luft ein, als ihr unvermittelt übel wurde.

Cadvan legte mehr Holz auf das Feuer, dann fing er an, die Leichname zur Tür hinauszuschleifen. Maerad blieb stehen, wankend vor Übelkeit. Der Gestank des Todes war überwältigend, und sie begann zu zittern. Ihr wurde bewusst, dass der Ast, den sie nach wie vor hielt, mittlerweile beinahe bis zu ihrer Hand abgebrannt war. Sie warf ihn zurück ins Feuer, rang den Drang nieder, sich übergeben zu müssen, und half Cadvan, das Wachthaus von den Kreaturen zu säubern, indem sie ihre Überreste zur Tür hinaus und den Hügel hinabschleuderte. Allerdings konnte sie sich nicht dazu überwinden, jenes verbrannte Wesen zu berühren, das immer noch halb wie ein Mensch aussah. Schließlich war der Innenraum leer, wenngleich es nach versengtem Fleisch und Haar sowie nach Blut stank. Weder Cadvan noch Maerad war danach zumute, sich hinzusetzen.

»Was waren das für Kreaturen?«, fragte sie nach einer Weile.

»Wurmdreck«, antwortete Cadvan. »Werwesen können jede beliebige Gestalt annehmen. Aber es sind immer verdorbene Gestalten, Abklatsche.« Mit einem verkniffenen Lächeln sah er sie an. »Du hast dich wacker geschlagen, obwohl du einmal um ein Haar mich getroffen hättest. Eine verwegene Kämpferin, wenngleich noch etwas ungeschult.«

Maerad versuchte, das Lächeln zu erwidern. »Glaubt Ihr, dass da draußen noch mehr von ihnen sind?«

»Keine Ahnung. Ich glaube nicht. Ich habe neunzehn gezählt und etwa zwanzig gehört. Vielleicht hat sich eines nicht in die Nähe des Feuers gewagt. Jedenfalls ist es ja inzwischen nicht mehr lange bis zum Sonnenaufgang.«

Sie gingen nach draußen und hockten sich neben den Eingang, nach wie vor wachsam, aber zu erschöpft, um sich zu unterhalten.

Cadvan blieb auf der Hut, und Maerad unterstützte ihn trotz ihrer Müdigkeit dabei. In jener Nacht hörten sie nichts mehr, und schließlich begann der östliche Horizont, heller zu werden. Schier unerträglich langsam kroch die Sonne über den Rand der Erde und sandte flache Strahlen über den Wald vor ihnen. Maerad war noch nie so froh gewesen, einen neuen Tag zu erleben. Sie drehte sich Cadvan zu und musste beinahe lachen. Sie boten beide keinen besonders einnehmenden Anblick: von Kopf bis Fuß mit dem fauligen Blut der Werwesen verschmiert und bespritzt, die Gesichter schwarz vor Asche.

»Tja«, meinte Cadvan gedehnt. »Wir haben es geschafft.«

Fünftes Kapitel
Durchs Gebirge

Sie verweilten nicht, um sich zu waschen oder auszuruhen, nicht einmal, um zu essen. Maerad wandte die Augen von den Kadavern am Fuß des Hügels ab.

»Eigentlich sollten wir sie verbrennen«, meinte Cadvan. »Aber dafür haben wir keine Zeit. Unsere einzige Hoffnung besteht darin, in Bewegung zu bleiben.«

Maerad hatte sich noch nie so ausgelaugt gefühlt. Einzig der Wunsch, so weit wie möglich von diesem tödlichen Ort wegzukommen, war stärker als ihre Erschöpfung.

Stetig marschierten sie vor sich hin. Maerad versuchte, ihrem pochenden Kopf keine Beachtung zu schenken. Er schmerzte durch die Wunde, die ihr das Werwesen beigebracht hatte. Sie bündelte alle Gedanken darauf, einen Fuß vor den anderen zu setzen. Von ihrem Ziel hatte sie keine Vorstellung.

Allmählich begann sie zu glauben, dass Cadvan aus Draht bestünde; er ließ kaum Anzeichen von Müdigkeit erkennen, während das Gehen für Maerad zunehmend in endlose Qualen ausartete. Langsam und schmerzlich näherten sie sich einem Ausläufer der Gebirgskette und umrundeten ihn. Dabei schien das Land ringsum wieder zum Leben zu erwachen. Vögel zwitscherten im niedrigen Gebüsch ihre morgendlichen Gesänge oder hüpften von Ast zu Ast, und die Grashalme zitterten unter dem verborgenen Treiben kleiner Tiere. Ein heimtückischer Druck, den Maerad bisher gar nicht bemerkt hatte, hob sich von ihrer Brust. Ein Stückchen weiter plätscherte ein schmaler Bach an der Flanke eines hohen Rückens entlang und sammelte sich in einem von glatten, flachen Steinen gesäumten Tümpel. Zu Maerads Erleichterung hielt Cadvan an.

»Wir sind außerhalb der Reichweite des Landrost«, verkündete er. »Der Gipfel überblickt unseren Pfad nicht mehr. Er kann uns nichts mehr anhaben.«

Damit kniete er sich an den Teich, spritzte sich Wasser über den Kopf und wusch sich die Hände. Geronnenes Blut und Asche trieben im Wasser davon.

Maerad ließ sich in der Nähe ins Gras plumpsen und war vorläufig außerstande, irgendetwas zu tun. Es war erst drei Stunden nach Sonnenaufgang; dennoch hatte sie das Gefühl, seit dem Vortag ein ganzes Leben hinter sich zu haben. Über Schlaf war sie hinaus; trotz der Müdigkeit ihrer Glieder hielt eine übernatürliche Wachsamkeit ihren Geist aufrecht. Eine Weile lauschte sie einfach der Musik der Vögel und dem Bach – Geräuschen, die wie Balsam auf sie einwirkten. Inzwischen hatte Cadvan Essen aus seinem Bündel hervorgekramt, und Maerad wurde schlagartig bewusst, wie hungrig sie war.

»Ganz verzichten wir nicht auf Manieren, jedenfalls noch nicht«, sagte Cadvan und schaute zu ihr auf. »Du musst dich zuerst waschen.«

Maerad kniete sich auf die Steine und schwemmte sich den Dreck vom Gesicht und von den Händen. Das Wasser erwies sich als kalt und klar. Sie rupfte ein wenig verdorrtes Gras und schrubbte sich damit, von plötzlichem, heftigem Ekel gepackt, so gründlich wie möglich ab. Auch über ihre vor Schmutz steifen Kleider rieb sie, jedoch vergeblich.

Danach saßen sie beisammen und aßen. Fern im Osten türmten sich hohe, dunkle Wolkenberge auf.

»Ein Sturm braut sich zusammen«, stellte Cadvan fest. »Was uns vielleicht zum Vorteil gereicht. Wir müssen ohnehin unsere Spuren verwischen. Es werden sich noch andere Augen als die des Landrost fragen, wer oder was letzte Nacht den Werwesen widerstanden hat, und es ist durchaus möglich, dass sie uns folgen. Wir befinden uns immer noch mindestens vier Tage von jeglicher Hoffnung auf Hilfe entfernt, und selbst das nur, wenn alles gut verläuft.«

»Ich weiß nicht, wie weit ich noch gehen kann«, gestand Maerad. Ihre Hände zitterten.

»Ich auch nicht, Maerad. Unser Wille hat uns so weit gebracht. Aber auch ich brauche eine Rast, und zwar dringend. Es wäre ein schlechter Scherz, wenn wir all diese Gefahren bewältigten, um danach in Sichtweite einer sicheren Zuflucht vor Erschöpfung tot zusammenzubrechen.«

Eine Weile kauten sie schweigend. *Ich habe gegen die Werwesen gekämpft und mich dabei nicht gefürchtet,* dachte Maerad mit etwas, das düsterer Freude nahe kam. *Vielleicht hört er jetzt auf, mich wie ein Kind zu behandeln.* Bilder des Gefechts kreisten ihr unwillkürlich durch den Kopf, und sie hatte abermals jenes Wesen vor Augen, das seine Gestalt verändert hatte, sich in etwas verwandelt hatte, das wie ein Mensch aussah, ehe es Feuer fing. Maerad schauderte. *Ich habe ihn getötet.* Die Feststellung flößte ihr Angst ein. Sie hatte schon Hühner und Hasen für die Küche geschlachtet, ohne sich etwas dabei zu denken, und einmal wollte sie einen Mann umbringen, hatte bereits gespürt, wie sich die Tat als finstere, erbarmungslose Raserei in ihr regte; aber sie hatte noch nie zuvor jemanden getötet. *Es hieß töten oder getötet werden,* gab eine innere Stimme zu bedenken. *Was hätte es genützt, zurückzuweichen und sich selbst abschlachten zu lassen?* Er *hatte keine Gewissensbisse...* Maerad wusste, dass dies stimmte, doch das Wissen genügte nicht, um die Unruhe in ihrem Herzen zu beseitigen, ein Gefühl, dass es falsch war zu töten, ganz gleich aus welchem Grund, und dass sie durch die Tat irgendwie verwundet worden war ... Sie schüttelte den Kopf, um sich von ihren Gedanken zu befreien, dann streckte sie sich und gähnte.

»Ich wünschte, wir hätten etwas anderes zu essen!«, rief sie aus. Cadvan schaute auf und lächelte.

»Ja, Reiseproviant erfüllt seinen Zweck, wird aber rasch eintönig.«

»Einen gebratenen Vogel. Und Bratäpfel, gefüllt mit Beeren und Nüssen.«

»Pilze!«, fügte Cadvan unerwartet hinzu. »Langsam in Butter geschmort. Ich kann sie fast riechen!« Er reichte ihr die Flasche mit dem Kräuterwasser. »Trink ein wenig davon. Aber nicht zu viel, mein Vorrat neigt sich dem Ende zu.«

»Was ist das?«, fragte Maerad, als sie die Flasche an die Lippen setzte.

»Medhyl«, antwortete Cadvan. »Es heilt Müdigkeit. Leider vermag es nicht, sie ganz zu vertreiben, aber es hilft. Barden brauen es für genau solche Zeiten wie diese.«

»Müssen wir jetzt gleich weitergehen?«

»Ich denke, wir sollten uns erst ausruhen, aber nur kurz. Wir müssen bald einen Unterschlupf finden. Sieh dir nur diese Wolken an! Das wird ein heftiges Unwetter. Viel weiter werden wir heute nicht kommen. Es gibt hier in der Gegend Höhlen; allerdings müssen wir auf der Hut vor dem sein, was darin lebt!«

Bald schnürte er sein Bündel wieder zusammen. Sie überquerten den Bach und wanderten weiter nach Süden. Unterwegs behielt Cadvan aufmerksam die Berghänge im Auge. Maerad war sich des Sturms nur allzu bewusst, der hinter ihnen aufzog; jedes Mal, wenn sie sich umdrehte, wirkten die Wolken näher und dunkler. Sie sah kleine Blitze darin zucken und hörte ersten Donner. Das Licht verdunkelte sich, als die Wolken die Sonne verhüllten.

Cadvan blieb stehen und deutete auf eine kaum sichtbare Öffnung im Hang, etwa sechs Mannshöhen über ihren Köpfen. »Da!«, rief er aus. »Schnell, mir nach.«

Sie erklommen den steilen Hang, dann zog Cadvan nach einer kurzen Warnung an Maerad das Schwert und betrat die Höhle, wobei er sich bücken musste, weil die Decke so niedrig war. Im Inneren war es trocken, der Boden sandig. Die Höhle verlief ungefähr zehn Schritte nach hinten, dann beschrieb sie eine scharfe Kurve. Cadvan folgte dem Verlauf vorsichtig und stellte fest, dass der Gang nach knapp zehn weiteren Schritten endete.

Er kehrte zu der draußen wartenden Maerad zurück. »Die Höhle ist perfekt«, gab er bekannt. »Obwohl etwas darin lebt; ich bin auf Knochen gestoßen. Ich fürchte, es wird ein wenig verärgert sein, wenn es uns hier antrifft, aber ich glaube, es ist kein böses Wesen. Wir können kein Feuer anzünden, aber zumindest werden wir nicht nass.«

Sie hatten ihren Unterschlupf gerade rechtzeitig gefunden. Kaum hatten sie die Höhle betreten, da ertönte über ihnen ein mächtiger Donnerschlag, der die ersten dicken Regentropfen des Gewitters ankündigte. Drinnen roch es muffig, und es war eng. Maerad setzte sich an der Biegung der Höhle auf den sandigen Boden, damit sie immer noch den Eingang sehen konnte, der sich als bereits von Regen verhüllter Lichtkreis abzeichnete. »Ihr solltet Euch hinlegen«, forderte sie ihn auf. »Ich halte Wache. Ich verspreche Euch, nicht einzuschlafen.«

Zu ihrer Überraschung widersprach Cadvan nicht. »Nutz dein Gehör«, mahnte er sie nur. »Du weißt, wie es geht. Und weck mich, falls du etwas Seltsames hörst oder siehst. Ganz gleich was. Es macht mir nichts aus, wenn es falscher Alarm ist.« Dann legte sich Cadvan mit der beunruhigenden Behändigkeit hin, die sie schon zuvor bezeugt hatte, und schien auf der Stelle einzuschlafen.

Maerad saß mit den Händen um die Knie da, hüllte sich eng in ihren Mantel, um sich zu wärmen, und lauschte dem Regen und dem Donner. Obwohl sie in einer kalten Höhle inmitten unwirtlicher Berge hockte, empfand sie die Geräusche als eigenartig tröstlich.

Eine Weile betrachtete sie Cadvans schlafendes Antlitz, das unter seinem dunklen Haarschopf fahl im Halbdunkel schimmerte. Er hatte ihr gesagt, dass er, zumindest für gewöhnliche Begriffe, alt sei, doch sah er keineswegs so aus. Allerdings war um den Mund eine Strenge zu erkennen, die längst überwundenen Kummer oder Leid erahnen ließ, was darauf schließen ließ, dass er sie nicht zu täuschen versuchte; in seinen Zügen fanden sich Spuren langer Erfahrung. Und dennoch schien er manchmal, insbesondere in diesem Augenblick, in der Verwundbarkeit des Schlafes, viel jünger zu sein, kaum älter als sie selbst. Dass er ein guter Schwertkämpfer war, wusste sie bereits; selbst die erprobtesten Männer des Lehnsherrn reichten nicht an seine Schnelligkeit, sein Können heran, und seine Ausdauer verblüffte sie. Vergangene Nacht hatte sie miterlebt, wie er Furcht und Gefahr trotzte. Und doch hatte er noch kein einziges Mal mit seiner Tapferkeit geprahlt, schien sie eher als belanglos abzutun und Gesang und Folklore als die höheren Künste zu betrachten.

Sie war noch nie jemandem wie ihm begegnet, und all die Ereignisse der letzten Tage hatten ihr ursprüngliches Erstaunen nicht verdrängt. Vielleicht würde sie sich mit der Zeit an ihn gewöhnen. Mittlerweile vertraute er ihr ein wenig. Womöglich konnten sie sogar Freunde werden. Und was hatte er an jenem Morgen zu ihr gesagt: Du hast dich wacker geschlagen ...

Vor der Erinnerung an das Gefecht der vorigen Nacht schreckte ihr Geist zurück, und ihr fiel ein, dass sie eigentlich Wache halten sollte. Der Regen prasselte inzwischen so dicht herab, dass er eine graue, undurchdringliche Wand vor dem Höhleneingang bildete, die gelegentlich von Blitzen erhellt wurde. Der Wind heulte und peitschte über die Hänge, vereinzelt übertönt von gewaltigen Donnerschlägen. Maerad war heilfroh, dass sie sich nicht draußen im Gewitter befanden; im Vergleich dazu fühlte die Höhle sich sicher, ja geradezu behaglich an.

Sie hielt weiterhin Wache, sah und hörte jedoch nichts Außergewöhnliches, und nach einigen Stunden, als die Müdigkeit sie zu überwältigen drohte, weckte sie Cadvan und rollte sich selbst so genüsslich zum Schlafen zusammen, als bettete sie sich auf Daunen.

Schlaftrunken erwachte sie durch Cadvans Stimme. In der Höhle herrschte mittlerweile Dunkelheit. Maerad blinzelte, streckte sich und spähte durch die Schatten. Was sie sah, ließ sie sich ruckartig aufsetzen, dicht an die Wand zurückweichen und ihren Mantel umklammern.

Cadvan stand einem riesigen Tier von Angesicht zu Angesicht gegenüber. Sie konnte nur dessen dunkle Gestalt erkennen: einen mächtigen Schemen, der das Licht verhüllte, langsam mit einem langen Schwanz wedelte und einen beißenden, an eine Katze erinnernden Gestank verströmte. Das Geschöpf streckte Cadvan die Nase entgegen und antwortete auf seine Worte mit einem Grollen tief in der Kehle. Maerad saß so still, wie sie konnte. Cadvan deutete in Maerads Richtung, sprach dabei und warf ihr einen warnenden Blick zu. Das Tier kam herbeigetrabt und schnupperte an ihr. Sie erbleichte, ließ sich der Begutachtung jedoch widerstandslos unterziehen, obwohl die langen, gekrümmten Zähne und der Atem des Tieres – der heiße, durchdringende Atem eines Fleischfressers – ihr Herz zum Rasen brachten. Anscheinend bestand sie die Überprüfung, denn das Tier kehrte zu Cadvan zurück und knurrte abermals, was sich für Maerad anhörte, als lachte es über sie. Dann drehte es sich ein paarmal im Kreis und legte sich nieder. Cadvan wandte sich lächelnd Maerad zu.

»Gut gemacht«, sagte er. »Es ist nicht einfach, unerwartet in Gesellschaft eines Berglöwen aufzuwachen, und wärst du in Panik geraten, hätte das übel enden können. Er hat entschieden, dass du harmlos bist, und gestattet uns, die Nacht hier zu verbringen. Er hat uns versichert, dass er uns nicht fressen wird, und gemeint, du gäbst ohnehin keine ordentliche Mahlzeit ab.«

»Oh«, stieß Maerad atemlos hervor. »Wie nett von ihm.«

»Außerdem hat er mir ein paar nützliche Dinge verraten, die du vielleicht, wärst du voll bei Sinnen gewesen, ebenfalls gehört hättest. Er kennt die Neuigkeiten über unser Gefecht mit den Werwesen und behauptet, es sei ihm eine Ehre, solche Krieger zu beherbergen. Er war auf der Jagd; das Land ist beunruhigt. Alle Tiere fürchten sich, und dieser Wind gefällt ihm nicht. Er sagt, es sei nicht sicher für uns, auf dem Weg zu reisen, dem wir derzeit folgen, südwärts die Ostseite des Annova-Gebirges hinab, und er bietet uns sicheres Geleit durch die Berge an. Für uns wäre das eine Abkürzung, und wir würden dadurch abschütteln, was immer uns verfolgt.«

»Sicheres Geleit?«, wiederholte Maerad zweifelnd. »Können wir ihm denn vertrauen?«

»Ja«, antwortete Cadvan. »So sehr, wie wir überhaupt jemandem oder etwas vertrauen können. Das ist wesentlich mehr, als ich erhofft hatte.«

Maerad hatte keine andere Wahl, als sich auf Cadvans Urteil zu verlassen – und es stimmte, das Tier hatte sie nicht gefressen. Noch nicht. Sie erinnerte sich an Gilmans Hunde und fühlte sich ein bisschen weniger unbehaglich.

»Was habt Ihr damit gemeint, dass ich seine Neuigkeiten ebenfalls hätte hören können?«, wollte sie nach einem kurzen Schweigen wissen.

»Wann wachst du endlich auf?«, entgegnete Cadvan ungeduldig. »Ja, einige Dinge musst du erst lernen. Aber andere schlummern bereits in dir als Teil deiner Gabe, deines Erbes. Eines davon ist, die Sprache der Tiere zu verstehen.«

»Ich?«

»Ja, Mädchen, sind deine Ohren etwa aus Stoff?«

Maerad spürte, wie sich eine neue Art von Furcht in ihr regte, eine Furcht vor ihr selbst, und sie erfüllte sie mit Zorn. Sie sprach leise, weil sie das Tier nicht wecken wollte, dennoch schwang eine unterschwellige Wut in ihrem Tonfall mit.

»Das ist Hexersprache«, erwiderte sie. »Davon habt Ihr mir nie etwas gesagt. Das ist nicht wahr!«

Cadvan zeigte sich von ihrem Zorn ungerührt. »Maerad, das Schlimmste, was du tun kannst, ist, deine eigenen Fähigkeiten zu verleugnen«, meinte er nur. »Dass du bisher ahnungslos warst, ist natürlich nicht deine Schuld. Aber jetzt hast du diese Ausrede nicht mehr.«

Maerad fühlte sich zu erschrocken, um mit ihm zu streiten, und wandte sich stattdessen schmollend der Höhlenwand zu. Es war lächerlich, dass Cadvan so über sie redete. Sie war nicht mehr oder weniger, als sie nun mal war: ein Mädchen, bis vor kurzem eine Sklavin. Gewiss, sie konnte Leier spielen, aber ... Cadvan irrte sich völlig.

Sie holte tief Luft und spähte zu dem Berglöwen hinüber. Er lag eingerollt mit der Nase dicht am Schwanz da, ganz wie eine Katze vor dem Ofen, und schenkte ihnen beiden keinerlei Beachtung. Das Gewitter hatte sich verzogen, doch es regnete draußen vor der Höhle noch heftig – ein freundliches Geräusch, wie sie fand. Die Nacht brach an, und sie stellte fest, dass sie hungrig war.

»Jetzt gehen wir ohnehin nirgends hin«, sagte sie.

»Richtig«, bestätigte Cadvan. »Also kann ich mir in aller Ruhe diesen Werkratzer ansehen.«

Mit fachkundigen, behutsamen Fingern untersuchte er die Wunde an ihrer Stirn, und Maerad nahm sich zusammen, um nicht zu zucken. »Ein blauer Fleck und etwas aufgerissene Haut, aber kein Gift«, verkündete er. »Ich fürchte, du wirst ein paar Tage lang Kopfschmerzen haben. Dagegen kann ich hier nichts machen. Aber es wird keine nennenswerte Narbe zurückbleiben. Du hast Glück gehabt.« Damit drückte er ihr kräftig die Hand auf die Stirn, woraufhin ein Teil der Schmerzen verflog. Anschließend rieb er die Wunde mit einer süßlich riechenden Salbe aus einem winzigen Glas ein, das er aus seinem Bündel hervorkramte.

»Wir sollten essen und uns dann ausruhen, solange wir können«, schlug Cadvan vor. »Wir brauchen nicht Wache zu halten; der Berglöwe wird uns in seiner Höhle beschützen, sogar im Schlaf.«

Maerad nickte. Tatsächlich schmerzten ihre Knochen immer noch vor Erschöpfung, und darunter schwelten die Nachwehen des Kampfes der vergangenen Nacht, ein Beben, das tief in ihrem Körper rumorte. Eine weitere Rast war ihr durchaus willkommen.

Am nächsten Morgen war Maerad so steif vor Kälte, dass sie sich kaum bewegen konnte; sie fühlte sich, als wäre ihr gesamter Leib voller blauer Flecken. Der Tag erwies sich als bedeckt und trüb. Nur ein fahles Licht drang in die Höhle, die nunmehr ungastlich und unbehaglich wirkte. Stöhnend rollte sie sich herum. Cadvan schlief noch. Vorsichtig setzte sie sich auf und hielt nach dem Berglöwen Ausschau. Er war nirgends zu sehen.

So viel zu unserem Führer, dachte sie. Was nun?

Sie kroch zum Höhleneingang und spähte hinaus. Über die Knie des Berges konnte sie hinunter auf die Ebenen sehen, doch der Wald lag in Nebel und Regen verborgen. Die ganze Welt schien ihrer Farben beraubt. Unglücklich saß sie da, beobachtete die Wolken und versuchte, ein wenig Leben in ihre Arme und Beine zu reiben, als Cadvan sich zu ihr gesellte.

»Frühstück?«, fragte er beschwingt.

»Essen ist das Letzte, wonach mir grade zumute ist«, gab sie zurück. »Unser Führer scheint verschwunden zu sein.«

»Er kommt zurück«, sagte Cadvan. »Und du musst etwas essen. Wir haben einen langen Marsch vor uns, und mit einem leeren Magen wirst du ihn nicht bewältigen. Wenn alles gut verläuft, laben wir uns bald an Rostbraten und gedünsteten Pilzen.«

»Und Wurzeln?«

»Karotten, Rüben, Bete und alles sonst, was du gerne magst. Gebacken, gebraten, gedünstet, geschmort, gekocht, gezuckert und geräuchert!« Cadvan war bereits wieder in der Höhle, um Obst und Zwieback aus seinem Bündel hervorzuholen. »Und ein Bad! Beim Licht, es wird sich gut anfühlen, wieder sauber zu sein! Ich kann mich gar nicht mehr erinnern, wann ich zuletzt gebadet habe.«

Sie beendeten gerade das Frühstück, als der Berglöwe zurückkehrte. Cadvan begrüßte ihn feierlich in der Hohen Sprache, und das mächtige Tier kauerte sich auf die Hinterläufe, um geduldig zu warten, während Cadvan zusammenpackte. Dann neigte der Berglöwe den Kopf und gab knurrende Laute tief in der Kehle von sich, woraufhin Cadvan nickte. »Er sagt, wir sollen ihm folgen«, klärte er Maerad auf. »Achte auf jede seiner Bewegungen. Und mach schnell.«

Der Berglöwe sprang auf einen Felssims über der Höhle und begann, dem Rand eines sich vertiefenden Hohlwegs folgend den Fuß des Berges zu erklimmen. Cadvan schwang sich ebenfalls hinauf. Von der Höhe entmutigt zauderte Maerad, doch als ihr klar wurde, dass sie keine andere Wahl hatte, kletterte sie mit bangem Herzen hinter den beiden her. »Er hat vier Beine«, murmelte sie zu Cadvan. »Ich hoffe, er denkt daran, dass ich nur zwei habe.«

»Gib dir einfach Mühe!«, forderte Cadvan sie auf.

Eine Weile blieb der Felsvorsprung breit genug, dass man gemütlich darauf gehen konnte, und Maerad atmete leichter, obwohl sich zu ihrer Linken eine immer tiefer werdende Schlucht, zu ihrer Rechten eine steile, stetig höher aufragende Felswand erstreckte. Es gab karstige, grasbewachsene Felsnasen und vereinzelt Grüppchen von Nieswurz, Frauenschuh und einer flauschigen, weißen Blume, die Maerad noch nie zuvor gesehen hatte, doch ansonsten herrschte kaum Pflanzenwuchs vor, und der Weg erwies sich als rau und uneben. Die Strahlen der frühen Sonne wärmten ihnen die Rücken, aber schon bald verlief ihr Pfad in Schatten, und Maerads Schweiß kühlte auf der Haut ab. Inzwischen ging es wieder steil bergauf. Der Felsvorsprung wurde schmaler und verschwand an einigen Stellen völlig, sodass sie jetzt nur noch kletternd vorankamen. Maerad fühlte sich unbehaglich, wie eine Spinne, die eine Wand emporkrabbelt, allerdings ohne das beruhigende Wissen um ein Netz, das sie im Falle eines Absturzes auffangen würde. Wenn sie in die Tiefe blickte, wurde ihr schwindlig, daher heftete sie die Augen auf Cadvan, der vor ihr ging, und richtete alle Gedanken darauf, die Füße und Hände an genau die gleichen Stellen zu setzen wie er. Den Berglöwen konnte sie nicht sehen.

Sie war gerade zu dem Schluss gekommen, dass sie keinen Meter mehr weiterklettern konnte, als der Felsvorsprung eine scharfe Biegung beschrieb und sich in einen erkennbaren Pfad verwandelte, der sich gewunden weiter den Berg hinauf erstreckte. Von da an konnten sie wieder aufrecht gehen, wenngleich nur hintereinander, und Maerad sah, dass der Berglöwe geduldig vor ihnen herlief, die Nase dicht über dem Boden. Die mächtigen Schultern wogten anmutig auf und ab, während er mühelos den Weg beschritt. Der Pfad wand sich höher und höher, und die Luft wurde immer kälter, bis es allmählich schwierig wurde zu atmen. Dann schien der Pfad unvermittelt zu enden. Der Berglöwe drehte sich um und sprach zu Cadvan, der die Botschaft an Maerad weiterleitete.

»Er sagt, wir sollen uns jetzt ganz nah bei ihm halten«, übersetzte er. »Was immer du tust, gerate nicht in Panik. Wenn es nicht unbedingt sein muss, will ich kein Licht machen, weil das Ärger anlocken könnte. Setz deine Ohren ein. Und achte auf Fledermäuse.«

»Fledermäuse?«, fragte Maerad verwirrt. Was hatten Fledermäuse auf einem Berg verloren? Dann jedoch erkannte sie, dass der Pfad nicht endete, sondern in eine Öffnung in der steilen Felswand mündete. Es handelte sich eindeutig um keine natürlich entstandene

Höhle: Die Seiten waren regelmäßig und glatt, über dem Sturz des Eingangs prangten die bröckligen Reste von eingemeißelten Runen.

Ihr blieb keine Zeit, darüber nachzudenken, denn sie betraten den Tunnel und gingen weiter. Ihre Schritte hallten dumpf von den Wänden wider. Im Licht, das durch die Öffnung einfiel, sah Maerad, dass der Gang schnurgerade mitten ins Herz des Berges hineinführte. Der Tunnel war breit genug für zwei mit ausgestreckten Armen nebeneinander marschierende Menschen. Nach nur wenigen Minuten wurde das Licht von völliger Schwärze verschluckt. Die Finsternis war so undurchdringlich, dass Maerad die eigene Hand nicht zu sehen vermochte, wenn sie sich die Finger unmittelbar vor die Augen hielt. Ihre Schritte klangen übernatürlich laut und hallten sonderbar wider; sogar die samtweichen Tatzen des Berglöwen konnte sie hören.

»Cadvan?«, fragte sie ganz leise und zuckte zusammen, weil ihre Stimme enorm verstärkt zu ihr zurückgeworfen wurde.

»Pssst«, machte er.

Psssssssstttttt, wiederholte der Tunnel.

Zu ihrer unaussprechlichen Erleichterung ergriff Cadvan ihre Hand, drückte sie ermutigend und ließ sie nicht los. Langsam, aber stetig gingen sie eine scheinbare Ewigkeit weiter, ließen dabei die Fingerspitzen die Wand entlangstreichen und hörten ständig die leisen Tatzen des Berglöwen vor sich.

Plötzlich sog Maerad scharf die Luft ein. Die Seitenwand verschwand, und sie wäre um ein Haar in die Lücke gekippt. Ein frostiger, übel riechender Luftzug hauchte ihr ins Gesicht und zerstreute vorübergehend die Stickigkeit des Stollens. Drei Schritte weiter setzte die Wand wieder ein; vom Hauptgang zweigte eindeutig ein Nebentunnel ab. Bald wurden solche Nebenstollen häufiger, und Maerad erkannte, dass sich ein regelrechtes Netzwerk durch den ganzen Berg ziehen musste. Manchmal spürte sie einen Luftzug von oben, manchmal von unten. Sie vermutete, dass dies von Schächten herrührte, die durch den Fels nach oben führten. Fünfundvierzig Verzweigungen zählte Maerad selbst, bevor sie anhielten, um zu essen, und anhand der Veränderungen der Luft vermutete sie, dass auf Cadvans Seite eine ähnliche Anzahl vorhanden war. Der Haupttunnel führte immer noch kerzengerade durch den Berg.

Maerad fragte sich, wer dieses System von Gängen geschaffen haben mochte, wenngleich sie kein Verlangen verspürte, einem der Nebentunnel zu folgen – die Vorstellung, sich im Berg zu verirren und durch endlose Dunkelheit zu stolpern, ließ sie schaudern. Vielleicht war dies eine Art Stadt gewesen, obschon sie noch nie von einer in einem Berg errichteten Stadt gehört hatte. Jedenfalls fühlte die Umgebung sich alt an, unermesslich alt. Gelegentlich, wenn ihre Finger über etwas strichen, das sich wie ein bröckliges Relief oder ein verschlungener Ziersaum anfühlte, wünschte sie, Cadvan würde ihnen ein wenig Licht gestatten: Sie hätte nur zu gern gesehen, durch was sie eigentlich marschierten. Gewiss war dies einst ein wunderschöner Ort gewesen. Vielleicht war er es sogar immer noch, obwohl er verlassen zu sein schien.

Trotz der Finsternis flößte ihr die Umgebung keine Furcht ein; falls es hier Geister gegeben hatte, waren sie längst verschwunden. Als sie weiter in den Berg vorstießen, beschlich sie nach und nach Ehrfurcht ob der Ausmaße des Ortes. Er war viele, viele Male größer als Gilmans Feste, vielleicht sogar so riesig wie die Städte aus einigen der Lieder, die Mirlad sie gelehrt hatte. Die Umgebung schien Traurigkeit zu atmen, ein alles durchdringendes Gefühl der Verlassenheit. Hatte eine Krankheit das einstige Volk dieses Ortes befallen und vertrieben? Oder war es einfach weggezogen, um anderswo, in wärmeren Gefilden, eine neue Stadt zu bauen? Jedenfalls hatten hier Menschen gelebt, die vielleicht glücklich gewesen waren. Nun waren sie verschwunden, und der Ort vermisste sie, vermisste ihr Gelächter, ihre Lieder, ihr Licht. Zumindest ging Maerad davon aus, dass sie in diesen dunklen Gängen Licht verwendet hatten.

Sie schickte ihren Geist voraus. Sie hörte das Rascheln kleiner Flügel, tapsende Schritte wie von winzigen Vögeln, Piepsen und hohes Pfeifen, das Tropfen von Wasser auf Stein und das leise Plätschern sich träge in kalten Tümpeln aalender blinder Fische, die Licht nicht einmal als ein Gerücht kannten; sonst vernahm sie nichts.

Sie hielten für eine weitere Mahlzeit an, dann für eine dritte und eine vierte. Ungewisse Stunden lang schliefen sie auf dem kahlen Steinboden: Verstrich derweil draußen eine Minute oder ein ganzer Tag? Maerad wusste es nicht. In der unveränderlichen Finsternis war es unmöglich zu erahnen, welche Tageszeit draußen, in der Welt der Farben und des Lichts, herrschen mochte. Wenn sie hungrig oder so müde waren, dass sie nicht mehr weitergehen konnten, hielten sie inne. Dabei blieben sie einfach, wo sie sich gerade befanden. Es fühlte sich seltsam an, etwas zu essen, ohne es sehen zu können; irgendwie schmeckte es nach gar nichts, als äßen sie Asche. Weil der Widerhall so gespenstisch wirkte, sprachen sie so wenig wie möglich. Der Berglöwe fraß nichts, wenngleich er manchmal von den Rinnsalen trank, die sich aus höheren Gefilden einen Weg durch den Berg hinab bahnten und dabei ihren Weg kreuzten.

An einer Stelle blieb ihr Führer plötzlich stehen und knurrte. Sie befanden sich so dicht hinter ihm, dass sie mit ihm zusammenstießen. »Er sagt, da sei eine Grube«, flüsterte Cadvan, und das Getuschel setzte sich die Wände entlang wie düsteres Gelächter fort. »Er meint, das sei ein gutes Zeichen: Es bedeutet, dass wir die Hälfte hinter uns haben. Entlang einer Seite der Grube verläuft ein sehr schmaler Steg. Stolpere nur nicht! Du gehst zuerst, ich folge unmittelbar hinter dir. Halte dich eng an der Wand!«

Zögerlich folgte Maerad dem mit steten Schritten weiterlaufenden Berglöwen und tastete sich die Wand entlang. Sofort spürte sie einen kalten Luftzug und wurde vom Gefühl einer so schauerlich schwindelerregenden Tiefe erfasst, dass sie beinahe stolperte. Cadvan zischte etwas, das sie nicht verstand, als sie das Gleichgewicht wiedererlangte und sich mit hämmerndem Herzen an die Wand presste. Dann fasste sie sich und richtete alle Aufmerksamkeit darauf, einen Fuß vor den anderen zu setzen, Schritt für Schritt. Es schien eine Ewigkeit zu dauern, den Abgrund zu passieren, doch schließlich fühlte sie, wie der Luftzug von unten verflachte, und sie wusste, dass sie die Tiefe hinter sich gelassen hatte. Sie ging noch ein paar Schritte weiter, dann blieb sie stehen und atmete schwer, bis Cadvan zu ihr aufschloss, nach ihrer Hand tastete und sie weiter in die endlose Dunkelheit führte.

Die Zeit verlor jegliche Bedeutung. Maerad vermochte nicht mehr zu sagen, ob sie seit Tagen, Jahren oder ganzen Zeitaltern durch diesen Tunnel wanderte. Es war, als wäre ihr Geist erblindet, als wären Farben und Formen Träume aus einer anderen Epoche. Ihre Augen spielten ihr fortwährend Streiche: kleine rote, rosige und blaue Blüten taten sich vor ihr auf, die nicht wichen, wenn sie die Lider schloss, sondern sich in andere, sonderbar gestaltlose Schemen teilten. Sie ließen die Dunkelheit nur noch allumfassender erscheinen.

Als sie in der Ferne einen fahlen Lichtschein erspähte, hielt sie ihn zunächst für ein weiteres Trugbild. Sie hatte längst aufgehört, an die Möglichkeit zu glauben, dass der Tunnel irgendwann enden könnte. Maerad rieb sich die Augen, doch das Licht blieb. Dann erkannte sie, dass sie den vor ihr laufenden Berglöwen sehen konnte, und als sie zur Seite blickte, sah sie auch Cadvan neben sich. Ihr war danach zumute, vor Erleichterung zu weinen oder vor Freude zu johlen.

Blinzelnd traten sie hinaus auf einen breiten Felsvorsprung hoch am Hang des Berges. Maerad zuckte zusammen, als wäre sie geschlagen worden; nach so langer Zeit in der Finsternis empfand sie das Licht als blendend grell. Eine Weile stand sie da und beschattete das Gesicht mit den Händen, während ihre Augen sich an die Helligkeit gewöhnten. Schließlich ließ sie den Blick über die Umgebung wandern und sog vor Verwunderung jäh die Luft ein.

Vor ihnen erstreckte sich ein riesiges grünes Land voll rollender Hügel und dunkler Wälder. Die rote Sonne sank in unermesslicher Pracht durch eine goldene Wolkenbank und ergoss ihr Licht über ihre Gesichter.

»Siehe das schöne Land Annar!«, sprach Cadvan. »Ich dachte schon, ich würde es nie wieder schauen.«

Maerad stellte fest, dass Tränen auf seinen Wimpern glitzerten, und wandte den Blick ab. Plötzlich wurde ihr bewusst, dass er immer noch ihre Hand hielt. Aber Cadvan wirbelte sie lachend herum. »Maerad! Wir sind fast da!«

»In Norloch?«

»O nein, nein, nein, das liegt viele Meilen westlich. Nein, bei einem Bad und einer ordentlichen Mahlzeit! Gebratenes Fleisch! Hab ich dir doch versprochen!« Er ließ sie los und trat lächelnd zurück.

Von Cadvans Freude angesteckt erwiderte Maerad das Lächeln. Doch Cadvan sprach bereits mit dem Berglöwen und verneigte sich dabei tief. Auch das Tier neigte den Kopf und knurrte etwas, dann drehte es sich Maerad zu und wiederholte die Geste. Ihrem Gefühl folgend verneigte Maerad sich ihrerseits. Danach verschwand das mächtige Geschöpf mit den ihm eigenen gemessenen, steten Schritten ohne einen Blick zurück im Tunnel und zog von dannen.

»Da geht ein wahrer Fürst unter den Tieren«, meinte Cadvan. »So unverhofft können Glücksfälle eintreten! Selbst nach meinen besten Berechnungen hätten wir keine Möglichkeit gehabt, schon so bald in die Nähe von Hilfe zu gelangen. Anders hätten wir Tage gebraucht, und selbst dabei wäre ungewiss gewesen, ob wir unser Ziel je erreicht hätten.«

Maerad schauderte bei dem Gedanken an den langen Rückweg durch die schwarzen Eingeweide des Berges, der dem Berglöwen bevorstand. »Trotzdem könnte ich nicht noch einmal durch diesen Tunnel gehen, und wenn alle Werwesen des Landrost hinter mir her wären!«, meinte sie.

»Sprich nicht so leichtfertig über derlei Dinge!«, mahnte Cadvan sie rasch. »Wenn es sein müsste, würdest du es sehr wohl tun. Und wir müssen immer noch von diesem Berg hinuntergelangen, und das rasch, bevor es völlig dunkel wird.«

Ein schmaler Pfad führte von dem Felsvorsprung hinab und bahnte sich einen verschlungenen Weg nach unten, wobei er sich um Felsen und Schluchten herumwand, ehe er wieder jäh in die ursprüngliche Richtung zurückschwenkte. Sie hatten sich noch kaum zehn Schritte von ihrem Aussichtspunkt entfernt, als Maerad aufblickte und feststellte, dass der Höhleneingang vollkommen verschwunden war; selbst aus dieser Entfernung bezweifelte sie, dass sie ihn wieder finden könnte.

Danach bedurfte der Abstieg vom Berg all ihrer Aufmerksamkeit. Das Unterfangen erwies sich als erschöpfend, und ihre Hände waren bereits zerkratzt und voller Blasen. Sie biss die Zähne zusammen und schenkte ihren Beschwerden keine Beachtung. Cadvan stellte erneut seine Fähigkeit unter Beweis, sich so zu gebaren, als wäre er soeben aus einem langen, erholsamen Schlaf erwacht und befände sich nun auf einem gemächlichen Spaziergang. Wenn er das konnte, so dachte sie bei sich, konnte sie es auch.

Einmal rutschte sie aus und schlitterte über sechs Meter einen Felshang hinab, bis sie in einem Haufen aus Kieseln und Staub am Grund einer Rinne landete. Cadvan lehnte sich über den Rand der Böschung und spähte besorgt durch das Zwielicht. Als er sah, dass sie ihm zuwinkte, grinste er und rutschte selbst hinab, um sich zu ihr zu gesellen. »Das ist zwar schneller«, meinte er, als er bei ihr ankam, »aber etwas ungemütlicher.« Damit stand er auf, wischte sich ab und spähte die Rinne entlang. »Ich denke, wir können diesem Hohlweg folgen«, meinte er. »Es ist nicht mehr weit, bis wir den eigentlichen

Berg hinter uns gelassen haben. Anschließend noch ein kurzer Marsch, und dann gibt es Abendessen.«

Von da an gestaltete sich das Gehen weniger beschwerlich. Mittlerweile war es dunkel, aber die Nacht war klar, und der zunehmende Mond, der über den Horizont ragte, war hell genug, um deutliche Schatten zu werfen. Eine Weile setzten sie den Weg schweigend fort.

»Wisst Ihr, wo wir sind?«, fragte Maerad schließlich. Sie hatte das seltsame Gefühl, diese Landschaft zu kennen. Befanden sie sich womöglich in der Nähe von Pellinor?

»Ja«, antwortete Cadvan und nickte. »Wir sind eine Stunde schnellen Marsches von Inneil entfernt, der östlichsten der Bardenschulen. Sie wurde vor mehreren hundert Jahren im Schatten des Annova errichtet und hat viele gute Barden hervorgebracht! Ich kann gar nicht sagen, wie froh ich bin. Wir haben wirklich Glück gehabt; das ist besser als alles, was ich hätte vorausplanen können. Ich glaube, das Unwetter hat unsere Spuren verwischt, und ich denke nicht, dass sie noch jemand finden kann. Wären wir gezwungen gewesen, den Weg zu nehmen, den ich im Sinn hatte, hätte es schlecht mit uns enden können. Über jenes verwaiste Reich wacht nicht nur der Landrost.«

»Und was war dieser Tunnel durch den Berg?«, erkundigte sich Maerad, die beschloss, Cadvans Überschwänglichkeit zu nützen. »Habt Ihr gewusst, dass es ihn gibt?«

»Nein«, antwortete Cadvan. »Ich bin im Lauf der Jahre schon oft durch dieses Land gereist, habe aber noch nie Gerüchte oder Geschichten über einen solchen Ort gehört. Der nächste Pass durch die Berge, den ich kenne, liegt mindestens hundertachtzig Meilen von hier entfernt und verläuft durch unwegsames Gelände. Ich weiß nicht, wer diesen Ort errichtet oder vor ewigen Zeiten dort gelebt haben könnte. Es schien mir eine große Stadt zu sein; dort waren hunderte leere, vergessene, in den Fels gehauene Räume. Vermutlich ist der gesamte Berg damit durchzogen. Die Runen rings um den Eingang kannte ich nicht. Jedenfalls muss es ein sehr kluges Volk gewesen sein, das dort gelebt hat, da es den lebenden Fels so gerade durchdringen konnte. In den Stollen gab es weder Makel noch schlechte Luft. Nur wenige könnten so etwas heute vollbringen.«

Maerad war erstaunt darüber, wie unbekümmert Cadvan seine Unwissenheit gestand. Es ließ die Welt, die sie soeben betreten hatte, umso seltsamer und gefahrvoller erscheinen. Sie dachte zurück an Gilmans Feste: Noch vor wenigen Tagen hatte der Ort ihr gesamtes Lebensumfeld dargestellt, für Cadvan hingegen war er nur ein winziges, unbedeutendes Rädchen im großen Getriebe der Dinge. Und nun schien es Dinge zu geben, von denen selbst er nichts wusste. Der Gedanke vermittelte ihr das Gefühl, überaus klein und unwichtig zu sein, und sie stellte keine weiteren Fragen.

Der Pflanzenwuchs begann sich zu verändern; Maerad sah Haine aus Kiefern und Birken, und unter ihren Füßen wuchsen Gräser und Kräuter. Der Hang wurde flacher, und die Hügel waren von einer blühenden Wiese bedeckt, die ihre Beine nach dem Kies und den Steinen, über die sie sich bisher den Weg bahnen mussten, als Erleichterung empfanden. Cadvan wandte das Gesicht gen Süden. Zu ihrer Linken ragten die Osidh Annova gleich einem riesigen Kamm auf, der mit schwarzen Zinken die Sterne verhüllte. Der Duft von zertretenen Gräsern und Blumen, Frühlingsgeißblatt und Krokussen umgab sie, und Wildrosen zupften an ihren Mänteln. Im fahlen Mondschein wirkte die Landschaft silbrig und geheimnisvoll, doch Maerad erschien sie auf unerklärliche Weise vertraut, und sie wandelte wie in einem Traum.

Dann deutete Cadvan mit dem Arm, und Maerad erspähte in der Ferne ein Licht. »Inneil!«, rief er aus. »Und es ist erst drei Stunden nach Sonnenuntergang!«

Als sie sich Inneil näherten, wurde Maerad zunehmend unruhiger. Dies war eine Bardenschule, und sie wusste rein gar nichts über solche Orte. Was würde man von ihr halten, wenn sie dort mit Haaren wie ein Vogelnest, stinkend, dreckig und unwissend eintraf? Ihre Scheu steigerte sich, je näher sie ihrem Ziel kamen, und als Maerad die Umrisse der Gebäude erkennen konnten, war ihr regelrecht übel vor Besorgnis. Stolz und edel wirkten sie in ihren Augen, die anmutig in den nächtlichen Himmel ragenden Türme mit ihren golden erhellten Fenstern hinter einer hohen Mauer aus glattem weißem Stein, der das Sternenlicht zurückwarf. Während Cadvans Schritte immer beschwingter wurden, wuchs ihr Zaudern. Viel früher, als ihr lieb war, erreichten sie die mächtigen Tore aus dickem, mit schwarzem Stahl beschlagenen Eichenholz. Cadvan legte die Hände an den Mund und brüllte:

»Lirean! Lirean noch Dhillareare!«

Ein Fensterladen hoch über dem Tor öffnete sich, und ein Mann schaute heraus.

»*Lirean? Ke sammach?*«

»*Cadvan Lirigon na, e Maerad Pellinor na!*«, gab Cadvan zurück und zwinkerte Maerad dabei zu. Verunsichert lächelte Maerad zurück.

»*Langrea i*«, sagte die Stimme, woraufhin sich das Fenster geräuschvoll schloss.

»Wird man mich hineinlassen?«, fragte Maerad.

»O ja, letztlich schon«, antwortete Cadvan. »Aber dieser Tage müssen sie vorsichtig sein, besonders nach Einbruch der Dunkelheit. Er ist losgegangen, um unsere Namen bekannt zu geben.«

Nach etwa fünf Minuten öffnete sich der Fensterladen wieder, und ein anderer Mann streckte den Kopf heraus.

»Cadvan?«, rief er. »Bist du das?«

»Höchstpersönlich«, erwiderte Cadvan. »Ich reise auf beschwerlichen Straßen über dunkle Wege und erbitte gemäß den alten Gesetzen der Höflichkeit Beistand von den Barden von Inneil.«

»Was treibst du in diesem Teil der Welt?«

»Malgorn!« Cadvan warf den Kopf zurück und rief hinauf: »Komm herunter und lass uns rein!«

»Und wer von Pellinor? Ich dachte, sie wären alle tot! Beim Licht! Aber warte, ich komme zum Tor.«

Damit warf er das Fenster zu, und Cadvan wandte sich Maerad zu. »Jetzt sind wir in Sicherheit«, verkündete er.

»Kennt Ihr diesen Mann?«

»Das ist Malgorn. Ich kenne ihn seit der Kindheit, und vor etwa zwanzig Jahren hat man ihn hierhergeschickt. Damals gab es in diesem Teil der Welt Schwierigkeiten, und man brauchte seine Fähigkeiten. Er ist ein guter Mann. Einer der besten.«

Dann wurde das Tor aufgeschwungen, und ein stattlicher, kräftig gebauter Mann kam mit ausgebreiteten Armen heraus. »Cadvan!«, rief er und zog ihn in eine bärengleiche Umarmung. »Wie schön, dich zu sehen! Wie lange ist es her?«

»Zu lange, alter Freund«, gab Cadvan zurück. »Und ich kann gar nicht sagen, wie froh ich bin, dich zu sehen!«

Malgorn trat einen Schritt zurück und musterte Cadvans Gesicht. »Du siehst mir ein wenig mitgenommen aus«, stellte er fest. »Ich sehe schon, dazu gibt es eine Geschichte zu erzählen. Was hast du die ganze Zeit getrieben? Aber komm erst mal rein, komm rein.«

»Das ist Maerad von Pellinor, meine Reisegefährtin«, erklärte er und wich ein wenig zurück, um sie mit einzubeziehen. »Maerad, das ist mein alter Freund Malgorn, ein Gauner und Spitzbube, dazu der schlechteste Kartenspieler in den Sieben Königreichen. Aber er hat auch seine guten Seiten.«

Lächelnd ergriff Malgorn ihre Hand und verneigte sich darüber, dann wurde er plötzlich ernst. »Es ist mir eine Ehre, dich kennenzulernen, Maerad von Pellinor«, sagte er. »Ich dachte, es würde niemand von deiner Schule mehr leben. Sie nimmt in meinem Herzen einen Platz wie keine andere ein und war eine der schönsten in ganz Annar.«

Maerad schaute in ein Paar warmherzige braune Augen auf und schluckte. Sie vollführte einen linkischen kleinen Knicks, und Malgorn ließ ihre Hand los. Dann geleitete er sie durch das Tor, einen kleinen Kreuzgang entlang und weiter in den ersten Hof der Schule von Inneil.

Hätte Malgorn sie dort nicht gleich weitergeführt, wäre Maerad stehen geblieben und hätte erstaunt um sich geglotzt. Das Mondlicht schien auf gepflegte, von großen, glatten Steinplatten gesäumte Gärten. In der Mitte plätscherte ein Springbrunnen gleich einem glitzernden Schleier. Männer und Frauen, die über den Hof schlenderten, betrachteten sie mit gelassener Neugierde. Fernab in einem Gebäude spielte jemand Flöte, aus einer anderen Richtung hörte Maerad zu einem Lied vereinte Stimmen. Etwas in ihr regte sich wie eine lang verschüttete Erinnerung.

Doch ihr blieb keine Zeit, die Umgebung näher zu begutachten, denn Malgorn scheuchte sie eilends durch gewundene Straßen zwischen prunkvollen Bauwerken und über weitere Höfe zu einem großen Steinhaus mit hohen, schmalen Fenstern, aus denen Licht so gelb wie Butter drang. Malgorn schwang die reich ziselierten Doppeltüren auf, trat in die Eingangshalle und rief: »Silvia! Silvia! Wir haben Gäste!« Und das war alles, was Maerad sah, bevor eine tiefe Schwärze über ihr zusammenschwappte und sie ohnmächtig zu Boden glitt.

Zweiter Teil
Inneil

Weit war die Welt, und der Wald grün-golden
Im Anbeginn Ulnars, unbefleckt, nicht verdunkelt,
Als Mercan der Meister am Morgen hervortrat,
Seines Volkes Fürst, furchtlos und weiskundig.
Machtvolle Magier waren Maldans Sänger,
Doch der Größte im Geiste war Goldhand Mercan,
Weithin bewandert im Weistum der Alten,
Arestors Erstling, Erzmagier der Künstler.
In der Sprache der Sterne beschwor er im Lied
Des Frühlings Frische auf die Fluten des Lir.
Lang waren die Tage, und Lachen erklang
In den heiligen Hallen, wo die Hohen lauschten,
Die längst schon vergessen, nur im Lied betrauert
In der Weissänger Worte, die wehmütig künden:
Groß waren im Glanz des Goldes die Häuser
Über dem See, wo die Schmelzwasser flossen,
Hoch lag das Heim, in dem Mercan Hof hielt,
Golden das Licht auf dem verlorenen Lirion.

Aus *Mercans Queste*

Sechstes Kapitel
Ein blaues Kleid

Maerad schlug die Augen auf und blinzelte die schwarzen Punkte weg. Ihr Kopf brummte, und es dauerte ein paar Lidschläge, bis ihre Sicht sich schärfte und sie erkennen konnte, wo sie sich befand. Jemand hatte sie auf einen Stuhl gehoben, und Cadvan beugte sich mit einem kleinen Glas voll goldener Flüssigkeit in der Hand zu ihr.

»Trink«, forderte er sie auf. Sie hatte noch nie zuvor Glas berührt, weshalb sie es so vorsichtig ergriff, als könnte es zerspringen; es fühlte sich kühl und leicht in ihren Fingern an. Das Getränk rann ihre Kehle hinab wie eine stumpfe Flamme, verbrannte ihr den Gaumen, und sie verschluckte sich, als in ihrem Mund ein Nachgeschmack gleich einer sanften Explosion von Früchten aufblühte. Wärme durchströmte ihren Körper bis zu den Zehen, und einen Augenblick glaubte sie, sich übergeben zu müssen. Selbst in ihrem gegenwärtigen Zustand hätte sie eine solche Demütigung kaum ertragen; doch dann ging das Gefühl vorüber.

»Nimm noch einen Schluck«, sagte Cadvan.

»Was ist das?«, wollte sie wissen. Trotz des anfänglichen Brennens unterschied sich das geistige Getränk völlig von dem scharfen Voka, den Gilmans Männer soffen.

»Das ist Laradhel, eine Spezialität des Hauses«, erklärte Cadvan. »Gebrannt aus ausgewählten Kräutern und Früchten, vor allem Aprikosen, richtig, Malgorn?« Mit hochgezogener Augenbraue blickte er zu seinem Freund, der nickte. »Und obendrein noch von diesem ganz besonderen Tafelkenner. Malgorn beschäftigt sich hingebungsvoll mit der Kunst des Brauens und Brennens, zum Vergnügen und als Heilmittel.«

Sie trank erneut, und diesmal verschluckte sie sich nicht. Nippend leerte sie das Glas und gab es Cadvan zurück. Weniger schwindlig, aber leicht benommen sah sie sich im Raum um.

Sie befand sich in einer Kammer, die ihrer getrübten Wahrnehmung wie eine Vision oder etwas aus einem Traum erschien. Der Raum besaß eine hohe Decke und war geschmackvoll gestaltet. An einer Wand brannte in einem riesigen Kamin ein Feuer; darüber zog sich ein geschnitzter Sims. Von oben hing eine wie eine Lilie geformte Silberlampe herab, die sanftes Licht spendete. Blasses Gelb zierte die Wände, während die Decke und die Deckenleisten mit einem Muster aus stilisierten Lilien und zart gefärbten Efeublättern bemalt waren. Um den Kamin herum standen gemütliche Holzstühle, gepolstert mit dunkelroten Kissen, und Musikinstrumente aller Art lehnten an den Wänden und Möbeln. An der Wand ihr gegenüber erhob sich ein großes, geschnitztes Regal mit ledergebundenen Büchern; eines davon, mit edler, schwarzer Schrift und blattvergoldeten Bildern als Verzierung, lag aufgeschlagen auf einem Tisch. Maerad blinzelte vor Staunen.

»Sie ist blass wie ein Geist«, meinte Malgorn. »Was hast du bloß mit diesem Kind gemacht, Cadvan? Wo hast du sie gefunden?«

»Ich bin kein Kind«, meldete Maerad sich mürrischer als beabsichtigt zu Wort. »Ich meine, ich bin sechzehn Sommer alt!« Dann errötete sie, weil sie sich undankbar vorkam, und verstummte.

»Ein Kind ist sie gewiss nicht«, bestätigte Cadvan und lächelte Maerad schelmisch an. »Sie hat sich nur mit einem Stock in der Hand zwanzig Werwesen vom Leib gehalten. Allerdings kann ich ihr keinen Vorwurf daraus machen, dass sie in Ohnmacht gefallen ist, als sie *dich* kennengelernt hat!«

Malgorn lachte, dann beäugte er Maerad nachdenklich. »Zwanzig Werwesen, hm? Na, im Augenblick sieht sie jedenfalls aus, als wären zwanzig Motten zu viel für sie! Das muss ein, zwei Lieder wert sein.«

»Doch nicht allein!«, begehrte Maerad auf und versuchte, sich aufzusetzen. »Cadvan übertreibt!«

Eine Frau mit einem Tablett betrat das Zimmer. »Ist sie bei Bewusstsein? Dem Licht sei Dank dafür.« Sie stellte das Tablett auf einen kleinen Tisch, eilte zu Maerad hinüber und streckte ihr die Hand entgegen. »Hallo, Maerad, ich bin Silvia. Ich habe das fragwürdige Glück, mit Malgorn vermählt zu sein, und darf mich daher die ganze Zeit mit derlei Unfug herumplagen.« Sie lächelte, und Maerad erwiderte die Geste. Sie fand, dass sie noch nie ein so wunderschönes Antlitz gesehen hatte: freundlich, fröhlich und weise, alles zusammen. »Komm, überlassen wir diese zwei Burschen sich selbst«, schlug sie vor. »Wir sehen indes zu, dass wir dich sauber bekommen. Und dir den Bauch füllen! Du bist so dünn! Hat Cadvan dich hungern lassen?«

»Warum geben alle *mir* die Schuld?«, fragte Cadvan. »Und wo bleibt das Mitgefühl für *meine* dünne Mitte?«

»Mitgefühl? Für dich?«, sagte Silvia. »Ich bin sicher, du hast ihre Rationen gegessen. Ich habe noch nie ein so dürres Gerippe gesehen. Und jetzt, Malgorn, hör auf zu reden und zeig dem armen Mann sein Zimmer.«

»Und ein Bad!«, rief Cadvan aus. »Nach einem Bad sehne ich mich mehr als nach allem anderen!«

Doch Maerad wurde bereits mit Silvias Arm um den Schultern aus dem Zimmer in einen langen Gang geführt. »Bist du sehr hungrig, Maerad?«, fragte sie.

»Nein«, murmelte Maerad. »Na ja, jedenfalls nicht im Augenblick.«

»Also, falls du noch nicht am Verhungern bist, für dich wird gerade ein Bad vorbereitet. Und wir suchen ein paar Kleider für dich. Diese Lumpen können getrost ins Feuer wandern! Was hat Cadvan nur mit dir gemacht? Gewiss ist er mit dir durch die Wildnis gestreift und hat Ungeheuer gejagt. Was hat er sich nur dabei gedacht? Du bist zu jung für all das. Du solltest wohlbehalten in einer Schule weilen, um Tonleitern und dergleichen zu lernen. Also wirklich!« Fassungslos schnalzte sie mit der Zunge.

»Es war nicht seine Schuld!«, rief Maerad hitzig aus, da sie fand, dass Cadvan ungerecht verurteilt wurde. »Ehrlich nicht. Er hat mich gerettet! Ich war eine Sklavin, und ich habe schon früher nie genug zu essen gekriegt. Er hat mich befreit ...«

»Hat er das?« Silvia blieb stehen, ergriff mit einer Hand Maerads Kinn und sah ihr mit beunruhigender Aufrichtigkeit in die Augen. »Nimm unsere Sticheleien nicht ernst, Maerad. Cadvan ist ein guter Freund, ein alter Freund, außerdem einer der ehrenwertesten Menschen, denen ich je begegnet bin. Es gibt nicht viele Barden wie ihn. Sei versichert, dass uns das bewusst ist.«

Maerad nickte und fühlte sich abermals töricht; andererseits war sie dieser Art freundschaftlicher Hänseleien zuvor nie begegnet, weshalb es ihr schwerfiel, sie richtig zu deuten.

Silvia setzte die regen Schritte und ihr Geplauder fort, und ehe sich Maerad versah, befand sie sich in einem dampfenden Raum, in dem es nach Lavendel duftete, mit einem in den Boden eingelassenen Steinbad voll heißem Wasser in der Mitte. Maerad hatte noch nie ein Bad gesehen. Mit großen Augen blieb sie am Eingang stehen. Silvia blickte rasch zu ihr und fragte: »Möchtest du, dass ich bleibe? Ich kann dich auch allein lassen, wenn dir das lieber ist. Aber manchmal ist es hilfreich, jemanden zu haben, der einem den Rücken schrubbt.«

»Ich … ich weiß nicht«, flüsterte Maerad ein wenig überfordert. »Wie macht man das denn für gewöhnlich?«

»Diesmal, Liebes, bleibe ich und helfe dir«, schlug Silvia entschieden vor. »Ich möchte nicht, dass du im Bad ohnmächtig wirst. Du siehst mir zu erschöpft aus, um allein zu baden.«

Behutsam half sie Maerad, sich aus den stinkenden Kleidern zu schälen, die sie in einen Korb warf, dann half sie ihr in das Bad, in das sie süß riechendes Öl aus einer blauen Flasche goss. Anschließend schrubbte sie Maerad mit einem weichen Lappen und nach Lavendel duftender Seife ab und wusch ihr das Haar. Maerad schämte sich, als sie sah, wie dreckig das Wasser wurde, doch Silvia zeigte sich davon ungerührt und schüttelte nur über den Kratzer an Maerads Stirn sowie die blauen Flecken und Narben an ihrem Körper den Kopf.

Nachdem sie sich vergewissert hatte, dass Maerad bis auf den letzten Fingernagel sauber war, half sie ihr aus dem Wasser, trocknete sie ab und schlang ihr einen weichen, warmen Bademantel um die Schultern. Sie rieb eine Salbe auf die Wunde, dann ergriff sie von einem Schrank einen breit gezahnten Kamm, ließ Maerad auf einem niedrigen Holzhocker in der Ecke des Raumes Platz nehmen und kämmte ihr geduldig sämtliche Knoten aus dem Haar. Es dauerte eine ganze Weile. Maerad lehnte sich schläfrig und behaglich gegen sie zurück. Sie hatte sich noch nie so wohl in ihrem Körper gefühlt; ihre Haut war weich, als bestünde sie aus Seide.

»Inzwischen sollte dein Zimmer fertig sein«, meinte Silvia schließlich. »Gehen wir.«

Sie führte Maerad weitere Gänge und eine Treppenflucht entlang, dann öffnete sie die Tür eines kleinen Schlafzimmers. In einem Kamin knisterte ein Feuer, durch ein Bogenfenster hörte Maerad die plätschernde Stimme des Springbrunnens auf dem Hof. In der Ecke stand ein mit einem Brokatvorhang verhülltes Bett, darauf ausgebreitet lagen bunte Gewänder. Sie sah, dass jemand ihre Leier in eine andere Ecke gestellt hatte. Überwältigt von all den üppigen Farben stand Maerad zögerlich an der Tür. »Das ist alles für mich?«, flüsterte sie.

Silvia musterte sie mit einem Ausdruck tief empfundenen Mitgefühls. »So ist es, Maerad. Alles für dich. Soll ich dir beim Anziehen helfen? Einige dieser Knöpfe können ganz schön knifflig sein.«

Maerad nickte stumm. Auch Gewänder wie diese hatte sie noch nie gesehen, aus solch weichem Stoff in prunkvollen Farben, so geschneidert, dass sie zugleich bequem, schön und warm waren. Sie fühlte sich unwissend und tölpelhaft. Silvia wählte ein schlichtes blaues Kleid mit Silberstickereien um den Kragen und an den Ärmeln. »Du wirst schon bald zu Bett gehen«, erklärte sie, »da willst du bestimmt kein großes Aufhebens machen. Aber zuerst musst du etwas essen. Geht es dir gut? Glaubst du, dass du noch mal ohnmächtig wirst?«

Verlegen schüttelte Maerad den Kopf. Je mehr Freundlichkeit Silvia ihr entgegenbrachte, desto weniger fühlte sie sich in der Lage zu sprechen. Sie meinte fortwährend, dass sich alles um einen Irrtum handeln musste; bald würde jemand herausfinden, dass sie gar keine richtige Bardin war, und dann würde man sie hinauswerfen. Silvia suchte leinene Unterwäsche aus und reichte sie Maerad, die deren Feinheit bewunderte. Sie glaubte zu träumen. Gedankenverloren setzte sie sich aufs Bett und strich mit den Fingern über den Stoff. Silvia löste die Unterwäsche behutsam aus ihrer Hand, nahm ihr den Bademantel ab und streifte ihr das Hemd über den Kopf. Es war, als zöge sie ein Kind oder eine Puppe an. Maerad sprach kein Wort.

Nachdem sie angekleidet war, führte Silvia sie zu einem Spiegel. »Meinst du, das passt?«, fragte sie und reckte das Kinn über Maerads Schulter. »Du solltest öfter blau tragen, das bringt deine Augen zur Geltung. Wie hübsch du doch bist!«

Maerad blinzelte und starrte ihr Ebenbild an. Abgesehen vom polierten Metall eines Schilds oder der stillen Oberfläche eines Wassereimers hatte es in Gilmans Feste keine Spiegel gegeben. Sie konnte das Bildnis darin kaum als sie selbst erkennen; allein die leicht weißliche Linie an ihrem Hals, eine hauchdünne Narbe von einer alten Verletzung, an die sie sich nicht erinnern konnte, kam ihr vertraut vor. Plötzlich tauchte in ihrem Kopf zugleich überaus lebendig und unermesslich entfernt eine Erinnerung an das Gesicht ihrer Mutter auf, die sich über sie beugte, vermutlich, um sie zu küssen. Leicht erschrocken erkannte sie, dass sie Milana äußerst ähnlich sah. Die Erkenntnis erfüllte sie mit einem Gefühl der Einsamkeit, und als Silvia dies spürte, meinte sie rasch: »Es ist Zeit zu essen, bevor du mir wirklich zusammenbrichst. Ich bin sicher, Malgorn und Cadvan warten bereits auf uns; wir sollten uns beeilen.«

Damit ging sie die Treppe hinab voraus. Maerad folgte ihr zögerlich und sah sich dabei voll Verwunderung um. Sie fand das Haus verwirrend: Es gab zu viele Kammern, zu viele Türen, zu viele Gänge, die zu ungeahnten Zielen führten. Maerad war an Gebäude gewöhnt, die nur aus einem Raum bestanden, mit Tieren an einem Ende, Menschen am anderen und weit und breit keinen Treppen. Selbst die Große Halle in Gilmans Feste hatte aus einem einzigen Raum mit Schlafgemächern als Anbau auf einer Seite bestanden.

Schließlich erreichten sie ein kleines Esszimmer, in dem ein dunkler, mit Kerzen und feinen, schlichten Tellern gedeckter Holztisch stand. In der Mitte befanden sich Schalen, in denen sich Gemüse türmte, und ein Tablett mit reichlich aufgeschnittenem Fleisch. Plötzlich stellte Maerad fest, dass sie einen Bärenhunger hatte. Cadvan und Malgorn saßen bereits am Tisch und schauten auf, als die beiden Frauen eintraten. Einen Lidschlag lang wirkte Cadvan ein wenig verstört, und Maerad stockte, fühlte sich sofort unwohl und verunsichert in ihren neuen Kleidern, doch dann standen die Männer auf und neigten höflich die Häupter. Auch Silvia neigte zur Erwiderung den Kopf, und Maerad, die sie aus dem Augenwinkel beobachtete, tat es ihr gleich. Danach nahmen sie alle Platz.

»Rostbraten, Maerad!«, rief Cadvan aus, der sich neben sie setzte. »Hab ich's dir nicht versprochen? Und so viele Karotten und Rüben, wie du essen kannst. Auf mein dringendes Verlangen hin haben sie sogar ein paar Pilze aufgetrieben!« Er bedachte sie mit einer großzügigen Portion, dann häufte er Essen auf den eigenen Teller. »Malgorn hat mich streng gemahnt, dass ich dich nicht zu lange wach halten darf und dass du nicht zu viel essen sollst, damit dir nicht schlecht wird. Ich habe ihm gesagt, dass ich damit nichts zu tun habe!« Er lächelte, und Maerad begann, sich ein wenig zu entspannen.

»Ich bin wirklich müde«, gestand sie. »Und jetzt ist mir auch klar, warum Ihr Bäder so sehr mögt. Aber mich hat das Baden auch schläfrig gemacht.«

»Koste mal davon«, forderte Cadvan sie auf und hob eine Glaskaraffe voll Wein so fahl wie Stroh an. »Malgorn hat uns einen guten Jahrgang ausgesucht, den dürfen wir nicht verkommen lassen. Danach wirst du schlafen wie ein Murmeltier!«

Er füllte ihr Glas. Eingedenk ihrer Erfahrung mit dem Laradhel nippte sie vorsichtig daran. Zu ihrer Überraschung rann ihr der Wein leicht, erfrischend und süß über die Zunge. Danach widmete sie sich ganz dem Essen, während die anderen sich unterhielten. Weder Silvia noch Malgorn aßen. Maerad vermutete, dass sie bereits früher gespeist hatten und ihnen lediglich Gesellschaft leisten wollten. Das Essen schmeckte vorzüglich und unterschied sich wie alles an diesem wunderbaren Ort völlig von der derben Kost, die Maerad gewohnt war. Das Fleisch war mit Kräutern und Zwiebeln gefüllt und so zart geröstet, dass es ihr regelrecht auf der Zunge zerging, und die Karotten waren so süß, als wären sie mit Honig bestrichen worden. Cadvan schaute kurz zu ihr, dann nahm er sich einen Nachschlag von den Pilzen. »Die hast du noch gar nicht probiert«, stellte er fest. »Beeil dich besser, sonst sind keine mehr übrig.«

»Ich hab ja gesagt, dass er den ganzen Proviant gefuttert hat«, meldete Silvia sich grinsend zu Wort.

Maerad betrachtete die Pilze zweifelnd, die sich dunkel in der Schale türmten und von denen gelbliche Rinnsale geschmolzener Butter troffen. »Ich hab's nicht so mit Pilzen«, sagte sie.

»Aber die hier kennst du noch nicht«, entgegnete Cadvan. »Versuch sie mal. Nur zum Kosten.« Er schaufelte eine Gabel voll auf ihren Teller. Maerad stocherte argwöhnisch darin, dann spießte sie das kleinste Stück auf, das sie finden konnte, und steckte es sich in den Mund. Der Geschmack entfaltete sich durchdringend an ihrem Gaumen und erinnerte an Wälder und dunkle, in Sonnenschein gebadete Erde. »Oh!«, entfuhr es ihr vor Überraschung. »Das ist köstlich!«

»Hab ich dir ja gesagt«, meinte Cadvan. »Und nichts schmeckt so gut wie eine wohlverdiente Mahlzeit. Nimm dir ruhig mehr. Aber mach besser rasch damit!«

Die Unterhaltung verlief unbeschwert; vorübergehend erwähnte niemand ihre jüngsten Abenteuer oder stellte weitere Fragen darüber, wo sie gewesen waren. Obwohl Cadvan dunkle Ringe unter den Augen hatte und aus seinem Gesicht immer noch Anzeichen von Anspannung sprachen, wirkte er munter und vergnügt, während er mit Malgorn und Silvia scherzte. Maerad erkannte die liebevolle Art, mit der sie ihn behandelten, und fühlte sich beruhigt.

Silvia und Malgorn räumten das Geschirr ab, danach ordneten sie die gemütlichen Stühle um den Kamin an. Malgorn kehrte mit einem Teller Leckereien und einer Glaskaraffe voll Kirschlikör zurück, die wie ein riesiger Rubin schimmerte. Er schenkte ihnen allen ein kleines Glas ein. Maerad hatte noch nie Süßigkeiten gesehen, aber ermutigt durch ihre Erfahrung mit den Pilzen griff sie sich eine kandierte Kastanie. Ihre Augen weiteten sich, während sie kaute, und sogleich nahm sie sich eine weitere.

»Wenn du die weiter isst, bleibst du nicht lange knochig«, meinte Cadvan. Er hatte sich auf seinem Stuhl zurückgelehnt und die langen Beine vor sich ausgestreckt. »Auch das ist eine Spezialität von Inneil. Das Tal hier ist stolz auf seine Küche.«

Maerad war damit zufrieden, einfach dazusitzen und zu schweigen. Sie nippte weiter an ihrem Kirschlikör, den sie für vorbehaltlos köstlich befand. Sie erhob keine Einwände, als Malgorn ihr nachschenkte. Sie war warm, satt und sauber, allesamt völlig neuartige Empfindungen, und allmählich sank ihr der erschöpfende Marsch des Tages schwer in die Glieder. Schläfrig lauschte sie, wie die Unterhaltung sich anderen Belangen zuwandte.

»Dein Gespür für den rechten Zeitpunkt ist wie üblich tadellos«, sagte Silvia.

Cadvan zog eine Augenbraue hoch. »Wieso das?«

»Ich dachte, du wärst wegen des Konklaves gekommen«, gab Silvia zurück. »Oder hast du am Ende die Nachricht darüber gar nicht erhalten?«

»Ein Konklave?« Cadvan setzte sich auf und wirkte schlagartig aufmerksamer. »Nein, ich habe nichts davon gehört. In der Regel besuchen Boten den Landrost nicht.«

»Den Landrost?« Überrascht zuckten Silvias Augenbrauen hoch. »Was hast du denn dort gemacht?« Cadvan tat die Frage mit einer nichtssagenden Geste ab, und Silvia wandte sich schulterzuckend wieder dem Konklave zu. »Ja, das größte Konklave der jüngeren Geschichte«, fuhr sie fort. »Barden aus fast jeder Schule im nördlichen Annar sind hier. Einige von weither, aus Gant beispielsweise, und es ist sogar ein Gesandter aus Turbansk im Süden gekommen. Das Willkommensfest findet morgen Nacht statt.«

»Und was ist der Anlass?«

Malgorn rührte sich und beugte sich vor. »Du weißt so gut wie ich, dass die Gerüchte über die Finsternis in Annar sich verdichten«, sagte er. »Wahrscheinlich weißt du mehr darüber als ich. Immer häufiger werden Werwesen und andere Kreaturen gesichtet, und in vielen Gegenden breiten sich Hungersnot, Banditenunwesen und Krankheiten aus. Manche meinen, das sei ein Teil des Gleichgewichts und würde sich bald legen. Andere widersprechen dem. Und darüber hinaus gibt es Probleme in den Schulen. Nichts Handfestes, aber ein spürbares Unbehagen.«

»Das ist uns seit Jahren bekannt«, gab Cadvan zu bedenken. »Wieso also ausgerechnet jetzt ein Konklave?«

Malgorn beugte sich noch weiter vor und sprach beinahe flüsternd: »Es heißt, einige Schulen wären *verderbt.*«

Cadvan lächelte verkniffen. »Mein Freund, auch das ist mir nicht neu. Nicht alle Schulen sind so edel oder dem Licht so treu wie Inneil.«

Malgorn runzelte leicht verärgert die Stirn. »Ich finde, du solltest diese Dinge nicht auf die leichte Schulter nehmen. Es kursieren sogar Gerüchte ...« Er zögerte und sah sich um, als fürchtete er, jemand könnte lauschen. Dann senkte er wieder die Stimme. »Ich habe sogar die Befürchtung gehört, die Hohe Sprache selbst sei vergiftet. Das Heil und der Quell unserer Macht! Ich weiß, ich weiß, es ist undenkbar! Trotzdem munkelt man es, obwohl ich selbst nicht daran glaube.«

»Oron findet, dass diese Gerüchte in den vergangenen zwei oder drei Jahren zunehmend besorgniserregender geworden sind«, meldete Silvia sich zu Wort. Höflich wandte sie sich Maerad zu und klärte sie auf. »Oron ist Oberhaupt des Zirkels von Inneil und in Annar durch ihre Macht und ihr Wissen von hohem Rang.« Maerad nickte und fragte sich, warum die anderen vor ihr über derlei Dinge sprachen. Aber Silvia fuhr fort. »Einige behaupten, die Finsternis gewinne allmählich gegenüber dem Licht die Oberhand, und die Tage des Friedens seien vorüber. Und manche sagen sogar, dass der Namenlose sich wieder erhebt. Oron hat dieses Konklave einberufen, um alle Gerüchte und Neuigkeiten zu sammeln und zu erörtern. So soll versucht werden, den tatsächlichen Stand der Dinge zu bestimmen und nach Möglichkeit zu beschließen, was getan werden kann, wenn die Lage wirklich so schlimm ist, wie die Leute vermuten.«

»Was ich bezweifle«, fiel Malgorn ihr ins Wort. »Es heißt nicht umsonst, dass Gerüchte wie Bierkutscher sind: Sie saufen sich voll und reden. Und beim Erzählen wird alles aufgeplustert.«

»Es ist wirklich schlimm«, tat Cadvan kurz angebunden kund, als ob er mehr sagen könnte, aber nicht wollte. Silvia blickte ihn fragend an, forderte ihn jedoch zu keiner näheren Erklärung auf, sondern lenkte das Gespräch in eine andere Richtung.

»Maerad, Malgorn hat mir gesagt, dass du aus Pellinor stammst. Das sind erstaunliche Neuigkeiten!«, rief sie aus. »Wir dachten, niemand hätte die Plünderung überlebt. Ich habe Milana, das Oberhaupt des Zirkels dort, und ihren Gemahl Dorn gekannt.«

Völlig überrascht sah Maerad zu Silvia auf.

»Milana war meine Mutter«, erklärte sie, und sie hörte, wie Silvia vor Verblüffung ein wenig der Atem stockte. »Wir sind nicht gestorben. Wir wurden gefangen genommen und als Sklavinnen verkauft. Milana starb ... später.« Eine kurze Stille trat ein.

»Es gab auch einen kleinen Jungen, oder?«, fragte Malgorn. »Oder irre ich mich da? Cai? Carin?«

»Ja, ich hatte einen kleinen Bruder, Cai«, bestätigte Maerad. »Er wurde ermordet, wie mein Vater.« Unwillkürlich schloss sie die Augen; die Erinnerung an ihren Vater, der vor ihr niedergemetzelt wurde, zuckte durch ihren Geist.

»Nun, du besitzt die Gabe, das ist klar und angesichts einer solchen Herkunft nicht weiter verwunderlich«, beendete Malgorn eine etwas betretene Pause. »Aber welcher Art? Wie seltsam, dass ausgerechnet Cadvan über dich gestolpert ist ...«

»Woher wisst Ihr, dass ich die Gabe besitze?« Nachgerade kampflustig starrte sie ihn an.

»Das ist ein besonderer Sinn der Barden«, erklärte Silvia gedehnt. »Es ist schwierig zu erklären ... man lernt es im Verlauf der Jahre. Man erkennt es an einem bestimmten Licht ... im Wesen eines Menschen. Du hast dieses Licht, Maerad; es ist unverkennbar.«

Cadvan richtete sich auf. »Und was für eine Gabe!«, verkündete er. Danach berichtete er von der Macht, die Maerad offenbart hatte, als sie vor dem Landrost flüchteten. Silvia und Malgorn lauschten ihm aufmerksam und plötzlich ernst. »Ich habe so etwas noch nie gespürt«, beendete er seine Schilderung. »Vor allem nicht bei jemandem, der völlig ungeschult ist. Es ist erstaunlich!«

Malgorn runzelte die Stirn. »Mir scheint das ein ziemlich glücklicher Zufall gewesen zu sein«, meinte er. »Fast schon zu glücklich. Findest du nicht auch, Cadvan?« Bedeutungsvoll sah er ihn an.

»Das ist mir auch durch den Kopf gegangen.« Cadvan beugte sich vor und schenkte sich nach. Er hielt das Glas vor die Augen und bewunderte die Farbe. »Ich habe sie einem Seelenblick unterzogen. Für mich besteht kein Zweifel daran, dass sie ist, wer sie zu sein behauptet.«

»Einem Seelenblick!«, rief Silvia entsetzt aus. »Cadvan, wie konntest du nur?«

»Zu dem Zeitpunkt hatte ich das Gefühl, keine andere Wahl zu haben«, gab Cadvan mit einem raschen Blick zu Maerad zurück. »Aber das ist nur die halbe Geschichte: Sie hätte dabei um ein Haar *mich* einem Seelenblick unterzogen und mich fast umgebracht. Ich meine durchaus ernst, was ich über ihre Gabe gesagt habe. Darüber hinaus besitzt sie eine Laute. Dhyllisches Gewerk.«

»Nein!«, stießen Malgorn und Silvia gleichzeitig hervor.

»Doch, ehrlich. Sie muss der größte Schatz von Pellinor gewesen sein, und da war sie, versteckt in einer kleinen Bergfeste, unscheinbar wie eines Bauern Zupfbrett.«

»Bist du sicher, Cadvan?«, bohrte Malgorn zweifelnd nach. »Schließlich gibt es nichts, womit man sie vergleichen könnte – woher also willst du es wissen?«

Cadvan sah zu Malgorn hinüber. »Ich habe die geheimen Überlieferungen der Dhyllin so viele Jahre studiert, dass ich die Zeichen wohl erkennen kann«, entgegnete Cadvan. »Auch wenn das Wissen um sie größtenteils verloren gegangen ist. Ich hege keinen Zweifel.« Eine kurze Stille folgte. »Und da ist noch etwas«, fügte Cadvan langsam hinzu. »Es quält mich schon die ganze Zeit. Etwas Folgenschweres. Ich denke, es war kein Zufall, dass wir uns begegnet sind …«

Unvermittelt zog er sich in gedankenverlorenes Schweigen zurück. »Wie auch immer«, meinte er schließlich. »Ich glaube, Maerad ist zu wichtig, um hierzubleiben; sie könnte irgendwie ein Schlüssel sein. Ich denke, sie sollte mit mir nach Norloch kommen. Dort möchte ich hören, was Nelac denkt.«

»Du kannst sie nicht durch halb Edil-Amarandh schleifen!«, rief Silvia empört aus.

»Ich glaube trotz allem, dass es gefährlicher wäre, sie hierzulassen, als sie mitzunehmen«, gab Cadvan zurück.

»Gefährlich?«, meldete Malgorn sich in scharfem Tonfall zu Wort. »Hier wäre sie sicherer als fast überall sonst. Verzeih, wenn ich das so sage, Maerad; aber wir reden hier von einem jungen Mädchen, nicht von einer großen Magierin.«

Cadvan lächelte. »Könnte sie nicht beides sein?«

Maerad lauschte schweigend und verspürte einen leisen Groll. Worüber redeten sie? Was sollte sie sein? Die anderen gebarten sich, als wäre sie gar nicht anwesend.

Mit angespannter, ernster Miene beugte Malgorn sich vor. »Du redest Unsinn, Cadvan, alter Freund«, sagte er. »Hüte dich vor den Fallen der Finsternis!«

»Du solltest mich doch besser kennen«, erwiderte Cadvan leise. »Ich kenne die Fallen der Finsternis wohl besser als fast jeder in ganz Annar und den Sieben Königreichen.«

Malgorn lehnte sich auf den Stuhl zurück. »Trotzdem, sie ist noch ein Kind«, beharrte er stur. Maerad regte sich, als wollte sie aufbegehren, blieb jedoch stumm. »Und vielleicht sollte ihr gestattet werden, ihr Schicksal, so ihr eines vorherbestimmt ist, zu gegebener Zeit zu erfüllen.«

Eine Weile kehrte Stille ein. Betretenheit senkte sich über die Gesellschaft, ein geradezu greifbares Gefühl drohenden Unheils.

»Wären die Zeiten anders, wäre es vermutlich einfacher zu wissen, was zu tun ist«, meinte Silvia traurig. »Aber leider können dieser Tage viele Dinge nicht ihren vorgesehenen Lauf nehmen, und Knospen werden abgeknickt, bevor sich die Blüte entfalten kann.« Schaudernd, mit betrübter Miene starrte sie ins Feuer. Malgorn streckt den Arm aus und ergriff ihre Hand.

»Ich fürchte, wir alle werden schon bald mehr über die Finsternis erfahren«, sagte sie. »Die Welt wird kleiner, und ein bitterer Winter naht.«

Siebtes Kapitel
Das Willkommensfest

Es war später Nachmittag am folgenden Tag, als Maerad erwachte. Sie fühlte sich so warm und behaglich, dass sie erst gar nicht die Augen aufschlagen wollte. Sie glaubte, dass sie noch träumte und jenseits ihrer geschlossenen Lider die grimmige Welt wartete, an die sie gewöhnt war. Dann jedoch erinnerte sie sich daran, wo sie sich befand, und sie setzte sich auf.

Zerzaust und schlaftrunken rieb sie sich die Augen. Sonnenstrahlen fielen schräg durch das offene Fenster ein und tauchten alles in der Kammer in ein sanftes goldenes Licht. Sie hörte das vielfältige Plätschern des Springbrunnens und dahinter Musik. Draußen sah sie die obersten Äste eines mit Büscheln rosiger Blüten beladenen Baumes, und eine sanfte Brise wehte einen köstlichen Duft herüber. Die düsteren Vorahnungen der vergangenen Nacht wirkten wie ein böser Traum.

»Guten Nachmittag«, begrüßte Cadvan sie. »Hast du gut geschlafen?«

Maerad zuckte zusammen und wirbelte herum. Cadvan saß auf einem Stuhl in der Ecke des Schlafzimmers. Auf seinem Schoß ruhte aufgeschlagen ein großes, ledergebundenes Buch. Behutsam schloss er es und legte es auf einen Tisch.

»Jemand hätte mich wecken sollen ...«

»Dich wecken? Das hätte schmerzliche Folgen gehabt! Silvia liegt dein Wohlergehen am Herzen, Maerad. Sei gewarnt! Sie hat den ganzen Vormittag hier gesessen, aber dann riefen Pflichten sie fort, und sie wollte unbedingt, dass jemand da ist, wenn du aufwachst. Und da ich keine anderen Pflichten habe, hat sie mir diese Aufgabe übertragen.«

Maerad fühlte sich beschämt. »Ich will keine Umstände machen«.

Cadvan durchquerte die Kammer, setzte sich aufs Bett und ergriff ihre Hand.

»Maerad«, sprach er mit ernster Stimme. »Du bist jetzt in einer anderen Welt, in der man findet, dass jeder Mensch den Umstand wert ist, sich um ihn zu kümmern. Ganz gleich, um wen es sich handelt. Du besitzt eine Gabe – eine besondere Gabe; deshalb liegt den Menschen umso mehr an dir. Du musst anfangen, das zu verstehen.«

Eine Weile schwieg sie und starrte zu Boden. »Malgorn und Silvia sind ausgesprochen freundliche Menschen«, murmelte sie undeutlich. »Und auch Ihr seid nett zu mir.«

»Besonders liebenswürdig war ich nicht«, wiegelte Cadvan schelmisch ab.

»Doch, das seid Ihr sehr wohl. Ihr habt mich aus Gilmans Feste befreit. Das hättet Ihr nicht tun müssen. Aber hier weiß ich nicht, wie ich mich verhalten soll. Ich weiß überhaupt nichts. Ich gehöre nicht hierher.« Sie spürte, wie ihr ein Kloß in den Hals aufstieg, und schluckte ihn zurück.

»Hab Geduld. Du bist gerade erst angekommen. Und du solltest wissen, Maerad, dass auch ich nirgends hingehöre. Meine Heimat ist die Musik. Genau wie für dich.«

Maerad fand seine verständnisvolle Seite unerträglicher als seine schroffe Ader. Abermals schluckte sie, doch da lief ihr bereits eine Träne über die Nase. Bevor Cadvan sie dem Seelenblick unterzog, hatte sie seit Jahren nicht mehr geweint; nicht, seit ihre Mutter gestorben war, wegen nichts und niemandem. Die Welt, in der sie gelebt hatte, war zu rau für Tränen gewesen. Sie hatte das Gefühl, als wäre ein jahrelang in ihr aufgestauter Kummer drauf und dran, über die Ufer zu treten, und jedes von Cadvans Worten schwächte den Damm zusätzlich. Mit besorgter Miene musterte er ihr Gesicht, doch sie weigerte sich, ihm in die Augen zu sehen und starrte stattdessen mit heißen Wangen auf die Tagesdecke hinab. Mit aller Willenskraft rang sie die Tränen zurück.

»Ich schätze, ich sollte mich anziehen«, brachte sie schließlich hervor.

»Deine Kleider erwarten dich da drüben«, sagte Cadvan und deutete auf einen geschnitzten Schrankkoffer, auf dem das Kleid lag, das sie in der Nacht zuvor getragen hatte. Etwas linkisch erhob er sich. »Ich bringe mal dieses Buch zurück. Wenn du möchtest, komme ich wieder, nachdem du angezogen bist, und führe dich in der Schule herum. Wenn du hungrig bist, gehen wir in die Küche und suchen dort etwas für einen spätnachmittäglichen Imbiss. Wäre dir das recht?«

Maerad nickte, woraufhin er den Raum verließ. Sie stieg aus dem Bett und ergriff ihre Leier. Sobald sie das Instrument in den Händen hielt, fühlte sie sich besser. Es gehörte ihr; das Einzige, was je wirklich ihr gehört hatte. Was hatte Cadvan gesagt? *Meine Heimat ist die Musik.* Sie strich über die Saiten, schlug ein paar Akkorde an und wollte gerade zu spielen anfangen, als ein Unbehagen, das sie in der Magengegend gespürt hatte, plötzlich in qualvolle Krämpfe ausartete. Es war, als streckten sich in ihr Klauen aus und zerrten an ihren Eingeweiden. Nur mit letzter Willenskraft gelang es ihr, die Leier wohlbehalten beiseite zu legen, dann sank sie keuchend auf den Boden. Sie spürte, wie etwas ihr Bein hinabrann. Die Krämpfe ließen ein wenig nach, und sie blickte hinab: Blut, dicke rote Tropfen. Es durchtränke ihr Leinennachthemd und tropfte auf den polierten Holzboden. Was war los mit ihr? Vornüber gekrümmt kroch sie zum Bett zurück, vermochte jedoch nicht, sich hinaufzuhieven. Sie bündelte alle Gedanken darauf, zu atmen, wie sie es immer tat, wenn sie geschlagen worden war, um ihren Verstand von den Schmerzen abzulenken, doch sie wollten nicht weichen. Maerad schluchzte vor Angst.

Cadvan klopfte dreimal an die Tür, ehe sie ihn hörte, aber beim dritten Klopfen war er bereits eingetreten und rief ihren Namen. Als er sie auf dem Boden sah, rannte er los, griff ihr unter die Arme und hob sie aufs Bett. »Was ist denn los?«, fragte er.

»Ich – ich weiß es nicht«, presste sie zwischen zwei Krämpfen hervor. »Es tut so weh. Ich blute, und es tut weh.« Abermals ließ sie ein Anflug von Schmerzen keuchen.

»Du blutest?«, hakte Cadvan scharf nach. »Wo?«

»Da ist Blut zwischen meinen Beinen. Dabei kann ich mich nicht erinnern, verletzt worden zu sein ...« Wieder rang sie nach Luft und drückte seine Hand so heftig, dass seine Finger sich weiß verfärbten. Cadvan musterte ihr blasses, schwitzendes Antlitz und fühlte ihre Stirn.

»Sag, Maerad«, forderte er sie auf, »ist dir das schon öfter widerfahren?«

Sie schüttelte den Kopf. Er blickte an ihr hinab, und Maerad spürte trotz ihres Ungemachs seine Verlegenheit. Sie hätte nicht gedacht, dass er in der Lage wäre zu erröten.

»Ich glaube, das ist die Menarche«, meinte er nach einer langen Pause. »Weißt du, was das ist?«

Wieder schüttelte sie den Kopf. »Ich hole besser Silvia«, sagte er. Panisch ergriff Maerad ihn am Arm, und Cadvan verharrte unschlüssig, als sie sich neuerlich krümmte. Dabei ging ihm durch den Kopf, dass er sich viel lieber eines Dutzends Werwesen angenommen hätte als eines Mädchens, das seine erste Regelblutung erfuhr.

»Werde ich sterben?«, flüsterte Maerad, in deren Stimme blankes Entsetzen mitschwang. »Ich bin verflucht, nicht wahr?«

Cadvan holte tief Luft. »Nein, du wirst weder sterben, noch bist du verflucht. Das ist etwas, das Frauen widerfährt, allen Frauen. Bei dir setzt es lediglich ein bisschen spät ein, das ist alles. Das bedeutet keineswegs, dass du krank bist.«

»Warum tut es dann so weh?«

»Das weiß ich nicht, Maerad. Manchmal ist das so. Ich hole besser Silvia.«

»Verlasst mich nicht!«

Seufzend sank Cadvan zurück aufs Bett. »Na gut, ich warte damit eine Weile«, gab er sich geschlagen. Behutsam löste er ihre Hand von der seinen, da er spüren konnte, dass die Knochen aneinanderrieben. Sogleich umklammerte Maerad stattdessen seinen Unterarm. Er kramte all seine Geduld zusammen und harrte aus. Es dauerte nicht lange, bis Maerad sich aufrichtete. »Ich glaube, es lässt nach«, flüsterte sie stockend. Sie erkannte, dass sie Cadvans Arm so krampfhaft festhielt, dass sich die Nägel in sein Fleisch gegraben hatten. Sie ließ los. Cadvan wirkte etwas blass.

»Es wird dir bald wieder besser gehen«, beruhigte er sie. Eine kurze Stille folgte, dann stand er auf. »Jetzt sollte ich aber wirklich Silvia rufen. Sie wird wissen, was zu tun ist.« Maerad nickte, und Cadvan flüchtete aus dem Zimmer.

Bald traf Silvia mit vor Belustigung funkelnden Augen ein. Sie hatte eine Flasche mit einem Heiltrank und ein paar Kleider dabei. Zuerst flößte sie Maerad eine kleine Menge des bitter, aber keineswegs unangenehm schmeckenden Tranks ein, dann half sie ihr beim Anziehen. Ihre Zuversicht spendende, praktische Art wirkte wie Balsam auf Maerads Sorgen. Als sie angekleidet war, ging es ihr fast schon wieder gut. Silvia setzte sich zu ihr aufs Bett und erklärte ihr die Blutungen der Frauen. Mit hochrotem Gesicht nickte Maerad.

»Ich dachte, das widerfährt nur Frauen, die verflucht sind«, gestand sie verlegen. »Alle haben es als den Fluch bezeichnet. Ich habe immer gebetet, davon verschont zu bleiben.«

Hätte Silvia auch nur ansatzweise gelächelt, wäre Maerad innerlich dahingewelkt, doch sie antwortete ihr mit ernster Stimme. »Wenn man bedenkt, wie dünn du bist, ist es kein Wunder, dass du noch nie deine Blutung hattest«, erklärte sie. »Hier betrachten die Frauen sie als Segen, nicht als Fluch. Manche nennen sie das Erblühen.«

Schweigend verarbeitete Maerad diese Worte.

»Das bedeutet, wenn du möchtest, kannst du von nun an Kinder bekommen. Du bist jetzt zu einer vollwertigen Frau geworden«, fuhr Silvia fort. »Ich finde es ungeheuerlich, dass man ein Mädchen derart im Ungewissen über den eigenen Körper gelassen hat. Aber andererseits hast du ja leider keine Mutter mehr, die dich darüber hätte aufklären können.« Damit küsste sie Maerad auf die Wange, dann konnte sie ein Kichern nicht länger zurückhalten. Maerad musterte sie argwöhnisch. »Ich habe Cadvan noch nie so bleich gesehen. Er kam in die Küche gerannt, als wäre eine Plage der Menschheit hinter ihm her. Ich dachte schon, ein Feuer wäre ausgebrochen!«

Da begann auch Maerad zu lachen. »Ich dachte, ich müsste sterben! Ich glaube, ich habe ihm beinahe die Hand gebrochen ...«

»Es war nicht einfach herauszufinden, was denn eigentlich los war«, schilderte Silvia und wischte sich über die Augen. »Er sprach derart um den heißen Brei herum, dass ich erst vermutete, es hätte etwas mit *ihm* zu tun. In den letzten Jahren hatte er nicht viel Umgang mit Frauen.« Sie ergriff die Flasche und stand auf. »Jedenfalls musst du eindeutig etwas essen. Komm, wir suchen etwas für dich.«

In dem von Tageslicht erhellten Gang erhielt Maerad zum ersten Mal Gelegenheit, sich richtig umzusehen. Die Sandsteinwände wiesen kein Zierwerk auf, abgesehen von kunstfertigen Schnitzereien um die Türen und Fenster, und ein fast waagerecht durch ein längliches Fenster über der Treppe einfallender Sonnenstrahl tauchte den Stein in ein warmes Rosa. »Oben befinden sich alle Schlafgemächer und ein paar Musikzimmer«, erläuterte Silvia ihr im Gehen. »Unten sind nur die Küche, die Esszimmer und Bibliotheken. Dies ist zwar ein bescheidenes Haus, aber ich habe es lieben gelernt.« Maerad musste bei der Vorstellung, dass dieser Inbegriff von Prunk bescheiden sein sollte, unwillkürlich blinzeln, schwieg jedoch.

Unten führte Silvia sie durch eine riesige verflieste Küche, die von einem langen, geschrubbten Holztisch beherrscht wurde. An deckenbefestigten Halterungen hingen Kupfer- und Eisentöpfe und -pfannen. Die Wände waren gesäumt von Gefäßen mit Körnern, Ölen und Mehl sowie von Einmachgläsern mit Obst und Gemüse. Büschel getrockneter Kräuter, Knoblauch und Zwiebeln baumelten von Haken herab. An einer Wand befand sich eine mächtige Feuerstelle, daneben ein großer schwarzer Ofen. Männer und Frauen, die Essen für das Abendmahl zubereiteten, lächelten Maerad freundlich zu, und einige grüßten Silvia, die zurücknickte und auf die Speisekammer zusteuerte. Dort häufte sie frisches Brot, Käse, Scheiben kalten Fleisches und Salat auf einen Teller, den sie Maerad reichte. Anschließend ging sie weiter zu einer anderen Vorratskammer, wo sie aus einer hohen grünen Karaffe Milch in ein langes Glas einschenkte. Danach geleitete sie Maerad aus der Küche und durch eine schmale überdachte Gasse auf einen Hof. Maerad stellte fest, dass das quadratisch geformte Haus ihn vollständig umringte und alle Innenfenster auf ihn hinausblickten. An den Mauern rankten sich über Spaliere Jasmin und Geißblatt empor. Frühlingspflanzen aller Art, Brunnenkresse, Glockenblumen, Gänseblümchen, Narzissen und Krokusse sprossen in Beeten, die kunstvoll so angelegt worden waren, dass es aussah, als wüchsen sie wild. In der Mitte lag ein kurz gestutzter Rasen, durchsetzt von Kamille, und in einer Ecke stand auf einem Steinsockel ein Bronzeschweinchen, aus dessen Schnauze sich Wasser in einen kleinen Teich ergoss. Silbrig und orangefarben blinkten Fische darin, die träge unter den Seerosenblättern dahinglitten. Ein mit Kacheln ausgelegter Pfad führte zu einem Steintisch und einer Bank mitten auf dem Rasen. Dort stellte Silvia die Milch ab und forderte Maerad auf, sich zu setzen.

»Iss«, sagte Silvia und ließ sich neben ihr nieder, »dann wirst du dich besser fühlen.« Sie machte es sich auf der Bank gemütlich. Maerad war gar nicht klar gewesen, wie hungrig sie war, dennoch aß sie ob der Anwesenheit Silvias so zurückhaltend wie möglich.

Das Essen schmeckte köstlich. Der einzige Käse, den sie bisher gekannt hatte, waren die harten, übersalzten Laibe, die in Gilmans Feste hergestellt wurden. Der weiche, weiße Käse, den Silvia für sie aufgeschnitten hatte, zerschmolz ihr förmlich auf der Zunge. Auch der Salat entpuppte sich als Offenbarung. Sie hatte schon Kohl gegessen, in einer sauren Suppe verkocht, und auch die grünen Stängel von Steckrübe und Grünkohl, aber noch nie rohe Blätter. Zuerst ging sie sich mit Argwohn an den Salat heran, war aber sogleich verzückt von dem vollmundigen, knusprigen Geschmack: würzige Wasserkresse und angenehm bitterer Kopfsalat, gemischt mit wohlriechenden Kräutern, pikanten Gewürzen, Basilikum und Minze.

Während sie aß, erkundigte sie sich bei Silvia nach den Namen der Pflanzen. Das einzige Kraut, das sie kannte, war Minze.

»Ich sehe schon, ich muss noch viel lernen, über alle möglichen Dinge«, stellte sie nachdenklich fest, nachdem sie fertig war. »Jetzt fühle ich mich tatsächlich besser.« Zum ersten Mal lächelte sie Silvia offen an.

»Aus dir machen wir im Nu eine Schlemmerin!«, meinte Silvia. »Man sagt, das Beste am Lernen ist das Vergnügen. Wenigstens hast du jetzt ein bisschen Farbe im Gesicht. Damit solltest du es bis zum Abendessen aushalten.«

»Ich dachte, das *war* das Abendessen«, entgegnete Maerad verdutzt.

»Nein, Liebes. Das war bloß ein Imbiss, um dich vor dem Verhungern zu bewahren. Immerhin hast du Frühstück und Mittagessen verpasst. Falls du Lust hast, es gibt heute Abend anlässlich des Konklaves ein Festessen. Wie fühlst du dich? Bist du müde?«

»Es geht mir gut«, gab Maerad zurück. »Eigentlich fühle ich mich besser als je zuvor. Ich bin ... oh, ich bin so ... glücklich.« Plötzlich beschlich sie wieder Unsicherheit, als wäre das Eingeständnis, glücklich zu sein, gleichzeitig ein Eingeständnis von Schwäche. Sie blickte Silvia an. »Was ist ein Konklave?«

»Eine Zusammenkunft der Barden, wie du letzte Nacht gehört hast. Diese ist besonders wichtig, da sie einberufen wurde, um die künftige Vorgangsweise im nördlichen Annar zu bestimmen. Es ist eine Bardenangelegenheit und somit eine Angelegenheit des Lichts. Im Verlauf der nächsten Tage wird es Gesänge, Ansprachen und allerlei mehr geben. Zweifellos wird auch über dich gesprochen werden.«

»Über mich?«

»Ja, Mädchen. Daran solltest du dich besser gewöhnen. Die Kunde von deiner Ankunft hat sich wie ein Lauffeuer in der Schule ausgebreitet. Ich habe bereits gehört, Cadvan hätte dich vor einem magischen Löwen gerettet, dich in einem Hühnerstall entdeckt oder die Verliese des Schattenkönigs betreten, sich ganz allein den Weg hinaus erkämpft und dich dabei auf den Schultern getragen. Hier gibt es viele einfallsreiche Köpfe, die in Ermangelung von Tatsachen eine aufregende Geschichte erfinden, um die Lücken zu füllen. Das ist zugleich unsere Stärke und unsere Schwäche.« Als sie Maerads Unbehagen erkannte, lenkte sie das Gespräch in eine andere Richtung. »Aber jetzt erzähl mir von deiner Heimat. Erinnerst du dich an Pellinor?«

Unter Silvias einfühlsamer Befragung berichtete Maerad das Wenige, was sie über sich selbst und ihre Familie wusste; außerdem redete sie über ihr Leben in Gilmans Feste. Silvia lauschte aufmerksam, und ihre Miene verfinsterte sich dabei.

»Wurdest du oft geschlagen?«, wollte sie wissen, als Maerad von dem Versuch erzählte, sie zu ertränken.

»Jeder wurde geschlagen. Sogar Gilmans Frau rannte meistens mit einem blauen Auge herum«, erwiderte Maerad abschätzig. »Ich bekam davon weniger ab als die meisten, weil ich so getan habe, als wäre ich eine Hexe.« Sie bedachte Silvia mit einem Seitenblick, um zu sehen, wie sie sich darob verhalten würde, doch ihr Gesichtsausdruck blieb unlesbar. »Sie fürchteten sich davor, mich allzu oft zu verprügeln, weil sie dachten, ich könnte sie verfluchen.«

»In Inneil wird niemand geschlagen«, sagte Silvia.

»Niemand?«, fragte Maerad mit offenem Mund nach.

»Niemand. Vor allem nicht Kinder. Ein Kind vorsätzlich zu verletzen gilt als Verbrechen.«

Maerad ließ sich diese Neuigkeit durch den Kopf gehen. Sie verblüffte sie. »Wie werden die Menschen dann bestraft, wenn sie dem Herrn nicht gehorchen?«, wollte sie wissen, dann fügte sie zweifelnd hinzu: »Ich nehme an, hier gibt es keinen Baron.«

»Es gibt einen Vogt von Inneil, der in Tinagel lebt, einer fünf Meilen von hier entfernt gelegenen Ortschaft, und dann sind da noch die Barden«, antwortete Silvia. »Gemeinsam verwalten sie den Gau, das Gebiet um Inneil. Wir haben zwar Gesetze, aber sie werden nicht oft gebrochen. Wenn doch, folgen darauf Strafen: Ein Mensch, der beispielsweise einen anderen erschlägt, wird von einem Gericht aus Barden und Anwohnern verurteilt. Gemeinsam beschließen sie die angemessene Strafe. In der Regel handelt es sich dabei um eine Art Wiedergutmachung – so könnte er dazu verpflichtet werden, der

Familie des Toten eine bestimmte Anzahl von Jahren zu dienen oder Wergeld zu bezahlen. Wenn er krank oder verrückt ist, was manchmal vorkommt, wird er behandelt. Jemand, der stiehlt, muss das Diebesgut zurückgeben. Im den schlimmsten Fällen werden die Übeltäter aus Inneil verbannt. Wir sperren hier niemanden ein.«

»Aber wie soll das die Menschen von Mord und Diebstahl abhalten?«, verlangte Maerad noch erstaunter zu erfahren. »Wenn sich jemand nicht davor fürchtet, bestraft zu werden, wird er es doch einfach wieder tun, oder?«

»Manche Menschen sind dieser Auffassung. Tatsache aber ist, dass es hier sehr wenig Übeltaten gibt«, hielt Silvia dem entgegen. »Die Menschen schlafen mit unversperrten Türen in ihren Häusern. In diesem Tal hungert niemand, deshalb sind die Leute zu keinen Verzweiflungstaten gezwungen. Das Gesetz besagt, dass Hungrige ernährt, Obdachlose mit Unterkunft versorgt und Kranke geheilt werden müssen. Das ist die Gesinnung des Lichts.«

Maerad schwieg eine Weile, während sie diese neuen Vorstellungen verdaute. Nachdrücklicher als alles andere, was sie gehört oder erfahren hatte, seit sie in Inneil eingetroffen war, führte ihr dies vor Augen, dass sie tatsächlich in einer ganz anderen Welt angekommen war. Beim Gedanken an Gilmans Schergen musste sie sich eingestehen, dass ihr die Wirksamkeit dieser Gesinnung fragwürdig erschien, behielt ihre Zweifel jedoch für sich.

Silvia lenkte die Unterhaltung auf Musik und zeigte sich besonders neugierig, als Maerad ihr von Mirlad erzählte.

»Er hat dich unterrichtet?«, fragte sie.

»Ja, aber nur Musik«, gab Maerad zurück. »Von den Schulen, der Gabe oder der Hohen Sprache wusste ich nichts, bis Cadvan mir davon berichtete. Mirlad meinte, Lieder wären nur dazu da, die Zeit angenehmer zu vertreiben, bis der Tod alles beendete.« Ein Bild von Mirlads Gesicht stieg vor ihrem geistigen Auge auf: die falkenartige Nase, der verkniffene, von Gram oder Verbitterung gezeichnete Mund, die umwölkten, erschöpften Augen, in denen manchmal unerwartete Freundlichkeit aufschimmerte.

»Er muss ein Barde gewesen sein«, meinte Silvia. »Vielleicht ist er vom Weg abgeraten. So etwas kommt vor. Ich frage mich, woher er stammte und wie seine Geschichte aussah. Jedenfalls muss sie traurig gewesen sein. Und deine Mutter? Hat sie dich unterrichtet?«

»Sie ... An viel erinnere ich mich nicht. Sie hat mir einige Lieder beigebracht. Ich war erst sieben, als sie starb.« Kurz wirkten Maerads Züge verschlossen. Silvia wartete mit angehaltenem Atem. »Ich kann mich nicht daran erinnern, dass sie mir je von Pellinor erzählt hat. Aber als Cadvan mich danach gefragt hat, wusste ich es einfach. Wie kann das sein?«

»Cadvan ist ein Wahrheitsfinder«, erklärte Silvia in ernstem Tonfall. »Wie du feststellen wirst, gibt es verschiedene Arten von Barden. Solche wie Cadvan sind die seltensten, und der Pfad, dem sie folgen, ist der gefährlichste. Er kann die Wahrheit in einem Menschen zum Vorschein bringen, indem er ihn einfach danach fragt, selbst wenn derjenige nicht weiß, dass sie in ihm schlummert.«

»Ja«, pflichtete Maerad ihr nachdenklich bei. »Das leuchtet mir ein. Manchmal wirkt er schroff und abweisend. Aber er hat mich noch nie belogen.«

»Das wird er auch nicht, wenn er dich als Freundin betrachtet; obwohl er auch listig sein kann und die Kunst der Verkleidung beherrscht. Es ist schwierig, ihn richtig kennenzulernen. Das gilt übrigens für die meisten Barden.«

Beide verstummten eine Weile und beobachteten, wie die Schatten auf dem Hof länger wurden.

»Seid Ihr eine Bardin, Silvia?«, fragte Maerad unverhofft.

»Ja, das bin ich«, bestätigte Silvia. »Mein Wissen beschränkt sich vorwiegend auf Kräuterkunde und Heilkunst. Im Gegensatz zu Cadvan beschäftige ich mich nicht mit den hehren Kenntnissen über längst verstorbene Leute, die Geschichte von Annar und den Sieben Königreichen oder die großen Schlachten zwischen dem Licht und der Finsternis. Malgorn hat sich ganz der Welt der Tiere verschrieben, sowohl der von Menschen gehaltenen als auch jener der Wildnis. Kaum jemand weiß so viel wie er über die Geheimnisse der Tiere, und niemand in diesem Land kennt sich besser mit der Viehzucht aus. Das Bardentum ist vielseitig, aber all seine Facetten sind wichtig für das Leben in diesen Gefilden, und alle begegnen sich im Gesang, wodurch die verschiedenen Kenntnisse zu einer weitläufigen, feinen Musik verwoben werden, der Musik des Lebens.« Silvia schien sich Maerads Gegenwart nicht mehr bewusst zu sein und blickte in eine unergründliche Ferne. »Sie ist ein großes Geschenk, die Gabe des Bardentums«, meinte sie leise, »eine große Liebe und eine schwere

Bürde zugleich. Denn alles, was uns am Herzen liegt und was wir so sehr lieben, muss letztlich sterben. Und sind unsere Gesänge nicht in Wahrheit ein Wehklagen um alles, was grün und schön ist und vergehen muss wie Schatten auf einer Ebene, die schwinden, ohne eine Spur zu hinterlassen? Welches Lied, und sei es noch so erhebend, vermag diesen Schmerz zu lindern?«

Maerad nahm die tiefe Traurigkeit in Silvias Zügen wahr und fragte sich, welcher Kummer ihre Schönheit geprägt haben mochte, so zart und doch, wie sie spürte, darunter härter als Stein.

Silvia schüttelte sich leicht, lächelte und schien wieder die vergnügte, praktisch veranlagte Frau zu sein, die Maerad bereits zu lieben begonnen hatte, da ihr ausgehungertes, verschlossenes Herz unter dem sanften Druck von Silvias gütigem Lächeln allmählich aufbrach. Nun schimmerte durch Silvias Lachen eine Tiefgründigkeit wie ein harter Fels unter einer sich blendend kräuselnden Wasseroberfläche, und Maerad wunderte sich über die Vielschichtigkeit dieses Volkes. *Meines Volkes,* dachte sie bei sich, um auszuprobieren, wie es sich anhörte. *Meines Volkes.*

Doch Silvia stand bereits auf. »Leider bleibt mir heute keine Zeit mehr, dich in der Schule herumzuführen«, erklärte sie. »Eigentlich wollte ich dir die Gesangshalle zeigen, die anderen Bardenhäuser und was dir sonst noch gefallen könnte. Aber du solltest dich jetzt waschen. Wir essen bald, allerdings heute Nacht nicht unter uns: Die Barden speisen anlässlich des Willkommensfestes gemeinsam. Das eigentliche Konklave beginnt morgen.«

Maerad starrte auf ihre Füße hinab, und Silvia ergriff ihre Hände. »Maerad, kein Grund zur Schüchternheit!« Damit küsste Silvia sie auf beide Wangen. »Komm, ich helfe dir beim Aussuchen, was du heute tragen wirst. Dann muss ich mich selbst zurechtmachen. Das Willkommensfest ist immer ein freudiger Anlass, und niemand wird über ernste Dinge reden. Aber falls du müde wirst oder meinst, aus einem anderen Grund lieber gehen zu wollen, sagst du es mir einfach, ja?«

Maerad nickte. Silvia führte sie zurück in die Küche, wo über dem Feuer Fleisch auf Spießen gedreht wurde. Auf dem Eisenherd dampften und blubberten allerlei Töpfe. Brot wurde aus den Öfen geholt und zum Abkühlen auf saubere Leintücher gelegt. Jede Ecke verströmte einen anderen verführerischen Wohlgeruch, und die

Köchinnen wirkten nun allesamt beschäftigter und konzentrierter. Silvia stellte den Teller und das Glas in die Spüle und geleitete Maerad die Treppe hinauf zu ihrem Zimmer, wo sie aus der Holztruhe ein tiefrotes Kleid hervorkramte, um den Kragen und an den Ärmeln reich mit Goldfaden bestickt, und es auf dem Bett ausbreitete.

Maerad betrachtete es verunsichert. »Oh, das ist viel zu prunkvoll für mich«, meinte sie.

»Aber nein, Maerad. Dies ist ein Festtag! Glaub mir, es wird dafür angemessen sein. Das ist ein wunderschönes Kleid; früher hat es mir gehört. Als ich etwas älter war als du, habe ich es so gerne getragen. Nimm es als Zeichen meiner Freundschaft. Aber zuerst gehst du ins Badezimmer. Ich komme später zurück und helfe dir beim Ankleiden.« Damit drückte sie Maerad den Bademantel in die Hände und eilte den Gang hinab davon.

Maerad stand an der Tür und sah sich hilflos in der Kammer um. Seit ihren Qualen vorher war aufgeräumt worden: Frische Laken überzogen das Bett, das Feuer war wieder angezündet worden. Ihre Hände sehnten sich nach der Leier, aber als ihr einfiel, dass Silvia zurückkehren und erwarten würde, dass sie bis dahin sauber war, bahnte sie sich den Weg ins Badezimmer. Dort wusch sie sich mit den weichen Lappen und Seife. Dabei dachte sie, dass sie auch nichts gegen ein weiteres Bad einzuwenden gehabt hätte. Sie kehrte in ihr Zimmer zurück, schloss die Tür und setzte sich aufs Bett, um auf Silvia zu warten. Als es ihr zu lange dauerte, ergriff sie ihre Leier, begann zu spielen und summte dazu. Sie ging von einer Weise zur nächsten über, vertiefte dabei die Harmonien und weitete die Spielarten aus. Maerad war bereits völlig in ihrer Musik aufgegangen, als Silvia schließlich an die Tür klopfte. Erschrocken hörte sie auf. »Maerad?«, fragte Silvia.

»Ja?«

»Darf ich reinkommen?«

»Oh ja, selbstverständlich!« Maerad befand sich auf halbem Weg zur Tür, als Silvia eintrat.

»Das war wunderschön!«, teilte Silvia ihr herzlich mit. »Cadvan hat mir schon erzählt, dass du eine außerordentliche Begabung besitzt. Du wurdest eindeutig von einem Barden unterwiesen. Du musst deine Leier heute Abend unbedingt mitnehmen. Aber, Maerad«, und an der Stelle wurde Silvias Tonfall plötzlich ernst, »du darfst niemandem erzählen, dass sie dhyllisches Gewerk ist. Cadvan wusste es, weil er der uralten Überlieferungen kundig ist, aber nur sehr wenige Barden würden es erkennen, ohne dass man es ihnen sagt. Und solche Dinge hält man am besten geheim. Also«, fuhr sie fort, »sollen wir dich jetzt anziehen? So viel Spaß hatte ich nicht mehr, seit meine eigene Tochter in deinem Alter war.«

»Ihr habt eine Tochter?«, fragte Maerad ein wenig verblüfft. Silvia sah nicht alt genug aus, um erwachsene Kinder zu haben.

»Ja. Ich hatte eine.« Mit einem Schlag wirkte Silvias Antlitz verschlossen, als hätte die Frage sie verletzt, und etwas riet Maerad, nicht weiter nachzufragen.

Silvia präsentierte sich in vollem Hofstaat. Sie trug ein moosgrünes Kleid, das von einem mit winzigen Perlen bestickten und aufwändigen Blumenmustern verzierten Oberteil in üppigen Falten bis zum Boden verlief. Ihr rötlich braunes Haar, befreit von dem Band, das es sonst zusammenhielt, ergoss sich gleich einem Strom vermischter Gold- und Rottöne um ihren Kopf, gebannt allein von einem dünnen goldenen Haarreif, von dem ein weißer Edelstein auf ihre Stirn hing. An ihrer rechten Hand prangte ein Ring aus Gold mit einem weiteren weißen Stein, und an die Brust hatte sie sich eine fremdartig gearbeitete goldene Brosche in Form eines galoppierenden Pferdes geheftet.

»Ihr seht wunderschön aus«, tat Maerad verschämt kund, und der Schatten hob sich von Silvias Gesicht. Lachend ergriff sie das scharlachrote Kleid, das sie für Maerad ausgewählt hatte.

»Du auch, und dabei bist du noch gar nicht angezogen!«, rief sie. »Darf ich dir das Haar flechten? Das würde ich so gerne tun. Zuerst brauchst du den Unterrock, so. Genau. Wie ich sagte, diese Knöpfe sind ein wenig knifflig.« Das Kleid lag eng an Maerads Schultern und Armen an, bauschte sich dann an der Hüfte und verlief in langen, üppigen Falten bis zum Boden. Die Ärmel weiteten sich von den Ellbogen an wie Lilienkelche, fand Maerad. Silvia hatte recht: Es fühlte sich wunderbar an, das Kleid zu tragen. Es knisterte mit einem betörenden Rascheln um ihre Knie. Maerad wurde ganz aufgeregt und drehte sich im Kreis, um das Kleid wirbeln zu lassen.

»Ich dachte mir, dass es dir passen würde«, meinte Silvia. »Fühlst du dich gut? Ja? Jedenfalls musst du es mir oder Cadvan sagen, falls sich das ändert – ich meine, falls die Krämpfe zurückkehren. Ich würde dir ja gern noch einmal ein wenig von dem Trank verabreichen, aber dann könntest du einschlafen. Also werden wir es so wagen müssen. Ich halte den Trank griffbereit. So, und jetzt kommt dein Haar dran.«

Sie ließ Maerad auf dem Stuhl vor ihr Platz nehmen und flocht ihr Haar, türmte es auf dem Kopf und befestigte es mit kleinen goldenen Kämmen. Danach forderte sie Maerad auf, sich im Spiegel zu begutachten. Maerad errötete; selbst der Probelauf der vergangenen Nacht hatte sie nicht auf diese Verwandlung vorbereitet. Die Verletzung an ihrer Stirn war kunstfertig durch eine Locke verborgen worden, und es gab keinerlei sonstige Anzeichen dafür, dass sie noch vor weniger als einer Woche eine Sklavin eines unbedeutenden, ungehobelten Gewaltherrschers gewesen war, die Strohpritschen, schlechtes Essen und regelmäßige Schläge gewohnt gewesen war. Silvias Flechtkunst brachte die fein geschnittenen Züge ihres Gesichts zur Geltung und lenkte die Aufmerksamkeit auf ihre vollen Lippen. Die Augen ihres Spiegelbilds starrten sie ernst an.

»Es ist gut, sich schön zu kleiden, um mit Freunden zu speisen«, erklärte Silvia feierlich. »Das ehrt den Gastgeber, wenn man Gast, und den Gast, wenn man Gastgeber ist. Und in beiden Fällen ziert es das Fest und feiert die Gaben der Welt.«

»Was mache ich bei dem Fest?«, erkundigte Maerad sich beunruhigt. Die Schmetterlinge in ihrem Bauch, die sie in der Aufregung des Ankleidens völlig vergessen hatte, regten sich wieder.

»Sei einfach, wie du bist«, gab Silvia augenzwinkernd zurück. »Denk einfach daran, dass die Leute dir vieles nachsehen werden. Letzte Nacht hast du dich sehr wacker geschlagen. Und vergiss nicht deine Leier!«

Die Leier an die Brust gedrückt, folgte Maerad Silvia mit rasendem Herzen aus dem Zimmer. Sie fühlte sich, als stählte sie sich für eine Tortur. *Das Kleid sollte helfen*, stellte der nüchterne, beobachtende Teil ihrer selbst fest. *Du kannst so tun, als wärst du jemand anders und gar nicht Maerad.* Das war ein Spiel, dem Maerad schon oft gefrönt hatte – in der Feste war sie häufig in andere Rollen geschlüpft. Sie holte tief Luft und versuchte, wie eine feine Dame zu schreiten; so wie wohl ihre Mutter gegangen war.

Zuerst begaben sie sich ins Musikzimmer, jenen wunderschönen Raum, in dem Maerad sich am Abend zuvor von ihrem Ohnmachtsanfall erholt hatte. Cadvan und Malgorn saßen in eine Unterhaltung vertieft vor dem Kamin. Beide erhoben und verneigten sich, als die zwei Frauen eintraten. Die Männer hatten sich keinen Deut weniger herausgeputzt und präsentierten sich in prunkvollen Gewändern: Cadvan in schlichtem Schwarz mit einem langen, mit erlesenen Silberborten gesäumten Mantel. Das Schwert trug er offen, und Maerad sah, dass es in einer kunstvoll mit Runen und Mustern verzierten Silberscheide steckte. An seiner Brust haftete eine Brosche aus Silber, die wie ein vierzackiger Stern geformt war. Malgorn hatte kein Schwert und war wie Silvia moosgrün gekleidet. Auch an seiner Brust prangte das silberne Zeichen eines galoppierenden Pferdes. An der rechten Hand trug er einen Ring mit einem weißen Stein.

Ohne eine Spur von Verlegenheit lächelte Cadvan Maerad an. »Zwei Verzauberinnen!«, rief er aus. »Müsste ich wählen, wäre ich hoffnungslos verloren – wer könnte sich schon zwischen Herbst und Frühling entscheiden?«

»Zum Glück für mich gibt es für dich nichts zu wählen«, meldete sich Malgorn zu Wort. »Der Herbst gehört mir allein.« Damit ergriff er eine Laute von der Wand und fasste Silvia am Ellbogen. »Das heißt natürlich, wenn der Herbst damit einverstanden ist.« Mit ernster Miene nickte er Silvia zu, die ihn auf die Wange küsste. »Du wärst heute Nacht eine Zier für die Hallen von Afinnil, Liebste.«

»Vielen Dank, mein guter Herr«, gab Silvia gespielt ernsthaft zurück. »Aber jetzt musst du erst mal meinen Schützling bewundern. Und vergiss nicht, das ist ihr erstes Konklave!«

»Sie ist fürwahr wunderschön«, tat Malgorn etwas hölzern kund. Ein paar Lidschläge lang verstummten alle drei Barden und begutachteten sie nüchtern, als wäre sie ein Standbild. Maerad trat unter ihrem Blick unbehaglich von einem Bein aufs andere. Was war sie, eine Trophäe? Cadvan befreite sie von der unerwünschten Aufmerksamkeit, indem er vortrat und ihre Hand ergriff.

»Wenn du mir den Gefallen tust«, sagte er, »wäre es mir eine Ehre, beim Willkommensfest dein Begleiter sein zu dürfen.«

Maerad zögerte, da sie nicht wusste, wie die richtige Erwiderung darauf lautete. »Das würde mich sehr freuen«, antwortete sie nach einer kurzen Pause gestelzt.

»Also sind wir bereit?«, fragte Malgorn. »Dann lasst uns aufbrechen!«

»Silvia hat ein wahres Wunder gewirkt!«, murmelte Cadvan zu Maerad, als sie den Raum verließen. »Was würde man wohl in Gilmans Feste dazu sagen?«

»Man würde sagen: Sie hat sich schon immer für etwas Besseres gehalten«, gab Maerad zurück. »Ich würde dafür wohl eine Tracht Prügel kriegen. Aber höchstwahrscheinlich würde man mich gar nicht erkennen!«

»Ja, höchstwahrscheinlich«, pflichtete Cadvan ihr bei. »Obwohl ich trotz all der feinen Kleider immer noch dasselbe Mädchen vor mir sehe, das mir im Kuhstall einen Schrecken eingejagt hat!«

»Danke!«, entgegnete Maerad süßsauer.

»Damit meine ich, Maerad, dass selbst die Sklaverei nicht verbergen konnte, wer du wirklich bist. Sei mal nicht so empfindlich!«, fügte Cadvan hastig hinzu. »Nun denn, dies ist dein erstes Konklave, das sich vermutlich als ein wenig schwierig für dich erweisen wird, also wappne dich dafür. Nicht alle Barden sind wie Malgorn und Silvia. Einige unterscheiden sich sogar so sehr von ihnen, dass sie die Bezeichnung Barde eigentlich kaum verdienen. Ich fürchte, Malgorn hatte ganz recht damit, als er sagte, dass einige Schulen verderbt sind. Die einzige Frage ist: wie sehr verderbt und wodurch? In manchen liegt es an kleingeistiger Habgier und anderen Untugenden. In anderen ...« Er setzte ab und schüttelte den Kopf. »Jedenfalls wird allerlei Neugier auf dich herrschen, umso mehr, da du wie eine Prinzessin aussiehst. Bleib stets auf der Hut! Und halte dich dicht bei mir!«

»Ich werde wie eine Klette an Euch kleben«, gelobte Maerad.

»Silvia hat mir gesagt, dass ich dich zu Bett schicken soll, sobald du schwächelst. Sie ist strenger, als sie aussieht, deshalb wage ich nicht, ihr nicht zu gehorchen. Dass ich einmal die Flucht ergriffen habe, ist mich teuer genug zu stehen gekommen!«

»Na ja, ganz so schlimm war es nicht, Ihr seid ja nicht sofort weggerannt!«, gestand ihm Maerad zu und wollte eigentlich lachen, traute sich aber nicht recht.

»Ich gestehe, dass ich feige war. Ich, Cadvan, in die Knie gezwungen von einem jungen Mädchen! Wie kann das sein? Aber es stimmt, dass ich solche Dinge nicht gewöhnt bin.« Er lächelte Maerad an, und mit einem Schlag entspannte sie sich und lachte. »Das ist schon besser«, meinte er. »Immerhin gehen wir zu einem Fest, nicht zu einer Prüfung. Und bedenke, du bist jetzt eine erwachsene Frau! Ich darf dich nie wieder ein Kind nennen.«

Maerad errötete mit einer Mischung aus Freude und Verlegenheit und schritt aufrechter. Mittlerweile hatten sie den Hof überquert und liefen mehrere Straßen mit Häusern hinab, die stark an jenes von Malgorn und Silvia erinnerten. Ihr Weg führte sie zu einem riesigen, gekachelten Kreis, umgeben von gepflegten Gärten. In der Mitte stand auf einem hohen Sockel die herrliche Statue eines sich aufbäumenden Pferdes ohne Trense und Zaumzeug. Die Mähne wehte in einem unsichtbaren Wind.

»Lanorgrim!«, verkündete Cadvan und deutete auf das Standbild. »So tauchte er im Morgengrauen der Welt aus dem Norden auf, wild und frei. Niemand vermochte ihn zu bändigen außer Maninaë, dem verlorenen König. In der Schlacht wandelte sich seine Mähne zu Feuer, seine Augen wurden zu Lanzen, und der Donner seiner Hufe entfachte Furcht in den Herzen all seiner Feinde. Ich bezweifle, dass man seinesgleichen in Annar je wieder sehen wird. Das Tal von Inneil war sein Weideland, deshalb ehrt diese Schule sein Andenken. Das Pferd dient als Wappen der Schule.« Maerad besann sich der Broschen, die Silvia und Malgorn trugen.

»Hat er auch gegen den Namenlosen gekämpft?«, wollte sie wissen.

»Ja, als einer von vielen. In der entscheidenden Schlacht wurde er von einem bösen Pfeil getroffen, der ihm das Blut vergiftete, und er starb unter entsetzlichen Qualen. Als einer von vielen beklagenswerten Gefallenen. Ein mächtiger Grabhügel wurde für ihn errichtet, und sein Andenken wird in ganz Annar geehrt.«

Dutzende Menschen überquerten den Kreis auf ihrem Weg zu einer Steinhalle auf der gegenüberliegenden Seite, der Großen Halle von Inneil. Ihre Doppeltüren, dreimal so hoch wie ein Mensch, standen weit offen. Warmes Licht von zahlreichen Wachsstöcken drang heraus, und Musikfetzen wehten durch die laue Luft. Maerad hatte noch nie eine solche Vielfalt von Leuten gesehen: Männer und Frauen, auch reichlich Kinder, allesamt prunkvoll gekleidet. Die meisten trugen das Pferdeabzeichen, aber sie sah auch etliche andere: ein dreiblättriges Kleeblatt, eine Distel, eine Rose, eine Eichel, drei miteinander verbundene Sterne. Ein paar der Leute waren dunkelhaarig und blauäugig so wie sie, die meisten aber hell wie Malgorn. Verwundert erspähte sie einen Mann mit dunkler Haut in goldenen und roten Gewändern, an denen eine goldene Sonne mit zahlreichen Strahlen haftete. Cadvan und sie erreichten die Tür gleichzeitig mit ihm, und der Mann lachte und ergriff Cadvans Hand, als er ihn wiedererkannte.

»Was für eine freudige Überraschung, alter Freund!«, rief er aus. »Ich hätte nicht gedacht, dass du dich so weit südlich herumtreibst.«

»Saliman!«, sagte Cadvan. »Fürwahr eine freudige Überraschung! Was führt dich hierher?«

»Neuigkeiten, wie immer, Neuigkeiten. Um welche zu erfahren und selbst zu erzählen. Ich bin der Botenjunge des Schicksals, den die Launen der Ereignisse bald hierhin, bald dorthin verschlagen.« Er wandte sich Maerad zu. »Aber du hast mich noch gar nicht deiner holden Begleiterin vorgestellt.«

»Meine Gefährtin ist heißblütiger, als ihr Aussehen erahnen lässt«, verriet Cadvan mit einem Augenzwinkern zu Maerad. »Ich persönlich würde mich mit einer solchen Kriegerin nicht anlegen. Dies ist Maerad von Pellinor.« Bei der Erwähnung von Pellinor weiteten sich Salimans Augen vor Erstaunen. »Maerad, das ist ein alter Freund, Saliman von Turbansk, das fern im Süden liegt. Aber sei gewarnt: Er ist ein Spitzbube.«

»Wie ich sehe, hat Cadvan sich nicht verändert«, stellte Saliman grinsend fest. »Er spricht nur Anschuldigungen aus, um seine eigenen Makel zu verschleiern. Von Pellinor?«, fuhr er, an Maerad gewandt, fort. »Ist jemand von dort entkommen? Das sind fürwahr ermutigende Neuigkeiten. Da freut es mich umso mehr, dich kennenzulernen, Maerad.« Förmlich neigte er das Haupt, und Maerad tat es ihm gleich, dankbar für die Förmlichkeit, die ihre Unbeholfenheit ein wenig übertünchte. Sie hatte gedacht, alle Menschen wären hellhäutig wie sie, und fühlte sich erneut an das Ausmaß ihrer Unwissenheit gemahnt.

»Habt Ihr Pellinor gekannt?«, erkundigte sie sich.

»Ich war nur einmal dort. Es war ein schöner Ort, und es hat mich betrübt, von seinem Schicksal zu erfahren. Leider werden solche Geschichten dieser Tage zunehmend häufiger und ihre Wirkung lässt nach; Pellinor war immerhin der erste Ort, dem es widerfuhr. Nach der Plünderung reiste ich nach Jerr-Niken – es war einer der traurigsten Anblicke, die ich in meinem Leben gesehen habe. All diese Pracht verheert, so viel Tod.« Er schüttelte den Kopf. »Ich persönlich glaube, dass es nicht bloß das Werk von Banditen war. Banditen wären nicht so gründlich bei der mutwilligen Zerstörung gewesen. Ich bin überzeugt, dass die Finsternis dabei die Hand im Spiel hatte.«

»Ich fürchte, du hast recht«, meinte Cadvan. »Diese Untaten sind von einer einzigartigen Bosheit geprägt. Aber jetzt ist nicht die Zeit, um über solche Dinge zu reden.«

»Vielleicht seid Ihr meiner Mutter begegnet«, meldete Maerad sich mutig zu Wort. »Ihr Name war Milana.«

»Milana?« Saliman lächelte. »Ja, ich erinnere mich an Milana. Wenn ich mich recht entsinne, war sie die oberste Bardin des Zirkels. Eine wunderbare Musikerin. Hat sie auch überlebt?«

»Eine Zeit lang«, antwortete Maerad und verstummte. Sie hatte ein klares Bild ihrer Mutter vor Augen: Milana vor der Plünderung Pellinors, groß, stolz und freundlich, lächelnd vor einer großen Menschenmenge mit der Leier in der Hand, mit einem weißen, gleich einem Stern schimmernden Stein auf der Stirn. Eine plötzliche Trauer überkam Maerad, und vorübergehend vergaß sie, sich zu verstellen und so zu tun, als sei sie jemand anders: Die Welt war zu grausam für Spiele. Das Bild verschwand so rasch, wie es aufgetaucht war. Sie blinzelte und nahm Saliman wieder wahr.

»Ich sehe schon, hier gibt es Geschichten zu erzählen«, meinte Saliman. »Aber wohl Geschichten des Kummers, und ich will diesen Abend nicht trüben, indem ich weiter nachfrage.«

»Nein, das wäre nicht gut«, pflichtete Cadvan ihm bei. »Und jetzt müssen wir uns Plätze suchen. Setzt du dich zu uns?«

Salimans Miene hellte sich auf. »Mit Vergnügen!«, stimmte er zu. »Ich kenne hier nur wenige.«

Indessen sah Maerad sich voll Staunen in der Halle um und versuchte, ihre ersten, verworrenen Eindrücke von Farben, Bewegungen und Klängen zu ordnen. Der Saal war sehr hoch. Lang gezogene Bogenfenster mit kleinen, diamantförmigen Scheiben wie jenen in Malgorns und Silvias Haus, nur größer, befanden sich an den schlichten weißen Wänden. Durch die Mitte verliefen zwei Reihen hoher, schwarzer, wie Bäume gestalteter Säulen, deren ausgestreckten Äste das gewölbte Dach stützten. In das schwarze, polierte Steinwerk in den Ecken des Raums und um die Fenster waren kunstfertig ineinander verschlungene Muster von Früchten und Blumen gemeißelt: Äpfel, Birnen, Lilien, Pflaumen, Rosen und Blüten, die im flackernden Schein der Wachsstöcke schimmerten.

Längs durch die Halle waren Reihen langer Tische aufgestellt, jeder mit einem tiefroten, feinen Tuch, erlesenen, blau glasierten Schüsseln und Tellern sowie Gläsern und Silberbesteck gedeckt. Zudem standen auf jedem Tisch riesige, prunkvoll gearbeitete Kerzenhalter aus Silber mit hohen Kerzen darin. Weitere Leuchter hingen von der Decke und tauchten den Saal in sanftes Licht. Jeden Tisch zierten Frühlingsblumen in sonderbar geblasenen blauen Glasschalen. Daneben gab es Schüsseln voll Obst, Nüssen und frischem Brot verschiedener Formen und Farben, einige Sorten mit Kräutern, einige weiß, einige dunkel; duftenden Käse und Essiggurken; aufgeschnittenes Fleisch, teils frisch gebraten, teils geräuchert, teils mit Kräutern und Gewürzen gebeizt; Küchlein, Torten, Eingemachtes und Gewürze. Maerad hatte noch nie so viel Essen gesehen.

Am fernen Ende brannte ein Feuer in einem riesigen Kamin, davor war ein Podium errichtet, auf dem drei Musiker saßen, einer mit einer Leier, zwei andere mit Instrumenten, die Maerad nicht kannte, einer langen Holzflöte und einer Art Hackbrett. Noch nie hatte sie solche Musik gehört, ein verschlungenes Zusammenspiel verschiedenster Harmonien und Kontrapunkte. Unwillkürlich blieb sie stehen, von der Musik noch mehr verzaubert als von den anderen auf sie einstürzenden Sinneseindrücken, bis Cadvan sie am Ellbogen zupfte und sie aus ihrem Bann riss.

»Wir sitzen da drüben«, sagte er und nickte in Richtung eines Tisches. Mittlerweile hatten die meisten Leute Platz genommen. Nur ein paar Nachzügler befanden sich immer noch an der Tür. Zu Maerads Freude saßen sie nicht weit von den Musikern entfernt. Maerad und Cadvan lehnten ihre eigenen Instrumente an die Wand. Malgorn und Silvia entdeckte sie an dem Tisch in der Mitte, unterhalb des Podiums. Silvia lächelte und winkte.

»Da sie zum Zirkel der Schule gehören, sitzen sie am Ehrentisch«, erklärte Cadvan und kostete von dem Wein. »Hm, dieser Wein ist wirklich sehr gut. Ich glaube, Malgorn hat ihn ausgesucht, also war nichts anderes zu erwarten.« Er schenkte Maerad und Saliman ein, dann sich selbst. Während er noch damit beschäftigt war, endete die Musik, und die Spielleute verließen das Podium, um ebenfalls Platz zu nehmen. Am Ehrentisch erhob sich eine große Frau mit einem schlichten, weißen Gewand. Stille senkte sich über den Saal. Von ihrem strengen Antlitz war eisengraues Haar zurückgebunden, und in der rechten Hand hielt sie einen langen Stab, mit dem sie drei Mal auf den Boden stampfte. »Das ist Oron, die oberste Bardin des Zirkels«, flüsterte Cadvan Maerad ins Ohr.

»Willkommen und dreimal willkommen«, sprach sie mit einer Stimme, die mühelos durch die gesamte Halle drang. »Auf jene, die uns lieb und teuer sind, auf Fremde, auf jene, die zurückkehren, und auf jene, die diese Halle zum ersten Mal betreten, trinke ich den Willkommensbecher!«

Sie hob einen silbernen Kelch empor, und alle standen auf, um ihre Becher ebenfalls zu erheben. Maerad tat es ihnen hastig gleich.

»Lasst uns auf Verbundenheit trinken. Möge das Licht uns alle segnen, ob Freunde, ob Fremde, und möge es unsere Worte rein, unsere Herzen reiner und unsere Taten am reinsten sein lassen.«

»Möge das Licht uns segnen!«, erwiderten die Barden wie mit einer Stimme, ehe sie alle aus ihren Bechern tranken.

Oron pochte drei weitere Male mit dem Stab, dann setzte sie sich. Damit schienen die Förmlichkeiten vorüber zu sein. Die Unterhaltungen setzten wieder ein, schwollen laut an, und die Anwesenden griffen nach Obst und Brot. Cadvan und Saliman waren in ein Gespräch über den Stand der Dinge im Süden vertieft, und Maerad wollte sie nicht unterbrechen.

»Bist du Maerad von Pellinor?«

»Ja.« Maerad drehte sich zur Seite und sah sich einer kleinen, dunkelhaarigen Frau mit blauen Augen gegenüber.

»Das dachte ich mir schon, als du mit Cadvan hereingekommen bist«, sagte die Frau. »Ich bin Helgar und aus Ettinor zum Konklave hergereist. Verzeih meine Dreistigkeit; ich habe von Silvia von deinen Abenteuern erfahren. Ich muss sagen, du siehst nicht aus, als seist du über die Berge geklettert.«

»Das ist Silvia zu verdanken«, erwiderte Maerad. »Wo liegt Ettinor?«

»Etwas über einen Wochenritt westlich«, antwortete Helgar. »Ich bin gekommen, um neue Kunde zu überbringen und um Rat zu fragen; wie die meisten hier, vermute ich. Wir leben in schwierigen Zeiten. Dieser Tage scheinen alle Neuigkeiten schlechte Neuigkeiten zu sein.«

»Ja«, pflichtete Maerad ihr bei. Wieder spürte sie schmerzlich ihren Mangel an Wissen; sie war so abgeschnitten von der Welt gewesen, dass sie von gar nichts eine Ahnung hatte. »Welche Kunde bringt Ihr denn?«

»Das wirst du beim Rat hören«, wich Helgar der Frage aus. »Aber erzähl mir doch von dir. Das erscheint mir viel aufregender.«

»Oh, das glaube ich kaum«, meinte Maerad. »Warum sind alle so neugierig auf mich? Ich weiß doch gar nichts. Ich habe keine Ahnung von Konklaves. Was machen Barden dabei eigentlich?«

Helgar zuckte mit den Schultern. »Hauptsächlich reden wir.«

»Ja, aber worüber?«

»Über Belange des Lichts. Über Dinge, die das Gleichgewicht beeinträchtigen. Über Angelegenheiten, die sich auf die Schulen auswirken. Solche Sachen.«

»Und was ist das Gleichgewicht?« Allmählich verlor Maerad ein wenig die Geduld mit Helgar, deren Augen, wie sie bemerkte, ständig über ihre Schulter blickten, so als hörte sie ihr nur halb zu. Sie gebarte sich auf eine andere Weise als Cadvan ausweichend, und etwas in Maerad knisterte vor Argwohn, wenngleich sie nicht zu sagen vermochte, weshalb.

Helgar nahm Maerad in ein regelrechtes Kreuzverhör, doch Maerad antwortete vorsichtig, gab so wenig wie möglich über sich selbst und gar nichts über Cadvan preis. Ihr war aufgefallen, dass Cadvan flüchtig ihre Gesprächspartnerin in Augenschein genommen hatte, bevor er sich wieder seiner Unterhaltung mit Saliman zuwandte. Trotzdem verlief das Abendessen durchaus angenehm. Schließlich, als Maerad fand, sie konnte nichts mehr essen und wenn es um ihr Leben ginge, wurden die Teller abgeräumt. Dann stand Cadvan zu ihrer Überraschung auf und begab sich unter Beifall zum Podium.

»Cadvan gilt als großartiger Sänger«, klärte Helgar sie auf. »Obwohl ich ihn selbst noch nie gehört habe. Dennoch überrascht es mich, dass er als Erster singt.« Doch Cadvan sprach stattdessen.

»Mit Eurem Einverständnis singe ich heute Abend eine Ballade aus uralten Tagen, aus den ersten Jahren des verlorenen Königreichs Lirion, als der Eishexer die Welt noch heimsuchte: *Mercans Queste.*« Damit schlug er einen Akkord an und begann zu singen.

»Eine seltsame Wahl«, flüsterte Helgar, als Cadvan begann, aber Maerad war bereits völlig gebannt. Sie kannte die Ballade nicht. Sie erzählte die Geschichte von Mercans langer Suche nach seiner Liebe Tirian, die von den Schergen des Eishexers geraubt worden war. Sie wurde in den Schneehallen des Nordens gefunden und nach Hause gebracht, aber Tirians Herz hatte sich in einen Eissplitter verwandelt, und sie sprach nicht mehr. Mercans Verzweiflung brach ihm das Herz, und als Tirian sah, dass er im Sterben lag, schmolz ihr Herz vor Mitleid. Sie weinte, und eine Träne fiel auf Mercans Gesicht. Er schlug die Augen auf, und kehrte ins Leben zurück. Der Frost im Land schmolz, die verdorrten Bäume erblühten, und der lange Winter war gebrochen. Cadvans Stimme schwoll an und ab, und während Maerad lauschte, sah sie vor sich die Bilder einer prächtigen Stadt, von Schiffen, die von einem weißen Hafen aus unter einem kalten, vor Sternen funkelnden Himmel in See stachen, von den rauen Gestaden eines fernen Landes. Die Musik erfüllte Maerads Geist wie sanfter Nieselregen, und sie seufzte vor Glückseligkeit, als wäre sie die feuchte Erde, die ihre Freude über den Frühling hauchte. Dann endete der Gesang, und es wurde geklatscht. Aus ihrem Bann erwacht, blinzelte Maerad. Überrascht stellte sie fest, dass ihre Lider feucht vor Tränen waren.

Die Barden verlangten eine Zugabe, woraufhin Cadvan zu Maerad schaute und ihr ein Zeichen gab. Entsetzt schüttelte sie den Kopf, doch Cadvan zeigte sich unnachgiebig, und schließlich, zusätzlich von Saliman bedrängt, ergriff sie widerwillig ihre Leier und bestieg das Podium. Blind starrte sie auf die Menschenmenge und schluckte. Cadvan blickte zu ihr, um den Einsatz zu finden, dann schlug er die Akkorde für *Die Ballade von Andomian und Beruldh* an, die sie im Hain von Irihel zusammen gesungen hatten; es schien Jahre her zu sein. Maerad stimmte unwillkürlich mit dem Wechselgesang mit ein. Beim Klang der ersten Noten verging ihre Anspannung; im Schutze der Musik konnte sie ohne Furcht ganz sie selbst sein. Sie sangen nur jene Ballade, die als Einleitung der eigentlichen Geschichte diente, dann verließen sie umjubelt das Podium.

»Willst sie wohl hungrig lassen, wie?«, meinte Cadvan, als sie sich den Weg zurück zu ihren Sitzplätzen bahnten. »Du hast deine Sache hervorragend gemacht. Du hast, wenn ich das so sagen darf, einen ganz eigenen Stil. Und nach dem Beifall zu urteilen, dürfte er ab sofort in Inneil in aller Munde sein.«

»Es war gemein von Euch, mich dort hinauf zu holen«, stieß Maerad hitzig hervor. »Am liebsten wäre ich im Boden versunken.«

»Jetzt hast du deine Schuldigkeit gegenüber deinen Gastgebern getan und brauchst dir darüber nicht mehr den Kopf zu zerbrechen«, gab Cadvan ungerührt zurück. »Und du hast dich als wahre Bardin von Pellinor erwiesen. Es dürfte schwierig sein, das jetzt noch zu bestreiten.«

Als Maerad ihren Platz erreichte, klatschte Saliman immer noch. »Wo liegt diese Feste?«, fragte er. »Ich muss dort ein wenig Unterricht nehmen.«

Maerad fiel auf, dass Helgar ihren Stuhl verlassen hatte und etwas weiter weg mit einigen Leuten redete. Als Maerad zu ihr schaute, wandte sie sich ab. Saliman bemerkte es. »Deine Freundin misstraut Südländern«, sagte er.

»Oh«, machte Maerad. »Wieso?«

»So weit im Norden trifft man nicht viele wie mich an, deshalb stelle ich einen Fremdkörper dar.« Saliman sprach zwar mit unbekümmertem Tonfall, doch Maerad entdeckte eine gewisse Härte in seinen Augen und ein leichtes Verkrampfen der Lippen. »Und wir leben allgemein in Zeiten des Misstrauens.«

»Schenk dem keine Beachtung«, meldete Cadvan sich zu Wort. »Ich habe gesehen, dass Helgar dich ordentlich ausquetschen wollte«, fuhr er fort, an Maerad gewandt. »Ich fand, angesichts einer solchen Unverfrorenheit hast du dich wacker geschlagen.«

»Sie hat gesagt, sie sei eine Freundin von Silvia«, sagte Maerad.

»Höchstens im weitesten Sinne des Wortes«, schränkte Cadvan ein. »Ich glaube, sie war nicht glücklich darüber, dass du so gut gesungen und so viele erfreut hast.«

»Kennt Ihr sie?«

»Sagen wir, es gibt eine Geschichte zwischen uns. Aber du siehst mir ein wenig blass aus. Hier wird es noch die ganze Nacht so weitergehen, aber ich traue mich nicht, dich zu lange aufbleiben zu lassen, sonst zieht Silvia mir das Fell über die Ohren.«

Und tatsächlich kam Silvia mit leuchtenden Augen auf ihren Tisch zu. »Gut gemacht, Maerad!«, rief sie aus. »Ich bin stolz auf dich: Dein Spiel hat diesen Saal geehrt. Bist du müde? Du siehst blass aus.«

Maerad gestand, dass sie tatsächlich müde war, woraufhin Cadvan sie aus der Halle führte. Der Weg zum Ausgang nahm eine Weile in Anspruch: Allerlei Leute lächelten ihnen zu und wollten sowohl mit ihr als auch mit Cadvan reden; Cadvan jedoch weigerte sich höflich, sich in eine Unterhaltung verwickeln zu lassen.

Als sie schließlich vor Maerads Zimmer angekommen waren, meinte Cadvan: »Ich weiß, dass es kein Fehler war, dich hierherzubringen. Du hast mir heute Nacht Ehre bereitet.« Damit küsste er sie auf die Wange. Maerad, die unsicher war, wie sie sich darob verhalten sollte, verneigte sich unbeholfen und huschte dann eilig durch die Tür. Behutsam legte sie ihre Leier auf die Truhe, schlüpfte aus all ihren Gewändern, löste ihr Haar und fiel dankbar ins Bett.

Trotz ihrer Müdigkeit schlief sie nicht sofort ein; ihr Kopf summte noch von dem Wein und der Aufregung des Abends. Sie starrte zur Decke empor. Wirre Bilder zogen vor ihrem inneren Auge vorbei: Cadvan, der auf dem Podium sang; Helgars Missfallen über Maerads Spiel; Silvias mit Perlen besticktes Kleid; der weiche, betörende Schein der Kerzen, der sich in den Säulen des wunderschönen Saals widerspiegelte ... aber vor allem Salimans dunkles Gesicht, wütend über Helgars rüdes Gebaren. Beim Gedanken an Helgar überkam Maerad das Kribbeln eines natürlichen, tief sitzenden Argwohns. »Nicht alle Barden sind vertrauenswürdig«, hatte Cadvan sie gewarnt, und nun glaubte sie zu wissen, was er damit gemeint hatte.

Achtes Kapitel
Der Rat von Inneil

Am nächsten Tag stand Maerad nach tiefem Schlaf spät auf. Zum ersten Mal, seit sie aus Gilmans Feste entkommen war, erwachte sie ohne Furcht vor der Sklavenglocke. Gemächlich streckte sie sich im Bett und lauschte den Geräuschen, die durch das Fenster hereindrangen: dem leisen Gemurmel der über den Hof schlendernden Menschen, dem Geplapper seilspringender Kinder unmittelbar vor ihrem Zimmer, dem Tschilpen von Vögeln, dem Bellen eines Hundes, dem Stimmen von Instrumenten im Erdgeschoss. Ihrem Unterleib ging es besser; die Krämpfe waren zwar noch da, hielten sich aber in erträglichen Grenzen. Sie streifte sich ihren Bademantel über und begab sich den Gang hinab zum Badezimmer, wo sie eine glückselige Stunde damit verbrachte, mit den Ölen und Salben, die sie dort fand, im Wasser zu plantschen. Auf dem Rückweg in ihr Zimmer begegnete sie auf dem Flur Cadvan.

»Du riechst, als hättest du die duftenden Gärten von Il Arunedh geplündert«, stellte er schmunzelnd fest. »Ich habe gerade nach dir gesucht. Heute Nachmittag zum mittleren Glockenschlag findet ein Rat statt, bei dem man deine Teilnahme erwartet. Ein Hoher Rat, wie ich hinzufügen möchte; das heißt, nur Mitglieder der Zirkel sind dazu zugelassen. Du solltest dich geehrt fühlen.«

»Warum muss ich dorthin?«, fragte Maerad. »Ich kann doch niemandem etwas erzählen, ich *weiß* ja überhaupt nichts.«

»Das stimmt nicht ganz«, widersprach Cadvan. »Zum einen bist du eine Überlebende aus Pellinor: Das an sich ist für die Barden eine wichtige Neuigkeit. Und wenn du die Künste erlernen willst, musst du zunächst eine Elevin werden. Das ist wenig mehr als eine Förmlichkeit.«

»Eine Elevin?«

»Das hätte eigentlich bereits geschehen sollen, als du etwa sieben Jahre alt warst – wie bei jedem, der die Zeichen eines Barden erkennen lässt«, erklärte Cadvan. »Aber in Anbetracht deiner besonderen Umstände müssen die Barden entscheiden, wie man dich die Wege des Lichts am besten lehren sollte.«

»Das hört sich alles sehr verworren an«, meinte Maerad gedämpft. Innerlich verzagte sie, wenn Cadvan Dinge wie das Weistum erwähnte; sie empfand es wie eine mächtige Wolke, die dunkel und bedrohlich über ihr schwebte.

»So ist es und auch nicht«, erwiderte Cadvan. »Und es ist überhaupt nicht beängstigend, also hör auf, wie ein verschrecktes Kaninchen dreinzuschauen. Wichtig ist, dass jetzt die richtigen Entscheidungen getroffen werden. Unter gewöhnlichen Umständen wärst du nur vom Zirkel von Inneil, der einschließlich Malgorn und Silvia aus sechs Barden besteht, in den Rang einer Elevin erhoben worden; so aber wirst du von Barden aus rund zehn Schulen in Augenschein genommen. In der Hinsicht hast du also eher Pech gehabt! Aber es ist fast Mittag, und darum solltest du zunächst erst mal etwas essen«, fügte er hinzu. »Danach zeige ich dir die Schule; das heißt, sofern es dein Zustand erlaubt. Jedenfalls siehst du heute Morgen rosig aus.«

Maerad verdrängte den Verdacht, dass Cadvan die Sache mit dem Rat verharmloste, um ihr die ärgste Scheu davor zu nehmen. Sie zog sich an, und nachdem sie gegessen hatten, zeigte er ihr die Schule. Dabei erzählte er ihr, dass alle älteren Schulen wie Inneil nach demselben Muster errichtet worden waren. Inneil war wie ein Rad angeordnet: Die Nabe stellte der Kreis von Lanorgrim dar, von dort aus erstreckten sich strahlenförmig große Straßen, verbunden durch ringförmige Pfade, die ihrerseits die Hauptstraßen bildeten. Den Kreis von Lanorgrim säumten die prächtigsten Bauwerke der Schule. Auf einer Seite befand sich die Große Halle, zu deren Linken eine riesige Bibliothek, in der Maerad Schreiber bei der Arbeit beobachten konnte, außerdem schwarz gewandete Bibliothekare mit ernsten Mienen, die Hüter der Bücher, die im Ort hohes Ansehen genossen. Rechts der Großen Halle stand das Haus der Musik, in dem die Lehrer wohnten und die älteren Kinder und fortgeschrittenen Musiker lernten. Gegenüber der Großen Halle ragte ein hohes Haus auf, das Cadvan ihr als Orons Heim bezeichnet hatte und das als Schauplatz für den Rat an jenem Nachmittag dienen würde.

Die ranghöheren Barden, deren Familien und Schüler wohnten in Häusern wie jenem Malgorns und Silvias nahe dem inneren Kreis.

Einschließlich der Schüler, so berichtete ihr Cadvan, lebten etwa zweihundert Barden in Inneil. »Die Anzahl der Barden unterscheidet sich von Schule zu Schule«, erläuterte er. »Und somit auch die Zahl derer, die ihre jeweiligen Zirkel bilden: An manchen Orten sind es sechs, an manchen neun. An einigen gibt es sogar zwei Zirkel, einen Inneren oder Ersten Zirkel und einen Äußeren oder Zweiten Zirkel. Hier in Inneil gibt es nur einen Zirkel aus sechs Barden.«

»Und was machen die anderen Barden?«, wollte Maerad neugierig wissen.

»Sie alle verrichten die Arbeit der Schule«, antwortete Cadvan. »Sie unterrichten, sie schreiben, sie schaffen, sie singen, sie fördern ... es gibt so viele Möglichkeiten, sich als Barde zu betätigen! Auch das ist von Schule zu Schule unterschiedlich, je nachdem, unter welchem Volk sie leben. Wie du vielleicht schon erraten hast, ist Inneil berühmt für seine Kräuterkunde und seine Küche, die man hierzulande ausgesprochen schätzt; aber natürlich spielt bei der Verwaltung des Gaus noch allerlei anderes mit. In ganz Annar und den Sieben Königreichen gibt es keine Schule, die einer anderen gleicht. Ich hoffe, mit der Zeit kannst du sie alle besuchen und dir selbst ein Bild von ihnen machen. Gemeinsam haben sie nur dies – zumindest sollte dem so sein: Sie bewahren das Gleichgewicht und dienen dem Licht.«

Inzwischen gingen sie auf den äußeren Rand der Schule zu, wo sich mehrere hundert Hallen und Häuser drängten. Hier lebten die zahlreichen Menschen, die keine Barden waren, aber sich ihren Lebensunterhalt durch die Schule verdienten oder in der Stadt Handel trieben. Auch Handwerker traf man hier an: Schmiede, Sattler, Holzschnitzer, Maurer und Goldschmiede. Sie besuchten riesige Stallungen, denn Barden reisten viel, und die meisten unterhielten zumindest ein Pferd. Maerad sog den Geruch mit einer jähen, überraschend wehmütigen Erinnerung an ihr früheres Leben ein: Trotz der Sklavenarbeit hatte es ihr Freude bereitet, die Tiere zu versorgen.

Inneil war voller Bäume; die Häuser standen in hübschen Gärten, und es gab zahlreiche beschauliche Plätze, bisweilen kaum größer als ein Zimmer. Man konnte um eine Ecke biegen und unerwartet auf einen Springbrunnen oder vielleicht eine Statue und eine Steinbank auf einem Fleckchen Wiese mit Gänseblümchen stoßen; oder auf einen uralten Sturz, gestaltet wie eine wunderschöne Frau, ein seltsamer Geist oder ein Pferd; oder auf das Bildnis von Lanorgrim, das aus einem Fenster bunten Glases zu springen schien, welches die Sonnenstrahlen rot, blau oder golden zurückwarf. Maerad schaute und schaute, als wären ihre Augen am Verhungern. Jede Straße offenbarte ein neues Wunder. Doch obschon Inneil geschäftig und wohlhabend wirkte, fiel ihr auf, dass viele Häuser geschlossene Fensterläden aufwiesen und leer standen.

»So geht es heute vielen Schulen«, erklärte Cadvan, als sie sich bei ihm nach dem Grund dafür erkundigte. »Es gibt immer weniger Barden. Inneil ist immer noch eine große Schule und bei den Talbewohnern sehr beliebt, dennoch ist auch dieser Ort nicht mehr, was er in seiner Blütezeit war. An einigen Orten sind die Barden selbst daran schuld: Sie sind hochmütig geworden, haben sich von den Menschen entfremdet, verachten diejenigen, unter denen sie leben, und kümmern sich nicht mehr um das Leben des Landes. Aber andernorts sind andere Kräfte am Werk, welche die Namen der Barden schwärzen und die Kunst des Bardentums in Verruf bringen, Lügen säen, um Argwohn zu pflanzen, wo einst Vertrauen herrschte, und Hass, wo einst Liebe war. Zu unser aller Verlust.«

Von der Schönheit dessen überwältigt, was sie sah, konnte Maerad sich nicht vorstellen, wie jemand die Lebensweise der Barden hassen konnte. »Es liegt wohl nur an der Unwissenheit darüber, was Barden tun«, meinte sie.

»Ja, oft ist das so«, pflichtete Cadvan ihr bei. »Daran und an Vergesslichkeit. Es ist schwieriger als du denkst, gegen solche Dinge anzugehen, noch dazu in solchen Zeiten, in denen Bosheit wuchert und sogar die Barden uneins sind. Aber das ist unser Los.«

Als Maerad an jenem Nachmittag den Ratssaal in Orons Haus betrat, zuckte sie zusammen, als wäre sie geschlagen worden; sie hatte das Gefühl, in ein blendend grelles Licht geschritten zu sein. Der Raum schien gleißend zu schimmern oder mit einer sonderbaren Musik zu summen, obwohl sie kein Licht sah und keinen Laut hörte. Ein tiefer verankertes Bewusstsein in ihrem Geist regte sich wachsam und spürte die Kraft, die sie umgab. Eine Kraft, als ob viele verschiedene Gedanken vergeblich in gegensätzliche Richtungen zu treiben versuchten.

Sie blinzelte und sah sich im Raum um.

Mindestens drei Dutzend Barden saßen mit ernsten Zügen um einen runden Holztisch in einem Saal karger Anmut, überdacht von einem Fächer geriefelten Steinwerks, das sich über ungeschmückte weiße Wände wölbte. Das einzige Anzeichen von Prunk bildete unter dem Tisch ein dicker, roter Teppich, in den stilisierte Bilder von Pferden eingewoben waren, die über weite Felder galoppierten. Der Tisch selbst schien uralt und aus dunklem, auf Hochglanz poliertem Holz geschnitzt zu sein. Darauf standen formschöne Glaskaraffen mit Wasser, Trinkkelche und ein riesiger Tafelaufsatz aus Silber in Form eines sich aufbäumenden Pferdes; sonst nichts. In einem Kamin an einer Wand brannte ein Feuer, das die Kühle des noch jungen Jahres vertrieb.

Die Barden sahen aus, als hätten sie bereits eine Weile beratschlagt. Als Cadvan und sie eintraten, drehten sich alle am Tisch um und sahen sie an, und Oron stand auf. Maerads Magen verknotete sich vor innerer Unruhe. Nach Rückhalt suchend wandte sie sich Cadvan zu, doch er lächelte sie nur verbindlich an, weder freundlich, noch unfreundlich. Sie schluckte und ließ sich von ihm zu einem Stuhl mit hoher Rückenlehne führen. Wartend blieb sie dahinter stehen und hoffte, dass niemand bemerken würde, wie ihre Knie schlotterten.

»Willkommen zu diesem Rat, Cadvan von Lirigon und Maerad«, sprach Oron. Dann stellte sie die Leute rings um den Tisch vor, von denen Cadvan die meisten bereits zu kennen schien. Sie nickten, wenn ihre Namen aufgerufen wurden, schwiegen jedoch. Maerad versuchte, sie sich zu merken, aber es waren so viele, dass sie fast alle gleich wieder vergaß, wenngleich sie zu ihrer Rechten Silvia und Malgorn erblickte. Helgar saß in blauen Gewändern ein paar Sitze links von Maerad und schleuderte ihr einen Blick derart unverhohlener Böswilligkeit zu, dass Maerad völlig entgeistert war. Neben ihr befand sich ein Mann mit einer langen Nase, dessen Gesicht Maerad auf Anhieb nicht mochte. Saliman, der fast genau gegenüber saß, lächelte freundlich. Schließlich nahmen sie Platz, Oron hingegen blieb stehen.

»Aus Höflichkeit gegenüber Maerad, die der Bardensprache noch nicht mächtig ist, werden wir uns der Sprache von Annar bedienen«, verkündete Oron mit einem leichten Nicken zu Maerad. »Wir haben heute bereits zahlreiche Dinge erörtert«, fuhr sie fort. »Vielen davon kommt eine düstere, besorgniserregende Bedeutung bei; daher ist es angenehm, unsere Gedanken endlich etwas zuzuwenden, das man als gute Neuigkeiten betrachten könnte. Hier ist jemand, der behauptet, die Plünderung Pellinors überlebt zu haben, unseren ersten und vielleicht bislang schwerwiegendsten Verlust. Eine gewisse Maerad, die Tochter Milanas, an die sich vermutlich einige von euch erinnern.«

Gemurmel wanderte um den Tisch. Einige musterten Maerad mit lebhaftem Interesse, andere mit unverhohlenem Argwohn.

»Es heißt, niemand hätte überlebt«, meldete Helgar sich in scharfem Tonfall zu Wort. »Warum haben wir zuvor noch nichts davon gehört? Können wir sicher sein, dass diese Frau diejenige ist, die sie zu sein behauptet?«

»Vielleicht sollte Maerad uns ihre Geschichte selbst erzählen«, meinte Oron unerwartet und setzte sich.

Eine unbehagliche Pause entstand, als Maerad auf den Tisch starrte, als wäre dort Hilfe zu finden. Ihr Geist schien völlig leer zu sein. Cadvan räusperte sich und war drauf und dran, für sie zu sprechen, als Maerad sich erhob und in ihrer Hast beinahe den Stuhl umkippte.

»Wie Ihr bereits gehört habt«, begann sie, »ist mein Name Maerad.«

Wieder folgte eine Pause, während der sie die Hände zu Fäusten ballte, um sie vom Zittern abzuhalten.

»Als ich klein war, lebte ich mit meiner Mutter und meinem Vater an einem Ort wie diesem. Ich erinnere mich daran, wenngleich nicht besonders gut. Meine Mutter hieß Milana, mein Vater Dorn. Doch dann kamen Männer mit Schwertern, brannten mein Zuhause nieder, töteten meinen Vater und entführten mich zusammen mit meiner Mutter. Wir wurden Sklavinnen in Gilmans Feste nahe dem Landrost in den Bergen. Meine Mutter starb dort. Ich blieb eine Sklavin, bis Cadvan vor sieben Tagen kam, mich befreite und hierherbrachte.«

Sie hielt inne. Diesmal wirkte die Pause erwartungsvoll, als harrten die versammelten Barden weiterer Ausführungen. Jemand kicherte, doch Maerad schaute nicht auf, um zu sehen, wer es war.

»Cadvan sagt, ich sei eine Bardin und besäße die Gabe, aber ich weiß nicht, ob das stimmt«, sprach sie schließlich weiter. »Ich wollte nur von Gilman weg. An jenem Ort wäre ich gestorben. Jetzt jedoch bin ich hier und weiß nicht, was ich will. Vielleicht eine Bardin werden, wie meine Mutter.«

Händeringend verstummte sie, dann nahm sie unvermittelt Platz.

»Danke, Maerad«, übernahm Oron das Wort. »Und nun möchten dir vielleicht einige von uns Fragen stellen. Mir ist bewusst, dass dies unter Umständen schmerzlich für dich wird, trotzdem wüsste ich es zu schätzen, wenn du sie beantworten könntest.«

Maerad nickte. Sie fühlte sich töricht und fehl am Platz. Als sie zu Helgar spähte, sah sie in deren Gesicht neuerlich jene Feindseligkeit. Sie beantwortete die Fragen, so gut sie konnte: wie alt sie war, ihr Alter zum Zeitpunkt der Entführung, wer Gilman war, die Umstände ihres Sklaventums, wie sie entkommen konnte. Sie sprach wie aufgezogen und wunderte sich darüber, dass Cadvan so still neben ihr saß. In ihrem Innersten jedoch beschlich sie ein Gefühl der Schmach, und ihr Stolz lehnte sich auf. Warum sollte sie beweisen, wer sie war? Schließlich gab sie nicht vor, jemand anders zu sein.

Schließlich meinte der langnasige Mann neben Helgar mit einem Hohnlächeln: »Und woher sollen wir wissen, dass all das wahr ist? Nichts davon wird in der Hohen Sprache zu uns gesagt, und wir alle wissen, dass es auf diese Weise einfacher ist zu lügen. Das wäre doch ein gefinkelter Schachzug, findet ihr nicht? Eine gewiefte junge Bettlerin könnte danach trachten, sich so in unsere Ränge einzuschleichen ... und in Zeiten wie diesen müssen wir uns besonders vor den Spitzeln der Finsternis hüten ...«

»Ich bin keine Bettlerin!« Maerad vergaß ihre Unsicherheit und verspürte vorübergehend nur blanke Wut. »Und warum sollte ich überhaupt lügen? Immerhin habe ich nicht darum *gebeten*, hierherzukommen.«

»Verzeih uns unsere Fragen, Maerad«, meldete Oron sich beschwichtigend zu Wort. »Wir müssen Klarheit darüber erlangen, wer du bist. Dass es eine Überlebende aus Pellinor gibt, stellt für uns eine bedeutende Neuigkeit dar, und wir müssen uns in diesem Punkt Klarheit verschaffen.«

Etwas besänftigt nickte Maerad. Seltsamerweise fühlte sie sich nicht mehr verunsichert.

»Die Zeiträume passen«, ergriff Saliman das Wort. »Pellinor wurde auf den Monat genau vor zehn Jahren überfallen, und Milana hatte in der Tat eine Tochter.«

»Als ob die Finsternis nicht in der Lage wäre, es passend zu machen«, entgegnete der hohnlächelnde Mann. »Was für eine wahrscheinliche Geschichte. Als könnte jemand, der die Gabe besitzt und noch dazu dem Haus Karn entstammt, zehn Jahre lang ohne das leiseste Getuschel verborgen bleiben.«

»Es war niemand übrig, der ihre Entführung hätte bezeugen können«, gab Saliman zu bedenken. »Und Pellinor wurde bis auf die Grundmauern niedergebrannt. Wer hätte es wissen sollen?«

»Und warum sagt Cadvan nichts dazu?«, fuhr der hohnlächelnde Mann fort. »Ich würde gerne *seine* Geschichte hören.«

Endlich regte sich Cadvan. »Ich habe nichts gesagt, Usted, weil ich nicht dazu aufgefordert wurde«, erklärte er. »Wenn mein Wort und mein Wissen etwas zählen, kann ich mich für dieses Mädchen verbürgen. Ich bin überzeugt davon, dass sie diejenige ist, die sie zu sein behauptet.«

»Das ist ja alles schön und gut, Cadvan«, gab Usted zurück. »Aber selbst die Besten von uns können durch die Künste der Finsternis in die Irre geführt werden.«

Cadvan seufzte. »Ich weiß, es ist eine Zeit der Furcht, aber wir sollten uns dennoch davor hüten, uns zu sehr zu fürchten und Verdacht zu schöpfen, wo Verdächtigungen sinnlos sind. Genau nach einer solchen Aushöhlung des Vertrauens trachtet die Finsternis, denn sie dient ihren Zwecken. Aber ich will euch meine Gründe dafür nennen, weshalb ich nicht an Maerads Geschichte zweifle.

Erstens habe ich sie befragt, und kein Teil dessen, was sie sagt, widerspricht etwas, das bereits bekannt ist. Zweitens habe ich gesehen, wo sie sich aufhielt und unter welchen Umständen – in Gilmans Feste. Es fällt mir keineswegs schwer zu glauben, dass von einem solchen Ort keinen Neuigkeiten nach draußen dringen. Drittens steht außer Frage, dass sie die Gabe besitzt, und es ist eine ungewöhnliche Gabe. Ihr alle kennt die Zeichen. Viertens habe ich sie ob meiner eigenen Zweifel um Erlaubnis gebeten, einen Seelenblick in sie werfen zu dürfen. Sie hat aus freiem Willen zugestimmt, und ich entdeckte bei meinem Seelenblick keine Mauern, keine unterdrückten oder vernarbten Erinnerungen, keine Spur auf jeglichen Umgang mit der Finsternis. Nur eine weitere Bestätigung dafür, dass wahr ist, was sie sagt.«

»Aber wir alle haben sie letzte Nacht spielen sehen«, sagte Usted etwas verdrossen. »Wenn sie sich an einem solch finsteren Ort aufgehalten hat, wo soll sie dann so zu spielen gelernt haben? Denn auch wenn wir alle die Zeichen kennen, wir wissen ebenso, dass man nicht ohne Unterricht zu spielen lernt.«

»In der Feste gab es einen Barden. Er hat es ihr beigebracht. Allerdings sonst nichts. In ihrem Wissen klaffen schwere Lücken, die wir schließen müssen, wenn wir die Dinge vorantreiben wollen. Sie beherrscht nicht einmal die Hohe Sprache.«

»Sein Name war Mirlad«, warf Maerad unverhofft ein. »Er war ein guter Mann.«

»Mirlad?«, meldete sich eine Frau zu Wort, die dem Gespräch bislang schweigend gelauscht hatte. »Vielleicht kannte ich ihn. Es gab mal einen Barden namens Mirlad in Desor. Er war ein begabter Musiker, wandte sich allerdings zum Schlechten, versuchte sich ein wenig an den Künsten der Finsternis und wurde der Schule verwiesen. Ich habe nie mehr etwas von ihm gehört.«

»Er war freundlich zu mir«, meinte Maerad traurig. »Wie auch immer, mittlerweile ist er tot.«

»Mir scheint, er wurde hinlänglich bestraft und wollte vielleicht seine Schuld gegenüber sich selbst begleichen, wenn es tatsächlich derselbe Mann war«, sagte Silvia, die bisher stumm zugehört hatte, mit einer kleinen Falte zwischen den Augenbrauen. »Ich denke, es war richtig von ihm, Maerad so zu unterrichten, wie er es tat. Womöglich hätte er sie in Gefahr gebracht, hätte er sie in den Künsten unterwiesen. Ich persönlich glaube Maerads Geschichte.«

Oron erhob sich wieder. »Sind alle Anwesenden von der Wahrheit von Maerads Geschichte überzeugt?«

Zustimmendes Gemurmel ertönte. Usted und einige andere wirkten nach wie vor argwöhnisch, schwiegen aber. Helgar stand lächelnd auf. Äußerlich waren keine Anzeichen der Böswilligkeit mehr zu erkennen, die Maerad bei ihrem Eintreten so verstört hatte. Nur im honigsüßen Tonfall ihrer Stimme schwang sie mit.

»Wenn du gestattest, Oron, ich bin nicht überzeugt«, verkündete sie.

Die anderen Barden drehten sich zu ihr um und musterten sie mit betretenen Mienen. Nur Silvia starrte auf den Tisch, als wagte sie nicht, zu Helgar aufzuschauen.

»Ja?«, fragte Oron.

»Ich muss gestehen, es ist ein unterhaltsames Märchen«, fuhr Helgar fort. »Ein ahnungsloses Mädchen, eine Sklavin, und ihr wollt sie zu einer Bardin machen! Cadvan selbst gibt zu, dass sie völlig ungeschult ist. Wahrscheinlich kann sie nicht einmal lesen. Und wir wissen nichts über sie. Gar nichts!« Helgar ließ den Blick um den Tisch wandern, und ihre Züge verhärteten sich. »Wollen wir sie wirklich allein auf Cadvans Wort hin in die hehren Kreise des Bardentums aufnehmen? Auf das Wort von Cadvan von Lirigon hin? Wie vertrauenswürdig ist *er* eigentlich, möchte ich mal fragen. Einige von uns scheinen ein besseres Gedächtnis als andere zu besitzen ... Ich bin fast geneigt, das alles für einen schlechten Scherz zu halten. Oder sind wir Barden in jüngerer Zeit tatsächlich so leichtgläubig geworden? Sind wir wirklich so tief gesunken?«

Wieder ging ein Raunen um den Tisch, und Maerad spürte, wie ihr Gemüt in Wallung geriet. Sie unterdrückte den Drang, aufzuspringen und Helgar anzuschreien. Stattdessen blickte sie zu Oron, doch deren Züge erwiesen sich als unergründlich.

»Ist das alles?«, fragte Oron.

»Bei allergrößtem Respekt, ich glaube, das ist mehr als genug«, gab Helgar zurück. »Wir sind uns alle darin einig, dass dies eine Zeit der Vorsicht ist. Wollen wir wirklich einen Kuckuck in unserer Mitte?«

»Ich würde sagen, dass eine Begründung, die auf der Verleumdung eines Barden beruht, keine Begründung ist«, tat Saliman seine Meinung mit einer frostigen Höflichkeit kund, die schneidender wirkte, als es jede rüde Erwiderung gewesen wäre.

»Sonstige Einwände?«, erkundigte sich Oron.

Ein paar Barden standen auf und schlugen in Helgars Kerbe. Einer der älteren Barden, der grüne Gewänder trug, ließ sich eine Weile über die sinkenden Normen des Bardentums aus. Oron lauschte mit ausdrucksloser Miene, bis letztlich wieder Stille einkehrte. Die Barden setzten sich mit geneigten Häuptern und schienen in Gedanken versunken zu sein. Plötzlich wieder von innerer Unruhe gepackt biss Maerad sich auf die Lippe.

»Ich habe mir alles angehört, was gesagt wurde«, ergriff schließlich Oron das Wort. »Trotz der hier vorgebrachten Einwände nehme ich es auf meine Schultern, über Maerads Mangel an Wissen hinwegzusehen. Ich glaube, dass sie ist, wer sie sagt, und ich sehe keinen Grund, Cadvan von Lirigon nicht zu glauben. Hiermit ernenne ich sie zur Elevin der Schule von Pellinor. Sie soll angemessenen Unterricht erhalten, um ihre Unwissenheit über die drei Künste zu beheben.«

Rings um den Tisch wurde hörbar die Luft eingesogen. Den Bruchteil eines Lidschlags blickte Helgar erstaunt und erzürnt drein, dann verbarg sie dies rasch hinter einem falschen Lächeln. Alle Barden standen auf und verneigten sich vor Maerad. Unsicher erhob auch sie sich und erwiderte die Geste. Dabei fragte sie sich, weshalb Helgar eine solche Abneigung gegen sie hegte. Dann setzten sich wieder alle, nur Cadvan blieb stehen.

»Ich stelle ein Gesuch«, verkündete er. »Ich ersuche um die Erlaubnis der Barden, zu ihrem alleinigen Lehrer ernannt zu werden.«

Erneut machten aufgeregtes Gemurmel und Getuschel die Runde.

»Warum möchtest du das?«, erkundigte sich Oron. »Das ist höchst ungewöhnlich.«

»Ich weiß, es mutet ein wenig althergebracht an«, räumte Cadvan ein. »Aber unter diesen Umständen glaube ich, dass eine solche Vorkehrung Maerad am dienlichsten wäre. Auf manchen Gebieten ist sie zwar fast völlig ahnungslos, auf anderen hingegen bereits sehr weit fortgeschritten. Ich denke, wenn sie in einer Schule bleibt, ist das ihrer Gabe nicht zuträglich.«

»Bist du in der Lage, eine solche Verantwortung zu übernehmen?«, fragte Silvia. »Ich finde, deine Pflichten sind bereits jetzt zu schwerwiegend und machen dich ungeeignet für die Aufgabe. Wir können einen Weg finden, sie so zu unterrichten, wie es für sie am besten ist.«

»Gewiss, Silvia, das bezweifle ich nicht«, gab Cadvan zurück. »Aber Maerad besitzt eine Gabe ungewöhnlich starker Ausprägung, und um ihre Möglichkeiten auszuschöpfen, benötigt sie Geleit, das ausschließlich ich ihr geben kann.«

»Aber kannst du das auch mit ihren Bedürfnissen als eine junge Frau vereinbaren? Sie muss geschützt werden, damit ihre Gabe voll erblühen kann. Und Cadvan, du bist nicht unbedingt jemand, der ein geschütztes Leben führt.«

»Das ist mir durchaus bewusst, Silvia. Aber ich habe lange darüber nachgedacht. Ich glaube, es war kein Zufall, wann und wie ich auf Maerad gestoßen bin. Ich denke, ich trage eine Verantwortung für sie.«

»Aber vielleicht deutest du den Zufall falsch und entnimmst ihm etwas, das nie so gemeint war. Oron, ich bin der Meinung, Maerad sollte hier bleiben und an einem Ort, wo sie anständig lernen kann, in die Künste eingeführt werden.« *Statt mit Cadvan durch die Wildnis zu streichen*, fügte sie zwar nicht hinzu, doch das war eindeutig, was sie meinte. Ihr Einwand vermittelte das Gefühl, als hätten die beiden diese Punkte schon bei früheren Zwiegesprächen durchgekaut.

»Mein Herz sagt mir, dass dies der rechte Weg ist«, sagte Cadvan. »Die Wege des Lichts gehen oft über einfache Deutungen hinaus, und wir dürfen sie nicht aus übertriebener Vorsicht missachten. Wir dürfen in unserer Angst nicht vergessen, welche Kraft im Vertrauen liegt.«

»Aber Vertrauen ist ein zweischneidiges Schwert«, hielt Silvia dem entgegen. »Und kann zu unweisen Entscheidungen verleiten.«

»Es gab gute Gründe dafür, die alte Vorgangsweise abzuschaffen«, wurden die beiden von Usted unterbrochen, der immer noch verärgert wirkte. »Schlechte Ausbildung, Nachsicht gegenüber verwöhnten Schülern und Schlimmeres. Ich halte es für einen lächerlichen Vorschlag.« Er schnaubte verächtlich. »Seit wann ist Cadvan von Lirigon als großer Lehrmeister bekannt? Zu *meinen* Lebzeiten ist mir das noch nie zu Ohren gekommen.« Einige andere Barden murmelten zustimmend.

»Und wo sollte sie besseren Unterricht erhalten als in Inneil?«, meldete sich der grün gekleidete Mann zu Wort, dessen Namen Maerad nicht verstanden hatte. »Wir alle kennen die Gefahren unzulänglich vermittelten Bardentums. Junge Barden neigen dazu, sich zu überschätzen und dadurch allerlei Ärger heraufzubeschwören. Cadvan sollte das besser als jeder andere wissen. Nein, nein, das können wir nicht gutheißen.«

Saliman hatte bisher auf den Tisch gestarrt. Bei dieser Äußerung allerdings schaute er auf. »Es geht nicht an, schlecht über einen unserer bedeutendsten Barden zu sprechen«, mahnte er ruhig. »Entweder vertrauen wir Cadvan von Lirigon oder nicht. Ich persönlich wüsste keinen Grund, weshalb wir jemandem, der sich in Diensten des Lichts derart verdient gemacht hat, nicht vertrauen sollten. Ich glaube, wir sollten auf seine Vorschläge hören.«

Maerad fühlte sich allmählich wie eine Kuh, die auf einem Markt zum Verkauf feilgeboten wurde. Sie war dankbar, als Oron sich ihr zuwandte und sagte: »Maerad, was denkst du?«

Sie überraschte sich selbst, als sie ohne zu zögern antwortete: »Ich hätte Cadvan gern als meinen Lehrer.«

»Und du sagst das aus freien Stücken, ohne Zwang?«

»Ja.«

Ein langes Schweigen trat ein. Schließlich meinte Oron langsam: »Ich denke, ich werde den Wunsch gewähren. So ungewöhnlich es sein mag, sagt mir doch mein Gefühl, dass es richtig ist. Hier ist mehr am Werk, als irgendjemand von uns versteht, und in solchen Zeiten wäre es leichtfertig, den Vorschlägen eines Barden wie Cadvan oder der freien Entscheidung von Maerad keine Beachtung zu schenken. Ich sage dies in vollem Bewusstsein um sowohl die Gefahren als auch die Vorzüge des Vertrauens. Nun denn, Cadvan, bist du willens, die Pflichten eines Lehrers zu übernehmen, und schwörst du, stets zum Wohl von Maerads Gabe und des Gleichgewichts zu handeln, ihr die drei Künste nach deinem besten Wissen beizubringen und niemals das Vertrauen zu verraten, das sie in dich setzt?«

»Ich schwöre«, gelobte Cadvan.

»So wird dies denn von den Barden von Annar bezeugt und ist bindend, bis Maerad in den Rang einer vollwertigen Bardin erhoben wird. Danke für eure Zeit, Maerad von Pellinor und Cadvan von Lirigon. Wir treffen uns später.«

Mehrere Barden, die sich zuvor gegen Cadvan ausgesprochen hatten, saßen mit offenen Mündern am Tisch, und Maerad musste unwillkürlich bewundern, wie nüchtern Oron die Angelegenheit erledigt hatte. Sie erkannte, dass Cadvan und sie damit entlassen waren, und verließ mit ihm den Ratssaal. Sobald die schwere Tür sich hinter ihnen geschlossen hatte, lachte der Barde.

»Tut mir leid, dass ich dich nicht vorgewarnt habe, Maerad, aber das konnte ich nicht. Es war davon auszugehen, dass es nicht einfach werden würde, aber wir haben bekommen, was wir wollten.«

»Was *wir* wollten?«

»Ja. Du musstest mich aus tiefstem Herzen und freien Stücken zu deinem Lehrer erwählen. Ich habe heute Vormittag mit Oron gesprochen, und so lauteten ihre Bedingungen. Ohne deine Zustimmung ging es nicht. Silvia wird nicht gut auf mich zu sprechen sein. Sie findet, dass du hierbleiben solltest.«

Maerad verspürte einen Anflug plötzlichen Bedauerns. »Ihr meint, das können wir nicht?«

»*Ich* kann nicht. Und du musst mich begleiten, wenn du meine Schülerin bist.« Rasch blickte Cadvan sie an. »Ich glaube, wir sollten uns unterhalten. Nach all diesen geschäftlichen Belangen bin ich hungrig. Wir sollten uns etwas zu essen besorgen.«

Maerad öffnete den Mund, um einzuwenden, dass *sie* nicht zugestimmt hatte, Inneil zu verlassen, doch sie stellte fest, dass sie überaus durstig war, und meinte, dass sie Cadvan diesen Punkt auch später noch näherbringen könnte.

Gemeinsam gingen sie zur Vorratskammer in Silvias und Malgorns Haus, wo Cadvan den Köchinnen etwas Wein, Brot und Käse abschwatzte, dann trugen sie ihre Mahlzeit hinaus auf den Hof. Es war sonnig, und die Steinbank erwies sich als warm. Genüsslich machten sie sich über das Brot und den Käse her.

»Das heute ist gut verlaufen, allerdings vorwiegend dank Oron«, meinte Cadvan. »Ich habe mich heute Morgen früh mit ihr getroffen, und wir hatten ein langes Gespräch. Das Erste, was es zu tun galt, war, dich zu Elevin von Pellinor ernennen zu lassen, was eigentlich, wie gesagt, schon hätte geschehen sollen, als du sechs oder sieben Jahre alt warst. Obwohl einige recht erbittert dagegen waren, mehr, als ich erwartet hatte ... Ich muss noch darüber nachdenken, was das bedeuten könnte. Jedenfalls nichts Gutes, vermute ich. Hätten sie nicht zugestimmt, wärst du eine Elevin von Inneil geworden.«

»Und was wäre daran falsch gewesen?«, fragte Maerad. Ihr gefiel Inneil.

»An sich nichts.« Cadvan sah sie an. »Aber Pellinor entspricht deinem Geburtsrecht und somit deiner richtigen Zuordnung. Jetzt bist du *wirklich* Maerad von Pellinor, bezeugt von den Barden von Annar, und das war ein wichtiger Schritt. Das Zweite, mich zu deinem Lehrer zu machen, ist noch ungewöhnlicher und etwas schwieriger zu erklären. Früher war es üblich, dass Barden eigene Lehrmeister hatten, aber das liegt hunderte Jahre zurück. Jetzt treten sie für gewöhnlich in eine Schule ein und nehmen den Namen der Schule an, in der sie unterrichtet werden, es sei denn, sie werden in einer Schule geboren. Nur, wenn man, so wie Oron, zum Oberhaupt des Zirkels wird, übernimmt man den Namen der Schule, in der man in der weiteren Folge wirkt.« Cadvan biss einen Brocken Brot ab und kaute hungrig. »Beim Licht, ich war wegen dieses Rates besorgter, als mir bewusst gewesen ist. Du hast mir sehr geholfen.«

»Hab ich das?«, fragte Maerad.

»Du warst so aufgebracht; das hätte niemand vorzutäuschen vermocht. Und du hast nicht versucht, dich einzuschmeicheln, wie es wohl jemand getan hätte, der etwas im Schilde führt«, klärte Cadvan sie auf. »Das hat diejenigen, die deinen Namen andernfalls vielleicht angezweifelt hätten, mehr als alles überzeugt, was ich hätte sagen können.«

»Ihr meint, ich habe mich wie ein Tölpel aufgeführt.«

»Nein, natürlich nicht. Ich meine damit, dass du diejenige bist, die du sagst, und das hast du deutlich zum Ausdruck gebracht. Ohne es zu wissen, hast du dir damit Freunde geschaffen, Maerad. Und auch Feinde. Ich habe dir ja gesagt, dass es Barden gibt, denen nicht zu trauen ist. Wahrscheinlich ist dir nicht ganz klar, wie gut du als Musikerin wirklich bist. Dein Auftritt letzte Nacht hat viele Leute beeindruckt, und das ist vor einem Saal voll Barden kein geringer Verdienst. Das hat erheblich dazu beigetragen, deine Aufnahme zu gewährleisten. Allerdings gibt es immer diejenigen, die neidisch auf Begabung sind. Und noch Schlimmere.«

Maerad dachte an Helgar, Usted und einige der anderen. Nein, ihnen traute sie nicht über den Weg, auch wenn sie Barden waren.

»Warum wolltet Ihr eigentlich mein Lehrer werden?«

Cadvan schwieg eine Weile. »Das ist schwierig zu erklären, Maerad«, erwiderte er schließlich.

»Aber ich werde Euch doch nur am Wamszipfel hängen, Euch aufhalten und Ärger bereiten ...«

»Ja, das ist wohl wahr.« Cadvan lächelte. »Du weißt gar nicht, wie wahr, Maerad. Oder wie gefährlich die Wege wirklich sind, die ich beschreite. In vielerlei Hinsicht hat Silvia durchaus recht. Du hast ja bereits einen Vorgeschmack darauf erhalten, wie ich lebe, und trotzdem hast du eingewilligt, mich zu begleiten, statt in behaglichen Betten zu schlafen und die Künste mit Kindern deines Alters zu erlernen.«

»Warum also?« Maerad war danach zumute, ihn in die Rippen zu knuffen. Cadvan eine geradlinige Antwort zu entlocken gestaltete sich bisweilen zäh wie Zähneziehen.

Als hätte er ihre Gedanken gelesen, grinste er sie an. »Maerad, mein Gefühl bei dieser Sache ist ungetrübt. Unserer Begegnung haftet etwas Schicksalhaftes an, und ich glaube, unser beider Los ist auf eine Weise miteinander verflochten, die ich nicht zu durchschauen vermag. Und ich habe die Wahrheit gesagt, als ich über deine Gabe sprach. Sie ist ungewöhnlich, und ich kann dir besser als jeder andere, den ich kenne, beibringen, sie richtig einzusetzen.«

»Was ist, wenn ich nicht von hier weggehen will? Kann ich meine Meinung noch ändern?«

»Ja, das kannst du. Wenn du es für falsch hältst, würde ich nicht versuchen, dich vom Gegenteil zu überzeugen. Aber wenn, dann solltest du es dir jetzt anders überlegen, bevor es zu spät ist, und nur, wenn du aus tiefstem Herzen davon überzeugt bist, dass es anders nicht richtig wäre.«

»Wenn ich also einfach lieber hierbleiben möchte, reicht das nicht als Entschuldigung?«

»Nicht, wenn du es als richtig empfindest, dass ich dein Lehrer sein sollte.«

»Ich will Silvia nicht verlassen.«

Cadvan bedachte sie mit einem Seitenblick.

»Silvia ist eine Frau, die man einfach gern haben muss«, meinte er. »Und sie hat dich bereits ins Herz geschlossen.«

Maerad spürte abermals Kummer in sich aufsteigen wie glühende Lava. Eine Minute lang brachte sie kein Wort hervor, während sie die Empfindung zurückdrängte. In Inneil hatte sie einen Ort gefunden, den sie bereits als Zuhause zu betrachten begonnen hatte. Cadvans leichthin gesagte Äußerung, dass Silvia sie liebte, überflutete ihr Innerstes mit schmerzlichem Glück. Das sollte sie verlassen? Es schien zu grausam, zumal sie es doch eben erst gefunden hatte.

»Silvia gibt mir das Gefühl ... erwünscht zu sein«, murmelte sie mit erstickter Stimme. »Ich habe mich nicht mehr erwünscht gefühlt, seit ...«

Eine lange Weile erwiderte Cadvan nichts.

»Maerad«, sagte er schließlich. »Ich will dir ein wenig davon erzählen, was ich denke und fürchte. Ich breche ja nicht gleich morgen auf; zumindest warte ich, bis das Konklave beendet ist. Je mehr ich darüber weiß, was in Annar vor sich geht, desto besser. In Zeiten wie diesen, in denen die Dinge sich so rasch verändern, scheinen Neuigkeiten sehr schnell zu altern ... Während dieser Woche hast du Zeit zu überlegen, was du tun willst, und wofür du dich auch entscheidest, ich werde dir nicht im Weg stehen. Ich will keine Schülerin, der die

Bürde, die ich ihr auferlege, widerstrebt oder nicht geheuer ist. Und es wird eine Bürde sein, gib dich da keinen falschen Vorstellungen hin.

Mein Gefühl beschränkt sich nicht nur darauf, dass unsere Begegnung vom Schicksal vorbestimmt war. Ich hege einen gewissen Verdacht, wer du vielleicht sein könntest. Jetzt ist wohl nicht der richtige Augenblick, ihn dir mitzuteilen, aber ich denke, man kann ohne Weiteres sagen, dass die Finsternis, wüsste sie, dass es dich gibt, größtes Interesse an dir hätte. Es wird nicht lange dauern, bis einige andere anfangen, zwei und zwei zusammenzuzählen und zu ähnlichen Schlüssen gelangen wie ich. Schon der Ansatz eines Verdachts würde reichen, dich in größte Bedrängnis zu bringen. Deine Geschichte hat bereits eine Menge Gerede verursacht, und dieser Tage haben selbst die Wände Ohren. Auf die Anwesenheit einiger Teilnehmer hätte ich beim Rat vorhin liebend gern verzichtet. Die Neuigkeiten von deiner Aufnahme werden sich rasch verbreiten; das lässt sich nun nicht mehr aufhalten. Ich glaube, wenn du hierbleibst, schwebst du in größerer Gefahr, als wenn du mit mir kommst. Ich kann dich besser beschützen als jeder andere außerhalb Norlochs. Zudem fürchte ich, du könntest eine Gefahr hierher lenken, die andernfalls ausbleiben würde.«

»Warum sollte die Finsternis ein Interesse an mir haben?«

»Weil du Maerad von Pellinor bist.«

»Aber das ist doch kein Grund.«

Cadvan hob die Schultern, und Maerad gab es auf. Offensichtlich würde Cadvan ihr erst dann mehr verraten, wenn er bereit dazu war.

»Was ist, wenn Ihr Euch irrt, was mich angeht?«

»Wenn dem so wäre, hätte ich schlimmstenfalls die vielversprechendste Schülerin in ganz Annar, was mir zur Ehre gereichen würde«, erwiderte er. »Aber ich irre mich nicht oft.«

»Wohin also gehen wir?«

»Nach Norloch, wie ich es schon vorhatte, als wir uns zum ersten Mal begegnet sind. Zum Hohesitz des Lichts in Annar. Ich muss dorthin, und mir scheint, das trifft auch auf dich zu. Deine Einführung und Namensgebung stehen immer noch an, und zu diesen Fragen möchte ich nur allzu gern den Rat meines alten Lehrers, Nelac von Lirigon, einholen. Und ich muss dort so oder so dem Obersten Zirkel Bericht erstatten.«

Eine Weile saßen sie schweigend da, und beide hingen ihren eigenen Gedanken nach. Maerad grübelte über Norloch nach, wobei ein Gefühl der Erregung in ihr zu keimen begann. Der Hohesitz des Lichts! Wie Inneil, stellte sie sich vor, nur noch überwältigender: noch wundersamer, noch reiner ... Dann fragte sie sich wieder, woran es lag, dass sie sich in Inneil so schnell heimisch gefühlt hatte. Jedenfalls war es mehr als Silvias Fürsorge, mehr als all die Schönheit, die Maerad hier umgab. Vielleicht war es auf ihre Kindheitserinnerungen zurückzuführen, die in ihr aufflammten und ihr ein Gefühl von Heimat vermittelten ... und nun hatte sie sich irgendwie bereit erklärt, den Ort zu verlassen, und das just, als eine Tür sich geöffnet hatte, durch die Freude und Freundschaft lockten – denn im Gegensatz dazu verhieß das, was Cadvan ihr so offen erzählt hatte, ein Leben voller Beschwernisse. *Vielleicht ist mir das ohnehin alles zu viel, all die Aufmerksamkeit, die mir zuteil wird, all die neugierigen Blicke*, dachte sie erschöpft... Verstohlen spähte sie zu Cadvan. Sie hatte noch nie jemanden kennengelernt, der so sehr wie ein Einzelgänger wirkte – nun, um bei der Wahrheit zu bleiben, hatte sie überhaupt noch nicht viele Menschen kennengelernt –, aber sie vermutete, dass Cadvan es ebenfalls hasste, angestarrt zu werden. Nicht, weil er etwas verbergen wollte, sondern weil es ihn irgendwie schmerzte, als würde seine Seele dadurch verletzt. Ja, sie würde Inneil verlassen, obwohl sie den Ort bereits liebte, und sie würde Cadvan nach Norloch folgen; Maerad wusste, dass es bereits beschlossene Sache war, wenngleich sie noch keine Ahnung hatte, weshalb.

»Ich denke darüber nach«, meinte sie schließlich. Mit einem Schlag fühlte sie sich unaussprechlich müde. »Aber vorerst möchte ich mich eigentlich nur noch ausruhen. Ich sollte diese feinen Betten ausnutzen, solange ich kann!«

Cadvan bedachte sie mit einem unvermittelten strahlenden Lächeln.

»Das solltest du wohl«, antwortete er. Er beobachtete, wie sie ging, danach blieb er noch lange mit vor Gedanken düsterer Miene alleine auf dem Hof.

In jener Nacht träumte Maerad. Sie wurde in schwindelerregenden Höhen über eine weitläufige, grüne Landschaft geführt, von der sie wusste, dass es sich um das Land Annar handelte. In der Ferne entzündete die untergehende Sonne die östlichen Berge und ließ die hohen weißen Zinnen einer großen Stadt flammengleich leuchten. Zwischen den Bergen und der Stadt zog sich wie geschmolzenes Gold ein breiter Fluss dahin. Während sie hinsah, kroch ein schwarzer Nebel über das Land, verhüllte das schimmernde Wasser, und eine ungewisse Furcht erfasste ihr Herz. Leise drangen klägliche Geräusche zu ihr, als weinten viele Menschen. Dann sprach eine Stimme: »Schau nach Norden.« Sie tat, wie ihr geheißen, aber der Nebel verschleierte ihr die Sicht, und sie konnte nichts erkennen. Der Traum zerfiel in einen unruhigen Schlummer, erfüllt von verschwommenen, dunklen Schemen, die sich nach einer Weile in eine Gestalt fügten, einen Schatten, der sich ihren Augen entzog; so oft sie hinblickte, löste er sich in Rauch auf. Ihr erschien es nachgerade lebenswichtig, dass sie ihn sah, bevor er sie entdeckte, und so drehte und wand sie sich in wachsender Panik. Sie hatte das Gefühl, als griffe er bereits nach ihr, als streckten sich jenseits ihrer Wahrnehmung die tückischen Hände des Schattens in ihre Richtung, näher und näher. Dann hörte sie Worte in einer Sprache, die sie nicht verstand. Es war eine Stimme, die sie noch nie zuvor gehört hatte, die sich kalt und leblos anhörte, als käme sie von toten Lippen. Ihr Herz setzte vor Furcht aus, und plötzlich erwachte sie schwitzend und zitternd.

Sie setzte sich im Bett auf und starrte wild um sich, bis sie die Überreste des Feuers im Kamin glimmen sah und ihr wieder einfiel, wo sie sich befand. Allerdings konnte sie den Traum nicht abschütteln, und so kletterte sie schließlich aus dem Bett und griff nach ihrer Leier, um das Gefühl der Angst zu bannen. Sobald sie das Instrument berührte, fühlte sie sich getröstet. Mit der Leier an sich gedrückt kehrte sie ins Bett zurück und schlief bald wieder ein. Am nächsten Morgen war der Traum verpufft, dennoch erwies der neue Tag sich als von einer namenlosen Furcht befleckt.

Neuntes Kapitel
Dernhil von Gant

Die nächsten paar Tage sah Maerad nur wenig von ihrem neuen Lehrer. Am Tag nach dem Rat klopfte Cadvan sehr früh an ihre Tür. Nachdem er ungeduldig gewartet hatte, bis sie angezogen war, schleifte er sie durch Inneil zur Bibliothek am Kreis von Lanorgrim. Dort liefen sie, so schnell Maerad konnte, durch irrgartenähnliche Gänge zu einem winzigen Raum, der beinahe aus Büchern gebaut zu sein schien. Dort stellte Cadvan ihr einen dunkelhaarigen Barden vor, an den sie sich verschwommen vom Rat am Vortag erinnerte. »Das ist Dernhil von Gant, Bibliothekar des Zirkels«, stellte Cadvan den Mann kurz angebunden vor. »Dernhil, das ist Maerad von Pellinor. Dernhil hat freundlicherweise angeboten, dir die Grundlagen des Schrifttums beizubringen, wenngleich mir nicht klar ist, was du in weniger als einer Woche lernen sollst. Na ja, jedenfalls muss ich mich jetzt beeilen.« Damit rannte er zur Tür hinaus.

Maerad stand vor Dernhil und versuchte, wieder zu Atem zu gelangen. Dernhil wirkte jünger als Cadvan, obwohl Maerad bereits wusste, dass das Alter eines Barden schwierig zu schätzen war. Er war groß und schlank. Aus seinem Gesicht sprachen Ruhe und Klugheit. In flinken, beweglichen Augen schimmerte nun stille Belustigung. Er trug die schwarzen Gewänder, in denen sie am Tag davor die Bibliothekare gesehen hatte, achtlos über blaue Hosen und einen Kasack geschlungen, die aus Seide gefertigt zu sein schienen. Um Zeit zu gewinnen, ließ sie den Blick durch die Kammer wandern.

Dernhils kleines Reich enthielt einen riesigen, mit Schnitzereien verzierten Schreibtisch, der fast vollständig von wackeligen Bücherstapeln, Pergamentrollen und Papierschichten bedeckt war. In der Mitte lag eine unverkennbar erst halb fertig gestellte Schriftrolle. Darauf prangte eine wunderschön geschwungene Schrift in schwarzer Tinte. Daneben stand ein Tintenfass aus poliertem schwarzen Stein, daneben wiederum eine aufwändig gestaltete, vergoldete Lampe, die einen warmen Lichtkegel über den Schreibtisch warf, welcher bis zu der himmelblauen Seide reichte, mit der zwei Stühle daneben überzogen waren. Einer davon stellte unverkennbar Dernhils üblichen Sitzplatz dar; auf dem anderen türmte sich ein weiterer einsturzgefährdeter Bücherstapel.

Maerad empfand den leichten Duft von Tinte als angenehm; er kitzelte etwas in ihrem Gedächtnis, wenngleich sie die entsprechende Erinnerung nicht auszugraben vermochte. Trotz des Durcheinanders vermittelte der Raum keinen schäbigen Eindruck, sondern ließ eher ungeordnet überbordenden Fleiß erahnen. Durch ein hohes Fenster ergoss sich das frühe Licht des Tags über die Wände, brachte die Farben sonderbarer Instrumente und Zierstücke auf den Regalen entlang einer Wand zur Geltung und betonte die vergoldeten Buchstaben auf den endlosen Reihen von Büchern. In einem kleinen Kamin knisterte ein Feuer. Maerad empfand die Kammer als den interessantesten Raum, den sie je gesehen hatte.

»Nun denn«, meinte Dernhil. »Eine glänzende junge Musikerin, die nicht lesen und schreiben kann, und nur eine Woche, um dich zu unterrichten. Was für eine Herausforderung! Wo sollen wir anfangen?« Er betrachtete Maerad, als könnte sie ihm die Antwort verraten. Sie senkte den Blick zu Boden und fühlte sich, als hätte er sie gerügt. »Es ist keinen Schande, etwas nicht zu wissen«, sagte er freundlich. »Schändlich ist nur, nicht lernwillig zu sein. Ich kann dir die Buchstaben der Hohen Sprache beibringen, die vor langer Zeit von Nelsor in Afinnil erfunden wurden. Ich glaube, damit wäre dir am meisten gedient, denn das ist die am häufigsten von Barden verwendete Schrift. Allerdings gibt es daneben noch viele weitere, die von anderen Menschen verwendet werden und die auszulassen mich schmerzen wird. Nur leider reicht die Zeit nicht, um dir alle beizubringen. Allein für die Einführung würden wir ein Jahr brauchen, wenn du schnell lernst.«

Er musterte seine schweigende Schülerin, als wöge er ihre Möglichkeiten ab. Dann entfernte er sämtliche Bücher von seinem Ersatzstuhl, indem er sie ohne viel Federlesen auf den Boden plumpsen ließ, und schob den Stuhl zum Schreibtisch, auf dem er ebenfalls Platz schuf, indem weitere Bücher auf den Boden wanderten. Schließlich forderte er Maerad mit einer Geste seines Kopfes auf, sich neben ihn zu setzen. Er legte zwei Blatt Papier vor sie beide und reichte

Maerad einen goldenen Federhalter. In den langen Schaft war das Bildnis einer sonderbaren, fliegenden Schlange geschnitzt, die sich um den Federhalter wand. Der Kopf endete unmittelbar oberhalb der feinen Metallspitze. Neugierig beäugte Maerad das Schreibgerät.

»Das ist zum Schreiben, nicht zum Anstarren«, erklärte ihr Dernhil und zeigte ihr, wie sie die Feder halten musste. Sie fühlte sich schwer in ihrer Hand an. Dann begann er, Buchstaben zu schreiben und zu erklären, was sie bedeuteten und wie sie Worte bildeten.

Zunächst kam Maerad mit dem Federhalter überhaupt nicht zurecht, aber sie biss die Zähne zusammen und blieb hartnäckig. Im Verlauf des Unterrichts begann sie zu erkennen, wie das Schreiben ging, und in ihrer Magengrube machte sich freudige Erregung breit. Ihr Erinnerungsvermögen war durch das jahrelange Auswendiglernen von Liedern und Musikstücken geschult, und Dernhil entpuppte sich als geduldiger, freundlicher Lehrer. Trotz ihrer anfänglichen Unbeholfenheit hatte Maerad das sonderbare Gefühl, als regte sich in ihren Fingern eine uralte Erinnerung – als folgten sie Bewegungen, die ihr vertraut waren, die sie lediglich lange Zeit nicht ausgeführt hatte. Dernhil zeigte sich erstaunt darüber, wie rasch sie erst Buchstaben, dann Worte zu formen begann. Gegen Ende des Unterrichts hatte sie bereits ihren ersten Satz geschrieben.

»Genug für heute«, sagte Dernhil, woraufhin Maerad ein leises Stöhnen der Enttäuschung von sich gab. Belustigt musterte er sie. »Wenn nur all meine Schüler so eifrig wären«, meinte er. »Für deinen ersten Unterricht hast du dich außerordentlich geschickt angestellt, Maerad, aber eine Pause wird dir guttun. Ich hätte nie für möglich gehalten, dass du so weit kommst.«

»Aber es ist so lustig!«, rief sie aus. »Ich habe mich immer gefragt, ob so etwas möglich ist: Ich meine, Dinge aufzuschreiben, damit man sie nicht vergisst. Gilman hatte Listen seiner Schafe, Kühe, Hühner und anderen Sachen, er hat sie einfach mit Linien und Bildern auf etwas markiert, das aus Rinde gemacht wurde, damit er wusste, wenn etwas davon gestohlen oder gegessen wurde. Vielleicht hat man mir in Pellinor ein wenig Schreiben beigebracht, ich kann mich nicht erinnern ... Ich habe so vieles vergessen. Aber das ist erstaunlich! Und die Schrift ist so wunderschön. Na ja«, fügte sie mit einem zweifelnden Blick auf die eigene Schrift hinzu, »sie ist wunderschön, wenn *Ihr* sie schreibt.«

»Das ist bloß Übungssache«, gab Dernhil zurück. »Nach einem Jahr hier würdest du schreiben wie ein alter Bibliothekar.« Abermals musterte er Maerad, doch diesmal sprach aus seinem Blick ein Hauch von Sorge, ein leichtes Zögern. »Was geht bloß in Cadvans Kopf vor sich? Der Mann ist mir ein Rätsel, obwohl er bestimmt seine Gründe hat. Wie auch immer, du hast heute Nachmittag noch anderen Unterricht. Cadvan hat einen Stundenplan für dich zusammengestellt, aber da du ihn noch nicht lesen kannst, zeige ich dir, wohin du gehen musst.«

Er kramte durch seine Regale, bis er ein erlesenes, ledergebundenes kleines Buch fand, das er Maerad reichte. »Das ist für heute Abend«, erklärte er. »Ich habe dir ja gezeigt, wie man die Buchstaben ausspricht. Da drin sind ein paar einfache Gedichte. Ich möchte, dass du bis morgen versuchst, sie zu lesen, wenn du nicht allzu müde bist. Aber nur eines oder zwei, nicht die ganze Sammlung.«

Maerad nahm das Buch entgegen, als handle es sich um einen geheiligten Gegenstand, und schlug es behutsam auf. Die Seiten bestanden aus schwerem, trockenem Pergament und verursachten ein ganz leises Rascheln. Auf einer Seite mit einem lebhaften Bild von Bienen rings um einen Bienenstock hielt sie inne. Im Hintergrund war eine Landschaft aus Flüssen und Tälern zu sehen, in der Ferne Berge mit schneegekrönten Gipfeln. Den Rand der Seite bildete ein breiter Rahmen aus Blattgold, über den der Maler scheinbar willkürlich einige Wildblumen verteilt hatte: Gänseblümchen, Nelken und andere, die Maerad nicht erkannte. In jeder Ecke befand sich ein winziges Bild, das umso mehr Einzelheiten preisgab, je länger sie es betrachtete: eines zeigte einen Mann, der ein Hackbrett spielte, ein anderes einen Bären, der unter einem Baum schlief, das dritte eine Frau, die etwas betrachtete, das wie eine Kristallkugel aussah, und unten rechts saßen zwei Leute an einem Tisch und tranken einen goldene Flüssigkeit aus einem Glas. Auf der gegenüberliegenden Seite, vom selben Rahmen umgeben, stand in schwarzen und roten Buchstaben das Gedicht. Maerad entzifferte den Titel: *Der Bienenstock.*

Sprachlos schaute Maerad mit leuchtenden Augen zu Dernhil auf, der durch ihre unverhohlene Freude regelrecht verlegen wirkte, was er überspielte, indem er ihr ein paar Blatt Papier und einen Federhalter gab. Dann durchforstete er abermals seine Bücherregale, bis er einen kleinen Beutel fand, in dem sie alles tragen konnte. »Du kannst auch schreiben üben. Versuch, das Gedicht abzuschreiben. Und jetzt ist es an der Zeit für dich zu gehen«, sagte er knapp. »Ich bin spät dran für meinen nächsten Unterricht. Wir sehen uns morgen zur selben Zeit am selben Ort.«

Maerads Unterricht an jenem Nachmittag war gänzlich anderer Art: Sie sollte Ausbildung im Reiten und im Umgang mit einem Schwert erhalten. Dernhil begleitete sie zu ihrem Lehrer, einem streng wirkenden Mann namens Indik. Über seine Wange erstreckte sich eine Narbe, die unter dem rechten Auge die Haut straffte, wodurch seine Miene sonderbar ausdruckslos wirkte. Maerad fühlte sich von ihm ein wenig eingeschüchtert, und im Gegensatz zu Dernhil unternahm er keinerlei Anstrengungen, ihr die Scheu zu nehmen. Zuerst wurde sie zu den Schmieden geführt, wo sie mit einem kleinen Schwert mitsamt Scheide, einem Helm und einem leichten Kettenhemd ausgestattet wurde. Letzteres war so fein geschmiedet, dass es fast wie schwerer Stoff anmutete. Als Nächstes begaben sie sich zu den Stallungen, wo Indik ein graues, stichelhaariges Pferd für sie aussuchte. »Ihr Name ist Imi«, teilte er ihr mit. »Sie ist eine gute Stute, zwar ein wenig heißblütig, aber treu und gutmütig. Und ihre Rasse ist schnell und kräftig. Du brauchst ein widerstandsfähiges Tier.« Maerad verstand genug von Pferden, um zu erkennen, dass Indik eine außerordentlich gute Wahl getroffen hatte – Imi wirkte anmutig und stark, ohne dabei zu groß für sie zu sein. »Dieses Pferd gehört jetzt dir«, fuhr Indik fort. »Also musst du auch wissen, wie man es versorgt.«

»Mir?«, fragte Maerad erstaunt. »Wieso das?«

»Cadvan hat dafür gesorgt. Also, weißt du, wie man ein Pferd sattelt?«

Was Tiere anging, war Maerads Wissensstand nicht annähernd so beklagenswert begrenzt wie bei Büchern, und nachdem sie Imi gesattelt hatte und aufgestiegen war, bedachte Indik sie mit einem beinahe anerkennenden Blick. Er stieg auf sein eigenes Ross, einen großen Braunen namens Harafel, ließ Maerad mit verschränkten Armen und ohne Steigbügel reiten und einige Anweisungen ausführen. Maerad hielt sich überwiegend durch Gleichgewicht im Sattel, was, wie Indik etwas bissig anmerkte, wenig hilfreich sein würde, wenn eine Bande von Banditen plötzlich aus dem Gebüsch auftauchte und ihr einen Mordsschrecken einjagte; doch trotz seines Gebrülls wirkte er zufrieden, als der Unterricht zu Ende war.

»Du wirst zurechtkommen«, stellte er fest. »Ein paar Monate Übung, und du wirst eine gute Reiterin. Natürlich wäre es einfacher, würdest du die Hohe Sprache beherrschen, aber das ergibt sich schon noch.«

Sie ritten zurück zu den Stallungen, wo Maerad abstieg und Imi den Sattel abnahm. Danach forderte Indik sie auf, das Tier zu striegeln und ihm die Hufe zu säubern, wobei er sie eingehend beobachtete. »Natürlich wirst du eine Grundausstattung für unterwegs brauchen«, sagte er, nachdem sie fertig war und die Stute in den Stall geführt hatte. »Aber zum Glück bist du kein völliger Tolpatsch. Täglich zwei Stunden Ritt, um dich vorzubereiten, mehr schaffen wir diesmal nicht.«

Dann war es an der Zeit für Schwertunterricht. Dabei verhielt es sich gänzlich anders, und Indik gab sich nicht die Mühe, seine Ungeduld zu verbergen. »Fräulein Maerad«, stieß er zwischen verbissenen Zähnen hervor, als sie das Schwert wieder einmal fallen ließ, »wenn es dir nicht mal gelingt, deine Waffe zu halten, bist du Hundefutter. Bekomm das doch freundlicherweise in deinen Dickschädel. So, und jetzt von vorn.«

Nach einer Stunde Schwertübungen schwitzte Maerad über und über – Indik bestand darauf, dass sie das Kettenhemd und den Helm trug –, und sie fühlte sich völlig untauglich. Allerdings hatte sie zumindest gelernt, ein Schwert ein- und beidhändig zu halten und dass es keine gute Taktik war, die Waffe wild zu schwingen. »Klugheit«, redete Indik ihr unablässig vor. »Klugheit ist der Schlüssel. Du bist nicht stark genug, um dumm sein zu können. *Denk mit!*«

Insgesamt vermittelte er überzeugend den Eindruck, Maerad würde es von Inneil an höchstens eine Meile weit schaffen. Als er den Unterricht schließlich beendete, lehnte er sich auf sein Schwert. »*Eine* Stunde Reiten, würde ich sagen, dafür eine zusätzliche Stunde Schwertübungen. Vielleicht vermag eine Woche ja etwas zu bewirken. Beim Licht, ich hoffe es. Im Augenblick wäre mein Rat, dich im Fall von Schwierigkeiten hinter Cadvan zu verstecken und das Schwert erst gar nicht zu ziehen. Du wärst nur hinderlich.« Damit entließ er sie, worauf sie sich unglücklich zurück in ihr Zimmer begab.

In der Zuflucht ihrer Kammer legte sie müde das Kettenhemd und den Helm ab, dann legte sie das Schwert auf die Truhe und betrachtete es zweifelnd. Es besaß eine schlichte Silberscheide, verziert mit dem Muster einer um einen Baum gewundenen Schlange mit einem schimmernden roten Stein als Auge. Als Indik das Schwert für sie ausgesucht hatte, hatte es ihr noch recht gut gefallen, inzwischen war sie nicht mehr so sicher. Ihr Körper schmerzte vor Erschöpfung an den unwahrscheinlichsten Stellen. Nachdem sie eine Weile auf dem Bett gesessen und müßig an die Wand gestarrt hatte, beschloss sie, ins Badezimmer zu gehen. Dort glitt sie in das mit Duftölen angereicherte Wasser, beobachtete die sich emporkräuselnden Dampfschwaden und dachte an gar nichts. Schließlich hievte sie sich wieder hinaus. Sie fühlte sich erfrischt und platschte barfuß zurück in ihr Zimmer, wo sie sich in saubere Gewänder kleidete und die Leier aus der Truhe hervorholte. Sie begann, darauf zu spielen, um sich zu trösten, und bald ging sie so in der Musik auf, dass sie zusammenzuckte, als es an der Tür klopfte.

»Cadvan!«, rief sie aus und ließ ihn herein.

»Ja, ich bin's«, bestätigte er. Irgendwie wirkte er etwas verkniffen. »Wie kommst du mit dem Unterricht voran?«

»Oh, ganz gut, würde ich sagen. Dernhil mag ich, er hat mir dieses Buch gegeben, ich soll es heute Abend lesen – seht nur. Aber ich glaube, Indik hält nicht besonders viel von mir.«

»Es ist nicht seine Aufgabe, dich zu mögen. Er soll dir beibringen, soviel er kann, was er auch tun wird. Er ist ein begabter Lehrer und großartiger Schwertkämpfer. Es ist schon eine große Ehre, dass er überhaupt eingewilligt hat, dich zu unterrichten.«

»Ich wollte nicht ...«

»Gefällt dir das Pferd? Und ist das dein Schwert?«

»Imi ist wundervoll, ich bin noch nie auf einem so prächtigen Pferd geritten«, gab Maerad zurück. Dabei warf sie einen unbehaglichen Blick auf das Schwert. »Indik sagt, mit dem Schwert bin ich nur hinderlich, und ich sollte mich einfach hinter Euch verstecken.«

Cadvan lachte, wodurch er den Eindruck der Verkniffenheit abschüttelte. »Es ist dein erster Tag, und Indik ist Anfänger nicht gewohnt. Aber wenn jemand dazu in der Lage ist, dir binnen einer Woche den Umgang mit einem Schwert näherzubringen, dann er. Gewiss, in der Zeit kann er keine überragende Kämpferin aus dir machen, aber es schadet nicht zu wissen, wie man eine Klinge richtig hält, und wenn es hart auf hart geht, ist auch ein unschön ausgeführter, aber gut gezielter Hieb durchaus hilfreich. Jedenfalls: Das ist jetzt dein Schwert. Du solltest ihm einen Namen geben.« Er zog es aus der Scheide und begutachtete es eingehend. »Wirklich eine sehr schöne Waffe. Darauf kannst du stolz sein.« Er reichte ihr die Klinge mit dem Griff voraus.

»Einen Namen?«, stammelte Maerad, als sie das Schwert entgegennahm. »Warum? Was für einen Namen?«

»Ich habe darum gebeten, dass du eine ordentlich geschmiedete Klinge erhältst. Das ist nicht bloß ein besserer Dolch, der in der Esse eines Dorfschmieds entstanden ist; es verdient die Ehre. Mal sehen ...« Kurz überlegte Cadvan. »Wie wär's mit Irigan? Das bedeutet in der Hohen Sprache ›Eisklinge‹. Es hat einen leicht frostigen Schimmer.«

»Irigan«, wiederholte Maerad, um den Klang auf der Zunge auszuprobieren. »Ja, das hört sich gut an.« Allmählich fühlte sie sich überwältigt davon, Dinge zu besitzen; ihr hatte noch nie mehr gehört als die Kleider auf dem Leib, ein Paar Stiefel und ihre Leier. Plötzlich hatte sie ein Pferd und ein Schwert, wie eine reiche Dame.

»Silvia bereitet Reiseausrüstung und Proviant vor«, sagte Cadvan. »Morgen sollte alles bereit sein.« Dann ergriff er das Buch, das Dernhil ihr geliehen hatte, und lachte.

»Was ist denn so komisch?«, wollte sie wissen.

»Das ist Dernhils eigenes Buch. Seine Gedichte. Lies es aufmerksam. Dernhil ist ein großer Dichter, der beste, den Annar je gekannt hat. Ich erinnere mich noch an unsere erste Begegnung ...« Müßig blätterte er die Seiten durch, überflog flüchtig die Gedichte und verstummte.

»Woran erinnert Ihr Euch?«, bohrte Maerad nach.

Cadvan verzog das Gesicht. »Ich war jung und eitel und hielt mich damals für einen guten Dichter. Er besuchte Lirigon aus einem Grund, der mir entfallen ist, und er war schon damals berühmt. Er war sehr jung und äußerst begabt ... Jedenfalls habe ich ihn zu einem Zweikampf herausgefordert, einem Wettstreit, bei dem wir beide aus dem Stegreif Gedichte ersinnen mussten. Ich habe ein solches Aufhebens darum gemacht, dass praktisch die ganze Schule dabei anwesend war.«

»Und was geschah?«

»Ich habe verloren. Aus offensichtlichen Gründen, wenn du dieses Buch liest.«

Maerad war erstaunt. Woher hätte sie wissen sollen, dass Dernhil berühmt war? »Aber er hat gesagt, es wären ganz einfache Gedichte.«

»Das scheinen sie auch zu sein. Aber was schlicht wirkt, ist oft am schwierigsten zu verstehen. Jedenfalls«, fuhr er fort, »bin ich nicht deshalb hergekommen. Wir sind für heute Abend beim nächsten Glockenschlag bei Malgorn und Silvia zum Essen eingeladen. Silvia will wissen, wie es dir geht und wie du den Unterricht findest. Auf mich ist sie immer noch alles andere als gut zu sprechen, sieht aber um deinetwillen darüber hinweg. Etwas Zeit haben wir zuvor noch. Wir könnten ja ein wenig im Hof spazieren gehen.«

»Eigentlich soll ich heute Abend lesen üben«, gab Maerad unsicher zurück.

»Dernhil wird Verständnis dafür haben, wenn du nicht dazu kommst. Ich könnte mir denken, dass du sehr müde bist. Wir beide sollten ein wenig die frische Luft genießen.«

Maerad musterte Cadvan neugierig, als sie in der lauen Abendluft auf den Hof hinaustraten. Vielleicht lag es an der zunehmenden Finsternis, die Schatten über sein Gesicht warf, aber er wirkte angespannt oder möglicherweise sogar ein wenig verärgert, wobei dies bei Cadvan schwierig abzuschätzen war. Außer Frage stand, dass er sie recht eilig voranscheuchte. Sie setzten sich auf die Bank, und Cadvan holte tief Luft. Er blickte zum Himmel empor. Ein Stern nach dem anderen wagte sich hervor.

»Es ist so friedlich hier«, meinte er, dann schwieg er eine Weile und lauschte dem Plätschern des Wassers vom Springbrunnen in den Teich und dem Zwitschern der Vögel, die sich zum Schlafen auf den Dachgesimsen niederließen. »Maerad, die nächsten paar Tage wird die Zeit sehr knapp bemessen sein. Ich habe veranlasst, dass dir ein paar grundlegende Dinge beigebracht werden, damit du wenigstens ein wenig von dem lernst, was du wissen musst. Ich wünschte aus tiefstem Herzen, wir könnten ein paar Monate bleiben, damit du eine weitergehende Ausbildung erhältst, aber das geht nicht. Wenn es mir möglich wäre, würde ich schon morgen aufbrechen.«

»Müssen wir wirklich schon so bald weg?«, fragte Maerad.

»Ja, je früher, desto besser. Ich ertappe mich dabei, dass mir diese Verzögerung zu schaffen macht, obwohl sie sich nicht vermeiden lässt. Ich habe in Norloch Dinge zu erledigen, und bis wir dort sind, kann auch nichts gemacht oder entschieden werden, was dich betrifft. Es ist eine lange Reise, und ich wünschte, du wärst besser darauf vorbereitet. Aber in der Not nehmen die Lahmen die Beine in die Hand, wie man so schön sagt.« Kurz setzte er ab. »Ich habe meine Zeit schon angenehmer als heute verbracht. Die ganze Zeit nur Streitgespräche mit Barden – das ist erschöpfend und überflüssig.«

»Also läuft es nicht gut?« Maerad musterte Cadvan verstohlen; was beunruhigte ihn nur dermaßen?

»Nein«, antwortete er kurz angebunden. Es schien, als wollte er nichts weiter sagen, dann jedoch fügte er unverhofft hinzu: »Maerad, es kursieren allerlei Gerüchte über mein Gesuch, dein alleiniger Lehrer zu werden. Ich dachte, ich sollte dich warnen.«

»Gerüchte?«

»Anscheinend habe ich in halb Annar für Aufruhr gesorgt. Sogar Malgorn hegt Zweifel. Alle glauben, ich hätte wegen eines hübschen Gesichts den Kopf verloren.« Er vollführte eine ungeduldige Geste. »Vielleicht ist es nur gut, wenn die Übelwollenden Böses reden: Das verschleiert andere Zwecke. Aber ich muss zugeben, dass mir die Geduld für derlei Kleinlichkeiten fehlt; ich fühle mich besudelt ...«

Verdutzt starrte Maerad ihn an, ehe sie plötzlich begriff, wovon er redete. »Oh!«, stieß sie hervor und lief hochrot an.

»Eigentlich spielt es keine Rolle, Maerad«, meinte Cadvan mit einem süßsauren Blick. »Es ärgert mich einfach. Barden sollten über solch platten Gerüchten stehen. Was wirklich zählt, ist, dass du im Verlauf der nächsten Tage deinen Unterricht bewältigst, so gut du kannst. Und lass dich von irgendwelchen böswilligen Bemerkungen dabei nicht aus der Ruhe bringen. Ich glaube, dass du begabt bist; das hat Dernhil mir in unzweifelhaften Tönen mitgeteilt, und Indik findet es auch, obwohl er es dir nie sagen würde. Ich muss an den Ratssitzungen teilnehmen; je mehr Neuigkeiten ich erfahre, umso besser, besonders, wenn wir auf verborgenen Pfaden reisen. Ich werde nicht abreisen, bevor die Besprechungen vorüber sind. Würden wir schon vorher aufbrechen, wäre Geheimhaltung unmöglich. Also vertrau mir vorerst einfach; die Dinge werden klarer werden, sobald wir diesen Ort verlassen. Glaub nicht, ich hätte dich plötzlich aufgegeben!«

»Na schön. Das Lernen macht ohnehin Spaß«, gab Maerad zurück. Sie sah Cadvan unmittelbar an. »Ich wünschte nur, ich wüsste, was wirklich vor sich geht. Es gibt so vieles, was ich noch nicht weiß, und all die Aufregung dreht sich um mich; das erscheint mir so sonderbar.«

»Ich *werde* es dir sagen, oder zumindest so viel, wie ich weiß«, erwiderte Cadvan. »Tut mir leid wegen dieses heillosen Durcheinanders und all der Hast. Wir brauchen Zeit, denn nur die Hälfte zu erzählen, wäre gleich viel wert, wie dir gar nichts zu sagen. Unterwegs werden wir reichlich Gelegenheit dafür haben.«

Eine kurze Stille folgte. »Letzte Nacht hatte ich einen sonderbaren Traum«, eröffnete Maerad ihm unvermittelt. »Ich musste den ganzen Tag daran denken.«

Cadvan lehnte sich zurück und starrte in den Himmel. »Wir alle haben bisweilen seltsame Träume«, meinte er.

»Ja, aber dieser Traum war ... er war merkwürdig, Cadvan, anders als jeder Traum, den ich bisher hatte. Er fühlte sich ... fühlte sich ...« Maerad vollführte eine hilflose Geste und verstummte.

»Also, worum ging es darin?« Cadvan setzte sich auf und betrachtete sie aufmerksam.

Langsam, weil sie versuchte, die richtigen Worte zu finden, schilderte Maerad ihm ihren Traum. Je länger sie sprach, desto stiller wurde Cadvan, und er lauschte ihr zunehmend gespannter. Nachdem sie geendet hatte, schwieg er eine Weile.

»Was wünschte ich, du würdest die Hohe Sprache beherrschen!«, rief er schließlich aus. »Die Worte, die du gehört, aber nicht verstanden hast, müssen in der Hohen Sprache gewesen sein. Zumindest halte ich das für wahrscheinlich.«

»Was denkt Ihr darüber?«, fragte Maerad neugierig.

»Träume sind eigenartige Boten, Maerad«, antwortete Cadvan. »Manche meinen, sie kommen von jenseits der Torc, einem Ort, wo alles bekannt ist, was war, was ist und was sein wird, denn dort gibt es keine Zeit. Aber wir alle haben verschiedene Arten von Träumen, und sie werden uns aus unterschiedlichen Gründen zuteil.«

»Wofür haltet Ihr den meinen?«

Cadvan zögerte. »Ich bin nicht sicher, aber ich denke, es war ein Zukunftstraum, ein Traum, der zeigt, was kommen wird.«

Maerad schauderte. »Das hoffe ich nicht«, sagte sie. »Er war entsetzlich. Aber warum sollte ich einen Zukunftstraum haben? Einen solchen Traum hatte ich noch nie.«

»Das ist eine Gabe mancher Barden. Allerdings nicht vieler. Obwohl eine beachtliche Anzahl von Barden aus Pellinor Zukunftsträumer und Seher waren. Lanorgil von Pellinor war der wahrscheinlich berühmteste, aber es gab noch einige andere.«

»Habt Ihr Zukunftsträume?«

»Nein«, erwiderte Cadvan. »Wenngleich ich, so wie alle Barden, ein gewisses Maß an Voraussicht besitze. Aber es kann gefährlich sein, die Rätsel von Zukunftsträumen zu entschlüsseln; es kursieren zahlreiche Geschichten über jene, die versuchten, ihre Prophezeiungen zu vermeiden und dadurch erst recht herbeiführten, was sie am meisten fürchteten. Dein Traum allerdings scheint mir gleichermaßen eine Warnung zu sein und von Hoffnung zu zeugen. *Schau nach Norden!*« Er bückte sich, um einen Grashalm zu pflücken, auf dem er nachdenklich zu kauen begann. »Was könnte das bedeuten?«

Maerad zuckte mit den Schultern. »Ich weiß es nicht«, antwortete sie. »Deshalb habe ich ja Euch gefragt.«

»Das bestärkt mich in der Überzeugung, dass die Finsternis dir nachstellen würde, wenn sie von dir wüsste«, meinte er. »Womöglich hat die Kunde sie bereits erreicht.«

Eine plötzliche Erkenntnis verriet Maerad, dass Cadvans Klage über die kursierenden Gerüchte nicht den einzigen Grund für die Anspannung darstellte, die von ihm ausging. Ein unbehagliches Gefühl beschlich sie, als säße sie in einem Boot und stellte plötzlich fest, dass sie aufs offene Meer abgetrieben war, ohne es zu bemerken, sodass sie nun unergründliche Tiefen unter ihren Füßen vorbeiziehen sah, wo sie sonnenerhelltes Flachwasser vermutet hatte.

Cadvan stand auf und warf den Grashalm weg. »Jetzt ärgern mich die verlorenen Tage umso mehr! Aber vorerst sitzen wir hier fest.« Er blickte zum Himmel. »Der Glockenschlag wird bald ertönen«, sagte er. »Wir sollten hineingehen.«

Zehntes Kapitel
Abschied

Die nächsten paar Tage verliefen erfüllt vom selben Trott: Dernhil am Vormittag, grimmig komische Sitzungen mit Indik am Nachmittag, die jedes Mal damit endeten, dass Maerad trotzig das Kinn vorschob, wenn sie nicht gerade den Tränen nahe war. Indiks Konversation beschränkte sich auf gnadenlose Witzeleien über ihre Tolpatschigkeit, obwohl Maerad am dritten Tag nicht mehr das Schwert fallen ließ, wenn sie versuchte, seine Hiebe abzuwehren, und es ihr einmal beinahe gelang, seine Verteidigung zu durchbrechen. Darob verdoppelte er seinen Spott nur noch, und Maerad verkniff die Lippen zu einer schmalen Linie. Sie wünschte, sie wäre gut genug im Umgang mit dem Schwert, um einen Narren aus ihm zu machen, doch er konnte sie so mühelos entwaffnen, als wäre sie ein fünfjähriges Kind. Ihren einstündigen Ritt auf Imi genoss sie stets, am liebsten aber waren ihr die Vormittage mit Dernhil, der ihr eine neue, aufregende Welt eröffnete.

Dernhil zeigte sich seinerseits verzückt von der Schnelligkeit, mit der sie lernte; binnen weniger Tage war sie in der Lage, vergleichsweise mühelos einen kurzen Absatz oder ein kleines Gedicht zu lesen. Es war, wie er meinte, als erinnerte er sie bloß an etwas, das sie vergessen hatte, statt ihr etwas völlig Neues beizubringen, das sie noch nicht kannte. Als Lehrer unterschied er sich sehr von Mirlad: Er war nicht annähernd so streng und neigte eher dazu, sie durch Lob zu ermutigen. Unter seinem Geleit blühte Maerad förmlich auf. Nicht selten sah sie sich in seinem Reich um und seufzte. So viele Bücher in so vielen Sprachen, und sie war mit Müh und Not imstande, die dünnsten davon zu lesen!

»Vielleicht kann ich nach unserer Reise nach Norloch zurückkehren, um mehr zu lernen«, schlug sie Dernhil am nächsten Tag vor. »Es gibt noch so vieles, was ich nicht weiß …«

Dernhil schaute von einer Arbeit auf, die er ausbesserte. »Das wäre in der Tat schön«, meinte er. »Wenn du das tust, werde ich dich gerne weiter unterrichten.« Er lächelte, doch etwas an der Geste versetzte ihr einen Stich ins Herz; seine Augen verweilten auf ihrem Gesicht... Sie senkte den Kopf und verdrängte das Gefühl.

Cadvan bekam sie überhaupt nicht zu sehen. Abends aß sie mit Silvia und Malgorn oder in der Halle mit den anderen Schülern, die sie entweder von der Seite her oder mit übertriebener Ehrfurcht betrachteten. Manchmal verbrachte sie gut und gern eine Stunde damit, die Gis-Spieler am Tisch in der Ecke der Halle zu beobachten. Sie war wie gebannt von der verworrenen Schönheit des Spiels, bei dem mit schwarzen und weißen Steinen auf einem sechseckigen Brett mit zahlreichen Feldern gespielt wurde, aber sie fand nie heraus, wie die Regeln lauteten. Bei Gis lernte man, so sagte man ihr, ein ganzes Leben lang nicht aus: Es war zugleich ein Spiel taktischer Schläue und geistigen Urteilsvermögens. Maerad verfolgte die seltsamen Muster der Spielsteine, die sich im Verlauf des Spiels bildeten und wieder verschwanden, gleichermaßen verzaubert wie verständnislos.

Es gab immer Musik zu hören, aber Maerad selbst spielte für niemanden mehr, nur alleine nachts in ihrem Zimmer, wenn sie das Bedürfnis verspürte. Einsam fühlte sie sich nicht, dafür war sie zu beschäftigt und abends schlichtweg zu erschöpft. Binnen zwei Tagen beschlich sie das merkwürdige Gefühl, schon immer in Inneil gelebt zu haben. Die Schule erschien ihr nicht mehr so groß und seltsam, und bisweilen verblüffte es sie, wie mühelos sie in dieses Leben hineingewachsen war, als hätte sie vertraute Kleider übergestreift.

Am zweiten Tag verabschiedete sich das klare Frühlingswetter, und die nächsten drei Tage regnete es fast ununterbrochen. Maerads Schwertunterricht wurde in einen beeindruckenden Innenraum verlegt, der offenbar für diesen Zweck gebaut worden war, doch die Reitstunden wurden ungeachtet des Wetters draußen fortgesetzt. Manchmal, wenn sie sich die nassen Haare aus den Augen wischte, hatte Maerad geradezu einen Hass auf Indik, wenngleich sie unter ihrem Ärger spürte, dass seine Strenge nicht persönlich gemeint war und in gewisser Weise Respekt gebot. Jedenfalls stärkte der Unterricht ihre Entschlossenheit, die Schwertkunst zu erlernen, und sei es nur, um jenes spöttische Lächeln auszulöschen, das auf Indiks Antlitz auftauchte, wann immer ihr ein Fehler unterlief. »Das war jetzt deine Kehle, junge Dame«, pflegte er voll Genugtuung zu sagen. »Ebenso gut könntest du dich hinlegen und mir den Hals entgegenstrecken, so viel war *diese* Verteidigung jetzt wert.« Und Maerad, die unter ihrem Helm schwitzte, bleckte daraufhin jedes Mal die Zähne und verfluchte ihn leise, während sie wieder in Gefechtsstellung ging. »Glaub nicht, ich hätte das nicht gehört!«, mahnte Indik sie dann stets, ohne sich umzudrehen. »Flüche helfen dir auch nicht weiter, wenn du nicht mit dem Schwert umgehen kannst. So, und jetzt von vorn!«

Ihre Beziehung zu Dernhil entwickelte sich gänzlich anders und vertiefte sich zu einer Freundschaft. Am Ende des Unterrichts am vierten Vormittag wischte Dernhil sich die Haare aus den Augen und erkundigte sich, ob sie an jenem Abend beschäftigt sei. »Nein«, antwortete sie. An diesem Tag sollte sie abends in der Halle speisen.

»Würdest du dann mit mir zu Abend essen?«, fragte er. »Ich könnte dir einige der Bücher zeigen, von denen ich dir erzählt habe ...«

»Nur allzu gern!«, rief Maerad herzlich aus. Ihr graute davor, in der Halle zu essen; mit Menschenmengen hatte sie immer noch ihre liebe Not.

Nach dem heillosen Durcheinander in seinen Arbeitsräumen erwiesen sich Dernhils Gemächer als überraschend ordentlich. Vom Stil her entsprachen sie im Wesentlichen den Räumen in Silvias und Malgorns Haus – erlesen eingerichtet mit gemalten Verzierungen an warmen gelben Wänden. Das Esszimmer füllten eigenartige Gegenstände, die er auf seinen Reisen gesammelt hatte: kunstfertige Elfenbeinschnitzereien aus Suderain, Seidenbehänge von den Webern von Thorold, kleine Alabasterstatuen von unbekannten Kunsthandwerkern aus Annaren, eine riesige Kristallkugel, seltsam verschlungene Metalllampen ... Die Wände waren natürlich von Büchern gesäumt.

Er tischte ein schlichtes, aber köstliches Mahl auf: gegrilltes Gewürzfleisch mit zartem Frühlingsgemüse, dazu Käse, Nüsse und Wein. Nach dem Essen ließen sie sich auf gemütlichen gepolsterten Stühlen vor dem Feuer nieder und nippten Wein. Dernhil holte Buch um Buch herbei, wies auf Einzelheiten der Schreibkunst und Ausmalung hin, las ihr Gedichte vor, und die beiden unterhielten sich gesellig über alle möglichen Dinge. Maerad erkundigte sich nach seinem Wettstreit gegen Cadvan. Dernhil warf den Kopf zurück und lachte.

»Du hättest Cadvan damals sehen sollen!«, meinte er verschmitzt.

»Das war vor ... nun, als er noch jünger war. Er war gutaussehend, besaß Ausstrahlung und war bereits ein Magier von großer Macht – alle meinten, er würde mit Sicherheit eines Tages Oberster Barde werden, vielleicht sogar Oberster Barde von Norloch –, und er war auch kein schlechter Dichter.«

»Aber nicht so gut wie Ihr.«

»Nein«, bestätigte Dernhil und warf ihr einen belustigten Blick zu. In seiner Aussage schwang keine Eitelkeit mit. »Und Cadvan konnte es nicht ertragen, Zweiter zu sein. Natürlich habe ich gewonnen. Er war außer sich vor Zorn.«

Maerad war nicht entgangen, dass Dernhil abgewandelt hatte, was er ursprünglich sagen wollte. »Was wurde aus Cadvan?«, fragte sie neugierig. »Ich meine, warum ist er nicht Oberster Barde geworden?«

Dernhils Züge verfinsterten sich, aber nicht vor Missbilligung, sondern eher vor Traurigkeit. »Ich glaube, das sollte Cadvan dir selber sagen«, meinte er nach einer Weile. »Was er zweifellos eines Tages tun wird. Er ist in der Tat ein großer Barde geworden. Nur wenige kommen ihm gleich. Aber das Leben entwickelt sich nur selten so, wie man es erwartet, wenn man jung und voller Hoffnung ist.« Eine kurze Stille entstand, dann drehte er sich Maerad zu. »Verzeih mir, wenn ich eine so persönliche Frage stelle, aber du und Cadvan ... seid ihr ein Paar?«

Maerad errötete und dachte sofort an die Gerüchte, von denen Cadvan gesprochen hatte. »Nein«, murmelte sie. »Nein, nichts dergleichen.« Sie schaute auf und ertappte Dernhil bei einem unverhohlenen Blick. In seinen Augen stand eine unausgesprochene Einladung geschrieben, ein zärtliches Flehen, etwas, das über Bewunderung hinausging. Maerad wurde es plötzlich kalt ums Herz. Das Leben hatte sie gelehrt, dass männliche Begierde nur Gewalt verhieß, und eine tiefsitzende, urtümliche Furcht erstickte jede andere Erwiderung im Keim. Von plötzlicher Panik erfasst rappelte sie sich mit rasendem Herzen auf die Beine.

»Ich sollte gehen«, stieß sie hervor. »Morgen muss ich früh aufstehen.«

»Ja«, sagte Dernhil. Seufzend erhob auch er sich. »Tja, dann bis morgen.«

»Ja«, gab Maerad zurück.

Abermals sah sie Dernhil an, doch jener beunruhigende Gesichtsausdruck war verschwunden. Sie ergriff seine ihr entgegengestreckte Hand, neigte den Kopf und zog sich rasch zurück.

Am sechsten Unterrichtstag teilte Dernhil ihr mit, dass am folgenden Tag ein Fest zum Ende des Konklaves stattfinde und dass sie deshalb nicht zu erscheinen brauche. Mittlerweile war sie in der Lage, den Gedichtband stockend durchzulesen, und Dernhil schenkte ihn ihr. »Komm, um dich zu verabschieden, bevor du abreist«, sagte er zu ihr.

»Das werde ich«, gelobte Maerad und nahm das Buch an sich. »Und danke, vielen Dank.« All die Dinge, die sie eigentlich sagen wollte – dass sich unter Dernhils einfühlsamem Geleit eine schillernde neue Welt für sie aufgetan hatte, die sie mit Freude und Aufregung erfüllte –, stauten sich in ihrer Kehle und drohten sie zu ersticken.

Dernhil räusperte sich. »Es war mir eine Freude, dich zu unterrichten«, sagte er. »Cadvan kann auf dem aufbauen, was du bereits gelernt hast. Und du kannst dir auch selbst weiterhelfen, indem du Lesen übst.« Er setzte ab. »Es gibt noch so vieles, was ich dir gern zeigen würde. All die großartigen Texte aus Annar und den Sieben Königreichen, die Geschichten und die Lieder, die zusammen das Weistum ergeben. Und das ist erst der Anfang. Es kommt mir wie ein Verbrechen vor, dir all das nicht beizubringen.« Bedauernd schüttelte er den Kopf. »Mit deiner Gelehrigkeit und deinem Eifer wärst du eine herausragende Schülerin. Es bräuchte nur ein wenig Zeit.«

»Ich vermute, es sollte wohl nicht sein«, meinte Maerad. »Und wir können unseren Pfad nicht immer selbst wählen.«

Dernhil wirkte ein wenig bestürzt. »Nein, da hast du wohl recht«, gab er zurück. Ein kurzes, betretenes Schweigen breitete sich aus. »Na ja, vergiss nicht vorbeizuschauen, bevor du gehst.« Damit setzte er sich unvermittelt an den Schreibtisch, und Maerad erkannte, dass sie entlassen war.

Indik zeigte sich barscher. »Wenigstens kannst du dein Schwert halten«, meinte er. »Das ist wenigstens etwas. Mehr kann ich nicht sagen. Du musst einfach üben und hoffen, dass du Glück hast.«

Maerad starrte ihn mit ausdrucksloser Miene an. Ihr war nicht danach zumute, ihm zu danken, obwohl sie das Gefühl hatte, dass sie es tun sollte. Indik hüstelte, dass es fast wie ein Lachen klang.

»Nichtsdestotrotz, ein wackeres Herz kann auch siegen, wenn es an Können mangelt«, sagte er. »Gib mir mal dein Schwert.« Sie reichte es ihm. »Wie hast du es getauft? Irigan? Ein guter Name ...« Er zog es und betrachtete es eingehend. »Eine feine Waffe.« Er hauchte auf die Klinge und sprach mit leiser Stimme, sodass Maerad die Worte nicht zu hören vermochte. Dann steckte er das Schwert wieder in die Scheide und gab es Maerad zurück.

»Ein Zauber, der zur Genauigkeit beiträgt und Bruch oder Schaden mindert«, erklärte er. »Der Bann hat Bestand, solange die Klinge hält. Das könnte helfen.«

Überrascht verspürte Maerad einen plötzlichen Anflug von Dankbarkeit. Sie schaute in Indiks Augen auf und erkannte darin zum ersten Mal eine unerwartete Güte. Zu ihrer beider Erstaunen warf sie Indik die Arme um den Hals und küsste ihn auf die vernarbte Wange.

»Danke, dass Ihr Euch mit mir herumgeplagt habt«, sagte sie. »Ich will mein Bestes tun, um Euch keine Schande zu bereiten.«

»Du kannst nicht mehr tun als dein Bestes«, gab er schroff zurück. »Und jetzt fort mit dir!«

Auf der Straße der Erschaffer lief sie Cadvan über den Weg. Er wirkte erschöpft, dennoch lächelte er, als er sie sah. »Sei gegrüßt, junge Kriegermaid!«, rief er.

Maerad hatte ganz vergessen, dass sie noch ihr Kettenhemd trug, und sah unwillkürlich an sich hinab. »Nennt mich einfach Indiks Kummer«, gab sie zurück. »Obwohl er mir zumindest zugestanden hat, dass ich im Fall eines Angriffs das Schwert ziehen darf, statt einfach wegzurennen.«

»Dann hast du mit fliegenden Fahnen bestanden«, erwiderte Cadvan lachend. »Ich habe bereits mit Dernhil gesprochen; er wünscht sich inbrünstig, du könntest bleiben und deinen Unterricht fortsetzen. Wohl aus mehreren Gründen, wie mich dünkt. Er ist eindeutig recht angetan von dir.«

»Ach, Unsinn«, widersprach Maerad. »Hört auf, mich zu necken, Cadvan. Obwohl er mir in der Tat sein Buch geschenkt hat.«

»Ein eindeutiges Zeichen seiner Gunst«, gab Cadvan unbeschwert zurück, obschon er wieder ernst dreinblickte. »Aber ich kann ihn verstehen. Genau wie Silvia. Es ist nicht gerecht, dich von all dem fortzuzerren, was dir rechtens zusteht.«

»Habt Ihr etwa Zweifel?« Prüfend musterte Maerad seine Züge, während sie nebeneinander weitergingen.

»Nein. Aber ich frage mich, ob dich welche beschlichen haben.«

»Nein«, antwortete Maerad mit Bedacht. »Nein, ich bin mir sicherer denn je. Ich weiß nicht, warum, denn eigentlich gefällt es mir hier wunderbar, und ich liebe es, mit Dernhil zu lernen, ja sogar mit Indik. Übrigens, er hat heute einen Zauber auf mein Schwert gelegt.«

»Tatsächlich?«, zeigte Cadvan sich überrascht. »Das wollte ich selbst tun, aber er kann das besser als ich. Das ist seine besondere Gabe; die Leute reisen von nah und fern an, um ihn um diesen Gefallen zu bitten. Manchmal weigert er sich, ganz gleich, was ihm dafür geboten wird. Er hat einen untrüglichen Blick für jemandes Seele und würde niemals dunkle Absichten unterstützen. Jedenfalls bin ich froh, dass du keine Zweifel hegst. Mir macht zu schaffen, dass wir so wenig Zeit haben.«

Eine Weile gingen sie schweigend weiter. Maerad grübelte indes über Cadvans Worte nach. In den vergangenen Tagen hatte sie die dunklen Omen ihres Gesprächs auf dem Hof völlig vergessen, doch nun kehrte ihr Gefühl der Furcht zurück.

»Ich will morgen Nacht aufbrechen«, verkündete Cadvan schließlich. »Nur die Barden des Zirkels wissen mit Bestimmtheit, dass wir schon so bald abreisen, und bei ihnen allen sind Geheimnisse sicher. Das Abschiedsfest findet morgen Abend statt. Ich denke, wir sollten daran teilnehmen und es früh verlassen, damit uns niemand folgt. Andernfalls reiten wir mit knapp hundert Barden los, was wenig zuträglich für Geheimhaltung ist, oder wir müssten eine weitere Woche warten, was mir erst recht missfällt.«

Maerad fühlte, dass Cadvan sich neben allem anderen auch danach sehnte, die gesellschaftlichen Zwänge hinter sich zu lassen. Ein klein wenig verspürte sie denselben Drang. So sehr sie auch für sich blieb, immer wieder stieß sie auf Menschengruppen, die tuschelten, wenn sie vorbeiging, oder die auf der Straße auf sie deuteten. Ihre Berühmtheit verwirrte und beunruhigte Maerad. Dennoch konnte sie sich eines Anflugs von Wehmut nicht erwehren.

»Dernhil wollte, dass ich mich verabschieden komme, bevor wir aufbrechen«, sagte sie.

»Dafür hast du morgen noch Zeit«, gab Cadvan zurück. »Ich komme heute Abend vorbei und überprüfe dein Gepäck; ich esse mit Silvia und Malgorn.« Damit drückte er ihr zum Abschied die Hand und eilte eine andere Straße hinab. Gedankenverloren schlenderte Maerad nach Hause.

Nachdem sie im Anschluss an ein ausgiebiges Bad in ihr Zimmer zurückgekehrt war, legte sie all ihre neuen Besitztümer auf das Bett. Ihr gehörten nun ein kleines Buch mit Gedichten, ein Helm, ein Schwert, ein Kettenhemd, ein Ranzen, ein Federhalter und ein Bündel, das Silvia ihr gegeben und das zu öffnen sie noch gar keine Zeit gehabt hatte. Es bestand aus schwarzem, weichen, aber überraschend widerstandsfähigem Leder und besaß sonderbare Schnallen und Riemen, von denen sie später feststellen sollte, dass sie dazu dienten, das Bündel auf dem Rücken zu tragen oder es an einem Sattel zu befestigen. Darin befanden sich ein Wasserbeutel aus Leder, eine Flasche Medhyl, ein zugestöpseltes blaues Fläschchen mit dem Heiltrank, den Silvia verwendet hatte, um ihre Regelbeschwerden zu lindern, sowie zwei Garnituren: weiche Lederhosen, warme Hemden und Strickwesten aus Wolle, allesamt fein gefertigt, praktisch und so geschickt gewoben, das sie zusammengelegt äußerst wenig Platz einnahmen. Außerdem hatte Silvia Unterkleidung aus fester Seide eingepackt. Maerad hatte soeben ein Päckchen mit demselben, hart aussehenden Zwieback geöffnet, an den sie sich noch von der Reise nach Inneil erinnerte, als Cadvan anklopfte und eintrat.

»Hervorragend«, meinte er, als sie ihm den Inhalt ihres Bündels zeigte. »Und noch genug Platz für deine eigenen Schätze. Ich habe auch ein Geschenk für dich.« Damit reichte er ihr eine Lederhülle für ihre Leier, um das Instrument während der Reise zu schützen. Sie war mit Blumen wie jenen unten im Musikzimmer geprägt. In der Mitte befand sich eine wie eine zierliche Trompete geformte Lilie, hervorgehoben in Gold und Silber. »Das ist das Zeichen Pellinors«, erklärte er. »Eigentlich solltest du auch eine Brosche haben, aber ich hatte keine Zeit, eine anfertigen zu lassen.«

Maerad setzte sich mit der Lederhülle in den Händen aufs Bett. Dieses Geschenk überwältigte sie mehr als alles andere, was sie erhalten hatte, so sehr, dass sie außerstande war, auch nur Worte des Dankes zu stammeln. Plötzlich stellte sie überrascht fest, dass ihr Tränen in den Augen brannten. Verlegen wandte sie sich ab. Cadvan saß auf dem Stuhl und wartete, bis sie sich wieder sammelte.

»Cadvan, es tut mir leid«, brachte sie schließlich hervor. »Es ist nur, es ist ...« Sie schüttelte den Kopf. »Mir hat noch nie jemand irgendetwas geschenkt. Und plötzlich besitze ich all diese Dinge. Das fühlt sich so seltsam an.« Maerad schniefte, und Cadvan reichte ihr stumm ein Taschentuch. »Fast wünschte ich, jemand würde mich schlagen oder mir Schimpfwörter an den Kopf werfen«, fuhr sie fort. »Ich meine, natürlich nicht wirklich, aber all das hier kommt mir irgendwie unwirklich vor. Ich sage mir andauernd vor, dass es wahr ist, und das ist es auch, aber ich kann es einfach nicht glauben und habe das Gefühl, mich selbst nicht mehr zu kennen. Ich fühle mich so … merkwürdig.« Sie setzte ab und hob hilflos die Hände. »Ich kann nicht richtig ausdrücken, was ich meine. Jedenfalls bin ich froh, dass wir weggehen. Gleichzeitig tut es mir auch leid, trotzdem bin ich irgendwie froh.«

»Noch vor weniger als zwei Wochen hast du in einem Stall gehockt, eine Kuh gemolken und gedacht, du würdest für den Rest deines Lebens Sklavin bleiben«, meinte Cadvan. Mittlerweile war er aufgestanden und schaute aus dem Fenster. »Mich überrascht, dass du dich nicht verwirrter fühlst. Die meisten Menschen würden das.« Er drehte sich um und sah sie unverwandt an. »Ich verspreche dir keine unbeschwerte Reise, Maerad. Aber zumindest eine Weile wird sie friedlich verlaufen.«

»Die Leute zeigen immerfort mit dem Finger auf mich«, sagte Maerad. »Das mag ich nicht.«

»Die Menschen sind schwierig«, gab Cadvan zurück. »Ich halte es nie lange in einer Ortschaft aus. Aber vermutlich bin ich ein ungewöhnlicher Fall.« Plötzlich wirkte sein Gesichtsausdruck unergründlich, und er verstummte. Nach einem Augenblick der Stille sagte er, dass er sie beim Abendessen zum nächsten Glockenschlag treffen würde und verließ jäh das Zimmer.

Beim Abendessen in jener Nacht waren Oron, Dernhil und Indik zugegen. Oron war gekommen, um sich von Cadvan und Maerad zu verabschieden, weil sie gesagt hatte, dass sie nicht am Fest in der nächsten Nacht teilnehmen würde. Außerdem war eine kleinwüchsige, dunkelhaarige Bardin namens Kelia anwesend, die Maerad nicht kannte, wenngleich Maerad sie schon häufig in der Halle dabei beobachtet hatte, wie sie mit absoluter Konzentration Gis spielte. Sie galt, das wusste Maerad, als unangefochtene Meisterin von Inneil.

Zusammen mit Silvia und Malgorn bildeten diese Barden die Sechs von Inneils Zirkel. Als Maerad den Raum betrat – etwas zu spät, weil sie zu lange gebraucht hatte, um sich vorzubereiten –, spürte sie ein knisterndes Prickeln auf der Haut. Das Gefühl von Magie, das im Zimmer herrschte, war regelrecht greifbar; diesmal allerdings nicht überschattet, wie es beim Rat der Fall gewesen war, sondern klar und gebündelt, als brächte ein unsichtbares Feuer die Luft zum Verschwimmen.

Oron, die Maerad zuvor nur bei formellen Anlässen in ihrer Rolle als Oberste Bardin erlebt hatte, war Maerad bislang zurückhaltend und unnahbar vorgekommen, aber in ungezwungener Umgebung schimmerte in ihr ein ähnlicher Schalk wie in Silvia durch, und das Abendessen wurde eine gesellige Angelegenheit. Auch wenn es Maerad selbst nicht klar war, so sah sie doch jetzt völlig anders aus als jenes Mädchen, das auf Malgorns Schwelle in Ohnmacht gefallen war. Durch die ausgezeichnete Kost der letzten Woche und die tägliche Leibesertüchtigung hatte sich ihre vormals schmerzlich dürre Gestalt bereits zu einer lediglich schlanken zu mausern begonnen, die bodenständige Lebenskraft ausstrahlte. Auch aus ihren Augen sprach ein frischer Ausdruck: Der Argwohn von jemandem, der für das geringste Vergehen geprügelt werden konnte, war durch ein neues Selbstvertrauen ersetzt worden. Sie scherzte und lachte mit den anderen Barden, als hätte sie bereits ihr ganzes Leben hier verbracht.

Während sie von den Leckereien naschten und an Malgorns vortrefflichem Likör nippten, kehrte die Unterhaltung zu den Themen des Konklaves zurück. Die Neuigkeiten, so schien es, verhießen allesamt nichts Gutes. Das Ansehen der Schulen hatte einen bislang ungekannten Tiefstand erreicht und schürte an manchen Orten unverhohlenen Groll. Sichtungen von Werwesen und anderen Kreaturen der Finsternis standen mittlerweile beinahe auf der Tagesordnung, selbst innerhalb der Grenzen Annars; schlimmer noch, eine todbringende Krankheit, die zu heilen alle außer den begabtesten Barden machtlos waren, breitete sich in zahlreichen Weilern und Dörfern im Westen aus. Zudem herrschte nach den Ernteausfällen im Vorjahr und einem harten Winter in einigen westlichen Königreichen die Angst vor einer Hungersnot, die in den am schlimmsten betroffenen Gegenden zu Toten und Gewalttaten der Verzweiflung führen könnte.

»Aber das ist noch gar nicht, was mir am meisten Kopfzerbrechen bereitet«, sagte Malgorn. »Am bedenklichsten finde ich die Geschichten über das Versagen der Hohen Sprache bei der Frühjahrswende und beim Erntetag. Sogar Thurl sagt, dass die Worte des Erschaffens, als er sie dieses Jahr sprach, einfach nicht in ihm leben wollten. Es gibt zu viele Berichte dieser Art, um sie einfach unfähigen Barden oder schlechter Ausbildung zuzuschreiben.«

»Ja, mein Freund, im Herzen der Dinge ist tatsächlich etwas nicht in Ordnung«, pflichtete Cadvan ihm traurig bei. »Und ich glaube, es hat keinen Namen.«

Silvia blickte zu Boden und biss sich auf die Lippe. »Ich habe immer gebetet, nie in solchen Zeiten leben zu müssen«, bekannte sie. »Und dass ich mein Dasein in Frieden und mit üppigen Ernten verbringen dürfte.«

»Das haben wir alle und alle, die in finsteren Zeiten leben«, gab Cadvan zurück. »Aber es sollte nicht sein.«

»Trotz allem«, meldete Dernhil sich zu Wort, »es heißt: Furcht ist nur ein Teil von Umsicht.«

»Ebenso sagt man, dass Furcht ein waches Ohr hat«, hielt Indik dem entgegen. »Die Schwarzen Hexer haben ihre Festung in Dén Raven errichtet und bedrängen Suderain seit mittlerweile fast drei Jahrhunderten. Sie haben ihre eigenen Heerführer und Hauptleute; zu behaupten, der Namenlose erhebe sich wieder, scheint mir etwas weit hergeholt.«

»Vielleicht«, entgegnete Cadvan. »Dennoch geht es nicht an, solche Befürchtungen einfach von der Hand zu weisen.«

Darauf hatte niemand eine Antwort. Nachdenkliches Schweigen senkte sich über die Gruppe.

»Was erhoffst du dir in Norloch, Cadvan?«, erkundigte sich Kelia. Mit einem leichten Stirnrunzeln zwischen den dunklen Brauen beugte sie sich vor. »Bist du in letzter Zeit dort gewesen?«

»Dieses Jahr noch nicht«, erwiderte Cadvan. »Aber ich muss dorthin; ich muss dem Obersten Zirkel Bericht erstatten. Enkir hat mich nach Norden geschickt, um Neuigkeiten über die Finsternis in Erfahrung zu bringen, daher ist es meine Pflicht, ihm eine angemessene Ernte zu bringen.« Er sprach in leicht spöttischem Tonfall. »Aber vorwiegend, was mir noch wichtiger ist, möchte ich mit Nelac von Lirigon sprechen.«

»Er muss inzwischen sehr betagt sein«, meinte Kelia. »Ich selbst bin ihm nie begegnet, obwohl ich natürlich einige seiner Arbeiten gelesen habe. *Die seltsamen Blumen des Gis* ist ein kleines Meisterwerk.« Einige Barden lächelten bei Kelias Erwähnung ihrer Leidenschaft. »Aber ich hätte mich klarer ausdrücken sollen: Was erhoffst du dir für Maerad?«

Maerad spitzte die Ohren.

»Maerad muss erst noch die Hohe Sprache erlangen«, antwortete Cadvan. »Wie du weißt, ist das spät für einen Barden, aber auch nicht beispiellos; es heißt, Callihal von Desor habe die Hohe Sprache erst erlangt, als er fast neunzehn war. Aber natürlich kann sie bis dahin nicht unter die Barden aufgenommen werden, und ihr Name wird sich nicht offenbaren. Ich denke, Nelac wird besser als jeder andere in Annar in der Lage sein, den für Maerad besten Kurs vorzuschlagen.«

»Besser als jeder hier?« Kelia zog die Augenbrauen hoch und gab sich keine Mühe, ihre Zweifel zu verbergen.

»Er ist ungemein belesen in einigen Belangen der Überlieferungen, über die ich ihn um Rat fragen möchte«, gab Cadvan zurück.

»Wozu brauchst du Überlieferungen?«, hakte sie nach. »Hier handelt es sich doch gewiss nur um eine spätberufene Bardin.«

»Nein, so einfach ist es nicht«, widersprach Cadvan, weigerte sich allerdings trotz weiteren Nachbohrens Kelias, näher darauf einzugehen. Maerad war enttäuscht. Kelia war nicht die Einzige, die wissen wollte, weshalb Cadvan sie als so wichtig betrachtete.

»Ich habe Cadvan endlich verziehen, dass er Maerad entführt«, warf Silvia zur Entspannung ein, als Kelia und Cadvan kurz davor zu stehen schienen, in Streit zu geraten. »Obwohl ich sie mehr als ihr alle hierbehalten wollte.« Mit einem traurigen Lächeln wandte sie sich an Cadvan. »Eigentlich war ich bloß selbstsüchtig; es war fast so, als hätte ich wieder eine Tochter.« Mit plötzlicher Sorge blickte Malgorn zu seiner Gemahlin. Maerad schaute fragend auf.

»Clavila, unsere Tochter, starb vor mittlerweile beinahe dreißig Jahren bei einem Unfall«, erklärte Malgorn. Maerad vermeinte in seiner Stimme einen Anflug von Zorn mitschwingen zu hören, als widerstrebte es ihm, sich an den alten Schmerz zu erinnern.

»Oh«, machte Maerad betreten, da ihr keine passende Erwiderung einfiel. »Es tut mir leid.« Mit neuem Verständnis sah Maerad zu Silvia, doch Silvia hatte das Gesicht dem Feuer zugedreht.

Bald danach zogen sich alle in das Musikzimmer zurück, wo die Barden zu ihren Instrumenten griffen. Maerad hatte ihre Leier in ihrer Kammer gelassen. Auf Orons Bitte hin lief sie hinauf, um sie zu holen. Oron begutachtete sie unvorstellbar neugierig. »Das ist zweifellos dhyllisches Gewerk«, stellte sie fest. »Du hast völlig recht damit, Cadvan, dies der breiten Öffentlichkeit zu verschweigen. Ich habe noch nie ein solches Instrument gesehen.« Sie streichelte über das vom Verschleiß gezeichnete Holz und ließ die Finger behutsam über die Saiten wandern. »Was für ein Klang! Wie konnte Milana ein solches Ding verbergen?«

»Pellinor war eine alte Schule und besaß zahlreiche Schätze«, antwortete Cadvan. »Ich bezweifle nicht, dass dies der größte davon war; aber die Leier sieht so bescheiden aus, dass es vermutlich einfacher war, sie geheim zu halten, als man meinen möchte. Die meisten Augen, selbst die der meisten Barden, würden sie für nicht mehr als ein Bauerninstrument halten.«

»Das dachte man auch in Gilmans Feste«, meldete Maerad sich zu Wort. »Hätte sie nach mehr ausgesehen, wäre mir nicht erlaubt worden, sie zu behalten.« Insgeheim verschlug es ihr immer noch die Sprache, dass ihre kleine Leier einen solchen Schatz darstellen sollte. »Ich habe sie aus anderen Gründen geliebt. Es ist das Einzige, was mir von meiner Mutter geblieben ist.« Sie nahm das Instrument wieder von Oron entgegen und schlug auf den Saiten einen zarten Akkord an. »Sie singt für mich.«

»Scharfsinnig von dir, dass du es erkannt hast, Cadvan«, meinte Oron.

»Wäre ich nicht scharfsinnig, ich wäre längst tot«, gab er trocken zurück. »Also, was spielen wir? Ein Instrumentalstück, schlage ich vor.«

Maerad hatte sich noch nie so eingehüllt in die Vertrautheit der Musik gefühlt wie in jenem herrlichen Raum. Mit solch vollendeten Musikern zu spielen – zu ihrer Überraschung entpuppte sich sogar Indik als meisterhafter Flötist mit einer für sein grimmiges Antlitz erstaunlich zarten Spielweise –, war ein Vergnügen, das sie zuvor nie erfahren hatte. Der Lampenschein schimmerte warm auf den polierten Instrumenten und den Weingläsern, während über der Ernsthaftigkeit der gemeinsamen Leidenschaft für Musik und Lieder eine vergnügliche Kameradschaft zu sprießen begann. Es war bereits spät, als Silvia das Ende ausrief und sich alle verabschiedeten.

Als Oron ging, blieb sie noch einmal stehen und ergriff Maerads

Hände. »Mir tut nur leid, dass unsere Begegnung von solcher Hast gekennzeichnet war. Möge das Licht deinen Pfad immerdar erhellen!«

»Und den Euren ebenso«, erwiderte Maerad, die inzwischen die höfliche Antwort darauf gelernt hatte. Oron blickte ihr unverwandt ins Gesicht, und Maerad spürte, wie ein Geist plötzlich nach dem ihren tastete wie ein unvermittelt in einen dunklen Raum einfallender Lichtstrahl. Sie zuckte leicht zusammen. Oron lachte gutherzig und ließ sie los.

»Ich glaube, wir werden uns nicht wiedersehen«, sagte Oron. »Das Licht segnet dich auf grausame Weise, und dein Pfad wird dunkel und beschwerlich sein. Aber ein tapferes Herz kann auch siegen, wenn es an Können mangelt.«

Maerad besann sich, dass Indik dasselbe gesagt hatte, doch Orons Äußerung vermittelte ein völlig anderes Gewicht, als spräche sie von etwas erheblich Schicksalhafterem, Bedeutungsvolleren als Schwertkunst. Maerad beschlich bei Orons Worten ein ungutes Gefühl, eine dunkle Vorahnung, und sie schauderte. »Ich hoffe es«, gab sie nüchtern zurück. »Ich habe noch viel zu lernen.«

»Das haben wir alle«, entgegnete Oron leichthin. Dann zog sie eine Silberbrosche in Form des Lilienzeichens von Pellinor hervor und heftete sie der überraschten Maerad an die Brust. »Trag sie mit Stolz! Dieses Stück hat meinem alten Freund Icarim von Pellinor gehört, einem großen Barden. Ich denke, er wäre froh, wüsste er, wer es nun trägt.« Dann wandte Oron sich an Cadvan und sprach: »Cadvan, ich brauche dir ja nicht zu sagen, dass du diese junge Frau beschützen musst. Sie ist deines Lebens mehr als würdig. Dein Pfad ist dunkel und ungewiss, doch das war schon immer so. Sei vorsichtig, alter Freund, das ist alles, was ich dir sagen kann.«

»Ich bin daran gewöhnt, vorsichtig zu sein«, erwiderte Cadvan. »Aber mein Herz lässt mich zweifeln. Ich denke, unsere nächste Begegnung wird jenseits der Tore der Nimmerwiederkehr stattfinden, Oron von Inneil.«

Kurz begegnete Oron seinem Blick, dann neigte sie das Haupt. »Wenn dem so sein sollte, dann hatte ich ein langes und gutes Leben«, sagte sie. »Ich fürchte nicht mehr um mich selbst. Meine Hoffnungen und Befürchtungen begleiten dich und deine Aufgabe.«

Damit legte sie ihm die Hände auf die Schultern und küsste ihn auf die Stirn. Einen Augenblick verharrten sie reglos, und Maerad hatte den Eindruck, sie stünden außerhalb der Zeit wie zwei Gestalten in einer über viele Jahrhunderte erzählten Geschichte: zwei edle Barden des Weistums, die in den Annalen des Landes hoch gewürdigt wurden. Doch der Augenblick verstrich, und nach einem Blinzeln sah Maerad nur noch einen Mann und eine Frau, die in einem Zimmer standen, in dem das Feuer auf die bloße Glut heruntergebrannt war. Oron nickte den übrigen Barden zu und zog rasch von dannen.

Silvia wirkte bleich. »Ich weiß nicht, was du gesehen hast, Cadvan«, sagte sie. »Oron wäre ein schwerer Verlust für uns alle.«

»Bevor das Ende naht, dürfte es noch viele Verluste geben«, entgegnete Cadvan gedämpft. »Und niemand vermag zu sagen, wie dieses Ende aussehen wird.«

Danach war niemandem mehr danach zumute, noch länger zu bleiben. Kurz darauf wünschten Maerad und Cadvan dem Rest der Gesellschaft eine gute Nacht und gingen.

»Erstaunlich, dass Silvia ihre Tochter erwähnt hat«, meinte Cadvan, während er mit Maerad den Flur entlanglief. »Sie spricht sonst nie über sie. Du hast alten Gram wachgerüttelt, Maerad.«

»Das wollte ich nicht«, beteuerte Maerad traurig. Sie dachte an ihre Mutter. Bliebe sie in Inneil, könnte sie vielleicht ein wenig jenes schmerzlichen Verlustes wettmachen. Allmählich begann sie Silvias verworrenes Sehnen ansatzweise zu begreifen.

»Es ist nicht deine Schuld«, beschwichtigte Cadvan. »Manchmal erweist sich ein neues Leben als schmerzvoll: Die erwachenden Glieder brennen. Ich glaube eher, dass es gut so ist, womöglich für euch beide.«

Maerad fühlte sich durch seine Worte eigenartig getröstet. An ihrer Tür verabschiedeten sie sich voneinander. In ihrer Kammer kroch sie mit dem Buch ins Bett, das Dernhil ihr geschenkt hatte. Sie brauchte eine ganze Weile, um den Titel des Gedichts zu entziffern, das sie zu lesen versuchte. Es hieß: *Für Clavila.*

Mit einem Mal wurde sie zu traurig, um sich mit Buchstaben herumzuschlagen. Behutsam legte sie das Buch auf eine Ablage. Sie würde es morgen Abend lesen.

Vor dem Mittagessen am nächsten Tag traf Cadvan Maerad trübsinnig auf ihrem Bett sitzend an. Sie hatte den Geräuschen der Schule gelauscht: dem fernen Stimmen von Instrumenten, den Rufen der

Schüler und Barden andernorts im Haus, dem Prasseln des Regens. Heute erschien der Gedanke, Inneil zu verlassen, um sich auf eine ungewisse, unbehagliche Reise zu begeben, noch dazu aus Gründen, die sie nicht völlig verstand, wesentlich weniger aufregend als zuvor.

»Regen!«, rief Cadvan aus und trat ans Fenster. »Hoffen wir, dass er nicht nachlässt. Mir scheint«, fügte er hinzu und spähte mit verkniffenen Augen durch die beschlagenen Scheiben, »das könnte ein Dauerregen werden.«

»Wohl kaum das beste Wetter zum Reiten«, meinte Maerad ein wenig trotzig.

»Umso geringer ist die Gefahr, dass jemand denkt, wir könnten heute Nacht aufbrechen, oder dass gar jemand unseren Weg kreuzt«, hielt Cadvan dem entgegen. Er wirkte fröhlicher als seit Tagen. »Mit ein bisschen Glück wird wenigstens ein paar Tage lang niemand wissen, ob wir noch hier sind oder nicht.«

»Möglich«, räumte Maerad ein. »Obwohl mir nicht klar ist, was das für einen Unterschied macht.«

»Vielleicht gar keinen. Vielleicht einen gewaltigen.« Rastlos lief er im Zimmer auf und ab. »Wir sollten nach unseren Pferde sehen«, schlug er vor. »Und wolltest du heute nicht noch einmal bei Dernhil vorbeischauen? Wir können gleich beides zusammen erledigen.«

Sie schlüpften in schwere Mäntel und bahnten sich den Weg zu den Stallungen. Imi wieherte zum Gruß, als sie Maerad und Cadvan erblickte, und Maerads Stimmung besserte sich ein wenig. Sie hatte ihre Stute bereits ins Herz geschlossen. Cadvans Pferd war ein großer, schwarzer Hengst namens Darsor. Maerad hatte noch nie ein so stolzes und mächtiges Tier gesehen. »Auf meinen Ruf hin ist er gestern aus dem Süden von Annar eingetroffen«, erklärte Cadvan. »Er entstammt derselben Rasse wie Lanorgrim. Er ist damit einverstanden, mir als Reittier zu dienen; ich befehlige ihn nicht. Er ist mein Freund.«

»Er sieht aus, als lechzte er nach Ertüchtigung, nicht, als hätte er eben erst eine lange Reise hinter sich«, wunderte Maerad sich. »Was soll das heißen, Ihr habt ihn gerufen?«

»Ein Freund hört immer«, gab Cadvan geheimnisvoll zurück. »Und das ist Imi? Indik hat eine gute Wahl getroffen; sie scheint tadellos zu dir zu passen.« Er richtete ein paar Worte in der Hohen Sprache an die Stute, woraufhin sie schnaubte und mit dem Huf über den Boden schabte. Er lachte.

»Eine stolze und eigenwillige Stute, genau wie ihre Reiterin«, schmunzelte er und drehte sich Maerad zu. »Sie lässt sich selbst von Darsor, einem Fürsten unter den Pferden, nicht einschüchtern. Ich wollte von ihr wissen, ob sie denkt, mit uns mithalten zu können, und sie ist beleidigt, weil ich so etwas überhaupt zu fragen wage.« Er tätschelte Imis Hals.

Nachdem sie die Ställe verlassen hatten, vereinbarten sie, sich zum Fest im Musikzimmer in Malgorns und Silvias Haus zu treffen. Anschließend begab Cadvan sich zum Musikhaus. Maerad lenkte die Schritte indes zum letzten Mal zur Bibliothek, um Dernhil aufzusuchen.

Wie immer hielt Dernhil sich in seiner Kammer auf. Maerad hegte bisweilen den Verdacht, dass er dort sogar schlief; sie stellte sich vor, wie er über den Büchern einnickte, während das Feuer im Kamin herunterbrannte und ihm der Federhalter aus der schlaffen Hand glitt. Er schaute auf, als sie eintrat. »Maerad! Ich bin froh, dass du gekommen bist. Setz dich.«

Maerad zog sich ihren üblichen Stuhl heran, verfrachtete die bereits darauf abgelegten Bücher auf den Boden und nahm neben Dernhil Platz. Er kramte auf seinem Schreibtisch nach etwas.

»Ich habe da etwas, von dem ich dachte, ich sollte es dir geben«, erklärte er. »Es ist hier irgendwo ... ah ja, hier.« Er zog ein Stück Pergament aus einem Stapel Bücher hervor und glättete es auf dem Tisch. Es sah sehr alt aus, wirkte vor Verschleiß beinahe durchscheinend, und die Tinte war an einigen Stellen fast bis zur Unkenntlichkeit verblasst. Einige der Buchstaben erkannte Maerad zwar, doch der Text war in einer sonderbaren Handschrift verfasst, und sie konnte keines der Worte entziffern.

»Ich bin unlängst darauf gestoßen, als ich eigentlich nach etwas anderem suchte«, erklärte Dernhil. »Es befand sich zwischen Papieren und Resten, denen außer mir wohl niemand besondere Bedeutung beimessen würde, lauter alte Balladen und Listen und dergleichen. Ich glaube kaum, dass es jemand vermissen wird, und dir könnte es vielleicht nützlich sein. Außerdem halte ich es für besser, wenn es aus der Bibliothek verschwindet, wo die falschen Augen es sehen könnten.«

»Was heißt das?«, fragte Maerad.

»Tut mir leid, ich hatte vergessen, dass du es noch nicht ganz lesen kannst«, sagte Dernhil. »Es ist ein eigenartiges Dokument, verfasst in der Sprache der Mittleren Jahre, etwa dreihundert Jahre, nachdem Maninaë das Königreich Annar wiederhergestellt hatte. Auf den ersten Blick nimmt es sich wie blanker Unfug aus, aber ich bin mir nicht sicher ...«

»Könnt Ihr es mir vorlesen?« Dernhil musterte Maerad belustigt. Wie sie dort auf dem Stuhlrand kauerte, die Beine vor Ungeduld zappelnd, wirkte sie wie ein zehnjähriges Kind.

»Na schön. Es heißt in etwa: *Ich, Lanorgil von Pellinor, halte hiermit meinen Traum fest, auf dass die Nachwelt davon wisse, wenn ich einst durch die Tore in den Offenen Kreis geschritten bin.* Lanorgil war zu seiner Zeit als Seher berühmt, weshalb mir der Text überhaupt erst aufgefallen ist. Es ist seltsam, dass ich darüber gestolpert bin, zumal die Bibliothek von Inneil zu Recht für ihre Ausmaße berühmt ist und niemand, der noch am Leben ist, je alles darin gelesen hat.«

Maerad rutschte ungeduldig auf dem Stuhl hin und her.

»Wie auch immer, so geht es weiter: *Ein Nebel verhüllt den klaren Fluss, ein Nebel, den niemandes Auge zu fassen vermag, ein Nebel, der die Tapferen verwirrt und die* ... ich glaube ... *die Kleinmütigen niederschmettert und vor Furcht erzittern lässt.*« Mit einem jähen Anflug von Angst dachte Maerad an ihren eigenen Traum zurück. »*Finsternis und Verzweiflung herrscht allerorts: Fäulnis bedrängt die Herrschaftssitze von Annar, und jene, die dem Licht wahrhaftig folgen, werden in Schatten geschleudert. Haltet Ausschau nach einer, die der Sprache ungewahr aus den Bergen kommt: einer Bardin, ungeschult und doch von dieser Schule. Suchet und behütet die Feuerlilie, die vom Schicksal Ausersehene, die an finsteren Orten umso strahlender erblüht und lange in Dunkelheit geschlafen hat; aus einer solchen Wurzel wird die Weiße Flamme neu ersprießen, wenn ihre Saat im Herzen vergiftet scheint. Nehmet die Zeichen wahr und seid nicht blind! Im Namen des Lichts und zugunsten der Sprache, deren Ursprünge im Baumlied liegen, das alles nährt. So sprachen die Stimmen des Traumes von Lanorgil an diesem Dhortag, dem Siebten des Monats Luminil im Jahr 316 des Kalenders von Annaren.*

Damit wäre das Dokument rund sechshundert Jahre alt.« Dernhil sah Maerad an. »Es scheint Unsinn zu sein. *Eine, die der Sprache ungewahr aus den Bergen kommt, ungeschult und doch von dieser Schule.*« Seine Augen ruhten auf Maerads Brosche. »Eine eigenartige Wortwahl: *die Feuerlilie.* Offensichtlich nimmt er damit auf Pellinor Bezug, obwohl man Pellinor in der Regel mit einer anderen Lilienart in Verbindung bringt, dem Aronkelch ...« Seine Stimme verlor sich. Offenbar verfolgte er einen Gedanken, und Maerad wartete geduldig. »Du scheinst in dieses Rätsel zu passen«, meinte er und schaute auf. »Das würde auch Cadvans Verhalten erklären ... er ist in uralten Überlieferungen sehr bewandert und weiß vieles, das vergessen wurde.«

»Ich ... ich weiß es nicht«, stammelte Maerad. »Mir gegenüber hat er nicht viel darüber gesagt.«

Dernhil wirkte leicht enttäuscht. »Na ja, vielleicht gibst du ihm einfach dieses Schriftstück«, schlug er vor. »Zweifellos war es kein Zufall, dass ich es ausgerechnet jetzt gefunden habe; es heißt, das Licht rege sich, wenn es nötig ist. Mich hat der Text an all die Lieder über die vom Schicksal Ausersehene erinnert. Sie werden zwar nicht mehr gesungen, aber nicht jeder hat sie deshalb vergessen.«

»Die vom Schicksal Ausersehene?« Der kleine Knoten der Furcht in Maerads Brust weitete sich aus. Plötzlich wünschte sie, Dernhil hätte das Pergament nicht gefunden, und sie verspürte den jähen Drang, es zu zerreißen. »Was bedeutet das? Oder vielmehr, was kann das mit mir zu tun haben?«

»Das ist schwierig zu sagen«, meinte Dernhil und musterte sie unangenehm eindringlich. »Sprich jedenfalls mit niemandem darüber außer Cadvan. Ich denke, allmählich beginne ich ein wenig zu verstehen.« Seine Miene wirkte besorgt. »Mir graut bei der Vorstellung, dass du so jung und ungeschult über weites, gefährliches Land reisen musst«, fuhr er fort. »Aber es könnte sein, dass du nirgends sicher wärst und nirgends weniger als hier, wo einige erahnen könnten, dass du mehr als ein Quell für belanglosen Klatsch bist. Möge das Licht dich beschützen!«

Eine kurze, etwas betretene Pause entstand. Maerad wusste nicht, was sie sagen sollte. Aus Gründen, die sie nicht verstand, schien Dernhil bekümmert zu sein. Sie ergriff seine Hand.

»Ich glaube, bei Cadvan werde ich sicherer sein als bei jedem anderen«, sagte sie leise.

Dernhil schlang beide Hände um ihre Hand und drückte sie. »Das glaube ich auch«, pflichtete er ihr bei. »Trotzdem wünschte ich, die Dinge wären anders, sodass du hierbleiben könntest, geliebt, wie du es werden solltest.« Damit küsste er ihre Hand, dann, urplötzlich, zog er sie in seine Arme und küsste sie auf den Mund.

In Maerads Kopf brüllte eine Stimme *Nein!*, doch sie brachte keinen Mucks hervor. Den Bruchteil eines Lidschlags verging sie regelrecht vor Grauen: Eine Erinnerung stürmte auf sie ein – heißer Atem auf ihrer Haut, grobe Hände, die ihren Leib misshandelten, das derbe Keuchen eines erregten Mannes ... Wie eine Schlange entwand sie sich seinen Armen, schlug wild mit den Fäusten um sich und blieb nach Luft ringend vor ihm stehen, die Hände zum Fluch erhoben, die Augen funkelnd. Sie sah, dass der Mund des Mannes blutete. Erst da kam sie zur Besinnung: Dies war *Dernhil*, nicht Burk, jener Grobian, der versucht hatte, sie in Gilmans Feste zu schänden; und Dernhil hatte sie nur geküsst. Vor Scham und Verwirrung sprachlos ließ sie die Arme sinken und wandte sich ab. Dernhil bedeckte mit der Hand die Augen.

»Es tut mir leid«, flüsterte Maerad. Ihr wurde bewusst, dass sie heftig zitterte. Dernhil rührte sich und schaute auf.

»Nicht dir sollte es leid tun, Maerad«, sagte er. Zu ihrem Unbehagen schimmerten Tränen in seinen Augen. »Ich schäme mich; ich fürchte, ich habe mich vergessen. Manchmal ist es schwierig, sich daran zu erinnern, dass du noch so jung bist und dein Leben bisher so grausam verlaufen ist. Vielleicht begegnen wir uns wieder, und vielleicht verstehst du bis dahin die Wege des Herzens. Du solltest jetzt gehen. Vergiss das Pergament nicht! Möge das Licht deinen Pfad immerdar erhellen!«

»Und den Euren ebenso«, murmelte Maerad hastig und ergriff das Pergament vom Tisch, an dem Dernhil regungslos saß, die Augen hinter der Hand verborgen. Mit pochendem Herzen und flinken Schritten verließ sie die Kammer, ohne noch einmal zurückzublicken.

Maerad rannte durch den Regen, der mittlerweile in einen steten Dauerguss übergegangen war. Sie nahm ihn kaum wahr. Cadvan hatte sie zwar wegen Dernhils Zuneigung zu ihr gehänselt, doch sie hatte ihm nicht geglaubt. Hatte sie vielleicht etwas falsch gemacht? Oder etwas Irreführendes gesagt?

In ihrer Kammer warf sie sich aufs Bett. Eine jeder Vernunft widersprechende Panik erfüllte sie. In Gilmans Feste hatte sie einen Großteil ihrer Zeit damit verbracht, sich den Annäherungsversuchen von Gilmans Grobianen und der männlichen Sklaven zu entziehen; Vergewaltigung hatte dort auf der Tagesordnung gestanden. Sie selbst hatte ein solches Los nur durch äußerste Arglist und Vorsicht vermieden und aufgrund der Wirkung ihrer Flüche. Es hatte zwar einen furchterregenden Zwischenfall mit Burk gegeben – die Erinnerung daran ließ sie nach wie vor erschaudern –, aber danach hatte es niemand mehr versucht. Burk war danach drei Tage lang blind gewesen und hatte wochenlang Furunkel gehabt, und niemand hatte gewagt, Maerad zu bestrafen ... Der einzige Mann, dem sie in Gilmans Feste vertraut hatte, war Mirlad gewesen, und selbst ihm gegenüber war sie stets auf der Hut gewesen; ansonsten hatte sie die Aufmerksamkeit jeden Mannes, so unscheinbar sie auch gewesen sein mochte, als etwas empfunden, das es zu fürchten und zu vermeiden galt.

Maerad wusste, dass Dernhil jenen Männern in keinerlei Hinsicht ähnelte, dennoch konnte sie sich nicht beruhigen. Sie holte das Pergament hervor, das er ihr gegeben hatte, und betrachtete es eingehend. Die Schrift war so gebrochen, so sonderbar, und sie steckte voller Worte, die sie nicht entschlüsseln konnte. Maerad war außerstande, dem Dokument einen Sinn zu entlocken. Sie schob es unter ihr Kissen, legte sich hin und starrte an die Decke. Ihre Gefühle wegen Dernhil waren mit der seltsamen Angst vermengt, die das Pergament in ihr wachgerüttelt hatte.

Etwa eine Stunde später klopfte Silvia an die Tür und erkundigte sich, ob sie beim Ankleiden für das Fest an jenem Abend Hilfe brauchte. »Geht es dir gut, Maerad?«, fragte sie gleich darauf voll Sorge.

»Alles in Ordnung«, antwortete Maerad und schaute mit kläglichem Blick zu ihr auf.

»Was ist geschehen? Hat jemand etwas gesagt? Oder bist du wegen der bevorstehenden Abreise besorgt?«

Silvia brauchte nicht lange, um Maerad eine Schilderung ihrer Begegnung mit Dernhil zu entlocken. Maerad berichtete ihr stockend davon, fast gelähmt vor Scham. Das Pergament erwähnte sie nicht, zumal Dernhil sie aufgefordert hatte, es vor allen anderen außer Cadvan geheim zu halten. Während Silvia sich das Gehörte durch den Kopf gehen ließ, entstand eine lange Pause.

»Schau, Maerad, zwischen Barden sind einige Dinge nicht ganz so wie unter den meisten anderen Menschen«, begann sie. »Das liegt teils daran, dass wir so lange leben ...« Sie setzte wieder ab. »Etwas, das Barden lernen und über allem anderen achten, ist Weisheit in Herzensangelegenheiten. Sie trachten danach zu verstehen, was genau sie lieben. Dernhil ist … nun ja, sehr leidenschaftlich. Ich finde, er hat sich nicht so weise verhalten, wie es angemessen gewesen wäre. Ihm würde der Gedanke widerstreben, dass er dich dermaßen in Aufregung versetzt hat.« Eine Weile schwieg sie. »Warum macht dir das so zu schaffen?«

»Habe ich etwas falsch gemacht?« Sie konnte Silvia nicht mitteilen, welche Angst ihr jener Ausdruck in Dernhils Gesicht eingejagt hatte; Silvia hätte es nicht verstanden.

»Nein, Liebes, wie könntest du etwas falsch gemacht haben?« Sie tätschelte Maerads Hand. »Ich bezweifle, dass er der Letzte bleiben wird. Aber was empfindest *du*?«

Überrascht dachte Maerad über die Frage nach. »Für Dernhil? Ich weiß es nicht«, antwortete sie. »Ich meine, ich mag Dernhil sehr, er war ausgesprochen nett zu mir, aber ich betrachte ihn als … na ja, als einen Freund.«

»Das ist er auch, und das wird er bleiben«, pflichtete Silvia ihr voll Überzeugung bei. Sie schlang einen Arm um Maerad und zog sie dicht an sich. »Mach dir keine Sorgen. Dernhil ist ein erwachsener Mann und wird dir seine Gefühle nicht zum Vorwurf machen. Für Liebe braucht man sich nicht zu schämen: Sie ist ein Zeichen für ein großmütiges Herz, und Schmerz ist der Preis für eine offene Seele. Er weiß das. Jedenfalls«, sagte sie und verlieh dem Gespräch damit eine Wende, »hat Dernhil mich gebeten, dir das hier zu geben.« Sie reichte Maerad eine mit Wachs versiegelte Schriftrolle. »Er erschien mir recht bedrückt; jetzt ist mir klar weshalb. Darf ich ihm von unserer Unterhaltung erzählen?«

Maerad schüttelte den Kopf. »Sagt ihm nur, dass alles wieder gut ist«, bat sie.

»Dann komme ich später wieder.« Damit verließ Silvia die Kammer.

Zweifelnd betrachtete Maerad das neue Pergament. Nach einer Weile brach sie zögerlich das Wachssiegel und rollte das Schriftstück aus. In Dernhils klarer, fester Handschrift stand ein Gedicht darauf geschrieben, das sie langsam entzifferte.

Von Schönheit betört zertrampelte ich
ein Meer von Blüten.
Untröstlich der weinende Himmel!

Darunter hatte Dernhil hinzugefügt: *Maerad, ich entschuldige mich aufrichtig für meine Torheit. Dein unverbrüchlicher Freund Dernhil.* Sie betrachtete das Pergament eine lange Weile. Dabei beschlich sie verstohlen ein warmes, ihr neues Gefühl. Sie überlegte, ob sie auf die Botschaft antworten sollte. *Natürlich,* dachte sie. *Vielleicht wird aus der Geschichte, wie ich ihm die Lippe blutig geschlagen habe, eines Tages ein Witz, so wie aus seinem Wettstreit mit Cadvan …* Sie ging zum Tisch, holte etwas von dem Papier hervor, das Dernhil ihr gegeben hatte, und kritzelte mühsam: *Danke, Dernhil. Von deiner Freundin Maerad.* Sie würde Silvia später bitten, die Nachricht zuzustellen.

Dann fiel ihr erschrocken ein, wie spät es bereits war, und sie begab sich zum letzten Mal ins Badezimmer, ihrem Lieblingsraum im Haus. Sie hatte täglich gebadet, sich an dem warmen Wasser, den Ölen und dem Gefühl des Wohlbehagens ergötzt, das ihr beides verlieh. Sie ließ sich noch länger als sonst Zeit, und als sie in ihre Kammer zurückkehrte, erwartete Silvia sie bereits in Prunkgewändern.

Das Ankleiden schien beinahe ein Ritual, obwohl sie es zuvor erst einmal gemacht hatten und es sich diesmal als gänzlich anders erwies. Maerad empfand ob der feinen Sachen keine Verlegenheit und zog sich das Kleid selbst an, wenngleich Silvia ihr bei einigen Knöpfen am Rücken half. Während Silvia ihr das Haar kämmte und hochsteckte, saß sie vor dem Spiegel und stellte fest, dass die beim Kampf gegen die Werwesen erlittene Verletzung auf der Stirn inzwischen völlig verheilt war. Zurückgeblieben war nur eine hauchdünne weiße Linie in der Nähe des Haaransatzes. Wohlig lehnte sie sich an Silvia und seufzte.

»Ich werde dich vermissen, Maerad«, gestand Silvia, als sie aufstand. »Das Wagnis bei jeder Freundschaft ist leider ein wenig Kummer. Du hast bewirkt, dass ich mich an viele Dinge erinnerte, die ich liebe, aber die nicht mehr da sind. Das hat mir sowohl Freude als auch Schmerz bereitet, und dafür danke ich dir.« Sie holte ein kleines Päckchen aus einer Brusttasche hervor und überreichte es Maerad. »Ich wollte dir etwas schenken, das dich an mich erinnern soll. Es hat meiner Tochter Clavila gehört, und jetzt sollst du es haben.«

Sprachlos wickelte Maerad das Päckchen aus. Darin befand sich ein weißer Stein wie der, den Silvia an der Hand trug. Er hing an einer zierlichen Goldkette. »Das ist ein Stein, den wir Sternenwasser nennen, *Dhillian.* Er ist dem Licht teuer und besitzt bestimmte Tugenden«, erklärte Silvia. »Vielleicht vermag er, dir an einem dunklen Ort Heil zu verschaffen.« Sie hängte ihn Maerad um den Hals. Maerad betrachtete sich im Spiegel. »Und an einem hellen Ort ziert er dich natürlich.« Sie küsste Maerad auf die Wange.

Maerad drehte sich um und umarmte Silvia fast verzweifelt, als wäre sie noch ein kleines Kind. Sie hielt sie fest, atmete ihren Duft ein, der eine wohlriechende Mischung aus Milch, Mandeln und Lavendel war. Schließlich küsste Silvia sie auf den Kopf und meinte: »Wir sollten jetzt hinuntergehen.«

»Danke, Silvia«, murmelte Maerad in ihr Kleid. »Vielen, vielen Dank, für alles; für alles, was Ihr mir gegeben habt. Ich wünschte, ich könnte Euch auch etwas schenken.«

»Das hast du bereits«, entgegnete Silvia. »Lass uns jetzt gehen.«

Malgorn und Cadvan warteten im Musikzimmer, und zusammen begaben sie sich zur Großen Halle zum Fest. Silvia und Malgorn trennten sich am Eingang von ihnen, weil Malgorn in Orons Abwesenheit den Obersten Barden verkörperte. Maerad sah sich rasch nach Dernhil um, stellte jedoch teils erleichtert, teils enttäuscht fest, dass er nicht anwesend zu sein schien. Der Saal war wie beim letzten Anlass geschmückt, dennoch vermeinte Maerad eine andere Stimmung als damals wahrzunehmen. Zunächst dachte sie, es läge vielleicht an ihrer eigenen getrübten Laune, aber als sie es Cadvan gegenüber erwähnte, pflichtete er ihr bei.

»Ja, über den Barden liegt ein Schatten«, bestätigte er. »Nach einer Woche voll Unterredungen sind lediglich unsere unterschiedlichen Auffassungen zum Vorschein gekommen. Einig sind wir uns nur darin, dass etwas nicht stimmt. Es gibt zu viele Beweise, um das zu verleugnen oder als Teil eines natürlichen Kreislaufs abzutun, obwohl es noch immer einige gibt, die genau das versuchen. Aber selbst diejenigen, die guten Willens sind, können sich nicht darauf einigen, was zu tun ist, oder auch nur erklären, worin das Übel eigentlich besteht.«

»Ich war noch nie bei einem Konklave, der sich als so unschlüssig erwiesen hat«, bekräftigte Saliman, der wieder bei ihnen saß. »Ich denke, das ist an sich schon ein Anzeichen für das Übel. Und ich dachte, ich käme in den Norden, um Hilfe zu finden!« Er schüttelte den Kopf. »Weißt du, Cadvan, ich glaube, im Süden stehen wir den

Wegen und den Bedürfnissen des Lichtes näher. Mein Volk ist treu und aufrecht: Wir zerlegen die Sprache nicht in ihre Buchstaben und vergessen darüber ihre Gesinnung, wie es manche hier tun. Einige im Norden haben vergessen, was das Bardentum bedeutet. Natürlich nicht in Inneil«, fügte er hinzu. »Oron ist eine große Bardin, und in dieser Schule hier ist das Licht stark und lebendig. Aber was diejenigen aus Ettinor, Desor und einige andere meinen, missfällt mir. Sie kommen voll Klagen und gehen voll Zorn.« Er blickte über die Schulter zu Helgar und Usted, die an einem anderen Tisch saßen und miteinander tuschelten.

»Du hast recht, Saliman«, pflichtete Cadvan ihm bei. »Das zeigt uns ebenso sehr wie alles andere auf, dass die Welt aus den Fugen geraten ist.«

»Warum begleitest du mich nicht in den Süden, Cadvan?«, fragte Saliman. »Wir brauchen deinesgleichen. In Dén Raven scharen sich Streitkräfte, und mein Volk rüstet sich gegen die Schwarzen Hexer. Wir sind wenigstens bereit zu kämpfen.«

»Ich kann nicht«, antwortete Cadvan. »Zumindest noch nicht. Ich habe andere Pflichten, die mich nach Westen führen.«

»Und nicht alle davon sind so belastend«, meinte Saliman lächelnd mit einem Blick auf Maerad. »Wie kommst du mit dem Unterricht voran?«, erkundigte er sich bei ihr.

Das Gespräch wandte sich allgemeineren Belangen zu, und bald unterhielt Saliman Maerad mit Geschichten über Turbansk, die große Stadt im Süden, die seine Heimat darstellte. »Die Sonne wärmt dort alles. Diesen frostigen Nieselregen hier kennen wir nicht«, schilderte er. »Ich wünschte, du könntest den Ort sehen! Die Türme gleichen Lilien aus Stein und beherbergen von kühlenden Weinranken gesäumte Höfe, auf denen man sitzen, den Springbrunnen lauschen und Trauben naschen kann. Und dann die Straßen, all die bunte Seide, die Verkaufsbuden, der Blumenmarkt ...« Seine Stimme füllte sich mit Sehnsucht. »Wenn man auf den Mauern des Roten Turmes sitzt, die lotrecht in die silbrigen Wasser des Lamarsan-Meeres hinabfallen, den Sonnenuntergang beobachtet, den Rufen der Obsthändler, der Vögel und der Affen lauscht, die sich allesamt nach und nach zur Ruhe begeben ... etwas Schöneres gibt es auf der ganzen Welt nicht.«

»Vielleicht komme ich ja eines Tages dorthin«, meinte Maerad.

»Ich fasse das als Versprechen auf!«, rief Saliman aus. »Dann zeige ich dir die Allheiligen, die großen Höhlen, in denen mein Volk seit Tausenden von Jahren dem Licht huldigt. Der Lamar ergießt sich dort als zartes Rinnsal in einen geheiligten Tümpel, der im Mondlicht funkelt wie ein Schleier aus Diamanten. Du wirst staunen. Nicht wahr, Cadvan?«

»Jeder, der Augen im Kopf hat, wäre erstaunt«, bestätigte Cadvan lächelnd. »Ich habe noch nichts gesehen, was dem gleichkommt.«

»Ich habe Heimweh«, gestand Saliman unnötigerweise, zumal es mehr als offenkundig war. »Ich war von jeher rastlos, daher ist das ein ganz neues Gefühl für mich. Ich denke, ich habe nicht genug Zeit zu Hause verbracht. Wenn Schatten drohen, ist es wohl so, dass sich unsere Herzen der Heimat und denjenigen zuwenden, die wir lieben.«

»Kehrt Ihr jetzt nach Hause zurück?«, wollte Maerad wissen.

»Leider nein. Ich muss zuerst nach Norloch. Vielleicht finde ich dort, was ich suche, wenngleich mein Herz mich ahnen lässt, dass dem nicht so sein wird. Eine lange, freudlose Reise, obwohl es lange her ist, seit ich Nelac zuletzt gesehen habe, und ich ihn vermisse. Nelac war mein und Cadvans Lehrmeister«, verriet er. »Hat er ihn dir gegenüber schon mal erwähnt? Ein großer Barde, aber selbst große Barden altern, und wir bräuchten mehr wie ihn. Mir missfällt alles, was ich darüber höre, wie es in diesem Land zugeht. Alles, was gut und erbaulich ist, scheint zu welken.«

»Solche Niedergeschlagenheit sieht dir gar nicht ähnlich«, meinte Cadvan. »Wann reist du ab?«

»In etwa einer Woche, denke ich«, erwiderte Saliman. »Ich ertappe mich dabei, dass es mir widerstrebt, diese herrliche Zuflucht zu verlassen. Die wohl noch herrlicher wird, wenn diejenigen fort sind, die mich wegen meiner Hautfarbe herabwürdigen.« Maerad wusste, dass er sich damit auf Helgar, Usted und einige andere bezog. »Ich hatte noch nicht einmal Zeit für ein ausführliches Gespräch mit Oron. Ich hoffe, die Gelegenheit ergibt sich noch, bevor ich von hier aufbreche.«

In jener Nacht bestieg Cadvan das Podium nicht. Maerad lauschte stattdessen den anderen Barden, die Lieder des Abschieds zum Besten gaben. Ihr Gefühl drohenden Unheils vermochte nicht, ihr die Freude an der Musik zu trüben, und sie ging so darin auf, dass sie zusammenzuckte, als Cadvan ihr mitteilte, dass es Zeit sei zu gehen.

Gemeinsam verabschiedeten sie sich von Saliman, dann bahnten sie sich einen Weg zum Ehrentisch, an dem Malgorn und Silvia saßen.

»Wir kommen auch«, sagte Silvia. »Allmählich werde ich müde.«

Schweigend gingen sie zurück zu Silvias und Malgorns Haus, wo Cadvan und Maerad sich umzogen und in ihre Reisekluft schlüpften. Maerad schälte sich aus den Prunkgewändern und streifte stattdessen die Strickweste und die Lederhose über, die Silvia für sie bereitgelegt hatte. Darüber legte sie einen schweren, dunkelblauen Mantel um. Den Edelstein, den Silvia ihr geschenkt hatte, behielt sie unter den Kleidern verborgen um den Hals. Das Kettenhemd und den Helm verstaute sie in ihrem Bündel. Bedauernd faltete sie das scharlachrote Kleid und legte es in die Truhe. Vermutlich würde einige Zeit verstreichen, ehe sie wieder solch feine Kleider tragen würde. Nach einem letzten kurzen Blick durch das Zimmer ergriff sie ihr Bündel und ging die Treppe hinab.

»Jetzt sind wir richtige Reisende«, stellte Cadvan fest. Er präsentierte sich wieder in jenen Gewändern, an die sie sich noch von ihrer ersten Begegnung erinnerte, abgewetzt und von unzähligen Wanderungen gezeichnet, nun jedoch sauber und geflickt. »Aber unter freiem Himmel lagern wir erst, nachdem wir das Tal von Inneil hinter uns gelassen haben. Hier gibt es ein paar wunderbare Herbergen, die links liegen zu lassen einem Verbrechen gleichkäme!«

Erleichtert lächelte Maerad; ihr hatte vor dem Gedanken gegraut, bei diesem Wetter im Freien schlafen zu müssen. Cadvan hielt ihr ein kleines Glas mit süßem Wein hin. »Wir müssen den Abschiedskelch trinken.« Er erhob das Glas auf Malgorn und Silvia. »Friede über euer Haus und alle, die darin wohnen«, sagte er.

»Und möge das Licht eurer Reise ein sicheres Ende bescheren«, erwiderte Malgorn. Dann tranken sie den Wein. Anschließend umarmten Cadvan und Maerad Silvia zum Abschied. Malgorn würde sie ein Stück begleiten, um ihnen einen abgeschiedenen Weg aus der Schule zu zeigen.

»Lass dir von ihm bloß nicht wieder alle Vorräte wegfuttern«, meinte Silvia zu Maerad und lächelte traurig. »Du musst immer noch ordentlich Fleisch auf die Rippen bekommen.«

»Nun aber mal langsam«, meldete Cadvan sich zu Wort. »Ich kann ihr das Essen ja wohl kaum die Kehle hinunterstopfen!«

»Lebt wohl!«, rief Silvia, als sie allein an der Tür stand und ihnen nachschaute, bis sie vollends in der Dunkelheit verschwanden.

Raschen Schrittes liefen sie durch die nächtlichen Straßen von Inneil zu den Stallungen, wobei sie ihre Mäntel eng um sich zogen, um die Kälte abzuhalten. Es begann wieder zu regnen, zunächst als leichter Schauer, der jedoch allmählich anschwoll. Ihre Schritte hallten von den schwarzen Wänden der Häuser wider. Regentropfen prasselten glitzernd wie Funken kalten Lichts auf das nasse Kopfsteinpflaster. Als sie ein paar Barden erspähten, die vom Fest nach Hause zockelten, zogen sie sich in Eingangsnischen zurück und bedeckten die Gesichter mit ihren Kapuzen. Abgesehen von jenem Zwischenfall begegneten sie niemandem und gelangten unbemerkt an ihr Ziel.

Maerad fühlte sich bereits vom Leben Inneils ausgeschlossen. Noch vor zehn Minuten war sie ein Teil davon gewesen, ein leuchtender Faden in einem verschlungenen Geflecht. Nun lastete Traurigkeit auf ihren Schultern. Würde sie je wieder hierherkommen? Hier hatte sie sich behaglich und beschützt gefühlt. Vor ihr lagen Ungemach und Hast, sichere Gefahr und ein unsicheres Los. Aber die verschwommene Furcht, die sich in ihr regte, beschwor eine sich dagegen auflehnende Entschlossenheit herauf; Maerad vermochte nicht in Worte zu fassen, weshalb sie Inneil verlassen sollte, doch in einem tief verborgenen Teil ihres Geistes war sie überzeugt davon, dass sie keine andere Wahl hatte.

Cadvan half Maerad, ihr Bündel am Sattel festzuzurren, dann folgten sie Malgorn mit den Pferden an der Hand durch dunkle, schmale Gassen, bis sie die Mauer der Schule erreichten. Malgorn führte sie zu einem kleinen, schwer verriegelten Eisentor, das mit Müh und Not groß genug für die Pferde zu sein schien. Er holte einen Schlüssel hervor und öffnete geräuschlos das Tor. Nach einer letzten, hastigen Umarmung schritten sie hindurch. Mit einem gedämpften Pochen schloss das Tor sich hinter ihnen.

Maerad hörte, wie der Schlüssel sich im Schloss drehte und die Bolzen einschnappten, dann vernahm sie nur noch das schwere Prasseln des Regens.

Dritter Teil
Rachida

Und auf dem eisigen Thron erwacht'
ein König aus dem Zauberschlaf,
von frühlingshaftem Bild erfüllt,
und sah im Glanz erstrahlen
eine Gestalt so leuchtend schön,
dass von dem starren Aug der Reif
wie Tränen schmolz, die Kette fiel
nach langer Knechtschaft Qualen.

Es trennte sie ein Wall aus Eis,
von Winterland umringt, doch sah
ein jeder in des anderen Blick
das Licht des Sommers scheinen.
Da brach mit Krachen laut der Frost,
und in des Sterblichen Arm versank
die Mondmaid, um ihr ewiges Licht
mit Schatten zu vereinen.

Aus *Die Ballade von Ardina und Ardhor*

Elftes Kapitel
Der Gau von Inneil

In fast völliger Finsternis ritten sie durch die Nacht. Durch die dichten Wolken drang nur wenig Mondlicht, ihren Weg zu erhellen. Alles, was Maerad erkennen konnte, war Cadvans dunkle Gestalt, der tiefschwarze Schatten der Bäume zu beiden Seiten und der fahle Schimmer der Straße vor ihnen. Imi erwies sich als trittsicher und stolperte nie. Nach einer Stunde ließ der Regen nach, und bald darauf erreichten sie eine Weggabelung. Cadvan schlug den Pfad nach Westen ein, dem sie eine weitere Stunde folgten, bis die dumpfen Geräusche der Hufe auf dem Feldweg dem durchdringenderen Klappern auf Kopfsteinpflaster wichen. Aus der Düsternis tauchten die Umrisse von Häusern auf.

Cadvan zog die Zügel an, sodass Merad zu ihm aufschloss, und deutete auf eines der Gebäude.

»Wir sind jetzt in Stormont. Das ist das *Karo,* eine der besten Herbergen im Tal von Inneil. Es ist wirklich sehr gemütlich dort, und Grall öffnet späten Reisenden durchaus die Tür.«

Maerad war vor Kälte und Müdigkeit wie betäubt und dankbar für eine Pause vom Regen. Es dauerte nicht lange, bis Cadvan den Herbergswirt geweckt hatte, der Maerad neugierig beäugte, aber sie freundlich eintreten ließ. Nachdem er ihre Pferde untergestellt hatte, zeigte er ihnen zwei kleine Kammern mit niedrigem Gebälk, die über ein Gemach mit einem gemütlichen Kamin miteinander verbunden waren, in dem er hastig ein Feuer anzündete.

»Ich bitte um Vergebung, aber zum Abendessen kommt Ihr um einige Stunden zu spät«, erklärte der Herbergswirt. »Ihr habt Glück, dass Ihr heute Nacht eingetroffen seid. Ab morgen bin ich durch die Barden völlig ausgebucht.«

»Ich wäre Euch dankbar, wenn Ihr Stillschweigen über unseren Besuch bewahren könntet«, sagte Cadvan. »Einige sind für meinen Geschmack ein wenig zu neugierig.«

Grall bedachte Maerad mit einem Seitenblick und legte einen Finger an die Nase. »Geheimnisse sind bei mir sicher«, beteuerte er verschwörerisch. »Wie Ihr sehr wohl wisst, Herr Cadvan. Darf ich Euch etwas Gewürzwein bringen? Und für die junge Dame? Ihr seht halb erfroren aus.«

Geschäftig eilte er hinaus, und Maerad brach in ein Kichern aus. Cadvan warf seinen Mantel auf einen Stuhl und beugte sich zum Feuer vor.

»Vielleicht ist es gar nicht schlecht, einen scheinbaren Grund für Verschwiegenheit dabei zu haben«, meinte er und schaute belustigt. »Grall ist ein guter Mann; ich weiß, dass ich ihm vertrauen kann. Andernfalls würden wir ohne Feuer unter triefenden Bäumen lagern!«

Bald kehrte Grall mit Tonbechern voll heißem Gewürzwein zurück. Maerad, die in einen Sessel gesunken war, nippte daran, starrte ins Feuer und genoss das Gefühl der in ihre Zehen kriechenden Wärme. Der Wind schleuderte Regen gegen das Fenster und heulte durch die Bäume draußen. Maerad empfand unaussprechliche Dankbarkeit dafür, diese Nacht nicht im Freien verbringen zu müssen. Sobald sie ihren Wein ausgetrunken hatte, stand sie auf und begab sich gähnend zu Bett.

Es schien kaum eine Minute verstrichen zu sein, als Cadvan an ihre Tür klopfte. »Zeit zum Frühstück!«, rief er. »Ich will gleich wieder los; die Barden aus Inneil können nicht weit hinter uns sein.«

Maerad stellte fest, dass sie am Verhungern war und gesellte sich nach einer flüchtigen Morgenwäsche zu Cadvan ins Zwischengemach. Grall tischte ein gewaltiges Frühstück aus Würstchen, Koteletts, schwarzen Bohnen, Pilzen und frischem Brot auf. Dabei veranstaltete er ein dermaßen übertrieben taktvolles Aufhebens um Maerad, dass sie Mühe hatte, ernst zu bleiben.

Noch war es dunkel, aber schon bald begann ein trüber, gräulicher Schimmer die Fenster zu erhellen. Obwohl es mittlerweile zu regnen aufgehört hatte, wirkte die Welt draußen trostlos und öd. Das Letzte, wonach Maerad der Sinn stand, war ein langer Ritt, wenngleich sie sich voller Hoffnung fragte, ob Cadvan den ganzen Weg bis nach Norloch in Herbergen zu übernachten gedachte; wenn dem so war, würde die Reise nicht gar so schlimm werden.

Binnen weniger als einer Stunde stiegen sie auf ihre Pferde. Inzwischen bemühte sich eine wässrige Sonne durch die Wolken zu dringen, allerdings mit bescheidenem Erfolg. Grall hielt die Pferde am Zaum fest, während sie aufstiegen.

»Nicht vergessen, kein Sterbenswort, Grall«, mahnte ihn Cadvan. »Ich möchte nirgendwo hören müssen, wo ich gewesen bin.«

»Ihr kennt mich so gut wie eine Glucke ihr Ei«, gab Grall zurück. »Ich bedauere, dass Ihr nicht länger bleibt. Ich hatte gehofft, Euch ein paar Neuigkeiten abluchsen zu können, zumal ich weiß, was Herr Cadvan sagt, ist zuverlässiger als das, was ich von anderen höre, wenn Ihr versteht, was ich meine.«

»Mir tut es auch leid, und nicht nur deshalb«, erwiderte Cadvan. »Ihr betreibt eine Herberge, die von jeher zu meinen liebsten gehört.«

Gralls Züge hellten sich auf. »Wir haben einen guten Ruf, das stimmt«, meinte er. »Und niemand kann bestreiten, dass mein Bier besonders gut ist, seit Ihr zuletzt hier wart. Ich wünschte, Ihr könntet mich öfter besuchen. Die Keller des *Karo* sind in dieser Gegend mittlerweile berühmt.« Dann setzte er wieder eine besorgte Miene auf, beugte sich vor und flüsterte heiser: »Ich höre immer wieder Gerüchte, allesamt schlechte Neuigkeiten. Wenn ich mich nicht irre, sind die Dinge aus dem Ruder geraten. Ich würde nur allzu gern Euren Rat hören.«

»Ja, es liegt einiges im Argen, Grall«, pflichtete Cadvan ihm in ernstem Tonfall bei. »Möge es Euch nicht berühren! Seid versichert, dass die Barden tun, was in ihrer Macht steht. Aber jetzt müssen wir wirklich aufbrechen. Ein Segen auf Euer Haus!«

Grall ließ das Zaumzeug los, und sie brachen auf.

Stormont erwies sich als Weiler, der aus vielleicht einem Dutzend Häusern bestand, allesamt mit niedrigen Fenstern, geweißelt und mit dunklem Flussschilf gedeckt. Maerad sah sich staunend um; sie hatte noch nie ein solches Dorf gesehen, und tatsächlich empfand sie es als genauso exotisch wie Inneil, wenngleich Cadvan hindurchritt, ohne es eines Blickes zu würdigen. Es war noch früh, weshalb sich niemand auf der Straße befand, aber sie sah hinter den verglasten Fenstern Licht aufschimmern. Hähne krähten, Hunde bellten, und in der Ferne hörte sie einen Bauern seine Kühe rufen und mit Eimern klappern. Jenseits des Dorfes lagen die Hügel von Nebel verhüllt da, aber als die Sonne höher stieg, löste der Dunst sich auf, und es drangen sogar ein paar helle Strahlen vom Himmel, auch wenn sie keine Wärme spendeten. Die schweren grauen Wolken, die von Westen her aufzogen, kündigten weiteren Regen an.

Nachdem sie das Dorf hinter sich gelassen hatten, wandte Cadvan sich an Maerad und sagte: »Es kann nicht schaden, wenn ich uns ein wenig verkleide. Ich bin hier in der Gegend zu bekannt.« Damit vollführte er eine schlichte Geste mit den Händen. Maerad blinzelte und sah sich um. Sie konnte keinen Unterschied feststellen.

»Du besitzt die Bardensicht, deshalb wirkt der Zauber bei dir nicht«, erklärte Cadvan. »Es ist nur ein Trugbann. Aber für jeden Händler, der uns über den Weg läuft, sehe ich aus wie ein fetter Nordlandbauer aus Milhol, der mit seiner Gemahlin des Weges reitet. Davon gibt es in der Gegend reichlich. Sie kommen, um ihre Waren auf den Markt zu bringen oder um selbst etwas zu kaufen. Achte also darauf, mich als deinen Gemahl anzureden, wenn es notwendig ist.«

Den restlichen Vormittag setzten sie die Reise in forschem Trab fort und sprachen wenig. Unterwegs begegneten ihnen ein paar Leute, die Maerad neugierig musterte; sie besaßen helle Haare und helle Haut, und ihre Gewänder bestanden aus derselben feinen Wolle, aus der Maerads Kleider angefertigt waren. Sie nickten den Fremden mit einer Zurückhaltung zu, die nicht von Unfreundlichkeit zeugte, aber auch zu keiner Unterhaltung einlud.

Obwohl Maerad über eine Woche in Inneil verbracht hatte, war dies der erste echte Eindruck, den sie vom Tal oder vom Gau erhielt, wie die Einzugsgebiete von Schulen häufig genannt wurden. Als sie nach Inneil gekommen waren, war es Nacht gewesen, und den Rest der Zeit hatte Maerad innerhalb der Mauern verbracht, ganz so wie den Großteil ihres Lebens. Allerdings unterschieden sich die Mauern von Inneil grundlegend von jenen von Gilmans Feste: Inneil hatte sie beschützt und ihr Freiheit geboten, während die Feste einen Kerker dargestellt hatte.

Der Gau von Inneil war ein beinahe in sich geschlossenes Gebiet, ein dicht bevölkertes Tal saftig grüner Hügel zwischen zwei vom Osidh Annova abgespaltenen Gebirgsrücken, die sich aufeinander zu verjüngten und am Ende beinahe aufeinandertrafen, sodass sie eine natürliche, schützende Einfriedung bildeten. Der Talkessel, den sie umschlossen, maß an der breitesten Stelle vielleicht sechzig Meilen und war nur unwesentlich länger. Besiedelt war die Gegend seit undenklichen Zeiten, und die Bewohner betrachteten sich als ein wenig außerhalb von Annar, wenngleich sie die Oberherrschaft anerkannt hatten, als in Norloch der Hohesitz wieder errichtet worden war. Die Menschen hier waren stolz auf ihre Selbstgenügsamkeit und ihre Unabhängigkeit, außerdem berühmt für ihre Spinnerei- und Web-Erzeugnisse sowie für ihre Küche. Das Tal beherbergte zwei größere Ortschaften: Tinagel, wo der Verwalter lebte, und die Schule von Inneil. Daneben gab es zahlreiche Weiler wie Stormont, die bestenfalls aus ein paar Dutzend Häusern bestanden, und hunderte kleine, wohlhabende Gehöfte. Der Imlan ergoss sich durch die Mitte des Tals, genährt von zahlreichen Bächen, die frisch und kalt von den Berghängen herabstürzten.

Maerad ritt auf Schotterstraßen durch Felder, die von sauber gestutzten Weißdornreihen gesäumt wurden, welche gerade zu erblühen begannen. Häufig sah sie Bauernhäuser aus demselben gelben Stein, aus dem die Gebäude der Schule von Inneil errichtet waren. Viele davon waren von Obstgärten mit Bäumen umgeben, die mit rosa und weißen Blüten prangten. Die Blumen des einsetzenden Frühlings, Krokusse, Narzissen und Glockenblumen, schoben sich durch das nasse Gras, und gelegentlich wurde Maerad in der kalten Luft ihr leichter Duft ins Gesicht geweht. Es war, als ritten sie durch eine riesige Schale; die grünen Hügel gingen zu beiden Seiten in der Ferne in die steilen Gebirgshänge über, deren Gipfel hinter schweren Wolken verborgen lagen. Selbst der durchdringende Wind konnte Maerad nicht davon abhalten, in einem Taumel der Verwunderung durch das Tal zu reiten.

In einem Eschenhain hielten sie kurz an und gönnten sich ein rasches Mittagsmahl. Die Pferde rupften Gras, aber schienen ebenso wenig wie sie selbst geneigt zu sein, länger zu verweilen. Alsbald brachen sie wieder auf.

»Schlafen wir heute Nacht wieder in einer Herberge?«, fragte Maerad hoffnungsvoll, als sie aufstiegen.

Cadvan lächelte. »Für den Frühling ist das Wetter ein bisschen rau«, räumte er ein. »Obwohl das hier, so nah bei den Bergen, oft so ist.«

»Es wäre jedenfalls angenehmer für uns«, meinte Maerad. »Und für die Pferde wäre es auch besser.«

»Dem pflichte ich bei«, sagte Cadvan. »Uns stehen noch genügend unbehagliche Nächte bevor, nachdem wir das Tal verlassen haben. Freu dich ruhig: Wir steuern auf eine weitere Herberge zu, die ich kenne, in einem Ort namens Barcombe. Diesmal treten wir in Verkleidung auf. Und danach wirst du dich mit Baumwurzeln anfreunden müssen!«

Gegen Sonnenuntergang begann die Straße sich in eine Schlucht zu krümmen, die ein weiteres kleines Dorf verbarg. Sie klapperten an der Allmende vorbei zu einer Herberge, welche *Die Grüne Kröte* hieß. Diesmal betrachtete der Herbergswirt, ein beleibter Mann namens Halifax, sie mit Argwohn.

»Diese Woche ist kein Markt«, sagte er. »Ihr kommt zum falschen Zeitpunkt.«

»Der Markt war letzte Woche«, entgegnete Cadvan mit einem schweren Nordländerakzent. »Wir haben den Vetter meiner Frau oben in Inneil besucht. Aber was geht Euch das überhaupt an?«

»Verzeiht die Frage«, entschuldigte sich Halifax, »aber man kann nicht vorsichtig genug sein. Fremde kommen in diese Gefilde, sind flugs wie die Hirsche wieder weg und vergessen dabei die Rechnung, wenn Ihr versteht, was ich meine. Die halten uns für Hammelköpfe.«

»Ich bezahle im voraus, Herr Halifax, und ich hoffe, das genügt«, erwiderte Cadvan und reichte dem Herbergswirt einige Münzen. »Ich möchte die Zimmer sehen. Meine Gemahlin und ich haben einen beschwerlichen Tag hinter uns, und morgen ist die Straße wieder lang.«

Etwas besänftigt führte der Herbergswirt sie zu einem Raum mit einem Wohnzimmer. Beklommen sah Maerad sich darin um; offenbar würden sie und Cadvan sich ein Bett teilen müssen.

»Abendessen, bitte«, bestellte Cadvan. »Und dann eine frühe Nacht, Liebste?« Nach seinem Hausknecht rufend ging Halifax. Cadvan setzte sich und zog die Stiefel aus. Er zwinkerte Maerad zu, die unwillkürlich errötete.

»Ich werde mich wohler fühlen, wenn wir die besiedelten Gebiete hinter uns gelassen haben«, gestand er. »Dann können wir vielleicht auch mit dem Unterricht anfangen. Glaub bloß nicht, das hätte ich vergessen!« Er streckte die Beine dem Feuer entgegen.

Maerad legte den Mantel ab und ließ sich schwerfällig auf einen Stuhl plumpsen. Nach dem Ritt des Tages fühlte sie sich wund und erschöpft. Beim Gedanken an nur ein Bett spürte sie neuerlich Panik in ihr aufsteigen, die sie jedoch verdrängte.

»Hier ist nur ein Bett«, flüsterte sie.

Cadvan schaute kurz auf, und Maerad begriff, dass er ihre Zweifel und Befürchtungen durchaus kannte oder erahnte.

»Das ist einfach gelöst«, gab er zurück. »Ich schlafe auf dem Sofa. Für einen Mann wie mich ist das eine Annehmlichkeit sondergleichen.«

»Ein harter Mann der Wildnis«, meinte sie und fühlte sich sogleich besser. »Zweifellos betrachtet Ihr einen Steinboden als Himmelbett.«

»Mit feinsten Daunendecken. Aber natürlich bist du herzlich eingeladen, dir dieses Vergnügen zu gönnen, wenn du möchtest.«

Maerad lachte, und ihre Anspannung verflog. Ein wenig später brachte Halifax auf einem Tablett ihr Abendmahl, einen nach Kräutern duftenden Rindsschmortopf mit einer zähflüssigen Lage geschmolzenen Käses darüber, dazu frisches Brot und einen herzhaften Wein aus der Gegend. »Zum Nachtisch gibt es Apfelkuchen, wenn Ihr wollt«, bot er an. »Meine Frau macht einen Dickrahm, der in diesen Gefilden berühmt ist.«

Cadvan blickte mit hochgezogener Augenbraue zu Maerad, der bei dem Gedanken das Wasser im Mund zusammenlief, und nachdem sie den Schmortopf geleert hatten, genossen sie den Kuchen, heiß und frisch aus dem Ofen. Der kreuz und quer verlaufende Teig erwies sich als so locker, dass er auf der Zunge zerging, und der Dickrahm schimmerte buttergelb durch die Karamellapfelfüllung.

»Das war ein fürstlicher Kuchen«, meinte Cadvan mit einem gedehnten Seufzen. Als Halifax kam, um die Teller abzuräumen, teilte Cadvan ihm dasselbe mit, worüber der Herbergswirt sich zu freuen schien.

»Marta wird mächtig glücklich sein, das zu hören«, sagte er. »Sie gibt sich beim Kochen immer größte Mühe, oh ja, auch wenn es manchen egal ist oder nicht auffällt.«

»Die Dinge haben sich in den vergangenen paar Jahren zum Schlechteren gewendet, so viel steht fest«, meinte Cadvan. »Mein Vetter betreibt eine Herberge in der Nähe von Ettinor und vermag kaum noch Leib und Seele zusammenzuhalten.«

»Ich hab gehört, die Barden sind droben in Ettinor sehr begierig«, erwiderte Halifax. »Sie lassen den Leuten herzlich wenig fürs Auskommen übrig, machen sich mit dem Schweiß anderer ein feines Leben und sagen nicht mal danke. Nicht wie unsere Schule hier, wo's gerecht zugeht, wenn Ihr versteht, was ich meine. Hier pflegen sie das Bardentum ordentlich, oh ja. Jede Frühlingswende und jeden Erntetag kommen sie vorbei, und die Kleinen in der Gegend können alle ihren Namen schreiben. Und ich erinnere mich noch, als meine Tochter das Hexenfieber hatte, damals als Säugling – es sah so aus, als müsste sie sterben, aber Oron höchstpersönlich ist hergekommen und hat ihr die Hände aufgelegt.«

»Besser kann man es nicht verlangen«, sagte Cadvan. »Aber andere sind nicht so redlich.«

»Das ist wahr, und ob!«, bestätigte Halifax. Maerad, die während der Unterhaltung mit dem Herbergswirt nicht den Mund zu öffnen gewagt hatte, sah mit Entsetzen, dass er zu einer längeren Plauderei anzusetzen schien. »Erst letzte Nacht, da hatten wir ein sonderbares Paar hier, zwei verschlagene Gestalten«, fuhr er fort. »Deshalb war ich Euch gegenüber erst etwas unwirsch, bitte um Verzeihung. Sie sind vor Sonnenaufgang abgereist, und keinen Heller haben sie für das zurückgelassen, was sie aßen und tranken. Nordländer waren's, und mit keinen guten Absichten unterwegs, wenn Ihr mich fragt.«

»Das ist übel«, meinte Cadvan, der hellhörig wurde. »Aber nicht alle sind so. Es gibt immer noch anständige Menschen. Wohin wollten die beiden?«

»Das haben sie nicht gesagt; haben nur finstere Blicke um sich geworfen, als wären wir nur Dreck«, gab Halifax zurück. »Aber später dachte ich, sie waren irgendwie fast wie Barden; haben mir ein flaues Gefühl im Magen beschert. Ich konnte ihnen nicht in die Augen blicken.«

Cadvan schüttelte den Kopf. »Dunkle Tage, Herr Halifax. Tja«, fügte er hinzu, streckte sich und gähnte, »dunkle Tage hin, dunkle Tage her, ich muss jetzt ein wenig schlafen.«

»Und ich muss mich um mein Geschäft kümmern, statt hier herumzustehen und zu maulen wie ein altes Weib«, brummte der Wirt. »Gute Nacht!«

Nachdem er gegangen war, stand Cadvan auf und verriegelte die Tür. Er wirkte nachdenklich.

»Was hat er gemeint?«, fragte Maerad neugierig.

»Vielleicht gar nichts, vielleicht doch etwas«, erwiderte Cadvan vage. »Ich glaube, wir haben gut daran getan, Inneil so zeitig zu verlassen. Es gefällt mir ganz und gar nicht, über verschlagene Gestalten zu hören, die *wie Barden* anmuten. Herbergswirte sind nicht dumm; sie sind es gewöhnt, allerlei Arten von Menschen zu begegnen, weshalb ihr Gespür geübter ist als das der meisten Leute.«

»Meint Ihr verderbte Barden oder so?«, ließ Maerad nicht locker. Doch trotz ihres Nachbohrens wollte er nicht mehr von seinen Gedanken preisgeben.

In jener Nacht fegte der Wind den Himmel sauber, indem er die Wolken vor dem Mond vertrieb, sodass dessen silbriges Licht auf die verschlafenen Äcker und Weiler des Gaus von Inneil scheinen konnte. Der Fluss wand sich funkelnd wie ein diamantenes Band durch die grauen, tauschweren Felder, und der Wind rauschte mit einem Geräusch wie das Meer durch die Bäume. Daneben waren nur die Geschöpfe der Natur zu hören: der Ruf einer Eule, sich im Schlummer regende Rinder, die einsamen Schreie von Wasservögeln, das Kreischen eines winzigen Opfers, das bei seinen nächtlichen Wanderungen von einem Raubtier überrascht wurde.

Maerad zuckte unruhig im Schlaf und begann zu träumen.

Weit entfernt in der Schule von Inneil fiel ein Mondlichtstrahl durch das Fenster auf Silvias Wange. Sie hob die Hand ans Gesicht, murmelte etwas Unverständliches und drehte sich herum. Auf der Straße unten schimmerte das Kopfsteinpflaster weiß im Mondschein, durchzogen von tiefen Schatten. Alles wirkte friedlich, doch hätte jemand länger hingesehen – beispielsweise ein Vogel auf einem Dach –, er hätte vermutlich im trügerischen Licht des Mondes geblinzelt und vermeint, seine Augen spielten ihm Streiche. Denn bisweilen hatte es den Anschein, dass die Schatten anschwollen und sich verzerrten, als bewege sich etwas Schwarzes verstohlen an den Gebäuden entlang. Schüttelte man jedoch den Kopf und sah genauer hin, war nichts zu erkennen. Hätte der Beobachter Geduld bewahrt, wäre ihm nach einer Weile klar geworden, dass tatsächlich zwei dunkel gewandete Gestalten, die das Licht mieden, von Eingang zu Eingang schlichen.

So bahnten sie sich den Weg die Straße hinauf, bis sie die Stufen von Malgorns und Silvias Haus erreichten. Dort hielten sie inne, erklommen die kurze Treppe und versuchten, die Tür zu öffnen. Ein jäher, unerträglich greller Lichtblitz zuckte auf, und sie wurden auf die Straße zurückgeschleudert. Hastig rappelten sie sich auf und verschwanden in der Finsternis.

Wenig später saß Dernhil genau so in seiner Kammer, wie Maerad sich ihn bisweilen ausgemalt hatte – das Kinn auf die Hand gestützt, tief in einem Buch versunken. Das Feuer knackte träge in seiner letzten Glut vor sich hin, das Licht der Lampe ergoss sich friedlich über die verstreuten Bücher und Schriftrollen auf dem Schreibtisch.

Plötzlich schaute Dernhil wachsam auf wie ein Reh, das einen Wolf wittert, und beinahe unmittelbar danach klopfte es an der Tür.

Dernhil verharrte reglos auf dem Stuhl und stand nicht auf, um zu öffnen. Ein weiteres Klopfen ertönte, als würde mit einem schweren Stab gegen die Tür geschlagen, dann barst sie auf. Zwei Gestalten standen im dunklen Flur.

Dernhil erhob sich, als die Eindringlinge ins Licht traten. Sie trugen schwere Gewänder und Stiefel, ausnahmslos schwarz, und ihre Kapuzen verdunkelten die Gesichter, obwohl er rot glimmende Augen daraus hervorleuchten sah. Grabeskälte hielt mit den Gestalten Einzug, und Dernhil hob die Hände, als wollte er sie abwehren.

»Du kannst dich nicht gegen uns schützen!«, fauchte einer der beiden herrisch und vollführte eine sonderbare Handbewegung.

Mit einem Schlag erstarrte Dernhil, wie zu Eis gefroren.

»Wir sind gekommen, um eine kleine Auskunft einzuholen, Dernhil von Gant. Hilf uns, und unser Meister wird dich reich belohnen.«

Eine lange Stille trat ein. »Ich weiß, wer ihr seid«, brachte Dernhil schließlich hervor. Seine Stimme klang gezwungen, als litte er Schmerzen. »Mit dir und deinesgleichen lasse ich mich nicht ein.«

Sein Gegenüber hob einen Finger, woraufhin Dernhil das Gesicht zu einer Grimasse verzog.

»Sprich nicht so voreilig«, mahnte der Fremde. »Du weißt nicht, was dir in dieser Welt oder der nächsten noch bevorsteht, Barde. Denk noch einmal nach. Wir haben gehört, dass du ein Mädchen unterrichtest. Was weißt du über sie?«

Diesmal blieb Dernhil stumm. Er starrte sie nur mit stetem Blick an, und ein leichter Lichtkranz, der an den Schein von Sonnenlicht auf

Sommerbäumen oder das Strahlen eines Springbrunnens erinnerte, schien seine Umrisse zu säumen. Die andere Gestalt zischte und sog heftig den Atem ein, und beide wichen zurück. Der Erste ergriff wieder das Wort, presste eine vor Wut angespannte Stimme zwischen den Zähnen hindurch.

»Eine solche Unverfrorenheit wirst du nicht ohne Weiteres überleben«, knurrte er. »Aber wenn du nicht freiwillig antwortest, werden wir uns die Antwort holen.« Damit näherte er sich Dernhil, der sich nach wie vor nicht bewegen konnte, und umfasste mit der Hand dessen Kinn. Dernhils Augen weiteten sich vor Abscheu und Furcht, als die Hand ihn gnadenlos zwang, der Gestalt ins Antlitz zu blicken. Dernhil vermochte weder die Augen zu schließen noch den Kopf abzuwenden. Es schien, als stünden die beiden ewig so da, der Barde und der Vermummte, gefangen in einem verzweifelten, stummen Gefecht. Schließlich entrang sich Dernhil ein spitzer Schrei, und er brach auf den Boden zusammen. Die erste Gestalt wandte sich mit einer verächtlichen Geste von ihm ab.

»Er weiß nichts«, verkündete er. »Gar nichts.«

»Damit ist er nutzlos«, meinte der andere und trat Dernhil wie den Kadaver eines Tieres.

Sie drehten sich um und verließen den Raum. Dernhil lag bewegungslos auf dem Boden, wo er gefallen war, die Augen glasig und vor Grauen geweitet.

Maerad erwachte ruckartig.

Sie vermeinte einen Schrei gehört zu haben, eine Stimme, die aus einem tiefen Abgrund in größter Qual ihren Namen schrie. Mit einer Gänsehaut setzte sie sich in der Dunkelheit auf und versuchte sich den Schrei ins Gedächtnis zu rufen, doch er war weg wie ein Teil eines flüchtigen Traumes. Alles, was sie hören konnte, war der Wind, der an den Läden rüttelte. Mit hämmerndem Herzen lauschte sie und haderte mit einem überwältigenden Gefühl der Verzweiflung, des Verlustes, aber sie hörte oder spürte nichts mehr.

Es dauerte lange, bis sie die Laken wieder über sich zog und in einen unruhigen Schlaf zurücksank.

Zwölftes Kapitel
Der Wagwald

Schon vor dem Licht des nächsten Tages waren sie auf den Beinen und aßen am geschrubbten Kiefernholztisch mit Halifax und dessen Frau Marta in der riesigen Küche der Herberge, die von dem eisernen Herd erwärmt wurde.

»Ist wohl eher eine Stille, Eure Gemahlin, wie?«, meinte Halifax und zuckte mit einer Schulter in Maerads Richtung.

»Bei Fremden ist sie ein wenig scheu«, gab Cadvan zurück. »Ansonsten ist sie recht gesellig.«

»Na ja, es gibt andere, die halten nie die Klappe; ich schätze, es hat alles seine Vor- und Nachteile.« Halifax verdrehte komisch die Augen, und Marta trat ihn unter dem Tisch.

»Ich weiß schon, wer hier nie die Klappe hält«, meinte sie ungerührt. »Soll ich Euch einen Imbiss zum Mitnehmen richten? Nach Milhol ist es selbst mit guten Pferden ein weiter Weg.«

Sie warteten, während sie ihnen einige Scheiben frisches Brot aufschnitt und ihnen kalten Braten, Essiggurken, Käse und ein paar knackige Frühlingszwiebeln einpackte. Cadvan verstaute alles in seinem Bündel und dankte den Wirtsleuten. Dann begaben Maerad und er sich zu den Ställen, stiegen auf und trabten los.

Das Morgengrauen zeichnete sich noch als rosa Streifen am Horizont ab, und das laute Gezwitscher von Vögeln begann erst die Landschaft zu wecken, als sie aus Barcombe heraus und zurück auf die Straße nach Westen ritten.

»Wir haben den Gau von Inneil jetzt fast hinter uns«, erklärte Cadvan. »Und im Augenblick denke ich, je weiter wir kommen, desto besser.«

Maerad, die der Schrei, der sie in der Nacht zuvor geweckt hatte, immer noch beunruhigte, stimmte ihm insgeheim zu. Sie trieben die Pferde zu einem Handgalopp an, den sie die nächsten paar Stunden beibehielten, während die Sonne an einen klaren Himmel kletterte und die frühen Nebel vertrieb. Maerad stellte fest, dass die Berge zu beiden Seiten immer näher kamen. Ein paar Meilen weiter, wo jede Kette in eine Folge sanfter Hügel auslief, stießen sie fast zusammen. Diese Stelle bildete die Öffnung des Tals, die als Tor von Inneil bezeichnet wurde. Mittlerweile war die Straße breiter und gerader geworden; zudem wirkte sie stark bereist, wenngleich ihnen so früh am Tage niemand begegnete.

Binnen ein paar weiterer Stunden kamen sie in den Schatten der nördlichen Berge und ritten den Imlan entlang, der breit zwischen leicht geneigten Ufern hindurchströmte. Auf der gegenüberliegenden Seite befanden sich schmale Felder und weniger Häuser. Kiefernwälder zogen sich die Hänge hinauf. Cadvan zog die Zügel an.

»Gegen Mittag sollten wir den Gau verlassen, denke ich«, verkündete er. »Dennoch schadet es nichts, ab sofort besonders wachsam zu sein. Es könnte Spitzel entlang dieser Straße geben; es ist der einzige Weg aus dem Tal.«

»Spitzel?«, wiederholte Maerad. Unwillkürlich schaute sie himmelwärts. Tatsächlich sah sie am Firmament einen schwarzen Vogel kreisen. Cadvan folgte ihrem Blick.

»Ja, Spitzel aller Arten«, bestätigte er verkniffen. Während sie hinsahen, setzte der Vogel zu einem spiralförmigen Sinkflug auf sie an. Cadvan beobachtete ihn und hielt Darsor an. Maerad erkannte, dass der Vogel auf sie zuhielt.

»Was sollen wir tun?«, fragte sie von plötzlicher Furcht ergriffen.

»Nichts«, antwortete Cadvan. »Wenn ich mich nicht irre, ist das ein Rabe.«

»Ein Rabe?«, wiederholte Maerad. Sie wartete mit Cadvan. Der Vogel senkte sich mit schweren Schwingenschlägen herab und landete auf Cadvans Arm. Er öffnete den Schnabel. Heraus drang, zu Maerads Erstaunen, verständliche Sprache.

»Seid gegrüßt, Meister Cadvan«, sagte er.

»Seid gegrüßt, Meister Kargan«, gab Cadvan zurück. »Was führt Euch her?«

»Schlimme Kunde. Ich komme von Frau Silvia, die mich gebeten hat, Euch zu suchen und Euch dies mitzuteilen: Letzte Nacht sind zwei Untote in die Schule von Inneil eingedrungen. Sie versuchten es an der Tür des Hauses von Malgorn und Silvia, aber der Schutzbann hat sie abgehalten. Danach verhörten sie Dernhil von Gant.«

»Dernhil?«, stieß Maerad hervor. Aus Cadvans Antlitz wich alle Farbe.

»Und nach dem Verhör, was geschah danach?«, verlangte er zu erfahren.

»Das wissen wir nicht, Fürst Cadvan. Er wurde heute beim ersten Tageslicht in seiner Kammer gefunden, und niemand wird je erfahren, was sich dort zugetragen hat, es sei denn jenseits der Tore in das Verborgene Land.«

Cadvan ließ den Kopf hängen.

Furchtsam fragte Maerad: »Soll das heißen, er ist tot?«

»Leider ja, Frau Maerad«, bestätigte der Rabe und nickte. Maerad erkaltete vor Entsetzen.

»Ihr bringt dunkle Kunde«, meinte Cadvan düster. »Ist Frau Silvia sicher, dass es Untote waren?«

»Die Anzeichen sind eindeutig«, antwortete der Rabe und drehte leicht den Kopf, um ein Auge auf Cadvan zu heften. »Niemand außer der Finsternis besitzt die Macht, unerkannt die Tore Inneils zu durchschreiten. Aber ich habe sie auch erspäht, wenngleich sie mich nicht gesehen haben.«

Cadvan schwieg einen Augenblick.

»Meister Kargan«, meinte er schließlich, »Ihr habt bereits viel getan, dennoch erbitte ich erneut Eure Hilfe. Wir müssen durch das Tor von Inneil, und ich weiß nicht, ob die Finsternis dort ihre Spitzel aufgestellt hat. Es könnte sein, dass es zurzeit noch unbeobachtet ist, weil man uns noch in Inneil wähnt. Ich wäre Euch dankbar, wenn Ihr vorausfliegen und mir berichten könntet, was Ihr seht.«

Der Vogel heftete abermals den stetig starrenden Blick auf Cadvan.

»Es ist mir eine Freude«, erwiderte der Rabe und flog davon.

Cadvan und Maerad setzten den Weg die Straße entlang fort. Cadvan war aschfahl, und seine Hände zitterten leicht an den Zügeln.

Maerad konnte die Neuigkeiten nicht glauben; es konnte nicht wahr sein. Dernhil getötet! Dann stieg hinter der Benommenheit der Bestürzung eine beginnende Angst auf: *Sie suchen nach mir! Sie sind uns dicht auf den Fersen. Und Dernhil haben sie bereits gemeuchelt* ... noch dazu in Inneil, einem Ort, der so sicher, so uneinnehmbar gewirkt hatte ...

»Das ist eine schlimme Nachricht!«, meinte Cadvan schließlich. »Er war mein Freund, ich habe ihn geliebt; das ist ein schmerzlicher Verlust.«

»Ich habe ihn nicht sehr lange gekannt«, sagte Maerad umständlich. Sie fühlte sich zu betäubt für Tränen. »Aber ... er war auch mein Freund ...« Sie verstummte und fühlte sich hilflos, da Worte gänzlich unzulänglich schienen, um auszudrücken, was sie empfand. Sie ritten weiter, und beide hingen den eigenen Gedanken nach.

»Ich habe Dernhil letzte Nacht gehört«, stieß Maerad hervor, als ihr plötzlich der entsetzliche Schrei einfiel, der sie aus dem Schlaf gerissen hatte.

»Du hast ihn gehört?«

»Ich bin aufgewacht, weil ich jemanden meinen Namen rufen hörte. Ich dachte, es sei ein Traum gewesen. Ein böser Traum.« Ihre Stimme geriet ins Stocken, dennoch fuhr sie fort. »Aber jetzt weiß ich, es war Dernhil.«

Abermals schwieg Cadvan eine Weile.

»Ich habe mit Dernhil über dich gesprochen, Maerad«, verriet er schließlich. »Ich weiß, dass er dich geliebt hat. Er war einer derjenigen, die deutlich in die Seele eines anderen Menschen sehen können, und seine Gefühle waren rein. Solche Dinge haben wenig damit zu tun, wie lange oder kurz man sich kennt. Und darin liegt unsere Hoffnung, denn die Dunkelheit versteht nichts von Liebe. Falls – was mir fast sicher erscheint – die Untoten nach Auskünften über dich her waren, hat seine Liebe dich vielleicht beschützt, wie nichts anderes es vermocht hätte.«

Maerad dachte an ihr letztes Treffen mit Dernhil und die Nachricht zurück, die er ihr geschickt hatte. »Vielleicht begegnen wir uns wieder«, hatte er zu ihr gesagt. Nun würde es keine Begegnungen mehr geben, keine weiteren Gedichte, keine weiteren Gespräche am Kaminfeuer. Voll plötzlichem, tiefem Bedauern wünschte Maerad, sie hätte sich nicht so gefürchtet, als er sie geküsst hatte, und dass ihnen mehr Zeit vergönnt gewesen wäre. Wie arglos sie doch davon ausgegangen war, dass es eine Zukunft geben würde, in der Brüche gekittet werden könnten! Nun gab es keine mehr ... »Es ist meine Schuld«, murmelte sie mit erstickter Stimme. »Wenn er mich nicht unterrichtet hätte ...«

Cadvan sah sie an. »Du hast ihn nicht getötet«, entgegnete er mit einem rauen Beiklang in der Stimme. »Es ist nicht deine Schuld, dass es auf der Welt Böses gibt.« Unvermittelt, fast so, als fürchtete er sich davor, was er sagen könnte, setzte er ab und seufzte schwer. »Ich muss immerzu daran denken, dass es ein nur den Barden bekanntes Wissen gibt, wie man sich selbst ohne Waffen tötet. Wenn alle anderen Mittel ausgeschöpft sind, um sich gegen das Eindringen in ihren Geist zur Wehr zu setzen, greifen sie manchmal darauf zurück.« Eine lange Weile schwiegen beide. Maerad fragte sich, was er mit dem *Eindringen in ihren Geist* meinte.

»Es ist unaussprechlich entsetzlich«, meinte Cadvan schließlich, »darauf zu hoffen, dass Dernhil sich selbst getötet hat, statt sich von diesen Kreaturen des Bösen meucheln zu lassen; dennoch hoffe ich genau das.«

Ohne weitere Worte zu wechseln, setzten sie den Weg fort. Bald erblickten sie wieder Kargan, der auf sie zuflog. Wie zuvor landete er auf Cadvans Arm.

»Die Straße ist sicher, Meister Cadvan«, berichtete er. »Ich habe die Tiere gefragt, und sie haben es mir erzählt. Vor drei Nächten sind zwei Finstere hier vorbeigekommen, sagten sie, und der Wald regte sich. Nun aber stören nur die Menschen aus Inneil die Ruhe des Weges.«

»Danke, Meister Kargan«, erwiderte Cadvan herzlich. »Ich stehe tief in Eurer Schuld. Bitte übermittelt Fürstin Silvia, dass es uns wohlergeht, außerdem unseren Dank und unsere Liebe, und bestellt ihr, dass wir den Gau bald hinter uns gelassen haben werden.«

Der Rabe erhob sich in die Lüfte und flog Richtung Inneil davon. Cadvan hob zum Abschied den Arm. Dann wandte er sich Maerad zu.

»Die Finsternis ist uns dicht auf den Fersen«, sagte er. »Von jetzt an müssen wir fliegen wie der Wind. Imi, *esterine ni?*«

Die Stute schnaubte und stampfte mit dem Fuß, dann preschten sie in vollem Galopp los. Die Berge fegten an ihnen vorbei, die Straße erstreckte sich pfeilgerade vor ihnen, und bald waren sie durch die Ausläufer der Hügel hindurch und am Ende des Gaus. Vor ihnen breitete sich das weite Land von Annar aus, durch das der schillernde Fluss sich wie eine silbrige Schlange wand.

Nachdem sie das Tal ein gutes Stück hinter sich gelassen hatten, verringerte Cadvan die Geschwindigkeit. Trotz allen guten Willens war Imi von Schweiß überzogen und begann allmählich zu stolpern. Sie legten eine kurze Rast ein, begaben sich zum Fluss hinab, um die Pferde zu tränken, streckten die Beine aus und verspeisten hastig das Mittagessen, das Marta an jenem Morgen für sie eingepackt hatte.

War das tatsächlich an diesem Morgen gewesen, dachte Maerad bei sich, denn ihr schien es eine Ewigkeit her zu sein. Die Landschaft erstreckte sich als leicht geneigter Hang vor ihnen, dahinter ragten die in Wolken gehüllten Berge auf. Abgesehen davon herrschte klarer Himmel, sodass die Sonne ihnen den Rücken wärmte und den Schweiß von den Pferden dampfte. Der Imlan verlief breit und fließend zu ihrer Linken, tauchte bald in Einschnitte ab, schlängelte sich bald träge zwischen flachen Ufern hindurch. Zu ihrer Rechten lag ein mächtiger Wald aus hohen Eichen und Eschen. Die Straße führte den Fluss entlang, allerdings gerader, ohne jeder seiner Biegungen und Schlaufen zu folgen. Hier bestand sie aus ebenem Stein mit niedrigen Steinmalen daneben.

Als sie weiterritten, erklärte Cadvan: »Die Annarener haben diese Straße angelegt, als vor neun Jahrhunderten die ersten Schulen gebaut wurden. Solche Straßen verbinden alle Schulen miteinander, obwohl einige kaum noch benutzt werden und verfallen sind. Die Weststraße erstreckt sich bis nach Norloch, außerdem gibt es die Nordstraße, die Südstraße und andere in alle Sieben Königreiche.«

Sie ritten ein paar Meilen weiter, dann blickte Cadvan nach vorn und zurück, um sich zu vergewissern, dass niemand sie beobachtete, und führte sie auf einen kleinen Seitenpfad, der bald im Wald verschwand. Kühle umfasste sie. Das Sonnenlicht drang fleckig durchbrochen durch die Wipfel, und Maerad sah im Vorüberreiten Eichhörnchen die Baumstämme hinaufhuschen. Auf einer Lichtung hoppelte ein Hase mit wackelndem weißen Schwanz zwischen die Bäume, als sie sich näherten. Viele der Stämme wiesen eine beachtliche Breite auf, und die hohen Kronen der mächtigsten Bäume nahmen die Fläche eines großen Hauses ein.

»Das ist der Wagwald«, antwortete Cadvan auf Maerads Frage nach dem Namen des Waldes. »Er zählt zu den ältesten in Annar und ist ein Überrest der uralten Wälder, die einst das Land vom Meer bis zu den Bergen bedeckten. Dies ist ein wilder Ort, daher ist Vorsicht angebracht. Für Menschen ist hier wenig Platz.«

Während sie zwischen den Bäumen hindurchritten, beschlich Maerad das Gefühl, der Wald sperre sich gegen sie. Er schien sie mit einem Bewusstsein zu beobachten, das fremdartig, aber nicht gänzlich unfreundlich wirkte. Das Gefühl verstärkte sich, je tiefer sie eindrangen. Die Bäume wurden immer dicker, das durch den verflochtenen Baldachin dringende Licht immer spärlicher, dennoch empfand Maerad keine Furcht. Wäre Cadvan nicht bei ihr gewesen, hätte sich dies vielleicht anders verhalten; obwohl er behauptete, dies sei kein böser Ort, spürte sie eine Macht, die durchaus feindselig sein konnte, wenn sie angegriffen wurde.

Die Schatten wurden länger, und bald hielt Kälte rings um sie Einzug. Cadvan sah sich im Reiten um, schien nach etwas Ausschau zu halten, und schließlich lenkte er sie vom Pfad weg zu einer kleinen Senke ähnlich dem Hain Irihel, wo Cadvan und sie die erste Nacht nach ihrer Flucht vor Gilman verbracht hatten. Diese Lichtung bestand aus in einem Halbkreis so dicht aneinander gewachsenen Ebereschen, dass ihre Äste sich ineinander verflochten. Der weiche Grasboden fiel zu einer Quelle hin ab, die aus einem Felsvorsprung hervorplätscherte, auf dem wilde Rosen und Geißblatt wucherten. Halb hinter den Gewächsen verborgen lag eine Höhle mit sandigem Boden, wo unverkennbar schon viele Male Leute ihr Lager aufgeschlagen hatten. Sie besaß sogar eine behelfsmäßige Feuerstelle aus losen Steinen.

»Das ist ein *Derenhel* oder Waldhort«, erklärte Cadvan, als er ihr die Höhle zeigte. »Es ist ein Bardenheim. Davon gibt es etliche, über ganz Annar verteilt.«

Er sprach mit den Pferden, nahm ihnen die Sättel ab und ließ sie auf der Lichtung grasen. Während der Reise hatte Maerad noch nie beobachtet, dass Cadvan sein oder ihr Pferd anband; er bat sie einfach, in der Nähe zu bleiben, und sie entfernten sich niemals weit.

Cadvan und Maerad ergriffen ihre Bündel und betraten die Höhle. Anschließend sammelten sie ein paar abgefallene Zweige ein, und Cadvan entfachte ein Feuer, das die Düsternis, die sie beide seit Fürst Kargans Neuigkeiten umfangen hatte, ein wenig zu verdrängen vermochte. Anfangs sprachen sie nicht über Dernhils Tod, als wäre dies eine für Worte zu heikle Angelegenheit, aber das Wissen darum schwelte so oder so unter ihrer Unterhaltung, bildete einen Schatten aus Kummer und Angst.

Nach den vergangenen zwei Tagen im Sattel fühlte Maerad sich steif und wund. Sie streckte sich und verzog das Gesicht. »Au! Ich glaube kaum, dass ich morgen in der Lage sein werde zu laufen«, sagte sie. »Geschweige denn zu reiten. Ich fühle mich, als wäre ich am ganzen Leib mit Stöcken geprügelt worden.«

»Noch ein paar Tage und du gewöhnst dich daran«, gab Cadvan zurück. »Aber ich kann ein paar Bardenkniffe anwenden und dich von den schlimmsten Verspannungen befreien.« Er forderte Maerad auf, sich vor ihn zu stellen, dann ließ er die Hände rings um ihren Körper wandern, ohne sie dabei zu berühren. Wo seine Hände vorüberstrichen, verspürte Maerad eine kribbelnde Wärme, und die Schmerzen ließen nach. Anschließend konnte sie sich ohne Unbehagen setzen, wenngleich sie sich immer noch erschöpft und etwas wund fühlte.

»Zauberei!«, rief sie und streckte die Beine vor sich aus.

»Manche nennen es so«, bestätigte Cadvan. »Barden bezeichnen es als das Wissen. Wobei das deine noch bestimmte Lücken aufweist, kleine Elevin.« Müde grinste er. »Zuerst essen wir etwas, dann sollte ich mit deinem Unterricht anfangen.«

»Es gibt so viele Dinge, die ich wissen möchte«, sagte Maerad. »Oh, jede Menge. Warum konnte ich den Raben verstehen, obwohl ich die Hohe Sprache nicht beherrsche? Und was ist die Hohe Sprache überhaupt? Wie kann ich sie kennen, ohne sie zu kennen?«

»Um die Hohe Sprache zu erklären, bräuchte man ein ganzes Leben«, erwiderte Cadvan und holte Essen aus seinem Bündel hervor. »Was Kargan angeht, den konntest du verstehen, weil er sich deiner Sprache bediente. Raben sind die einzigen Tiere, die solchermaßen mit Menschen reden können, weshalb man sie verehrt. Die Raben von Inneil sind von uralter Abstammung und weise wie Barden. Aber zuerst«, meinte er und warf ihr eine Pastete zu, »iss!«

Schweigend aßen sie und lauschten dabei dem Knistern des Feuers, den Geräuschen der Pferde, die grasten und einander leise zuwieherten, während die Dunkelheit Einzug hielt. Schließlich lehnte Cadvan sich gegen die Höhlenwand zurück. Seine Augen folgten den Schatten, die über den Fels tänzelten. Er wirkte müde und angespannt, doch seine Stimme ließ keine innere Unruhe erahnen.

»Die Gesamtheit des Wissens, das den Barden eigen ist, wird das Weistum genannt. Den Mittelpunkt des Weistums bildet die Hohe Sprache, die alle Barden als ihr Geburtsrecht in sich tragen. Angeblich werden manche Barden damit geboren und erlernen die menschliche Sprache erst später auf herkömmlichem Weg. Aber in der Regel entfaltet die Hohe Sprache sich bei Barden in der Kindheit. Das ist nicht immer so, und du stellst eine dieser Ausnahmen dar. In jedem Barden entfaltet sich die Hohe Sprache auf ihre eigene Weise und zu gegebener Zeit. Man kann sie nicht lehren.«

»Oh«, machte Maerad etwas enttäuscht. Sie hatte ansatzweise vermutet, Cadvan würde vielleicht eine Beschwörung sprechen oder sie einer Art Ritual unterziehen, worauf ihr urplötzlich die Gabe der Hohen Sprache zuteil geworden wäre. »Also muss ich einfach warten? Was ist, wenn es nicht geschieht?«

»Das wird es zu gegebener Zeit. Bis dahin schlummert die Hohe Sprache in dir.«

»Wie war das, als Ihr die Hohe Sprache gefunden habt? Wie alt wart Ihr?«

Einen Lidschlag lang hellten Cadvans Züge sich auf, und Maerad erhaschte einen flüchtigen Eindruck davon, wie er als Kind ausgesehen haben mochte. »Ich erinnere mich noch gut daran«, sagte er. »Ich war damals ein sehr kleiner Junge, etwa fünf Jahre alt. An einem heißen Sommertag schwamm ich mit meinen Brüdern und Schwestern im Fluss, und plötzlich sprach ein Fisch zu mir. Ich war so überrascht, dass ich aus dem Wasser sprang und kreischend zu meiner Mutter rannte.«

»Was hat der Fisch gesagt?«, erkundigte Maerad sich neugierig.

»Er sagte: *Du schwimmst wie ein Frosch am Krückstock. Leg dir Flossen zu, du langes Elend!*«

»Und da wusste Eure Mutter, dass Ihr ein Barde wart?«, meinte Maerad lachend. »War sie eine Bardin?«

»Ja auf die erste Frage. Und nein auf die zweite.« Cadvans Züge verdüsterten sich, als schmerzte ihn der Gedanke, und Maerad bohrte nicht weiter nach. »Also«, fuhr er fort, »den Mittelpunkt des Weistums bildet die Hohe Sprache. Ich kann dir einen Teil des Weistums beibringen, allerdings ergibt er keinen rechten Sinn, bis die Hohe Sprache sich in dir entfaltet. Andererseits bist du im Vorteil, weil du die Musik beherrschst, und es heißt, dass den Mittelpunkt der Hohen

Sprache die Stille des Lichtes bildet und dass Musik die einzige mögliche Ausdrucksform jenes Geheimnisses sei. Deshalb wird die Musik unter den Barden so verehrt.«

Cadvan warf einen weiteren Ast auf das Feuer und schürte es, sodass ein Funkenschwall zur Decke der Höhle aufstob. Vom Licht angelockt flog ein Nachtfalter herein, der linkische Kreise durch die Höhle zog und mit den Flügeln riesige Schatten auf den Stein warf, während Cadvan weitersprach.

»Das Weistum ist in die drei Künste unterteilt, die alle einem verbundenen Lauf folgen und in Wahrheit einen einzigen Strom bilden. Sie alle dienen dem Gleichgewicht, der Ausgewogenheit der Welt, die bestimmt wurde, als die Zeit selbst noch ein Ei war; aber das sind Geheimnisse, über die wir uns später unterhalten können und die selbst die Weisesten nicht vollends verstehen. Wir nennen die drei Künste das Lesen, das Erschaffen und das Behüten. Das Lesen ist das Wissen um die hehren Künste, Geschichte, Sprachen, Lieder, Überlieferungen, das Aufspüren der höheren Kräfte, die dieses Land formen und beherrschen. Gemeinhin hält man es für Magie, doch es ist tatsächlich so einfach wie Lesen und Schreiben. Das Erschaffen ist genau, was es besagt: Es steht für das Erschaffen von Musik, Gemälden, Gebäuden, Schmuck, Schmiedewaren, Schriften, Tänzen. Das Behüten ist das Wissen über Anbau, Landwirtschaft, Forstwirtschaft, Kindsempfängnis, Wildwuchs, Heilkunst, Vogelkunde und dergleichen.« Er setzte ab und starrte an die Decke. »Manchmal entflammen hitzige Gespräche darüber, welchen der drei Künste ein bestimmter Zweig des Weistums zuzuordnen ist. Ein Barde beispielsweise, der etwas von Macht erschafft, bedient sich zweier Künste: des Erschaffens und des Lesens. Handelt es sich dabei um etwas Heilendes wie einen Stein, könnten sogar alle drei im Spiel sein. Mir persönlich sind solche Erörterungen einerlei.«

Maerad lauschte aufmerksam und blickte gefesselt ins Feuer. »Und wozu zählt Ihr?«

»Ich bin des Lesens mächtig«, antwortete er. »Die meisten Barden finden früh heraus, wo ihre Stärken liegen, wozu sie sich hingezogen fühlen. Das Lesen gilt als die gefährlichste Kunst, denn dabei kann ein Barde am einfachsten verderbt werden. Deshalb müssen Barden über alle drei Bescheid wissen; denn ein Barde, der Macht und Kenntnisse als die höchste Fähigkeit ansieht, sich jedoch zu verstehen weigert, wie die Künste einander ergänzen und nähren, ist ein schlechter Barde. Nach den Regeln der Bardenkunde wird allen drei Künsten dieselbe Ehre beigemessen.«

»Und Malgorn zählt zu den Behütern? Silvia wohl auch, vermute ich ... Und Dernhil beherrschte das Lesen?«

Cadvans Züge versteiften sich wieder. Er blickte tief ins Feuer und schwieg eine lange Weile. Maerad bedauerte schon, Dernhils Namen ausgesprochen zu haben, doch dann begann Cadvan zu singen.

»Süß fällt der Regen auf die Berge von Inneil,
wie Kinder trippelt er hinab durch die Kiefernhaine,
mit Stimmen aus Eis gleich frohlockendem Gelächter
sucht er die Harfenklänge Dernhils von Gant.
Doch er kann sie nicht hören, seine Musik ist zu Ende.
Wohin ist er verschwunden? Seine Kammer steht leer,
und es glitzern die Tränen in Orons hohen Hallen,
wo leichtfüßig er schritt, tiefe Geheimnisse singend,
aus des Herzens Gewölben hinaus in die Welt.
Dunkel sind die Tore, die sich öffneten und winkten
und sich hinter ihm schlossen, im schwindenden Zwielicht
und das Gewebe seines Bardentums in Stille falteten.
Nie wieder wird er singen in der Pracht des Herbstes,
die golden färbt die Birken von Lowen und Braneua:
Die Haine Ileadhs werden vergeblich seiner harren.
Er wird die Felder der Musik nicht mehr betreten,
um uns Frohsinns-Garben und Ernten der Wonne zu bescheren.
Verklungen ist seine Harfe, verstummt seine Stimme:
Traurig murmeln die Bäche im Tal von Inneil.«

Er verstummte, vergrub das Gesicht in den Händen und weinte. Maerad wandte sich ab, da sie in den eigenen Augen Tränen aufsteigen spürte, die sie letztlich fließen ließ. So verharrten sie eine lange Weile und trauerten jeder für sich, während das Feuer niederbrannte.

Schließlich setzte Cadvan sich auf und warf mehr Holz auf die Flammen. Er schaute zu Maerad. »Es ist hart, einen solchen Freund zu verlieren«, sagte er. »Dernhil hat mir vor vielen Jahren in einer dunklen Zeit geholfen. Er hat mir viel über Demut beigebracht. Und über Freundschaft. Und jetzt ... war der Finsternis ihre Rache vergönnt. Ich hätte die Gefahr erkennen müssen«, fügte er verbittert hinzu. »Hätte ich ihn nicht gebeten, dich zu unterrichten, hätten ihn keine Untoten aufgesucht.«

»Vielleicht nicht«, räumte Maerad ein und dachte an das zurück, was Cadvan ihr früher an jenem Tag gesagt hatte: *Es ist nicht deine Schuld, dass es auf dieser Welt Böses gibt.* »Aber ich denke, er hätte es selbst dann getan, wenn er das Wagnis gekannt hätte. Und irgendwie glaube ich, er wusste sogar darum.«

»Dernhil war kein Narr, aber er wusste wenig mehr über dich, als dass du meine Schülerin bist«, entgegnete Cadvan.

Plötzlich fiel Maerad das Pergament ein, das Dernhil ihr gegeben hatte. »Nein, er hat mehr geahnt«, widersprach sie. »Er hat mir etwas gegeben. Bis jetzt hatte ich es ganz vergessen, aber er meinte, ich sollte es Euch zeigen.«

Sie kramte in ihrem Bündel, bis sie das Pergament fand, und teilte Cadvan mit, was Dernhil ihr gesagt hatte. Cadvan begutachtete es eingehend und erblasste dabei. »Weißt du, was es besagt?«, fragte er.

»Dernhil hat es für mich übersetzt«, antwortete Maerad. »Aber ich verstehe nicht, was es bedeutet.«

Cadvan las das Pergament erneut, dann gab er es ihr zurück. »Versteck es!«, forderte er sie auf. »Ich bin nicht sicher, vielleicht sollten wir es sogar verbrennen, aber ich möchte es Nelac zeigen.«

»Nelac? Wer ist Nelac?«, wollte Maerad wissen, die vergessen hatte, dass dies der Name von Cadvans altem Lehrer in Norloch war. Cadvan antwortete ihr zunächst nicht. Seine düstere Miene wirkte nachdenklich.

»Maerad«, meinte er schließlich, »wenn die Finsternis weiß, was Dernhil wusste, stecken wir in größeren Schwierigkeiten, als ich dachte. Beim Licht, ich wünschte, ich wüsste, was letzte Nacht geschehen ist.«

»Aber was bedeutet der Text?«, ließ Maerad nicht locker. Cadvan betrachtete sie ernst, als sähe er sie zum ersten Mal. Sie begegnete seinem Blick und hielt ihn fest, bis er schließlich leise lachte und sich etwas entspannte.

»Maerad, ich glaube, dass du die Verheißene bist, deren Ankunft vorhergesagt ist, die vom Schicksal Ausersehene«, sagte er leise. »Lanorgil galt als einer der bedeutendsten Seher, und er hat dich vorhergesehen. *Haltet Ausschau nach der, die der Sprache ungewahr aus den Bergen kommt: einer Bardin, ungeschult und doch von dieser Schule.* Er hat dich gemeint. Dieses Rätsel ist wohl kaum schwierig zu lösen, und Dernhil hatte recht: Es war kein Zufall, dass dieses Schriftstück ausgerechnet jetzt aufgetaucht ist. Die Verheißene ist laut den Überlieferungen diejenige, die den Namenlosen bei seinem dunkelsten Aufstieg vernichtend schlagen wird. Es ist eine uralte Mär, wenngleich mittlerweile weitgehend vergessen – außer von den Weisen, denn sie vergessen nie.«

Maerad lauschte ihm in angespanntem Schweigen und mit wild hämmerndem Herzen. Cadvans Worte erfüllten sie mit einer namenlosen Angst, derselben Angst, die sie verspürt hatte, als Dernhil ihr das Pergament zum ersten Mal zeigte.

»Es kann nicht von *mir* handeln«, widersprach sie und lachte verkniffen, um ihre Verwirrung zu übertünchen. »Ich bin nicht ... Ich bin nicht wichtig ...«

»Es ist eine Überlieferung, die auch von der Finsternis nicht vergessen wurde«, sagte Cadvan und starrte sie düster an. »Die Finsternis vermutet anscheinend bereits, dass du die Ausersehene bist; sie kennt deinen Namen, und inzwischen weiß sie bestimmt auch, wie du aussiehst. Sie kann nicht mit Gewissheit sagen, dass du gemeint bist, aber der bloße Verdacht genügt, um dir den sicheren Tod zu bringen, sollte die Finsternis dich je in die Klauen bekommen. Allerdings sucht man uns vielleicht noch nicht so dringend, wenn es sich vorläufig nur um einen Verdacht handelt – es sei denn, es ist den Untoten gelungen, Dernhils Gedanken zu lesen. Oder die Finsternis weiß etwas, das wir nicht wissen.«

»Aber warum? Warum hat sie mich im Verdacht?«, fragte Maerad. »Woher sollte sie es überhaupt wissen? Das ist Unsinn, Cadvan.« Allmählich regte sich Zorn in ihr. »Ein ... ein dummer Traum auf einem Stück Papier, und überhaupt, da steht ja noch nicht mal, dass ich es bin ...«

»Es könnte da stehen. Ich denke, es ist durchaus möglich.« Cadvan setzte ab. »Ich glaube, mit der Feuerlilie meint Lanorgil den Namen der Ausersehenen, die da kommen wird.« Er zitierte Lanorgils Worte: »*Suchet und behütet die Feuerlilie, die vom Schicksal Ausersehene, die an finstren Orten umso strahlender erblüht und lange in Dunkelheit geschlafen hat; aus einer solchen Wurzel wird die Weiße Flamme neu ersprießen.* Die Lilie ist das Zeichen Pellinors. Aber dort verwendet man den Aronkelch, eine andere Lilienart. Die Feuerlilie, *Elednor* in der Hohen Sprache, ist eine gänzlich andere Blume.«

»Aber mein Name ist nicht Elednor!« Vor Erregung stand Maerad auf. »Mein Name ist ...«

»Maerad, du kennst deinen Namen nicht. Bis du in deine volle Macht als Bardin kommst, kennt ihn niemand. Und wenn dein Name Elednor lautet, bist du mit Sicherheit die von Lanorgil Verheißene.« Cadvan sprach in sehr mildem Tonfall, und aus seinen Augen sprach ein seltsames Mitgefühl.

»Was, wenn ich es nicht bin? Was, wenn Ihr völlig falsch liegt? Was dann?«

Cadvan zuckte mit den Schultern. »Wie ich schon sagte, dann habe ich mich eben geirrt.« Er schwieg eine Weile, ehe er bedächtig weitersprach. »Dir ist nicht klar, Maerad, wie stark deine Gabe ist und wie ungewöhnlich es ist, dass ein Barde – gänzlich ungeschult – aus dem Nichts zu solcher Kraft gelangt«, sagte er. »In mir haben sich erste Vermutungen geregt, nachdem ich den Seelenblick an dir vorgenommen hatte. Und zweifellos sind durch unsere kleine Auseinandersetzung mit dem Landrost auch andere auf dich aufmerksam geworden. Selbst mit deiner noch eingeschränkten Macht bist du gefährlich und solltest aus ihrer Sicht besser zum Schweigen gebracht werden, ehe sie voll erblüht. Bis du zur Bardin erhoben wirst, ist es nur ein Verdacht, allerdings ein Verdacht, der in mir ständig stärker wird. Offensichtlich hegte Dernhil denselben Gedanken. Und wenn die Untoten jetzt wissen, was Dernhil wusste, ist unsere Gefahr noch größer. Ich frage mich bloß, wie die Untoten so rasch misstrauisch werden konnten. Was genau wollen sie?«

»Dernhil hätte uns nicht verraten«, meinte Maerad unsicher. Sie stand immer noch mit vor der Brust verschränkten Armen im Licht. Ein lebhaftes Bild von Dernhils Gesicht tauchte vor ihr auf, und sie sah erneut die Entschlossenheit unter seiner Freundlichkeit.

»Das ist keine Frage des Verrats«, gab Cadvan zurück. »Du weißt nicht ...« Kurz zuckte Schmerz über seine Züge, und er verstummte eine Weile. »Dernhil war stark und ein reiner Barde. Ich denke, die Untoten hätten ihn lieber benutzt, als ihn zu töten; sie hätten ihn wohl lieber zu ihrer Marionette, ihrem Spitzel in Inneil gemacht, um einfacher an dich heranzugelangen. Ein Mord musste die Schule zwangsläufig auf ihre Gegenwart aufmerksam machen; somit können sie dort nicht mehr bleiben, denn selbst Untote sind Barden wie Malgorn und Oron nicht gewachsen.« Nachdenklich setzte er ab.

Maerad betrachtete Cadvans schattige Züge, und schließlich setzte sie sich wieder ans Feuer.

»Ich halte es für wahrscheinlich«, fuhr Cadvan letztlich fort, »dass Dernhil sich selbst getötet hat, damit sie nicht in seinen Geist eindringen konnten. Und ich denke, damit spricht nicht nur meine Hoffnung aus mir.« Er schauderte. »Glaub mir, Maerad, es gibt schlimmere Dinge als den Tod.«

Er starrte tief ins Feuer. »Kargan zufolge haben sie versucht, in Malgorns und Silvias Haus zu gelangen. Kurz nachdem wir dort eingetroffen sind, habe ich einen Türbann angebracht, einen Zauber zum Schutz des Hauses, was sich eindeutig als gut erwiesen hat. Er hat sie nicht nur vertrieben, Malgorn und Silvia können daraus auch ablesen, wer versucht hat, die Tür zu öffnen. Es könnte sein, dass die Untoten glauben, wir wären immer noch in der Schule. Aber ich weiß es nicht mit Sicherheit.«

Maerad schwieg und dachte über das nach, was Cadvan gesagt hatte. Es stimmte, dass Dernhil tot war. Vielleicht stimmte dann auch, dass die Finsternis nach ihr suchte, wie Cadvan vermutete. Sie spürte, wie eine Woge schwarzer Angst in ihr aufstieg.

»Wie können wir Sicherheit gewinnen?«, fragte sie schließlich. »Ich meine, wenn ich einen Namen habe, wie erkenne ich ihn?«

»Niemand weiß etwas mit Sicherheit«, antwortete Cadvan milde. »Was den Beginn der Weisheit darstellt.« Er setzte ab. »Maerad, du musst zur Bardin erhoben werden, und zwar so rasch wie möglich. Deshalb sind wir nach Norloch unterwegs: An keinem anderen Ort können wir all die Prüfungen umgehen, die zu bewältigen es jahrelangen Lernens bedürfte. Das war mir schon immer klar, aber jetzt betrachte ich es als absolut vorrangig.«

»Was – man wird mich dort einfach zur Bardin erheben?«, fragte Maerad ungläubig. »Zur vollwertigen Bardin? Ich kann doch kaum lesen …«

»Unter besonderen Umständen schon, ja«, bestätigte Cadvan. »Und mir erscheinen die gegebenen Umstände als sehr besonders.«

Er seufzte. »Wenn du die Ausersehene bist, Maerad, trifft dich ein hartes Los, das du nur freiwillig annehmen kannst. Und dennoch, tust du es nicht, verweigerst du dich oder versuchst du, ihm zu entkommen, wird es dich trotzdem ereilen.«

»Tolle Aussichten«, meinte Maerad trocken. Sie hob einen Zweig auf, schob ein Ende ins Feuer und beobachtete ihn, bis er in einen kleinen Flammenbaum aufging. Plötzlich musste sie an ihre Mutter denken. Hatte Milana mehr über sie gewusst, als sie ihr erzählt hatte? Manchmal hatte ihre Mutter über das Schicksal gesprochen, nur hatte Maerad nie verstanden, was sie meinte, sie war einfach noch zu jung gewesen ... Die Flamme verzehrte den Zweig, bis sie beinahe ihre Finger erreichte, und sie warf ihn zurück ins Feuer. »Cadvan, was sind Untote?«

»Untote?« Cadvan beugte sich vor und schien zögerlich zu sprechen, fast gegen seinen Willen. Lange, von den Flammen geworfene Schatten fielen über sein Gesicht. »Untote sind – oder waren – Barden. Sie besitzen die Macht von Barden. Allerdings dienen sie dem Namenlosen.«

Kurz verstummte er, und in der Stille hörte Maerad den Atem der Pferde, das Rascheln der Bäume, den Ruf eines Nachtvogels. »Wie du weißt, war der Namenlose selbst einst ein Barde und hat, um den Tod zu überlisten, seinen Namen verworfen. Das ist ein schweres Verbrechen, ein Verbrechen, das nur Barden begehen können. Die Untoten sind an seine Macht gebunden, wenngleich sie, im Gegensatz zu vielen anderen seiner Sklaven, durchaus einen eigenen Willen besitzen. Auch sie sterben nicht auf gewöhnliche Weise, trotzdem weisen sie einen Unterschied zum Namenlosen selbst auf: Man *kann* sie töten. Niemand weiß, was danach mit ihnen geschieht. Sie haben Körper wie wir, doch nach mehreren Lebzeiten werden sie scheußlich anzusehen, wenngleich sie so wie wir in der Lage sind, sich zu tarnen und wie Sterbliche zu erscheinen.«

Abermals verstummte er, schien in sein Gedächtnis zu blicken und fuhr anschließend mit einer inbrünstigen Wut fort, die Maerad verdutzte. »Ich hasse sie. Sie verraten alles, was uns zu dem macht, was wir sind, und sie zerstören alles, was der Liebe wert ist. Ich hasse sie mehr als den Namenlosen selbst!« Dann nahm er sich zusammen und fuhr ruhiger fort: »Niemand weiß, wie viele von ihnen es gibt. Man glaubt, dass sich seit Menschengedenken kein Barde mehr in einen Untoten verwandelt hat, nicht seit der Großen Stille. Ich hege da meine Zweifel.«

»Was meint Ihr damit?« Maerad ergriff einen weiteren Zweig und entzündete ihn. Allmählich kroch ihr ein Gefühl des Grauens über den Rücken bis zum Hals.

»Ich glaube, es gibt Untote, die wir noch nicht als solche erkannt haben«, antwortete Cadvan. »Ich habe bislang nur mit sehr wenigen über meine Befürchtungen gesprochen. Einige der Probleme in den Schulen kann man kleinen Untugenden wie Torheit und Gier zuschreiben, aber wohl nicht alle. Öfter als uns lieb ist, werden Barden von den dunklen Künsten verführt; was allerdings noch lange nicht bedeutet, dass sie zu Untoten werden. Denk nur an deinen Freund Mirlad: Ich halte es für wahrscheinlich, dass er der Schule verwiesen wurde, weil er sich an den verbotenen Überlieferungen versucht hat, aber er war mit Sicherheit kein Untoter. Von Untoten erwartet man, dass sie böse aussehen, das Erscheinungsbild eines Barden hingegen stellen die Leute nicht in Frage, und doch frage ich mich manchmal ... Jedenfalls, Maerad, sei vorsichtig, wem du dein Vertrauen schenkst! Falls sich in deinem Herzen Zweifel regen, hör auf sie, selbst über die Stimme der Vernunft hinweg.«

Maerad schauderte und musste unwillkürlich an Usted von Desor denken. Eigentlich hatte sie ihn nur als unangenehmen Mann empfunden, aber konnte er sogar noch Schlimmeres sein? Und wie vermochte man es *festzustellen*? Sie hatte Barden für frei von allem Bösen gehalten, auch wenn sie vielleicht nicht fehlerlos waren, nun jedoch schien es so, dass niemand vor dem Bösen gefeit war. Einen wirren Augenblick lang betrachtete sie Annar als größere Ausgabe von Gilmans Feste, wo man überhaupt niemandem vertrauen konnte; dann jedoch besann sie sich Silvias, Dernhils, Malgorns und Cadvans, und ihre Ängste klangen ein wenig ab.

»Warum kann der Namenlose nicht getötet werden?«, wollte sie wissen.

»Er hat einen Bindungszauber geschaffen«, antwortete Cadvan. »Seit Jahrhunderten versuchen Barden, ihn zu entschlüsseln. Bekannt ist nur, dass ein solcher Bann nie zuvor und nie danach geschaffen wurde und dass dessen Macht den Namenlosen an die Erde bindet, sodass seine Seele sich nach dem Tod nicht auf die Reise durch die Tore begeben und sich stattdessen in einen anderen Körper einnisten kann. Es heißt, als er den Spruch wirkte, waren seine Qualen so gewaltig, dass sein Schrei vom Reich Indurain über die Gebirgskette des Osidh Annova bis zur Insel Thorold hallte, vom Ödland Zmarkans bis hinab zum Meer von Lamarsan. Unter den Weisen hält sich der Glaube, dass er diese Qual immer noch spürt. Denn kein menschlicher Körper vermag solcher Pein standzuhalten, und wie es scheint, nimmt er nur Gestalten an, die imstande sind, sie zu ertragen – und sie sind allesamt abscheulich und furchterregend anzusehen.«

Cadvan seufzte schwer. »Und so hielt die Große Stille Einzug in Annar. Aber ich glaube, ich habe heute Nacht bereits zu lange geredet, und wir sind beide müde. Es ist an der Zeit, dass wir uns selbst in ein wenig Stille üben.«

Maerad wickelte sich in ihre Decke und versuchte auf dem Boden eine gemütliche Stelle zu finden. Eine Weile blieb sie rastlos, während wirre Gedanken ungebeten durch ihren Geist flimmerten: Dernhils Ermordung, ihr Name, der große Rabe, der sich auf Cadvans Unterarm niederließ, die Ausersehene, die Untoten ... was *waren* Untote eigentlich?

Nichts ergab einen Sinn, dachte sie erschöpft, überhaupt nichts. Es war wie ein böser Traum, jedoch ein Traum, aus dem es kein Erwachen gab.

In ihrem Bauch regte sich Furcht wie eine kalte Schlange.

Dreizehntes Kapitel
Elidhu

In den dunklen Stunden nach Mitternacht rüttelte Cadvan Maerad an der Schulter. Er drückte ihr den Zeigefinger auf den Mund, damit sie keinen Mucks von sich gab. Schlagartig war sie hellwach und setzte sich auf.

Sie lauschte und vernahm alsgleich etwas, das sich wie ein großes, durch den Wald trampelndes Tier anhörte, welches unterwegs Äste knickte. Ihrer Einschätzung nach befand es sich etwa eine Meile weit entfernt in der Richtung, aus der sie gekommen waren. Cadvan hatte die schlafenden Pferde bereits mit einem Bann belegt, damit sie keine Geräusche verursachten; er selbst und Maerad verharrten lautlos, während das Getrampel sich näherte. Was immer es war, es hielt alle paar Minuten inne, als nähme es Witterung auf. Maerad tastete beklommen nach ihrem Schwert. Das Geschöpf schien ihrem Pfad zu folgen, und sie fragte sich, worum es sich handeln mochte; es schien zu groß, zu plump für einen Wolf zu sein und hörte sich nach einem einzelnen Tier an, keinem Rudel.

Es näherte sich ihnen bis auf knapp hundert Meter, dann hielt es abermals inne. Maerad konnte seinen Atem vernehmen, das rasselnde Einsaugen der Luft, zudem ein grässlich sabberndes Geräusch. Atemlos angespannt saßen sie und Cadvan völlig still. Dann sprang die Kreatur weiter, weg von der Senke. Maerad hatte das Gefühl, als strömte ihr Blut wie durch einen gebrochenen Damm jäh durch ihre Adern, und sie erschlaffte vor Erleichterung. Die beiden lauschten, wie das Wesen weiter durch den Wald trampelte und die Geräusche sich zunehmend entfernten, bis sie nicht mehr zu hören waren.

»Was war das?«, flüsterte sie, als die nächtlichen Laute des Waldes allmählich wieder einsetzten und der beängstigenden Stille die Schärfe zu nehmen begannen.

»Ich weiß es nicht«, gestand Cadvan. »Vielleicht ein Goromant; es hat sich wie einer angehört.«

»Ein Goromant?«

»Ein großes, gepanzertes Tier mit einem Schwanz wie ein Skorpion. Gormorants jagen mit dem Geruchssinn und sind ungemein schwierig zu töten. Wir können von Glück reden, dass wir uns in diesem Bardenheim aufhalten; es beschützt uns.«

»Wurde es ... glaubt Ihr, es wurde von der Finsternis geschickt?«

Cadvan musterte sie durch die Düsternis der Nacht mit verkniffenen Augen. »Nein, das glaube ich nicht, Maerad. Es gibt viele Kreaturen, die aus einer älteren Macht als der des Namenlosen geboren wurden. Und in uralten Wäldern wie diesem leben sie noch als Überreste eines Übels aus grauer Vorzeit. Obwohl es natürlich sein könnte, dass der Namenlose sich ihrer bedient.«

»Woher wisst Ihr dann, dass es nicht von ihm geschickt wurde?«

Darauf hatte Cadvan keine Antwort. Er erwiderte nur, dass er Wache halten würde. Aufgewühlt legte Maerad sich wieder hin, doch es dauerte lange, bis sie wieder einschlafen konnte.

Am nächsten Tag standen sie im Morgengrauen auf und setzten den Weg durch den Wagwald fort. In der friedlichen Ruhe, die sie nun umgab, erschien ihnen der Vorfall der vergangenen Nacht wie ein absonderlicher Traum. Aber Cadvan zeigte ihr die Spuren des Tieres auf dem Pfad: klauenbewehrte Fußabdrücke im weichen Schlamm neben einem Bach, außerdem frisch geknickte Jungbäume und Äste. Die Abdrücke wirkten sehr tief, und Maerad schauderte beim Gedanken an das Gewicht, auf das sie hindeuteten. Die Kreatur musste gewaltig gewesen sein.

Von jedem Zweig hingen Tautropfen, die in den Lichtstrahlen funkelten, welche durch das Blätterdach einfielen. Als Maerad sich zu beiden Seiten umblickte, stellte sie fest, dass die Bäume immer dichter standen und den Wald in Schatten hüllten. Bisweilen erspähte sie in der Ferne vereinzelte Flecken von Sonnenlicht, wo eine mächtige Eiche umgestürzt war und von Efeu und Misteln überwuchert auf dem Boden lag oder wo graue Granitaufschlüsse sich unvermittelt aus dem Walduntergrund erhoben. Überall wucherte Adlerfarn, dessen zartgrüne Wedel sich durch die kupferfarbenen Rückstände des Winters schoben. In der Nähe des Pfades gediehen allerlei andere Pflanzen: Schöllkraut und Glockenblumen, Grundelreben, Grüppchen von Nachtschatten und Schierling, Dickichte aus Nesseln und Wildrosen. Cadvan erklärte sie ihr unterwegs. Einmal stieg er ab und pflückte die schlichte, sternenförmige grüne Blüte der Einbeere. »Sie wird auch Schwarzperle oder Wolfsbeere und von Barden *Martagon* genannt«, verriet er ihr. »Jede Blüte trägt später im Jahr eine einzelne rotschwarze Beere, die in Pulverform Heilkraft gegen Gift besitzt. Manche schreiben ihr daneben noch andere Eigenschaften zu, und nimmt man sie als Tee zu sich, beschert sie wunderbare Träume.«

Auf dem Pfad lag eine dicke Schicht von vermoderndem Laub, die das Geräusch der Pferdehufe dämpfte. Dazwischen stießen sie immer wieder auf steinige Furten der zahlreichen Bäche, die den Weg kreuzten. Mittlerweile befanden sie sich tief im Wagwald und hielten sich in der groben Richtung nach Norden. Im Verlauf des Tages fühlte Maerad sich durch die Stille mehr und mehr bedrückt; obendrein unterhielten sie und Cadvan sich immer weniger. Sie musste oft an das große Tier denken, das sie in der vergangenen Nacht gehört hatten, doch nun waren weit und breit keine Anzeichen auf eine solche Kreatur zu erkennen. Das Einzige, was sie im Wald hören konnte, war Vogelgezwitscher; die Vögel selbst aber hielten sich im Geäst verborgen. Einmal vermeinte sie die rötliche Gestalt eines Rehs wieselflink zwischen den Bäumen verschwinden zu sehen, doch nur so flüchtig, dass es ebenso ein Streich ihrer Augen gewesen sein konnte. Abgesehen davon erblickte sie ringsum kein Lebewesen.

Cadvan ging in Gedanken den besten Weg nach Norloch durch. Er war von der Weststraße so früh wie möglich in den Schutz des Waldes abgebogen, wodurch sie bereits jetzt vom unmittelbarsten Kurs abgekommen waren. Nun grübelte er über die Vor- und Nachteile von Heimlichkeit gegenüber Geschwindigkeit nach. Der geradeste Weg stellte zugleich den gefährlichsten dar, doch auch zu säumen barg Wagnisse. Maerads Offenbarung der vergangenen Nacht beunruhigte ihn zutiefst; in seiner Zwangslage wünschte er inbrünstig, er könnte sich der Umstände von Dernhils Tod sicher sein. Er musste eine Entscheidung treffen, welche Vorgehensweise für sie am besten war: Den Straßen nach Norloch zu folgen oder fernab von bewohnten Gebieten durch wildere Gefilde vorzustoßen. Beide Möglichkeiten boten Vorteile, aber auch Gefahren. Bis sie den Wagwald in einigen Tagen verlassen würden, brauchte er sich noch nicht zu entscheiden, danach jedoch würde die Wahl, die er traf, unwiderruflich sein.

In jener Nacht verweilten sie in einem weiteren Derenhel, abermals an einer Felswand gelegen, in der sich eine Höhle auftat. Diesmal befand sich ein Tümpel in der Mitte der Senke. Sie hielten abwechselnd Wache, hörten jedoch nichts Bedrohliches.

Am folgenden Abend schlugen sie das Lager unter einer riesigen Eiche nahe dem Pfad auf und hielten abermals Wache. Sie zündeten kein Feuer an, denn Cadvan wollte alles unterlassen, das im Wald Aufmerksamkeit erregt hätte. Maerad schlief unruhig, weil sie sich ungeschützt fühlte. Die Stille des Waldes war allmählich zermürbend.

Um gegen die gedrückte Stimmung anzukämpfen, begann Cadvan, sie weiter über das Wissen und die Geheimnisse der Hohen Sprache zu unterrichten, über die Geschichte der Sieben Königreiche und des Reichs von Annar, über das Verhalten wild lebender Vögel, über die Eigenschaften von Pflanzen. Er erzählte ihr die verschiedenen Legenden darüber, wie auf dem Kontinent die Barden auftauchten, die in der Hohen Sprache *Dhillareärë*, das Sternenvolk, hießen. Über ihre Herkunft, so erklärte er, herrschte Uneinigkeit. Manchmal gab er auch Balladen aus der Zeit der Großen Stille über die verzweifelten Schlachten des Lichts gegen den Namenlosen zum Besten. Er erklärte, wie sich das Licht in jener Zeit in die äußeren Gebiete zurückgezogen hatte, die nunmehr die Sieben Königreiche genannt wurden: Culain, Ileadh, Thorold, Lanorial, Amdrith, Suderain und Lirhan. Beinahe wäre es gänzlich aus Annar vertrieben worden. Die Untoten erwähnten sie überhaupt nicht mehr.

An den Abenden holten sie ihre Leiern hervor und spielten zusammen. Maerad lernte in jenen zwei Tagen, Liedern, die sie bereits auswendig kannte, auf neue Weise zu lauschen und sie neu zu verstehen – nicht nur als Geschichten, die ersonnen worden waren, um die Eintönigkeit von Winterabenden zu vertreiben, sondern als Darbietungen, in denen die uralten Geheimnisse des Weistums lebendig wurden. Nach Dernhils schrecklichem Tod und all den Ereignissen, die ihm vorangegangen waren – allem, was geschehen war, seit sie Cadvan in der Feste begegnete –, war sie dankbar für den Frieden. Maerad wünschte, sie befänden sich nur auf einer Reise, nicht auf einer dringlichen Mission; sie verdrängte die Gedanken darüber, die Auserkorene zu sein, die vom Schicksal Ausersehene – all jene hochtrabenden Worte, die überhaupt nichts mit ihr zu tun haben konnten.

Am dritten Tag im Wald spürte Maerad, dass jenes Gefühl der Beklommenheit zunahm, als würden sie beobachtet. Cadvan schien nichts davon zu merken, deshalb erwähnte sie es nicht weiter. In jener Nacht schlugen sie das Lager unter einem Baum auf; wieder gab es kein Feuer. Als sie sich in der Kälte zusammenkuschelte und in einen unbehaglichen Schlaf zu dämmern begann, erwachte sie ruckartig wieder – mit dem Gefühl, gestolpert und in tiefes Wasser gestürzt zu sein. Sie schlug die Lider auf und starrte in ein anderes Augenpaar, das gelblich wie das einer Katze schimmerte und sie aus weniger als zehn Metern Entfernung unverwandt ansah. Erschrocken setzte sie sich auf, doch die Augen verschwanden sofort; als Cadvan sie fragte, was denn los sei, antwortete sie, es müsse eine Eule oder ein anderes Tier gewesen sein.

Allmählich wurde sie des Wagwalds überdrüssig; sie sehnte sich nach einer frischen Brise im Gesicht und einem freien Blick auf die Sterne oder die Sonne. Zum ersten Mal, seit sie Inneil verlassen hatten, verzehrte sie sich nach einem Bad; ihre Haut fühlte sich klebrig und dreckig an. Wehmütig dachte sie an die süß duftenden Öle in Silvias Haus zurück. Am nächsten Morgen sattelte sie Imi denkbar mürrisch.

»Wie lange sind wir noch in diesen menschenleeren Wäldern?«, fragte sie Cadvan. »Oder erstrecken sie sich ins Unendliche?«

»Nicht ins Unendliche«, entgegnete Cadvan. »Ich möchte ungesehen bleiben, und der Wagwald ist ein hervorragender Ort, um sich zu verstecken, aber ich weiß, was du meinst.« Er verzog das Gesicht, zog Darsors Bauchgurt fest und schwang sich in den Sattel. »Noch zwei Tage, dann sehen wir wieder den Himmel.«

Maerads Gefühl des Unbehagens nahm den ganzen Tag hindurch immer mehr zu. Unwillkürlich steigerte sich in ihr der Drang, den Wald zu verlassen, und sie wünschte inbrünstig, Cadvan würde noch schneller reiten. Mittlerweile war sie fast sicher, dass etwas sie beobachtete, auch wenn sie es nie zu sehen bekam. Wenn sie über die Schulter blickte, spürte sie manchmal, dass gerade eine Gestalt aus ihrem Sichtfeld gehuscht war, oder sie erspähte aus dem Augenwinkel Bewegungen, die nur Blätter im Wind gewesen sein mochten, hätte ein Wind geweht, um sie in Bewegung zu versetzen. Wurden sie verfolgt? Und wenn ja, von wem oder was? Gegen Ende des Nachmittags zuckte sie bereits jedes Mal zusammen, wenn eines der Pferde auf einen Zweig trat.

Dann vermeinte sie etwas zu hören, eine Stimme, die an der Schwelle des Vernehmbaren zu tänzeln schien, weshalb Maerad zunächst nicht sicher war, ob es sich überhaupt um eine Stimme handelte; vielleicht war es nur der Wind, der durchs Geäst säuselte, oder der ferne Ruf eines Vogels. Der Laut erklang und verhallte wieder, bevor sie ihn zu fassen vermochte, dann ertönte er von neuem, jedes Mal näher. Sie begann sich zu fürchten und schaute zu Cadvan, als könnte sie ihn durch blanken Willen dazu bewegen, es zu erwähnen. Aber er setzte den Weg nur wortlos fort. Schließlich, als sie ihre innere Unruhe nicht mehr zu bändigen vermochte, sagte sie: »Cadvan, hört Ihr etwas?«

»Du kannst unseren Mitreisenden hören?« Lächelnd drehte er sich ihr zu. »Nicht alle Ohren sind in der Lage, jenes Lied zu vernehmen.«

»Was ist das?«

Als wäre der Stimme bewusst gewesen, dass sie ihr lauschten, nahm sie schlagartig eine neue Klarheit an. Maerad konnte Ansätze von Worten ausmachen, wenngleich sie verschwommen wirkten wie Gestalten unter einer wabernden Wasseroberfläche. Dann schien sich ein Blickpunkt zu verlagern, wie es manchmal geschieht, wenn man in einen Teich blickt – im einen Augenblick sieht man nur die sonnenerhellten Wellenränder, die auf dem Antlitz des Wassers gleißen, im nächsten erspäht man in den Tiefen klar und deutlich die reglose Form einer rot und golden gestreiften Forelle, deren Flossen träge in der Strömung winken. Leicht erschrocken stellte Maerad fest, dass sie die Worte verstehen konnte.

Sanft wie der Fluss zum schlummernden Schwan
Kalt wie das matte Mondlicht auf Stein
Tief wie das todlose Moos auf dem singenden Baum
Das bin ich, und das bin ich, und das bin ich

Flüchtig wie ein Stern in der schwindenden Schneise
Alt wie die verborgene Wurzel der Welt
Harsch wie das Licht, das das Auge blendet
Das bin ich, und das bin ich, und das bin ich

Imi und Darsor blieben stehen und hoben wiehernd die Köpfe. Maerad saß still, war vom Zauber des Liedes wie gebannt, das sich unaussprechlich seltsam anhörte und mehr in ihrem Kopf widerzuhallen schien, als an ihre Ohren zu dringen. Cadvans plötzlich besorgte Miene nahm sie ebenso wenig war, wie dass er abstieg und zu Imi ging, die Zügel ergriff und den Arm ausstreckte, um Maerads Hände zu fassen.

Dann erschien es Maerad, als verdunkelte sich der Wald rings um sie, und zwischen den Bäumen erschien eine wabernde, silbrige Helligkeit wie Licht unter Wasser – und in dem flackernden Gleißen erkannte sie eine Gestalt.

»Sei gegrüßt, Tochter«, sprach die Gestalt zu Maerad. »Ich habe dich beobachtet.«

Verblüfft starrte Maerad zurück. Die Gestalt war eine Frau, die an sich nackt gewesen wäre, hätte sie nicht den sonderbaren Eindruck vermittelt, in Licht gekleidet zu sein, als bedeckten die grellsilbrigen Wellen sie, anstatt sie zu enthüllen. Maerad sah ihr in die Augen – es waren dieselben Augen, die sie in der Nacht zuvor erschreckt hatten. Die Frau besaß das wildeste Gesicht, das Maerad je gesehen hatte, unmenschlich und entrückt, ruchlos und wunderschön wie eine Blume.

»Warum?«, stammelte Maerad. »Warum hast du mich beobachtet?«

Die Gestalt lachte. »Wie oft verirrt sich jemand meiner Art in diese Gefilde? Ich dachte, du kämst vielleicht, um mich zu begrüßen und auf die althergebrachte Weise Musik zu machen. Aber wie ich sehe, bist du in Begleitung eines dieser Tölpel, dieser Menschen.« Abermals lachte sie, und Maerad spürte, wie ihr ein eiskalter Schauder über den Rücken lief. Sie schüttelte sich und blickte hinab; Cadvan starrte zu ihr empor, doch es fühlte sich an, als betrachtete sie ihn wie durch einen Schleier.

»Was willst du von mir?«, fragte sie.

»Ich kenne dich«, sagte die Gestalt. »Ich werde dich nicht aufhalten.« Sie näherte sich Maerad, und sie schien, durch die Luft zu wandeln und in einem wässrigen Lichtkreis vor ihr zu verharren. »Ich halte meine Kinder nicht auf.« Mit einer Hand ergriff sie Maerads Kinn und hob es an, sodass sie einander unmittelbar in die Augen blickten. »Vor etlichen Generationen habe ich deinen Vorvater geliebt; sein Kopf ruhte an meiner Brust, und eine solche Wonne war wie ein Wunder für mich.«

Sie ließ Maerad los und streckte sich sinnlich, katzengleich. Ihre Arme ragten in die Bäume empor. »Aber wie alle Sterblichen alterte er und starb. Ich vergaß ihn. Und dann hörte ich deine Stimme; sie klang wie die seine, und ich erinnerte mich. Also bin ich dir gefolgt und sah es – du bist von meinem Geschlecht.«

Maerad schwieg.

»Ist er dein Geliebter, dieser Mensch? Vergiss ihn – sie sterben, wie das Schilf welkt. Komm mit mir in dein eigenes Königreich.«

Maerad verspürte einen jähen Anflug von Furcht. Würde sie weggezaubert werden? »Nein«, entgegnete sie lauter als beabsichtigt.

»Nein?« Die Gestalt zuckte mit den Schultern, dann lächelte sie. »Ich verstehe die Liebe. Auch ich habe einst geliebt. Aber gut, ich will dir etwas geben. Vielleicht wirst du der Menschen überdrüssig werden. Sie besudeln die Welt, sie vergiften die Wurzel aller Dinge.« Damit reichte sie Maerad eine kleine, aus Schilf geschnitzte Flöte. »Spielst du darauf, werde ich es hören.«

Maerad blinzelte, und in jenem Lidschlag verschwand die Gestalt. Alles war wieder wie zuvor, nur dass sie nun die kleine Riedflöte in der Hand hielt. Sie schaute hinab. Cadvan umklammerte Imis Zügel und starrte sprachlos zu ihr empor. Maerad schüttelte den Kopf, versuchte, sich von der Absonderlichkeit dessen zu befreien, was soeben geschehen war, und lachte.

»Was war *das* denn?«, fragte sie etwas zittrig.

»Was war was?«, fragte Cadvan mit Nachdruck zurück. »Sag, Maerad, was ist geschehen?«

»Wer war sie?«

»Ein Elementar, eine Elidhu. Was hat sie zu dir gesagt?«

»Konntet Ihr sie nicht hören?«, gab Maerad erstaunt zurück.

»Ich konnte sie schon hören, aber kein Mensch spricht ihre Sprache. Wenn sie mit Menschen sprechen möchten, was selten vorkommt, bedienen sie sich unserer Sprache oder bisweilen der Bardensprache. Maerad, als du mit ihr geredet hast, da hast du eine Sprache verwendet, die ich nicht kenne.«

Maerad saß reglos da, während sie dies verdaute. »Tatsächlich?«

»Ja, ja.« Cadvan hörte sich aufgeregt an. »Ich wusste nicht, ob du verhext worden warst.«

»Nein«, widersprach Maerad nachdenklich. »Nein, das glaube ich nicht. Sie sagte: *Ich werde dich nicht aufhalten.*« Dann schilderte sie die merkwürdige Unterhaltung, wobei sie die Äußerungen der Elidhu über Cadvan geflissentlich aussparte. Nach und nach wirkte er weniger besorgt, obschon keineswegs weniger verblüfft. Er ergriff die kleine Flöte und begutachtete sie nachdenklich.

»Früher als Kind habe ich auch solche Flöten geschnitzt«, sagte er und gab sie Maerad zurück. »Aber die hier besteht aus einem Schilf, das mir merkwürdig erscheint.« Er betrachtete Maerad mit einer neuen Neugier, in der, wie sie fand, auch ein gewisses Maß an Erstaunen zu erkennen war. »Es gab Gerüchte, dass in den Adern des Hauses Karn das Blut von Elementaren floss. Ich habe sie nie geglaubt. Ich habe mich wohl geirrt.« Er schüttelte den Kopf, als versuchte er, einen klaren Gedanken zu fassen. »Was bedeutet das? Es ist jedenfalls seltsam, sehr seltsam ...«

Maerad sah ihn mit ausdrucksloser Miene an. Sie fühlte sich immer noch, als wäre sie eben aus tiefem Wasser aufgetaucht. Cadvan schien ihr eine weitere Frage stellen zu wollen, sah jedoch plötzlich davon ab. Stattdessen reichte er ihr die Zügel, kehrte zu Darsor zurück und stieg auf. »Wir sollten weiterreiten«, schlug er vor. »Etwa eine Wegstunde von hier entfernt liegt ein Bardenheim. Dort können wir uns weiter unterhalten.«

Im Bardenheim nahmen sie den Pferden die Sättel ab und ließen sie grasen, dann, wie sie sich bereits angewöhnt hatten, zündeten sie in der Höhle ein Feuer an und bereiteten eine Mahlzeit vor. Cadvan wirkte zerstreut, und Maerad blieb stumm, obwohl sie vor Fragen brannte. Nachdem sie das Essen beendet hatten, streckte Cadvan die Beine aus und lehnte sich mit dem Rücken gegen die Höhlenwand. Maerad musterte ihn im Schein des Feuers. Er sah müde aus; tiefe Furchen zogen sich von der Nase zum Mund, und seine Augen wirkten umwölkt. In solchen Augenblicken kam er ihr vor wie ein Fremder – ein dunkler, zurückgezogener Mann, das Antlitz von schweren Gedanken gezeichnet, abgehärtet und verwittert von einem Leben, von dem sie wenig wusste. Sie wartete. Schließlich, als die Nacht anbrach und es dunkel wurde, kehrte er aus seinem Innersten zurück und schaute lächelnd zu ihr auf.

»Verzeih mir«, bat er. »Was heute geschehen ist, war gänzlich unerwartet. Ich hatte keine Ahnung ...« Er schüttelte den Kopf. »Ich wusste, dass du voller Überraschungen steckst, Maerad, aber das verblüfft sogar mich.«

»Mich auch«, gab Maerad zurück. »Wie konnte ich mit der Elidhu reden und doch die Sprache nicht beherrschen?«

»Ich weiß es nicht«, musste Cadvan zugeben. »Das Bardentum ist ein uraltes Wissen. Aber es gibt ein noch älteres Wissen, so alt wie das Wasser, die Bäume und die Erde. Viel von diesem Wissen ist uns unbekannt oder höchstens als dunkle Ahnung erhalten geblieben. Dies ist das Wissen, aus dem das Bardentum erwächst, die Wurzel unseres Weistums. Sie sind nicht dasselbe. Das Bardentum ist dem Reich der Menschen zuzuordnen, diese Elidhu aber wandelten lange vor uns auf Erden.« Kurz setzte er ab, dann fuhr er fort. »Das Blut von Elementaren zu besitzen gilt unter Barden nicht unbedingt als gut«, erklärte er. »Wenn es tatsächlich in den Adern des Hauses Karn floss, ist es kein Wunder, dass man das geheim hielt.«

»Warum?«, verlangte Maerad zu erfahren. »Sie war doch nicht böse.«

»Nein, nicht böse«, bestätigte Cadvan. »Aber ebenso wenig kann man sich in der Welt der Menschen auf sie verlassen. Du hast mit der Elidhu gesprochen; würdest du ihr vertrauen? Die Kreaturen der Wildnis sind nicht wie wir – sie neigen dazu zu vergessen, woran wir uns erinnern müssen, und wechseln im Handumdrehen von gutwillig zu tödlich.«

Maerad schwieg eine Weile und starrte in die Flammen. »Und was ist das Haus Karn?«

Rasch schaute Cadvan zu ihr auf, dann senkte er den Blick wieder. »Es ist *dein* Haus, deine Familie«, sagte er. »Manche Barden, etwa die Hälfte – so wie ich zum Beispiel –, entstammen Familien, in denen Bardentum nie bekannt war, andere nicht. Das Haus Karn ist eine alte Familie von Barden. Sie war bei der Gründung von Pellinor dabei und davor in Lirion im Norden. Die Große Stille hindurch setzte ihre Linie sich ungebrochen fern im Westen fort, auf der Insel Thorold. Lanorgil, der Seher, gehörte jener Familie an. Andomian und Beruldh, deren Geschichte du schon so oft gesungen hast, sind deine entfernten Ahnen. Milana, deine Mutter, war die Tochter eines großen Bardentumerbes. So wie du.«

»Ich?« Diese Neuigkeiten verschlugen Maerad noch nachdrücklicher die Sprache als ihre Begegnung mit der Elidhu. Mit einem

Schlag erhielt die tragische Geschichte von Andomian einen neuen Bezug. *Das ist die Geschichte meiner Vorfahren*, dachte sie, *es ist* meine *Geschichte.* Sie stellte sich vor, wie Andomian in den Verliesen des Hexers Karak allein und verzweifelt starb, nachdem sie ihre Brüder vor der Sklaverei gerettet hatte. Maerad schauderte. »Warum habt Ihr mir das nicht schon früher erzählt?«, verlangte sie zu erfahren.

Cadvan zögerte mit der Antwort. »Usted hat dein Erbe beim Rat von Inneil erwähnt, abgesehen davon jedoch ist das Thema bislang nicht aufgekommen«, sagte er schließlich. »Und vielleicht missfällt mir persönlich die Vorstellung vererblichen Bardentums. Es gibt einige, die ihrer Abstammung nicht würdig sind und die sich stolzer gebaren, als es ihren Fähigkeiten entspricht.«

Eine lange Weile schwiegen beide, und jeder hing seinen eigenen Gedanken nach. Maerad vermeinte eine neue Ferne in Cadvan zu spüren, ein Zurückweichen von der Nähe, die sich zwischen ihnen zu entwickeln begonnen hatte, und das bekümmerte sie. Schließlich war es nicht ihre Schuld, fand sie, dass sie einer solchen Familie entstammte; das hatte sie sich ebenso wenig ausgesucht wie ihre Kindheit als Sklavin. Welche Fetzen der Geschichte sie auch hinter sich herschleifte, sie war immer noch die, die sie war.

Cadvan regte sich. »Etwas verwirrt mich«, gestand er. »Kannst du mir noch mal sagen, welches Lied die Elidhu sang?«

Maerad wiederholte die Verse, die sie gehört hatte, und Cadvan lauschte aufmerksam.

»Ja«, meinte er. »Das *todlose Moos auf dem singenden Baum* und auch die *verborgene Wurzel.* Und Lanorgil sprach vom *Baumlied.* Nun, Maerad, ich bin bestens in der Hohen Sprache bewandert, und in jenen Überlieferungen gibt es vieles, das von der Wurzel der Hohen Sprache, vom Baum des Lebens und dergleichen berichtet. Ich vermute, dass da eine Verbindung besteht. Allerdings habe ich noch nie vom Baumlied gehört. Ich weiß nicht, was es ist.« Ungeduldig stocherte er im Feuer. »Ich denke, es könnte sehr wichtig sein, dass wir es herausfinden«, fuhr er fort. »Und vielleicht spielt das Wissen der Elementare eine etwas größere Rolle in unseren Belangen, als den Barden bisher bewusst war. Es steht geschrieben, dass die Elementare sich häufig in Afinnil aufhielten und mit den Barden dort sangen. Aber so viel vom Weistum ging während der Großen Stille verloren. Mir gibt so viel an all dem Rätsel auf. Ich wünschte, ich könnte mit Nelac reden!« Er seufzte.

»Eurem Lehrer?«, fragte Maerad neugierig.

»Ja, er war mein Lehrmeister«, bestätigte Cadvan und sah sie an. »Mittlerweile ist er sehr alt. Der bedeutendste Leser in diesem Land. Er verkörpert den Hauptgrund, weshalb ich nach Norloch will. Wir brauchen seinen Rat.«

»Ist er dort der Oberste Barde?«

»Nein, nicht der Oberste, obwohl er natürlich ein Barde des Zirkels ist. Aber meiner Ansicht nach ist er der Weiseste dort. Vor langer Zeit, nachdem Noldor starb, bat man ihn, Oberster Barde zu werden, doch er hat sich geweigert und sagte, ihn dürste nicht nach solchen Ehren. Der amtierende Oberste Barde ist Enkir, ein weiterer großer Leser. In Norloch waren die Obersten Barden fast ausnahmslos Leser, wenngleich es ein paar wenige Erschaffer gab. Enkirs Verstand ist ebenso scharf wie beharrlich, und unter den Weisen gilt er als einer der ganz Großen. Er ist ein stolzer und hochmütiger Barde aus einem weiteren bedeutenden Haus, dem Haus Lenar.«

»Aber Nelac ist der Größere von beiden?«, wollte Maerad wissen.

Cadvan blickte zu ihr auf und grinste, wodurch sich ihre Bedenken von zuvor plötzlich auflösten. »Ja, in meinen Augen schon, wenngleich mir da viele widersprechen würden«, gab er zurück. »Denn Nelac von Lirigon ist auch weise, wenn es um Herzensangelegenheiten geht. Enkir hingegen ist zu kalt, zu streng, zu stolz, um davon etwas zu verstehen. Aber du wirst diese Leute kennenlernen und kannst dir dann selber ein Urteil bilden.«

»Es hört sich an, als ob Norloch ... dass dies alles nichts mit mir zu tun hat«, meinte Maerad zweifelnd.

»Norloch ist grundverschieden von Inneil«, erwiderte Cadvan. »Aber du hast bereits Furchterregenderem getrotzt als ein paar alten Männern.«

Am folgenden Tag setzten sie die Reise durch den Wagwald fort, und endlich glaubte Maerad zu erkennen, dass die Bäume sich ein wenig lichteten. Hoffnungsvoll fragte sie sich, ob sie sich dem Rand näherten. Cadvan bestätigte ihre Vermutung. »Noch ein Tagesritt, dann verlassen wir den Wald ins nordöstliche Annar, einen oder zwei Tagesritte von Milhol entfernt«, erklärte er. »Danach müssen wir entscheiden, welchen Weg wir einschlagen. Dort könnten wir auf die

Ettinor-Straße gelangen, allerdings glaube ich nicht, dass es klug wäre, diesen Pfad zu wählen, obwohl wir schneller reisen könnten. Andererseits: Wenn wir uns weiter gen Norden halten, beschreiben wir einen noch größeren Umweg. Ich bin sogar versucht, meine eigene Schule aufzusuchen, Lirigon, und von dort südwärts nach Norloch zu reiten – ich würde nur allzu gern ein paar Neuigkeiten in Erfahrung bringen. Aber das wären viele Tagesritte nach Norden, die uns letztlich vermutlich wenig bringen würden.«

»Müssen wir auf den Straßen bleiben?«, fragte Maerad.

»Nein, nicht ständig«, erwiderte Cadvan. »Und ich denke, das werden wir auch nicht tun, obwohl das Land westlich von Milhol rau und an einigen Stellen kaum begehbar ist. Außerdem fürchte ich, wir könnten uns verirren!«

In geselligem Schweigen ritten sie weiter. Nach ihrer Begegnung mit der Elidhu am Vortag kam Maerad der Wagwald nicht mehr so feindselig vor, und obwohl sie sich immer noch danach sehnte, das Zwielicht zwischen den Bäumen gegen Sonnenschein und Wind einzutauschen, war ihr auch klar, dass sie hier, verborgen vor neugierigen Augen, trotz der Gefahren des Waldes sicherer war. Aus unerfindlichen Gründen hatte sie das Gefühl, dass die Elidhu sie und Cadvan beschützte. Die langen Tage des Reitens zwischen den Bäumen hatten ihr auch Gelegenheit gegeben, die Ereignisse der vergangenen drei Wochen zu verarbeiten. Mittlerweile empfand sie weniger Verwirrung, weniger Zweifel, wenngleich es schien, dass die Fragen sich vervielfachten, je mehr sie über sich herausfand.

Letzteren Gedanken vertraute sie Cadvan an, der darauf meinte: »So ist das mit dem Weistum immer. Ich stelle es mir häufig wie ein Licht vor, das über einem dunklen Meer erblüht; je heller es wird, desto deutlicher erkennt man die Tiefe und das Ausmaß des Unbekannten. Die Weisesten sind diejenigen, die wissen, wie wenig sie wissen!«

In jener Nacht schlugen sie das Lager in einer weiteren Senke auf, jedoch diesmal gab es dort keine Höhle, weshalb sie kein Feuer entfachen konnten. Das gute Wetter hielt, und die Nacht erwies sich sogar als ein wenig schwül. Nach Sonnenaufgang am folgenden Tag setzten sie den Weg fort, und gegen Mittag sah Maerad ein Licht durch die Bäume schimmern. Endlich hatten sie den Waldrand erreicht.

Die Bäume endeten recht unvermittelt. Blinzelnd stellte Maerad fest, dass sie auf ein Land rollender Höhenzüge voll purpurn blühendem Heidekraut hinausblickten. Der Weg zog sich weiter vor ihnen durch das Land, und Cadvan erklärte ihr, wenn sie ihm folgten, würden sie nach einer Weile zur Bardenstraße gelangen, die den Milholfluss entlang nach Ettinor führte. »Vorerst«, sagte er, »halten wir uns weiter Richtung Milhol. Ich möchte mir ein Bild von der Lage hier in der Gegend machen. Danach müssen wir beschließen, was wir als Nächstes tun.«

Die Landschaft, durch die sie ritten, erwies sich als einsam und kahl. Heftige, von den fernen, blau am östlichen Horizont schimmernden Bergen herabstürzende Winde fegten über sie hinweg. Bäume wuchsen hier keine, nur einige verkümmerte Dornenbüsche, und gelegentlich passierten sie Aufschlüsse verwitterten, grauen Granits, überwuchert von hellen Flechten, purpurn, gelb, grün und weiß. Auch andere, anscheinend von Menschenhand geschaffene Steine sahen sie: Kreise auf den Kuppen der kleinen Hügel, die wie mächtige, unterbrochene Kronen aussahen, manche umgekippt und zerfallen, andere noch aufrecht, aber schräg stehend wie Betrunkene.

»Diese Steinkreise gab es schon vor Afinnil. Sie stammen aus den frühesten Tagen, in denen Menschen durch dieses Land wandelten«, erklärte Cadvan. »Inzwischen weiß niemand mehr, was sie darstellten; selbst in den Tagen der Dhyllin waren sie schon uralt und verwahrlost. Aufgestellt wurden sie vom Hügelvolk, das vor vielen tausend Jahren lebte. Manche denken, es seien Male für die Gräber ihrer Könige und Königinnen, andere glauben, dies seien die Plätze, an denen sie ihren Göttern huldigten. Einige der Steine weisen eigenartige Markierungen auf.«

»Und was glaubt Ihr?«, fragte Maerad.

»Ich weiß es nicht«, gab er zurück.

Als die Abenddämmerung einsetzte, befanden sie sich immer noch fernab von bewohnten Gefilden. Unter einem der Hügel stießen sie auf einen windgeschützten Talkessel, in dem sie ihr Lager aufschlugen. Abgesehen vom Seufzen des Windes im Gras und den traurigen Rufen von Regenpfeifern waren keine Geräusche zu vernehmen. In jener Nacht packten sie ihre Leiern nicht aus, sondern unterhielten sich leise miteinander. Maerad rückte näher ans Feuer.

»Es fühlt sich hier so trostlos an«, stellte sie fest.

»Ja«, pflichtete Cadvan ihr bei. »Dieses Gebiet wird das Hohle Land genannt. Seit Menschengedenken lebt hier niemand mehr.«

»Das liegt alles so lange zurück und scheint so fern«, meinte sie. »Dennoch ist es, als könnte das Land sich an die Menschen erinnern.«

In jener Nacht schlief Maerad unruhig. In ihren Träumen vermeinte sie fern in der Nacht die Geräusche von Hufen zu hören, die nach ihr suchten, und ringsum nahm sie die düsteren Schemen von schwarz gekleideten Männern wahr. Schaudernd erwachte sie und starrte in den sternengesprenkelten Himmel empor, wo der zunehmende Mond hoch über einer Wolkenbank stand. Cadvan lag ganz in der Nähe und schnarchte leise. Bald schlief sie wieder ein und träumte nicht mehr.

Immer noch folgten sie dem Pfad, der sie durch den Wagwald geführt hatte, und am Vormittag des nächsten Tages senkte er sich plötzlich zu einem Sumpfgebiet hinab. Dort ging es nur langsam voran, weil sie sich vorsichtig einen sicheren Tritt suchen mussten und bisweilen fürchteten, gänzlich vom Pfad abzukommen. Häufig versanken die Pferde bis über die Fesseln im Schlamm. Stechmückenschwärme setzten ihnen zu, und ihr Unbehagen steigerte sich, als die Sonne heißer herabbrannte. Mehrere Stunden kämpften sie sich so voran, ohne eine Mittagspause einzulegen, bis sie zu Maerads Erleichterung das Moor endlich hinter sich hatten und zurück auf festen Boden gelangten. An einem kleinen Bach hielten sie für eine späte Mahlzeit an und ließen die Pferde grasen und trinken.

»Also«, meinte Cadvan. »Bald werden wir wieder unter Menschen sein. Ich bezweifle zwar, dass wir jemandem begegnen werden, der mich kennt, allerdings kann es trotzdem nicht schaden, Vorsichtsmaßnahmen zu treffen.« Eine Weile überlegte er, dann fuhrt er fort: »Was hältst du davon, mein stummer Sohn zu sein, und ich bin ... vielleicht ein Stiefelmacher aus der Nähe von Pellinor, der in Ettinor Heilung für das Gebrechen seines Sohnes sucht?«

»Warum nicht?«, meinte Maerad belustigt. »Aber versteht Ihr auch etwas vom Stiefelmachen?«

»Ach, Mädel«, sagte Cadvan und zwinkerte schurkisch. »Du weißt ja gar nicht, was ich alles weiß. Mein Papa war ein Schuster, und seine Stiefel wurden in Lirigon hoch geschätzt. Und andernorts, wenn wir schon dabei sind.«

Die Vorbereitung ihrer Tarnung bedurfte einiger Zeit. Cadvan kümmerte sich zunächst um Maerad. Er ließ sie die Hände auf seine Schultern legen, wie sie es getan hatte, als er einen Seelenblick in sie warf. Dann murmelte er einen Zauberspruch in der Hohen Sprache. Ein kurzer Lichtblitz zuckte vor Maerad auf und verursachte ihr einen Lidschlag lang Schwindel. Als sie sich wieder sammelte, blickte sie an sich hinab und stieß unwillkürlich einen spitzen Schrei aus. Ihr Körper hatte sich verändert: Sie sah wie ein Junge aus. Auch ihre Kleider wirkten leicht verändert, rau gewoben und aus ungefärbter Wolle. Dann veränderte sich Cadvan selbst, was Maerad wie gebannt beobachtete. Den genauen Augenblick der Verwandlung vermochte sie nicht zu erfassen, aber Cadvans Antlitz schien zu verschwimmen; dann blinzelte sie, und als sie wieder hinsah, stand vor ihr ein anderer Mann. Sein Haar war rot, er hatte einen roten Bart, und seine Züge wirkten schwerer.

»Und jetzt die Pferde«, verkündete er. Dabei musste Maerad erneut blinzeln, denn selbst seine Stimme hörte sich tiefer und rauer an. »Sie sind viel zu prächtig für unsresgleichen.« Er setzte denselben Zauber noch einmal ein und verwandelte damit Darsor und Imi in zwei Ackergäule, Darsor mit einem weißstichigen Auge.

Anschließend wandte er sich Maerad zu und fuhr sich mit den Händen über die Augen. »Das wird bis morgen zum Sonnenuntergang halten«, verkündete er. »Was für uns reichlich genügen sollte; ich habe nicht vor, mehr als eine Nacht in Milhol zu verbringen. Jetzt wird uns kein Barde oder Untoter erkennen. Aber ich muss mich ein wenig ausruhen; es bedarf größerer Anstrengung, die Augen von Barden zu täuschen als die von anderen Leuten. Schau mich gut an, denn du musst dir einprägen, wie ich aussehe.«

Die nächste Nacht verbrachten sie in Milhol, einem kleinen Marktort mit zwei- oder dreitausend Einwohnern. Die mehrere Stockwerke hohen Häuser stießen über den kopfsteingepflasterten Straßen beinahe aneinander und sperrten das Licht aus. Die Leute beäugten sie, während sie durch die schmalen Gassen gingen. Maerad gefielen ihre Blicke nicht; sie empfand sie als argwöhnisch und feindselig. Die Straßen stanken nach Abfallhaufen, die Gossen strotzten vor Unrat, Gemüse- und Eierschalen und verfaulenden Essensresten. Im Vergleich zu den sorgsam gepflegten Gärten der Schule von Inneil war dies kein angenehmer Ort. Er erinnerte sie stark an Gilmans Feste.

Auch den Aufenthalt in einer übel riechenden Herberge genoss sie nicht. Sie wurde von einem Mann mit buschigen schwarzen Augenbrauen in einer speckigen Schürze betrieben, der sie mürrisch einließ. Dann zeigte er ihnen ein schmuddeliges kleines Zimmer mit einem winzigen, von Spinnweben verhangenen Fenster und zwei klobigen Pritschen. Zu Cadvans Verdruss verlangte er mehr als das Doppelte dessen, was sie im Gau von Inneil bezahlt hatten. Zum Abendessen begaben sie sich in den Schankraum, weil Cadvan die Einheimischen über die Bedingungen aushorchen wollte, die ihnen auf dem weiteren Weg bevorstanden, aber sie blieben nicht lange. Im Ort herrschte die Meinung vor, die einzige echte Gefahr auf der Straße verkörperten Wegelagerer.

Maerad erwachte vor Sonnenaufgang. Irgendwo in der Ferne krähte der Hahn, doch nicht das hatte sie geweckt, sondern ein entsetzliches Jucken am ganzen Körper. Sie kratzte sich wie wild und setzte sich auf. Cadvan regte sich verschlafen, dann erwachte auch er schlagartig. »Was ist denn los?«, verlangte er zu erfahren.

»Wanzen«, zischte sie. »Oder Flöhe. Oder Läuse. Jedenfalls beißen mich irgendwelche *Viecher.*«

»Wahrscheinlich Wanzen«, vermutete Cadvan. Leidenschaftslos betrachtete er sie. »Sieh nur, eine hat dich gerade in die Nase gebissen.«

»Ich hoffe, Euch beißen sie auch. Und zwar kräftig«, gab sie zwischen Ärger und Belustigung hin- und hergerissen zurück.

Cadvan setzte sich auf. »Ich glaube, das werden sie nicht«, entgegnete er. »Insekten mögen mich nicht besonders. Wahrscheinlich bin ich zu zäh.« Er schwang die Beine über die Bettkante und fuhr sich mit den Fingern durchs Haar, sodass es ihm zu Berge stand. »Na ja, wenigstens haben sie uns früh genug geweckt, dass wir möglichst ungesehen von hier verschwinden können. Also brechen wir auf.«

Cadvan forderte sie auf, das Kettenhemd anzulegen. Sie kramte es aus dem Bündel hervor, wo es verstaut gewesen war, seit sie Inneil verlassen hatten. Als sie es anlegte und ihr Hals die schwere Kälte zu spüren bekam, zuckte sie zusammen. Dann betastete sie das Schwert, das seit Tagen unbenutzt und beinahe vergessen an ihrer Hüfte gehangen hatte. Schließlich ergriffen sie ihre Bündel und verließen die Kammer.

Unten erwies sich der Koch, der in der Küche das Feuer im Herd anzündete, als einziges Anzeichen von Leben. Da er nicht geneigt war, ihnen ein Frühstück aufzutischen, verließen sie die Herberge und traten hinaus in die kalte Luft. Maerad empfand unaussprechliche Erleichterung darüber, den widerwärtigen Mief zurückzulassen und sog die frische Luft tief ein, obwohl sie so frostig war, dass sie wie mit Eisklingen in ihre Lunge stach. Dann blies sie wie ein Feuer speiender Drache Dampfwölkchen aus den Nasenlöchern.

Sie holten die Pferde aus dem Stall und fanden weiter unten an der Straße eine Bäckerei, in der Cadvan zwei Laibe Brot und etwas Fleischpastete erstand. Die Pastete aßen sie im Sattel, während sie zum Tor ritten und ihre Atemwölkchen sich in der eisigen Luft kräuselten. Das Tor war gerade erst geöffnet worden, und zwei verkniffene Wachmänner beobachteten sie misstrauisch, als sie die Ortschaft verließen. Cadvan winkte ihnen fröhlich zu, was den Wachleuten offenkundig missfiel, dann trotteten sie forsch den Trampelpfad hinab, über den sie sich Milhol am Vortag genähert hatten. Binnen weniger als einer halben Stunde mündete die Straße in eine andere aus Stein.

»Dies ist die Bardenstraße nach Ettinor. Hier können wir ein wenig verlorene Zeit aufholen«, erklärte Cadvan und drehte sich im Sattel herum. Imi und Darsor wieherten und stapften mit den Hufen auf, dann preschten sie los. Anscheinend waren sie ebenso froh wie ihre Reiter, Milhol zu verlassen.

Kurz nachdem sie auf die Bardenstraße gelangt waren, ging die Sonne auf und erhellte ein trübes, von dichten Nebelschwaden weichgezeichnetes Land. Sie verlangsamten die Geschwindigkeit zu einem Trab, und Maerad begann sich umzusehen. Hinter ihnen ragten am Horizont immer noch herrisch die Berge auf, und zu ihrer Linken erspähte Maerad in der Ferne die purpurnen Hügel der Höhenzüge, doch rings um sie war die Gegend flach wie Schwemmland. Der Milholfluss verlief zu ihrer Rechten und wirkte auf Maerad so düster wie die Landschaft selbst. Schwarzes Schilf ragte durch seine braune Oberfläche. Bäume gab es nur wenige, und jene, die Maerad sah, standen vereinzelt und von den vorherrschenden Winden gekrümmt da. Der Boden war karg, felsig und von Büscheln zähen Grases, Disteln und Seidenpflanzengewächsen bedeckt.

Nach Sonnenaufgang kamen ihnen die ersten Bauern auf dem Weg zu den Märkten von Milhol entgegen. Cadvan und Maerad passierten Karren mit Waren, die von müde aussehenden Ponys mit rauem Fell und hervortretenden Rippen gezogen wurden, gelegentlich auch einem Ochsenwagen. Zwei- oder dreimal liefen sie Frauen über den Weg, die mit schweren, auf den Rücken geschnallten Körben marschierten, aus denen die Köpfe von aufgeregt gackernden Hühnern oder die wackelnden Blätter von Rüben hervorlugten. Cadvan nickte allen zu, an denen sie vorüberkamen, aber nur ein einziges Mal wurde sein Gruß erwidert, und zwar von einer jungen Frau, an deren Rockzipfel ein kleines, quengeliges Kind zupfte.

»Es ist hart, diesem Land einen Lebensunterhalt abzuringen«, meinte Cadvan. »Und es verbittert die Menschen. Das war nicht immer so. Vor hundert Jahren erstreckte sich hier ein grünes, fruchtbares Land. Die Leute hier haben vergessen, wie man mit der Erde spricht, und sie nehmen, ohne etwas zurückzugeben.«

Je weiter sie sich von Milhol entfernten, desto seltener sahen sie Menschen. Am späten Nachmittag erspähten sie weit und breit keine Menschenseele und keine Häuser mehr. Sie ritten in einem forschen Handgalopp. Je eher sie dieses trostlose Land verließen, desto besser, das empfanden sie beide, und so zogen sie, geleitet vom Licht der Sterne und des Halbmonds, über den Sonnenuntergang hinaus weiter, bis die Nacht fast völlig Einzug gehalten hatte. Als sie schließlich nicht mehr weiterkonnten, hielten sie am Straßenrand an und schlugen ihr Lager auf. Sie kauerten sich in den Schutz eines großen Baumes, der aussah, als hätte ihn ein Blitzschlag ereilt, zumal er in zwei krumme Hälften gespalten war. Cadvan saß still und lauschte eine Weile, erst dann beschloss er, ein Feuer anzuzünden. »Ich kann meilenweit nichts hören«, erklärte er. »Somit sollte es recht sicher sein. Dennoch finde ich, wir sollten heute Nacht Wache halten.«

Als er mit dem Feuerstein eine Flamme zum Leben erweckte, stellte Maerad fest, dass Cadvan wieder sein eigenes Gesicht besaß. »Cadvan!«, rief sie aus. Überrascht schaute er auf. »Ihr seid wieder Ihr selbst!«

»Das bist du auch«, erwiderte er und spähte mit zusammengekniffenen Augen durch die Dunkelheit. »Ich kann mit Fug und Recht behaupten, das ist schon eine Verbesserung. Ich hatte dich in einen gar zu überzeugenden minderbemittelten Knaben verwandelt.« Das

Feuer erwachte, und er nährte es, ließ die Flammen rasch anschwellen. »Ein paar Tage werden wir nun unsere eigenen Gesichter tragen. Das stellt zwar ein Wagnis dar, aber mir fehlt die Kraft, uns zu tarnen, wenn es nicht unbedingt nötig ist.«

Die nächsten beiden Tage setzten sie den Weg durch die bedrückende Landschaft fort, reisten tagsüber, so schnell sie konnten und hielten nachts Wache. Sie begegneten niemandem auf der Straße. Allmählich begann die Umgebung sich zu verändern. Der Fluss schnitt sich in eine zunehmend tiefer werdende Schlucht, und die beiden Reisenden gerieten in den Schatten von Geländerücken, die aus blanken, steil abfallenden Hängen zu karstigen Schultern anstiegen. Kleine Wasserfälle stürzten lotrecht die Klippen hinab und sammelten sich in seichten, schleimig grünen Tümpeln. Verkrümmte Kiefern breiteten sich über die unwirtlichen Hänge aus. Cadvan sah sich wachsam um, und Maerad wurde unangenehm bewusst, wie laut das Klappern der Pferdehufe von den Felsen widerhallte.

»Das sind die Bruchhügel. Räuberland«, warnte Cadvan. »Benutz dein Gehör.«

Maerad entsandte ihr Bewusstsein hinaus in die Hügel. Sie hörte den Wind durch Felsspalten pfeifen, das Schaben von Klauen auf losen Steinen, die Rufe von Jagdvögeln und das Todeskreischen kleiner Tiere, aber nichts Menschliches. Sehr hoch über ihnen erspähte sie gelegentlich zwei Vögel, die im Wind kreisten. »Adler«, meinte Cadvan knapp. »Sie sind keine Vögel der Finsternis. Sie suchen nur Beute.« Dennoch konnte Maerad ein Gefühl der Bedrohung nicht abschütteln, das den ganzen Tag lang zunahm, während das Gelände unwirtlicher wurde und die Straße durch Felsschluchten verlief, deren Seiten lotrecht neben ihnen aufragten. Aber immer noch blieb das Land verwaist, und sie vernahm bis zum Abend weder Schritte noch Hufe. Die Stille selbst wirkte bedrohlich.

In jener Nacht lagerten sie etwas abseits der Straße unter einem Felsüberhang. Sie zündeten kein Feuer an. Die Pferde stampften und kreisten und rupften das zähe, bittere Gras, während die beiden Reisenden stumm dasaßen und auf die Straße und den felsigen Horizont dahinter starrten, der das Sternenzelt mit dunklen Klingen abschnitt. Cadvan ließ Maerad wissen, dass sie sich mittlerweile weniger als zwei Tagesritte von Ettinor entfernt befanden. »Wenn uns das Glück hold bleibt, sind wir in drei Tagen oder so daran vorbei«, sagte er. »Allerdings misstraue ich den Hügeln. Es ist mir hier gar zu still.«

»Wir gehen nicht nach Ettinor?«, fragte Maerad, die dabei an Helgar und einige andere Barden denken musste, die in Inneil gewesen waren.

»Unter keinen Umständen«, erwiderte er. »Wir beschreiben einen Bogen darum durch den Gau, danach verlassen wir eine Weile die Straße. Hinter Ettinor verläuft der Weg den Aleph entlang direkt nach Norloch. Ich denke, wir sollten uns von jetzt an weitestgehend von Straßen fernhalten. Wenn die Finsternis, wie ich es befürchte, den Verdacht hegt, dass du die Auserkorene bist, wird sie jedes ihr zur Verfügung stehende Mittel einsetzen, um dich zu finden.«

Kurz vor der Morgendämmerung sanken die Temperaturen jäh, und es begann zu nieseln. Maerad und Cadvan brachen früh auf, um das Blut in den durchfrorenen Gliedern in Bewegung zu versetzen. Im grauen Morgenzwielicht wirkte die Landschaft noch trostloser als am Tag davor. Bei Maerad machte sich nach der erbarmungslosen Geschwindigkeit der letzten Tage allmählich Erschöpfung bemerkbar, zudem fühlte sie eine noch tiefer sitzende Müdigkeit, die eher den Geist als den Körper betraf und noch schwieriger zu überwinden war. Imi lief nicht mehr mit federndem Gang, sondern stapfte nur vor sich hin und hielt verbissen mit Darsor Schritt, der unvermindert stolz vorantrabte. Während Maerad auf Imis Rücken schwankte, fühlte sie sich elend. Ihre Hände waren vor Kälte taub, ihr Mantel schlotterte nass um ihre Knie, ihr Gesicht war rau vom Wind. Sie versuchte, nicht an ein Bad oder einen heißen Braten zu denken, obwohl fortwährend Bilder von beidem in ihrem Kopf auftauchten – was sie ihre gegenwärtige Lage umso schlimmer spüren ließ.

Der Nieselregen hielt den ganzen Vormittag an, ehe er in einen richtigen Dauerregen überging. Sie hielten für eine hastige Mittagsmahlzeit an, danach versiegte zwar der Regen, wurde jedoch durch einen eisigen Wind ersetzt, der ihnen durch die Kleider fuhr und sie bis ins Mark durchfror.

Cadvan blieb ungebrochen wachsam und sah sich ständig um, doch Maerad war zu kalt, um sich darum zu kümmern, und so ritt sie in dumpfem Elend vor sich hin. Es überraschte sie, als er anhielt und die Hand hob, um ihr zu bedeuten, dass sie es ihm gleichtun sollte. »Horch!«

Maerad zuckte zusammen und entsandte schuldbewusst ihr Gehör. Unter dem matten Geheul des Windes vernahm sie in der Ferne Hufschlag. Das Geräusch hörte sich nach einem einzelnen Pferd an, das auf sie zuhielt. Fragend wandte sie sich Cadvan zu.

»Ich glaube, es befindet sich etwa eine Meile vor uns«, meinte Cadvan. »Ein einsamer Reisender in diesen Gefilden muss ein Barde sein. Und ich kann uns jetzt nicht tarnen – auf diese Nähe würde er den Zauber spüren.« Er sah Maerad an. »Wir werden so tun müssen, als wären wir schlichte Reisende. Schau nicht überrascht oder entsetzt drein, wenn es ein Untoter ist. Was ich für unwahrscheinlich halte; aber falls doch, wäre er wohl in einen Trugbann gehüllt, du könntest es also nicht wissen, wenn du keine Bardin wärst.«

»Aber wird ein Untoter nicht merken, dass wir Barden sind?«, fragte Maerad unbehaglich.

»Wahrscheinlich wird er bei diesem Wetter nicht so genau hinschauen«, antwortete Cadvan. »Trotzdem könnte es nichts schaden, wenn du dich verschleierst.«

»Mich verschleiern?« Maerad starrte ihn an. Während sie hinsah, schien die Luft um Cadvan sich zu verdunkeln, kaum wahrnehmbar, tatsächlich spürte sie den Unterschied mehr, als sie ihn sah.

»Stell dir einen Schild um dich vor, der dich verbirgt«, sagte er. Maerad schloss die Augen und bündelte ihre Gedanken. Dann schlug sie die Lider wieder auf und blickte fragend zu Cadvan.

»Ja, das ist es«, lobte er. Danach überprüfte er sie beide und zog sich die Kapuze tiefer ins Gesicht. »Ich denke, wir sehen elend genug aus, um als Bauern durchzugehen«, meinte er. »Nur Darsor ist zu auffällig.« Er sprach mit dem Pferd, das schnaubte und mit dem Huf stapfte, dann schien das Tier zu erschlaffen. Erstaunt blinzelte Maerad: Mit einem Mal wirkte der stolze Darsor gänsehalsig und krummrückig, zudem lief er mit einem leichten Hinken. Cadvan tätschelte ihm den Hals. »Ein meisterlicher Schauspieler, dieses Pferd«, stellte er fest.

»Diesmal könnte ich Eure irre Tochter spielen«, schlug Maerad vor. »Falls das hilfreich wäre.« Sie zerzauste sich das Haar, sodass ihr verirrte Strähnen wahllos übers Gesicht hingen, dann ließ sie den Unterkiefer schlaff herabhängen.

Cadvan lachte verkniffen. »Allmählich denke ich, dass deine Ausbildung in mancherlei Hinsicht ziemlich gründlich war«, meinte er.

Langsam setzten sie den Weg fort. Maerad hatte die Kälte völlig vergessen, blieb ständig wachsam und verfolgte die Hufgeräusche, bis sie in Reichweite ihres gewöhnlichen Gehörs gerieten. Sie spürte ein ungewisses Gefühl des Bösen, der Bedrückung und der Tücke, das sich verstärkte, je näher die Huflaute kamen. Ihr Herz schlug schneller und schneller. Dann, unvermittelter als erwartet, tauchte etwa hundert Meter vor ihnen ein Reiter auf, der im gemächlichen Trab einen Felsrücken umrundete.

Er trug schwere schwarze Gewänder und hohe, ebenso schwarze Stiefel mit spitzen Sporen. Sein Reittier war ein stämmiger Brauner, der ständig den Kopf zurückwarf und auf einer grausamen Gebissstange kauen musste.

Maerad wusste auf Anhieb, dass es sich um einen Untoten handelte. Um die Augen seines Pferdes prangten weiße Kreise, die Flanken waren mit weißem, blutfleckigen Schaum gesprenkelt. Das Antlitz des Untoten lag gänzlich im Schatten der Kapuze verborgen, aber Maerad erkannte schaudernd, dass die Hände an den Zügeln weiß und knochig wie die eines einbalsamierten Leichnams aussahen. Der Untote trug einen mattsilbrigen Ring mit einem schwarzen Stein. Sie schluckte und folgte Cadvan weiter, näher und näher hin zu dem Untoten, obwohl sie spürte, das Imis Schritte von Abscheu zeugten und die Stute zu scheuen drohte.

Nach einer schieren Ewigkeit trafen sie aufeinander. Mittlerweile hämmerte Maerads Herz gegen die Rippen, und ihre Zunge fühlte sich trocken im Mund an. Selbst wenn sie gewollt hätte, sie hätte kein Wort hervorgebracht. Der Reiter hielt an, versperrte ihnen den Weg. Maerads Magen krümmte sich vor Angst. Obwohl der Anblick seiner Hände ihr Übelkeit verursachte, schaute sie hin und erkannte, dass der schwarze Stein des Rings zu einem grinsenden Totenschädel geschliffen war.

Cadvan zügelte Darsor, als geböte es die Höflichkeit, und sprach in freundlichem Tonfall: »Guten Morgen, Herr. Ziemlich unangenehmes Wetter für einen Ritt.«

Der Untote starrte ihn an, und nun konnte Maerad im Schatten der Kapuze eine knochige Nase und gleich roter Glut lodernde Augen erkennen. »Da habt Ihr recht«, gab die Gestalt mit einer Stimme zurück, die aus großer Tiefe zu erklingen schien. »Nur die Tollkühnen wagen sich auf diesen Pfad.«

»Ja«, pflichtete Cadvan ihm bei. »Oder die Verzweifelten.« Mit einer Kopfbewegung deutete er auf Maerad. »Meine Tochter, Herr, ist seit drei Monaten vom Wahnsinn befallen. Ich bin unterwegs nach Ettinor, um dort Hilfe zu suchen.«

Ihrer Rolle entsprechend glotzte Maerad den Untoten vertrottelt an. Dabei stellte sie fest, dass der Untote, wenn sie die Sicht verschwimmen ließ, fast wie ein Barde oder ein feiner Herr in einem langen Mantel aussah, was einfacher zu ertragen war als der Anblick der schauerlichen Gestalt, die sie sonst erblickte.

»Vielleicht gibt es Hilfe für euresgleichen in Ettinor«, meinte der Untote höhnisch, »vielleicht auch nicht.«

»Ich bin nicht auf der Suche nach Gefälligkeiten, für die ich nicht bezahlen kann«, sagte Cadvan. Dabei stellte er eine ausdruckslose, beflissene und ein wenig dümmliche Miene zur Schau. »Aber ich frage mich, Herr: Habt Ihr entlang der Straße Wegelagerer gesehen? Verzeiht, wenn ich das so sage, aber anfangs fürchtete ich, Ihr könntet selber einer sein. Bisher sind wir zwar auf keine gestoßen, nur haben uns andere davor gewarnt.«

»Die Wegelagerer wurden beseitigt«, gab der Untote zurück. »Sie hatten sich zu einem Ärgernis entwickelt.«

»Tja, das sind ja gute Neuigkeiten, o ja«, freute sich Cadvan. Eine kurze Pause entstand. »Nun denn, wir haben noch ein Stück des Weges vor uns. Damit trieb er Darsor in Bewegung. »Schönen Tag noch, Herr.«

Langsam, zögerlich bewegte der Untote sich beiseite, um sie vorbeizulassen. Maerad ließ den Kopf hängen, folgte Cadvan und versuchte, an so wenig wie möglich zu denken. Allerdings vermochte sie das Zittern ihrer Hände nicht gänzlich zu unterbinden. Als sie auf gleiche Höhe mit dem Untoten gelangte, hob dieser plötzlich den Kopf an, zischte, als wollte er etwas sagen, und starrte sie unverwandt an. Sie spürte, wie er ihren Geist abtastete, als glitten ekelhafte Greifarme über sie, und ihr stockte der Atem. Ohne nachzudenken, warf sie sich nach vorn über den Sattelknauf und stieß einen schrillen, durchdringenden Schrei aus, wie sie ihn einst von einer geisteskranken Frau in Gilmans Feste gehört hatte. Sie füllte ihren Verstand mit albtraumhaften Bildern einer riesigen Spinne, dann mit jenen einer vielköpfigen Schlange, woraufhin der tastende Untote sich jäh und angewidert zurückzog.

»Aber, aber, Marta, reg dich nicht so auf«, beruhigte Cadvan sie. »Verzeiht Ihr, Herr, verzeiht Ihr«, sagte er zum Untoten. »Das ist der Wahnsinn, sie hat manchmal solche Anfälle ...«

Der Untote spuckte zu Boden, gab seinem Ross die Sporen und preschte los, wobei er gegen Darsor stieß. Das schwarze Pferd scheute und warf Cadvan beinahe ab. Maerad heulte weiter, bis die Hufgeräusche in der Ferne verhallten, erst dann verstummte sie und hickste ein paar Mal, um der Glaubwürdigkeit Nachdruck zu verleihen. Sie schaute zu Cadvan auf, der den Zeigefinger an die Lippen legte, um ihr zu bedeuten, still zu sein. Eine Stunde ritten sie in derselben langsamen Schrittgeschwindigkeit weiter, ehe sie etwas zueinander zu sagen wagten.

»Das war knapp«, stellte Cadvan gedehnt fest. »Dem Licht sei Dank für deine Geistesgegenwärtigkeit, Maerad. Einen Lidschlag lang dachte ich, wir wären verloren. Er konnte dich spüren.«

Maerad war immer noch übel, als wäre sie irgendwie vergiftet worden. »Er hat versucht, in mir zu lesen«, sagte sie zittrig. »Also ließ ich mich einfach in Panik geraten und an Ungeheuer denken. Es war grauenhaft.«

»Du bist nicht annähernd so zerbrechlich, wie du aussiehst. Es ist besser, schwach zu wirken, als schwach zu sein.« Cadvan grinste verschmitzt, und Maerad lächelte matt zurück. Allmählich ließ ihre Übelkeit nach. »Selbst in diesen Tagen ist es selten, dass Untote am helllichten Tage unverhohlen durch Annar reiten«, dachte Cadvan laut nach. »Und er kam aus Ettinor. Vielleicht wurde er ausgeschickt, um Neuigkeiten über uns in Erfahrung zu bringen; vielleicht auch mit einem anderen Auftrag. Ich weiß es nicht. Aber allmählich werden mir einige Dinge klarer.«

»Über Ettinor?«, fragte Maerad.

»Ja«, bestätigte Cadvan grimmig. »Einige meiner Befürchtungen habe ich ja bereits geäußert. Wie es scheint, sind sie nicht unbegründet. Ich bin die letzten Jahre nie in Ettinor gewesen. Bei meinem letzten Besuch gefiel mir der Ort zwar nicht, aber ich konnte keine tätigen bösen Einflüsse spüren. Allerdings können die Dinge sich schnell ändern.« Cadvan schien beunruhigt in Gedanken zu versinken. »Selbst wenn Ettinor zu den verderbten Schulen zählt, kann ich mir kaum vorstellen, dass der Ort mit dem Namenlosen in Verbindung steht und als Zuflucht für Untote dient. Selbst dort gibt es Barden, die sich gegen den Verfall des Weistums in den Schulen gewandt haben und für die Wiederherstellung des Bardentums eintreten.«

Eine Weile ritten sie schweigend weiter. »Der Namenlose muss sich seiner Macht ungemein sicher sein, wenn er sich so nah an den Schoß seiner Feinde wagt«, meinte er schließlich. »Das ist ein sehr schlechtes Zeichen.«

Vierzehntes Kapitel
Der Kulag

Am Nachmittag des nächsten Tages erreichten Cadvan und Maerad den Gau Ettinor. Die Bruchhügel gingen nach und nach in ebenes Land über, auf dem sich neben der Straße kniehohes Gras in einer milden Brise wiegte. Weiden ließen ihre langen Blätter in den Fluss hängen. Nach ein paar Meilen beschrieb die Straße eine scharfe Kurve nach Norden und überquerte den Milholfluss. Auf der gegenüberliegenden Seite ritten sie durch Acker- und Weideland mit Rinder- und Schafherden, allerlei Birken-, Erlen- und Pappelhainen oder riesigen einsamen Eichen. Die Häuser unterschieden sich von jenen im Gau von Inneil. Sie bestanden aus grauem Stein mit kleinen, hohen Fenstern und roten Lehmziegeldächern. Viele besaßen helle Blumenkästen mit roten oder rosa Geranien. Es war eine angenehm zu durchreitende Landschaft, die Maerad nach den kahlen Felsen und dem struppigen Pflanzenwuchs der vergangenen Tage als Balsam für ihre Augen empfand.

Sie tarnten sich wieder als der Schustermeister Mowther und dessen zurückgebliebener Sohn, die diesmal auf der Suche nach Arbeit durch die Lande zogen, da Cadvan nach ihrer Begegnung vom Vortag keine Wagnisse mehr eingehen wollte. Auf der Straße begegneten sie mehreren Leuten, doch wieder fiel Maerad auf, dass nur wenige Cadvans Gruß erwiderten. Barden entdeckten sie nicht. Einmal sahen sie einen Hufschmied, der mit am Sattel klirrenden Werkzeugen in einer langen schwarzen Schürze seines Weges ritt, vermutlich, um die Hufe eines der großen Ackergäule zu beschlagen, die Maerad auf den Feldern bemerkt hatte. Außerdem kamen ihnen ein Hirte mit zwei Hunden unter, der eine kleine Schafherde vor sich hertrieb, und drei barfüßige Kinder, die mit Knöchelchen auf der Straße spielten; als sie die Fremden erblickten, rannten sic sofort weg und versteckten sich. Bald zeichneten sich in der Ferne die Mauern und die hohen, grauen Türme der Schule ab. Cadvan wandte sich nach Westen, um unterhalb der Schule vorbeizuziehen.

»Das ist eine hübsche Gegend«, stellte Maerad fest. »Fast so schön wie Inneil.«

»Ja, aber sie verarmt zusehends«, erwiderte Cadvan. »Vor nicht allzu langer Zeit traf man hier nie Kinder ohne Schuhe an. In ein paar Jahrzehnten wird es hier wie im Gebiet um Milhol aussehen.«

Erst danach fielen Maerad die Anzeichen von Verwahrlosung und Armut auf: fehlende Ziegel auf Scheunendächern oder verrottende Karren und Wagen am Straßenrand. Zahlreiche Felder, die nach Cadvans Aussage eigentlich in voller Blüte stehen sollten, waren von Gräsern und Disteln überwuchert. Und nicht selten sahen sie gänzlich aufgegebene Bauernhäuser mit eingeschlagenen Fensterscheiben, durchhängenden Dächern und über die Hofmauern ragendem Unkraut. Natürlich traf dies nicht immer zu – es gab auch reichlich Häuser mit gepflegten Gärten und Obsthainen, sogar einige äußerst prunkvolle Gebäude, die weitläufige Grundstücke überblickten; aber unter der netten Oberfläche Ettinors spürte sie deutlich einen schleichenden Verfall, einen hoffnungslosen Kampf gegen ein ungewisses Los.

»Im Herzen Ettinors hat sich Verzweiflung eingenistet«, meinte Cadvan, als sie ein weiteres der Verwahrlosung preisgegebenes Gehöft passierten. »Das ist die schlimmste Krankheit von allen. Ein Verrat an der Gesinnung des Bardentums.«

»Wohin gehen all die Menschen?«, fragte Maerad.

»Manchmal in die Städte, um zu versuchen, sich dort den Lebensunterhalt zu verdienen«, antwortete Cadvan. »Manche werden Wandersleute, die für andere arbeiten, wenn sie mit dem Bestellen des eigenen Landes kein Auskommen finden.«

»Aber warum geschieht das? Ich meine, es ist ja nicht so, als würde hier Hungersnot herrschen oder dergleichen ...«

»Begonnen hat es mit dem Tod von Eth, der hier Oberster Barde war«, erklärte Cadvan. »Ihm folgte vor etwa fünfzig Jahren Finlan nach, ein stolzer und ehrgeiziger Mann. Er hob die Abgaben für die Landbesitzer an, weil er meinte, die Barden würden für ihre Arbeit schlecht bezahlt. Vermutlich hätte sich niemand darüber beschwert, wenn die Barden die Güte ihrer Dienste gewahrt hätten, doch Finlan ließ sie verkommen. Trotzdem wurden die Abgaben noch weiter angehoben und gewaltsam von jenen eingetrieben, die sie nicht bezahlen konnten.«

Darob zog Maerad fragend eine Augenbraue hoch. Cadvan klärte sie darüber auf, dass der Erhalt der Schulen nicht nur durch die Einkünfte aus ihren Leistungen bestritten wurden, sondern auch durch Abgaben, welche die Landbesitzer in den Gauen errichteten. Im Gegenzug galten die Barden als Diener des Volkes und stellten ihre Fähigkeiten zur Verfügung.

»Neben zahlreichen anderen Dingen bringen sie den Kindern Lesen und Rechnen bei, heilen die Kranken und vollziehen die Frühlings- und Ernteriten«, sagte er. »Aber die Barden von Ettinor sind hochmütig geworden. Sie betrachten derlei Dienste als unter ihrer Würde und verlangen nun für vieles Bezahlung, was früher unentgeltlich erbracht wurde. Deshalb ist das Ansehen des Bardentums an vielen Orten in Verruf geraten.«

»Also ist Finlan ein Untoter?«, wollte Maerad wissen.

»Das glaube ich nicht«, gab Cadvan zurück. »Wenngleich es dieser Tage schwierig ist, sich irgendeiner Sache sicher zu sein. Aber ich habe mich schon früher gefragt, ob es womöglich Untote in der Schule von Ettinor gibt, und meine Zweifel haben im Verlauf der Jahre zugenommen. Jetzt bin ich davon überzeugt.«

Gegen Einbruch der Abenddämmerung gelangten sie zu einer kleinen, unbefestigten Ortschaft namens Fort, wo sie in einer gemütlichen Herberge mit dem Namen »Braune Ente« abstiegen. Zu Maerads Entzücken gab es sogar ein Badezimmer, wenngleich ohne heißes Wasser. Mit unsagbarer Erleichterung schälte sie sich aus den dreckigen Kleidern, wusch sich von Kopf bis Fuß und schlüpfte in die sauberen Gewänder aus ihrem Bündel. Sie empfand es als sonderbar, einen Körper zu waschen, der sich wie der eines Mädchens anfühlte, aber wie der eines Jungen aussah. Was bereits zu Schwierigkeiten geführt hatte: Wenn sie sich erleichtern musste, berücksichtigte sie zwar, dass sie als Junge dabei stehen sollte, hatte aber festgestellt, dass dies nicht ganz sauber vonstatten ging, wenn sie dabei nicht die Hüfte in einem äußerst unnatürlichen Winkel vorstreckte. Früher an jenem Tag hatte sie Cadvan dabei ertappt, wie er herzhaft über sie lachte, während sie sich hinter einem Baum mit ihrem Geschäft abmühte. Mit hochroten Wangen hatte sie vergessen, dass sie eigentlich stumm sein sollte, und ihn angebrüllt. Was seine Belustigung zu ihrem Verdruss nur noch angestachelt hatte.

Als sie nach dem Bad ins Wohnzimmer zurückkehrte, lümmelte Cadvan in der Verkleidung von Mowther mit ausgezogenen Stiefeln vor dem Feuer. »Wir müssen unsere Kleider waschen«, meinte sie und erwartete eigentlich, er würde dagegen den Einwand erheben, dass sie keine Zeit hatten. Zu ihrer Überraschung stimmte er ihr zu.

»Wir bleiben morgen hier«, sagte er. »Ich denke, wir sind einigermaßen sicher. Jedenfalls bezweifle ich, dass jemand in Fort nach uns suchen wird. Ich will einige Vorräte kaufen und so viel wie möglich an Neuigkeiten in Erfahrung bringen. Außerdem können wir beide eine kleine Rast gebrauchen, bevor wir weiterziehen.«

Später, nachdem sie nach den Pferden gesehen hatten – Darsor schien ganz zufrieden zu sein, wenngleich Maerad vermutete, dass er sich grundsätzlich in keinem Stall so recht wohl fühlte –, begaben sie sich in den Schankraum, um zu essen. Es war ein freundlich wirkender Raum mit einem großen Kamin, über dem Kupferteller und Pferdefiguren aus Messing standen. Die geweißelten Wände waren von den Rückständen des Holzrauchs vieler Jahre nachgedunkelt, auf dem Holzboden lagen saubere Binsen. Ein paar Bauern saßen still an Tischen und tranken das dunkle Bier der Gegend; insgesamt wirkte der Schankraum jedoch fast verwaist. Der Herbergswirt, ein umgänglich wirkender Mann namens Dringold, zapfte Getränke, und Cadvan bestellte bei ihm Wein und Lammbraten mit Gemüse. Ein kleiner Junge von etwa vier Jahren mit einem Schopf schwarzgelockten Haars brachte den Wein, wobei er die Tonkaraffe mit ungemein ernster Miene trug, als wäre ihm kostbarstes Kristall anvertraut worden. Cadvan dankte ihm angemessen.

Bald darauf tischte ihnen Dringolds Gemahlin, eine heitere Frau mit derselben Lockenpracht wie ihr Sohn, ihre Mahlzeit auf. Nach der kargen Kost der vergangenen Tage lief Maerad das Wasser im Mund zusammen, und Cadvan zeigte sich erstaunt darüber, wie schnell sie ihren Teller leer putzte. Dem Braten ließen sie einen Maulbeerkuchen mit Sahne folgen. Den Abschluss bildete hervorragender weißer Käse aus örtlicher Erzeugung, wie ihnen der Herbergswirt stolz mitteilte. Rundum satt und zufrieden setzten sie sich anschließend im Nebenzimmer ans Feuer und genossen schweigend noch etwas von dem sehr bekömmlichen Wein.

»Ein stiller Junge, Euer Sohn«, meinte Herr Dringold im Vorübergehen, als er ein paar Biere zu einem anderen Tisch trug.

»Seit dem Tag seiner Geburt hat er nie gesprochen«, erklärte Cadvan. »Trotzdem ist er recht geschickt.«

»Ihr seid wohl nur auf der Durchreise, was?«

»Sieht so aus. Schusterdienste scheinen in der Gegend nicht sehr gefragt zu sein.«

»Herr Dothan dort drüben wäre Euch ohnehin nicht dankbar, wenn Ihr bliebet«, meinte Dringold und deutete mit dem Kopf auf einen stämmigen Mann, der über einem Tisch in der Nähe kauerte. »Er hat so schon genug Mühe, Leib und Seele zusammenzuhalten. In diesen Breiten gibt es nicht mehr viele, die sich mehr als ein Paar Schuhe leisten können, wenn überhaupt, falls Ihr versteht, was ich meine.«

Nachdem er die Getränke serviert hatte, kehrte er zu ihrem Tisch zurück und begann mit Cadvan zu plaudern. Maerad saß schläfrig daneben und lauschte der Unterhaltung. Allmählich wurde es spät, und sie freute sich auf erholsamen Schlaf in einem richtigen Bett mit richtigen Laken. Der Plausch drehte sich um das Übliche: wie schwierig es war, sich den Lebensunterhalt zu verdienen; dass die Geschäfte von Jahr zu Jahr schlechter gingen, während die Preise unaufhörlich stiegen. Allerdings fiel Maerad auf, dass Dringold mit keinem Wort Barden erwähnte. Cadvan nickte mitfühlend.

Plötzlich kam die Frau des Herbergswirts mit bleichem Antlitz in den Raum gehetzt. »Ewan«, rief sie. »Es geht um Lanal! Er hat wieder den Krupp, aber wirklich schlimm.« Hastig sprang Dringold auf und entschuldigte sich.

»Vielleicht kann ich helfen«, sagte Cadvan und erhob sich. »Mein Junge litt als Kind auch schlimm am Krupp, da habe ich den einen oder anderen Kniff gelernt.« Die Frau musterte ihn zweifelnd, erhob jedoch keine Einwände, als er ihnen in ihre persönlichen Gemächer folgte. Da Maerad nicht wusste, was sie sonst tun sollte, zockelte sie hinter Cadvan drein.

Der Knabe saß in den Armen einer der Mägde in der Küche am Feuer. Er hatte unverkennbar Mühe zu atmen; jedes Mal, wenn er die Luft einsog, verursachte er dabei entsetzlich röchelnde Laute. Maerad sah, dass seine Lippen bläulich schimmerten. Sie hatte schon öfter Kinder mit solch schlimmen Anfällen gesehen. In der Regel starben sie daran.

»Wie lange ist er schon in diesem Zustand?«, fragte Cadvan, wobei

Maerad leicht bestürzt auffiel, dass er nicht wie Mowther, der Schustermeister sprach.

»Etwa eine halbe Stunde«, antwortete die Frau. »Aber es wird immer ärger. Ich weiß nicht, was ich machen soll.« Sie biss sich auf die Lippe und sog scharf den Atem ein, als versuchte sie, Tränen zurückzuringen.

»Habt Ihr Huflattich in der Küche? Oder Borretsch?«, wollte Cadvan wissen.

»Huflattich? Ich glaube schon ... und Borretsch auch, denke ich ...« Sie ging zu einem mit kleinen Glasflaschen getrockneter Kräuter beladenen Regal und ergriff einige.

»Macht einen Tee, schnell«, forderte Cadvan sie auf. »Träufelt einen Löffel von jedem in einen großen Topf.«

Behutsam nahm er den Knaben aus den Armen der Magd und setzte sich mit ihm hin. Der Junge bekam zwar nicht genug Luft, um zu schreien, dennoch fürchtete er sich unverkennbar und setzte sich matt zur Wehr.

»Wie heißt er? Lanal?« Cadvan schaute zu Dringold auf. Der Herbergswirt nickte. Cadvan blickte auf den Knaben hinab und flüsterte ihm ins Ohr: *»Fëarnese,* Lanal. *Fëarnese.*« Sogleich atmete das Kind leichter; der Knabe hörte zu zappeln auf und entspannte sich zutraulich an Cadvans Schulter. Cadvan streichelte ihm über das Haar und über die Brust, flüsterte ohne Unterlass dabei, und nach einer Minute endeten die grausigen Laute. Der Knabe begann, richtig zu atmen, und die Furcht einflößend bläuliche Färbung wich aus den Lippen. Dann, ganz plötzlich, setzte das Kind sich auf.

»Ich bin durstig, Mama«, sagte Lanal. Schüchtern schaute er zu Cadvan und streckte die Arme nach seiner Mutter aus.

»Es geht ihm wieder besser«, erklärte Cadvan und reichte Lanal dessen Mutter. »Gebt ihm etwas Tee zu trinken, nachdem er abgekühlt ist; er wird seine Lunge reinigen. Falls er wieder einen solchen Anfall hat, lasst ihn Huflattichdämpfe einatmen, bevor es so schlimm wird wie jetzt. Und bringt ihn in eine warmes Zimmer.«

In der Küche herrschte vollkommene Stille.

»Ich dachte, er müsste sterben«, brachte die Gemahlin des Herbergswirts schließlich hervor.

»Kinder kommen oft rasch über so etwas hinweg«, erwiderte Cadvan. »Ich habe das schon häufig erlebt.«

Nun, da Dringolds entsetzliche Furcht um seinen Sohn verebbte, wirkte er beinahe wütend. »Das war Bardenwerk«, sagte er ein wenig zu laut.

»Vielleicht, vielleicht auch nicht«, gab Cadvan zurück, der nun wieder daran dachte, mit einem Akzent zu reden. »Wie ich schon sagte, ich habe ein paar Kniffe gelernt, als mein eigener Junge noch klein war.«

»Nur Barden ist es gestattet, Heilkunst anzuwenden«, erwiderte Dringold. »Eine Hebamme wurde letzten Monat aus dem Ort vertrieben, weil sie Heiltränke braute.«

»Wo ich herkomme, gibt es kein solches Gesetz«, entgegnete Cadvan, und Maerad sah, wie Zorn in seinen Augen aufblitzte. »Wenn jemand krank ist, sollte ihm helfen, wer kann. Jedenfalls ist der Junge jetzt außer Gefahr.«

Sie standen in der Küche und beobachteten den Knaben, der sich wieder gebarte, als wäre er in seinem ganzen Leben noch keinen Tag krank gewesen, und seine Mutter um einen Keks anbettelte.

»Also, was schulden wir Euch?«, fragte der Herbergswirt. Cadvan blickte drein, als wäre er beleidigt worden, woraufhin Dringold errötete.

»Ihr schuldet mir gar nichts«, antwortete er. »Ich wüsste nur zu schätzen, wenn Ihr Stillschweigen darüber bewahren könntet, das ist alles. Ich möchte nicht von Barden gehetzt werden, weil sie meinen, wir hätten unrecht gehandelt.«

»Ihr habt nicht unrecht gehandelt«, widersprach die Gemahlin des Herbergswirts inbrünstig. Mittlerweile schimmerten ihre Augen feucht. »O Ewan, ich hatte solche Angst, so schlimm war es noch nie. Ich musste an Medelins Kleinen denken, der letzte Woche gestorben ist; das hätte ich nicht ertragen können.«

»Schon gut, Rose«, brummte Dringold bärbeißig. »Dann habt Dank, Herr Mowther, falls Ihr Mowther heißt.« Er bedachte Cadvan und Maerad mit einem scharfen Blick. »Ich stehe tief in Eurer Schuld. Dieser Knabe bedeutet Rose und mir die Welt.« Damit zog er ein großes rotes Taschentuch hervor und schnäuzte sich.

»Tja, ich und der Junge gehen jetzt besser zu Bett«, meinte Cadvan nur. »Das solltet Ihr auch tun.« Er nickte ihnen zu, um ihnen eine gute Nacht zu wünschen, dann verließ er mit Maerad die Küche, und sie begaben sich zu ihrem Zimmern.

»War das klug?«, fragte Maerad, sobald sie sich in der Abgeschiedenheit ihres Wohnzimmers befanden.

»Klug?« Cadvan warf ihr einen bohrenden Blick zu.

»Ich meine, wo wir doch zu verheimlichen versuchen, dass wir Barden sind ...« Ihre Stimme verlor sich. »Herr Dringold hat offensichtlich Verdacht geschöpft ...«

»Wenn das alles ist, was zählt: Nein, dann war es nicht klug«, räumte Cadvan ein. »Aber was ist Klugheit wert, wenn sie bedeutet hätte, diesen kleinen Jungen sterben zu lassen?«

»Wäre er denn gestorben?«, hakte Maerad nach.

»Ja«, antwortete Cadvan knapp. »Inzwischen wäre er tot.« Er ließ die Schultern hängen und setzte sich grüblerisch. »Maerad, manchmal gibt es Entscheidungen, die einen bitteren Nachgeschmack haben können, aber dennoch getroffen werden müssen. Ich konnte nicht tatenlos mit dem Wissen zusehen, dass ich ihn retten konnte. Das entspricht nicht der Gesinnung eines Barden.«

Bedauernd dachte Maerad an ihr ursprüngliches Vorhaben, Wäsche zu waschen. »Das heißt dann wohl, dass wir morgen Früh aufbrechen müssen«, meinte sie.

»Ich denke, das ist nicht nötig«, gab Cadvan zurück. »Ich glaube, Herr Dringold und seine Frau werden Stillschweigen über uns bewahren. Wir gehen das Wagnis ein.« Selbst durch seine Tarnung hindurch konnte Maerad die Schatten der Erschöpfung in Cadvans Zügen erkennen. Sie dachte an die Magd, die den Vorfall bezeugt hatte, und fragte sich, ob er die richtige Entscheidung traf. Doch sie war zu müde und froh über die Aussicht auf etwas Erholung.

Als sie sich am nächsten Tag aus den Betten erhoben, stand die Sonne bereits hoch am Himmel. Sie genehmigten sich ein ausgiebiges Frühstück aus Gewürzwurst, Bohnen und Speck. Herrn Dringolds Speisekarte hatte sogar gebratene Pilze zu bieten, was Cadvan besonders freute. Außerdem traf Dringold Sorge dafür, dass ihre schmutzigen Kleider zur Wäscherei gebracht wurden, wo sie bis zum Abend fertig werden sollten. Danach schlenderten Cadvan und Maerad zum Markt von Fort.

Maerad war zuvor noch nie auf einem Markt gewesen und zeigte sich begeistert. Der Marktplatz strotzte vor Farben und Gerüchen. Da waren riesige orangefarbene, grüne und goldene Kürbisse; gestreifte gelbe Äpfel, süß und etwas runzlig vom Winterlager; Grün jeder Art – früher Frühlingssalat und Lauch, getrocknete Petersilienstauden und Minze, Majoran und Nesseln, dazu das purpurne Grün großer Winterkohlköpfe, die entzwei geschnitten dalagen, damit man das verworrene weiße Innere sehen konnte. Dazu reihten sich Haufen getrockneter Bohnen und Erbsen, gelbe Linsen und braunes Getreide, Knoblauch- und Zwiebelzöpfe, Säcke mit Haselnüssen, Walnüssen und Mandeln, gesprenkelt in allen Herbstfarben, und große runde Weißkäse, verpackt in Blätter oder blaues Wachs, aufgebockt auf Holzständer. Über allem trieben die Düfte frisch gebackenen Brotes und gerösteter Kastanien, auf einem Kohlenfeuer bratender Würste und Zwiebeln – und all das vor den allgegenwärtigen Geräuschen blökender Esel, muhender Kühe, meckernder Ziegen in Ställen, kläffender Hunde und des Geschnatters der feilschenden Einwohner.

Am Rand des Platzes musizierten zwei Spielleute mit einem Dudelsack und einer Fiedel, während auf dem Boden vor ihnen ein Hut für Münzen lag. Sie trugen knallige Gewänder, scharlachrote Halstücher und blaue Filzhüte mit Glöckchen, die klingelten, während sie tanzten. Sie sangen über törichte Bauern und liebeskranke Maiden, dann eine rührende Ballade über einen Mann, der sich in einen Flussgeist verliebte, und eine lustige Weise über einen betrunkenen Schmied, der in einen Brunnen stürzte. Maerad stand verzückt vor ihnen, bis Cadvan ihr mitteilte, dass sie genau wie der Minderbemittelte aussah, der zu sein sie vorgeben sollte, und er schleifte sie weiter, um einige Einkäufe zu tätigen.

Gemächlich schlenderte er über den Markt und plauderte mit den Standinhabern. Maerad folgte ihm stumm und bewunderte abermals sein Geschick im Umgang mit Menschen; es gelang ihm immer wieder, selbst die zurückhaltendsten Leute für sich einzunehmen und zum Reden zu bewegen. Er kaufte getrocknete Früchte und Dörrfleisch, Gerstenmehl und Getreide, ein wenig Essig und Öl, Hartbrot, das sich zwei Wochen halten würde, sowie einen kleinen Sack Hafer für die Pferde. Was Maerad am deutlichsten auffiel, war die Angst, die jede Erwähnung von Barden oder Bardentum heraufbeschwor; dabei sahen die Standbesitzer sich jedes Mal um, als vermeinten sie, jemand könnte sie belauschen, und verfielen dann in Schweigen oder wechselten betont das Thema.

Nachdem Cadvan mit den Einkäufen fertig war, kehrten sie zu der Stelle zurück, an der die Musikanten für Unterhaltung gesorgt hatten. Maerad wollte ihnen noch etwas zuhören, aber mittlerweile war dort ein Streit im Gange. Eine Frau, unverkennbar eine Bardin – sie trug den Umhang und die Kleeblattbrosche Ettinors – beschlagnahmte in harschem Ton die Instrumente der Spielleute. Als sie sich dagegen verwahrten, ließ sie beide mit einer Handbewegung erstarren. Dann klaubte sie mit einem verächtlichen Blick die Münzen aus dem Hut und ließ die beiden Männer bewegungsunfähig zurück. Cadvan beobachtete den Zwischenfall voll Abscheu.

»Hier ist viel zu viel verboten«, sagte er.

»Was wird aus den beiden?«, wollte Maerad wissen.

»Letztlich wird man sie von dem Bann befreien«, antwortete Cadvan. »Aber es könnte durchaus sein, dass man sie zur Strafe die ganze Nacht hier stehen lässt.«

Danach verspürte Maerad nicht mehr den Wunsch, noch länger auf dem Markt zu bleiben, und sie kehrten zur »Braunen Ente« zurück, wo sie ihre Sachen packten. Cadvan beschloss, dass sie an jenem Abend in ihrem Zimmer essen sollten, und bat darum, ihnen eine Mahlzeit zu bringen. »Wir brechen morgen vor dem Morgengrauen auf«, sagte er zu Maerad.

»Und was dann?«, wollte sie wissen.

»Falls jemand Fragen stellt, beginnt sich eine Spur von uns abzuzeichnen, der jemand folgen könnte, der Böses im Schilde führt«, erwiderte Cadvan. »Wir werden untertauchen.«

»Was bedeutet das?« Zweifelnd zog Maerad eine Augenbraue hoch; jedenfalls würde es offenbar eine Weile keine Herbergen mehr geben.

»Es bedeutet, wir schlagen uns in die Wildnis«, erklärte Cadvan. »In westlicher Richtung ist das Land verwaist und weglos. Selbst, wenn jemand in dieser Gegend nach uns suchen sollte, wären wir schwierig zu finden.«

»Aber an solchen Orten leben doch die Kreaturen der Finsternis«, warf Maerad ein.

»Nicht nur die«, gab Cadvan ihr recht. »Dennoch scheint es mir ein geringeres Wagnis, als auf den Straßen zu bleiben. Kein Weg ist ohne Gefahr.«

Es klopfte an der Tür, und Dringold trat mit ihrem Abendessen ein. Er stellte es auf dem Tisch ab und verharrte.

»Ich wollte Euch sagen«, setzte er an, »dass heute Abend Fragen gestellt wurden.«

»Tatsächlich?«, brummte Cadvan scheinbar gleichgültig.

»Eine Bardin war hier. Sie hat sich über Reisende erkundigt, die man in diese Richtung hatte ziehen sehen. Ich sagte, dass ein Flickschuster auf Wanderschaft bei mir gewesen wäre. Etwas anderes zu behaupten hätte keinen Sinn gehabt«, fügte er hastig hinzu, »weil die Barden immer bereits Bescheid wissen. Es gibt stets welche, die bereitwillig zu den Barden rennen. Jedenfalls erklärte ich ihr, dass Ihr bereits abgereist wärt. Dann meinte sie, dass sie Gerüchte darüber gehört hätte, mein Sohn sei krank gewesen und geheilt worden. Ich habe darüber gelacht. Ich sagte ihr, Rose geriete immer schnell in Panik bei dem Jungen, es sei aber nichts Ernstes gewesen. Daraufhin bedachte sie mich mit einem komischen Blick. Dann wollte sie wissen, ob ich den Barden Cadvan mit einem jungen Mädchen als Reisegefährtin gesehen hätte. Ich antwortete, dass ich Herrn Cadvan so gut wie jeden Barden kenne und es mir stets eine Freude wäre, ihn in meiner Herberge willkommen zu heißen, ich ihn aber seit drei Jahren nicht mehr gesehen hätte. Danach ging sie.«

Er setzte ab. Cadvan musterte ihn mit ausdruckslosen Zügen. »Ich bin sicher, der Barde Cadvan empfindet es stets als Vergnügen, in einer solch feinen Herberge zu übernachten«, sagte er. »Und er ist immer dankbar für Verschwiegenheit.«

»Es scheint mir jedenfalls ratsam für Euch, heute Abend in Euren Zimmern zu bleiben«, meinte Dringold. »Wenn Ihr versteht, was ich meine. Zur Magd habe ich gesagt, Ihr wärt schon fort.«

»Wir beabsichtigen, vor dem ersten Tageslicht aufzubrechen«, erwiderte Cadvan. »Also sollte es kein Problem geben.« Er bedachte Dringold mit einem plötzlichen, herzlichen Lächeln; der Herbergswirt grinste überrascht zurück und verneigte sich.

»Das denke ich auch, Herr Cadvan. Ich bin sehr dankbar, dass Ihr hier wart«, sagte er und ging.

Als die Tür sich schloss, drehte sich Maerad vor Beklommenheit der Magen. Eingelullt von den kleinen Vergnügungen des Tages hatte sie vorübergehend vergessen, in welcher Gefahr sie schwebten, und nun kehrten ihre Ängste verstärkt zurück; unwillkürlich musste sie an die leichenblassen Hände und die wie rote Kohlenglut leuchtenden Augen des Untoten denken.

»Sollten wir nicht sofort abreisen?«, schlug sie vor.

»Das könnten wir, aber ich bezweifle, dass wir viel dadurch gewönnen«, entgegnete Cadvan. »Unsere Tarnung wird bis morgen zum Sonnenuntergang halten. Die Barden von Ettinor wissen nicht, nach wem sie Ausschau halten müssen; im Augenblick suchen sie noch Cadvan.«

»Können wir dem Herbergswirt vertrauen?« Maerad erhob sich und begann, durch das Zimmer zu wandern. »Könnten die Barden nicht von ihm erfahren, dass wir hier sind, selbst wenn er es gar nicht verraten will?«

»Das hängt davon ab, wie misstrauisch sie sind. Ich glaube, sie werden in viele Richtungen die Fühler ausstrecken; es gibt keinen besonderen Grund, weshalb wir ausgerechnet hier sein sollten. Ich wünschte, ich wüsste, was genau sich in Inneil zugetragen hat ... Es besteht eine gewisse Gefahr, aber es widerstrebt mir, unausgeschlafen in die Wildnis hinauszuziehen; das blüht uns später noch zur Genüge. Ich glaube, wir müssen dieses Wagnis eingehen.«

Doch Maerad sprudelte bereits eine weitere Frage hervor. »Was ist mit Dringold? Gerät er nicht selbst in Gefahr, indem er uns schützt?«

»Du scheinst mir heute Nacht sehr angespannt zu sein«, meinte Cadvan stirnrunzelnd. »Ich denke, Dringold ist schlau genug, um die Fragen der Barden von Ettinor abzuwenden. Vergiss nicht ihren Hochmut. Einen gemeinen Herbergswirt unterschätzt man leicht, wenn man sich für etwas Besseres hält. Wenn wir morgen aufbrechen und uns heute Nacht schön leise verhalten, sollte keine Gefahr drohen. Aber zur Sicherheit werde ich einen Schutzbann errichten, bevor wir gehen.«

Cadvans Antworten zerstreuten Maerads Befürchtungen ein wenig, dennoch lag sie in jener Nacht lange wach, da sie außerstande war, das bedrohliche Bild der Untoten abzuschütteln. Am Ende schlief sie dann doch ein, aber ihre Träume waren erfüllt von schwarzen Reitern, die mit fahlen, knochigen Händen nach ihr griffen.

Sie erwachte in der Schwärze vor dem Morgengrauen, vernahm auf das Dach prasselnden Regen und seufzte. Widerwillig schleppte sie sich aus dem warmen Bett, zog sich an und schauderte dabei in der Kälte. Besonders kalt erschien ihr das Kettenhemd, als sie es über die

Kleider streifte. Unwillkürlich fröstelte sie: Es fühlte sich an, als zöge man ein Hemd aus purem Eis über.

Zusammen mit Cadvan nahm sie in der Küche bei Dringold und seiner Gemahlin ein rasches Frühstück im Stehen ein. Rose drückte ihnen schüchtern ein paar kalte Fleischpasteten fürs Mittagessen in die Hand. Dann versuchte sie kurz, Cadvan dazu zu bewegen, eine Bezahlung für seine Rettung des Jungen anzunehmen, doch er weigerte sich standhaft. Bevor sie gingen, streckte Cadvan die Hände vor dem Paar aus und murmelte einige Worte; Maerad sah, wie die beiden blinzelten, danach wandten sie sich ihrer Arbeit zu, als wären Cadvan und Maerad nicht zugegen.

»Sie werden sich nur an das erinnern, was zu Dringolds Geschichte passt«, erklärte Cadvan im Stall, als sie die Pferde holten. »Barden merken es in der Regel, wenn jemand etwas zu verheimlichen versucht.«

»Würde ein Barde den Zauber nicht spüren?«, fragte Maerad.

»Nur mit einem Seelenblick«, entgegnete Cadvan. »Unterzieht man die beiden einem Seelenblick, kann weder ich noch sonst jemand ihnen helfen. Aber ich bezweifle, dass ein Barde oder ein Untoter sich dazu herablassen würde. Jedenfalls hoffe ich das um ihretwillen.«

Einen Augenblick verharrte er reglos mit Darsor und lauschte; doch er hörte oder spürte nichts in der Nacht. Dann ließ er Darsor antreten und ritt über die kopfsteingepflasterten Straßen voraus.

Eine verregnete Schwärze umfing sie. Der Vollmond wanderte in langen, dunklen Wolkenschlieren langsam nach Western, spendete aber wenig Licht. Maerad blickte zurück zu den Fenstern der Herberge, die golden und einladend durch die Dunkelheit schimmerten, und schauderte. Unwillkürlich musste sie an die kleine Familie denken, die sie verließen. Die Vorstellung solch freundlicher Menschen in den Händen von Untoten war unerträglich.

Die Sonne begann gerade den Horizont mit stumpfen Rot- und Ockertönen zu überziehen, als sie durch Dörfer und Weiler zum Rand des Gaus von Ettinor gelangten. Als der Regen aufhörte und die Sonne ein freudloses Licht über die nasse Landschaft warf, ritten sie durch ein weniger bewohntes, nur noch vereinzelt mit Gehöften gesprenkeltes Gebiet. Nach einigen Stunden wand die Straße sich in einen Wald. Dort verlangsamten sie den Ritt und trabten zwischen den triefenden Bäumen hindurch. Sie hörten nur die Geräusche von Vogelgezwitscher und das dumpfe Pochen der Pferdehufe.

Maerad hing Tagträumen nach und grübelte über einige der Dinge, die sie in den vergangenen Wochen gesehen und gehört hatte. Keiner der Gedanken führte irgendwohin. Sie ließ sie einfach nach der Reihe als halb geformte Bilder müßig durch ihren Geist treiben: die Elidhu im Wagwald; Cadvan, der stumm auf Darsor saß; die auf dem Marktplatz von Fort erstarrten Spielmänner; Silvias warmherziges Gesicht, ernst vor Traurigkeit; Dernhil ...

Ein seltsames Geräusch, ein surrender Laut, der an eine große Biene erinnerte, und ein Klopfen, das klang, als prallte etwas gegen Holz, schreckten sie aus ihren Überlegungen. Sie besann sich, ein solches Geräusch schon einmal gehört zu haben, und wusste auf Anhieb, dass es ihr nicht gefiel – da ertönte es erneut. Dann spürte sie einen Schlag gegen den Rücken und wurde im Sattel vorwärts geschleudert. Ohne Befehl preschten die Pferde in wildem Galopp los, und Cadvan brüllte: »Runter! Pfeile! Halt den Kopf unten! *Runter!*«

Unwillkürlich gehorchte sie, barg den Kopf an Imis Hals und klammerte sich krampfhaft fest, während Imi ungestüm losgaloppierte und mit Darsor Schritt zu halten versuchte. Maerad wurde klar, dass sie von einem Pfeil getroffen worden sein musste, und sie war dankbar für das Kettenhemd, das sie an jenem Morgen so widerwillig angelegt hatte. Einmal wagte sie einen Blick zurück, konnte jedoch durch die Bäume nichts erkennen; die Straße hatte bereits eine Biegung beschrieben, die ihre Angreifer verbarg.

Die Pferde verlangsamten in einen Handgalopp, und dann, als sie eine Stelle erreichten, an der ein großer Felssockel aus dem Wald ragte, ließ Cadvan sie mit einem Handzeichen anhalten. Seine Miene wirkte ernst und wachsam. Er führte sie zu dem Felsen, wo sie mit dem Rücken zum Steinhang stehen blieben, der sich mit einem leichten Überhang etwa drei Mannshöhen empor erstreckte. Maerad hörte die Geräusche der sie verfolgenden Reiter, die sich sowohl entlang der Straße als auch durch die Bäume näherten, durch die sie wohl die Biegung im Pfad abkürzten.

»Bei solchen Verfolgern können wir nicht Hals über Kopf davonpreschen«, erklärte Cadvan. »Wir müssen uns hier verteidigen. Ich glaube, es sind nicht viele, zwei, vielleicht drei.«

»Wer sind sie?«, fragte Maerad furchtsam.

»Ich weiß es nicht«, gestand Cadvan. »Barden, vermute ich, die uns in einem der Dörfer gesichtet haben. Durch diesen Teil des Gaus führt nur eine Straße. Ich dachte, der Regen würde uns schützen, aber das war wohl ein Fehler. Zumindest können sie uns hier nicht von hinten überraschen.«

Maerad schluckte und verharrte reglos auf Imi, tastete nach ihrem Schwert und starrte auf die Biegung der Straße, bis ihre Augen zu tränen begannen. Cadvan wartete geduldig, ruhig wie ein Fels. Es schien, ihre Verfolger würden nie eintreffen, doch früher, als Maerad lieb war, kam eine Gestalt um die Kurve getrabt, gefolgt von einer weiteren. Sie hielten Bogen mit angelegten Pfeilen und trugen schwarze Gewänder.

»Untote«, murmelte Cadvan, und Maerad hörte, wie er scharf den Atem einsog.

Zuerst bemerkten die Untoten sie nicht und sahen sich zwischen den Bäumen um, langsam, bedächtig wie Jäger. Ein weiterer Reiter kam über die Anhöhe durch den Wald und gesellte sich zu ihnen. Dann schaute der Vorderste auf, sichtete sie, lachte und winkte seine Gefährten herbei. Sie senkten die Bögen und trabten gemächlich auf sie zu. Maerad spürte, wie blankes Grauen ihre Eingeweide gleich einem Schraubstock umklammerte, und ihr Herz hämmerte schmerzlich in der Brust.

Als sie sich noch etwa dreißig Meter entfernt befanden, brüllte Cadvan entrüstet im Akzent des nördlichen Annar: »Worauf habt Ihr geschossen? Ihr hättet uns töten können! Ich werde mich bei den Behörden beschweren, o ja.«

Der vorderste Untote hielt an. »Wir sind die Behörden«, klärte er Cadvan auf; seine Stimme hätte die eines Leichnams sein können. Maerad sträubten sich die Nackenhaare. »Ihr könnt winseln wie ein Geist im Wind, nur wird es Euch herzlich wenig nützen. Auf Befehl der Barden darf niemand einen Fuß in diese Wälder setzen.«

»Ich weiß nichts von einem solchen Gesetz«, gab Cadvan zurück. Die beiden Untoten im Hintergrund legten Pfeile an die Sehnen, und Maerad spähte verzweifelt zu Cadvan, dessen Miene ungerührt blieb. »Ich kann sehr wohl in die Wälder gehen, wenn mir danach zumute ist, und zwar ohne von Barden gehetzt und gemeuchelt zu werden.«

»Der Preis für Unverschämtheit ist der Tod«, verriet ihm der Untote. »Aber wir wollen Gnade walten lassen und bieten Euch eine Wahl. Ihr könnt mit uns kommen und Euch der Gerechtigkeit von Ettinor stellen.« Abermals lachte er, und die Untoten näherten sich.

»Ich gehe nirgendwohin«, entgegnete Cadvan. »Außer meiner eigenen Wege. Ich tue niemandem etwas zuleide.«

»Hier sind jedermanns Wege für uns von Belang«, sprach der vorderste Untote. Er lachte erneut und hob den Bogen an. »Aber Eure Zeit, sich zu entscheiden, ist abgelaufen.«

Damit feuerte er einen Pfeil unmittelbar auf Cadvan ab; Maerad stockte das Herz. Bevor sie wusste, was geschah, ging der Pfeil jäh in Flammen auf und rieselte als glimmende Asche vor ihnen zu Boden. Gleichzeitig fiel die Tarnung des Flickschusters und dessen Sohnes von Cadvan und Maerad ab.

Mit einem Mal wirkte Cadvan in Maerads Augen größer, herrischer; sein Gesicht hatte strenge, unerbittliche Züge angenommen, und ein sonderbares Licht erhellte ihn. Die Untoten hielten überrascht inne, und in jenem Lidschlag streckte Cadvan die Hände vor sich und schleuderte aus den Fingerspitzen einen weißen Flammenschaft ins Herz des vordersten Untoten. Der Getroffene gab einen erstickten Laut von sich und kippte vom Pferd zu Boden. Daraufhin trieb einer der beiden anderen Untoten sein Pferd an und stürmte auf Cadvan und Maerad zu. Cadvan hob abermals die Hände, diesmal mit einem Schrei, und neuerlich folgte ein Lichtblitz. Der Untote fiel, und beide Pferde preschten Hals über Kopf durch die Bäume davon.

Der dritte Untote hielt sich immer noch zurück. Maerad sah, dass er die Arme hob. Dazwischen bildete sich schneller, als das Auge es zu erfassen vermochte, eine Form aus Nebel und Schatten; in dem Augenblick, als Cadvan den zweiten Untoten vom Pferd schleuderte, raste die Form blitzartig wie eine vorschnellende Schlange geradewegs auf Cadvan zu. Maerad schrie vor Entsetzen auf, aber als der Schatten Cadvan erreichte, waberte, brodelte und zerfloss er. Sofort entfesselte Cadvan seinerseits einen Lichtschaft gegen den dritten Untoten und traf ihn damit; doch der Untote schwankte nur auf dem Pferd, ohne zu fallen. Dann stand er in den Steigbügeln auf und hob die Arme. Selbst auf die Entfernung erkannte Maerad den todbringenden Ausdruck in dem leichenblassen Gesicht.

Der Untote stimmte in ebenmäßigem Tonfall einen Sprechgesang an. Maerad erschienen die Worte unerklärlicherweise vertraut; dann dämmerte ihr trotz der Notlage voll Bestürzung, dass sie etwas Ähnliches schon einmal gehört hatte – in ihrem grauenhaften Zukunftstraum. Ein Schweißtropfen strich ihr wie ein eiskalter Finger über den Rücken, und sie spürte, wie ihre Hände, die sich um die Zügel krampften, zu zittern begannen.

Cadvan streckte ebenfalls erneut die Arme aus, und wieder traf den Untoten ein weißer Blitz, der jedoch diesmal gänzlich ohne Wirkung blieb. Mit trockenem Mund beobachtete Maerad den Untoten wie ein vor Grauen gelähmter Vogel im Angesicht einer zum Todesstoß ansetzenden Schlange.

Langsam wie in einem Albtraum und doch beängstigend schnell bildete sich zwischen den Armen des Untoten eine weitere Schwärze, als wuchsen und verfestigten sich dort Schatten; doch diesmal wirkte die Form weniger gestaltlos als die erste. Cadvan saß auf Darsor, der reglos dastand. Maerad spähte flüchtig zu Cadvan und sah, dass er völlig bewegungslos ausharrte, wenngleich das sonderbare Licht in ihm zunehmend heller wurde. Dann wanderten ihre Augen unwillkürlich zurück zu dem Untoten.

Über ihm ragte eine grauenerregende Gestalt in die Wipfel empor, bestehend aus Schatten und doch scheinbar so fest wie die Bäume ringsum. Sie sah aus wie ein riesiger Mann, allerdings missgebildet und hässlich. Grünes Feuer knisterte zwischen den Brauen, und in den Augen loderte ein kaltes Licht. Die Gestalt schlug mit dunklen Schwingen, die sich über viele Spannen erstreckten, gleich denen einer gewaltigen Fledermaus, und sie trug ein schwarzes Schwert, um das bleigraue Flammen züngelten. Sie öffnete den Mund und spie einen Feuerschwall, und er war kalt, tödlich kalt.

Maerad wurde schwindlig; verzweifelt krallte sie sich in Imis Mähne fest, als wäre sie am Ertrinken. Was war das für ein Wesen? Es wirkte plump und geistlos wie eine Gestalt aus dem Albtraum eines Kindes, doch seine schieren Ausmaße schienen die gesamte Welt zu vereinnahmen.

Cadvan schwankte im Sattel und fuhr sich mit der Hand über die Augen. »Ein Kulag«, presste er matt hervor.

Er zog die Klinge, über die ein weißes Feuer tänzelte, ähnlich wie beim Flammenschwert des Kulags. So verharrten sie einen langen Augenblick, Mensch und Ungetüm, dann schrie der Untote auf und schleuderte die Arme himmelwärts, woraufhin das abscheuliche Ding die Flügel ausbreitete, auf sie zustürzte und ein schauerliches Kreischen anstimmte, das Maerads Blut in den Adern gerinnen ließ.

Darsor warf den Kopf zurück und wieherte trotzig, bäumte sich auf die Hinterläufe auf und trat mit den vorderen Hufen durch die Luft. Ein blendend greller Blitz zuckte, und Maerad erblickte Cadvans erhobenes Schwert, gleißender als das Herz der Sonne – und doch wirkte es kümmerlich wie der Schein einer flackernden Kerze vor der mächtigen Finsternis, die das Tageslicht verschluckte.

Maerad schrie auf und riss die Hände hoch. Sie vermeinte, eine Flammenwand vor ihren Augen hochschießen zu sehen, weißlich blau und unerträglich grell. Ein Krachen folgte, als stürzte ein riesiger Baum um und entwurzelte dabei all seine Gefährten; dann überschwemmte Schwärze Maerads Sicht, und sie wusste nichts mehr.

Fünfzehntes Kapitel
Das Katenmoor

Kurze Zeit später kam Maerad wieder zu sich. Cadvan kniete neben ihr auf dem Boden. Seine Hand ruhte auf ihrer Stirn, seine Züge wirkten vor Anspannung verkniffen. Sie setzte sich auf, schüttelte den Kopf und sah sich um. Darsor und Imi standen ruhig neben ihnen, durch die Bäume schimmerte gewöhnliches Tageslicht. Kurz fragte sie sich, ob sie einen sonderbaren Anfall erlitten oder Wahnvorstellungen gehabt hatte; dann aber schaute sie auf und sah, dass die Äste über ihnen geschwärzt und verwelkt waren, als hätte ein mächtiges Feuer sie berührt. Vor ihnen auf dem Pfad erblickte sie die schwarzen Haufen der drei Untoten und den Kadaver eines Pferdes.

»Was ist geschehen?«, verlangte Maerad zu erfahren.

»Ich bin mir nicht sicher«, gab Cadvan zurück. »Ist alles in Ordnung mit dir?«

Maerad rieb sich den Kopf und nickte.

»Was ist geschehen?«, wiederholte sie. »Sind wir in Sicherheit?«

Cadvan lächelte verkniffen. »Vorerst«, räumte er ein. »Die Angreifer sind alle tot.« Er deutete mit dem Kopf auf die schlaffen Haufen auf dem Pfad und wandte angewiderte die Augen davon ab. »Was aus dem Kulag geworden ist, weiß ich nicht. Er verschwand, als er niedergestreckt wurde.«

»Woher kam dieses Ding überhaupt?«

»Einer der Untoten war ein mächtiger Hexer«, antwortete Cadvan. »Keine Ahnung, warum er sich in dieser Gegend herumgetrieben hat. Ich wage nicht, mir auszumalen, was gegenwärtig in der Schule von Ettinor vor sich gehen muss.« Er verzog das Gesicht zu einer Grimasse. »Der Hexer war der letzte Untote, und sobald er meine Macht wahrgenommen hatte, setzte er mir heftig zu. Ich begann schon zu zweifeln, ob ich gegen ihn die Oberhand behalten würde.« Er setzte ab. »Und dann beschwor er einen Kulag herauf. Nur die größten Hexer vermögen solche Kreaturen zu beherrschen; sie stammen aus dem Zeitalter des Ersten Übels, aus den Tagen der Kriege der Elementare. Vor langer Zeit wurden sie in den Abgrund jenseits des Kreises der Welt verbannt. Sie bergen eine Macht in sich, die noch älter ist als die der Finsternis.«

Wieder verstummte Cadvan kurz. »Und was dann geschah, weiß ich nicht. Ich dachte, den Kulag könnte ich vielleicht bezwingen, aber somit wäre immer noch der dritte Untote geblieben. Der schien noch unverringerte Macht zu besitzen, ich hingegen war bereits erschöpft. Jedenfalls fürchtete ich schon, der auf uns zustürzende Kulag würde das Letzte sein, was wir beide sehen. Dann war da plötzlich eine riesige Flamme, und der Kulag krachte vor uns auf den Boden. Die Flamme breitete sich blitzartig nach außen aus und streckte den dritten Untoten samt seinem Pferd nieder. Dann bist du von Imi gerutscht und gefallen. Ich hatte Angst, du wärst tot.«

Verwundert starrte Maerad ihn an. »Habt Ihr die Flamme geschaffen?«, fragte sie ihn.

»Sie war nicht mein Werk«, gab er zurück und musterte sie mit einem sonderbaren Blick.

»Dann hat uns vielleicht jemand geholfen, der irgendwoher wusste, dass wir in Schwierigkeiten steckten«, meinte sie. »Aber wer könnte es gewesen sein?«

»Ja, wer?«, sagte Cadvan. »Aber eigentlich halte ich es für wahrscheinlicher, dass die Flamme aus dir hervorgebrochen ist, gleichsam als Antwort auf unsere Notlage.« Liebenswürdig lächelte er sie an. »Sie hatte nämlich etwas von deiner Hitzigkeit.«

Eine Weile saß Maerad stumm da und rang sowohl mit Erstaunen als auch mit Zweifeln. »Aber ich habe gar nichts gemacht«, erklärte sie schließlich. »Ich hatte einfach Angst.«

»Zweifellos«, erwiderte Cadvan nüchtern. »Ich werde künftig tunlichst darauf achten, dir keine Angst einzujagen! In jedem Geist gibt es geheime Orte, von denen wir wenig wissen, und ich glaube, auf deinen trifft das ganz besonders zu.« Mit ernster Miene betrachtete er Maerads Züge, und sie hatte fast das Gefühl, etwas wie Furcht in seinen Augen aufblitzen zu sehen. Wortlos blickte sie zu Boden, bis Cadvan endlich aufstand und sich umsah. »Wir sollten hier weg, und zwar rasch«, schlug er vor. »Ich weiß nicht, wie viele andere diese Schlacht bemerkt haben könnten und was uns sonst noch hierher folgen mag.«

Auch Maerad raffte sich auf, während Cadvan zu den gefallenen Untoten hinüberging. Maerad musste erst einen Schauder des Grauens überwinden, ehe sie sich dazu durchringen konnte, ihm zu folgen. Die Untoten lagen verrenkt unter ihren schwarzen Mänteln. Cadvan hob den Saum eines der Mäntel mit dem Stiefel an, woraufhin Maerad überrascht die Luft einsog; darunter befanden sich nur kahle Gebeine. Dasselbe Bild offenbarte sich beim zweiten Leichnam. »Wenn Untote sterben, erlischt der Bann, der ihre Körper an diese Welt bindet«, erklärte Cadvan. »Die hier hätten bereits vor vielen Hunderten von Jahren sterben sollen.« Er stand wieder auf und lehnte sich an einen Baum, als wäre ihm übel. Mit purer Willenskraft überwand er sich, erneut auf die Leichname zuzutreten.

Er begab sich zu den Überresten des dritten Untoten, die am weitesten den Pfad hinab entfernt lagen, und hob mit einem Stock den Mantel an. Maerad erblickte den Totenschädel, der sie angrinste, und die Knochen, die auf einem Haufen lagen und sie zusammenzucken ließen; einen Lidschlag lang dachte sie törichterweise, sie wären noch lebendig. Cadvan kniete daneben nieder, ohne die Gebeine zu berühren, und Maerad sah, dass er einen Silberring mit einem schwarzen Stein betrachtete, der noch an einem Finger steckte.

»Er trägt den kranken Mond«, sagte er. Maerad erkannte, dass der schwarze Stein zum Abbild einer Mondsichel geschliffen war, allerdings leicht verschrundet, sodass der Mond pockennarbig wirkte. »Der Namenlose besitzt seine eigenen Zirkel, ähnlich denen der Barden. Gleich einem verzerrten Schatten des Ordens. Dieser Untote stammte aus den Festen von Dén Raven. Seinesgleichen wurde seit langen Jahren nicht mehr in diesem Reich gesichtet. Nicht seit der Großen Stille.« Sein Gesicht hatte wieder grimmige Züge angenommen. »Dabei hieß es immer, es wären keine von ihnen mehr übrig. Viele Dinge, die das Licht für tot gehalten hat, haben anscheinend nur geschlafen.«

Er brach von einem Baum in der Nähe einen dicken Zweig ab und fegte damit die Gebeine samt dem Mantel vom Pfad, bis sie unter Gestrüpp verborgen lagen. Den Kadaver des Pferdes betrachtete er traurig, versuchte jedoch nicht, ihn zu bewegen. »Tiere, die gezwungen werden, die Untoten zu tragen, leiden schlimme Qualen«, sagte er. »Wahrscheinlich war der Tod für dieses Pferd eine Erlösung.«

Ohne weitere Worte kehrten sie zu den eigenen Pferden zurück.

Cadvan streichelte Darsors stolzen Hals, an dem sich aus dem Schweiß Raureif gebildet hatte. »Gut gemacht, Großmütiger«, lobte er. »Du bist geblieben, wo viele tapfere Männer geflohen wären.« Auch Imis Hals tätschelte er. Dabei murmelte er ihr Worte ins Ohr. Die Stute, die immer noch vor Angst zitterte, beruhigte sich und schnupperte an seinem Nacken. »Indik hat eine weise Wahl für dich getroffen«, meinte Cadvan zu Maerad. »Sie ist ein tapferes Tier, mutiger, als man es ihr ansehen würde. Aber jetzt müssen wir weiter, und zwar so schnell wir können. Bei Einbruch der Nacht möchte ich weit, weit von diesem Ort entfernt sein.«

Sie stiegen auf und preschten weiter, galoppierten durch die Wälder, und die Schatten des Geästs strichen über sie hinweg wie die Wellen eines reißenden Stroms.

Erst Mitte des Nachmittags hielten sie an, als sie aus dem Wald auf verwaistes Grasland gelangten, auf dem hier und da Anzeichen für längst aufgegebene Gehöfte zu erblicken waren: eine Baumreihe, die einst als Windfang gepflanzt worden war, ein verwilderter Obstgarten oder sogar die Überreste eines Hauses mit eingestürztem Dach und bröckelnden Mauern, dermaßen von Efeu oder Unkraut überwuchert, dass sie beinahe wie ein kleiner Hügel oder ein natürliches Dickicht wirkten. Der Pfad, der durch den Wald geführt hatte, setzte erst stellenweise aus und verlor sich schließlich vollends. Sie hielten westwärts auf einen dunklen Schemen am Horizont zu, der wie eine Hecke oder eine Mauer aussah. Dabei bahnten sie sich den Weg durch Büschel harten Grases und gelegentlich durch verdorrte Schilfstauden.

Maerad fühlte sich überaus ungeschützt; es gab kaum Bäume, um ihnen Deckung zu geben. Durch die Nachwehen ihres Gefechts gegen die Untoten war sie immer noch zittrig, zudem verspürte sie eine entsetzliche innere Erschöpfung, neben der sich ihre körperliche Müdigkeit nachgerade harmlos ausnahm. Obendrein schwirrte ihr im Hinterkopf ein besorgniserregender Gedanke herum. Wenn Cadvan richtig vermutete, hatte sie einen Mann und ein Pferd getötet. Wenngleich sie weder Mitgefühl für den Untoten noch Reue darüber aufzubringen vermochte, ihn getötet zu haben, erfasste sie abermals jene seltsame Furcht vor sich selbst, die in unregelmäßigen Abständen an ihr nagte, seit Cadvan ihr zum ersten Mal von der

Hohen Sprache erzählt hatte. Teilweise lag es daran, dass sie keine Herrschaft über ihre Kräfte zu besitzen schien – wenn sie denn tatsächlich solche Kräfte besaß, wie sie nach wie vor zweifelnd in Gedanken hinzufügte. Was war, wenn etwas Unvorhergesehenes eintrat und sie etwas Zerstörerisches bewirkte, was sie gar nicht wollte? Hatte sie tatsächlich Angst in Cadvans Augen gesehen? War es möglich, dass er sich vor *ihr* fürchtete? Unter ihren Zweifeln schwelte etwas anderes, etwas noch Beunruhigenderes: Das Empfinden der eigenen Macht, so unausgereift sie auch sein mochte, beseelte sie mit einer eigenartigen Erregung, ja, einem Gefühl der *Freude*... Doch ihr Verstand scheute vor derlei Mutmaßungen zurück. Sie richtete die Gedanken wieder darauf, mit Cadvan Schritt zu halten und nicht vor schierer Erschöpfung aus dem Sattel zu kippen. Außerdem achtete sie mit ihrem Gehör auf Anzeichen von Verfolgern. Aber sie hörte nichts.

Sie hatten etwa zwanzig Meilen zurückgelegt, als Cadvan anhielt. Hastig aßen sie in einem kümmerlichen Wäldchen. Als Maerad wieder aufstieg, krümmte sie sich vor qualvollen Krämpfen im Bauch. Cadvan ergriff ihre Hände. »Was ist?«

»Krämpfe«, stieß Maerad zwischen den Zähnen hervor. Einen Lidschlag lang wirkte Cadvan besorgt, dann lachte er vor Erleichterung.

»Ist das alles?«, fragte er. »Warte, ich weiß, dass Silvia das Heilmittel in dein Bündel gepackt hat.« Er nahm Maerads Ranzen von Imis Sattel und kramte darin, bis er die kleine Flasche mit dem Heiltrank fand. Cadvan verabreichte Maerad einen Schluck. Der bittere Geschmack ließ sie das Gesicht verziehen, aber die Krämpfe legten sich, und alsbald konnte sie wieder aufrecht sitzen. Auch ihr Kopf fühlte sich klarer an, und sie sah sich um. Der verschwommene Schemen vor ihnen hatte sich zu einer Steinmauer von etwa doppelter Mannshöhe verfestigt, neben der sie in nördlicher Richtung entlangritten. Cadvan erklärte, der Westwall erstrecke sich viele Meilen weit und kennzeichne die Grenze zwischen dem Gau Ettinor und dem Wilderland jenseits davon. »Es gibt zwar keine Tore«, sagte er, »aber der Wall wird seit vielen Jahren kaum gewartet, weshalb er an etlichen Stellen bröckelt. Wir sollten bald auf einen Durchgang stoßen.«

Etwa fünf Meilen weiter fanden sie, wonach Cadvan suchte – eine Stelle, an der ein großes, holziges Rankengewächs die Steine auseinandergezwängt hatte, sodass die dicke Mauer zu Schutt zerfallen war. Sie stiegen ab und führten die Pferde durch die Lücke, dann blickten sie hinaus über eine noch trostlosere Landschaft als jene, die sie hinter sich zurückgelassen hatten: Ein kahles Moor, spärlich von verstreuten Grassoden bedeckt, fiel vor ihnen in ein felsiges Tal ab. Durch das Tal zog sich ein Fluss, gesäumt vom dunkleren Bewuchs von Bäumen an seinen Ufern. Über ihnen hingen mächtige Ballungen grauer Wolken, und der Wind blies frostig, kündigte weiteren Regen an. Die Sonne stand tief am Himmel und zeichnete lange, mattorange Schlieren über den Horizont. Maerad dachte an die freundlichen Herbergen zurück, die weit hinter ihnen lagen, und fühlte sich zutiefst elend.

»Das Katenmoor«, verkündete Cadvan knapp. »Wir begeben uns dort hinunter zum Usk, dem wir folgen, bis wir zu müde sind, um weiterzureiten. Der Fluss schlängelt sich bald nach Westen.«

Maerad war zu müde, um Fragen zu stellen, und folgte ihm stumm den kahlen Hang hinab. Der Regen blieb aus, und sie überquerten den Fluss an einer seichten, breiten Stelle, an der zahlreiche Steine lange, grüne Bärte aus Flussgras aufwiesen. Auch nach Einbruch der Nacht folgten sie dem Verlauf des Flusses im Licht des Vollmonds weiter, bis Imi vor Müdigkeit zu stolpern begann und selbst Darsor allmählich den Kopf hängen ließ. Erst dann ließ Cadvan sie endlich anhalten. Unter einer alten Weide schlugen sie ein freudloses Lager ohne Feuer auf und kauerten sich gegen einen Felssockel, der zumindest ein wenig Schutz gegen den eiskalten Wind bot. In jener Nacht hielten sie trotz aller Gefahr keine Wache.

Maerad war so erschöpft, dass sie Mühe hatte einzuschlafen. Ihr ganzer Körper schmerzte, ihr Kopf surrte wie eine Harfensaite kurz vor dem Reißen. Sie lag auf dem Rücken und starrte in den Himmel. Mittlerweile verschwand der Mond hinter einem Vorhang dunkler Wolken, und sie roch deutlich Regen im Wind. Angst, inzwischen längst ihr ständiger Begleiter, stieg ihn ihr auf wie eine gähnende Leere, die durch ihre Brust flutete. *Wer bin ich?*, fragte sie sich abermals vergeblich. Die menschenleere Nacht gab keine Antwort.

Die nächsten beiden Tage ritten sie weiter durch das Moor, dem Verlauf des Flusses folgend, und hielten sich dabei so dicht wie möglich an den Bäumen. Sie sahen keinerlei Tiere und hörten nur Grillen und Frösche oder den durchdringenden Schrei eines Adlers hoch über ihnen. Da zahlreiche kleine Rücken und Rinnen das Gelände zerfurchten, kamen sie nur langsam voran. Häufig stießen sie auf seltsame Gruben, als wäre die Erde dort irgendwann gewaltsam aufgebrochen worden. Der Boden war übersät mit Quarz- und Granitbrocken, die eine fortwährende Bedrohung für die Hufe der Pferde darstellten.

Das Wetter blieb kalt und grau. Immer wieder setzten frostige Regen- oder Schneeregenschauer ein, die ebenso jäh endeten, wie sie begannen. Der Wind hingegen wehte ständig: ein bitterkalter Luftstrom, der ohne Unterlass über die Anhöhen und Felsen pfiff. Die endlosen Braun- und Grautöne versetzten Maerad nach und nach in eine gelangweilte Benommenheit. Regelmäßig plagten sie Krämpfe, und viele Male war sie unendlich dankbar für Silvias Heiltrank und den Medhyl, von dem Cadvan und sie jeden Morgen einen sparsamen Schluck tranken, um die Müdigkeit im Zaum zu halten. Mehr denn je zuvor sehnte sie sich nach einem Bad, wenn sie sich am Ende jeden Tages schaudernd im kalten Wasser des Usk wusch. Nachts lagerten sie ohne Feuer und rollten sich gegen den Frost ein, der heftig hereinbrach, sobald die Sonne unterging. Sie sprachen stets leise miteinander, weil sie das Gefühl hatten, laute Stimmen würden meilenweit über die Hochebene hallen, in der kaum je ein Vogel schrie.

Die Stille wurde mit jedem Tag bedrückender, bis Maerad ernsthaft zu zweifeln begann, ob sie diesen Zustand noch lange ertragen könnte. Immer mehr beschlich sie das Gefühl, sie wären Ameisen, die unter einem endlosen Himmel über eine endlose Ebene einem unvorstellbaren, sinnlosen Ende entgegenkrochen.

In ihrer dritten Nacht im Katenmoor gab Cadvan Maerads inständigem Flehen um ein Feuer nach. Es zu entfachen erwies sich im feuchten Wind als schwieriges Unterfangen; das Holz wollte sich einfach nicht entzünden, und begann doch ein Funke zu einer matten Flamme zu erblühen, blies der Wind diese sogleich aus. Nach der vierten solchermaßen erloschenen Flamme wollte Maerad wissen, weshalb er keine Magie einsetzte. Verärgerte gab Cadvan zurück: »Ich weigere mich, das, was du als Magie bezeichnest, nach Lust und Laune einzusetzen wie ein billiger Zauberkünstler, der eine Vorstellung für Kinder gibt. Hast du denn gar nichts von dem verstanden, was ich über das Gleichgewicht gesagt habe?«

Verlegen fügte sich Maerad. Letztlich gelang es Cadvan, ein Feuer zum Leben zu erwecken, und zum ersten Mal, seit sie Ettinor verlassen hatten, gab es eine warme Mahlzeit. Anschließend braute Cadvan einen Kräutertee, der Maerad bis zu den Zehen hinab wärmte und einen Teil der Kälte aus ihren Knochen vertrieb.

»Das hier ist ein grausiges Land«, meinte sie. »Ich bezweifle, dass hier jemals jemand gelebt hat. Man würde ja vor Trübsinn eingehen.«

Cadvan sah sie eindringlich an. »Was du spürst, ist der Gram der Erde«, sagte er. »Sie ist schwermütig vor Kummer. Aber obwohl hier niemand leben will, ist sie nicht böse. Ich habe dieses Moor noch nie durchquert, und ich bin wirklich herumgekommen, von Norden bis Süden und über die Berge weit über das Verwaiste Land hinaus. Es heißt, die Toten wandeln hier und suchen auf dem Moor nach ihren verlorenen Brüdern, weshalb sie, von ihrer Seelenqual gefesselt, nicht durch die Tore gelangen können.«

Danach erzählte er ihr, dass jenes als Katenmoor bekannte Gebiet einst so bevölkerungsreich und fruchtbar wie Inneil gewesen war. »Damals hieß es Imbral und war ein großes Königreich, das sich über das gesamte nordöstliche Annar erstreckte«, erklärte er. »Es war berühmt für die Zuvorkommenheit und Schönheit seines Volkes, das prächtige Städte aus geweißtem Stein errichtete, mit Bogenhöfen in jedem Haus, wo unter duftenden Bäumen Springbrunnen plätscherten. Fern im Süden, in Suderain, wo Saliman lebt, werden immer noch solche Häuser gebaut. Sie haben wundersam fein gearbeitete Gitterfenster und Türme mit goldenen, silbrigen und bronzenen Kuppeln, auf denen morgens und abends das Sonnenlicht gleißt. Aber im Norden wurde derlei Kunst vor langer Zeit aufgegeben. Dies war einst ein Land saftiger Weiden und überbordender Fruchtbarkeit; an dhyllischen Wein erinnert man sich heute noch in Winzersprichwörtern. Hier haben einst die Dhyllin gelebt, von ihren Türmen aus die Sterne beobachtet, in ihren großen Hallen Lieder geschrieben oder Dinge von großer Schönheit und Macht geschaffen, denn sie frönten allen Künsten der Hände, der Augen und der Ohren – und noch niemand hat je ihre Fertigkeiten übertroffen.«

Maerad ließ den Blick über die trostlosen Hügel schweifen, die sich unter dem sternengesprenkelten Himmel ringsum dunkel erhoben. Im Hohlen Land hatte es noch Anzeichen der Besiedlung vor vielen tausend Jahren gegeben, hier jedoch waren weit und breit keine zu erkennen: weder Ruinen noch verwitterte Steine, deren Beschaffenheit auf die Handschrift der Menschen hinwies. Es gab nicht einmal Erhebungen, die auf eingesunkene Mauerkuppen schließen ließen wie jene, über die sie im Verwaisten Land nahe Gilmans Feste gestolpert war. Cadvans Geschichte erschien schwer zu glauben, wenngleich sie mittlerweile tatsächlich der Eindruck beschlich, dass der Wind sich wie Wehklagen anhörte; am Rande ihres Gehörs vermeinte sie, das Geräusch fernen Schluchzens oder leisen Heulens wahrzunehmen. Sie schrieb es ihrer Einbildung zu. »Und was ist geschehen?«, fragte sie unverblümt.

»Wir wandeln hier über den Schauplatz einer großen Schlacht«, antwortete Cadvan. »Hier leistete der Bund den letzten Widerstand: die vereinten Heerscharen Imbrals und des Reiches Lirion im Norden. Hier prallten sie mit den Streitkräften des Namenlosen aufeinander. Prachtvoll und trutzig müssen ihre Banner gewesen sein und strahlend ihre Schwerter; die Lieder erzählen, dass ihre Speere in der Sonne funkelten wie unzählige Sterne und sich ihre Ränge weiter erstreckten, als das Auge zu schauen vermochte. Hier fand sich die Blume des Volkes der Dhyllin ein: Recabarra, die mächtige Königin von Lirion, in ihrem Streitwagen aus poliertem Stahl, der angeblich heller gleißte als die Sonne. Und auch Laurelin, der letzte König von Imbral, und viele andere, deren Namen mittlerweile Legenden aus der fernen Vergangenheit sind. Hier wurden sie überwältigt. Recabarra wurde als Geisel genommen und sollte unter Folter in den Verliesen von Dén Raven sterben. Laurelins Schwert zerbrach, und der Namenlose persönlich schlug ihm den Kopf ab, streckte ihn hoch in die Luft empor und lachte, während ihm das Blut über das Gesicht spritzte.«

Maerad schaute zu Cadvan hinüber. Seine Augen wirkten abwesend und traurig, als blicke er in eine lebendige Erinnerung. Während er weitersprach, regten sich in Maerad Gedanken aus ihrer Kindheit, flüchtig wie Rauch.

»Der Usk war damals ein mächtiger Strom, Findol mit Namen, berühmt für die Reinheit und Schönheit seines Wassers; in den Liedern heißt es, der Fluss strömte tagelang rot und wurde von aufgedunsenen Leichnamen verstopft, die das Wasser derart besudelten, dass niemand es trinken konnte. Danach wurde er in Usk umbenannt, was in der Sprache Imbrals ›Trauer‹ bedeutet. All die großen

Städte von Imbral und Lirion wurden dem Erdboden gleichgemacht, ihre Bewohner hingemetzelt. Die Zitadelle von Afinnil wurde geschleift, ihre Macht gebrochen, und mittlerweile ist sogar vergessen, wo genau sie sich einst befand. In der Großen Stille, die auf den Sieg des Namenlosen folgte, einer Dunkelheit, die fast eintausend Jahre währte, wurde jeder verbliebene Hinweis auf die Dhyllin zerstört. Der Namenlose hasste jenes anmutige Volk besonders, weil es sich noch in der Niederlage gegen seine Macht auflehnte und Mut bewahrte. Und nun erklingen ihre Stimmen nie mehr in Annar, und ihre Städte sind so vergessen, als hätte es sie nie gegeben. Sie sind wie ein schöner Traum, an den die Barden sich erinnern, aber sonst so gut wie niemand.

Wie das Land verheert wurde, weiß ich nicht. Jedenfalls wächst hier seit fast zweitausend Jahren so gut wie nichts mehr. Und obwohl das Böse bezwungen wurde, als Maninaë vor neunhundert Jahren den Namenlosen vertrieb und dessen Thron zerschmetterte, wird es noch viele Lebzeiten dauern, bis die Erde wieder grün und heil ist.«

Cadvan verstummte, und Maerad, gefangen im Kummer der Geschichte, verharrte eine Weile schweigend. Als ob ihr Geist die Bilder in Cadvans Kopf widerspiegelte, zogen vor ihrem inneren Augen Eindrücke einer einst herrlichen Stadt vorbei – die Mauern rauchende Ruinen, die Türme eingestürzt, ringsum die schauerlichen Beweise eines gewaltigen Gemetzels. Sie hätte nicht für möglich gehalten, dass die Landschaft noch bedrückender als zuvor wirken könnte; doch die Erinnerung an all das, was einst hier erblüht war, ließ sie umso leerer erscheinen. Abermals vermeinte Maerad die Geräusche leiser, schluchzender Stimmen zu hören und schauderte.

»Waren Andomian und Beruldh Angehörige des Volkes der Dhyllin?«, fragte sie schließlich.

»Ja, sie stammten aus Lirion, wohin sich die Spuren des Hauses Karn zurückverfolgen lassen«, bestätigte Cadvan. »Und ihre Geschichte spielt in einer Zeit vor der Großen Stille, als der Krieg gegen den Namenlosen noch aus einzelnen Geplänkeln und Gefechten bestand. Damals hatte er gerade erst das Reich Indurain verheert und marschierte die Berge entlang, um die Menschen aus dem Schlaf zu reißen und zu erschlagen.« Seine Stimme klang rauer. »Doch selbst da gab es noch manche, die nicht erwarteten, dass er das gesamte südliche Annar und sogar den Aleph überqueren würde, um die stolzen Reiche Lirion und Imbral mit Krieg zu überziehen. Genau wie es heute manche gibt, die behaupten, seine Rückkehr wäre unmöglich und die Tage der Stille wären lediglich der Stoff von Legenden und düsterer Geschichte.«

Maerad dachte an andere Lieder, die sie kannte. »Und wer war der Eishexer?«, erkundigte sie sich. »War das vor dem Namenlosen?«

»Maerad, ich weiß, dass ich dir ein Lehrer sein soll«, gab Cadvan müde zurück. »Aber ich verdiene doch sicher auch hin und wieder eine Pause!«

»Nein!«, widersprach Maerad streng. »Ihr habt Euch freiwillig dafür gemeldet, also erfüllt jetzt Eure Pflicht!«

Cadvan lachte matt und stocherte im Feuer. »Du bist mir eine rechte Sklaventreiberin. Aber, nun ja, es hilft, die Zeit zu vertreiben«, meinte er und sah sich um. »Ich bin müde. Trotzdem übernehme ich die erste Wache; heute Nacht ist mir nicht nach Schlafen zumute.« Kurz setzte er ab und sammelte die Gedanken. »Also, die Herrschaft des Eishexers liegt so lange zurück, dass selbst die Lieder wenig darüber zu berichten wissen, soweit es überhaupt welche gibt. Es war das Zeitalter der Elementare, als die Menschen noch neu auf dieser Welt waren. Der Eishexer, der Winterkönig, den manche Arkan nennen, kam aus dem Norden und brachte die Sturmhunde und Armeen aus Hagel und Schnee mit. Ganz Annar wurde mit Eis überdeckt, bis hinunter nach Suderain. Die Kulags waren seine Schöpfungen. Damals besaß die Welt eine andere Gestalt, wenngleich der Lir, der Fluss meines Heimatkönigreichs Lirhan fern im Norden, dem einstigen Lirion, schon damals so verlief wie heute. Die Elementare führten Krieg gegen Arkan, und ihre Kriege waren schauerlich. Männer und Frauen verkrochen sich in die Schatten der Felsen, um ihrer Wut zu entfliehen, und viele starben. Danach veränderte sich die Küstenlandschaft, und einige Länder versanken auf ewig in den Fluten. Doch das begab sich lange vor dem Namenlosen, und sogar der Eishexer war, genau wie der Namenlose, nur der Sklave einer höheren Macht.« Plötzlich erschauderte er. »Ich würde dir das lieber neben einem warmen Feuer in einem behaglichen Zimmer in einer der Schulen als hier draußen in der Wildnis erzählen, wo die Dunkelheit allzu allgegenwärtig ist. Fahren wir ein andermal fort, Maerad?«

Maerad nickte; sie konnte sich des Eindrucks nicht erwehren, dass der Wind wie ein verirrtes Kind weinte, weshalb sich eine unerträgliche Traurigkeit in sie hinabzusenken begann. Doch als Cadvans Stimme verstummte, schien die menschenleere Nacht sich noch näher heranzudrängen. Bevor Maerad sich zum Schlafen in ihre Decke rollte, unterhielten sie sich noch eine Weile über Dinge wie das Schusterhandwerk, die Spielmannskunst und das Kochen, um die Dunkelheit im Zaum zu halten.

Am Vormittag des fünften Tages im Katenmoor erreichten sie dessen westlichen Rand. Das Gelände fiel unvermittelt steil vor ihnen ab, als hätte es jemand mit einem gewaltigen Messer gekappt. Der Fluss stürzte einen langen Wasserfall hinab und ergoss sich auf dem Weg über die Felswand in mehrere steinige Tümpel. Weit über den Horizont hinaus erstreckte sich ein mächtiger Wald, der bis an den Rand der Klippe reichte. Maerad und Cadvan spähten über die Baumkronen, die aus ihrer Höhe wie kleine Bohnensprossen in einem Gemüsegarten wirkten.

Wortlos ließ Maerad den Blick über den Wald schweifen. Sie sah keinen Weg die Felswand hinunter. Fragend schaute sie zu Cadvan.

»Was nun?«, wollte sie wissen. »Lassen wir uns Flügel wachsen und fliegen wir? Und wie gelangen wir danach durch den Wald dort unten?«

»Ich weiß es nicht«, antwortete Cadvan ungerührt. Maerad bedachte ihn mit einem missfälligen Blick. Einen Lidschlag lang verspürte sie Lust, ihn den Abgrund hinabzustoßen. Sie hatten den ganzen weiten Weg durch das trostlose Gelände zurückgelegt, und nun erklärte ihr Cadvan, er wüsste nicht, was sie als Nächstes tun sollten? »Uns Flügel wachsen lassen kann ich nicht«, ergänzte er. »Also bleibt uns nur eine Möglichkeit. Wir reiten Richtung Norden, bis wir einen Weg hinunter finden.« Mit ausholender Geste deutete er über den Abgrund. »Das ist der Große Wald, der *Cilicader* in der Hohen Sprache. Wenn wir verborgen bleiben wollen, eignet sich dieser Ort dafür besser als jeder andere in ganz Annar.«

»Habt Ihr gewusst, dass uns hier ein Abgrund erwarten würde?«, fragte Maerad.

»Ja«, gab Cadvan zurück. »Das ist der Imbralbruch. Früher bezeichnete er die Westgrenze Imbrals. Ich weiß nicht, ob er einen neueren Namen besitzt.«

Ungeduldig seufzte Maerad. Seit der vergangenen Nacht war in ihr ein Gefühl der Unrast gewachsen, das an Panik grenzte, und es lag nicht nur an der Trostlosigkeit des Katenmoors. Ihr widerstrebte jede Stunde, die sie an jenem Vormittag vergeblich damit verbrachten, den Rand des Abgrunds nach einem Pfad abzusuchen.

Zu Mittag hielten sie an, um zu essen. Cadvan sah sich wachsam um, während er den harten Zwieback kaute.

»Horch«, forderte er sie auf.

Maerad spitzte die Ohren. »Ich höre nichts«, sagte sie.

»Ich auch nicht«, erwiderte Cadvan.

Erschrocken wurde Maerad klar, dass sie kein Vogelgezwitscher vernahm. Sie dachte zurück, konnte sich aber nicht erinnern, wann es aufgehört hatte.

»Das gefällt mir ganz und gar nicht«, gestand Cadvan. »Lass uns beten, dass wir vor Einbruch der Nacht einen Pfad finden. Vielleicht hat uns letztlich doch jemand entdeckt.«

»Wer? Ein Geist?«, fragte sie flapsig; doch ihr Herz fühlte anders. Zu gut erinnerte sie sich noch daran, wie das Land am Landrost rings um sie verstummt war, als die Werwesen sie verfolgten.

Danach hielten sie nicht nur Ausschau, sondern horchten auch aufmerksam, doch die Stille hielt an. Der Abhang krümmte sich mittlerweile westwärts, und Maerad fand, er wirkte weniger hoch, wenngleich immer noch mit Pferden unüberwindbar. Schließlich stieß Cadvan einen Ruf aus und deutete vorwärts. Ein Stück vor ihnen hatte es Steinschlag gegeben; ein riesiger Brocken der Felswand war in den Wald hinabgerutscht und hatte eine steinige Schneise hinterlassen, die aussah, als könnte es möglich sein, sich einen Pfad hinabzubahnen.

»Das wird zwar gefährlich«, meinte Cadvan, »aber wir könnten es schaffen, wenn wir vorsichtig sind. Allerdings werden wir die Pferde führen müssen.«

Das Wörtchen »könnten« missfiel Maerad. Zweifelnd betrachtete sie die Schneise, die immer noch viel zu steil erschien, um einen Abstieg zu ermöglichen. Dann blickte sie die Felswand entlang nach Norden. So weit sie sehen konnte, gab es keinen besseren Weg als diesen, und die Sonne senkte sich bereits gen Westen.

»Dann werden wir es wohl wagen müssen«, sagte sie. »Jedenfalls müssen wir vom Moor weg. Ob uns nun die Untoten erwischen oder wir uns den Hals brechen, es läuft auf dasselbe hinaus.«

»Die Untoten wären schlimmer«, widersprach Cadvan. »Und wer vermag zu sagen, ob es im Wald besser ist als auf dem Moor? Aber wenigstens sind wir dort schwieriger zu finden. Nun, am Rand einer Klippe zu zaudern hat es noch nie einfacher gemacht. Folg mir nicht allzu dicht, falls einer von uns beiden fällt.« Damit stieg er ab und streichelte Darsor die Nase. »Nur Mut, Tapferer«, sagte er und führte den Hengst zur Kante des Abhangs.

Darsor sah so zweifelnd aus, wie Maerad sich fühlte; nur widerwillig, mit dem Schwanz zwischen den Hinterläufen, folgte er Cadvan. Maerad seufzte, stieg ab und trat mit Imi an den Rand, wobei sie versuchte, nicht in die Tiefe zu blicken. Imi scheute und wollte den Abstieg nicht einmal beginnen. Schließlich kletterte Cadvan zurück herauf und flüsterte ihr etwas in der Hohen Sprache zu. Erst dann fügte sie sich und ließ sich mit Seitwärtsschritten und krampfhaft an den Schädel angelegten Ohren hinab; jedes Mal, wenn ihre Hufe rutschten, schnaubte sie heftig.

Qualvoll langsam bahnten sie sich Schritt für Schritt den Weg über den steilen Abhang. Jedes Mal, wenn eines der Pferde ins Rutschen geriet oder ein Stein, auf dem Maerad stand, sich unter ihrem Gewicht neigte, dachte Maerad, sie würden gleich in die Bäume tief unten hinabkrachen; vor ihrem geistigen Auge sah sie Imi mit einem zerschmetterten Bein oder Darsor mit gebrochenem Rücken hilflos zuckend am Fuß der Felswand liegen. Mit aller Willenskraft verdrängte sie die Bilder und richtete ihre Gedanken nur auf die Gegenwart: auf den Schritt, der vor ihr lag, nur diesen nächsten Schritt. Sie bemühte sich, nicht hinabzuschauen. Nach einer Weile mied sie auch den Blick nach oben – beides verursachte ihr Schwindel. Nach einer Stunde bluteten ihre Hände von kleineren Stürzen, und sie fühlte sich restlos verausgabt. Zögerlich wagte sie einen Blick nach unten und stellte zu ihrer Überraschung fest, dass der Wald deutlich näher gekommen war; als noch ermutigender empfand sie, dass nicht weit unter ihnen die Neigung des Hanges erheblich flacher wurde, da ein riesiger Geröllhaufen den Fuß der Felswand säumte wie die Überreste einer mächtigen Flut, die gegen die Klippe geschwappt war. Von da an kämpfte sie sich mit etwas weniger Furcht vor, und schließlich, nach einer schieren Ewigkeit des Stolperns und der ständigen Angst, ein Pferd könnte sich eine Sehne zerren oder ein Bein brechen oder Schlimmeres, gelangten sie wohlbehalten auf sicheren Boden.

Hier unten herrschte bereits Dunkelheit; die Sonne stand tief am Himmel hinter den Bäumen, die ihre langen Schatten auf die Felswand warfen, wenngleich Maerad sehen konnte, dass oben auf dem Steilhang noch das Abendlicht gleißte. Der Wald reichte als urwüchsige Wildnis fast bis zum Fuß der Felswand. Cadvan führte sie ein Stück zwischen die Bäume, und Maerad sah sich erschöpft und mutlos um. Wie sollten sie sich durch dieses Gewirr aus Bäumen und Unterholz schlagen? An manchen Stellen glich es einer undurchdringlichen Wand aus Dornengestrüpp, das höher als ihre Köpfe aufragte, und überall verrotteten im trüben Zwielicht die umgestürzten Leichname von mit Moos und Efeu überwucherten Stämmen. Sie sah keinen Weg.

Cadvan hatte sich auf einen Baumstrunk gesetzt und atmete schwer.

»Tja, das hätten wir hinter uns gelassen«, meinte er. »Was immer es war. Aber ich denke, falls es Augen besaß, wird es bemerkt haben, wo wir das Katenmoor verließen, deshalb können wir heute Nacht nicht hier bleiben. Wir müssen zurück Richtung Süden zum Usk.«

»Wird man nicht vermuten, dass wir uns dorthin wenden?«, gab Maerad zu bedenken, verzichtete aber sogleich auf weitere Spitzfindigkeiten. Hier würden sie sich nur mit Sicherheit in den pfadlosen Wäldern verirren. Somit hatten sie eigentlich gar keine andere Wahl.

Nach einer viel zu kurzen Rast nahmen sie die mühselige Aufgabe in Angriff, sich durch das Unterholz zu schlagen. Dabei achteten sie darauf, die Felswand zu ihrer Linken in Sichtweite zu behalten, da sie fürchteten, gänzlich von der Richtung abzukommen, wenn sie sich weiter von ihr entfernten. Natürlich war dies mit Schwierigkeiten verbunden, zumal ihnen häufig schmale Rinnen mit Dornengesträuch und totem Holz den Weg versperrten, und manchmal mussten sie Umwege von mehreren hundert Schritt beschreiben, bevor sie ein Hindernis überwinden und zur anderen Seite zurückkehren konnten. Einmal stolperte Imi und schürfte sich an einem Stock oben nahe der Brust das Bein auf. Als die Abenddämmerung Einzug hielt, hatten sie den Usk immer noch nicht gefunden. Maerad war sich auf unangenehme Weise des Raschelns von Tieren im Blätterwerk über ihnen bewusst. Bisweilen erspähte sie dunkle Schemen im Geäst oder ein kleines Lampenpaar gelber Augen.

»Wir müssen bald anhalten, sonst verirren wir uns«, meinte sie und überlegte bang, welche Kreaturen die Nächte in diesem wilden Wald heimsuchen mochten.

Als hätte er ihre Gedanken gehört, drehte Cadvan sich zu ihr um und sagte: »Behalt dein Schwert in Griffweite, Maerad. In diesen Gefilden gibt es seltsame Tiere.«

»Weitere Goromants?«, fragte sie mit einer Unbekümmertheit, die sie nicht empfand.

»Dieses Gehölz hier ist so alt wie der Wagwald; Teile dieses Waldes gibt es angeblich schon, seit die ersten Grundfeste dieses Landes gelegt wurden, lange vor den Kriegen der Elementare«, antwortete Cadvan. »Und wie im Wagwald haben auch hier Wesen aus grauer Vorzeit überlebt, als die Königreiche Lirion und Imbral den Baumbestand zurückdrängten. Während der Stille blieb dieses Gebiet unangetastet, aber es war nicht immer so breit. Seit der Großen Stille hat es sich fast bis nach Lirhan und weit nach Westen ausgedehnt. Viele Geschöpfe könnten hier leben, die selbst das Wissen des Namenlosen übersteigen: noch viel ältere Wesen als er, beseelt von einer noch urtümlicheren Bösartigkeit.«

Maerad fragte sich unwillkürlich, ob es nicht trotz der Untoten womöglich weniger gefährlich gewesen wäre, die offene Straße nach Norloch zu wählen, behielt ihre Gedanken jedoch für sich. Dennoch schien Cadvan ihren Kern zu spüren und bedachte Maerad mit einem durchdringenden Blick.

»Besser dem zu trotzen, was keinen besonderen Grund hat, uns zu bemerken, als in hellem Tageslicht Feinden die Stirn zu bieten, die darauf aus sind, uns zu ergreifen«, sagte er. »So zumindest sehe ich das. Möge es sich als vernünftig erweisen!« Ungeduldig sah er sich um. »Bald ist es völlig dunkel«, erklärte er. »In diesem Wald sind die Tage kurz! Ich denke, heute Nacht werden wir an der Felswand bleiben müssen; mit den Rücken am Hang können wir wenigstens nicht von hinten angegriffen werden.«

Bevor das Licht vollends schwand, fanden sie einen geeigneten Platz. An einer Stelle wölbte sich die Felswand leicht nach innen, sodass eine Ausbuchtung entstand – zwar keine richtige Höhle, aber wenigstens bot sie etwas Schutz. Die Pferde hielten sich mürrisch in der Nähe; sie hatten Durst, aber abgesehen von einer brackigen Pfütze hatte Cadvan den ganzen Tag kein Wasser für sie gefunden. Nicht einmal Cadvans Zuflüstern vermochte sie aufzumuntern, wenngleich Imi sich ein wenig entspannte, als er sich um ihre Verletzung kümmerte und die Schmerzen mit einer Salbe linderte.

Sie verbrachten eine zwar ereignislose, aber unbehagliche Nacht und stellten am nächsten Tag fest, dass sie sich nur zwei Stunden vom Usk entfernt befunden hatten, der sich dort, wo er aus dem Katenmoor herabstürzte, in einen weitläufigen Teich ergoss. Die Pferde wateten hinein und tranken ausgiebig, während Cadvan und Maerad dankbar ihre Wasserflaschen auffüllten.

»Jetzt sind wir wenigstens wieder dort, wo wir vor zwei Tagen schon waren, allerdings ein gutes Stück tiefer«, sagte Cadvan, während er den Wasserfall hinaufspähte, der sich anmutig in mehreren Stufen herabwölbte. »Wir haben viel Zeit verloren. Und wenn der Wald weiterhin so schwierig zu durchdringen bleibt, verlieren wir noch viel mehr. Wir haben nur Vorräte für drei Wochen dabei. Ich kann zwar zur Not jagen, aber auch das erfordert Zeit – und Kraft. Geschwindigkeit ist unsere Verbündete, nicht diese endlose Verzögerung. Mir wurde gesagt, der Wald sei keineswegs undurchdringlich, und wenn es sein müsste, könnte man sogar mit einem Pferd darin reiten; aber vermutlich wurde dabei über das westliche Ende gesprochen. Jedenfalls dürfen wir nicht allzu weit vom Fluss abweichen.«

»Vielleicht lichtet sich der Wald, je weiter wir uns von der Felswand entfernen«, meinte Maerad, allerdings wenig hoffnungsvoll. Dennoch traf genau das zu – anscheinend drängten sich die Dornenbüsche und das raue Gelände dicht am Rand des Bruchs, denn weniger als eine Meile davon entfernt waren die Bäume deutlich höher und wuchsen in größerem Abstand, sodass sie den Platz bisweilen sogar für breite Lichtungen freigaben, auf denen helle Sonnenstrahlen die Düsternis durchdrangen. Einige Bäume waren unverkennbar uralt, riesige Eichen mit Stämmen so breit wie kleine Häuser und gewaltigen hohen Kronen, außerdem Buchen, Ulmen und blühende Haine aus Ebereschen und Holzäpfeln. Der Fluss strömte träge zwischen flachen Ufern dahin und strudelte in kleine Tümpel, in denen gelbe Seerosen, Krähenfüße, Kresse und hohes grünes Schilfrohr wuchsen und über denen gleich geflügelten Smaragden und Saphiren Libellen schimmerten. Das Baumgestrüpp und die Dornenranken schrumpften von einem unüberwindlichen, schulterhohen Dickicht zu bloßen Büschen, und vereinzelt erblickten sie Glockenblumen und Narzissen, die bunt durch das lange Gras leuchteten. Schließlich konnten sie sogar wieder auf die Pferde steigen, kamen rascher voran und fühlten sich hoffnungsfroher als seit Tagen.

Fast zehn Tage ritten sie ohne Zwischenfall weiter. Nach Cadvans Berechnungen legten sie dabei rund hundertzwanzig Meilen zurück, was nach seiner Schätzung bedeutete, dass sie die halbe Länge des Waldes durchquert hatten. Ihre Nachtruhe wurde schlimmstenfalls von Fröschen gestört, die in den Teichen quakten, von Eulen, die so gut wie geräuschlos zwischen den Bäumen einherhuschten, oder von quiekenden Mäusen auf der Jagd nach Grillen. Dennoch blieben sie auf der Hut, hielten stets Wache und verzichteten darauf, abends, wenn sie das Lager aufschlugen, zu singen oder Leier zu spielen. Nachts vermeinte Maerad manchmal, wenn sie gegen den Schlaf ankämpfte, Augen zu erkennen, die sie von den Ästen aus beobachteten, doch wenn sie sich die eigenen Augen rieb und hinschaute, waren sie verschwunden. Einmal überraschten sie untertags einen mächtigen Rothirsch, der auf einer Lichtung stand; er drehte sich ihnen mit einer stolzen, anmutigen Kopfbewegung zu, dann setzte er sich langsam mit hochmütiger Verächtlichkeit in Bewegung und schritt zwischen den Bäumen davon. Obwohl der Wald vor Leben zu strotzen schien, blieb es größtenteils im Verborgenen, und sie bewegten sich hindurch wie Fremde, die keinen Anteil daran hatten.

Cadvan zeigte sich zurückhaltend, wenn es darum ging, Feuer anzuzünden. Er tat es nur in einiger Entfernung von den Bäumen. »Die Waldbewohner misstrauen allen, die das Feuer beherrschen«, erklärte er. »Und ich möchte sie nicht unnötig gegen uns aufbringen.« Was keine besonderen Unbilden mit sich brachte, denn das Wetter blieb heiter, beinahe warm, wenngleich unter dem Baldachin der Bäume eine erfrischende Kühle vorherrschte. Die Pferde erlangten nach und nach einen Teil ihres ursprünglichen Zustands zurück, den sie während des strapaziösen Marsches durch das Katenmoor eingebüßt hatten, und auch Maerad und Cadvan wirkten weniger abgezehrt.

»Ich frage mich«, dachte Maerad eines Tages laut nach, »warum der Große Wald als so finsterer Ort gilt. Ich finde ihn schön.«

»Es fühlt sich an, als ob hier ein Geist lebt oder gelebt hat; eher Letzteres, denn er scheint mir fern in der Zeit, als sei nur noch seine Erinnerung vorhanden«, erwiderte Cadvan. »Vielleicht irre ich mich ja, aber das Licht kommt mir hell und freundlich vor, was in der Wildnis sonst nie der Fall ist.«

»Vielleicht liegt es bloß daran, dass lange niemand hier gewesen ist und aus Unwissenheit sonderbare Geschichten entstanden sind«, gab Maerad zurück. »Schließlich erzählt man sich auch schlimme Gerüchte über Barden.«

»Ja, da hast du recht«, pflichtete Cadvan ihr bei. »Aber leider enthalten solche Gerüchte oft einen wahren Kern, wie du selbst gesehen hast. Und ich hege keine Zweifel darüber, dass einige Teile dieses Waldes in der Tat dunkle Orte und die Horte namenloser Kreaturen sind. Aber womöglich reiten wir gerade durch einen Teil, indem noch die schönen Erinnerungen des Lichts verweilen. Ich weiß es nicht.«

An jenem Nachmittag, kurz vor Einbruch der Abenddämmerung, setzte ein leichter Regen ein, und sie suchten unter einer der großen Eichen Unterstand, um zu warten, bis er wieder aufhörte. Sie hatten die Pferde gerade weitergetrieben, als plötzlich eine Stimme aus dem Baum über ihnen sprach.

»*Lemmach!*«, rief sie.

Maerad schaute jäh empor, konnte jedoch durch das Blätterwerk nichts erkennen. Erschrocken sprang Imi einen Schritt weiter. Ein Surren ertönte, und ein Pfeil grub sich zitternd in den Boden vor ihr.

»*Lemmach, Oseanë*«, meldete die Stimme sich erneut.

Mit geweiteten Augen starrte Maerad Cadvan an.

»Nicht bewegen«, flüsterte er. »Was immer geschieht, beweg dich nicht.« Dann schaute er auf und rief: »*Ke an de, Dereni? Ile ni taramsë lir.*«

»*Ke an de, Oseanë? Noch de remanë kel de an ambach.*«

Ein Mann sprang vom Baum, aus gut und gern sechs Metern Höhe. Dabei landete er so mühelos auf den Beinen, als wäre er bloß von einem Strunk gehüpft. Er trug einen kunstfertig geschnitzten Bogen, der beinahe so groß war wie er; an die Sehne hatte er einen weiß gefiederten Pfeil angelegt, der unmittelbar auf Cadvans Brust zielte.

Anfangs sogar zu überrascht, um sich zu fürchten, starrte Maerad den Bogenschützen voll Verwunderung an. Er war hager, gut aussehend, langgliedrig und in eine grüne Kluft gekleidet, die ihn zwischen den Blättern tarnte.

Mit ausdrucksloser Miene bohrte er den Blick in Maerad und Cadvan. Nur seine Augen verrieten ansatzweise Gefühle, und sie wirkten abweisend und kalt.

Sechzehntes Kapitel
Ardina

Cadvan teilte dem Bogenschützen abermals mit, dass sie in Frieden reisten und streckten ihm zur Bekräftigung die bloßen Hände entgegen. Obschon der Mann den Bogen nicht senkte, schien er sie daraufhin etwas weniger feindselig zu betrachten. Er und Cadvan sprachen eine Weile miteinander. Maerad verlagerte derweil unbehaglich das Gewicht im Sattel; sie wusste, dass die beiden sich der Hohen Sprache bedienen mussten, selbst allerdings verstand sie kein Wort. Sie hörte, wie Cadvan ihren Namen erwähnte und mit einer Handbewegung auf sie deutete. Dabei nickte sie und lächelte mit, wie sie hoffte, argloser und offener Miene. Immer noch senkte der Fremde die Waffe nicht, und schließlich, nach einigen weiteren Worten, wandte Cadvan sich an sie.

»Er sagt, dass wir mit ihm kommen müssen und er keinen Widerspruch duldet. Er hat Freunde in der Nähe, und wenn wir uns in eine andere Richtung als die bewegen, die er uns vorgibt, sterben wir auf der Stelle mit einem Pfeil in der Kehle. Ich fürchte, wir haben keine andere Wahl.«

»Wer ist er?«, wollte Maerad wissen. »Ein Barde?«

»Nein«, antwortete Cadvan. »Und ich habe auch noch nie von Barden im Großen Wald gehört. Aber das sind keine bösen Menschen; ich denke, wir sollten sicher sein – zumindest hoffe ich das.«

Der Bogenschütze bedeutete ihnen ungeduldig, dass sie sich in Bewegung setzen sollten, also hörten sie auf zu reden und lenkten ihre Pferde auf ihn zu. Sogleich sprangen vier weitere Bogenschützen, groß und anmutig wie der erste, von der Eiche und gesellten sich zu ihrem Gefährten. Alle hatten sie Pfeile angelegt. Maerad und Cadvan wurden aufgefordert abzusteigen; die Bogenschützen schienen den Pferden gegenüber misstrauisch zu sein und beratschlagten untereinander, ehe sie befahlen, dass sie die Tiere führen mussten. Dann gingen sie los, weg vom Fluss und tiefer in das Herz des Waldes.

Selbst wenn ihnen der Sinn nach einem Fluchtversuch gestanden hätte, es wäre ein fruchtloses Unterfangen gewesen, denn schon bald verloren sie völlig die Orientierung.

Die Bogenschützen führten sie stundenlang durch den Wald, bis tief in die Nacht hinein. Maerad blickte durch die Baumwipfel empor und erspähte hoch oben die strahlend und kalt funkelnden Sterne. Wie viele Male hatte sie die Augen auf die Sterne gerichtet, um bei ihnen Beistand zu suchen, dachte sie bei sich. So lange sie zurückdenken konnte, hatte sie in ihrer frostigen Schönheit, so fernab von menschlichem Leid, stets Trost gefunden. Im Augenblick fühlte sie sich müde und äußerst hungrig. Ihre Beine waren taub und geschwollen vom langen Gehen und bewegten sich nur noch durch bloße Willenskraft voran. Als sie schließlich zu der Überzeugung gelangte, sie könnte keine weitere Meile bewältigen, auch wenn ein Pfeil auf ihre Brust gerichtet war, führten ihre Bewacher sie durch einen dichten Ring von Bäumen in ein Bardenheim.

Dieses erwies sich als größer als all die anderen, die Maerad bisher gesehen hat: ein grasbewachsenes Rund von etwa sechzig Schritt Durchmesser, in dem der nächtliche Himmel ungehindert sichtbar war und sowohl die Mondsichel als auch die Sterne ihr schattenloses Licht auf das Gras warfen. Am gegenüberliegenden Ende der Lichtung ergoss sich im Mondlicht silbrig und perlfarben ein Bach über eine kleine Felswand. Dort wurde ihnen gestattet, sich auszuruhen, und den Pferden wurden die Sättel abgenommen, damit sie trinken und grasen konnten. Hinter dem Schleier des Wasserfalls verbarg sich eine Höhle. Zu Maerads Überraschung beherbergte sie eine große, behagliche Kammer, erhellt von flackernden Fackeln, die an den Felswänden angebracht waren; sogar aus geflochtenen Zweigen angefertigte Liegestätten gab es. Zwei der Bogenschützen brachen zu einem eiligen Botengang auf. Derjenige, der als Anführer aufgetreten war, sprach mit Cadvan, und Cadvan teilte ihr mit, dass sie in der Höhle essen und sich ausruhen würden, bevor es am nächsten Tag weitergehen sollte.

»Wohin bringen sie uns?«, fragte Maerad furchtsam.

»Das will er mir nicht verraten«, gab Cadvan zurück. »Aber ich bin erst mal dankbar für ein Bett und eine warme Mahlzeit.« Er ging zu einer Stelle hinüber, an der sich der Bach in einem kleinen Tümpel sammelte, bevor er durch das Bardenheim und weiter hinaus durch den Wald floss, und spritzte sich Wasser ins Gesicht. »Jetzt kann ich vielleicht wenigstens lange genug wach bleiben, um zu essen!«

Bald darauf wurde ihnen dampfender, mit Kräutern verfeinerter Eintopf in Schalen aus gebranntem Lehm gereicht. Maerad begutachtete neugierig die Handwerkskunst – die Schalen wiesen eine Reinheit der Formgebung auf, die ins Auge sprang. Hungrig verspeiste sie das Mahl, dann bettete sie sich auf eine der Liegestätten und schlief fast sofort ein.

Die Bogenschützen weckten sie früh, und sie begaben sich abermals auf ihren erschöpfenden Marsch. Bald stellte Maerad fest, dass sie einem Pfad folgten, der sich unter Bäumen hinzog, welche Maerad noch größer erschienen als jene, die sie während der vergangenen Tage gesehen hatten. Obwohl sie zu Fuß gingen, kamen sie flott voran und legten an die zwanzig Meilen zurück, bevor sie in einem weiteren, dem ersten sehr ähnlichen Bardenheim anhielten. Cadvan und Maerad sprachen untertags kaum miteinander, wenngleich Cadvan das Gespräch mit den Bogenschützen suchte, die Farndar, Imunt und Penar hießen. Allerdings förderte die Unterhaltung herzlich wenig zutage. Sie wollten ihm weder ihr Ziel verraten noch, außer ihren Namen, wer sie waren. Umgekehrt erkundigten sie sich bei Cadvan nicht nach dem Grund seiner und Maerads Reise oder wo sie begonnen hatte. Maerad verspürte weniger Angst als vielmehr eine bange Anspannung; sie fragte sich, wie sie je wieder aus dem Wald herausfinden sollten, sofern diese sonderbaren Leute sie gehen ließen. Sie wirkten weniger feindselig, dennoch stand fest, dass Cadvan und Maerad ihre Gefangenen waren. Wie sollten sie es nun je nach Norloch schaffen?

Zu Mittag am nächsten Tag erreichten sie einen breiten Fluss, der reißend in einem felsigen Bett zwischen hohen Ufern dahinschoss. »Das könnte der Cirion sein, der unkartiert durch den Großen Wald fließt«, meinte Cadvan zu Maerad. »Er verläuft vom Osidh Elanor durch Lirhan und anschließend in den Wald, wo er von den Landkarten verschwindet. Allmählich fallen mir wieder Geschichten aus meiner Kindheit über das wilde Volk ein, die Deridhu, die im Herzen des Waldes leben. Angeblich kommen sie des Nachts daraus hervor und bescheren den ungehorsamen Kindern Albträume, und es heißt auch, sie reiten die Kühe, sodass sie am nächsten Morgen blicklos vor sich hinstarren und keine Milch geben. Vielleicht sind solche Geschichten eine überlieferte Erinnerung an diese Leute. Viele vergessene Dinge leben in Kindergeschichten weiter.« Maerad betrachtete die Bogenschützen; sie wirkten viel zu grimmig, um sich auf wilde Kuhritte zu begeben.

Der Pfad verlief noch eine Weile das Flussufer entlang, dann wandte er sich nach links. An jener Stelle gab es eine Möglichkeit, das Wasser zu überqueren. Zwar war keine Brücke vorhanden, aber die Böschungen fielen weniger steil ab, und der Fluss verbreiterte sich und wurde flacher. Ein Bächlein zweigte vom Hauptarm ab und wand sich müßig durch die Bäume. Der Übergang entsprach nicht ganz einer Furt, doch Penar watete hinüber und band ein Seil um einen Baum am anderen Ufer. Mit seiner Hilfe gelangten sie wohlbehalten zur anderen Seite. Dort folgten sie dem kleinen Nebenarm, wobei ihnen auffiel, dass das goldene Licht der Sonne immer heller zu leuchten schien und die Bäume noch weiter auseinander standen, sodass sie bisweilen das Gefühl hatten, sich eher auf einer baumbewachsenen Weide als in einem Wald zu befinden. Sie hielten nicht an, um zu Mittag zu essen, und die Sonne setzte bereits zu ihrem langen Abstieg an, als sie plötzlich aus den Bäumen hervorbrachen und ein langes, grünes Tal mitten im Herzen des Waldes überblickten.

Maerad stand vor Erstaunen der Mund offen. Vor ihnen erstreckte sich eine gänzlich aus Holz erbaute Stadt. Alle Gebäude waren an sich niedrig, wiesen aber hohe, sonderbar geschnitzte Giebel und Türen auf, mit breiten Windfängen davor, und die Schindeldächer schillerten silbrig im Sonnenschein. Rings umher befanden sich gepflegte Gärten, Wiesen und blühende Bäume – Ebereschen, Mandel- und Apfelbäume. Sie schienen erst unlängst in Blüte gestanden zu haben, und der Boden war mit rosa und weißen Blütenblättern übersät, als hätte es geschneit.

Die Bogenschützen sprachen mit Cadvan, der mit verwunderter Miene angehalten hatte.

»Sie sagen, dies sei die Stadt Rachida«, übersetzte Cadvan für Maerad. »Ich habe von einem Ort dieses Namens gehört: Er galt als eine der Zufluchtsstätten der Dhyllin. Gemeinhin ist man der Auffassung, er wäre vor vielen Jahren zerstört worden. Ich glaube, allmählich beginne ich zu verstehen. Aber wie konnte ein so herrlicher Ort so lange von den Barden Annars unbemerkt bleiben?«

Er schüttelte den Kopf, als könnte er nicht recht glauben, was er gerade gesagt hatte, dann gingen sie weiter und folgten ihren Begleitern durch die breiten Straßen der Stadt. Die Bogenschützen hatten endlich ihre Waffen beiseite gelegt, sodass Maerad und Cadwan sich unbeschwerter fühlten, und so hatten sie Muße genug, um im Vorbeigehen die Gebäude zu betrachten. Sie waren wunderschön und robust errichtet, alle mit eigenartigen Schnitzereien an Tür, Sturz und Dachgesims. Glas entdeckte Maerad nirgends; die Häuser besaßen breite Fenster, die bei Bedarf mit dicken Holzläden verschlossen wurden. Dahinter erspähte sie weiße Abschirmungen, die sanftes Tageslicht einließen und von denen sie später herausfinden sollte, dass sie aus widerstandsfähigem Papier bestanden. Die Einwohner waren hellhaarig und groß wie die Bogenschützen, und sie nickten den Fremden höflich zu, wenngleich viele stehen blieben und ihnen nachstarrten, nachdem sie an ihnen vorüber waren. Maerad und Cadvan, die beide dunkelhaarig waren, stachen deutlich von ihnen ab; noch größere Neugier allerdings schienen bei den Leuten, die sie passierten, die Pferde zu erwecken, die in diesem Land anscheinend völlig unbekannt waren. Im Verlauf ihres Marsches durch Rachida sammelte sich hinter ihnen eine neugierige Schar von Kindern an, die ihnen folgten. Immer mehr gesellten sich mit großen Augen und lachend dazu, riefen einander zu und deuteten mit den Fingern.

Schließlich gelangten sie zu einem breiten Hügel, der von einem gepflegten Rasen bedeckt und mit kleinen blauen Blumen gesprenkelt war. Dort verließen Imunt und Penar die Gruppe, und die Schar der Kinder löste sich auf.

Farndar teilte Cadvan mit, dass der Hügel auf Annaren Nirimor, der Nabel, genannt wurde, und das Gebäude auf seiner Kuppe war der Nirhel, die Halle ihres Herrschers. Die Pferde mussten am Fuß des Hügels zurückbleiben, während Maerad und Cadvan ihrem Führer über flache, in den Hang geschnittene Stufen zum Gipfel folgten. Dort befand sich ein großes Haus, gleich gebaut wie die anderen, die sie gesehen hatten, aber höher. Die Türen waren aus Silberholz gefertigt, kunstvoll geschnitzt und sonderbar unverwittert. Sie standen offen und gaben den Blick auf einen breiten, hellen Gang frei. Cadvan und Maerad wurden hinein und nach links in einen Raum geführt, in dem ein niedriger Tisch aus schwarzem Hartholz stand, umgeben von breiten, bunt gefärbten Kissen. Die Abschirmungen wurden von den Fenstern zurückgezogen, dass sie durch die Laibungen auf einen kleinen Hof mit Rasen sehen konnten, wo blühende Bäume ihre schwarzen Zweige in einen Teich hängen ließen. Blütenblätter trieben auf der Wasseroberfläche, und wo unter den Seerosen müßig Karpfen einherglitten, blinkte es golden auf.

Ihnen wurde gesagt, dass sie sich erfrischen könnten, wenn sie wollten, dann wurden sie in einen anderen Raum gebracht, der Wasserbecken, frische Handtücher und saubere Kleider enthielt. Maerad, die nach dem ausgefallenen Mittagessen einen Bärenhunger hatte, war erleichtert, als sie in den ersten Raum zurückkehrten und dort auf dem Tisch Brot und kalten Braten vorfanden. Das mit Fenchel, Meerrettich und einer seltsamen Art Minze verfeinerte Essen schmeckte eigenartig, aber zugleich frisch und köstlich.

»Was ist das für ein Ort?«, fragte sie Cadvan, während sie aßen. »Ich glaube nicht, dass man uns Böses will, jedenfalls vorläufig nicht.«

»Zumindest ist es kein böser Ort«, gab Cadvan zurück. »Trotzdem fühlt er sich sonderbar an. Er ist von einem mächtigen Zauber durchdrungen.«

Ja, er fühlt sich tatsächlich merkwürdig an, dachte Maerad und blickte durch die Laibung auf den Hof. Es war, als wären sie in der Zeit zurückgereist oder hätten den Strom der Zeit gar gänzlich verlassen. Jedes Empfinden der Dringlichkeit war verpufft. Sie lehnte sich auf die Kissen zurück und war vorerst rundum zufrieden damit, nur zu essen und sich auszuruhen.

Bald darauf kehrte Farndar zurück und brachte sie in einen großen Saal in der Mitte des Hauses. Die von mächtigen, kunstvoll mit gewundenen Formen von Zweigen und Blättern verzierten Balken gestützte Decke ragte hoch empor. Die Wände bestanden aus demselben Silberholz, glatt poliert und nahtlos verfugt, und wurden von farbenprächtigen, zum Abbild einer Waldlandschaft gewobenen Behängen geschmückt. In der Mitte befand sich ein flaches Becken, in dem weiße und gelbe Seerosen blühten. Das Wasser strahlte ein Licht aus, das den Saal mit einem sanften, goldenen Leuchten gleich dem der Sonne zu Beginn des Frühlings erhellte.

Am fernen Ende stand auf einem Podium ein einziger Stuhl,

schlicht aus poliertem schwarzen Holz geschnitzt, das Maerad zunächst für Stein hielt. Auf dem Stuhl saß eine hochgewachsene Frau. Sie trug weiße Gewänder, und ihr Haar ergoss sich wie ein silbriger Wasserfall über die Schultern bis beinahe zu den Füßen hinab. Ihr Antlitz wirkte jung und unendlich alt zugleich, als wäre das gemalte Bild einer Königin, die in längst vergangenen Zeiten geherrscht hatte, durch einen Zauber zum Leben erweckt worden. Ihr Blick durchdrang Maerad mit einem seltsamen Kribbeln, als tauche sie in einen eiskalten Fluss ein. Die Frau trug weder einen Stirnreif noch Juwelen oder ein Zepter, dennoch wusste Maerad auf Anhieb, dass sie eine Königin von großer Macht verkörperte.

Farndar führte sie vor die Frau, neigte das Haupt und sprach etwas. Sie nickte, dann wandte sie sich Cadvan und Maerad zu.

»Willkommen in der Stadt Rachida«, sagte sie mit einer Stimme, die wie Wasser plätscherte. »Nur wenige aus der Welt draußen haben diesen Ort je erblickt.«

Zu Maerads Erleichterung bediente sie sich der Sprache Annars, zwar mit eigentümlichem Akzent, aber dennoch verständlich. »Mir wurden eure Namen mitgeteilt und gesagt, dass ihr aus Annar stammt; und tatsächlich könnt ihr euch glücklich wähnen, dass Cadvan von Lirigon die Hohe Sprache beherrscht, andernfalls wäret ihr längst tot. Aber es ist nicht unser Bestreben, unnötig Leben zu vernichten; und deshalb wurdet ihr hergebracht, um mein Urteil zu hören.«

»Ich will Euch gerne von uns erzählen, Herrin von Rachida«, ergrifft Cadvan das Wort und verneigte sich. »Aber es erscheint mir ein Mangel an Höflichkeit, nicht zu wissen, an wen ich mich wende und wer über diesen verzauberten Ort herrscht.«

»Du willst wissen, wer ich bin?« Die Frau schien Belustigung auszustrahlen, obwohl sie nicht lachte. »Für mein Volk bin ich der Stern des Abends und das Lied des Morgens und der Saft, der den Baum des Lebens nährt; einst wurde ich das Kind des Mondes, das Juwel von Lirion und mit vielen anderen Namen genannt. Ich bin über die Tore hinaus zu den Schattenauen gewandert und unbeschadet zurückgekehrt, und daher bin ich mit einem Los geschlagen, das von meiner Art einzig mir zuteil wurde, und so nennt man mich auch die Einzige. Was bedeutet schon ein Name?«

Maerad spähte zu Cadvan und stellte fest, dass er vor Erstaunen sprachlos war. Er verneigte sich tief.

»Herrin«, sagte er, nachdem er sich wieder gefasst hatte, »habe ich demnach die Ehre, mit derjenigen zu sprechen, die unter den Barden als Königin Ardina bekannt ist?«

Sie musterte ihn, und Cadvan hielt ihrem Blick lange stand, ehe er die Augen senkte und abwandte. »Wie ich sehe, bist du der Überlieferungen kundig und jemand, in dem die Sprache lebt und der sie nicht einfach nur erlernt hat«, gab die Herrin zurück. »Solche Menschen sind rar in meinem Reich.« Sie setzte ab. »Ich hätte nicht gedacht, dass man in der größeren Welt noch meinen Namen kennt.«

»Eure Schönheit wird immer noch in den Hallen der Barden von Annar und der Sieben Königreiche besungen«, erwiderte Cadvan. »Wenngleich die Lieder Euch nicht annähernd gerecht werden. Außerdem besagen sie, dass Ihr vor langer Zeit in die Täler der Sterne gereist wärt und nach wie vor dort weiltet. Deshalb bringt es mich aus der Fassung, Euch hier vor mir zu sehen, denn ich hätte nie geglaubt, Euch jemals zu begegnen, ganz gleich, wie weit und lange ich auf dieser Welt wandere.«

»Vor langer Zeit verbarg ich mich vor der Welt und schwand aus dem Gedächtnis von Annar«, sagte Ardina verträumt. »Aber ich verließ diese Welt nicht. Das kann ich nicht.« Ein Schatten strich über ihre Züge, so flüchtig wie der Flügelschlag eines Vogels die Sonne verdunkelt. »Aber kommt, es ist eintönig, über mich zu reden. Ich möchte erfahren, wer ihr seid und weshalb ihr hier seid.« Damit wandte sie sich Farndar zu und sagte etwas zu ihm. Er brachte zwei Stühle, einen kleinen Tisch mit Getränken und ließ sie mit der Königin allein.

Die Herrin befragte Cadvan über seinen Weg und warum er sich im Osten des Großen Waldes aufhielt. Er berichtete ihr von seiner und Maerads Reise und ihrer Absicht, nach Norloch zu gelangen, ohne jedoch den Grund dafür zu nennen. Ardina schienen seine Antworten zufriedenzustellen. Mit einer unverbindlichen Neugierde, als unterhielten sie sich über etwas, das nichts mit ihr zu tun hatte, aber unterhaltsam war wie die Berichte von Reisenden über ferne Gefilde, erkundigte sie sich nach Neuigkeiten aus dem Reich von Annar. »Ich habe gehört, eine neue Furcht breite sich aus. Denn selbst hierher dringt neue Kunde. Aber dies hat ebenso wenig mit uns zu tun, wie wir damit zu tun haben.«

Maerad saß derweil eher gelangweilt da, klopfte mit den Knöcheln gegen die Stuhlbeine und wünschte, sie würde entlassen, wenn man ihr ohnehin so wenig Beachtung schenkte. Doch schließlich wandte die Herrin sich von Cadvan ab und sprach: »Nun wünsche ich, mich mit Maerad von Pellinor zu unterhalten. Ich spüre nämlich, dass wir auf irgendeine Weise verwandt sind, und bin neugierig zu erfahren, woher sie kommt; denn in der Finsternis wurde vieles, das ich liebte, ausgelöscht und manche Hoffnung des diesseitige Reiches vernichtet.«

Maerad schaute auf, schüttelte ruckartig ihre Langeweile ab und begegnete Ardinas Blick. Sie erinnerte, wie Maerad erkannte, auf verwirrende Weise an die Elidhu: Ihr Antlitz besaß eine ähnliche Wildheit, obwohl sie Maerad freundlich und nachdenklich musterte. Erschrocken wurde Maerad klar, dass Ardinas Augen nicht menschlich waren. Sie glichen jenen der Elidhu. Im Weiß prangte eine goldene Netzhaut mit einer Pupille wie der einer Katze. Abermals hatte sie das Gefühl, in kaltes Wasser getaucht zu werden, und ein sonderbarer Schauder kroch ihr über den Rücken.

»Ich bin die Tochter von Milana, die dem Obersten Zirkel von Pellinor angehörte«, sagte sie mit trotzigem Stolz in der Stimme. »Wie können wir verwandt sein?«

»Durch den seltsamsten aller Zufälle, so man es Zufall nennen will«, erwiderte Ardina leise. »Häufig ist das, was ihr Menschen als Zufall bezeichnet, das Wirken eines tiefgründigeren Musters, das sich dem oberflächlichen Blick entzieht. Ich habe dich in der Vergangenheit in meinen inneren Träumen gesehen, die nicht lügen. Aber bei solchen Träumen ist es oft schwierig zu verstehen, was man sieht: Ist es die Zukunft, die Vergangenheit oder etwas, das nur sein könnte? Ich erkenne in dir mein eigenes Blut. Aber da ist noch mehr ...«

Maerad spürte, wie sie eine Gänsehaut bekam; eine befremdliche Furcht ergriff Besitz von ihr. Was meinte sie? Maerad war außerstande, dem seltsamen Blick der Königin zu begegnen, senkte stattdessen den Blick und starrte auf ihre Füße.

Eine Pause entstand, dann erhob sich Ardina, als hätte sie sich anders überlegt, was sie sagen wollte. »Ich ermüde dich mit meinen Fragen«, sagte sie. »So geh denn in Frieden, ruhe dich aus und genieße die Freuden meines Reiches. Wenn du dich erholt hast, werden wir uns wiedersehen und weiter miteinander reden. Dann sollst du meine Gedanken erfahren.«

Sowohl Cadvan als auch Maerad standen auf und verneigten sich. Ein goldener Schimmer rings um Ardina schien greller und greller zu werden, bis sie gezwungen waren zu blinzeln. Und in jenem Lidschlag verschwand die Königin; zurück blieb der verwaiste Stuhl vor ihnen, und der wunderschöne Raum fühlte sich ob ihrer Abwesenheit unvermittelt trostlos an.

Wortlos verließen sie die Halle. Farndar erwartete sie an der Tür und brachte sie zu einem Haus unweit des Nirimor. Er erklärte ihnen, dass sie sich darin wie zu Hause fühlen sollten, und ließ sie dort allein.

Das Haus war um einen Hof in der Mitte herum errichtet und von einem breiten Vorbau umgeben. Die Einrichtung entsprach dem Stil des Nirhel. Die Böden bestanden aus poliertem Holz. Für Wärme sorgten prunkvolle Läufer und kleine Kohlenbecken aus Eisen in jedem Zimmer. Im Hauptraum standen auf einem niedrigen Tisch eine Mahlzeit und Wein für sie bereit. Außerdem gab es eine Rasenfläche, die von einer Mauer umgeben war. Farndar hatte vorgeschlagen, dass die Pferde dort bleiben könnten, denn Ställe hatte man nicht zu bieten. Später liefen die Pferde frei durch die Straßen von Rachida, wo sie von den Kindern mit Süßigkeiten und Karotten gefüttert wurden und für allerlei Aufsehen sorgten.

Mittlerweile herrschte Zwielicht. Sowohl Cadvan als auch Maerad fühlten sich nach dem Gespräch mit Ardina eigenartig erschöpft, als hätten sie lange beisammen gesessen und wären ausführlich befragt worden, wenngleich die Unterhaltung tatsächlich kaum eine Stunde gedauert hatte.

»Das ist das Seltsamste von vielen seltsamen Dingen, die mir schon widerfahren sind«, meinte Cadvan, als er Wein für sie beide einschenkte. »Königin Ardina! Legenden erwachen zum Leben und wandeln über die Erde!«

»Wer ist sie?«, wollte Maerad wissen.

Zunächst erwiderte Cadvan nichts und wirkte gedankenverloren. Dann kramte er seine Leier aus seinem Bündel hervor und begann beinahe willkürlich einige Akkorde zu zupfen. Nach einer Weile verschmolzen sie zu einer Melodie, und er erhob die Stimme zu einem Lied:

Als Arkan ewige Kälte schuf
und kahl und schwarz der Wald verdorrt,
da weinte überm Land der Mond,
sah alle Schönheit schwinden.
Doch eine Träne fiel herab,
und aus ihr trat ein Mädchen, bleich
wie Mondlicht, das durch Marmor dringt,
mit Glanz ihn zu entzünden.

Ein wildes Staunen fasste da
das Herz des Mondkinds. Weit es lief
durch alle Täler Lirions,
um glockenklar zu singen.
Und auf den Zweigen Blüte brach
aus Eisenholz und totem Laub,
und hell des Frühlings Stimme klang,
den Sommer herzubringen.

»So sang vor langer Zeit der Barde Tulkan in der Sprache seines eigenen Landes«, erklärte Cadvan und legte die Leier beiseite. »Es ist ein schwieriges Versmaß für eine Übertragung in unsere Sprache; ich habe mein Bestes getan, dennoch ist es nur ein Schatten des ursprünglichen Liedes. Jedenfalls berichtet es von der Geburt Ardinas, des Mondkinds, bevor die Welt in den Kriegen der Elementare für immer verändert wurde; und von ihrer Liebe zu Ardhor, der ein sterblicher Mensch war. Sie rettete ihn aus den Klauen des Eishexers, der Ardhor verflucht hatte, als dieser sich nicht seinem Willen beugen wollte, und ihn tief in den Bergen viele Jahre lang im Eis gefangen hielt. Die vollständige Geschichte ist lang und traurig.« Cadvan schenkte sich Wein nach.

Gebannt lauschte ihm Maerad. Nun vermeinte sie, Cadvans Ehrfurcht zu verstehen. »Gibt es viele Lieder über Ardina?«, erkundigte sie sich.

»Ja, sehr viele«, antwortete er. »Es ist eine der ganz großen Geschichten. Doch Ardina entschwand vor ewigen Zeiten aus unserem Wissen. Für mich ist die Welt seit heute ein anderer Ort.« Er schüttelte den Kopf. »Ich habe tatsächlich in ihr lebendes Antlitz geblickt!

Aber ich frage mich, was sie damit meinte, als sie von ihrem Schicksal sprach. Königin Ardina gehörte zu den Elementaren. Sie versuchte als Einzige, wie eine Sterbliche aus dem Leben zu scheiden und ihrem Geliebten durch die Tore zu folgen. In den Liedern heißt es, dass sie gemeinsam über die Schattenauen schritten, zum Hain der Sterne jenseits der Welt, wo sie endlich vereint sein konnten, wie sie es sich ersehnten. Aber anscheinend sind die Lieder falsch.«

Eine lange Weile schwieg Cadvan und nippte nachdenklich an seinem Wein. Maerad war zufrieden damit, ebenfalls zu schweigen, und betrachtete ihn aufmerksam. Er schien in eine schöne Erinnerung versunken zu sein, die ihn dennoch mit tiefer Wehmut erfüllte. Nun konnte sie erahnen, wie er als junger Barde gewesen sein musste, wie Dernhil ihn in Erinnerung gehabt hatte, und die Vorstellung weckte in ihr ein düsteres Gefühl, beinahe wie Schmerz.

Schließlich seufzte Cadvan und schaute zu Maerad hinüber. »Keine Macht, auch nicht die der Liebe, vermag den Bann gegen die Wiederkehr zu überwinden, abgesehen von jener, die der Namenlose für sich erwählt hat«, sagte er und lächelte traurig. »Ach! Die Welt ist grausam. Noch Wein?«

Maerad streckte ihm ihren Becher entgegen. »Ich frage mich, was Königin Ardina mir sagen wollte«, sagte sie.

»Ich mich auch«, gab Cadvan zurück. »Hier gibt es Geheimnisse, die meine Verstandeskraft übersteigen. Und du, Maerad, bist eines davon!« Damit prostete er ihr mit dem Becher zu und trank.

»Tja, ich bin mir selber ein Rätsel«, erwiderte sie süßsauer. Sie beugte sich vor und schenkte sich erneut nach. Es war ein hellgoldener Wein, aber überraschend stark, und Maerad spürte, wie er ihr zu Kopf stieg. Plötzlich hatte sie den Drang, diese Atmosphäre des Zaubers zu durchbrechen. Cadvans eigentümliche Stimmung beunruhigte sie. »Trotz allem, mir erscheint das Ganze ein wenig ... na ja ... ein wenig *fern*. Wenn sie wenig mit uns zu tun hat, haben wir wenig mit ihr zu tun. Wir müssen immer noch aus diesem Wald heraus; so betörend schön es hier sein mag, wir können nicht bleiben. Wie werden wir von hier aus den Weg finden?«

»Ich weiß es nicht«, erwiderte Cadvan stirnrunzelnd. »Ich bin voller Zweifel. Sie ist weise, aber auch gefährlich, diese Herrin von Rachida, und ich fürchte, sie könnte sich als unbeweglich wie die Berge selbst erweisen. Die Beschwernisse unserer Welt sind ihr einerlei. Obwohl«, fügte er hinzu, »mir scheint, dass viele Wesen, die vor langer Zeit miteinander gebrochen haben, nun vielleicht Anlass haben, über die eigenen Grenzen hinauszublicken.« Er streckte sich, gähnte schläfrig und leerte seinen Wein. »Wenigstens werden wir heute Nacht so wohlbehalten schlafen wie seit dem Aufbruch aus Inneil nicht mehr.«

Bald darauf zogen sie sich in ihre Zimmer zurück, wo sie Liegen vorfanden, auf denen sich Decken türmten, gewoben aus einem weichen, unbekannten Stoff. Die Nacht war mild, weshalb Maerad das Fenster offen ließ und die Papierabschirmungen zurückzog. Sie schlief umfangen von duftenden Brisen aus dem Garten ein, wo Wasser aus einer kleinen Rinne über einen kurzen Sturz in ein Steinbecken plätscherte und mit seiner sanften Stimme die ganze Nacht hindurch ihre Träume untermalte.

Zum ersten Mal, seit sie zurückdenken konnte, träumte Maerad von ihrer Mutter. Nicht so, wie sie Milana zuletzt gesehen hätte, von Krankheit gezeichnet, von Schmerzen und Verzweiflung verkrüppelt, ihr Licht erloschen; nein, groß, stolz und stark, wie Maerad sich ihrer kaum erinnerte. In dem Traum stand sie in einem hohen Kristallturm und spielte Harfe. Dabei flogen Vögel in herrlichen Farben – saphirblau, golden, smaragdgrün, scharlachrot – aus ihrem Instrument und umkreisten sie in einem anmutigen Tanz. Maerad rannte zur Turmmauer und rief nach ihrer Mutter. Doch so sehr sie auch suchte, der Turm besaß keinen Eingang. Sie trat nah an das Glas heran und rief abermals, *Mama, Mama,* aber ihre Stimme klang erbärmlich leise. Ihre Mutter hörte sie nicht und spielte weiter, ging völlig in ihrer Musik auf. Maerad schlug mit den Fäusten gegen die harten, kalten Wände, bis ihre Hände aufrissen und bluteten. Doch Milana drehte sich immer noch nicht zu ihr um, und schließlich sank Maerad erschöpft zu Boden. »Wie konnte sie mich verlassen?«, schluchzte sie bei sich. »Wie konnte sie vergessen ...«

Als sie erwachte, stellte sie fest, dass ihre Wangen nass und kalt vor Tränen waren. Sie drehte sich herum und schaute durch das Fenster in den Garten. Draußen herrschte noch tiefste Nacht. Am kalten Himmel funkelten die Sterne und zauberten unstete Schatten auf das kühle Gras, das vor Tau gräulich wirkte. Das Bildnis ihrer Mutter brannte vor ihrem inneren Auge, hell und unermesslich weit entfernt. *Wenn sie die Oberste Bardin von Pellinor war,* dachte sie bei sich, *warum hat sie uns dann nicht aus Gilmans Feste befreit? Warum konnte sie nicht mit mir flüchten, wie Cadvan es getan hat?* Maerad konnte sich nicht entsinnen, dass Milana je ihren Vater erwähnt hatte, dennoch wusste sie plötzlich mit unzweifelhafter Klarheit, dass sein Tod ihre Mutter zugrunde gerichtet hatte. Sie fragte sich, wie es sein musste, jemanden so zu lieben, wie ihre Mutter ihren Vater oder wie Ardina Ardhor geliebt hatte. Maerad würde sich nie auf dergleichen einlassen; es war viel zu gefährlich. Es hatte Milana nach und nach umgebracht. Und selbst Maerad hatte nicht ausgereicht, um sie zu retten. Warum eigentlich nicht? Ein Schmerz, der ihr zuvor nie bewusst gewesen war, brach auf und flutete durch ihre Brust. Warum hatte *sie* ihre Mutter nicht retten können? Warum musste Milana so elend, so zerbrochen sterben, an einem Ort fernab der strahlenden Welt, die ihr zugestanden hätte?

Maerad setzte sich auf, starrte traurig ins Leere und zog sich die Laken um die Schultern. Sie war überhaupt nicht mehr schläfrig. So vieles geschah mit ihr, und sie wusste nicht, was sie davon halten sollte. Die Ereignisse der letzten Wochen drehten sich in ihrem Kopf; sie fühlte sich völlig verwirrt. Sie dachte an Silvia und daran, wie sehr sie die Bardin bereits liebte, wie sie Maerad in der kurzen Zeit in Inneil eine bessere Mutter gewesen war als irgendjemand sonst. Außer Milana, bevor Pellinor niederbrannte, fügte sie sich in Gedanken pflichtbewusst hinzu; doch in Wahrheit konnte sie sich an Pellinor kaum erinnern.

Und die Elidhu hatte sie *Tochter* genannt. Was hatte das zu bedeuten? Und woher wusste es Ardina? Maerad sah rundum gewöhnlich aus. Was brandmarkte sie? Und was war diese Flamme gewesen, die den Kulag und den Untoten vernichtet hatte? War sie wirklich von ihr ausgegangen? War es das, weshalb die Untoten sie jagten?

Plötzlich stieg ein lebendiges Bild von Dernhil vor ihrem inneren Auge auf, sein Gesicht strahlend vor Begeisterung, der Zeigefinger auf einer Buchseite ... Unbehaglich überlegte sie, was Cadvan und Silvia gemeint haben mochten, als sie so unbeschwert über Liebe, über Herzensangelegenheiten gesprochen hatten. *Er ist für mich gestorben,* dachte sie elend. *Warum? Was bin ich? Wie soll ich es je herausfinden?*

Ruhelos fragte sie sich, ob sie und Cadvan Norloch je erreichen würden und, falls ja, ob es dort eine Antwort auf einige ihrer Fragen gäbe. Ihre Gefühle, was Cadvan betraf, waren ihr völlig schleierhaft. Ihr war klar, dass sie ihm vertraute, wie sie noch keinem Mann in ihrem Leben vertraut hatte, ausgenommen vielleicht ihren Vater, an den sie sich allerdings kaum erinnerte. Doch sie verstand eigentlich nicht warum. Vermutlich, weil auch Silvia ihm vertraute; aber tief in ihrem Inneren wusste sie, dass es an mehr lag. Sie erinnerte sich noch daran, wie er im Kuhstall zum ersten Mal vor ihr gestanden hatte – vor Jahren, wie es schien, obschon tatsächlich erst ein paar Monate verstrichen waren: Sein Antlitz hatte grau vor Erschöpfung gewirkt, verwundbar und, wie sie nun dachte, auch irgendwie traurig. Sogar damals war ihr nicht wirklich in den Sinn gekommen, an ihm zu zweifeln. Sie dachte an sein ernstes, lebhaftes Gesicht, das häufig so getrieben, so abgekapselt wirkte; doch dann hellte es sich wieder mit jenem herzlichen Lächeln auf ... Was war sie für ihn? Ein Werkzeug des Lichts, ein Ding geheimnisvoller Macht ... doch gewiss nicht nur das, oder? Was dachte sie sich eigentlich dabei, auf solch gefährlichen Wegen mit diesem Mann nach Norloch zu fliehen, einem Ort, von dem sie nicht das Geringste wusste? Was, wenn er sich irrte? Würde er sie dann im Stich lassen?

Da sie immer noch keine Ruhe fand, wickelte sie sich die Decke um die Schultern und kletterte aus dem Bett. Sie wanderte im Dunklen in das Zimmer, in dem sie gegessen hatten, ertastete sich langsam den Weg die Wand entlang und dann zur Vordertür, die sich unter dem Druck ihrer Hand geräuschlos öffnete. Barfuß trat sie hinaus auf den Vorbau. Hoch über ihr hing ein Halbmond zwischen den Sternen. Am Himmel trieben ein paar Wolkenfetzen, aber Maerad spürte keinen Wind. Sie kuschelte sich auf ein gepolstertes Sofa, das auf dem Vorbau stand, wickelte sich gegen die Kälte fest in die Decke, blickte zum Firmament und begrüßte die Sterne wie alte Freunde; den losen Gürtel Melchars, das Große Boot und den einzelnen Stern Ilion, der wie ein Kristall tief über dem Horizont funkelte. Die stumme Schönheit der Gestirne löste Maerads Unruhe, und sie verweilte auf der Veranda, bis sie, ohne es zu merken, tief und fest einschlief.

So fand Cadvan sie früh am nächsten Morgen vor, die Haare wie Spinnweben über Augen und Mund gebreitet. Hätte sie seine Züge gesehen, wäre ihr darin eine Zärtlichkeit aufgefallen, die er ihr selten zeigte. Er beugte sich über sie und strich ihr das Haar aus dem Gesicht. Sie regte sich und murmelte etwas, erwachte jedoch nicht. Eine Weile betrachtete er sie noch, dann lächelte er, ging wieder hinein und ließ sie schlafen, bis die Sonne hoch genug am Himmel stand, dass ihre Strahlen ihr Antlitz trafen und sie weckten.

Später an jenem Morgen suchte Farndar sie auf und teilte Cadvan mit, dass er Rachida wieder verlassen und nach Süden gehen werde, zu den Grenzen ihres Reiches. Dabei sprach er mit neuer Achtung. »Ihr genießt die Gunst der Herrin«, verriet er Cadvan. »Fremde sind hier höchst selten. Zu meinen Lebzeiten waren noch nie welche hier.«

Maerad stand daneben und versuchte, ihrer Unterhaltung zu folgen. Doch die Worte der Hohen Sprache entglitten ihr ständig; sie glaubte nicht, dass sie die Sprache je auf die übliche Weise erlernen könnte, wie es diese Menschen getan zu haben schienen. Irgendwie fühlte sie sich dadurch noch abgekapselter, als wäre sie sogar sich selbst gegenüber eine Fremde. Schließlich wandte Farndar sich ihr zu und verneigte sich höflich. Sie erwiderte die Geste, danach ging er.

»Ich wünschte, ich könnte diese Menschen verstehen«, sagte sie zu Cadvan, nachdem er fort war. »Warum kann ich die Hohe Sprache nicht erlernen? Das sind doch nicht alles Barden, oder?«

»Nein«, gab Cadvan ihr recht. »Mir ist noch kein einziger hier begegnet. Die Dhyllin waren die Einzigen, die auch untereinander ausschließlich die Hohe Sprache verwendeten; diese Menschen müssen ein Überbleibsel jenes Volkes sein. Aus dem Munde derer, die keine Barden sind, besitzt die Sprache nicht die Gaben des Bardentums. Tatsächlich spricht man hier eine eigenartige Mundart davon, aber ich kann sie trotzdem verstehen.«

»Warum kann ich sie dann nicht erlernen?« Mit gerunzelter Stirn nahm Maerad Platz. »Ich habe doch auch keine Mühe, andere Dinge zu lernen. Aber bei der Hohen Sprache vergesse ich jedes Wort, sobald ich es gehört habe. Es rutscht mir einfach aus dem Gedächtnis.«

»Niemand versteht, wie die Sprache den Weg in den Geist von Barden findet«, gab Cadvan zurück. »Aber vielleicht soll sie dir verschlossen bleiben, bis sie sich von selbst einstellt.«

»Ich glaube nicht, dass ich sie je lerne«, entgegnete Maerad.

»Das wirst du«, widersprach Cadvan. »Sie schlummert schon jetzt in dir.«

»Was, wenn Ihr Euch irrt?«

Cadvan bedachte sie mit einem leidenschaftslosen Blick, dann setzte er sich neben sie. »Natürlich kann ich mich irren«, räumte er ein. »Aber darüber sollten wir uns beide nicht den Kopf zerbrechen. Wir müssen tun, was wir können, im Wissen oder Erahnen dessen, was wir können. Aber falls es dich tröstet: Meine Ahnungen gehen selten wirklich fehl. Ich glaube, dass du die Verheißene bist, und habe gute Gründe zu der Annahme; die vielleicht besten sind jene, die ich nicht erklären kann und die mit einem inneren Wissen zu tun haben, dessen ich mir nicht völlig bewusst bin. Es bringt nichts, in Belangen des Weistums ungeduldig zu sein, ganz besonders nicht bei der Hohen Sprache, die zu seinen bedeutendsten Rätseln zählt.«

»Ihr habt nichts von den Elementaren gewusst«, meinte Maerad streitlustig.

»Nein«, gestand Cadvan. »Ich weiß nicht alles. Niemand weiß alles, und nur Narren trachten danach.« Suchend musterte er ihre Züge, dann meinte er milde: »Sitz nicht so mürrisch und traurig herum, Maerad. Es ist ein hartes Los, ohne dein Zutun und eigenen Willen zu einem Leben auserkoren zu sein, das dich von anderen absondert. Selbst ein Barde zu sein ist schwierig, wenn es in der eigenen Familie keine Barden gibt. Die Verheißene zu sein ist zweifellos noch viel härter. Andererseits erschließt es dir die Eigenart und Schönheit der Welt!«

Eine Weile erwiderte Maerad nichts. *Ich war schon immer anders als die anderen,* dachte sie. *Das ist es nicht, was mich beunruhigt.* Schließlich fragte sie mit gedämpfter Stimme: »War es für Euch schwierig, als Ihr herausgefunden habt, dass Ihr ein Barde seid?«

Seufzend senkte Cadvan den Blick. »Ja«, antwortete er. »Meine Sippe bestand aus einfachen Leuten. Soweit sie wussten, hatte es in der Familie nie Bardentum gegeben. Das ist häufig so. Mein Vater war tatsächlich ein Schustermeister in Lirigon. Wenn es sein müsste, könnte ich immer noch ein feines Paar Stiefel anfertigen! Ich war das jüngste Kind, und es fiel ihnen schwer, mit anzusehen, wie ich in eine

Welt aufbrach, von der sie wenig verstanden. Noch härter war, dass ich nicht so wie sie alterte. Meine Eltern starben, als ich mich noch sehr jung fühlte. Auch meine Brüder und Schwestern sind schon vor langer Zeit aus dem Dasein geschieden. Ich konnte sie nicht vom Alter heilen.«

»Aber Ihr seid selbst unter Barden ein wenig eigen«, meinte Maerad. »Ich meine, irgendwie scheint Ihr Euch bei Herbergswirten und Marktständlern wohler zu fühlen als in den Schulen.«

Cadvan bedachte sie mit einem scharfen Blick, dann aber lachte er. »Es ist ein ungewohntes Gefühl für mich, beobachtet zu werden«, sagte er. »Ich betrachte mich sonst gern als das Auge, das sieht, aber selbst nicht gesehen wird ... Aber du magst nicht ganz unrecht haben. Vermutlich wünscht sich ein Teil meiner selbst, mir wäre ein gewöhnliches Leben beschieden worden, vielleicht als Schuster, wie es mein Vater war. Aber es war mir nicht bestimmt! Und ich bedauere es nicht, obwohl es mir bisweilen durchaus Kummer bereitet hat.«

»Aber warum ...«, setzte Maerad an, doch Cadvan schnitt ihr das Wort ab.

»Wenn das so weitergeht, werde ich den ganzen Tag nur Fragen beantworten«, meinte er und stand auf. »Ich denke, wir sollten hinausgehen und uns Rachida ansehen. Farndar hat mir gesagt, dass wir uns innerhalb der Stadt frei bewegen dürfen, und ich kann es kaum erwarten, diesen Ort in Augenschein zu nehmen. Weglaufen können wir ohnehin nicht, weil wir uns hoffnungslos im Wald verirren würden. Also können wir ebenso gut das Beste aus unserem Aufenthalt machen.«

Maerad hatte ihn gerade fragen wollen, weshalb das Bardentum ihn dazu geführt hatte, sich gegen die Finsternis zu stemmen. Sie erinnerte sich an das kurze Aufblitzen eines Gesichts, als er in ihre Seele geblickt hatte, und an Dernhils Hinweis auf eine lange zurückliegende Tragödie ... Aber bei näherer Betrachtung hielt sie es für besser, ihn nicht danach zu fragen. Sie bezweifelte, dass er ihr davon erzählen würde.

Nach den Entbehrungen und Gefahren ihrer Reise stellte Rachida einen willkommenen sicheren Hafen dar. Sie verbrachten ihre Tage damit, sich auszuruhen, zu essen oder durch den Ort zu spazieren.

Untertags fiel ihnen auf, dass der Himmel von einem goldenen Schleier verhüllt zu sein schien, und allmählich beschlich sie das Gefühl, durch eine Zeit zu wandeln, die zugleich die Gegenwart und doch unwiederbringlich fern war. Cadvan glaubte, dass Rachida ein mächtiger Tarnzauber umgab, den Ardina gewoben hatte. Es war ein Ort rarer Schönheit – jeder Gegenstand, von Töpfen und Schalen über Kinderspielzeug bis hin zu Stoffen war bemerkenswert erlesen. Die Einwohner aßen aus fein glasierten Tonwaren, meist mit der Abbildung einer Blume, einer Schlange oder eines Vogels versehen, und sie kleideten sich in zart gefärbte, kunstfertig genähte Gewänder. Selbst eine Mahlzeit wurde wie ein Kunstwerk aufgetragen.

Die Menschen von Rachida waren freundlich und großzügig, und Cadvan und Maerad wurden in viele Häuser zum Essen eingeladen, und man zeigte ihnen allerlei wundersame Dinge: eine Eberesche, aus einem einzigen Alabasterstück gemeißelt und bis in kleinste Einzelheiten ausgearbeitet; eine Halskette mit zahlreichen, kunstfertig geschnitzten Gliedern aus einem einzigen Hirschknochen; ein Seidengewand, gefärbt in all der Farbenpracht eines Sonnenuntergangs, der sich über einen Fluss ergießt, gewoben aus einem einzigen Faden. Die Bewohner Rachidas erfreuten sich an solchen Meisterstücken der Handwerkskunst und Geschicklichkeit, ließen dabei jedoch keinerlei Anzeichen von Habsucht erkennen. Cadvan und Maerad lehnten unzählige kostbare Dinge ab, die ihnen nur deshalb angeboten wurden, weil sie bewundernd darauf starrten; als Vorwand gaben sie an, dass es ihnen nicht möglich war, sie mit nach Hause zu befördern. Trotzdem endeten mehr als ein paar davon in ihrem Haus.

Wenn sie nicht bei anderen speisten, brachte ihnen ein junger Mann namens Idris Essen in ihre Unterkunft. Er zeigte sich sehr neugierig über die Welt jenseits Rachidas, die niemand, den er kannte, je gesehen hatte. Seine Neugier war ungewöhnlich, den trotz ihrer Abgeschiedenheit kümmerten sich die meisten Menschen, denen sie bisher begegnet waren, kaum darum, was außerhalb ihrer Grenzen vor sich ging. Sie bezeichneten Rachida als den Nabel der Welt und fanden, dass ihre Stadt alles zu bieten hatte, was sie sich je wünschen könnten. Idris hingegen lauschte Cadvans Erzählungen über ferne Städte aufmerksam und mit leuchtenden Augen. Doch als Cadvan ihn fragte, ob er gerne auf Reisen gehen würde, schüttelte er nur den Kopf. »Aber nein«, entgegnete er. »Welchen herrlicheren Schatz als unseren Ort hier könnte ich schon finden?« Maerad und Cadvan konnten seinen Standpunkt durchaus nachvollziehen, dennoch begann die Verzögerung nach einigen Tagen an ihrer Geduld zu zehren. Von Königin Ardina hatten sie immer noch nichts gehört.

»Ich war noch nie an einem so von der Welt abgesonderten Ort!«, rief Cadvan aus, nachdem Idris gegangen war. »Allmählich frage ich mich, ob man uns überhaupt gehen lassen wird. Vielleicht lautet der Preis für ein Eindringen, dass wir hier bleiben müssen – und das können wir nicht.«

Maerad zählte zurück und errechnete, dass es etwas über zwei Monate her war, dass sie Cadvan erstmals begegnet war. Somit hatten sie inzwischen Ende April oder Anfang Mai. *Was für eine kurze Zeit!*, dachte sie erstaunt bei sich. Das Dasein, das sie in Gilmans Feste gefristet hatte, erschien ihr mittlerweile wie ein völlig fremdes Leben, eine böse Erinnerung, die aufgrund der Entfernung bereits abgestumpft war; selbst ihr Aufenthalt in Inneil schien schon eine Ewigkeit zurückzuliegen. Und nun saßen sie hier fest, gefangen wie Fliegen in Bernstein außerhalb der Zeit. Sie schaute durch das Fenster zu dem Springbrunnen, der leise in der warmen Luft plätscherte. Im Zimmer herrschte Ruhe und Frieden, dennoch fand sie in sich selbst keine innere Ruhe. Sie gehörte nicht hierher.

»Das hoffe ich nicht«, meinte sie. »Es ist an der Zeit, weiterzuziehen.«

Am siebten Tag ihres Aufenthalts wurden sie abermals zum Nirhel gerufen. Diesmal begaben sie sich ohne Begleitung zu dem großen Haus. Als sie den Saal betraten, erwartete Königin Ardina sie auf ihrem schwarzen Thron.

Maerad blinzelte. Sie hatte den Eindruck von Ardinas Schönheit, von der Macht ihres Blickes bereits vergessen. Diesmal hatte die Königin das Haar zu einem langen, silbrigen, mit Perlen verwobenen Zopf geflochten, und ihre Stirn zierte ein schlichter Reif aus Silber mit einem Mondstein darin.

»Cadvan von Lirigon und Maerad von Pellinor«, sprach die Herrin und erhob sich, um sie zu begrüßen. »Ich hoffe, ihr habt euch gut erholt und einen Eindruck von der Gastfreundschaft meiner Stadt erhalten.«

»Habt unseren Dank, Königin Ardina«, antwortete Cadvan. »Wir haben uns prächtig erholt. Außerdem wurde uns große Höflichkeit entgegengebracht, und uns wurden viele wunderschöne Dinge gezeigt. Rachida ist ein Ort der Wunder, an dem ein wundes Herz in Frieden verweilen kann.«

»Rachida wird zu Recht als der Nabel der Welt bezeichnet«, erwiderte sie. »Aber der Anblick dieser Wunder hat einen Preis. Das Gesetz von Rachida lautet, dass niemand, der hier weilt, wieder von dannen gehen darf. So wahren wir das Geheimnis und die Reinheit dieses Ortes, die andernfalls von den Übeln der Außenwelt befallen werden könnten.«

Maerad sog den Atem ein. Genau das hatte Cadvan befürchtet. Sie starrte die Herrin an und erkannte in ihr einen unverrückbaren Willen; gewiss, sie war wunderschön wie Alabaster, in dem darin eingeschlossenes Mondlicht schimmert, aber auch so hart und unnachgiebig.

Trotzdem zeigte Cadvan sich ungerührt. »Das dachte ich mir bereits. Und dennoch ersuche ich darum, das Gesetz für Maerad und mich außer Acht zu lassen. Ginge es nur um uns allein, empfänden wir es nicht als Strafe, unser Dasein hier unter Eurem großzügigen und offenherzigen Volk zu verleben. Aber unsere Sorge gilt nicht nur uns selbst. Mit uns reist ein tödliches Verhängnis, das jeden betrifft, der in diesen Zeiten lebt. Wir können hier nicht bleiben. Wenn Ihr uns verbietet zu gehen, müssen wir gegen Euren Willen aufbrechen.«

»Dann würdet ihr sterben«, gab Ardina zu bedenken. Ihre Augen wirkten streng und kalt.

»Dennoch müssten wir den Versuch wagen«, gab Cadvan zurück. »Die Dringlichkeit unserer Aufgabe ließe uns keine andere Wahl. Möchtet Ihr etwa das Gerede aufkommen lassen, Königin Ardina hätte der Finsternis Vorschub geleistet?«

Die Königin bedachte Cadvan mit einem stolzen Blick. »Ihr verlangt ein großes Zugeständnis von mir«, sagte sie, »und dies mit Worten, die der Höflichkeit entbehren. Gewährte ich euren Wunsch, setzte ich die Zerstörung all dessen aufs Spiel, was ich liebe. Rachida ist mir kostbar, und ich schätze mein Volk mehr als jedes andere. Warum also sollte ich euch dies zugestehen? Was ist dieses Verhängnis, von dem du sprichst?«

Cadvan zögerte, als müsste er seinen ganzen Mut zusammennehmen. Maerad spürte die Kraft des Willens der Königin deutlich; sie selbst war fast schon bereit, ihre Reise allein auf Ardinas Geheiß hin aufzugeben.

»Königin Ardina, gewiss erinnert Ihr Euch an den Namenlosen, der ganz Imbral und Lirion vernichtet hat«, sagte Cadvan.

Die Königin rührte sich und schien tief in ihr Gedächtnis zu blicken. »Ich erinnere mich an Sharma, bevor er an die Macht gelangte«, erwiderte sie. »Ich hielt ihn immer für einen verschlossenen, merkwürdigen Mann, trotz all seiner Begabung der Gunst der großen Barden von Afinnil unwürdig. Was ich ihnen auch sagte. Und meine Einschätzung erwies sich als richtig. Was glaubt ihr, weshalb ich mich ins Herz des Cilicader zurückgezogen habe? Weshalb, glaubt ihr, habe ich einen solchen Bann errichtet?«

»Ich weiß nicht, ob Ihr von der Weissagung gehört habt, dass sein letzter Sieg nicht der schlimmste war«, gab Cadvan zurück. »Unter den Barden von Annar erzählt man sich seit langem, dass der Namenlose zurückkehren wird, und seine nächste Ankunft wird weit dunkler sein. Sie wird alles zerstören, was schön und frei ist. Die Wälder werden verdorren, und all die noch verbliebenen Zufluchten des Lichts werden in Schatten versinken. Denn glaubt Ihr nicht, dass er aus seiner Niederlage gelernt hat? Und trotz all Eurer großen Macht, Herrin, glaubt Ihr wirklich, dass Ihr hier ein solches Licht bewahren könnt, wenn ganz Annar in Schutt und Asche verwandelt und die Barden völlig vernichtet werden?

Sein letzter Sieg war nicht vollständig. Das Licht hielt sich in Zufluchten, nicht nur hier, sondern auch in anderen, verborgen in den Sieben Königreichen; so konnte seine Herrschaft letztlich gestürzt, seine Macht gebrochen werden. Aber es heißt, wenn er beim nächsten Mal die Oberhand behält, werden seine Bosheit und seine Macht allumfassend sein, bis in eine Zeit jenseits der Vorstellungskraft von Sterblichen. Und ich sage Euch, Königin Ardina, die Dhyllin waren von jeher jene, die er am meisten hasste und am inbrünstigsten zu zerstören suchte. Ich denke, wenn er solche Macht erlangt, wird er Rachida beim nächsten Mal nicht übersehen.«

Er hatte sein Gesuch so überzeugend und eindringlich vorgetragen, dass Ardina die Stirn runzelte und der Schatten des Zweifels über ihr Gesicht fiel.

»Fahr fort«, forderte sie ihn auf und musterte ihn durchdringend.

»Diese Weissagung könnte wahr sein. Aber was weißt du über den Aufstieg des Namenlosen? Du sprichst, als erhöbe er sich jetzt.«

»Ich glaube, dem ist so«, erwiderte Cadvan dumpf. »Denn so wurde es mir gezeigt.« Er holte tief Luft, bevor er weiterredete. »Vor diesem Winter wurde ich von den Barden von Norloch auf eine Mission fern im Norden geschickt. Bei meiner Rückkehr wurde ich von einem Eurer Art gefangen; er haust in einem Berg, der manchen als der Landrost bekannt ist. Er wurde vor langer Zeit vom Namenlosen in eine Falle gelockt und verdorben. Er ist ein Hexer von großer Bosheit und Macht; dennoch stellt er nur einen Sklaven jener Finsternis dar.«

»Ich weiß, von wem du sprichst«, sagte Ardina. »Aber ich will seinen Namen nicht nennen.«

»Er warf mich in seine Verliese.« Cadvan verstummte einen Augenblick. »Ich will nicht darüber reden, was mir dort widerfuhr. Aber in seinem Stolz prahlte er mir gegenüber mit der Wiederkunft der Finsternis. In seinem Thronsaal steht ein Becken ähnlich dem Euren, Herrin, oder eher ein böser Abklatsch davon. Kein Licht lebt darin, nur ein unbeschreibliches Dunkel. Und in jenem Spiegel kann man Dinge sehen, die geschehen. Er wollte mich voll Verzweiflung sterben lassen und zeigte mir den Aufbau von Streitkräften in Dén Raven, das Wuchern von Verderbtheit an den Orten des Lichts und ein Übel, das über Annar kriecht wie giftiger Rauch. Und zuletzt offenbarte er mir die Rückkehr des Namenlosen.«

»Die Werkzeuge der Finsternis lügen von jeher«, warf Ardina rasch ein.

»Ja, Herrin«, pflichtete Cadvan ihr bei. »Aber ich gelte unter den Barden als Wahrheitsschürfer und besitze die Gabe zu erkennen, was eine Lüge ist und was nicht. Zudem bin ich seit langem an die Täuschungen der Finsternis gewöhnt. Was er mir zeigte, war keine Lüge. Er konnte nicht hoffen, mich mit einem Schwindel oder einem trügerischen Schatten zu quälen – was er sehr wohl wusste.«

Eine lange Weile herrschte Stille, während der Ardina nachdenklich verharrte. Maerad betrachtete Cadvan mit neuem Erstaunen; bisher hatte er vom Landrost nur einmal kurz während ihrer ersten gemeinsamen Reise nach Inneil gesprochen. Nun erkannte Maerad deutlicher, was Cadvan damit gemeint hatte, dass ihre Begegnung einen seltsamen Zufall darstellte. Sie fragte sich, wie er überleben und flüchten konnte; doch die Herrin fragte nicht danach.

»Du hast mir noch nicht von der Bürde erzählt, die du trägst«, sprach Ardina schließlich.

Cadvan, der auf seine Hände gestarrt hatte, schaute auf. Seine Züge zeugten von schmerzlichen Erinnerungen.

»Es gibt eine weitere Prophezeiung, eine von den Barden im Liede gewahrte Erinnerung, wenngleich sie in Vergessenheit geraten und kaum noch bekannt ist«, erwiderte er. »Sie spricht von einer, die da kommen wird, wenn der Namenlose sich mit geballter Macht zu seiner finstersten Ankunft aufschwingt. Sie ist die Verheißene, die Auserwählte. Und es heißt, die Verheißene wird den Namenlosen bezwingen und seinen stärksten Angriff auf das Licht zunichte machen.«

»Wird offenbart, wie dies geschehen wird?«, erkundigte sich Ardina.

»Nein«, antwortete Cadvan.

»Und wer ist diese Verheißene?«

»Ich glaube, dass Maerad von Pellinor die Verheißene ist. Deshalb reisen wir zusammen auf verborgenen Pfaden nach Norloch, damit die Finsternis, die uns fast bis an die Grenzen Eures Reiches verfolgte, unser nicht gewahr wird. Denn in Norloch gibt es Weisheit und Überlieferungen, die helfen könnten, dieses Rätsel besser zu verstehen.«

Ardina schaute suchend in Cadvans Gesicht. Diesmal begegnete er ihrem Blick. Schließlich wandte sie sich ab und seufzte.

»Du erinnerst mich fast an König Ardhor«, meinte sie traurig. »Solcher Mut, solche Aufrichtigkeit spricht aus dir. Ich wünschte, es wäre anders, denn du drängst mich auf die Schneide eines Messers, und in welche Richtung ich auch schreite, überall lauert Gefahr.«

Dann drehte sie sich Maerad zu. Als Maerad in ihre unmenschlichen Augen aufschaute, sah sie darin erstaunt unergründliches Mitgefühl und Traurigkeit. Plötzlich wirkte Königin Ardina nicht mehr wie eine unnahbare Gestalt aus einer Legende, sondern sterblich und zerbrechlich wie Maerad selbst.

»Ich spüre ein Schicksal auf dir liegen, Schwester«, sprach Ardina leise. Mit einem Schauer wurde Maerad klar, dass Ardina sich der Sprache der Elidhu bediente, nicht der Sprache Annars. »Ich habe es schon gespürt, als ich dein Gesicht zum ersten Mal sah. Doch ich weiß nicht, was ich zu dir sagen soll, denn du schlummerst noch wie die

Lilie, die im Winter unter der Erde schläft, und doch liegt in dir ein Feuer unübertroffener Helligkeit verborgen, das zu gegebener Zeit erblühen wird. Ich weiß nicht, was es bedeutet und was es verheißt, und in meinem Herzen fürchte ich, dass es ein Ende für mein Volk ankündigt, ganz gleich, wie ich es deute.«

»Sprecht nicht vom Ende«, gab Maerad in derselben Sprache zurück, womit sie sich selbst überraschte, denn es fühlte sich an, als regte sich eine andere Stimme in ihr. »Sagt lieber: ein neuer Beginn.«

»Vielleicht«, meinte Ardina. »Dennoch auch ein Ende. Und es mag sein, dass jenes Verhängnis, das wir alle fürchten, uns überwältigen wird, so sehr wir auch dagegen ankämpfen. Doch es ist besser zu kämpfen, als widerstandslos überwältigt zu werden.« Während Ardina sprach, beschlich Maerad der Eindruck, dass ihre Sicht verschwamm, und sie sah wieder die schimmernde Elidhu im Wald, die das Bild der mächtigen Königin überlagerte. Da erkannte sie voll plötzlichem Erstaunen, dass Ardina und die Elidhu im Wald ein und dieselbe waren. Scharf sog sie die Luft ein und schaute in Ardinas gelbe Augen auf.

»Ja, Schwester«, sagte Ardina, die Maerad eingehend betrachtete. »Du siehst richtig. Ich bin sowohl Königin als auch Elidhu, hier und dort, Feuer der Wildnis und Feuer des Herdes, Vergessen und Erinnerung. Du bist von meinem Blut. Ich habe dich beobachtet, aber sprich noch nicht davon, denn die Menschen haben keine Geduld mit solchen Dingen und verstehen sie nicht.«

Cadvans Blick ging verständnislos zwischen den beiden Frauen hin und her, bis die Königin ihn ansah und sich erhob.

»Cadvan von Lirigon«, wandte sie sich in der Sprache Annars an ihn. »Ich weiß, dass du die Wahrheit sagst. Wie sehr hast du meine Sorge vergrößert! Glaub nicht, dass meine Abgeschiedenheit bedeutet, ich wüsste wenig über die Geschicke Annars; wie du vermutet hast, besitze ich meinen eigenen Spiegel in die Welt. Ich hatte gehofft, noch lange unbemerkt zu bleiben. Wie alle falschen Hoffnungen empfand ich auch diese als tröstlich. Aber noch nie konnte jemand behaupten, Königin Ardina besäße ein zauderndes Herz oder flüchtete sich in die Ausreden von Feiglingen.«

Sie hielt inne, als wollte sie ihre Gedanken sammeln. »So teile ich dir denn meinen Beschluss mit. Allein du von allen Menschen, die hier wandelten, darfst ungehindert mein Reich verlassen. Ich gewähre dir dies, weil ich weiß, dass du die Wahrheit sprichst und weil du mit einer meinen Blutes reist – und weil wir uns gegen unseren gemeinsamen Feind wappnen müssen und nicht geteilt sein dürfen. Ich verlange lediglich, dass du niemandem von unserer Zuflucht hier erzählst. Außerdem biete ich dir alle Hilfe, die ich bieten kann, und Geleit zu den Grenzen des Cilicader, denn in diesem Wald gibt es viele dunkle Orte, die zu vermeiden ratsam ist.«

Cadvan stand auf und verneigte sich. »Ich danke Euch, Königin Ardina«, sagte er. »Mir ist bewusst, was es Euch kostet, uns dies zu gewähren. Ihr seid eine wahrhaft mächtige Königin, und Eure Gesetze sind gerecht.« Er sah aus, als wollte er noch mehr hinzufügen, könnte es jedoch nicht.

»So lebt denn wohl«, sagte Ardina. »Maerad von Pellinor, meine guten Wünsche begleiten dich. Möge dein Los nicht so grausam wie das meine sein! Und als Zeichen unserer Verwandtschaft bitte ich dich, dies anzunehmen.« Damit löste sie von ihrem Finger einen schmalen, zu einem Liliengeflecht geschmiedeten Goldreif. Jede Blume ging wundersam fein gearbeitet in die nächste über. Maerad nahm das Geschenk verlegen entgegen und zeigte sich vor Überraschung sprachlos.

»Trag dies zum Gedenken an Ardina«, forderte die Fürstin sie auf. »Es wurde mir vor langer Zeit von jemandem geschenkt, den ich liebte. Deine Zukunft ist ungewiss, und ich vermag dir nichts zu sagen, was dir helfen könnte. Du bist einzigartig und gefährlich, weshalb sowohl die Finsternis als auch das Licht die Hand nach dir ausstrecken. Vielleicht wirst du herausfinden, dass dein Schicksal fernab von beidem liegt. Womöglich stellst du fest, dass deine größte Gefahr bereits in dir lebt. Nur dies eine ist klar: Du besitzt ein großes Herz, was du allerdings nur durch großen Schmerz erkennen wirst. Das ist die Weisheit der Liebe und ihr zweifelhaftes Geschenk. Doch auch ich habe viel Leid ertragen und habe doch mein Herz nicht verschlossen.«

Abermals schaute Maerad in die Augen der Königin; Ardinas Blick schien sie an ihrer verwundbarsten Stelle zu durchdringen, sie zu verletzen – und doch hieß sie die Wunde willkommen. Da sie dem Blick der Königin nicht lange standzuhalten vermochte, senkte sie den Kopf und rätselte über Ardinas Worte, die sie nicht verstand.

»Was dich angeht, Wanderer und Wahrheitsschürfer«, fuhr Ardina fort und wandte sich Cadvan zu, »entbiete ich dir nur meinen Segen. Dein Pfad wird dunkel sein, doch ich bezweifle, dass dies etwas Unbekanntes für dich ist. Und an dunklen Orten strahlt Licht umso heller.«

»Der Segen Ardinas ist nicht gering zu achten«, erwiderte Cadvan. »Ich danke Euch abermals, Herrin. Nicht zu Unrecht preist Euch Euer Volk als den Saft des Lebensbaumes!«

Ardina hob die Hand zum Abschiedsgruß, dann schien wieder jenes goldene Licht um sie auf. Cadvan und Maerad blinzelten, und als sie wieder hinsahen, war die Königin verschwunden.

»So war es in den ruhmreichen Tagen der Dhyllin«, seufzte Cadvan nach einer langen Stille. »Ich werde mein ganzes Leben lang dankbar dafür sein, dass mir dieser flüchtige Eindruck zuteil wurde. Und doch vermengt sich die Freude auch mit großem Kummer.«

Als sie zu ihrem Haus zurückkehrten, stellte Maerad fest, dass ihre Monatsblutung wieder eingesetzt hatte. Sie verfluchte den ungünstigen Zeitpunkt und begab sich in ihr Zimmer, um sich darum zu kümmern. Während sie ihr Bündel nach Kleidern durchwühlte, wurde ihr plötzlich klar, dass sie keine Krämpfe hatte. Sie kauerte sich auf die Hacken zurück und überlegte, ob Ardina sie gelindert haben mochte. Unwillkürlich musste sie an jenen durchdringenden Blick denken, der sich zugleich wie eine Wunde und deren Heilung angefühlt hatte, unbarmherzig und doch mitfühlend. Jedenfalls waren die Schmerzen fort und belästigten sie nie wieder.

Maerad grübelte über das nach, was Ardina zu ihr gesagt hatte. Obwohl es unheilverkündend geklungen hatte, empfand sie es als sonderbar tröstlich. Sie hatte den Eindruck, dass Ardina ihre Zweifel, Ängste und Einsamkeit verstanden hatte, wie niemand sonst es konnte. Jener flüchtige Augenblick des Verständnisses erhellte ihre Verwirrung und ließ sie sich irgendwie weniger ausgegrenzt fühlen. Sie würde den Ring immer tragen, genau wie das Juwel, das Silvia ihr geschenkt hatte – als ein Zeichen von Liebe.

Am folgenden Tag machten sie sich bereit, Rachida zu verlassen, wenngleich mit gemischten Gefühlen. Ardinas Entscheidung war offensichtlich bekannt gegeben worden. Die gesamte Stadt schien zu wissen, dass sie abreisten, und früh am Morgen erwartete sie auf dem Vorbau ein Stapel frischer Vorräte. Allerlei Geschenke wurden ihnen angetragen, doch Cadvan lehnte sie lächelnd ab und nannte als Grund, dass sie nur das Notwendigste mitnehmen konnten, um die Pferde nicht zu überladen.

An jenem Abend blieben sie trotz zahlreicher Einladungen in ihrem Haus und speisten allein. Beide verspürten das unausgesprochene Bedürfnis, sich für die bevorstehende Reise zu wappnen. Idris traf mit dem Essen ein und verabschiedete sich von ihnen, wobei er tief betrübt wirkte. Als Cadvan dies sah, schenkte er ihm seine Silberbrosche, das Zeichen des Sterns von Lirigon. Idris umarmte sie beide und ging unter Tränen.

»Ich will hier nicht weg«, sagte Maerad düster, als sie sich zu ihrem Essen niedersetzten. »Obwohl ich weiß, dass es sein muss.«

»Ich wurde noch nie unter Fremden mit solcher Herzlichkeit aufgenommen«, erwiderte Cadvan und schenkte für sie beide Wein ein. »Ich habe schon viele, auch majestätischere Orte als diesen besucht, aber noch keiner war so bezaubernd. Wieder etwas Schönes und Wertvolles, das sich zu bewahren lohnt. Bedenke nur, was Ardina bereits getan hat, um ihr Volk zu schützen! Dennoch bezweifle ich, dass diese Leute ihre Abgeschiedenheit noch lange aufrechterhalten können, selbst wenn sie jeden Wanderer fangen, der sich in diese Wälder verirrt.« Missmutig stocherte er in seiner Mahlzeit. »Es gibt bereits zu vieles, um das man fürchten muss.«

Am nächsten Morgen erwachten sie früh und schlüpften in ihre Reisekluft. Bald darauf trafen sie ihre Führer, die sich als ihre einstigen Häscher Imunt und Penar erwiesen. »Da wir euch hergebracht haben, obliegt uns die Aufgabe, euch in die Freiheit zu geleiten«, erklärte Penar lächelnd und umarmte die beiden.

Sie führten die Pferde durch den Ort, wobei ein heftiges Zögern ihre Schritte hemmte. Maerad sah sich mit einem so hungrigen Blick um, als könne sie sich die Schönheit Rachidas in ihr Gedächtnis einbrennen. Die Stadt erstreckte sich unbefleckt vor ihnen, noch feucht vom Morgentau, und als die Pferde mit klappernden Hufen durch die Straßen liefen, öffneten sich Fenster; die Leute winkten, und hellhaarige Kinder strömten heraus, um die Pferde mit ein paar letzten

Leckereien zu bedenken und lachend und rufend neben ihnen herzurennen. Maerad und Cadvan fühlten sich wie der Anlass für ein Volksfest.

Schließlich erklommen sie den Hang der Westseite des Tals und ließen die Häuser hinter sich. Auf der Kuppe drehte Maerad sich für einen letzten Blick zurück um, bevor Rachida für immer hinter ihr verschwand. Die aufgehende Sonne erfasste die Dächer, sodass sie wie poliertes Silber glänzten, und ihr Licht ergoss sich sanft in einem honiggelben Nebel auf die Straßen und Gärten, hob die blühenden Farben der Bäume, der Blumen, der Häuser hervor, wodurch sie allesamt wie neu geschaffen wirkten. Und doch vermeinte Maerad zwischen ihr und Rachida bereits einen schimmernden Schleier wahrzunehmen, als ob der Ort trotz der Nähe nur in ihrer Erinnerung existierte, als goldener Traum unberührbarer Schönheit.

Vierter Teil
Norloch

Wächst die Lilie im Gerank,
Rankt die Rose auf der Welle,
Dreigezüngelter Stimme Klang
Edil-Amarandh erhelle.

Wahr und falsch in dunkler Nacht
Leuchtet hell die scharfe Flamme,
Aus dem Licht hervorgebracht,
Wahr und falsch der geheime Name.

Rankt die Rose auf dem Schaum?
Blüht die Lilie ohne Stand?
Wer erkennt das Lied vom Baum?
Wo die Harfe? und wes die Hand?

Aus *Die Hohelieder* von Pel von Norloch.

Siebzehntes Kapitel
Valverras

Der Pfad, dem sie folgten, führte nach Westen. Unbeschwert wanderten sie durch blühende Wiesen, die sich zwischen breit gelagerten Baumgruppen erstreckten. Die Sonne spendete Wärme, und Maerad dachte, es würde nicht mehr lange dauern, bis der Sommer Einzug hielt. Derweil begannen die Gefahren ihrer Reise, die in der Beschaulichkeit Rachidas in den Hintergrund verblasst waren, sich wieder in ihre Gedanken zu drängen, und zum ersten Mal seit vielen Tagen hatte sie Träume, in denen sie von Untoten verfolgt wurde.

Imunt teilte Cadvan mit, dass sie sich nicht weit von den Grenzen ihres Landes befanden. Er führte sie zu einem Fluss, den sein Volk den Cir nannte. Dabei handelte es sich offensichtlich um einen Teil desselben Flusses, den Cadvan als Cirion kannte. Denn wie er erfuhr, teilte sich der Fluss im Norden in zwei Arme, den Cir und den Ciri, die weiter südlich wieder ineinander mündeten. Dazwischen erstreckte sich eine große, blattförmige Insel, deren Mittelpunkt Rachida bildete. Außerdem bezeichneten die beiden Flussarme die Grenzen des Reiches, wenngleich Kundschafter Rachidas sich bisweilen südlich bis zum Usk vorwagten. Sobald sie den Cir erreichten, würden ihre Führer sie verlassen. Wenn sie dem Fluss in südlicher Richtung folgten, ergoss er sich schließlich in den Usk, der solchermaßen verstärkt weiter durch den Wald und schließlich auf die Ebenen des westlichen Annar führte. Von dort war es eine Reise von etwa zweihundertfünfzig Meilen nach Norloch.

Später am Tag stießen sie dann auf den Fluss, der rasch zwischen steilen Uferböschungen dahinströmte und sich über zahlreiche Stufen in breite Teiche ergoss. Ihre Führer gaben ihnen ein paar letzte Warnungen mit auf den Weg, womit sie auf der gegenüberliegenden Seite zu rechnen hätten: Vogelspinnen so groß wie Fäuste, Riesenegel, Wildkatzen und ähnliche Gefahren. Von Werwesen oder Goromants in diesem Bereich des Waldes allerdings wussten sie nichts.

»Es ist besser wenn ihr hier den Fluss überquert, denn weiter flussabwärts wird er tief und reißend«, erklärte Penar. »Auf der anderen Uferseite gibt es einen alten Pfad, der den Cir entlang verläuft. Binnen eines Tagesmarsches werdet ihr auf die Mündung des Ciri stoßen, nach etwa drei weiteren Tagen auf den Usk. Der Pfad sollte uns bekannte Gefahren vermeiden; doch nachdem ihr zum Usk gelangt seid, verlasst ihr den Bereich, den wir kennen. Wir wagen uns mittlerweile nicht mehr über den Cir hinaus. Es könnte sein, dass dort nun Werwesen hausen. Auf jeden Fall müsst ihr auf der Hut sein.«

Ihre Führer verabschiedeten sich von ihnen und hoben die Hände zum Gruß, bevor sie sich umdrehten und erstaunlich flink zwischen den Bäumen verschwanden. Maerad und Cadvan verharrten noch eine Weile und schauten ihnen nach, dann wandten sie die Gesichter seufzend gen Westen. Zum ersten Mal seit Tagen stiegen sie auf ihre Pferde und überquerten den Fluss. Auf der anderen Seite wirkte das Licht zwar genauso hell, aber weniger glänzend, was ihnen mehr als alles andere verdeutlichte, dass sie den Schutz von Ardinas Zuflucht verlassen hatten und wieder auf sich gestellt durch die Welt zogen.

Ein paar Stunden später erreichten sie den Zusammenfluss der beiden Gewässer, des Cir und des Ciri. Danach grub der Fluss sich zwischen steilen Böschungen entlang, und der Ritt wurde beschwerlicher. An manchen Stellen war kaum der Ansatz eines Pfades erkennbar, sodass sie einfach dem Flussverlauf folgten und hofften, später wieder auf einen deutlicheren Weg zu stoßen. Irgendwann tauchte zwischen den Bäumen stets wieder der Schatten eines Pfades auf, der sich jedoch alsbald wieder verlief. Nichtsdestotrotz kamen sie rasch voran; sowohl Maerad als auch Cadvan spürten deutlich, dass Eile geboten war, weshalb sie die Pferde entsprechend antrieben.

Drei ereignislose Tage später gelangten sie wieder zum Usk, der sich mit dem Cirion vereinte und danach reißend zwischen felsigen Ufern dahinströmte und sich an häufigen Stromschnellen brach, wo das Wasser lärmend über verborgene Felsen schoss. Der Pfad schlängelte sich nach wie vor zwischen den Bäumen hindurch, dass einem schwindlig werden konnte; allerdings kamen sie inzwischen etwas langsamer voran. Hätte Maerad nicht eine unablässige innere Unruhe empfunden, wäre es ein friedvoller Ritt gewesen, zumal sie sich fernab menschlicher Belange jeder Art fühlten. Sie sahen keinerlei

Anzeichen von Riesenspinnen, Wildkatzen oder Goromants und hörten nachts lediglich Frösche, Grillen und das Rascheln kleiner Tiere. Der Wald wirkte verwaist und verwildert, fast ein wenig trostlos. Die Bäume waren dicht mit Moos und Rankengewächsen überwuchert, die zottig von den Ästen baumelten und das Licht zusätzlich abschwächten. Sogar Geräusche klangen gedämpft. Die Hufe pochten dumpf auf einem Laubbett, und ihre Stimmen schienen sich in der feuchten Luft zu verlieren. Sie bewegten sich wie Geister zwischen den Bäumen hindurch.

Maerad betrachtete missmutig den neben ihnen verlaufenden Fluss. »Was glaubt Ihr, wann gelangen wir aus diesem Wald?«, fragte sie.

»Bald«, antwortete Cadvan. »Mir scheint, er lichtet sich schon ein wenig.«

Die Aussicht darauf besserte Maerads Stimmung; allmählich begannen die endlosen Bäume ihr aufs Gemüt zu drücken. Und wie Cadvan vermutet hatte, brachen sie am fünften Tag nach ihrem Abschied von Imunt und Penar aus dem Westrand des Cilicader hervor. Das Unheimlichste, was ihnen begegnet war, waren gewöhnliche Waldspinnen gewesen.

Der Wald endete nicht abrupt, sondern wurde allmählich dünner, bis die Bäume völlig aufhörten. Vor ihnen erstreckten sich weitläufige Ebenen, die zum Horizont hin abfielen, durchsetzt von häufigen Senken, Niederungen und Felsblöcken, welche sich ab und an zu Hügeln verdichteten und lange Schatten in ihre Richtung warfen. Der Himmel wirkte gewaltig. Schlieren rosiger und purpurner Wolken hingen träge am Horizont und verschleierten die im Westen versinkende Sonne, deren mächtige Lichtschäfte die Gesichter der Reisenden rot tünchten. Der Usk floss nach wie vor zu ihrer Linken zwischen zerklüfteten, mit bleigrauen Flechten und weichem Moos überzogenen Granitblöcken dahin, die aussahen, als wären sie vor Urzeiten von Riesen dort hingeworfen worden. Anzeichen von Besiedelung waren weit und breit nicht zu erkennen. Es war auf seine eigene Weise ein so einsames und leeres Land wie jenes, das sie hinter sich gelassen hatten, und Maerad fühlte sich plötzlich verwundbar und ungeschützt im Licht und der offenen Umgebung.

»Jedes Mal, wenn ich in einem Wald bin«, meinte sie zu Cadvan und hielt neben ihm an, »kann ich es kaum erwarten, wieder herauszukommen. Und sobald ich draußen bin, wünschte ich nur, wieder in den Schutz der Bäume zurückzukehren! Ich habe das Gefühl, alles hier beobachtet mich.« Mit verkniffenen Augen spähte sie zum Himmel. »Sogar die Wolken.«

»Wir haben die Valverras-Heide erreicht«, gab Cadvan zurück. »Hier fühlt es sich wohl immer so an. Man erzählt sich sonderbare Geschichten über diesen Ort.«

Maerad starrte auf die trostlose Landschaft und schauderte. »Erzählt sie mir lieber nicht«, meinte sie. »Ich bin sicher, sie sind grauenhaft.«

Die Valverras, so erklärte ihr Cadvan, war ein Ödland, das sich zwischen dem Wald und der Küste erstreckte. Näher am Meer ging es in einen Irrgarten aus Sumpfland und Morasten über. Es grenzte diesen Teil des nördlichen Annar ab. Reisten sie etwa dreihundert Meilen weiter nach Norden, würden sie zum Lir gelangen, entlang dessen Verlauf sich die Weiler und Dörfer von Lirhan scharten. Weiter im Süden floss der Aldern, ebenfalls dicht besiedelt. Norloch befand sich fast genau südlich von ihnen, zweihundertvierzig Meilen Luftlinie entfernt. Wen sie geradeaus ritten, nach Westen, würden sie in das Königreich Ileadh, Dernhils Geburtsstätte, gelangen, das dort eine langgezogene Halbinsel bildete. Etwas nördlich davon, getrennt durch einen Meeresarm, lag Culain.

»Wenn wir es nicht so eilig hätten, wäre es nett, die Schulen dort zu besuchen«, sagte Cadvan, während sie auf den Pferden saßen und die Blicke über die Öde schweifen ließen. »Culor in Culain und Gant in Ileadh sind ähnlich schön wie Inneil und edle Stätten des Lichts, allerdings grundverschieden voneinander, so wie alle Schulen. Ich glaube, sie würden dir gefallen. Danach könnten wir mit einem kleinen Boot von Gant zur Insel Thorold fahren, um dort die Seidenmärkte von Busk zu besuchen und durch die Kiefernwälder auf den Bergen zu wandern – die mit keinem anderen Ort zu vergleichen sind – und den Geschmack ihrer Freiheit und Stille zu genießen. Und anschließend könnten wir vielleicht bitten, auf einem der prächtigen Schiffe von Annar mitfahren zu dürfen, und zur Bucht von Mithrad segeln, damit du im Morgengrauen vom Hafen aus sehen kannst, wie die aufgehende Sonne die weißen Türme von Norloch entzündet. Das ist einer der erhebendsten Anblicke von ganz Annar, und jedes Mal, wenn ich ihn sehe, verschlägt er mir aufs Neue die Sprache. Norloch strebt von steilen Klippen empor, Mauer um Mauer schmäler werdend, bis schließlich der hohe Turm von Machelinor höher als alles andere aufragt, der Turm der Lebendigen Flamme. Seine Spitze ist wie der Wipfel eines herrlichen Baumes, und das Dach besteht aus Gold und Kristall und schillert wie reines Feuer, wenn die Sonne sich darin fängt.«

Eine Weile verharrte er schweigend, und Maerad spähte zu ihm hinüber. Cadvans Augen wirkten abwesend, als blickte er in weite Ferne.

»Und was dann?«

»Was dann?« Er wandte sich ihr zu, lächelte und kehrte unversehens in die Gegenwart zurück. »Zuerst müssen wir erledigen, was wir in Norloch zu tun haben. Ich glaube, du bist der Dreh- und Angelpunkt für das am Scheideweg stehende Schicksal Annars und der Sieben Königreiche; aber bis du eine vollwertige Bardin bist, können wir uns nicht sicher sein. Und wie sollst du dazu werden? Das ist der erste Schritt, das erste Rätsel. Wer vermag zu sagen, was danach geschehen wird?«

Ja, wer?, dachte Maerad bei sich. Und was, wenn sie nicht diejenige war, für die Cadvan sie hielt? Wäre ihre Ausbildung damit zu Ende? Was sollte sie dann tun?

Doch Cadvan fuhr fort: »Wenn das Schicksal es gut mit uns meint, könnten wir danach vielleicht über breite, gepflegte Straßen nach Lanorial reisen, und ich könnte dir die Gärten von Il Arunedh zeigen, die in Form von Terrassen angelegt sind, sodass sie den Berg gleich großen, farbenprächtigen Stufen zieren. Sie gelten als eines der Wunder der Welt. Im Frühling ist ihr Duft berauschend wie Wein.« Er seufzte. »Ich habe an diesen Orten viele Freunde, die ich zu lange vernachlässigt habe. Andauernd werde ich auf dunklen Pfaden bald hierhin, bald dorthin getrieben, statt an den schönen Plätzen der Welt zu verweilen.«

In seiner Stimme schwang eine Sehnsucht mit, die Maerad zuvor nie gehört hatte. Sie erwiderte nichts; stattdessen fragte sie sich mit einem unerwarteten Anflug von Eifersucht, wen er so sehr vermisste. Eine Weile harrten sie schweigend aus und ließen die Pferde grasen, dann seufzte Cadvan erneut. »Aber wenn mich meine Voraussicht nicht täuscht, werden wir nicht dorthin reisen«, meinte er etwas schroff. »Uns erwarten gefährlichere Pfade. Vielleicht reiten wir an einem noch jenseits der Schatten der Welt liegenden Morgen dorthin und wandeln durch die duftenden Gärten von Manuneril und Har. Tja«, sagte er und ergriff die Zügel, »wir sollten einen Platz für die Nacht suchen. Morgen zerbrechen wir uns den Kopf darüber, wie wir den Usk überqueren können. Etwas über hundert Meilen von hier entfernt gibt es eine Bardenstraße mit einer Furt; sie führt um die Sümpfe herum, anschließend gabelt sie sich zur einen Seite hin nach Lirigon und zur anderen nach Culor, während sie Richtung Süden geradewegs nach Norloch führt. Allerdings würde es mir widerstreben, einen so großen Umweg beschreiben zu müssen, und ich möchte den Straßen nach Möglichkeit lieber fernbleiben.«

Am nächsten Tag folgten sie dem Usk westwärts und suchten nach einer Stelle, um ihn zu überqueren. Er war zu reißend und zu tief, um ihn zu durchschwimmen. An manchen Stellen waren die Uferböschungen so steil, dass man nicht einmal daran denken konnte, dort zum Wasser hinabzugehen. Die Valverras drückte Maerad aufs Gemüt: Sie war eintönig, leer und entmutigend. Zudem konnte sie das Gefühl nicht abschütteln, beobachtet zu werden, wenngleich weder sie noch Cadvan Anzeichen irgendwelcher Lebewesen entdeckten, abgesehen von den hoch über ihnen kreisenden Turmfalken und den Kaninchen, die gelegentlich erschreckt hochsprangen und in die Ferne davonhoppelten.

Irgendwann am Vormittag verfing sich ein Stein in Imis Huf, und die Stute begann zu lahmen. Fluchend stieg Maerad ab und nahm den Huf des Tieres in Augenschein. Mit ihrem kleinen Dolch kratzte sie den Stein heraus, doch der Schaden war bereits geschehen, und Maerad wagte nicht, die Stute anzutreiben, um ihn nicht noch zu verschlimmern. Als sie zu einer Stelle gelangten, an der die Böschung sanfter zum Fluss hin abfiel, hielten sie inne, um etwas zu essen. Cadvan kümmerte sich um Imis Huf. Danach wusch Maerad die Beine der Stute im rinnenden Wasser. Trotzdem blieb ein Hinken bemerkbar, und Maerad begann sich zu sorgen, Imi könnte sich schwerer verletzt haben. Ein lahmendes Pferd würde sie beträchtlich aufhalten, und sie hatten bereits mehr als drei Wochen im Großen Wald verloren. Maerad konnte das Gefühl nicht abschütteln, dass die Zeit drängte. Jede Verzögerung machte ihr zu schaffen, schürte ihre Ungeduld, während Cadvan die Beschwernisse des Weges mit stoischer Gelassenheit hinnahm. Seine Ungerührtheit stachelte Maerads Ungeduld nur noch zusätzlich an. Dann, spät am Nachmittag, setzte ein Nieselregen ein, und sie ritten nur noch ein kurzes Stück weiter, bevor es zu düster wurde, um noch richtig zu sehen. Sie schlugen das Lager im Schutz eines Granithügelgrabs auf, immer noch auf der falschen Seite des Usk. Mittlerweile siedete Maerad vor unterdrückter Übellaunigkeit.

»Wie lange müssen wir noch wie Hunde durch die Wildnis streunen?«, murrte sie, während sie ihren Graupeneintopf löffelte. »Ich habe genug davon. Und Imi auch. Sie braucht Erholung.«

»Bis wir das Ende der Wildnis erreichen«, gab Cadvan zurück. »Wenn alles gut verläuft, sollten wir nicht mehr lange dafür brauchen.« Damit streckte er die langen Beine aus und betrachtete Maerad voll milder Belustigung. »Wir haben uns wacker geschlagen, indem wir den Großen Wald unversehrt durchquert haben. Aber ich gebe dir recht, die Wildnis kann schon langweilig werden.«

»Langweilig ist das falsche Wort«, entgegnete Maerad. »Ich wünschte, ich hätte Rachida nie verlassen. Es ist ja nicht so, als hätte ich irgendwo eine Heimat, wo ich hinkönnte. Ebenso gut hätte ich dort bleiben können.«

»Nein, wir können jetzt nur noch nach vorn blicken.« Cadvan beugte sich vor und musterte Maerad eindringlich. »Du weißt, dass wir nach Norloch müssen.«

»Ich will aber nicht«, gab Maerad mürrisch zurück. »Ich will nirgendwohin.«

»Du hattest deine Wahl«, antwortete Cadvan nachsichtig. »Wenn es dein Wunsch gewesen wäre in Inneil oder in Rachida zu bleiben, hätte ich dich nicht davon abgehalten. Das hätte ich auch gar nicht gekonnt. Du hast ebenso auf deine innere Stimme gehört wie ich. Du hast gewusst, dass dein Schicksal und das Schicksal vieler anderer auf dem Spiel stehen. Denk an deinen Traum. Oder hast du den völlig vergessen?«

»Eine tolle Wahl.« Maerad zupfte grantig an Grasbüscheln und warf die ausgerissenen Halme zu Boden. Ihre zusammengezogenen Augenbrauen bildeten eine gerade, zornige Linie.

»Du weißt, dass es stimmt.«

»Worin liegt der Unterschied, ob ich nun eine Spielfigur für das Licht oder für die Finsternis bin?«

Eine kurze Stille breitete sich aus.

»Da gibt es einen großen Unterschied«, sagte Cadvan leise. »Für die Finsternis bist du auf jeden Fall nur eine Spielfigur. Für das Licht verkörperst du ein freies menschliches Wesen, dem es zusteht, Fehler zu begehen oder gar etwas Falsches zu tun. Du kannst dich frei entscheiden, ob du 's glaubst oder nicht.«

»Eine komische Vorstellung von Freiheit.«

»Das ist der Unterschied zwischen Verpflichtung und Sklaventum«, erwiderte Cadvan. »Im einen Fall arbeitest du für das, worauf du hoffst und woran du tief in deinem Herzen glaubst, im anderen für das, wozu dich jemand anders zwingt.«

Da Maerad eine Sklavin gewesen war und sehr wohl wusste, dass ihr gegenwärtiges Leben zwar schwierig, aber doch gänzlich anders war als früher, hatte sie darauf nichts zu entgegnen. Sie wusste gar nicht, weshalb sie es auf einen Streit mit Cadvan anlegte, aber er weigerte sich ohnehin, wütend zu werden. Nach einer Weile zog er sich in sich selbst zurück und starrte ins Feuer. Maerad saß schmollend ein Stück außerhalb des Lichtkegels und trat mit den Zehen gegen einen Erdbrocken. Da Cadvan mit der Wache an der Reihe war, rollte sie sich danach in ihre Decke und schlief überraschend schnell ein.

Der nächste Tag erwies sich als ähnlich fruchtlos, wenngleich das Wetter aufzuklaren begann und sie zumindest ein wenig Sonnenschein wärmte. Imis Lahmen war weniger deutlich, dennoch blieben sie vorsichtig, um die Heilung nicht zu behindern. Nach einer Weile vergaß Maerad im Takt des Reitens ihre trübe Stimmung, doch das Gefühl, beobachtet zu werden, blieb erhalten. Cadvan gegenüber erwähnte sie es nicht, aber sie spürte oft ein Prickeln im Nacken, als wäre jemand hinter ihr; wenn sie sich jedoch jäh umdrehte, war nichts zu sehen. Sie begann beinahe zu glauben, dass die Steine ihr Streiche spielten und sich in Felsungeheuer verwandelten, die sie verfolgten, jedoch sogleich wieder zu unschuldigen Steinblöcken wurden, wenn sie sich nach ihnen umblickte.

Den Usk überquerten sie erst am dritten Tag, dann wandten sie sich endlich gen Süden.

So begannen viele Tage, in denen sie sich schleppend durch die Valverras mühten. Cadvan führte sie anhand der Sonne und der Sterne. Sie beobachteten, wie der Mond schmäler wurde, bis er zur Breite einer Apfelschale schwand, gänzlich ausblieb und allmählich zurückkehrte. Das Wetter wurde beständig wärmer, wenngleich es durchaus bedeckte Tage gab, an denen ihre Reise sich durch kurze Regengüsse unerfreulich gestaltete. Imis Lahmen wurde von Tag zu Tag geringer, dennoch kamen sie nicht viel schneller voran. Das Gelände ließ keine raschere Gangart zu; der Boden war uneben und mit kleinen Steinen übersät. Daneben gab es zahlreiche heimtückische Löcher, in denen die Pferde sich ein Bein verrenken oder gar brechen konnten, wenn sie unachtsam waren. Das Gras war kümmerlich, voll von Graten und durchsetzt mit Disteln, und überall wuchs eine Kriechpflanze mit kleinen, gräulichen Blättern, die wie verdorbener Fisch stanken. Wenn sie darauf traten, stieg der Moder auf und nistete sich in ihre Kehlen ein, und wenn sie darauf lagerten, war es schier unmöglich, den Gestank wieder aus den Kleidern zu bekommen. Häufig stießen sie auf kleine Gruben oder Senken, in denen sich brackiges Wasser und Sumpfpflanzen sammelten. An solchen geschützten Plätzen lagerten sie bei Einbruch der Dunkelheit. Manchmal erspähte Maerad nachts seltsame Lichter in der Ferne, entrückte blaue Schwaden, die schimmerten und verschwanden, ehe sie keck ein Stück entfernt wieder auftauchten.

»Sumpflichter«, klärte Cadvan sie auf. »Beachte sie gar nicht. Und folge ihnen niemals!«

»Warum nicht?«, fragte Maerad neugierig, während sie die Erscheinungen beobachtete. Sie besaßen eine eigenartig fesselnde Wirkung.

»Sie würden dich in einen Morast führen. Oder in noch Schlimmeres. Hier gibt es alte Grabhügel, errichtet von Völkern aus grauer Vorzeit, und nicht alle davon sind leer.«

Die Valverras höhlte die Seele auf eine andere Weise aus als das Katenmoor, fand Maerad. Im Katenmoor herrschte Verzweiflung vor, ein endloses Wehklagen. Die Valverras fühlte sich sonderbar feindselig an, und obwohl Maerad nie etwas Bedrohliches sah, wurde sie umso zappeliger, je weiter sie zogen. Allmählich bekam sie einen wunden Hals, weil sie ständig über die Schulter blickte.

Cadvan nahm Maerads Unterricht wieder auf, vorwiegend, um sie abzulenken. Ihre Instrumente allerdings holten sie nicht hervor. Die bedrückende Stille ringsum schien Musik zu verbieten. Cadvan setzte auch ihre Ausbildung mit dem Schwert fort. Dabei stellte er sich als weniger harscher Lehrer als Indik heraus. Er meinte, sie sei eine gelehrige Schülerin; sie war flink, und ihre Genauigkeit und ihr Geschick wuchsen in Einklang mit ihrem Selbstvertrauen, bis es ihr eines Tages zu seiner Freude gelang, ihn zu entwaffnen.

»Du kämpfst zwar nicht besonders anmutig, aber du bist schnell und für deine Größe ungemein stark«, meinte Cadvan heftig schnaufend und hob sein Schwert auf. »Wenn es hart auf hart ginge, solltest du dich durchaus verteidigen können. Vielleicht sogar mehr als das. Wichtig ist, nicht zu überschätzen, was du dir zumuten kannst.«

»Und sich nicht davor zu scheuen, Reißaus zu nehmen«, fügte Maerad lächelnd hinzu.

»Es ist immer besser, gar nicht erst kämpfen zu müssen«, erwiderte Cadvan. »Aber wenn es sich nicht vermeiden lässt, musst du wissen, wie man sich verteidigt. Aus dir machen wir noch eine echte Kriegerin! So, und jetzt noch mal von vorn.«

So waren sie etwa eine Woche lang gereist, als sie eines Tages weit vor ihnen am Horizont eine dünne Rauchsäule aufsteigen sahen. Cadvan runzelte die Stirn.

»Sofern meine Schätzungen nicht völlig daneben liegen, befinden wir uns noch mindestens zwei Tage vom Aldern entfernt«, sagte er. »Ich kenne diesseits des Flusses keine Siedlung, und es ist noch nicht trocken genug für ein Lauffeuer, wie sie manchmal über diese Gegend hinwegfegen.«

»Vielleicht reisen noch andere über die Heide, so wie wir«, schlug Maerad vor.

»Vielleicht«, meinte Cadvan. Dennoch schwenkte er leicht nach Osten und bestand darauf, in jener Nacht kein Feuer anzuzünden und besonders aufmerksam Wache zu halten. Am nächsten Tag erspähten sie um die Mittagszeit abermals kurz den Rauch, diesmal etwas näher, und als die Abenddämmerung einsetzte, kräuselte er sich etwa drei Meilen entfernt zu ihrer Rechten empor.

»Wer immer die sind, sie verstecken sich jedenfalls nicht«, stellte Maerad fest.

»Jeder, der durch diese Öde reist, versteckt sich«, entgegnete Cadvan. »Warum sonst sind wir wohl hier? Zweifellos vermuten sie, dass niemand in der Gegend ist, der sie sehen könnte.«

In jener Nacht lagerten sie in einer tiefen Senke im Schutz zweier riesiger Felsen, die sich in einem flachen Winkel einander zuneigten und so ein natürliches Dach bildeten. Maerad war mit der ersten Wache an der Reihe, saß am Rand der Vertiefung und blickte über die stillen Hügel und die darüber funkelnden Sterne. Sie war sehr müde, aber mittlerweile daran gewöhnt, gegen die Schläfrigkeit anzukämpfen und sich die Zeit zu vertreiben, indem sie ihren Geist in die Öde aussandte. Vielleicht, dachte sie, war es ja möglich, die anderen Flüchtigen in der Valverras zu hören. Sie vernahm aber nichts. Abgesehen vom Wind, der über die Grashalme strich und über die Steine säuselte, hing über allem eine unglaubliche Stille; dennoch suchte sie nach und nach ein unerklärliches Gefühl der Angst heim. Sie verlagerte auf dem harten Boden das Gewicht. Es wurde kalt. Tau bildete sich, und ihre Beine verkrampften sich vor Steifheit.

Drei Stunden nach Sonnenuntergang ging der Halbmond auf und warf ein frostiges Licht über die Landschaft. Maerad dachte gerade, dass es an der Zeit sei, Cadvan zu wecken, als sie etwas hörte. Sofort schärfte sie ihr Gehör und lauschte hinaus, um dem Geräusch zu folgen; es ließ sich kaum vom Wind unterscheiden, doch sie vermeinte, schreiende Menschen oder vielleicht ein weinendes Kind vernommen zu haben. Das Geräusch wurde lauter. Außerstande, sich zu bewegen, horchte sie. Die feinen Härchen an ihren Armen richteten sich auf. Dann hörte sie deutlicher ein Kreischen, das einer Frau, wie sie dachte, gefolgt vom leisen Klirren von Metall und weiterem Gebrüll.

Urplötzlich überkam Maerad ein überwältigendes Gefühl des Erstickens, so als wäre sie in einem winzigen Raum oder einem Sarg gefangen, und ihr wurde schwarz vor Augen. Ein namenloses Grauen ergriff Besitz von ihr, als würde ihr Leben von etwas Böswilligem bedroht, das nach ihr suchte, sich höchstens eine Armeslänge entfernt befand ... und hinter dem Schrecken schwelte ein anderes, viel schwieriger einzuordnendes Gefühl, eine Mischung aus Verzweiflung, Sehnsucht und inniger Zärtlichkeit, die aus den tiefsten Abgründen ihrer Erinnerung emporzuquellen schien.

Der Schrei wurde schriller und schriller, dann verstummte er jäh, und Stille kehrte wieder ein. Maerad stellte fest, dass sie mit den Händen über den Augen auf dem Boden kauerte. Ihr Herz raste. Heftig keuchend setzte sie sich auf, um sich zu sammeln. Allmählich kehrte ihr Sehvermögen zurück, und sie starrte auf die harten, hellen Sterne über dem verwaisten, zerklüfteten Land. Furchtsam lauschte sie einige Minuten, achtete auf jeden Laut, der ihr verraten mochte, was geschehen war, doch die Stille schien noch umfassender zu sein als zuvor.

Sie weckte Cadvan und berichtete ihm, was sie vernommen hatte. Sofort drückte er ein Ohr auf den Boden. Er verharrte in dieser Haltung so lange, dass sie schon dachte, er sei wieder eingeschlafen, doch schließlich richtete er sich wieder auf.

»Pferde«, verkündete er. »Eine größere Zahl, acht bis zehn, etwa fünf Meilen entfernt, und sie entfernen sich von uns. Sie haben es nicht eilig. Sonst höre ich nichts.«

»Aber was ist geschehen?«

»Ich weiß es nicht«, antwortete Cadvan. »Allerdings können wir davon ausgehen, dass es nichts Gutes war.«

Maerad spürte, wie eine Woge der Erschöpfung über ihr zusammenschwappte, und ihr wurde klar, dass sie zitterte. Der Schrecken jenes schrillen Schreies hallte noch in ihrem Geist wider. Cadvan musterte ihre Züge und sagte: »Schlaf jetzt, Maerad. Bis zum Morgengrauen können wir so oder so nichts in Erfahrung bringen.«

Sie wankte zum Grund der Senke, legte sich hin und starrte zu dem Steindach über ihr empor. Ein wenig Mondlicht schimmerte gräulich auf den Steinen am Rand der Niederung, abgesehen davon herrschte Schwärze vor. Nach einer Weile sank sie in einen unruhigen Schlaf, geplagt von vagen, verstörenden Träumen.

Erst, als die Sonne aufging, schlug sie die Augen auf. Cadvan hatte sie nicht für die dritte Wachschicht geweckt, sondern die Nacht durchschlafen lassen. Maerad war schlagartig hellwach, setzte sich auf und sah, dass er ein paar Schritte entfernt ein Frühstück vorbereitete. Die Pferde stampften schläfrig in der Senke umher und rupften das spärliche Gras, das sie finden konnten. Ihr Atem dampfte in der frühen Luft.

»Cadvan, was macht Ihr da?«, fragte sie und ging auf ihn zu.

»Was ich mache?«, gab er zurück. »Wie meinst du das?«

»Wir müssen herausfinden, was geschehen ist. Diese, diese Leute ... jemand wurde verletzt.«

»Heute Morgen brennt kein Feuer mehr«, erwiderte Cadvan. »Und ich habe die ganze Nacht nichts mehr gehört.«

Schweigend, beide tief in Gedanken versunken, aßen sie ihr Frühstück.

»Wir müssen nachsehen, ob wir etwas tun können«, meinte Maerad schließlich. »Vielleicht können wir helfen.«

Cadvan spähte mit verkniffenen Augen zum Himmel empor. »Ich glaube, das lassen wir besser bleiben«, gab er zurück. »Wir würden mindestens den halben Vormittag verlieren, bis wir das Lager finden. Und wir wissen nichts über diese Leute oder warum sie angegriffen wurden. Vielleicht, für mich sogar höchstwahrscheinlich, war es eine Horde von Räubern, und wir würden mitten in ein Hornissennest stechen. Wir können uns keine Schwierigkeiten leisten.«

»Vielleicht, vielleicht aber auch nicht«, entgegnete Maerad trotzig. »Jedenfalls müssen wir hinreiten und nachsehen. Unter Umständen ist noch jemand dort und verletzt.« Maerad schauderte, als sie an die vergangene Nacht zurückdachte. Sie konnte Cadvan gegenüber nicht in Worte fassen, warum sie das Lager finden musste; sie wusste nur mit unumstößlicher Sicherheit, dass es sein musste. In ihr bebte immer noch gleich den Nachschwingungen eines Glockenschlags der Widerhall jener seltsamen Sehnsucht, die sie inmitten all des Grauens gespürt hatte. Aber im Gegensatz zu einem Glockenschlag, verebbte er nicht zu Stille, sondern dröhnte lauter und lauter, bis er alles andere übertönte. »Wir *müssen* hin«, rief sie.

»Ich habe dir ja gesagt, ich habe die ganze Nacht nichts mehr gehört. Ich glaube, wer dort auch gewesen sein mag, ist längst verschwunden. In einem Umkreis von mehreren Meilen sind weder Hufe noch Schritte zu vernehmen.«

»Ein Grund mehr nachzusehen«, schoss Maerad zurück. »Wenn niemand mehr dort ist, besteht auch keine Gefahr.«

Cadvan musterte sie mit stetem Blick.

»Dennoch sollten wir es lassen. Das Wagnis ist zu groß, Maerad.«

»Ich habe eine Frau schreien hören«, sagte Maerad.

»Ich glaube, innerhalb von mehreren Meilen rings um uns ist nichts am Leben«, erwiderte Cadvan. »Und wenn doch, was können wir schon tun? Sollen wir uns jemanden auf die Satteltaschen laden? Maerad, ich sage, es geht nicht; es bringt nichts und könnte uns schaden.«

»Und ich sage, wir *müssen* es tun.« Maerad kauerte sich auf den Boden und kaute den harten Zwieback. »Was habt Ihr zu mir gesagt, als Ihr den kleinen Jungen geheilt habt? *Manchmal gibt es Entscheidungen, die einen bitteren Nachgeschmack haben können, aber dennoch getroffen werden müssen.* Genauso empfinde ich jetzt.«

Ungeduldig stieß Cadvan den Atem aus. »Maerad, ich weiß schon, worauf du hinauswillst. Aber ich kann dieses Wagnis nicht zulassen. Es ist zu groß.«

»Welches Wagnis?« Maerad starrte ihn unbeirrt an. Cadvan senkte den Blick auf seine Hände und antwortete nicht sofort.

»Maerad, die Luft hier strotzt vor Übel. Hast du schon daran gedacht, dass Geister dir einen Streich gespielt haben könnten, damit du etwas hörst, was gar nicht so war, um dich so in eine Falle zu locken?«

»Es war echt.« Das wusste Maerad mit Sicherheit.

»Trotzdem rate ich ab. Ich spüre eine große Gefahr, wenn wir dorthin gehen.«

Maerad stand auf. »Dann gehe ich eben allein«, sagte sie.

»Das wirst du nicht.« Auch Cadvan erhob sich, und Maerad erkannte raren Zorn in seinen Zügen. »Glaub mir, Maerad, ich binde dich auf Imi fest, wenn es sein muss.«

»Dann werdet Ihr mich bis nach Norloch kreischend ertragen müssen«, gab Maerad zurück. Mittlerweile war ihr die Geduld gerissen, doch ihre Stimme hörte sich leise und gefährlich an. »Und ich werde Euch nie, niemals verzeihen. All das Gerede von wegen Entscheidungsfreiheit! Genau das ist es, nur Gerede. Wir machen, was *Ihr* sagt und wann *Ihr* es sagt. Tja, nun sage ich, was *ich* will. Und mir ist einerlei, was Ihr sagt, denn Ihr *irrt* Euch.«

Sie begann Imi zu satteln. Ihre Hände zitterten vor Wut und ihre Augen tränten, sodass sie kaum die Schnallen zu schließen vermochte. Cadvan stand reglos da und beobachtete sie.

»Maerad«, sagte er.

Sie hatte ihm den Rücken zugekehrt und antwortete nicht.

»Maerad, es tut mir leid. Ich bin zwar immer noch dagegen, weil ich ein ungutes Gefühl dabei habe, aber es war falsch von mir, gegen das zu sprechen, was dein Herz dir rät. Ich begleite dich. Ich beharre nur darauf, dass wir nicht länger als einen Tag suchen können. Wir haben so schon zu viele Tage verloren, das spüre ich. Uns läuft die Zeit davon.«

Maerad hielt inne und nickte, dann sattelte sie Imi weiter. Obwohl die ärgste Wut verraucht war, fühlte sie sich nicht in der Lage dazu, etwas zu erwidern. Mit einem Schlag fühlte sie sich nur noch zu Tode erschöpft und niedergeschlagen. Sie vermochte nicht zu sagen, weshalb sie einen solchen Drang verspürte, dem Geräusch nachzugehen, das sie letzte Nacht gehört hatte, aber er war überwältigend.

Beide stiegen auf die Pferde und bahnten sich einen Weg in die Richtung, aus der sie den Rauch hatten aufsteigen sehen. Als einziges Geleit hatten sie ihre Erinnerung daran, wo die Stelle in etwa gewesen war, und die Landschaft bot keine besonderen Anhaltspunkte. Nach ein paar Stunden beschlich Maerad Hoffnungslosigkeit; es erschien unmöglich, inmitten all dieser Ödnis ein kleines Lager zu finden. Sie konnten es ohne Weiteres bereits in einer der zahlreichen Senken übersehen haben, an denen sie vorbeigeritten waren, und sie könnten noch stundenlang ergebnislos in der falschen Richtung im Kreis herumirren. Ihr Unbehagen wuchs unaufhörlich, bis sie bei jedem Laut zusammenzuckte. Ihre Zappeligkeit übertrug sich auf Imi, doch sie biss die Zähne zusammen und hielt weiter Ausschau. Cadvan schwieg während all der Zeit.

Maerad war drauf und dran aufzugeben, als Cadvan ihr zurief und mit dem Arm deutete. Sie schaute über die Schulter zurück nach links und erblickte ein paar hundert Meter entfernt zwei Wagen, die in den Schutz eines der großen Felshügel geschoben worden waren. Einer lag umgekippt auf der Seite, der andere war halb zusammengebrochen. Anzeichen von Leben waren nicht zu erkennen. Cadvan und Maerad drehten um und hielten langsam darauf zu, Maerad plötzlich zutiefst widerstrebend.

Es handelte sich eindeutig um das Lager. Zwischen den Wagen befanden sich die Überreste eines Feuers. Die Erde unter der Asche war noch warm, ringsum lag verkohltes, teils zerbrochenes Geschirr. Cadvan ging hinter einen großen Stein, der aus dem Felshügel vorragte, und kehrte alsbald mit grimmiger Miene zurück.

»Sie sind dort hinten«, sagte er. »Ich an deiner Stelle würde nicht hingehen.«

Maerad schluckte, nahm all ihre Willenskraft zusammen und begab sich langsam hinter den Stein. Sie musste es sich selbst ansehen. Cadvan hielt sie nicht davon ab.

Der Anblick traf sie wie ein Schlag in den Magen. Selbst die Grausamkeiten in Gilmans Feste hatten sie nicht auf diese Art von Gewalt vorbereitet. Sie würgte, und kalter Schweiß des Entsetzens brach ihr aus. Es waren vier Opfer: zwei Männer, eine Frau und ein kleines Kind. Sie waren hinter den Stein geschleift und achtlos liegen gelassen worden. Alle starrten blicklos in den Himmel. Sie waren grässlich verstümmelt. Fliegen krochen bereits über sie. Maerad wandte den Blick ab und kehrte rasch um.

Leise sahen sie sich im Lager um. »Vielleicht sollten wir in den Wagen nachsehen«, schlug Maerad zittrig vor.

Das Innere der Wagen war völlig verwüstet worden. Den umgekippten Wagen betraten sie nicht, sondern schauten nur hinein. Überall waren Gebrauchsgegenstände und Habseligkeiten verstreut, Flaschen mit Öl, Getreide und Eingemachtem lagen zerbrochen auf dem Boden. Am fernen Ende befanden sich schmale Pritschen, deren Matratzen aufgeschlitzt worden waren. Die Füllung aus Rosshaar und Stroh bedeckte den Boden. Früher mussten die Wagen recht heimelig gewirkt haben. Sie enthielten helle Stoffe, nunmehr zerrissen und besudelt, und handgeschnitzten Zierrand sowie Holzspielzeug. Maerad hob eine kleine Katze aus schwarzem Holz auf und hielt sie in der Handfläche.

»Wer tut so etwas?«, fragte sie.

»Ich weiß es nicht«, gab Cadvan erschüttert zurück. »So etwas habe ich nie verstanden und werde ich nie verstehen.«

Ein Bild von dunklen Gestalten mit bösartig, rötlich schimmernden Augen stieg vor Maerads geistigem Auge auf. »Glaubt Ihr, es waren ... Untote?«

»Untote weiden sich am Leid anderer.« Cadvans Mine blieb ausdruckslos. »Es spricht etwas an, das in ihnen selbst fehlt.« Maerad musste an die Leichname denken und schauderte. »Es ist durchaus möglich, dass sie nach uns gesucht haben«, fügte er hinzu. »Wir sollten uns hier nicht aufhalten.«

Sie bückten sich gerade, um den Wagen zu verlassen, als sie ein leises Geräusch vernahmen, das an ein Niesen erinnerte. Beide waren schlagartig auf der Hut. Sie drehten sich um und spähten abermals hinein. Es schien unmöglich, dass sich jemand in einem derart winzigen Raum verstecken konnte. Sie kämpften sich in den hinteren Bereich mit den Betten vor; auch dort entdeckten sie kein wahrscheinliches Versteck, und das Geräusch wiederholte sich nicht. Es war, als hielte alles um sie herum den Atem an. Cadvan verharrte reglos und lauschte. Dann ging er zu einer der Liegestätte und warf die Überreste der Matratze auf den Boden. Darunter befand sich ein Holzbrett. Es schien sich lediglich um den Grundstock des Bettes zu handeln, doch er überprüfte es eingehend und fand schließlich am Kopfende einen kleinen Schnapper, den er aufspringen ließ. Dann hob er das Brett weg. Darunter kam ein schmaler Hohlraum zum Vorschein, so lang wie das Bett und höchstens eine Fußlänge hoch. Aus der Dunkelheit darin starrten zwei von Grauen erfüllte Augen empor. Es war ein Junge.

Erschrocken blickten die beiden einander an, dann beugte Maerad sich vor, um dem Jungen herauszuhelfen. Er gab einen Laut wie ein verängstigtes Tier von sich und presste sich tiefer in die Dunkelheit.

»Wir tun dir nichts«, sprach Maerad leise. »Wir wollen dir helfen.« Abermals streckte sie sich und versuchte, den Knaben aus dem Versteck zu ziehen, doch er klammerte sich krampfhaft am Holz fest. Dabei gab er keinen Mucks von sich. Maerad redete beschwichtigend auf ihn ein, und endlich ließ er los, sodass sie ihn hervorholen konnte. Er fiel vor ihnen auf den Boden und begann heftig zu schluchzen und hemmungslos zu zittern. Tränen flossen nicht. Er stank, und sein Gesicht war dreckig und mit Staub überzogen. Cadvan hob ihn hoch und brachte ihn aus dem Wagen hinaus ins Tageslicht.

Draußen stellten sie fest, dass es sich um einen etwa zwölfjährigen Knaben mit dunklen Haaren, blauen Augen und dunkler, olivfarbener Haut handelte. Er wirkte mitleiderregend dürr. Schatten brandmarkten die eingefallenen Züge. Cadvan suchte eine Pfanne und einen Lappen, dann holte er ein wenig Wasser aus einem kleinen Tümpel in der Nähe. Behutsam wusch er das Gesicht des Jungen. Anschließend kehrte er in den Wagen zurück und holte ein paar Kleidungsstücke: ein Hemd, eine Hose, eine aus rauer Ziegenwolle gestrickte Weste und einen dicken, im Stil Zmarkans gewobenen Mantel mit um die Aufschläge eingestickten, sonderbaren Tieren und einer Kapuze. Vorsichtig schälte er den Knaben aus seinen Kleidern und wusch ihn dabei. Der Junge sagte immer noch nichts, ließ Cadvans Treiben teilnahmslos über sich ergehen und begehrte nur auf, als Cadvan versuchte, einen Stoffbeutel zu lösen, den er an einer Schnur um den Hals trug; doch allmählich ließ sein Zittern nach, während Cadvan sich um ihn bemühte.

»Sprichst du Annaren?«, fragte er, als der Junge sauber war.

»Ja.« Der Knabe starrte zu Boden und sah die beiden nicht an. Er redete so leise, dass er kaum zu verstehen war.

»Gut. Mein Name ist Cadvan. Das ist Maerad. Wir waren in der Nähe unterwegs, als wir letzte Nacht Schreie hörten, deshalb haben wir nach diesem Lager gesucht. So haben wir dich gefunden. Wir wollen dir nichts tun.«

Der Junge schluckte schwer.

»Wart ihr nur zu fünft?«, wollte Cadvan wissen.

Der Knabe nickte. Er wirkte unendlich verletzlich; das junge Gesicht war vor Gram und Grauen zu einer Grimasse verzogen. Die Kleider, die Cadvan gefunden hatte, waren ihm zu groß; seine nackten Füße lugten unter den Stulpen von Männerhosen hervor, die sie aufgekrempelt und mit einem Stück Seil um ihn gegürtet hatten.

»Wie lautet dein Name?«, erkundigte sich Maerad.

»Hem«, antwortete der Junge. Er reckte sich und setzte sich gerader auf. »Ich heiße Hem.«

»Was ist hier geschehen?«

Der Junge starrte wieder zu Boden. Maerad biss sich auf die Lippe und bedauerte, die Frage gestellt zu haben. Doch nach einer Weile begann er zu reden. »Männer auf Pferden sind gekommen«, sagte er. »Ich hab mich unterm Bett versteckt, aber es war keine Zeit ... Sie kamen aus der Dunkelheit. Sie haben alle irgendwo hingebracht; ich hörte sie rufen und schreien, und dann ...«

Ein langes Schweigen folgte, währenddessen Maerad und Cadvan Blicke tauschten.

Der Junge schauderte abermals krampfhaft und holte tief Luft. »Ich weiß nicht, was geschehen ist«, fuhr er fort. »Ich hörte Sharn und Nidar kämpfen, dann kreischte und kreischte Mudil. Ich glaube, die Kleine haben sie zuerst getötet. Ich glaube, sie sind alle tot.« Er sprach mit hohler, völlig ausdrucksloser Stimme. »Ich weiß nicht, wie lange ich unter dem Bett war. Ich hatte ja keine Ahnung, ob sie zurückkommen würden. Zuerst dachte ich, ihr wärt hier, um mich zu töten.«

Er vergrub das Gesicht in den Händen und begann zu weinen, rollte sich zu einem dichten Knäuel zusammen. Maerad kroch auf ihn zu und schlang die Arme um ihn. Er stieß sie nicht weg, sondern lehnte sich an sie, und sie spürte, wie ein Schluchzen nach dem anderen seinen dürren Körper durchlief. Maerad schloss die Augen und hielt ihn eine lange Weile fest. So wie sie war er ein Waisenkind. Wie sie war er allein in einer rauen Welt, heimatlos und ohne Verwandtschaft; doch etwas in ihr, das über Mitleid hinausging, fühlte sich von diesem seltsamen Jungen berührt.

Schließlich verebbte Hems Schluchzen. Er setzte sich auf, rückte ein Stück von ihr weg und rieb sich mit dem Ärmel übers Gesicht. Maerad sah sich um. Cadvan war nirgends zu sehen, Darsor und Imi grasten etwas abseits. Sie schaute zum Himmel empor. Es war bereits Nachmittag, und sie würden entweder bald weitermüssen oder gezwungen sein, die Nacht hier zu verbringen. Sie wollte diesen Ort verlassen, sobald sie konnten. Maerad überlegte, ob sie nach Cadvan suchen sollte, aber sie wollte den Jungen nicht alleine lassen.

»Bist du hungrig?«, fragte sie ihn.

Hem nickte und schniefte. Sie ging zu Imi und holte Zwieback und Obst aus ihrer Satteltasche hervor. Außerdem gab sie ihm ein wenig Medhyl zu trinken, dann beobachtete sie, wie er hungrig aß. Indes kehrte Cadvan zurück und hockte sich mit untergeschlagenen Beinen zu ihnen. Seine Züge wirkten verkniffen, aber er sprach mit sanfter Stimme.

»Hem«, sagte er. »Wir müssen weg von hier. Wenn du willst, nehmen wir dich natürlich mit. Deine gesamte Familie ist tot. Es war mir zwar nicht möglich, sie zu begraben, aber ich habe getan, was ich konnte, sodass sie zumindest vor Krähen oder wilden Hunden verschont bleiben werden.«

Der Junge starrte ihn an und erwiderte nichts.

»Möchtest du sie sehen?«, fragte Cadvan.

Nach kurzem Zögern nickte Hem. »Sie waren nicht meine Familie«, berichtigte er und rappelte sich langsam auf.

»Wer waren sie dann?«, hakte Cadvan nach, doch der Junge antwortete nicht.

Maerad folgte Cadvan und Hem um den Stein herum und stählte

sich. Cadvan hatte die Leichname in eine Ritze zwischen dem Fels und der Erde geschleift, die etwa anderthalb Meter tief reichte. Wortlos betrachtete der Knabe sie.

»Wie waren ihre Namen?«, erkundigte sich Cadvan.

»Mudil«, gab Hem zurück. »Und Sharn und Nidar. Die Kleine hieß Iris.«

Cadvan neigte das Haupt. »So liegen hier denn die sterblichen Überreste von Mudil, Sharn, Nidar und Iris«, sprach er. »Möge das Licht ihre Seelen beschützen, und mögen sie jenseits des Tores Trost finden.«

Schweigend, mit gesenkten Köpfen standen die drei da. Das einzige Geräusch bildete das leise Pfeifen des Windes, der über den Felsen strich. Cadvan begann, einen Stein auf die Ritze zuzurollen, um sie zu versiegeln. Maerad ging ihm zur Hand, schließlich auch Hem. Binnen kurzer Zeit war sie völlig verdeckt.

Danach gab es nichts mehr zu tun. Hem kehrte in den umgekippten Wagen zurück, kam bald darauf wieder heraus und stopfte ein paar Dinge in den Beutel, den er um den Hals trug. Vorräte gab es keine, die sie mitnehmen konnten. Die kleine Holzkatze behielt sie. Cadvan setzte Hem vor sich auf Darsor, und sie brachen auf.

Sie ritten bis lang in die Nacht hinein, leise wie Schatten im ungewissen Licht des Mondes. Sie alle wollten so weit wie möglich weg von diesem einsamen Ort, der durch die gewaltsamen Tode schauerlich wirkte. Maerad dachte an den von Untoten gemeuchelten Dernhil und erschauerte im Geiste. Sie war außerstande, den Anblick der gemetzelten Familie zu verdrängen, die achtlos wie Unrat hinter dem Felsblock beseitigt worden war. Sie wünschte, sie hätte sie nicht gesehen.

Kapitel achtzehn
Die Gebrochenen Zähne

Hem erwies sich als das schweigsamste menschliche Wesen, dem Maerad je begegnet war. Er ritt mit Cadvan, weil Imi nicht stark genug war, zwei Reiter zu tragen. Den ganzen Tag sprach er kein einziges Wort. Auch Cadvan schwieg oft, doch seine Stille wirkte eher gelassen und wie ein Zeichen von Zerstreutheit oder Nachdenklichkeit. Hem hingegen war angespannt, zappelig, stets auf der Hut und hinter dem grob gestutzten Haar argwöhnisch. Mitunter wirkte er wesentlich älter als seine zwölf Jahre. Manchmal sprach aus seinem Gesicht die Weltüberdrüssigkeit eines Greises, der zu viele Schrecken miterlebt hat, dann war er wieder der verstörte kleine Junge. Nachts rollte er sich hin und her und trat um sich, und gelegentlich ließ ihn schreiend ein Albtraum erwachen, bis Maerad oder Cadvan ihn beruhigten, indem sie ihm die Stirn streichelten. Ihre Hilfe und Fürsorge nahm er zwar an, jedoch gänzlich teilnahmslos und ohne Anzeichen von Dankbarkeit. Er aß, was man ihm vorsetzte, und antwortete, wenn er angesprochen wurde, doch von sich aus stellte er weder Fragen, noch erteilte er Auskünfte.

Maerad fand Hem faszinierend; sie fühlte sich von ihm zugleich beunruhigt und angezogen. Zum ersten Mal in ihrem Leben war sie in der Lage, einem Menschen zu helfen, dem es noch schlechter ging als ihr, wodurch sie sich stärker und selbstsicherer fühlte. Allerdings steckte Hem voller seltsamer Abgründe und Spannungen, die sie nicht verstand und die sie ob ihrer schieren Düsternis bisweilen sogar ein wenig verängstigten. Sie fragte sich, wovon er träumte. Hin und wieder fragte sie ihn danach, doch er wollte es nicht verraten. Seine Furchtsamkeit, der Argwohn in seinen Augen, der von einer grausamen Geschichte zeugte, erregte ihr Mitgefühl. Doch vor allem spürte sie an ihm etwas, das sie nicht einzuordnen vermochte, eine Art Schimmer, dachte sie, der ihr Rätsel aufgab.

Maerad und Cadvan einigten sich stillschweigend darauf, nichts von ihrem Bardentum zu erwähnen, weshalb Maerad am nächsten Abend keinen Unterricht erhielt. Es war schwierig, sich zu unterhalten, wenn der Junge neben ihnen saß, und über ihn konnten sie gar nicht reden, solange er dabei war. Maerad versuchte, etwas über sein Leben in Erfahrung zu bringen, doch er zeigte sich wenig mitteilsam. Er verriet ihnen nur, dass die Leute mit den Wagen eine Familie gewesen waren, zwei Brüder, die Frau eines der beiden und deren Kind; und dass sie Pilanel gewesen waren, Wandervolk, das sich nirgendwo niederließ, sondern in seinen Wagen lebte und von Ort zu Ort zog, um sich als Spielleute, Flickschuster oder Landarbeiter zu verdingen. Was Cadvan bereits vermutet hatte. Hem meinte, er hätte etwa ein Jahr bei ihnen verbracht, wollte aber nichts über sein Leben davor preisgeben, außer dass er ein Waisenkind war und sie ihn aus Güte bei sich aufgenommen hatten, weil er sonst nirgendwohin konnte.

»Was wollten sie mitten in der Valverras?«, erkundigte sich Maerad.

Der Jung erwiderte nichts, starrte geradeaus und kaute auf einem Grashalm.

»Wie seid ihr überhaupt hierhergekommen?«, bohrte Cadvan nach. Das hatte auch Maerad sich schon gefragt: Wie mochte es ihnen gelungen sein, zwei Wagen über diese pfadlose Öde zu zerren? Hem spähte aus den Augenwinkeln zu ihnen. »Wir hatten vier kräftige Pferde«, erklärte er etwas verächtlich. »So schwierig war es nicht. Die Räuber haben sie gestohlen.«

»Weißt du, wer diese Männer waren?«

Abermals spähte der Junge durch halb geschlossene Lider zu ihnen und sah dabei aus, als wollte er nicht antworten. Schließlich gab er widerwillig zurück: »Ja.«

»Und wer waren sie?«

»Schwarze Barden. Sie waren auf der Jagd nach uns. Sharn dachte, in der Valverras wären wir sicher vor ihnen.« Er spuckte zu Boden. »Sharn war ein Narr.«

»Schwarzen Barden?«, wiederholte Maerad, schaute zu Cadvan und dachte an Untote. »Wie meinst du das?«

»Die Menschen denken, sie wären Fürsten«, sagte der Junge mit einem Anflug von Verachtung in der Stimme. »Aber wer Augen im Kopf hat, vermag zu erkennen, was sie wirklich sind.«

»Und was *sind* sie wirklich?«, wollte Cadvan wissen.

Hem drehte sich in seine Richtung und sah ihm in die Augen. Maerad erkannte in seinem abgezehrten Antlitz eine finstere Erinnerung blanken Grauens. Cadvan durchlief ein leichter Ruck, dann beugte er sich vor und ergriff die Hand des Jungen. »*Ke an de, Hem?*«, sprach er mit sanfter Stimme.

Hem zuckte heftig zusammen und sprang auf die Beine. Hätte Cadvan nicht schneller gehandelt, als Maerad zu verfolgen mochte, wäre Hem vermutlich in die Dunkelheit losgeprescht und eine Stunde später immer noch gerannt. Doch Cadvan ergriff ihn und hielt ihn fest. Hem setzte sich verzweifelt zur Wehr, trat ihm gegen die Schienbeine und biss ihn in den Arm. Trotz allem ließ Cadvan nicht los. Schließlich rief er: »*Lemmach!*«, woraufhin der Junge so plötzlich aufhörte, wie er begonnen hatte. Schlaff und keuchend hing er in Cadvans Armen. Die ganze Zeit hatte er keinen Mucks von sich gegeben. Maerad beobachtete das Geschehen verdutzt.

»Wir wollen dir nichts tun, Hem«, sagte sie. »Ich versprech's. Ich *verspreche* es.« Sie streckte die Arme aus und nahm den Knaben von Cadvan entgegen. Er war beinahe so groß wie sie, weshalb es sich merkwürdig anfühlte, mit dem Kind auf dem Schoß und den Armen um seine Hüfte dazusitzen. »Ich verspreche es«, wiederholte sie. Hem zuckte mit dem Kopf vor ihrer Hand zurück, doch er sprang nicht aus ihrem Griff.

»Warum redet ihr dann so?«, stieß Hem böse hervor. »Das ist Hexersprache.«

Cadvan stand noch aufrecht und rieb sich den Arm, wo er gebissen worden war. »Nein, Hem«, widersprach er. »Und ich glaube, du verstehst sie, nicht wahr? Wahrscheinlich fühlt es sich ein wenig beängstigend an, wenn die Tiere mit dir reden, oder?«

Der Junge schüttelte heftig den Kopf, doch Maerad wusste, dass er log.

Abermals musterte sie ihn. Erschrocken wurde ihr klar, dass der »Schimmer«, der sie so verwirrt hatte, das Zeichen dafür war, dass der Junge so wie sie die Gabe besaß; und wie sie wusste er beinahe nichts darüber. Cadvan schüttelte den Kopf und lief rastlos auf und ab.

»Wenn ich in der Wildnis auf noch mehr wilde Barden stoße, gebe ich das Reisen gänzlich auf«, meinte er schließlich. »Schließlich betreibe ich keine Schule.« Er setzte sich zu ihnen und blickte Hem eindringlich an. »Hem, glaub mir, wir sind keine Schwarzen Barden. Ich glaube, du meinst diejenigen, die wir Untote nennen. Wenn dem so ist, weiß ich nicht, warum ihr von ihnen gejagt wurdet. Ich habe noch nie davon gehört, dass sie Eleven entführen, wenngleich es wohl nicht unmöglich wäre. Ich habe nicht die leiseste Ahnung, weshalb sie Pilanel verfolgen sollten. Du solltest nur wissen, dass sie auch hinter Maerad und mir her sind und wir ihnen ebenso wenig über den Weg laufen wollen wie du. Und falls sich unsere Gefahr erhöht, indem wir dir helfen, möchte ich erfahren weshalb.« Er fuhr sich durchs Haar, dass es ihm zu Berge stand, dann vergrub er das Gesicht in den Händen.

Eine Weile schwiegen alle drei. Dann kroch Hem linkisch von Maerads Schoß und kauerte sich mit überkreuzten Beinen hin. Er sah Cadvan an, der ihn aufmerksam beobachtete und bereit schien, sich sofort zu bewegen, sollte Hem Reißaus nehmen.

»Ihr fühlt euch nicht ... böse an«, meinte Hem. Er setzte ab, dann sprudelte er plötzlich hervor: »Die Hexersprache ist vor zwei Jahren in mir ... erwacht. Ich musste sie geheim halten, sonst wäre ich ertränkt worden. Dann kam der Schwarze Barde zum Haus. Er wusste Bescheid und hat versucht, mich ... mich ...« Kurz verstummte er, und sein Gesicht verzog sich ob der Überwindung, die ihn das Reden kostete. Schließlich flüsterte er: »Er hat versucht, mich zu überreden, ihn zu begleiten. Als ich nicht wollte, drohte er, es allen zu sagen, sodass sie mich töten würden. Als er dann über mich lachte, hat es sich angefühlt wie Messerstiche. Ich bin weggerannt.«

Völlig verdutzt schaute Maerad zu Cadvan, doch dessen Gesicht lag im Dunklen. »Du musst uns nicht jetzt davon erzählen«, sagte er. »Wenn es dir lieber ist, kannst du das später tun. Aber Hem, ich möchte unbedingt erfahren, woher diese Untoten, diese Schwarzen Barden, kamen und weshalb sie die Pilanel-Familie jagten. Waren sie hinter dir her? Oder hinter etwas anderem?«

Der Junge krümmte sich vornüber. »Nein, sie waren nicht hinter mir her«, flüsterte er. »Sharn hatte etwas von ihnen gestohlen, und das wollten sie zurück. Da bekam Sharn es mit der Angst zu tun, weshalb wir uns in die Wildnis geschlagen haben. Von mir wussten sie nichts.«

»Bist du sicher?«

Der Knabe nickte. Cadvan ergriff sein Kinn und zwang Hem, ihm in die Augen zu blicken; trotzig starrte der Junge zurück, bis Cadvan ihn letztlich mit überschatteten Zügen losließ.

»Was hat er gestohlen, das die Untoten unbedingt zurückwollten?«

»Ich weiß es nicht.«

Wieder spürte Maerad, dass Hem log, aber Cadvan ließ es dabei bewenden. Hem berichtete ihnen, dass die Untoten in Imdradh am Aldern und zu fünft gewesen waren. Vor etwa einem Jahr waren sie dort eingetroffen, hatten wie die Fürsten im Haus von Laraman, dem Bürgermeister, gelebt und sich als Würdenträger ausgegeben. Die Gegend wurde von Krankheiten und allerlei anderen Problemen heimgesucht, weshalb man ihnen wenig Beachtung schenkte. Aber Hem hatte sie gesehen und erkannt. Was Sharn ihnen gestohlen hatte oder warum er es getan hatte, wollte Hem nicht preisgeben. Auch über seine früheren Begegnungen mit den Untoten erzählte er nicht mehr. Seine Antworten beunruhigten Cadvan, dennoch bedrängte er ihn nicht. Maerad, die das Geschehen angespannt verfolgte, schlug plötzlich vor: »Warum werft Ihr nicht einfach einen Seelenblick in ihn?«

Überhastet schaute Cadvan auf. »Gegen seinen Willen?«

»Warum lässt du Cadvan nicht einen Seelenblick in dich werfen?« Maerad blickte unverwandt in das Gesicht des Jungen, doch er sah sie nicht an.

»Ich lasse keinen dreckigen Hexer in meinem Kopf herumwühlen«, zischte Hem und versteifte sich, als wollte er neuerlich die Flucht ergreifen. »Ich habe davon gehört, was sie tun.«

Cadvan bedachte Maerad mit einem vielsagenden Blick, und sie verwarf den Einfall. »Also kein Seelenblick«, sagte er. Hem schien ihm zu glauben und entspannte sich.

In jener Nacht unterhielten sie sich kaum noch, und bald kroch Maerad mit Hem unter ihre Decke und schlief ein. Der Junge lag reglos da, bis auch er einschlief, doch in seinen Träumen warf er sich hin und her und schrie auf, bis sie die Arme um ihn schlang, um ihn festzuhalten. Nach einer Weile beruhigte er sich und atmete leise gegen ihre Schulter.

Den Großteil des folgenden Tages verbrachten sie damit, sich hangaufwärts vorzukämpfen. Schließlich erreichten sie den Kamm eines mächtigen Hügelrückens. Auf der gegenüberliegenden Seite fiel das Land zu einem weitläufigen Tal hin ab. Mitten hindurch verlief das silbrige Band eines breiten Stromes. Um zum Fluss zu gelangen, mussten sie den Schutz der Felshügel verlassen und einen kahlen Hang hinabreiten, auf dem es nur kurzes, borstiges Gras, Heidekraut und große Steinblöcke gab. Schließlich hielten sie im Windschatten eines großen Felsens an, und Cadvan ließ den Blick prüfend über das Gelände wandern. Nichts regte sich vor ihnen, und wenn ein Kaninchen über jene offenen Weiten gehoppelt wäre, hätten sie sogar das gesehen.

»Wir müssen dieses Tal durchqueren, was wohl kaum ungesehen möglich sein dürfte, falls es jemand beobachtet«, sagte Cadvan. »Das ist der Aldern. Auf der anderen Seite, jenseits dieses Rückens dort, treffen wir wieder auf Menschen. Dies ist – oder war – ein reiches Land mit zahlreichen Gehöften und Dörfern. Der einzige Weg hinüber ist jene Brücke.«

Maerad spähte mit verkniffenen Augen hinab und erkannte eine winzige Brücke, die sich über den Fluss spannte, außerdem eine Straße, die sich durch das Tal wand und anschließend auf der fernen Seite den Fluss entlang verlief. Sie sah und hörte nichts in der verwaisten Landschaft, nur das schrille Krächzen von Krähen, dennoch wurde sie von einem neuerlichen Gefühl der Bedrohung heimgesucht.

»Ich glaube, die Brücke wird beobachtet«, erklärte Cadvan.

Sie zogen sich hinter den Rücken zurück und aßen hinter einem Felsblock eine Mahlzeit. Es war bereits spät; erste Schatten krochen heran, und in die Luft schlich sich Kühle. Cadvan betrachtete die Wolken.

»Vielleicht haben wir Glück«, meinte er. »Es sieht nach Regen aus.«

Sie beendeten ihr Mahl und warteten, bis die Sonne unterging. Just, als sie hinter dem Horizont versank, setzte der Regen ein. Es war ein heftiger Guss, der sie im Nu völlig durchnässte, danach ließ ein grausamer Wind sie bibbern, der ihnen durch die Kleider fuhr. Bald herrschte völlige Dunkelheit. Für den Mond war es noch zu früh, und der Himmel zeichnete sich nur als etwas hellere Düsternis hinter dem schwarzen Hügel ab. Cadvan wartete eine weitere Stunde, während der sie sich dicht an dem Felsen aneinander kauerten und versuchten, dem schlimmsten Niederschlag zu entrinnen. Schließlich führte Cadvan sie über den letzten Hügelrücken hinunter in das Tal. Ein Windstoß fegte sie beinahe von den Beinen, als sie die Kuppe überquerten.

Sie gingen langsam und führten die Pferde, da sie fürchteten, sie könnten einander in der Finsternis verlieren oder ein Pferd könnte über einen der Steine stolpern. Hem saß auf Darsor und zitterte mitleiderregend in seinem eng um ihn geschlungenen Mantel. Es war so dunkel, dass sie sich den Weg nachgerade ertasten mussten. Allmählich gewöhnten Maerads Augen sich an die Dunkelheit, und sie konnte verschwommene Schemen und Umrisse vor ihren Füßen erkennen. Nach etwa einer Stunde ließ der Wind nach, wodurch es nicht mehr ganz so bitterkalt war, wenngleich der Regen unvermindert vom Himmel prasselte. Maerad fühlte sich so erschöpft, dass ihr schwindlig war, und die unbarmherzige Kälte dämpfte ihre Sinne.

Sie erreichten den Talboden. Maerad konnte den Fluss vor ihnen rauschen hören, ihn jedoch nicht sehen. Sie waren in der Dunkelheit etwas von der Richtung abgekommen und mussten nach rechts schwenken, um die Brücke zu finden, aber schließlich gelangten sie wieder auf den Pfad, der ihren Beinen weniger zusetzte als das Gelände querfeldein. Dann veränderte sich das Geräusch ihrer Schritte, und Maerad wusste, dass sie sich auf der Brücke befanden. Sie schaute zur Seite und sah das Wasser unter ihnen hindurchströmen, ein mattgrauer Schimmer zwischen der völligen Schwärze der beiden Ufer. Der Wind wehte frostig über die Wasseroberfläche.

Es handelte sich um eine breite Steinbrücke, Edinur genannt, die Jahrhunderte vor der großen Blütezeit von Annar errichtet worden war. Mittlerweile wurde die Straße kaum noch verwendet, und hätte Maerad etwas zu sehen vermocht, wäre ihr aufgefallen, dass sie Anzeichen von Verwahrlosung aufwies. An der höchsten Stelle des Brückenbogens war das Bildnis eines Frauenantlitzes eingemeißelt, dessen Haar sich in steinerne, den breiten Bogen hinab verlaufende Wasserwellen ergoss. Allerdings war das Gesicht beinahe zur Unkenntlichkeit zerbröckelt, und die Locken im Haar bestanden nur noch aus Rinnen im Stein. Dennoch schien die Edinur-Brücke an sich solide zu sein. Sie gelangten wohlbehalten ans andere Ufer und folgten der Straße die andere Seite des Tales entlang. Das Erste, was Maerad feststellte, war, dass der Untergrund sich wieder änderte und sie nun bergauf gingen, was sich als einfacher als bergab erwies, zumal sie nun wieder einem Pfad folgen konnten und nicht mehr so oft stolperten. Auf halbem Weg durch das Tal ging der mittlerweile fast volle Mond auf. Die Wolken rissen auf und ließen unstetes Licht hindurch, was ihnen den Marsch erleichterte, wenngleich Cadvan besorgt aufschaute und sie zur Eile antrieb.

Nach Mitternacht erreichten sie den Hügelkamm, und der Regen endete. Dafür wurde es kälter, und der Wind wehte wieder bitterkalt, durchfror sie bis aufs Mark.

Vor ihnen erkannte Maerad die schwarzen Schemen von Bäumen. Sie bogen ein Stück von der Straße ab und stießen auf ein triefendes, stockfinsteres Wäldchen, in dem sie rasteten. Doch es war so kalt, und sie alle waren so durchnässt, dass keiner von ihnen richtig schlief, sondern bestenfalls kurz einnickte und alsbald wieder ruckartig erwachte. Die Pferde standen schaudernd, mit hängenden Ohren dicht beisammen. Hem war vor Kälte so steif, dass er mit klappernden Zähnen von Darsor gehoben werden musste. Cadvan rieb ihm die eiskalten Füße, bis ein wenig Leben in sie zurückkehrte, dann tranken sie alle etwas Medhyl. Aber gegen den Wind, der durch das Wäldchen fegte und Wasserschauer von überladenen Blättern auf sie entlud, konnten sie nichts ausrichten.

»Willkommen in Edinur, dem Land der Brücke«, meinte Cadvan süßsauer. »Vielleicht bessern sich die Dinge, wenn die Sonne aus dem Bett klettert. Vielleicht auch nicht. Ich bin nicht sicher, was uns hier erwartet.«

Die Sonne ging zunächst zögerlich auf und sandte nur fahle Lichtschimmer, durch die das Land umso trostloser und kälter wirkte; dann jedoch erhob sie sich über die Wolken, und helle Strahlen fielen glitzernd auf die nasse Umgebung herab, entzündeten auf den Pfützen ein grelles Gleißen. Die Reisenden schauten sich um. Sie befanden sich in einem kleinen Buchenwald. Von der Stelle aus, wo sie sich in der Nacht zuvor zusammengekauert hatten, war die Straße noch zu erkennen. Cadvan führte sie tiefer in das Gehölz, bis er eine breite Lichtung fand, auf die ungehindert die Sonne schien. Dort zogen sie sich aus, wechselten in trockene Kleider und legten die nasse Kluft zum Trocknen in die Sonne. Hem hüllte sich in eine

Decke; er besaß keine Ersatzkleidung und sah krank aus. Cadvan untersuchte ihn besorgt und verabreichte ihm noch etwas Medhyl; danach hörte das Zähneklappern des Jungen auf, und ein wenig Farbe kehrte in sein Gesicht zurück.

Sie alle waren blass vor Erschöpfung, und sie aßen ihr karges Frühstück schweigend. Maerad fühlte sich beinahe zu müde zum Kauen. Ihr ganzer Körper schmerzte, und die Kälte saß ihr so tief in den Knochen, dass sie fürchtete, sie nie wieder loszuwerden. Aber die Sonne schien fest entschlossen zu sein, ihre Abwesenheit am Tag zuvor wettzumachen, und bald wurde es nachgerade heiß. Ihre Kleider dampften im Gras, und Maerad entspannte sich, als sie die heilsame Wärme auf den Schultern spürte. Hem sah allmählich etwas besser aus, doch er hatte sich eine schlimme Erkältung zugezogen und nieste ohne Unterlass.

Cadvan bat Maerad, Wache zu halten, und verschwand mit Darsor in Richtung der Straße. Sie saß schläfrig in der Sonne und war rundum zufrieden damit, nichts zu tun und nirgendwohin zu gehen. Hem zog sich wieder an und versteckte sich dabei ob eines Anflugs von Scham hinter einem Gebüsch, dann streckte er sich unter einer Decke aus und schlief in der Sonne ein. Cadvan kehrte nach etwa einer Stunde zurück.

Er und Maerad unterhielten sich leise, um Hem nicht zu wecken. Cadvan war die Straße hinab zu einem etwa fünf Meilen entfernt gelegenen Dorf geritten und hatte mit ein paar Leuten gesprochen. Fremde waren nicht willkommen und wurden mit Argwohn begrüßt, weshalb er es für unklug hielt, in einer Herberge zu übernachten. Darüber verspürte Maerad Enttäuschung, zumal sie sich schon auf ein Bett gefreut hatte. Sie sollten nachts durch Edinur reisen und Menschen nach Möglichkeit meiden. Inzwischen wollte Cadvan lieber auf der Straße bleiben, als das Wagnis weiterer Verzögerungen einzugehen. Und der Junge gestaltete die Dinge nur noch schwieriger.

»Ich dachte zuerst, wir könnten ein Gehöft finden, wo man ihn mit Freuden aufnehmen würde«, gestand Cadvan. »Aber da wir jetzt wissen, dass er die Gabe besitzt, können wir ihn nicht zurücklassen. Er sollte zu einem Barden ausgebildet werden, und wir sollten ihn zu einer Schule bringen, damit er geheilt und unterrichtet wird. Obendrein weiß er jetzt auch, dass wir Barden sind, und ließen wir ihn seiner eigenen Wege ziehen, könnte die Kunde sich zu den Untoten verbreiten. Für mich besteht kein Zweifel daran, dass es sich bei denjenigen, die er als die Schwarzen Barden bezeichnet, um Untote handelt. Vorerst haben wir ihn wohl am Hals. Die nächstgelegene Schule von hier aus ist Norloch.«

»Nein, wir können ihn nicht zurücklassen«, pflichtete Maerad ihm mit einem Blick auf das schlafende Bündel bei. »Er sollte bei uns bleiben.«

»Maerad, mir ist in den Sinn gekommen, dass wir ihn finden sollten; es war etwas, das dich gerufen hat, nicht mich, und ich kann mir nicht vorstellen, dass es ein Zufall war«, sagte Cadvan. »Irgendwie ist er in unser Schicksal verflochten. Er sieht aus, als gehörte er den Pilanel an; wenn das stimmt, kam sein Volk vor langer Zeit aus dem höheren Norden, aus Zmarkan jenseits des Lir. Sie sind eine Rasse von großer Weisheit und großem Edelmut, wenngleich ihnen Steinhäuser und Reichtümer einerlei sind. Viele große Barden gingen aus ihnen hervor, obschon vieles in Vergessenheit geraten ist, selbst unter ihnen.« Cadvan legte sich auf den Rücken und verschränkte die Hände hinter dem Kopf. »Ich denke, Hem hat eine beschwerliche Geschichte hinter sich und mehr gelitten, als es ein Kind je sollte. Und ich fürchte, davon sind solche Narben zurückgeblieben, dass es schwierig werden wird, Vertrauen zwischen uns aufzubauen, sofern es überhaupt möglich ist. Das war schon mit dir ein hartes Stück Arbeit, Maerad.« Er lächelte sie an.

Maerad lächelte zurück, und die Kränkung ob ihres Streits, die sie immer noch in sich getragen hatte, verpuffte. Mit einem Schlag fühlte sie sich unbeschwerter als seit Tagen, seit sie die Valverras betreten hatten.

»Ich weiß, dass er lügt«, verriet sie. »Trotzdem mag ich ihn. Er hat etwas an sich ... Es ist fast so, als würde ich ihn *kennen* ... und er tut mir leid. Er ist noch so jung und doch so verloren.«

»Ja«, bestätigte Cadvan und dachte insgeheim, dass Hem sich gar nicht so sehr von Maerad unterschied. »Aber trotz allem trägt er ein Dunkel in sich, das wir im Auge behalten sollten. Ich möchte wissen, was er mit den Untoten zu schaffen hatte. Ich glaube, was sie angeht, war er nicht ehrlich zu uns, und ich fürchte, er könnte sie auf unsere Fährte lenken. Oder dass sie durch die Jagd auf ihn auf uns stoßen könnten.«

»Aber er ist doch auch auf der Flucht vor ihnen«, gab Maerad zu bedenken.

»Ja, nur warum?«, hielt Cadvan dem entgegen. »Ich bin zutiefst besorgt, Maerad. Ich kann mich des Eindrucks nicht erwehren, dass er auf irgendeine Weise Gefahr für uns verheißt.«

Ein wenig später weckten sie Hem und bereiteten eine karge Mahlzeit aus Dörrfleisch und Obst zu. Cadvan hatte aus dem Dorf etwas frisches Brot mitgebracht, das eine willkommene Abwechslung darstellte. Hungrig dachte Maerad an die Speisen zurück, die sie in Inneil und Rachida genossen hatten. Abermals wünschte sie, dass sie in einer Herberge übernachten und sich etwas Behaglichkeit gönnen könnten.

Cadvan weihte Hem in ihre Pläne ein, nachts zu reisen. Der Junge nickte nur, es schien ihm gleichgültig zu sein. Sobald die Sonne hinter den Horizont glitt, verstauten sie ihre Bündel und bestiegen die Pferde, wobei Cadvan den Knaben wieder vor sich setzte. Sie fühlten sich durch die Rast alle erfrischt, nur Hem hatte nach wie vor mit seiner Erkältung zu kämpfen und wischte sich fortwährend die Nase am Ärmel ab, bis Cadvan ihm ein großes Taschentuch gab, das er stattdessen verwenden konnte.

Es war ein wunderbarer Sommerabend, den keine Spur des Unwetters der vergangenen Nacht trübte. Die Luft war mild und angenehm, und über ihnen funkelten die Sterne. Es waren dieselben Sterne, nach denen Maerad so oft in einsamen Nächten in Gilmans Feste Ausschau gehalten hatte, wenn sie auf dem schäbigen Küchenhof die Leier gespielt hatte, um sich zu trösten; doch nun, da ihr der Wind der Freiheit das Haar zerzauste, stellten sie sich ihr gänzlich anders dar! So gehetzt und heimatlos sie sein mochte, wenn Maerad an Gilmans Feste zurückdachte, konnte sie sich nie der Erregung erwehren, die darin lag, keine Sklavin mehr zu sein; es erschien ihr immer noch wie ein Wunder.

Gemächlich trabten sie durch das verschlafene Dorf, vorbei an Feldern und abgeschiedenen Häusern. Im Schein der Sterne wirkte die Landschaft friedlich. Hinter zahlreichen geschlossenen Fensterläden lugte Licht hervor, auf den Weiden grasten Kühe und Pferde, Hunde kläfften, als sie die Tore passierten. Vom Boden stiegen die

Gerüche von Gras und Blumen auf, entfesselt durch die kühle Nachtluft und den einsetzenden Tau. Maerad entspannte sich im ebenmäßigen Takt ihres Ritts.

So reisten sie drei Tage lang und legten dabei rund neunzig Meilen zurück. Cadvan zeigte sich zufrieden über ihr Vorankommen. »Wir nähern uns dem Ende unserer Reise«, verkündete er. »Bald gelangen wir ins Tal von Norloch, dort werden wir sicherer sein. Das Licht ist dort stark, und Untote wagen nicht, sich offen auf der Straße zu zeigen.«

Maerad spürte jene Mischung aus Furcht und Erregung, die sich jedes Mal in ihr rührte, wenn sie an Norloch dachte. Würde sie in jener erhabenen Feste des Lichts für unzureichend befunden werden? Und sollten die Barden von Norloch zustimmen, sie zu einer vollwertigen Bardin zu machen, würde sie dann wieder allein auf der Welt sein? Unter ihren Fragen schwelte eine tief sitzende Angst, die sie kaum zu beschreiben vermochte. Es war dasselbe übelkeiterregende Grauen, das sie jedes Mal erfasste, wenn sie über ihr Schicksal oder das Verhängnis nachdachte, von dem Ardina gesprochen hatte, die Furcht, die sie in ihrem Zukunftstraum heimgesucht hatte und die in ihr aufgestiegen war, als Dernhil ihr Lanorgils Pergament überreicht hatte. *Fürchte ich mich vor mir selbst?* fragte sie sich. *Oder davor, was ich nicht bin und nicht sein kann?*

Als sie weiter nach Süden gelangten und die Erleichterung, sich endlich frei zu bewegen, allmählich verflachte, erkannte Maerad nach und nach, dass in Edinur nicht alles in Ordnung war. Gelegentlich ritten sie durch Dörfer, die ein Gefühl wehmütiger Leere vermittelten, als lebte niemand darin, obwohl sie zunächst vermeinte, es läge nur daran, dass alle schliefen. In der zweiten Nacht kamen sie durch einen Weiler, in dem jedes zweite Haus niedergebrannt worden war. Die Ortschaft sah aus, als wäre sie Schauplatz einer Schlacht gewesen. Der Wind stieb Ascheschleier in den verkohlten Gerippen der Gebäude auf, während in der Luft immer noch der Geruch von Feuer hing, obwohl die Flammen schon längst erloschen waren. Rudel halb verhungerter Hunde streunten zwischen den Ruinen umher, stimmten Gebell und Geheul an, als sie die Pferde erblickten, und schnappten nach ihren Fesseln, bis Cadvan sie mit ein paar Worten in der Hohen Sprache bannte. So schnell sie konnten, preschten sie durch die Stätte der Verwüstung und galoppierten schließlich hinaus in die süße Nachtluft offenen Weidelandes.

»Was ist aus diesen Menschen geworden?«, fragte Maerad. »Hat hier ein Krieg stattgefunden?«

»In gewisser Weise«, antwortete Cadvan. »In gewisser Weise.« Offenbar war er nicht geneigt, eine weitere Erklärung zu bieten, als wäre ihm das Herz zu schwer, um zu sprechen. Maerad, die das sich verdichtende Gefühl der Verzweiflung wahrnahm, das sich in die Luft selbst eingenistet zu haben schien, bohrte nicht weiter nach.

Im Dunkel der Nacht hatte Maerad die Anzeichen eines zutiefst aufgewühlten Landes gesehen. Bei Tag wären sie noch deutlicher gewesen. Cadvan verriet es ihr nicht, aber die Dorfbewohner, denen er begegnet war, hatten ihm erzählt, dass Edinur von der Weißen Krankheit heimgesucht wurde – was mehr als seine Furcht vor einer Begegnung mit Untoten den Hauptgrund dafür darstellte, dass er nachts reisen und mit niemandem reden wollte. Die verkohlten Häuser waren jene gewesen, in die sich die Krankheit eingenistet hatte. Sie waren aus Angst niedergebrannt worden, um die Seuche auszurotten – sei es von ihren überlebenden Bewohnern, die sich davor scheuten, die Leichname darin zu berühren oder zu begraben, oder sei es sogar von den Betroffenen selbst in ihren letzten Anflügen von Wahnsinn und Verzweiflung.

Die Weiße Krankheit hatte erst vor etwa zwanzig Jahren in Annar Einzug gehalten und war zuerst im Süden aufgetreten. Es schien kein Muster zu geben. Die Seuche flammte in einem Gebiet auf und löschte in einer kurzen, aber entsetzlichen Vernichtungswelle zahllose Einwohner aus, dann verschwand sie wieder jahrelang, bis sie andernorts erneut auftauchte. Allerdings mehrte sich ihr Auftreten, und Cadvan vermutete insgeheim, dass es sich um eine Krankheit handelte, die von den Untoten entfesselt wurde, um die Stärke Annars zu untergraben. Am anfälligsten waren junge und kräftige Menschen; manchmal überlebte in einer Ortschaft, in der die Seuche wütete, niemand im Alter zwischen achtzehn und dreißig. All jene, die von der Weißen Krankheit befallen wurden, starben in Fieber und Wahnsinn. Der Name rührte daher, dass die Seuche den an ihr Leidenden die Sicht mit einem Schleier trübte, der die gesamte

Netzhaut silbrig überzog. Die Augen jener, in denen das Übel weit fortgeschritten war, glichen schrecklich anzusehenden, blicklosen Bällen in ausgemergelten Fratzen. Die Aussichten, die Krankheit zu überleben, waren gering, und die wenigen Ausnahmefälle blieben danach blind, es sei denn, sie hatten das Glück, von einem großen Heiler behandelt zu werden. In Edinur gab es allgemein nur sehr wenige Heiler, obwohl Norloch nur ein paar Tagesritte entfernt lag.

Hem hüllte sich in Schweigen. Er schien damit zufrieden zu sein, mit ihnen zu reiten, wenngleich Furcht in seinen Augen aufblitzte, wann immer Cadvan Norloch erwähnte. Dies fiel sowohl Cadvan als auch Maerad auf, weshalb sie ihn stillschweigend beide aufmerksam im Auge behielten. Sie wollten nicht, dass er Reißaus nahm, während sie abgelenkt waren. Besonders Maerad wollte nicht, dass er flüchtete; mittlerweile hatte sie das Gefühl beschlichen, dass Hem irgendwie zu ihr gehörte. So wie Silvia die schmerzliche Lücke füllte, das der Tod ihrer Mutter hinterlassen hatte, ersetzte Hem ihren toten Bruder Cai. Cadvan bemitleidete den Jungen, der stets so still mit um sich geschlagenen Armen dasaß, den Kopf hängen ließ und unergründlichen Gedanken oder Erinnerungen nachhing. Wenn er Hem ansprach, tat er es ausnahmslos mit sanfter Stimme. Doch trotz allem erfuhr er nichts über Hems Kindheit, und im Morgengrauen war er stets zu müde, um nachzubohren. Cadvan gab eine forsche Gangart vor, weil er Norloch unbedingt so rasch wie möglich erreichen wollte. Wenn Maerad sich schlafen legte, nahm sie den Jungen immer in die Arme. Hem erhob nie Einwände dagegen und schien weniger rastlos zu sein, wenn er sich an Maerad schmiegte, als bannte ihre Berührung seine Albträume.

Wenn Cadvan Wache hielt, grübelte er oft über seine beiden Mündel nach: das hellhäutige Mädchen und den dunklen Jungen, deren schwarzes Haar sich im Gras verwob, zwei Heimatlose des Lichts, zusammengeführt von einem Schicksal, das zu erahnen unmöglich war. Obwohl sie grundverschieden wirkten, hatten Maerad und Hem etwas an sich, das sie einte, und zwischen den beiden war ein wortloses Verständnis gewachsen. Es lag nicht nur daran, dass sie beide Waisen und gezwungen waren, in einer Welt zu bestehen, in der es niemanden kümmerte, ob sie weiterlebten oder starben. Ebensowenig lag es nur an der Gabe, die sie beide besaßen.

Ihre Nähe verstärkte Maerads Jugend. Wenn die beiden beisammen lagen, wurde deutlich, dass Maerad sich des Kindes in sich noch keineswegs völlig entledigt hatte. Wenn Cadvan ihre schlafenden Gestalten betrachtete, trat eine Traurigkeit in seine Augen, und seine Züge wurden zerbrechlich und abwesend, so als sähe er gleichzeitig ein mittlerweile fernes oder für immer verschwundenes Bild vor sich: eine Erinnerung an seine eigene Kindheit vielleicht, in der er selbst als noch unschuldiges Wesen bei seinen Brüdern und Schwestern geschlafen hatte, ohne etwas von Untoten, Finsternis oder Kummer zu ahnen.

Am vierten Tag in Edinur lagerten sie abermals in einer bewaldeten Senke und suchten Zuflucht unter einigen Bäumen. Mittlerweile reisten sie durch weniger bevölkertes Gebiet, da der Südrand Edinurs allmählich in unbewohnte Höhenzüge überging. Sie erspähten seltener die schwarzen Umrisse von Häusern auf Hügelkuppen, und die Weiler lagen weiter auseinander. Maerad empfand dies als Erleichterung, denn die Ortschaften in Edinur drückten ihr aufs Gemüt. Die Höhenzüge erstreckten sich über etwa dreißig Meilen bis zu dem großen Tal von Norloch, das am Aleph begann, dem breitesten Strom in ganz Annar. Die Stadt, an der Küste gelegen, ragte hoch über die fruchtbaren Niederungen des Aleph auf, der sich an seiner Mündung in mehrere breite Flüsse teilte und durch ein dicht mit immergrünen Laubwäldern bedecktes Feuchtgebiet in die Bucht von Mithrad floss. Der Ritt der nächsten Nacht würde sie auf die Höhenzüge führen, und wenn alles gut verlief, würden sie im Morgengrauen des folgenden Tages Einzug in das Tal von Norloch halten.

Doch all das erzählte Cadvan Maerad nicht, weil er fürchtete, Hem könnte ausbüxen, wenn er wüsste, dass Norloch bereits so nahe lag. Alles, was mit Barden zu tun hatte, schien eine tief in ihm verwurzelte Furcht wachzurütteln. Maerad hingegen wusste, dass sie sich allmählich dem Ende ihrer langen Reise näherten, und ihre eigene Beklemmung begann bereits ihre freudige Erregung zu überschatten. War schon Inneil entmutigend für sie gewesen, nachdem sie aus der Sklaverei eines unbedeutenden Gewaltherrschers dorthin entkommen war, würde sie dies in Norloch, der Hochburg des Bardentums, umso stärker empfinden, ganz gleich, was sie in den vergangenen drei Monaten gelernt hatte.

Als sie am nächsten Abend aufbrachen, drehte der Wind. Das klare Sommerwetter schien sich zu wenden, und ein frostiger Wind wehte aus Westen, trieb rasch Wolken an den Himmel. Der Mond ging riesig und voll am Horizont auf, verhüllt von dunklen Wolkenfetzen. Cadvan schnupperte die Luft, zog seinen Mantel um sich zu und befestigte ihn so, dass er auch Hem bedeckte. Darsor stampfte rastlos mit den Vorderhufen auf den Boden.

»Es wird eine harte Nacht«, meinte Cadvan. »Je weiter wir kommen, desto besser.« Eine Weile verharrte er schweigend und entsandte seinen Geist in die Nacht hinaus; dann, nachdem er sich vergewissert hatte, dass nichts Besorgniserregendes zu vernehmen war, trieb er Darsor an. Das mächtige schwarze Ross sprang los, gefolgt von Imi.

Ein paar Stunden später begann es zu nieseln, doch der Regen behinderte sie nicht, und das Reiten hielt sie warm. Maerad zog sich die Kapuze nicht über den Kopf; sie genoss den Atem des kalten Windes im Gesicht, und ihr Haar wehte hinter ihr her, während sie dahingaloppierten. Mittlerweile befanden sie sich längst auf den Höhenzügen und stießen auf keine Häuser mehr. Gelegentlich erblickte Maerad auf Hügelkuppen die Schemen vereinzelter aufrechter Steine, die wie drohende Finger gen Himmel ragten. Abgesehen davon jedoch raste das Hochland an ihr vorüber wie ein schwarzes Meer, auf dem sich dunkle Wellen kräuselten. Der Mond stieg höher und verbarg sich gänzlich hinter den Wolken, bis sie auf der Straße vor sich nur noch einen fahlen Schimmer erkannten, der sich durch die hügelige Leere zog. Maerad beschlich das Gefühl, dass sie sich gar nicht bewegte, sondern dass sie reglos wie eine Statue auf Imi saß, während die Höhenzüge mit einem heftigen Windstoß an ihr vorüberzogen.

Sie sprachen kein Wort. Rings um sie herrschte eine lauschende Stille, die eine Unterhaltung zu verbieten schien. Maerad schauderte. Die Kälte wurde allmählich beißend. Sie zog sich die Kapuze über den Kopf und den Mantel enger um sich. Maerad spürte, dass ihre Monatsblutung unmittelbar bevorstand, wodurch die Kälte noch schwieriger zu ertragen war. Ihr Körper fühlte sich sonderbar zerbrechlich an, als bestünde er aus Glas. Cadvan trieb sie zu immer größerer Eile an. Es regnete wieder, diesmal in Form eines heftigen Schauers. Dann wagte der Mond sich hinter seinem Versteck hervor, sodass die Straße silbrig vor ihnen gleich einem Pfad feuchten Mondlichts erglänzte, der sich zwischen den düsteren Hügeln endlos in die Ferne erstreckte.

Zur dunkelsten Stunde der Nacht erkannte Maerad, dass die Straße sich durch einen Höhenzug kerbte, sodass sie eng zwischen zwei hohen Felsschultern verlief und im Schatten verschwand. Am Eingang der Kluft befand sich oben auf jeder Schulter ein stehender Stein. Sie ragten auf wie zwei gebrochene Fänge und schienen ein Tor ohne Sturz zu bilden. Als sie sich näherten, verlangsamte Cadvan die Schritte und ließ sich auf Maerads Höhe zurückfallen. Sie sah Hems fahles Antlitz unter Cadvans Mantel hervorlugen, die Augen dunkel und schlaflos.

»Man nennt diese Steine die Gebrochenen Zähne«, erklärte Cadvan. »Es ist ein Ort des Bösen, aber wir haben keine Zeit, ihn zu umgehen. Besser wäre es, bei Tageslicht hindurchzureiten, obwohl es selbst dann noch unangenehm genug ist. Wie immer müssen wir zwischen mehreren Übeln wählen. Sei auf der Hut, behalte die Hand am Schwertgriff und den Verstand klar.«

Als sie sich dem Tor näherten, spürte Maerad, wie sich ihr Widerstreben steigerte und sich ihr die Nackenhaare aufrichteten. Cadvan hielt an und lauschte; Maerad tat es ihm gleich, hörte jedoch nur den Wind.

»Ich glaube, man lauert uns hier auf«, meinte Cadvan. »Wir stehen vor einer schwierigen Entscheidung: Wagen wir uns dem entgegen, was uns erwartet, oder erwarten wir es hier?« Er zog Arnost, sein Schwert; die Klinge glitt mit einem leisen Singen aus der Scheide. Maerad zögerte kurz, dann ergriff sie Irigans Heft und fühlte das Gewicht der Waffe in der Hand. In Gedanken hörte sie die spöttischen Worte ihres Schwertlehrers Indik widerhallen: *Hoffen wir, dass du Glück hast.* Im Augenblick fühlte sie sich nicht besonders glücklich.

Langsam bewegten sie sich auf das Tor zu. Imi schnaubte und zitterte, als sie in den schwarzen Schatten des Hügels gelangten. Kaum waren sie an den stehenden Steinen vorbei, war es, als hätte sich eine Binde um Maerads Augen gelegt. Sie konnte rein gar nichts vor sich erkennen, nicht einmal den dunklen Schemen von Cadvan und Darsor. Maerad holte tief Luft, um ihre Furcht zu bändigen und ritt weiter. Allmählich passten ihre Augen sich der Dunkelheit an, und sie nahm undeutliche Formen wahr, Schatten in den Schatten. Rings um sie spürte sie eine bedrohliche Wachsamkeit, als wäre sie eine Maus, die an einer reglos lauernden, bösartigen Katze vorbeikroch, welche nur darauf wartete, dass die Beute in Reichweite ihrer Krallen gelangte. Die Schlucht war erfüllt von dem bedrückenden Grauen, das Maerad erstmals bei der Schlacht gegen die Werwesen des Landrost empfunden hatte; allerdings war es hier schlimmer, viel schlimmer.

Maerad lauschte voll qualvoller Anspannung, vernahm jedoch nur eine beklemmende Stille. Die Felswände zu beiden Seiten ragten höher auf, ihr Hufgeklapper hallte dumpf wider, als fürchteten die Geräusche sich selbst und wollten sich an den Stein klammern.

Der Angriff kam schnell und ohne Vorwarnung. Ein plötzlicher Blitz zuckte, doch es schien ein Blitz aus Dunkelheit statt aus Licht zu sein, ein Stoß schwarzer Energie, der zugleich von oben und von vorne herbeischnellte. Sofort loderte ein Lichtschwall von Cadvan auf, der an diesem finsteren Ort unerträglich grell wirkte; einen Lidschlag lang sah Maerad, dass es auf der Straße vor ihnen von Schatten wimmelte, von Wolfsschatten mit bösartigen, rot schimmernden Augen. In ihrer Mitte ragte schemenhaft eine große Gestalt mit einem Umhang und einem hohen Helm auf, dahinter erspähte sie Reiter in Mänteln mit Kapuzen; das Rudel tollte um die Knie ihrer Pferde. Sie scheuten vor dem Lichtblitz und Cadvan zurück, der nun mit einem weißen Feuer schimmerte und das Schwert hoch erhob. Darsor bäumte sich auf, wieherte und trat mit den Hufen in die Luft. In jenem Augenblick sprang Imi, die vor Angst erstarrt stehen geblieben war, zur Seite, bäumte sich ebenfalls auf und warf Maerad dadurch ab. Sie hörte, wie Imi zurück die Straße entlang die Flucht ergriff. Vor Furcht keuchend kroch Maerad zur Felswand.

Cadvan senkte das Schwert nicht. Er gleißte immer noch in einem reinen, unverzehrenden Feuer und saß reglos, wie gebannt auf Darsor – und mit jähem Entsetzen wurde Maerad klar, dass er sich nicht bewegen *konnte.* Die Schattengestalt kam auf ihn zu, und als sie sich näherte, sah Maerad, dass ihr Antlitz nicht dunkel war, sondern mit einem unheilvollen Licht schimmerte, das nur sich selbst erhellte.

Es war kein Untoter, sondern etwas Älteres, Kälteres, Tödlicheres.

Von Panik erfasst presste Maerad sich gegen die Felswand. Diese Kreatur wirkte unendlich bedrohlicher als der Kulag, der lediglich furchteinflößend gewesen war. Sie spürte überdeutlich einen bösartigen Verstand, einen gewissenlosen Willen. Sie konnte fühlen, wie sich sein Bewusstsein auf Cadvan richtete und alle Macht bündelte, um ihn niederzustrecken. Ihr Geist taumelte, und sie krümmte sich, der Ohnmacht nahe, überwältigt von einem Gefühl der Feindseligkeit und boshaften Stolzes, über unzählige Jahre zu einer einzigen, spitzen Lanze geschmiedet: unermesslich verbittert, unsagbar grausam, kälter als Eis.

Es war ein Grabunhold, heraufbeschworen aus den Tiefen des Abgrunds. Sein Antlitz schillerte im Farbton von etwas, das seit langer Zeit tot war, und es besaß keine Augen, nur leere Löcher, die sich zu undurchdringlicher Dunkelheit hin öffneten. Dennoch schien die Kreatur zu sehen. Grabesgestank wehte durch die Schlucht, kalt und faulig. Maerad hörte, wie Hem verängstigt nach Luft rang.

Der Unhold näherte sich Cadvan, befand sich auf Augenhöhe mit ihm, obwohl Cadvan auf dem Rücken Darsors saß. Er hielt inne und sprach mit einer todverheißenden Stimme, bei deren Klang eine so dichte Woge des Hasses über Maerad hinwegspülte, dass sie meinte, sich übergeben zu müssen.

»Wer stört den Schlaf des Sardor?«, fragte der Unhold, dann lachte er, und das Gelächter erwies sich als noch schauerlicher als die Stimme. »Welch Ungläubige wagen es, meine Kammer zu betreten und denken in ihrer Torheit und Eitelkeit, ich läge in Ketten?«

Hinter dem Geschöpf rückten die Reiter näher, und Maerad erkannte, dass es sich um Untote handelte, fünf insgesamt. Sie hielten die Werwesen zurück, indem sie mit grausamen Knuten auf sie eindroschen, sodass sie jaulten und heulten.

»Ich glaube, ich kenne ihn«, schnarrte ein Untoter höhnisch. »Es ist der große Cadvan von Lirigon. Wie ich gehört habe, reitet er durch die Gegend und schlägt unserem Meister Schnippchen, denn er hält sich für einen großen Barden, der sich über die Befehlsgewalt des Großen hinwegsetzen kann. So zieht er seit Jahren hochmütig umher, doch leider kann ihm nicht gestattet werden, sein Treiben fortzusetzen.«

»Nein«, pflichtete ihm ein anderer bei. »Und jetzt hat er etwas gestohlen, das mir gehört. Seine Unverfrorenheit kennt keine Grenzen. Ob wir fragen dürfen, weshalb der große Cadvan, Norlochs verhätscheltes Liebkind, in solcher Gesellschaft reist? Mich deucht, er ist tief gesunken in der Welt.«

Darob lachten alle Untoten, nur die hoch aufragende Gestalt nicht, die reglos ausharrte.

Endlich hörte Maerad Cadvan sprechen, wenngleich er sich nach wie vor nicht bewegte. »Ich mag tief gesunken sein«, stieß er erstickt hervor. Er hörte sich an, als redete er unter Wasser, doch mit den Worten gewann seine Stimme an Kraft. »Aber mein Gedächtnis ist besser als deines. Mich deucht, ich war am tiefsten gesunken, als ich dich kannte, Likud, vormals von Culain, und ich habe mich nun so weit aus deiner dreckigen Vorstellungskraft entfernt, dass du mich nicht mehr zu erreichen vermagst.«

Der Untote zischte und zuckte zusammen, als hätte Cadvan ihn geschlagen. »Das wirst du bereuen, Cadvan von Lirigon«, fauchte er mit einer Böswilligkeit, die Maerad Gänsehaut verursachte. »Ich werde dir reichlich Zeit geben, es zu bedauern.«

Das Licht in Cadvan wurde heller und heller, doch immer noch rührte er sich nicht. Maerad, die sich so heftig gegen die Felswand presste, als wollte sie von ihr verschluckt werden, wünschte sich inbrünstig, er möge sich bewegen, flehte ihn in Gedanken panisch an; doch er saß weiter wie versteinert da, den Schwertarm hoch erhoben, und Darsor stand wie ein geschnitztes Bildnis unter ihm.

»Ich will zurück, was mir gehört«, sagte der Untote namens Likud und ritt auf Cadvan zu. Maerad sah, dass Hem sich in Cadvans erstarrtem Arm wand, doch er saß fest und konnte nicht flüchten. Dann befreite er sich mit einer verzweifelten Verrenkung und fiel vom Pferd. Hastig rappelte er sich auf die Beine und rannte die Straße entlang davon. Der Untote hob beiläufig die Hand und sandte einen Schaft von Finsternis hinter ihm her, der ihn in den Rücken traf. Der Junge stolperte, stürzte und blieb reglos liegen.

»Die Ratten sind einfach«, meinte der Untote verächtlich. »Aber was ist mit der Königsratte? Nun, das ist eine andere Frage.« Er holte mit der Knute aus und hieb Cadvan damit heftig über das Gesicht. Cadvan wankte im Sattel, und ein bleigrauer Striemen tauchte auf seiner Wange auf. Arnost fiel ihm aus der Hand und landete klirrend auf der Steinstraße.

»Mit einer solchen Ausgeburt von Dreck sollte man sich Zeit lassen, findet ihr nicht, Freunde? Was wäre eine ausreichende Strafe für diesen Abtrünnigen, diesen Meuchler, diesen verräterischen Spitzel? Glaubst du etwa, wir hätten vergessen, Cadvan, wie beflissen du die Geheimnisse der Finsternis studiert hast? Denkst du, einem solchen Verrat würde mit Nachsicht begegnet? Die Folter einer einzigen Nacht wird nicht reichen. Nein.« Der Untote bewegte sich näher zu Cadvan. Aus seinen Augen funkelte kalter Hass, und er spuckte ihm ins Gesicht. »Nicht eine einzige Nacht, sondern unzählige Nächte voll Qualen, bis der Verstand sich in Wahnsinn flüchtet, sich selbst nicht mehr ertragen kann und alleine in der Finsternis brüllt, auf ewig ausgesperrt vor dem Tor. Und selbst das ist noch nicht genug.« Abermals schlug er Cadvan ins Gesicht, woraufhin das Licht in ihm trüber wurde. Der Untote ließ mit erst zischender, dann knallender Peitsche einen weiteren Streich folgen, und Cadvans Licht erlosch endgültig. Besinnungslos stürzte er zu Boden. Dann ließen die Untoten die Wolfswesen los, die mit grauenerregendem Geheul lossprangen.

Maerad beobachtete hilflos das Geschehen, in den Schatten kauernd, und fühlte sich vor Entsetzen und Verzweiflung wie betäubt. Sie sah, wie Cadvan von Darsor kippte; sein Fall schien sich mit der abscheulichen Unvermeidbarkeit eines Albtraums endlos hinzuziehen, doch schließlich landete er auf dem Boden und kam reglos neben Darsors Beinen zu liegen. Sein Gesicht schimmerte fahl in der Dunkelheit; Blut prangte darin. Während er fiel, schien Maerad gleichzeitig ein anderes Bild zu sehen: ihren Vater, der ebenfalls fiel, mit eingeschlagenem Schädel, hinter ihm die Türme Pellinors, die in einem tosenden Flammenmeer einstürzten.

Kummer und Verzweiflung drohten sie zu übermannen. *Jetzt gibt es nur noch mich,* dachte sie. *Was kann ich tun?* Cadvan war bewusstlos oder vielleicht sogar tot, Hem lag leblos hinter ihr. Und nun stand ihr selbst der Tod bevor. Verängstigt und allein stand sie auf, während ihr unbemerkt Tränen über die Wangen liefen; und als sie sich erhob, sah sie vor sich etwas, das nicht ihre Augen ihr zeigten: Die Werwesen, die auf Cadvan und Darsor zupreschten und sie in wenigen Lidschlägen erreichen würden. Schlagartig verwandelte sich der Strom des Kummers in eine alles verschlingende Wut, die einen Vorhang hinwegzureißen schien, hinter dem ein neues Bewusstsein in Maerad aufloderte. Trotz aller Not fühlte sie sich plötzlich von einer wilden, überschwänglichen Freude beseelt. Ihr Blut raste wie silbriges Feuer durch ihre Adern. Endlich verstand sie ihre Macht, und mit traumgleicher Klarheit wusste sie, was sie zu tun hatte. Sie streckte beide Arme aus und schrie: »*Noroch!*«

Jäh erhellten weiße Flammen die Straße und schleuderten gespenstische Schatten in die Fratzen der Untoten, und die Werwesen stimmten einen Tumult aus Heulen und Winseln an. Alle Werwesen brannten lichterloh; das weiße Feuer züngelte ihre Rücken entlang und schwappte ihnen über die Flanken hinab. Die Kreaturen schnappten und jaulten wie wild und nahmen vor den Flammen Reißaus. Die Pferde der Untoten bäumten sich auf, kreischten vor Entsetzen und wichen die Straße entlang zurück, weg von Cadvan. Die Untoten zwangen sie zurück in Maerads Richtung und rissen heftig an den Zügeln, bis den Tieren blutiger Schaum aus den Mäulern spritzte. Sie spähten in die Schwärze hinter den Flammen, versuchten, die Quelle des Feuers zu finden, aber Maerad bildete einen winzigen Fleck vor der mächtigen Felswand und lag in den zuckenden Schatten verborgen, die von der Feuersbrunst hervorgerufen wurden. Bevor sie Maerad ausfindig machen konnten, sandte sie einen gewaltigen Schwall weißer Flammen aus, der alle Untoten samt ihren Pferden zu Boden schleuderte.

Maerad blieb keine Zeit, darüber zu staunen, was sie vollbracht hatte. Das Geschöpf aus der Unterwelt stand immer noch reglos da, ein riesiger, bösartiger Schatten, der ihrer in jenem Augenblick gewahr wurde. Sie spürte die Macht seines bösen Willens, der selbst Cadvans eherne Entschlossenheit bezwungen hatte. Einen Lidschlag lang glaubte sie sich verloren; ihr Kopf wurde unter der tödlichen Kraft, die ihr entgegenschlug, hinabgedrückt, doch als ihre Augen sich senkten, erblickte sie wieder Cadvan, der blass und schlaff auf dem Boden lag. Und abermals übermannte sie ihre Wut. Schneller als ein Gedanke schlug sie los, mit aller Macht, die in ihr steckte. Den Bruchteil eines Augenaufschlags lang sah sie, wie das Geschöpf wie von einem Blitz getroffen wurde. Dann stieß es ein entsetzliches, schrilles Heulen aus und krümmte sich in den Flammen, ehe es vor ihren Augen verschwand.

Schlagartig kehrte Stille ein, durchbrochen nur vom leisen Knistern der hoch über ihr brennenden Zweige und dem rauen Schluchzen ihres eigenen Atems.

Maerad sank auf die Knie, und eine Zeitlang wurde alles schwarz. Dann besann sie sich ihrer Freunde und kroch zu Cadvan, der unverändert auf der Straße lag; ihre Beine fühlten sich zu zittrig an, um aufzustehen und zu laufen. Darsor stand schweißbedeckt neben ihm und zitterte heftig; dennoch weigerte er sich, von der Seite seines Freundes zu weichen und stupste ihn behutsam mit der Nase.

»*An de anilidar, Darsor?*«, fragte sie. Die Sprache floss ihr so natürlich von den Lippen wie ihr Atem, ganz so, als hätte Maerad sie schon immer beherrscht.

Das Pferd drehte ihr den großen Kopf zu und blies ihr aus den Nüstern gegen die Hand. Es sprach zu ihr, scheinbar in ihren Gedanken, und sie verstand es.

Es geht mir gut, sagte Darsor. *Meinem Freund nicht. Ich glaube, er lebt, aber er atmet nur schwach.*

Maerad streichelte Cadvan die Stirn; sie war klamm vor Schweiß und Blut. Eines seiner Augen schillerte blau und war zugeschwollen, auf der linken Wange prangten grässliche Striemen, wo die Knute sich tief ins Fleisch gegraben hatte. Sie wusste nicht, was sie tun sollte. Verzweifelt wünschte sie, Cadvans Heilgabe zu besitzen. Flüchtig überlegte sie, ob sie ihre neuen Kräfte einsetzen konnte, um sein Leid zu lindern, doch nichts in ihr regte sich darob; sie fühlte sich völlig ausgehöhlt. Maerad tastete behutsam sein Gesicht und seinen Körper ab, aber es schien nichts gebrochen zu sein. *Bitte,* flehte sie in Gedanken, *bitte wach auf.* Eine lange Weile hockte sie da und streichelte Cadvans Antlitz, doch er rührte sich nicht, und im trüben Licht wirkten seine Züge gespenstisch. Sie war froh über Darsors Gegenwart, da sie sich noch nie so einsam gefühlt hatte. Angst verspürte sie nicht. Aber sie befand sich mitten in der Wildnis, Cadvan war besinnungslos, sie wusste nicht, wo Imi steckte, und Darsor konnte sie alle drei nicht alleine tragen.

Gleich einem Donnerschlag fiel ihr Hem ein. In ihrer Sorge um Cadvan hatte sie ihn völlig vergessen. Sie stand auf, schaute die Straße hinab und erspähte seine kleine Gestalt auf dem Boden, die Glieder durch die Wucht seines Sturzes von sich gestreckt. Zittrig ging sie auf ihn zu und fragte sich, ob er tot sein mochte. Als sie ihn umdrehte, fiel sein Kopf schlaff zurück, und einen Moment lang war Maerad überzeugt davon, dass kein Leben mehr in ihm steckte; dennoch presste sie das Ohr an seine Brust – und hörte sein Herz matt schlagen. Sie schüttelte ihn behutsam, und zu ihrer Erleichterung schlug der Junge die Augen auf. Er schaute in ihr Gesicht auf; seine Augen weiteten sich vor Furcht, und er krümmte sich von ihr weg.

»Nein, Hem, es ist alles in Ordnung«, sagte sie. »Die Untoten sind alle tot. Alle sind weg.« Unwillkürlich quollen ihr Tränen aus den Augen.

»Wo sind sie hin?«, fragte der Junge matt. Dann setzte er sich auf. »Du lügst«, murmelte er. »Man kann Schwarze Barden nicht töten.«

»Doch, kann man«, widersprach Maerad. »Ich habe es gerade getan.«

Hem starrte sie ungläubig an, dann blickte er die Straße hinab. Es war zu dunkel, um etwas deutlich zu erkennen, aber hinter Darsor lagen tatsächlich verschwommene Schemen auf dem Boden; die Leichen der Untoten und ihrer Rösser. Er richtete die Augen wieder auf Maerad und glotzte sie verwundert an.

»Was ist mit Cadvan?«, wollte er wissen.

»Er ist ohnmächtig«, antwortete Maerad. »Die Untoten haben ihn verwundet.« Wieder stellte sie fest, dass sie weinte, und wischte die Tränen ungeduldig fort. »Wir müssen hier weg. Und ich weiß nicht, wo Imi ist. Sie ist ausgerissen. Kannst du laufen?«

Mühsam rappelte Hem sich auf. »Ja«, erwiderte er schließlich.

»Du musst mir helfen«, forderte Maerad ihn auf. »Ich kann Cadvan nicht allein hochheben.«

Gemeinsam kehrten sie zu Cadvan und Darsor zurück. Das Pferd sah sie fragend an. »Wir werden Cadvan auf dich heben«, erklärte Maerad in der Sprache. »Kannst du uns helfen?«

Ich werde mich hinknien, gab das Pferd zurück. *Und ihr werdet ihn festhalten müssen, damit er nicht fällt.*

Cadvan war schwer und zudem totes Gewicht; obwohl Darsor kniete, dauerte es eine ganze Weile, ihn auf den Rücken des Tieres zu hieven. Maerad biss sich auf die Lippe und fürchtete die ganze Zeit, sie könnte ihn noch mehr verletzen. Sie legten ihn quer über den Sattel; der Kopf hing zur einen Seite hinab, die Beine baumelten auf der anderen. Dann mühte sich Darsor auf. Maerad hob Arnost auf und war unsicher, was sie mit der Waffe tun sollte. Letzten Endes fand sie Cadvans Scheide und steckte das Schwert zurück.

Anschließend setzten sie sich langsam die Straße entlang in Bewegung, Maerad auf einer Seite und Hem auf der anderen. Als sie die Untoten passierten, wandte Maerad das Gesicht ab, um sie nicht sehen zu müssen; auch so wusste sie, dass alle tot waren, mehr zu erfahren war nicht nötig. Hem hingegen starrte auf die gestaltlosen Mäntel und die verstreuten Gebeine. Nachdem sie daran vorüber waren, blickte er mehrfach über die Schulter zurück, als könnte er nicht glauben, dass so etwas möglich war. Von den Werwesen entdeckten sie keine Spur.

Binnen weniger als einer halben Stunde erspähte Maerad am anderen Ende der Schlucht den grauen Nachthimmel vor ihnen. Dann gelangten sie endlich auf die freien Höhenzüge hinaus, und ein frischer Wind blies ihnen ins Gesicht. Der Mond versank hinter Wolkenbänken, und Maerad glaubte, dass es nicht mehr lange bis zum Morgengrauen dauern würde. Sie war sehr müde, spürte aber auch eine neue Entschlossenheit in den Beinen und dachte, sie könnte die ganze Nacht und den ganzen nächsten Tag weitermarschieren, wenn es sein musste, ganz gleich, wie erschöpft sie war. Als sie etwa eine Meile die Straße hinab zurückgelegt hatten, blieb sie stehen. Behutsam hoben sie und Hem Cadvan von Darsors Rücken und legten ihn ins Gras. Auch sein Bündel nahmen sie dem Pferd ab. Maerad fand darin eine Weste, die sie als Kissen verwendete. Als sie Cadvans Kopf darauf bettete, erkannte sie mit einem jähen Anflug von Angst, dass sein Antlitz blasser zu werden schien, und vermeinte schon, er läge im Sterben. Dann jedoch wurde ihr klar, dass es am beginnenden Morgengrauen lag, das die ersten Vorboten in die Gefilde der Nacht entsandte und die Höhenzüge zu einem fahlen Grau erhellte.

»Darsor«, sagte sie, »Imi ist weggerannt.«

Man kann niemandem einen Vorwurf daraus machen, angesichts solcher Feinde von Furcht überwältigt zu werden, gab Darsor zurück.

»Ich mache ihr keinen Vorwurf daraus«, meinte Maerad. »Aber ich frage mich, wie wir sie finden können. Weißt du Rat?«

Darsor richtete sich zu voller Größe auf, spähte über die Höhenzüge und schnupperte die Luft.

In ihrer Angst ist sie weit gelaufen, verkündete er. *Sie wird sich schämen. Ich hole sie zurück, wenn du dich inzwischen um meinen Freund kümmerst.*

»Mach ich«, antwortete Maerad. »Er ist auch mein Freund.«

Darsor schabte mit dem Huf über den Boden und stupste Cadvan behutsam mit der Nase an, als flüsterte er ihm etwas zu. Dann preschte er los, und Maerad sah, wie schnell er tatsächlich laufen konnte; wie ein schwarzer Pfeil raste er die Straße entlang, und das Klappern seiner Hufe klang wie Donner.

Maerad und Hem saßen neben der Straße und beobachteten, wie die Sonne über den Höhenzügen aufging. Allmählich füllte sich die Welt mit Farben, die ersten Vögel begannen zu zwitschern, und das Grauen verblasste. Cadvan rührte sich nach wie vor nicht. Maerad kramte etwas zu essen hervor, das sie und Hem sich zu Gemüte führten, danach ergriff sie die Wasserflasche und benetzte ihren Mantelsaum, um Cadvans Wunden zu säubern. Mittlerweile sahen sie noch grässlicher aus; sein Gesicht war voller blauer Flecken und zerschnitten. Einer der Hiebe hatte nur knapp ein Auge verfehlt; die Haut darum war aufgeplatzt, aber zumindest bluteten die Verletzungen nicht mehr. Seine anhaltende Bewusstlosigkeit flößte ihr Angst ein. Es musste gut vier Stunden her sein, seit er gestürzt war, und seither hatte er sich weder bewegt noch einen Laut von sich gegeben.

»Warum gibst du ihm nicht etwas Medhyl?«, schlug Hem vor.

Maerad ergriff die Flasche, stützte Cadvans Kopf auf ihrem Schoß, setzte die Flasche an seinen Lippen an und befeuchtete ihm den Mund damit. Das meiste quoll ihm über die Zähne und das Kinn hinab. Dabei schwang das Juwel um ihren Hals nach vorn und berührte sein Gesicht. Ungeduldig schüttelte sie den Kopf, um es aus dem Weg zu schwenken, doch Hem sagte: »Sieh nur, es leuchtet.«

Sie schaute hinab und sah, dass der Edelstein tatsächlich mit einem weißen Feuer schimmerte, das in seiner Tiefe zu lodern schien. Maerad dachte an Silvia, die sanftmütige Heilerin, die ihn ihr geschenkt hatte. Sie wünschte aus ganzem Herzen, die Bardin wäre nun hier.

»Versuch, es an ihm zu reiben oder so«, forderte Hem sie auf. »Es könnte ein Heilstein sein.«

Maerad legte Cadvan den Stein auf die Stirn, dann fuhr sie ihm vorsichtig damit über das Gesicht. *Bitte*, dachte sie bei sich, *bitte wach auf.* Sie war nicht sicher, ob es am zunehmenden Licht lag, aber sie vermeinte, eine leichte Röte in Cadvans Zügen zu erkennen. Ermutigt versuchte sie es erneut. Nach einer Weile war sie überzeugt davon, dass es keine Täuschung des Lichts war. Und schließlich zuckten zu ihrer Freude Cadvans Lider, und er schaute zu ihr auf.

»Maerad«, stieß er hervor, ehe er die Augen wieder schloss.

»Cadvan?«, fragte sie mit unsteter Stimme.

Abermals öffnete er die Augen. »Beim Licht, mir brummt der Schädel«, sagte er. »Ich vermute, das bedeutet, dass ich nicht tot bin.« Er ließ die Lider wieder zufallen. »Wo sind wir?«

»Irgendwo in den Hügeln«, antwortete Maerad. »Auf der anderen Seite der Gebrochenen Zähne. Darsor ist los, um nach Imi zu suchen.« Ihr war vor Erleichterung zum Weinen zumute, doch sie hatte das Gefühl, an diesem Morgen bereits genug geweint zu haben, und so rang sie die Tränen zurück. Cadvan schwieg eine Weile und lag mit geschlossenen Augen da. Dann setzte er sich stöhnend auf und stützte den Kopf auf die Hände.

»Willst du etwas Medhyl?«, fragte Maerad und hielt ihm die Flasche hin. Er trank einen ausgiebigen Schluck, der ihm gutzutun schien. Anschließend drehte er sich zu seinem Bündel um, holte eine kleinere Flasche daraus hervor und nippte daran. »Sumpfziest und andere Kräuter, um die Schmerzen zu lindern«, erklärte er mit einem Blick zu Hem und Maerad. Dann betastete er sein Gesicht. »Wie ich sehe, hast du mich bereits verarztet«, stellte er fest.

»Mir ist eingefallen, dass du die Salbe bei mir verwendet hast«, erwiderte Maerad. »Aber ich wusste nicht, wie ich dich wecken konnte.« Wieder geriet ihre Stimme ins Kippen. »Dann meinte Hem, das hier könnte ein Heilstein sein, also habe ich versucht, ihn an dir zu reiben, und dann bist du aufgewacht...« Sie ließ den Satz unvollendet und kämpfte stattdessen den Drang zurück, in Tränen auszubrechen.

Cadvan sah sie an und versuchte zu lächeln, zuckte jedoch zusammen. »Tja, jetzt bin ich wach. Hellwach. Das Letzte, woran ich mich erinnere, ist, dass ich von einem Untoten geknutet wurde. Hinter dem Untoten stand ein Unhold aus dem Abgrund, dahinter eine Schar von Werwesen und eine Gruppe weiterer Untoter. Die Kreatur hatte mich bewegungsunfähig gemacht, sodass ich nichts tun konnte. Es sah ziemlich übel aus. Danach erinnere ich mich nur noch an jede Menge Albträume.« Ihn schauderte, und er verstummte. Hem und Maerad tauschten Blicke und warteten.

»Ich vermute, du hast mir schon wieder das Leben gerettet, richtig?«, meinte Cadvan schließlich. »Das macht dann drei Mal. Allmählich frage ich mich, wie ich zuvor ohne dich überleben konnte.«

»Ja, wie eigentlich?«, gab Maerad zurück und begann zu lachen.

»Reines Glück, schätze ich«, sagte er. »Allerdings könnte es durchaus sein, dass es in deiner Nähe einfach gefährlicher zugeht. Aber sag, Maerad, was hast du gemacht?«

Maerad berichtete ihm und Hem, was geschehen war. Cadvan

setzte sich dabei mit leuchtenden Augen auf. Hem lauschte schweigend. Sein Gesicht war in Schatten gehüllt. Als sie geendet hatte, ergriff Cadvan ihre Hände.

»Also ist endlich die Sprache in dir erwacht!«, rief er aus. »Und gerade rechtzeitig, wenn ich das so sagen darf. Maerad, ich habe noch nie von einem Barden gehört, der in der Lage war, einen Unhold zu vernichten. Nicht einen Unhold aus dem Abgrund. Du besitzt eine mir gänzlich unbekannte Macht; denk nur an den Kulag in den Wäldern nahe Ettinor zurück. Und wie es scheint, ist sie auch der Finsternis nicht bekannt.« Eine Weile saß er gedankenverloren da.

Maerad und Hem gaben ihm etwas zu essen und Wasser. Vorsichtig kaute er, versuchte dabei, die Gesichtshaut nicht anzuspannen und nippte an der Wasserflasche. »Im Nachhinein betrachtet, muss man sagen, dass wir in einen Hinterhalt geraten sind«, meinte er, während er aß. »Die Gebrochenen Zähne gelten als Ort des Bösen, aber für gewöhnlich tummeln sich dort nur Werwesen, die einfach zu bezwingen sind. Nun, vergleichsweise einfach jedenfalls. Sogar Untoten hätten wir zu trotzen vermocht. Allerdings hätte ich nicht erwartet, dort einen Grabunhold anzutreffen, und wir alle wissen, was geschah, als er auftauchte.« Reumütig lächelte er. »Wir sind wohl doch nicht ganz so unbemerkt durch Edinur gelangt, wie ich gehofft hatte«, sagte er. »Die Finsternis hat viele Diener. Es sei denn, jemand hat eine Spur gelegt, der die Finsternis folgen konnte.« Dabei blickte er mit plötzlich ernsten, kalten Zügen zu Hem. »Glaub nicht, dass du mich belügen kannst. Das gelingt dir nämlich nicht. Ich denke, Hem, es ist an der Zeit, mir zu erzählen, wer du bist.«

Kapitel neunzehn
Hem

Hem ließ den Kopf hängen, und Maerad sah, dass seine Wangen vor Scham oder Demütigung brannten.

»Ich glaube nicht, dass Hem ...«, setzte sie an, doch Cadvan schnitt ihr das Wort ab.

»Weder du noch ich wissen etwas über Hem«, sagte er. »Jetzt will ich es wissen. Und ich möchte die Wahrheit hören.«

Hem hockte schweigend, mit nach wie vor gesenktem Haupt da. Maerad betrachtete ihn voll Mitgefühl, ehe sie sich abwandte.

»Sprich!«, forderte Cadvan ihn unwirsch auf.

»Ich bin vor den Schwarzen Barden weggerannt«, murmelte Hem so leise, dass Maerad ihn kaum verstehen konnte.

»Das weiß ich«, erwiderte Cadvan ungeduldig. »Was ich erfahren will, ist, was du mit ihnen zu schaffen hattest. Und warum sie dich jagen. Ich will wissen, wer du bist.«

Hems Geschichte drang stockend aus ihm hervor, Stück für Stück. Er war, wie er ihnen erzählt hatte, ein Waisenkind und hatte bis vor zwei Monaten in einem Waisenheim in Imdradh gelebt, der Hauptstadt von Edinur. Über seine Zeit dort berichtete er wenig, doch Cadvans Züge verfinsterten sich noch mehr. Er kannte diese Orte; Kinder, um die sich niemand kümmerte, wurden dorthin gebracht, wo sie in elenden Verhältnissen gehalten wurden. Waren sie verkrüppelt, zurückgeblieben oder schwach, gab man ihnen nicht genug zu essen, sodass sie für gewöhnlich an einer Krankheit starben, die ihr Hungerzustand heraufbeschwor. Wenn sie alt genug wurden, um zu arbeiten, verlieh man sie gegen eine an das Waisenheim zu entrichtende Gebühr als Arbeitsknechte oder verkaufte sie als Sklaven. Früher hatten sich Barden solcher Kinder ohne Familie angenommen, doch an Orten, wo das Bardentum zurückgegangen war, hatten sich solche stinkenden Löcher aufgetan, um Waisenkinder aufzunehmen. Und im Augenblick gab es aufgrund der Weißen Krankheit viele solche Kinder.

Im Verlauf von Hems Schilderung brachte Cadvan seine Fragen allmählich weniger barsch vor. Der Junge berichtete ihnen, dass er im Alter von zwei Jahren von einem Mann in einem schwarzen Mantel auf einem Pferd ins Waisenheim gebracht wurde. Das war das Einzige, was er über sich selbst wusste. An sein Leben vor dem Waisenheim besaß er keine Erinnerung; er hatte sich stets mit dem Gedanken getröstet, dass er vielleicht der Sohn eines Prinzen oder großen Fürsten sei und der Mann in Schwarz eines Tages zurückkehren werde, um ihn abzuholen. Er war ein stolzer Junge und wollte nicht zugeben, wie sehr er dort gelitten hatte, dennoch vermittelten Maerad seine Worte den Eindruck bitterer, liebloser Tage und einsamer Nächte voller Angst. Unwillkürlich füllte ihr Herz sich mit Mitleid.

Die Sprache war in ihm erwacht, als er zehn Jahre alt war. Eine Katze hatte ihn angefaucht, als er versuchte, ihr das Futter zu stehlen. »Was hat sie gesagt?«, erkundigte Maerad sich neugierig, und Hem antwortete: »Sie sagte, ich sei ein Haufen Mäusedreck und sie würde mir die Augen auskratzen, während ich schliefe.« Verängstigt rannte er weg und versteckte sich, doch mit der Zeit gewöhnte er sich daran und begann mit den Vögeln zu sprechen, die am freundlichsten zu ihm waren. Sie erzählten ihm von Ländern fern im Süden, wo den ganzen Tag warm die Sonne schien und die Bäume voller wunderbar süßer Früchte hingen. Hem träumte davon, diese magischen Orte zu besuchen, und er hatte vorgehabt auszureißen, sobald er alt genug gewesen wäre, um zur Arbeit auf ein Gehöft geschickt zu werden. Davon, dass der Reiter zu ihm zurückkehren würde, träumte er nicht mehr. Das hatte er als kindisches Wunschdenken abgeschrieben.

Anderen war aufgefallen, dass er mit Vögeln redete, woraufhin sie begannen, ihn als Hexer zu bezeichnen. Es wurde davon geredet, ihn zu ertränken, ihm schwere Steine umzubinden und ihn in den Fluss zu werfen, wie es mit anderen geschehen war, die der Sprache mächtig waren. So wurde er gezwungen, sich zu verstecken und seltener mit den Vögeln zu sprechen, weil es schwierig war, im Waisenheim ungestört zu sein, und er wurde immer einsamer.

Dann wurde er eines Tages zu Malik gerufen, der kaltherzigen Frau, die das Waisenheim führte. Neben ihr stand ein Mann in einem schwarzen Mantel mit Kapuze. Es war sein alter Tagtraum, dennoch fürchtete Hem sich und wich an die Wand zurück, denn die Hände des Mannes waren weiß und knochig, und das Gesicht konnte er nicht erkennen. Malik hingegen zeigte keine Angst und behandelte den Fremden wie einen Fürsten. Zum ersten Mal, seit Hem sich erinnern konnte, lächelte sie ihn an.

»Hem«, sagte sie. »Das ist dein Onkel. Er ist letztes Jahr aus fernen Ländern zurückgekehrt und ist nun gekommen, um dich abzuholen. Du bist ein glücklicher Junge.«

Hem schaute auf, vermochte jedoch nicht, in die Kapuze zu sehen.

»Hol deine Sachen, Junge«, forderte Malik ihn auf. »Du gehst jetzt nach Hause.«

Hem hatte nichts zu holen, also blieb er stumm vor den beiden Erwachsenen stehen und trat unruhig von einem Fuß auf den anderen.

Danach wurde er auf einem Pferd zu Laraman gebracht, dem Bürgermeister von Imdradh. Er besaß ein prunkvolles Haus, das prächtigste in Imdradh, und eine Weile war Hem glücklich, weil er dachte, seine Tagträume wären Wirklichkeit geworden. Zum ersten Mal in seinem Leben hatte er genug zu essen, ein gemütliches Bett zum Schlafen und wurde nicht verprügelt.

Laraman behandelte ihn frostig, duldete ihn aber in seinem Haus, solange er nicht mit ihm sprechen musste. Er galt als der wichtigste Mann in Edinur und betrachtete die Gegend als sein persönliches Lehensreich, in dem er hohe Steuern erhob und strenge Gesetze erließ. Nach außen hin schien es, als wären die fünf schwarz gewandeten Männer seine Diener, wenngleich Hem den Eindruck hatte, dass Laraman sie fürchtete und eher sie ihm sagten, was er zu tun hatte, als umgekehrt.

»Sie haben zu mir gesagt, dass sie Schwarze Barden seien und ich auch ein Schwarzer Barde werden könne«, erzählte Hem. »Sie meinten, sie wären die mächtigsten aller Barden und dass ich, wenn ich einer von ihnen wäre, niemals sterben würde und ein großer Fürst werden könnte. Einmal durchbohrte einer von ihnen einen anderen mit dem Schwert, und der Durchbohrte stand auf, als wäre nichts geschehen. Sie fragten mich, ob ich die Hexersprache beherrsche, aber ich sagte nein und hab es ihnen nie verraten. Damit schienen sie zuerst zufrieden zu sein, aber dann ...«

Hem hatte ungehemmt gesprochen, als empfände er es, nachdem er erst begonnen hatte, als Erleichterung, sich alles von der Seele zu reden. Nun jedoch stockte er, und seine Züge fielen in sich zusammen. Plötzlich sah er sehr jung und verletzlich aus.

»Dann?«, bedrängte ihn Cadvan barsch.

»Dann wollten sie, dass ich mit dem Unterricht beginne.«

Eine lange Pause entstand, während der Hem zu Boden starrte. Schließlich fuhr er mit tonloser Stimme fort.

»Sie weckten mich mitten in der Nacht. Es war eine dunkle Nacht, der letzte dunkle Mond vor zwei Wochen. Sie brachten mich nach unten, hinaus auf den Hof. Dort brannte ein Feuer, aber es hatte eine merkwürdige Farbe. Die Flammen waren grünlich und loderten gerade nach oben, flackerten aber nicht. Und einer der Barden hatte einen ... einen ...«

Abermals stockte er, und Cadvan sagte, diesmal mit freundlicherer Stimme: »Nenn sie nicht Barden, Hem. Sie sind keine Barden. Es sind Untote.«

»Er hatte einen kleinen Jungen. Ich kannte ihn, es war Mark aus dem Waisenheim. Er war jünger als ich, trotzdem hatten wir manchmal zusammen gespielt.« Er schniefte. »Ich mochte ihn.« Wieder setzte er ab. »Er weinte und wand sich in den Armen des Mannes, und er hatte keine Kleider an. Dann gaben sie mir ein schwarzes Messer und wollten, dass ich ihn töte.«

Eine kurze, betretene Stille setzte ein. Schließlich fragte Maerad fast flüsternd: »Und, hast du es getan?«

»Sie haben versucht, mich dazu zu bringen«, antwortete Hem. »Sie sagten, sie würden mich schlagen und ich würde nichts zu essen bekommen und sie würden mich in mein Zimmer sperren. Dann lachten sie über mich; es war schrecklich. Schließlich meinten sie, dass sie mich stattdessen töten würden und setzten mir das Messer an die Kehle. Aber ... aber ... ich konnte es einfach nicht. Und dann haben sie ... nein ... nein, ich kann es nicht sagen.« Er vergrub das Gesicht in den Händen. »Sie haben ihn getötet. Es war grauenhaft. Danach sagten sie, beim nächsten Mal müsste ich es tun oder selbst sterben.« Mittlerweile weinte Hem. Die Tränen rannen ihm übers Gesicht und gruben kleine Furchen in den Dreck. Maerad und Cadvan warteten. Nach einer Weile hörte er auf, wenngleich noch immer ein vereinzeltes Schluchzen und Schluckauf seine Brust erschütterten.

»Sie sperrten mich in mein Zimmer. An jenem Tag und am nächsten bekam ich nichts zu essen. Und dann, am Tag darauf, waren die Bar ..., die Untoten und alle anderen irgendwo unterwegs, und ein

Einbrecher machte sich im Haus zu schaffen. Es war Sharn. Er fand mich in meinem Zimmer und nahm mich mit.«

»Was hat er dort gestohlen?«, wollte Cadvan wissen.

»Oh, Geld und einige Dinge, die er verkaufen konnte. Steine.«

»Was für Steine?«

»Wertvolle Steine, die er verkaufen wollte. Er meinte, er würde sie verstecken, bis der Staub sich gelegt hatte, und anschließend nach Süden reisen, um sie auf den Märkten feilzubieten und ein Vermögen zu verdienen. Ich dachte, das wäre gut, und wollte mit ihnen nach Süden fahren, um vielleicht die Orte zu finden, von denen die Vögel mir erzählt hatten. Deshalb waren wir in der Valverras.« Er setzte ab, und abermals zerfurchte Kummer seine Züge. »Sie waren nett zu mir. Sie meinten, ich sei einer der Ihren.«

Cadvan ergriff des Kinn des Jungen, wie er es schon einmal getan hatte. Hem blickte ihm unverwandt in die Augen. Nach einer langen Weile lächelte Cadvan, und Maerad entspannte sich erleichtert. Sie war überzeugt, dass Hem diesmal nicht gelogen hatte.

»Warum haben die Untoten dich nicht gefunden, als sie die Pilanel angriffen?«, erkundigte sich Maerad.

Hem schauderte. »Ich habe sie schon von weitem kommen gehört«, erklärte er. »Ich wusste, dass sie auf das Lager zuhielten. Ich habe es Sharn auch gesagt, aber er meinte nur, ich sei töricht und bilde mir etwas ein. Also habe ich mich versteckt. Die Pilanel dachten, ich sei in die Öde davongerannt; und dann kamen die Untoten ...« Seine Stimme verlor sich, und seine Züge wurden von düsterer Erinnerung heimgesucht. »Ich habe alles gehört«, flüsterte er. »Sie wollten wissen, wo ich bin. Sharn sagte ihnen, sie hätten mich verkauft, dann meinte er, ich sei weggerannt. Und dann ... dann haben sie das Kind getötet und sie gefoltert, aber Sharn schrie trotzdem immerzu, ich sei weggerannt. Ich glaube, die Untoten haben es ... aus Spaß gemacht. Sie meinten, sie würden mich trotzdem finden, lachten und ritten davon.«

Eine Weile hockten die drei schweigend da. Maerad dachte kurz an die drei schrecklich zugerichteten Leichname, die sie gesehen hatte, und versuchte sogleich, das Bild wieder zu verdrängen.

»Hem«, sagte Cadvan mit nunmehr sanfter Stimme, »du hast nicht zufällig einen dieser Steine bei dir?«

Zögerlich holte Hem den kleinen Beutel hervor, den er um

den Hals trug, und fingerte an dem Durchziehband. Drei polierte, schwarze Steine, zu böswillig grinsenden Fratzen geschliffen, kullerten heraus, dazu ein Schmuckstück aus stumpfem Silber. »Ich dachte«, stammelte er, »dass ich sie auf dem Markt verkaufen könnte, wie Sharn es tun wollte; danach wollte ich nach Süden. Da waren noch weitere Steine, aber die Untoten müssen sie wohl mitgenommen haben.« Kurz betrachtete er die Gegenstände in seiner Hand, dann reichte er die Steine Cadvan. »Das Medaillon gehört mir«, erklärte er mit sonderbarem Trotz in der Stimme, ganz so, als fürchtete er, man könnte ihm nicht glauben. »Das habe ich nicht gestohlen.« Er schloss die Faust darum.

Cadvan nahm die Steine entgegen, rollte sie in der Hand herum und lachte leise. »O Hem, Hem, Hem«, sagte er. »Du hast ja keine Ahnung, was das für Steine sind. Ja, du könntest sie vielleicht verkaufen, aber nur an Leute, die wissen, wie man sie verwendet.«

»Was sind es denn für Steine?«, fragte Maerad neugierig.

»Es sind Warnsteine. Die Untoten müssen sie für den Fall zurückgelassen haben, dass jemand zu den Wagen zurückkehrt. Wahrscheinlich dachten sie dabei an dich. Sie konnten ihr Glück wohl kaum fassen, als stattdessen wir aufgetaucht sind. Jetzt sind sie nutzlos, es ist keine Macht mehr in ihnen. Ich glaube, letzte Nacht hast du in einem Umkreis von Meilen alles zerstört, was mit der Finsternis in Zusammenhang stand, Maerad. Aber ich kann dir sagen, Hem, wären wir bei hellem Tageslicht mit Pauken und Trompeten durch Edinur geritten, um unsere Gegenwart anzukündigen, es wäre für die Untoten dennoch nicht so nützlich gewesen wie diese kleinen Spitzel, die uns begleitet haben. Alles, war wir sprachen, alles, was wir taten, konnten die Untoten mitverfolgen, solange wir diese Steine bei uns hatten. Sie wussten genau, wo wir uns befanden, wer wir waren und wohin wir reisten. Sie haben uns eine nette Falle gestellt, und diesmal sollte Cadvan von Lirigon nicht entkommen.« Nacheinander schleuderte er die Steine weit in die Hügel.

Unbehaglich dachte Maerad an ihre Unterhaltungen der letzten Tage zurück. »Wir haben in letzter Zeit nicht über sonderlich viel gesprochen«, meinte sie unsicher.

»Richtig«, bestätigte Cadvan. »Zum Glück. Tja, Hem, Ende gut, alles gut, aber diesmal hätte es beinahe schlecht geendet. Fast mit einer Katastrophe.«

Hem starrte mit geröteten Wangen zu Boden. Cadvan klopfte ihm auf die Schulter. »Ich verzeihe dir, dass wir deinetwegen beinahe getötet worden wären oder uns ein noch schlimmeres Schicksal hätte ereilen können«, meinte er. Dabei versuchte er zu lächeln, zuckte jedoch vor Schmerzen zusammen. »Aber vergiss nicht: Die Dinge der Finsternis rührt man am besten nicht an. Sie werden ausschließlich für böse Zwecke geschaffen.« Hem nickte und schluckte. Eine Pause entstand. »Darf ich einen Blick auf das Medaillon werfen?«

Zögernd reichte Hem das Schmuckstück Cadvan, der es eingehend in Augenschein nahm. Maerad beäugte es neugierig; es war so angelaufen, dass es fast schon schwarz wirkte. Auf der einen Seite befand sich ein Bildnis, das sie nicht erkennen konnte, auf der anderen eine Schrift. Fragend schaute sie zu Cadvan auf und sah, wie äußerste Verblüffung in seine Züge trat. Kurz spähte er mit einem seltsamen Gesichtsausdruck zu Maerad, dann blickte er wieder auf das Medaillon hinab. Schweigend drehte er es in den Händen.

»Was?«, verlangte Maerad zu erfahren, als die Stille sich unerträglich lange hinzog. Hem beobachtete sie beide mit einer Mischung aus Verwunderung und Furcht.

Zuerst antwortete Cadvan nicht. »Maerad«, meinte er schließlich, »erinnerst du dich gut an deinen Vater?«

Die Frage erstaunte Maerad. »Nein, eigentlich nicht«, antwortete sie. »Nur ein wenig. Warum?«

»Weißt du noch, wie er aussah?« Cadvan musterte sie sonderbar eindringlich. Pflichtschuldig durchforstete sie ihr Gedächtnis und überlegte dabei, was ihn beunruhigen mochte.

»Er ... er war groß. Und er hatte langes schwarzes Haar. Ich glaube, seine Augen waren grau ... oder blau ... ich kann mich nicht erinnern ...« Sie schob sich das Haar aus dem Gesicht und ließ den Blick über die verwaisten Höhenzüge wandern. Ihr Blut geriet vor Erwartung schmerzlich in Wallung. »Warum?«

»Hast du gewusst, dass Dorn den Pilanel angehörte?«

»Den Pilanel? Nein, ich ...« Sie sah erst Cadvan, dann Hem an, und ihr Herzschlag stockte.

Cadvan durchbohrte sie immer noch mit jenem eigenartigen Blick. »Maerad, hast du *gesehen*, wie dein Bruder getötet wurde?«

»Alle wurden getötet«, gab sie zurück und begann, erste Anzeichen von Panik zu verspüren. »Alle außer mir und Milana.«

»Aber hast du tatsächlich *gesehen*, wie Cai getötet wurde?«

»N-nein ...« Qualvoll rang Maerad die Hände. »Nein, ich habe nicht *gesehen*, wie er ... starb ...«

Cadvan reichte ihr das Medaillon.

Sie hielt es in der Handfläche und rieb mit den Fingern darüber. Zunächst schien es sich um nichts Besonderes zu handeln, da es so schmutzig war. Als sie jedoch genauer hinsah, erkannte sie das kunstvolle Zeichen einer Blume: einer Lilie. Eines Arumkelchs. Es war dieselbe Lilie, ja sogar dasselbe Zeichen wie auf ihrer Brosche.

»Das ist die Lilie von Pellinor, Maerad«, sagte Cadvan leise. »Dies ist ein uraltes Stück, ein Erbstück. Die Zeichen der Schulen werden seit etwa fünfhundert Jahren nicht mehr als solche Medaillons angefertigt.«

Maerad drehte das Schmuckstück herum. Auf der Rückseite stand etwas in Nelsor-Schrift, doch in ihrer Aufregung vermochte sie nicht, es zu lesen.

»Was steht da?«, flüsterte sie.

»Hier steht: *Ardrost Karni. Minelm le caraë.*«

»*Das Haus Karn. Minelm hat mich geschaffen.*« Maerad kauerte sich mit ausdrucksloser Miene auf die Hacken zurück. »Das Haus Karn.«

»Kann ich es zurückhaben?« Hem streckte die Hand danach aus. »Seid ihr fertig damit? Es gehört mir.«

Aus ihrer Grübelei gerissen streckte Maerad ihm unwillkürlich die Hand entgegen.

»Was ist denn los?«, wollte der Junge wissen.

»Das Haus Karn ist *mein* Haus, Hem«, erwiderte Maerad. Sie starrte ihn an. Ihre Gedanken rasten so schnell dahin, dass sie kaum einen einzelnen davon zu fassen vermochte.

»Und? Es ist *mein* Medaillon.« Damit riss er es ihr aus der Hand und steckte es zurück in den Beutel. »Es gehört *mir*.«

»Ja, es gehört dir«, bestätigte Maerad und wusste nicht, ob sie lachen oder weinen sollte. »Aber mir auch. Verstehst du, das Haus Karn ist *meine* Familie.«

Verdutzt glotzte Hem sie an.

Cadvan hatte den Wortwechsel schweigend beobachtet. »Ihr habt beide dieselben Augen«, stellte er fest. »Wenn man es weiß, ist es einfach zu erkennen.« Er strich sich mit der Hand über die Stirn. »Ich wünschte, ich wäre nicht so angeschlagen und so erschöpft. Ich glaube, jetzt sehe ich es.«

»Was seht Ihr?« Hems Züge wirkten verkniffen und blass. Sein Ärger ging in Verwirrung über. »Spielt Ihr mir etwa einen Streich?« Einen Lidschlag lang zitterte seine Miene, als würde er gleich weinen, dann drückte er wie ein kleiner Junge die Fäuste gegen die Augen. Maerad wollte ihn umarmen, wie sie es wie selbstverständlich getan hatte, seit sie ihn gefunden hatten, doch eine eigenartige Scheu hemmte sie. Eine Weile saßen alle drei schweigend da.

»Niemand spielt dir Streiche«, sagte Cadvan schließlich. »Ich denke, du könntest Maerads Bruder sein. Du bist im richtigen Alter. Und es würde erklären, weshalb die Untoten dich haben wollten. Sie könnten dich nach der Plünderung Pellinors mitgenommen haben.«

Maerad löste sich aus ihrer Benommenheit. »Deshalb musste ich in der Valverras unbedingt hin. Ich *musste* einfach.« Sie schüttelte den Kopf und versuchte, ihre Verblüffung abzuschütteln. »Hem, ich *weiß*, dass es stimmt. Das bedeutet, dass du mein Bruder bist und Hem gar nicht dein Name ist. Dein richtiger Name ist Cai.« Immer noch starrte sie ihn an. »Ich dachte, du wärst tot.«

Maerad wusste nicht, was genau sie empfand; Ungläubigkeit, Wut, Freude, Verzückung, Kummer wirbelten bunt gemischt in ihr umher. Cadvans Miene wirkte verkniffen, und Maerad fiel jäh ein, dass er verletzt war. Sie holte tief Luft, um sich zu beruhigen.

»Und ich habe gerätselt«, meldete Cadvan sich letztlich wieder zu Wort, »weshalb ich zwei Bardenkinder unter solchen Umständen fand. Bisher bin ich bei all meinen Reisen noch über kein einziges gestolpert. Es hat sich für mich nach wesentlich mehr als blankem Zufall angefühlt. Und ich habe mich oft gefragt, was es war, das dich mit solchem Nachdruck zum Lager der Pilanel rief. Eine Zeit lang dachte ich an eine böse Kraft; für mich sah es nach einem dunklen Omen aus, weshalb ich dem Ort so sehr fernbleiben wollte, wie du hinwolltest. Aber vielleicht war es etwas tiefer Verwurzeltes, ein Ruf der Verwandtschaft; und selbst wenn die Finsternis bei diesen Ereignissen die Finger im Spiel hatte, wie ich vermute, so versteht die Finsternis rein gar nichts von Liebe. Derlei Dinge übersteigen die Fähigkeit der Finsternis, sie vorauszuberechnen. Ich erinnere mich an Dorn, Maerad; und Hem ist unzweifelhaft ein Pilanel. Das würde auch erklären, weshalb die Untoten auf ihn aufmerksam wurden. Aber natürlich könnte ich mich auch irren.«

»Du irrst dich nicht oft«, entgegnete Maerad mit einem verschmitzten Lächeln, eingedenk der Worte, die er vor langer Zeit, wie es schien, zu ihr in Inneil gesagt hatte.

»Nein.« Cadvan lächelte matt. »Ich irre mich nicht oft. Andererseits: Wenn ich mich mal irre, dann meistens richtig. Deshalb bin ich nicht allzu begeistert davon, voreilige Schlüsse zu ziehen. Das Lilienzeichen scheint zu bestätigen, was ich stark vermute und du vielleicht unterschwellig bereits gewusst hast. Dennoch sollten wir vorsichtig sein, es könnte sich auch um eine Falle handeln. Wir wissen schließlich nicht, ob das Medaillon wirklich Hem gehört.«

»Eine Falle?« Abwesend schaute Maerad zu Hem hinüber. »Ich denke, wir wissen doch bereits, was die Falle war. Und die hat versagt.« Hem kauerte geduckt da, halb von ihnen abgewandt, und verhielt sich ganz still. »Ich weiß, dass er mein Bruder ist«, beteuerte sie hitzig. »Warum haben die Untoten ihn geholt? Könnte die Prophezeiung nicht ihn gemeint haben?«

»Nein«, widersprach Cadvan gedehnt. »Seine Gabe ist nichts im Vergleich zu deiner.«

»Aber du weißt immer noch nicht sicher, ob ich die Ausersehene bin«, meinte Maerad.

»Nein«, gestand Cadvan. »Ich bin alles andere als sicher. Tatsächlich wäre ich etwas sicherer, wenn Hem tatsächlich Cai sein sollte. Das würde bedeuten, dass die Untoten etwas wussten, was wir offensichtlich nicht wussten. Außerdem könnte es bedeuten, sie ahnten, dass die Prophezeiung ein Kind von Milana und Dorn meinte. Woher, ist mir schleierhaft. Nur glaube ich, dass sie sich das falsche Kind ausgesucht haben.«

Maerad schauderte. Hems Schicksal hätte auch sie treffen können ... Im Vergleich zu Hems Leben war Gilmans Feste ein sicherer Ort gewesen. Sie hatte sich als Kind nie dem Grauen der Untoten stellen müssen, obendrein hatte sie wenigstens für kurze Zeit eine Mutter gehabt. Hem hingegen – Cai – war wenig mehr als ein Kleinkind gewesen, als das Leben seiner Familie zerstört wurde. Er hatte nie Wärme und Freundlichkeit erfahren.

Sie kroch zu Hem hinüber und schlang die Arme um ihn. Er klammerte sich krampfhaft an sie und verbarg das Gesicht in ihrem Mantel. Stumm kauerten sie beisammen. Für ihre Gefühle gab es keine Worte. Cadvan wandte sich ab. Nach einer Weile ließ Hem Maerad los und putzte sich geräuschvoll die Nase.

Cadvan stand mittlerweile, hielt sich schützend die Hand über die Augen und spähte in die Ferne. Dann wandte er sich Hem und Maerad zu.

»Wir müssen immer noch von den Höhenzügen hinuntergelangen, und der Tag verstreicht allmählich«, meinte er. »Obwohl wir Maerad, die Unberechenbare, dabei haben, möchte ich nicht unbedingt noch eine Nacht im Freien verbringen. Außerdem brummt mir der Schädel wie ein ganzer Hornissenschwarm. Wo ist Darsor?«

Während sie sich unterhalten hatten, war die Sonne hoch an den Himmel geklettert, und mittlerweile war es bereits früher Vormittag. Die Höhenzüge erstreckten sich grün und friedlich mit einem leichten Hitzeschleier rings um sie, und überall war das Summen von Bienen zu vernehmen. Von Darsor war weit und breit nichts zu sehen. Hem hatte dunkle Ringe unter den Augen und sah aus, als wäre er drauf und dran, vor Erschöpfung umzukippen.

»Ihr zwei Pellinorer solltet euch ausruhen, während wir warten«, schlug Cadvan vor. »Ich könnte mit diesen Kopfschmerzen nicht schlafen, selbst wenn ich wollte. Ich halte nach Darsor Ausschau.«

»Pellinor?«, stammelte Hem mit dem Anflug eines Lächelns im Gesicht. »Ich kann mir all diese Namen nicht merken.«

»Das wirst du aber müssen«, mahnte Maerad ihn mit gespielter Strenge.

»Versuch doch, mich dazu zu bringen«, entgegnete Hem und bedachte sie mit einem schelmischen Grinsen, das sie zuvor noch nie von ihm gesehen hatte. »Ich wette, das schaffst du nicht.«

Mein Bruder, dachte Maerad verwundert.

Sie legten sich hin. Hem schlief in weniger als einer Minute ein. Maerad hingegen war zu aufgewühlt, um Ruhe zu finden. Schließlich setzte sie sich auf und beobachtete Cadvan, der sich mit einem halbherzigen Lächeln auf den aufgeplatzten Lippen kurz zu ihr umdrehte und anschließend wieder prüfend den Horizont betrachtete. Maerad ließ sich schweigend durch den Kopf gehen, was in den vergangenen zwölf Stunden geschehen war. Sie fühlte sich immer noch benommen von dem Geschehenen: erst der Hinterhalt, dann das Erwachen der Sprache in ihr und schließlich die Entdeckung ihres Bruders. Ihren Gedanken sprangen fortwährend hin und her und zauberten eine Vielzahl bruchstückhafter Bilder vor ihr geistiges Auge: Cadvan, der besinnungslos von Darsor fiel, das todbringende Antlitz des Unholds, Hems Medaillon …

Mit sonderbarem Unbehagen erinnerte sie sich an das Hochgefühl, das von ihr Besitz ergriffen hatte, als sie beim Gefecht an den Gebrochenen Zähnen ihre Gabe angewendet hatte. In jenen Augenblicken hatte sie sich unverwundbar und unermesslich stark gefühlt; die Macht, die sie durchströmt hatte, schien unerschöpflich zu sein, als bräuchte sie nur einen Finger zu krümmen, um ganze Städte einstürzen zu lassen. Es war ein berauschendes Gefühl gewesen, doch es ängstigte sie auch. Ardinas Worte bei ihrem letzten Gespräch fielen ihr ein: *Womöglich stellst du fest, dass deine größte Gefahr bereits in dir lebt.* Hatte sie damit etwa diese beunruhigende Freude gemeint?

Nach etwa einer Stunde sahen sie Darsor aus der Schlucht der Gebrochenen Zähne kommen, dicht gefolgt von Imi. Das große Pferd trabte zu Cadvan und legte den Kopf auf seine Schulter.

Ich habe um dich gefürchtet, mein Freund, sagte Darsor. *Ich dachte schon, wir wären vielleicht zum letzten Mal miteinander geritten.*

»Das dachte ich auch«, antwortete Cadvan und streichelte das Pferd. »Aber es kam anders.«

Das Mädchen ist fürwahr eine große Magierin, meinte Darsor. *Und dabei ist sie erst ein Fohlen. Wozu wird sie erst in der Lage sein, wenn sie ausgewachsen ist?*

»Das weiß allein das Licht«, erwiderte Cadvan.

Darsor neigte das Haupt und blies in Maerads Ohr. Imi hielt sich nach wie vor mit hängendem Kopf hinter Darsor zurück. Überall an ihr prangten weiße Striemen getrockneten Schweißes, und sie wirkte durch und durch untröstlich. Maerad ging zu der Stute und warf ihr die Arme um den Hals. Imi schnupperte an ihr und richtete die Ohren auf.

»Jetzt ist alles wieder gut«, sagte Maerad zu ihr.

Endlich kannst du sprechen! stellte Imi fest, trat einen Schritt zurück und blies den Atem durch die Nüstern aus. Dann senkte sie tief den Kopf. *Es tut mir leid, dass ich weggerannt bin.*

»Es war besser so«, beschwichtigte Maerad sie und streichelte sie.

»Was hättest du schon tun können? Und jetzt bist du ja wieder da, das ist alles, was zählt.«

Ich musste lange suchen, um sie zu finden, meldete sich Darsor zu Wort. *Und dann wollte sie erst nicht mitkommen, weil sie sich so sehr schämte. Aber nun ist sie ja hier.*

»Es ist keine Schande, vor solchen Feinden Reißaus zu nehmen«, mischte sich Cadvan in die Unterhaltung. »Selbst den Mächtigsten müsste man vergeben, wenn sie der Mut verlassen hätte. Aber nun müssen wir hier weg. Heute Abend werden wir alle fein speisen, ja?«

Darsor hob das Haupt und wieherte laut, wodurch er Hem weckte, der sich aufsetzte und sich die Augen rieb. Kurz darauf stiegen sie auf und trabten gemächlich die gerade Straße entlang.

Nach einer Stunde begann der Pfad anzusteigen, dann sahen sie, dass die Höhenzüge gleich einer grünen Woge bergauf zu einem hohen Rücken aus zerklüftetem Stein verliefen. Zwei Stunden nach Mittag gelangten sie zu dem Rücken, der Raur na Nor genannt wurde, die feurige Krone von Norloch. Die Straße durchschnitt auf ihrem geraden, vor vielen Jahrhunderten von den Barden Annars angelegten Kurs den Stein. Sie ritten in einen schmalen Hohlweg, in dem die Krone hoch über ihre Köpfe aufragte und tiefe Schatten über sie warf. Eine Stunde später gelangten sie plötzlich in den nachmittäglichen Sonnenschein hinaus, der sie blinzeln ließ.

Sie befanden sich in beträchtlicher Höhe und blickten auf ein breites Tal hinab, das sich über etliche Meilen nach Süden und Westen erstreckte. Die Straße verlief den Hang hinab ins schöne Tal von Norloch, das vor ihren Füßen in Stufen abfiel und von Bächen durchzogen war. Weit unter sich erspähten sie die winzigen Formen von Häusern, Scheunen und Heuschobern, vereinzelt auch die dunkleren Klümpchen nicht ummauerter Weiler und Wälder.

»Dort unten gibt es eine Herberge mit Namen Hardellach«, erklärte Cadvan, der sich erschöpft anhörte. Er deutete auf eine Ortschaft, die sich etwa fünf Meilen entfernt an die Seite des Hügels schmiegte. »Es ist viele Jahre her, dass ich zuletzt hier war, aber früher wurde sie von Colun von Gant betrieben, und ich hoffe inständig, das ist immer noch so. Weiter entfernt am Meer könnt Ihr das Licht des Turms von Machelinor erkennen, des höchsten Turms von Norloch. Wir brauchen nur noch dorthin zu reiten, dann können wir uns ausruhen.«

Ausruhen, dachte Maerad. Es erschien ihr das wunderbarste Wort, das sie je gehört hatte.

Fern im Süden sahen sie den Aleph, der sich gemächlich durch Ackerland wand und in der Nachmittagssonne glitzerte wie eine riesige goldene Schlange, die auf einem grünen Rasen schlummert. Hem lugte mit benommenem Blick unter Cadvans Mantel hervor, als dachte er, die sagenumwobenen Länder des Südens erreicht zu haben. Mit einem unerfindlichen Gefühl der Furcht erspähte Maerad in weiter Ferne einen weißen Lichtblitz, winzig zwar, aber hell wie ein Stern, und dahinter einen blau schimmernden Schleier.

Es war ihr erster Blick auf Norloch, Zitadelle der Weißen Flamme, die Hochburg der Barden; und ihr Herz schlug schneller in der Brust.

Kapitel zwanzig
Das Haus Nelac

Vier Tage später erreichten sie die weitläufigen Weiden von Carmallachen mitten im Tal von Norloch. Endlich sahen sie die Stadt richtig, die sich groß und weiß aus den Feldern erhob, und Maerad sog scharf die Luft ein: Selbst aus dieser Entfernung wirkte Norloch größer und majestätischer, als sie sich den Ort je vorgestellt hatte. Die Zitadelle schwang sich Zinnenmauer um Zinnenmauer empor, und ihre hohen Türme ragten anmutig wie Lilien in den Himmel, aber zugleich stolz, mächtig und streng. Die Spitze des Turmes von Machelinor widerspiegelte das Sonnenlicht gleich einem Kristall, und die Stadt wirkte wie eine strahlende Krone, überhöht von einem lebendigen Stern. Jenseits der Zitadelle erstreckten sich blaue Weiten, bei denen es sich um den Himmel handeln mochte, die aber ebenso das Meer sein konnten, das unter dem sommerlichen Dunst schlummerte. Maerad vermeinte den leisen Klang einer Glocke über die Wiesen zu ihnen her dringen zu hören.

Seit dem Hinterhalt an den Gebrochenen Zähnen waren sie forsch geritten. Maerad war nach dem Gefecht mit dem Unhold erschöpft gewesen, doch sie hatten keine Zeit gehabt, sich länger auszuruhen. Nur eine Nacht hatten sie in Hardellach verbracht, wo der Barde Colun die Wunden in Cadvans Gesicht vernäht hatte. Schon früh am folgenden Morgen waren sie zu einem scharfen Ritt durch das Tal von Norloch aufgebrochen.

Hätte Maerad nicht alles durch einen verschwommenen Schleier der Erschöpfung wahrgenommen, sie hätte den Ritt vermutlich genossen. Es herrschte schönes, aber nicht zu heißes Wetter, der Himmel war von einem tiefen, klaren Blau, und über ihnen hörte sie bisweilen das leise Zwitschern von hoch in den sommerlichen Aufwinden treibenden Lerchen, wenngleich sie die Vögel nicht sehen konnte. Rings umher erstreckte sich eine friedliche, fruchtbare Landschaft, die in einem leichten Hitzeflimmer döste. Sie passierten zahlreiche von üppigen Gärten umgebene Gehöfte, die von den Hügeln, welche das Tal säumten, auf sie herabblickten.

Die Straße verlief stetig bergab, vorbei an Weiden saftigen Grases, die in breiten Terrassen wuchsen, häufig von silbrigen Bächen geteilt und von prächtigen Buchen-, Birken- oder Ulmenhainen umstanden. Herden von weißen Rindern oder von Schafen mit schwarzen Gesichtern grasten darauf, vereinzelt auch ein paar träge in der Sonne dösende Pferde, die mit den Schweifen die Fliegen verscheuchten. Um die grauen Steinhäuser waren kleine, von Hecken umgebene Felder angelegt, bepflanzt mit Gerste, Hafer oder Weizen. Auf anderen Feldern wuchs dunkelgrüner Kohl oder Erbsen, die rosig und weiß blühten, und überall waren Obstgärten mit Äpfeln, Mandeln und Kernfrüchten. Gelegentlich führte die Straße durch einen kleinen Wald, wo ihnen gefleckte Schatten die Gesichter kühlten, was eine willkommene Erleichterung von der Wärme des Tages darstellte. Sie sahen zahlreiche Leute: Bauern mit Karren, Kinder beim Spielen oder bei Botengängen, Frauen mit großen Weidenkörben und einmal einen Hirten mit seinen Hunden und Schafen, die den Weg wie eine blökende Wolke ausfüllten. Manchmal begegneten sie auch Reitern in Mänteln, die Maerad für Barden hielt.

Als die gerade Straße am Vormittag des vierten Tages das Tiefland von Carmallachen erreichte, trieben sie die Pferde zu einem schnellen Handgalopp an. Gelegentlich erblickten sie den Aleph, der sich viele Meilen zu ihrer Linken wand und in der Sonne funkelte. Cadvan spähte mit verkniffenen Augen gen Himmel. »Ich glaube, unser prächtiges Wetter wird bald umschlagen«, sagte er. »Der Wind dreht sich.«

Am späten Nachmittag näherten sie sich endlich den Mauern von Norloch. Inzwischen hatte sich über den Großteil des Himmels eine dunkle Wolkenbank ausgebreitet, und ein frostiger Wind blies. Die Sonne neigte sich dem Horizont entgegen und sank hinter die Wolken, wodurch sie ein üppiges goldenes Licht entfesselte, das alles in eine übernatürliche Klarheit zu tünchen schien. Es war, als hielte die Welt den Atem an. Aus nächster Nähe ragte die Stadt schwindelerregend hoch auf. Maerad verrenkte sich den Hals, um ganz nach oben zu sehen und fühlte sich, als würde gleich alles über ihr zusammenstürzen und sie unter einer gewaltigen Steinmasse begraben. Die Straße führte zu einem hohen, aus schwarzem Eisen geschmiedeten

Stadttor, ohne jeden Schmuck bis auf die riesigen Silberangeln, die zu sich kräuselnden Flammen geformt waren. Über dem Tor befand sich ein Steinturm mit einer Glockenstube aus weißem Stein, in der eine mächtige Bronzeglocke hing.

»Die Tore werden beim Glockenschlag zum Sonnenuntergang geschlossen. Wir kommen gerade rechtzeitig«, erklärte Cadvan. »Ich habe per Vogel eine Botschaft an Nelac geschickt, aber wir haben das letzte Stück schneller geschafft, als ich dachte. Ich hoffe, er erwartet uns.« Er wandte sich Maerad zu, jedoch ohne zu lächeln. Die Peitschenmale prangten immer noch deutlich quer über seinem Gesicht, und sein Auge war schwarz angelaufen. Es entsetzte Maerad, wie blass und angespannt er wirkte. »Sofern ich irgendetwas von Wetterkunde verstehe, steht uns heute Nacht ein schlimmes Unwetter bevor.«

Sie ritten unter den Torbogen, dessen dunkler Schatten über sie fiel. Die Sonne begann bereits zu schwinden. Vor ihnen erstreckte sich eine breite Straße, gesäumt von großen Steingebäuden mannigfaltiger Art: der Neunte Kreis von Norloch. Auf der gegenüberliegenden Seite wurde der Kreis von einem Steinkai begrenzt, der sich unter schwarzen Klippen entlangzog, doch Cadvan führte sie davon weg und bergauf zum Achten Kreis. Ein paar fette Regentropfen platschten auf die Straße. Maerad schauderte und zog den Mantel eng um sich.

Cadvan drängte sie zur Eile, da er Nelacs Haus unbedingt vor dem Ausbruch des Sturmes erreichen wollte, doch auch, wie Maerad schien, weil ihn eine Dringlichkeit trieb, die sie nicht zu deuten vermochte. Es war keine Zeit, um anzuhalten und sich umzusehen, aber sie erhielt den verworrenen Eindruck breiter Straßen, erhellt von riesigen Lampen, die ein stetes Licht auf prunkvolle Häuser und Herbergen warfen. Das Zwielicht schwand rasch, und als die Sonne schließlich gänzlich unterging, hörte sie lautes Geläut; die Glocke von Norloch verkündete den Anbruch der Nacht und das Schließen der Tore. Dann herrschte fast schlagartig, wie Maerad fand, tiefe Nacht. Die vereinzelten Regentropfen prasselten mittlerweile heftiger, und fernes Donnergrollen war zu hören. Es würde nicht mehr lange dauern, bis der Sturm über ihren Köpfen tobte.

Die Pferde erklommen die neun Ebenen rasch, die sich von Tor zu Tor hin und her wanden. Norloch war vor vielen hundert Jahren auf einem Felsen errichtet worden, der aus einem von steilen Klippen umgebenen Hafen über zweihundert Meter emporragte. Auf einer

Seite fiel der Fels lotrecht zum Meer hin ab, auf der anderen neigte er sich sanfter in Richtung des Tieflands von Carmallachen. Auf jenem letzteren Hang war die eigentliche Stadt entstanden. Die Kreise von Norloch stellten eigentlich Halbkreise dar, die umso unregelmäßiger wurden, je mehr sie sich den Ebenen näherten, und die Mauern erstreckten sich von Klippe zu Klippe. Im Neunten Kreis endete die Mauer am Hafen, einer kleinen, felsgesäumten Bucht mit einer schmalen Mündung, an die sich auf der Stadtseite der breite Steinkai anschloss.

Der ursprüngliche Fels war verstärkt und erweitert worden, sodass er nun eine schier uneinnehmbare Festung bildete, auf einer Seite vom Meer geschützt, auf der anderen von den Sümpfen und vom Feuchtland des Aleph. Der einzige freie Zugang zum Neunten Tor führte von Norden her, ansonsten konnte man allein auf dem Seeweg in die Stadt gelangen, über die schmale Öffnung des Hafens, die schwierig zu befahren war und immer nur ein Schiff durchließ. Unter der Stadt gab es Gräben und Höhlen, die tief in den Fels reichten und Vorräte beherbergten, um die Stadt viele Monate zu versorgen, sollte sie belagert werden. Die Garnison von Norloch lebte in den Dritten und Vierten Kreisen und bestand aus Kompanien gut ausgebildeter Krieger, deren Zahl in die Tausende ging. Sogar in den Tagen von Maninaë, als Norloch längst von seiner einstigen Größe abgefallen war, galt sie noch als stolz und stark.

Bis zum vierten Kreis konnten sie sich ungehindert bewegen. Erst dort hielt sie ein Mann in der silbernen und blauen Livree der Zitadelle auf. Maerad verbarg sich unter ihrer Kapuze und fürchtete plötzlich, man könnte sie nicht einlassen. Ihr fiel auf, dass Hem sich völlig unter Cadvans Mantel versteckt hatte. Doch als der Soldat Cadvan erkannte, verneigte er sich tief und wich beiseite, um sie einzulassen. So wiederholte es sich bei jedem höher gelegenen Tor.

Als sie das letzte Tor zum Ersten Kreis durchschritten, brach der Sturm los. Ein greller Blitz erhellte einen Lidschlag lang gleißend die hohe Zitadelle, ehe der Regen herabzuprasseln begann. Bevor der Niederschlag in einen Guss ausartete, der die Sicht verhüllte, sah Maerad schimmernd weiße, hoch in die Dunkelheit emporragende Wände, Straßen gesäumt von Bäumen, die nun vom Sturm gepeitscht wurden, und hohe Sockel, auf denen Statuen standen, teils mit Gold verziert und funkelnd, teils schwarz in der Düsternis.

»Es ist nicht mehr weit«, brüllte Cadvan über die Schulter zurück. »Aber beeil dich! Verlier mich nicht!« Damit preschte er in forschem Handgalopp los. Imi, die ob der Blitze bebte, folgte Darsor beinahe mit der Nase an seinem Schweif. Obwohl die Straßen hell beleuchtet wurden, wäre es nur allzu einfach gewesen, Cadvan im heftigen Regen und den unsteten Schatten aus den Augen zu verlieren. Das Wasser strömte ihnen bereits von den Mänteln, als sie endlich das Haus erreichten, das Cadvan suchte. Es wies mit einer schmucklosen, hohen Mauer zur Straße. Darin eingelassen war eine Doppeltür mit einem Fries über dem Sturz. Cadvan stieg ab und zog einen kleinen Eisenhebel in der Wand. Maerad vermutete, dass er an einer Glocke angebracht sein musste. Sie warteten und pressten sich in dem Versuch, dem ungestümen Wind zu entgehen, eine schiere Ewigkeit gegen die Mauer. Tatsächlich dauerte es nur kurz, bis die Türen sich öffneten. Vor ihnen stand ein alter, bärtiger Mann in einem dicken, grauen Mantel. Er trug eine Lampe.

»Wer da?«, fragte er und spähte in die Dunkelheit. »Beim Licht, Cadvan! Komm rein, komm rein. Bei diesem Wetter würde man nicht mal Ratten vor die Tür jagen!« Er winkte sie hinein, und sie führten die Pferde durch die Tür auf einen breiten, mit Steinplatten ausgelegten Hof. Endlich gelangten sie so aus dem Wind, wenngleich der Regen immer noch herabprasselte und sich schwallweise von den Dächern ergoss. Der Mann verriegelte hinter ihnen die Tür.

»Nelac«, sagte Cadvan und umarmte den Greis. »Was ist es schön, dich zu sehen!« Maerad fiel auf, dass er plötzlich erschöpft und bleich aussah, als hätte er sich durch schiere Willenskraft zusammengenommen und wandelte nun, da er sein Ziel erreicht hatte, am Rande des Zusammenbruchs. Der alte Mann trat mit den Händen auf Cadvans Schultern zurück und musterte ihn eingehend.

»Es ist auch schön, dich zu sehen, Cadvan, mein lieber Freund. Ich habe dich vermisst. Aber wie ich sehe, ist dir Schlimmes widerfahren.« Er nickte in Maerads und Hems Richtung. »Entfliehen wir diesem Wetter, bevor wir uns unterhalten. Kommt mit.« Er führte sie über den Hof zu Ställen. »Zuerst müssen wir uns um die Tiere kümmern.«

Im Schutz der Stallungen herrschte plötzlich Stille. Vom heimeligen Geruch von Heu und Pferden beruhigt, atmete Maerad durch. Rasch nahmen sie den Pferden die Sättel ab, striegelten die Tiere und ließen sie in gemütlichen Abteilen zurück, wo sie vor vollen Trögen schnaubten. Danach führte Nelac sie im Laufschritt über den Hof und durch weitere hohe Türen in einen breiten Flur.

Er bestand aus schlichtem Stein und wurde von einer matten Silberlampe erhellt, die von der Decke hing; doch er vermittelte den Eindruck von Reichtum: goldfarbene Behänge aus schwerem Brokat zierten die Wände, und Maerad sah zahlreiche Räume entlang des Flurs. Einige Türen standen offen. Durch sie fiel Licht auf den Steinboden, und Maerad hörte Stimmen und weit entfernt die Töne einer Flöte. In dem Flur legten sie die Mäntel ab; sie alle waren so nass, dass sie in kleinen Pfützen standen. Cadvan lehnte sich leicht schwankend gegen die Wand.

»Also!«, meinte Nelac und ließ den Blick über die triefende Gruppe wandern. »Wer sind diese beiden?«

Cadvan vollführte eine ungewisse Geste, zu erschöpft für Förmlichkeiten. »Das sind Maerad und Hem – ich meine Cai – von Pellinor.« Nelacs Augenbrauen schossen überrascht empor, und sein Blick verweilte einen Lidschlag lang sonderbar eindringlich auf Maerads Gesicht. »Maerad, Hem, das ist Nelac. Mein alter Lehrer und ein guter Freund.«

»Wir brauchen trockene Kleider für euch«, stellte Nelac fest. »Brin!«, rief er den Flur hinab, woraufhin ein dunkler, stämmiger Mann durch eine Tür auftauchte. »Brin, wir haben unerwartete Gäste. Kannst du Zimmer für sie vorbereiten? Drei. Und ich brauche dringend Kleider für drei. Für eine Frau und einen Jungen.« Der Mann nickte und verschwand. »Kommt mit in meine Gemächer, während wir warten«, forderte Nelac sie auf. »Dort ist es warm.«

Wie Malgorn und Silvia lebte Nelac mit seinen Schülern unter einem Dach. Seine Gemächer befanden sich im Erdgeschoss abseits der riesigen Eingangshalle hinter einer hohen, schlichten Holztür. Nelac führte sie in ein großes Wohnzimmer, das ihnen nach der Düsternis der Gänge äußerst hell vorkam. Dieser Raum wirkte weniger prunkvoll. Er war voller Tische, gemütlicher Stühle und Regale, beladen mit Büchern und Instrumenten verschiedener Art. In einem großen Eisenofen loderte ein Feuer. Eine Wand, an der keine Regale standen, war eigenartig bemalt, sodass sie den Eindruck einer Aussicht auf eine von wundersamen Tieren und Vögeln bevölkerten Waldlandschaft vermittelte. Auf der gegenüberliegenden Seite des

Raums befanden sich verglaste Türen, die zu einem Garten hinausführten, doch draußen waren nur Schwärze und das Toben des Unwetters zu erkennen. Maerad sah sich mit offenem Mund um und erblickte einen großen, dunkelhäutigen Mann, der sich erhob, um sie zu begrüßen. Überrascht blinzelte Maerad: Es war Saliman.

»Cadvan!«, rief er aus. »Was, um alles in der Welt, machst du hier? Du hältst dich ja sehr bedeckt mit Auskünften – du hast mir nicht erzählt, dass du hierher wolltest. Wir hätten zusammen reisen könne. Und Maerad auch? Und wer ist das?«

Cadvan wankte an der Tür. »Sei gegrüßt, Saliman«, sagte er leise. »Ich dachte mir schon, dass du hier sein könntest.« Er torkelte durch das Zimmer und ließ sich in einen der weich gepolsterten Sessel am Feuer fallen. Maerad sah, dass seine Hände zitterten.

»Und wie ich sehe, bist zu ziemlich übel zugerichtet«, stellte Saliman fest und verbarg rasch sein Entsetzen über den Zustand seines Freundes. »Du bist weiß wie Schnee. Wer hat dir aufs Auge gehauen? Ganz zu schweigen von diesen Peitschenstriemen. Lass mich dir etwas zu trinken holen!« Er schaute mit hochgezogenen Augenbrauen zu Nelac, der nickte, dann ging er zu einer Anrichte, auf der mehrere Glaskaraffen standen. »Laradhel?«

Cadvan nickte. Saliman schenkte ein Glas der goldenen Flüssigkeit ein, dann schaute er zu Maerad und Hem und schenkte zwei weitere ein.

»Setzt euch, setzt euch«, forderte Nelac sie auf. Maerad und Hem standen immer noch verunsichert an der Tür. Maerad ging, dicht gefolgt von Hem, zu einem Sofa an der bemalten Wand und setzte sich steif wie ein Brett auf dessen Rand. Saliman reichte ihr das Glas. Sie nippte daran und spähte aus dem Augenwinkel zu Hem, der sich erst verschluckte, dann jedoch das ganze Glas leerte. Wärme breitete sich in ihrem Körper aus, und sie begann, sich zu entspannen.

»So ist es schon ein wenig besser«, meinte Nelac. Er sah Maerad an. »Habe ich richtig gehört?«, fragte er. »Cadvan sagte, ihr seid Maerad und Cai von Pellinor? Bruder und Schwester, nehme ich an, ja?«

»Bruder?«, stieß Saliman hervor und starrte Hem an, der den Blick unverwandt erwiderte.

»Ja, mein Bruder«, bestätigte Maerad. Ihn so zu nennen, vermittelte ihr immer noch ein Gefühl der Unwirklichkeit.

Nelac schüttelte verblüfft den Kopf. »Pellinor! Obwohl, wenn ich dich näher betrachte, kann ich erahnen, wer deine Mutter war, Maerad. Gewiss Milana vom Obersten Zirkel, nicht wahr? Ihr ähnelt einander wie ein Ei dem anderen. Dorn kannte ich zwar nicht so gut, aber Cai gerät unverkennbar nach ihm. Ihr habt beide die Augen eures Vaters.«

Hem rutschte hin und her, entweder vor Unbehagen oder Freude, Maerad vermochte es nicht zu sagen. »Mein Name ist Hem«, meldete er sich unverhofft zu Wort und schluckte beunruhigt, als fürchtete er, dafür gescholten zu werden.

Nelac zog eine Augenbraue hoch, erwiderte jedoch nichts. Stattdessen schaute er zu Cadvan, der ins Feuer starrte und nicht zuzuhören schien. Maerad folgte seinem Blick und bekam es allmählich mit der Angst zu tun. Sie hatte Cadvan noch nie so gesehen. Selbst als in der Herberge seine Wunden genäht wurden und sie ihn in seinen Qualen an der Grenze seiner Belastbarkeit gewähnt hatte, hatte er nicht so gespenstisch, so aschfahl gewirkt. Er sah aus wie ein lebender Toter. Nelac schien ihre Sorge zu teilen. Er ging zu Cadvan hinüber und kniete sich vor ihn. Mühsam wandte Cadvan sich ihm zu.

»Was ist dir widerfahren, mein Freund?«, fragte Nelac behutsam. Er legte Cadvan die Hand unters Kinn und sah ihm unmittelbar in die Augen. Für Maerad schien Cadvan plötzlich zehn Jahre alt zu sein, ein Kind, das Schmerzen litt und stumm um Hilfe flehte. Bis zu jenem Zeitpunkt hatte sie keine Ahnung vom Ausmaß Cadvans Leiden gehabt. Zwar hatte er die vergangenen vier Tage verkniffener als sonst gewirkt, aber sie hatte es den Peitschenhieben und seiner Erschöpfung zugeschrieben. Was sie nun wahrnahm, war sein verwundeter Geist, der bei der Schlacht in den Höhenzügen gebrochen worden war. Mit einem jähen Anflug von Sorge begriff sie, dass er seither fortwährend Qualen gelitten hatte, von denen sie nichts geahnt hatte.

»Es war ein Grabunhold«, krächzte Cadvan heiser. »Ein Unhold aus dem Abgrund, Nelac. Er hat mich niedergestreckt. Ich konnte nichts dagegen tun.«

Maerad hörte, wie Saliman scharf den Atem einsog. »Ein Unhold!« Verwundert starrte er zu Maerad und Hem. »Wie kommt es dann, dass ihr noch lebt?«

Cadvan vollführte eine ungewisse Geste mit der Hand. »Maerad ...«, stammelte er. Nelac, der zutiefst besorgt aussah, schaute hastig auf.

»Keine Zeit für Fragen«, sagte er. »Die können später beantwortet werden.«

Nelac legte Cadvan die Hand auf die Stirn. Staunend beobachtete Maerad, wie sich ein silbriger Schimmer um ihn ausbreitete und an Intensität zunahm. Nelac schloss die Augen. Nach kurzer Zeit schimmerte seine Hand heller als alles andere im Raum, und der Barde selbst schien eine Gestalt aus purem Glanz zu sein, ein Wesen aus Luft und Licht statt aus Fleisch und Blut. Aus weiter Ferne oder tief in ihrem Geist hörte Maerad überirdisch anmutende Musik; es klang wie Glocken reiner Stimmen, doch eigentlich ähnelte es nichts, was sie je zuvor vernommen hatte. Cadvans Lider blinzelten und schlossen sich, dann senkte sich tiefe Zufriedenheit über seine Züge.

Hem saß mit offenem Mund neben Maerad. Sein Glas hielt er vergessen in der Hand. Wie gebannt beobachteten sie das Geschehen eine ungewisse Zeit lang, dann atmete Nelac aus und entfernte die Hand von Cadvans Stirn. Die Musik wurde leiser, verhallte und verstummte.

Seufzend öffnete Cadvan die Augen, ließ sich in den Sessel zurücksinken und blickte zur Decke. Nelac erhob sich langsam, und Maerad fiel zum ersten Mal richtig auf, dass er ein alter Mann war, wenngleich sie nicht zu schätzen vermochte wie alt. Mit einem Mal wirkte er unsagbar erschöpft. Er schenkte sich etwas Laradhel ein und setzte sich wortlos.

»Was war das?« Hems Stimme hörte sich vor Verblüffung und Schreck schrill an, und Maerad zuckte zusammen. »Was hat er gemacht?«

Nelac schaute zu Hem auf, wobei er trotz seiner augenscheinlichen Erschöpfung belustigt wirkte, doch es war Saliman, der antwortete.

»Junger Hem, du hast soeben den größten Heiler in Annar und den Sieben Königreichen bei der Anwendung all seiner Kräfte gesehen. Merk auf! Es ist ein seltener Anblick. Und etwas, wonach ein junger Barde streben kann. Ein alter Barde auch«, fügte er hinzu und hob das Glas in Nelacs Richtung an.

»Wird Cadvan jetzt wieder gesund?«, fragte Maerad kleinlaut. Sie fühlte sich nach wie vor regelrecht betäubt vor Sorge; warum hatte sie nicht bemerkt, wie krank er tatsächlich gewesen war? Wieder musste sie sich unwillkürlich über Cadvans Willenskraft wundern; trotz seines Zustands hatte er sie den ganzen Weg hierher geführt ...

Nelac seufzte. »Ja«, sagte er. »Aber es war beinahe zu spät. Noch ein paar Stunden, und selbst ich hätte ihm vielleicht nicht mehr zu helfen vermocht. Ich musste tief vordringen, um ihn zu heilen. Aber ja, er wird wieder gesund. Für den Rest braucht er lediglich Schlaf.« Er schaute zu Hem und Maerad. »Ich würde sagen, der könnte euch beiden auch nicht schaden. Maerad, ich weiß zwar nicht, was geschehen ist, aber ich sehe schon, dass es eine lange Geschichte sein muss. Lassen wir sie im Augenblick ruhen; wir können uns morgen darüber unterhalten. Wie wäre es mit einem Bad, einem Abendessen und ausgiebigem Schlaf?«

»Ein Bad!« Plötzlich schwappte ein überwältigendes körperliches Verlangen über Maerad zusammen. »Das wäre herrlich! Ich hatte kein Bad mehr seit ... seit Inneil.«

Es klopfte an der Tür. Herein kam Brin, Nelacs Hausmeister. »Die Zimmer sind vorbereitet, Meister Nelac.«

»Gut!«, rief Nelac aus und erhob sich. »Dann sollst du auf der Stelle dein Bad bekommen, wenn du möchtest, junge Maerad. Und du ebenfalls, Hem.«

»Ein Bad?«, sagte Hem und hörte sich erschrocken an. »Was ist ein Bad?«

»Oder auch nicht, je nachdem«, meinte Nelac und lächelte freundlich. Er schien Hem äußerst unterhaltsam zu finden. »Es muss ja nicht sein, wenngleich es zweifellos ratsam wäre. Saliman, könntest du die beiden jungen Leute nach oben begleiten? Ich muss mich noch ein Weilchen setzen. Cadvan kommt später nach, wenn er bereit ist.«

Maerad holte aus dem Flur ihr Bündel, dann führte Saliman sie über mehrere Treppenfluchten zu den Gästezimmern. Maerad blinzelte, als sie durch die schwach erhellten Gänge lief. Nelacs Haus erwies sich als groß und prunkvoll. Die Decken waren so hoch, dass sie in den Schatten verschwanden und überall prangten an den Stürzen von Türen und Fenstern Runen und Symbole: uralter Zauber, erklärte Saliman ihnen, zum Wohlstand und zur Weisheit derer, die hier verweilten. Die Einrichtung war spärlich, aber erlesen. Häufig sah Maerad das Funkeln von Gold oder bunte Wandbehänge, und manchmal wendeten sie auf einem Treppenabsatz und sahen plötzlich eine Marmorstatue vor sich, die fahl durch die Schatten schimmerte. Sie gelangten an zahlreichen Türen vorbei, durch die sie gemurmelte Unterhaltungen, das Stimmen von Instrumenten oder eine einsame Stimme vernahmen, die Tonleitern übte. Häufig begegneten sie auch anderen auf den Treppen – Nelacs Schülern, wie Maerad annahm, von denen sich einige umdrehten und sie ob ihrer abgerissenen Gewandung anstarrten. Maerad fragte sich, wie viele Menschen hier leben mochten. Allmählich begann sie zu verstehen, was Silvia gemeint hatte, als sie ihr Heim in Inneil als »bescheidenes Haus«, bezeichnete. Allerdings zog sie insgeheim Silvias heimeliges Anwesen diesem Pomp vor, den sie als kalt und düster empfand.

»Also, Hem von Pellinor oder Cai von Pellinor ... was ist nun eigentlich dein *richtiger* Name?«, fragte Saliman unterwegs.

»Hem«, gab Hem voll Überzeugung zurück. »Er lautet Hem.«

»Hat Cadvan dich auch gefunden? Was geht hier eigentlich vor sich?«

Maerad wusste nicht recht, was sie darauf erwidern sollte, und fragte sich, was Cadvan gewollt hätte. Saliman sah sie an und lachte. »Schon gut, Maerad, du brauchst mir nicht alles zu verraten. Ich werde mich später bei Cadvan danach erkundigen. Ich kann es nur nicht fassen! *Zwei* aus Pellinor!«

»Und woher kommt *Ihr?*«, verlangte Hem barsch zu erfahren. »Gewiss nicht aus der Gegend, möchte ich wetten.«

Saliman schien Hem ebenso unterhaltsam zu finden wie Nelac. »Nein, Hem. Ich stamme aus Turbansk im Süden.«

»Im Süden!« Hems Züge hellten sich vor Begeisterung auf. »Ihr kommt wirklich aus dem Süden?«

Salimans Mundwinkel zuckten. »Und ob. Aus dem Land der Granatäpfel, der Affen und der größten Orangen, größer als dein Kopf!«

Das brachte Hem vorübergehend zum Schweigen. Seine Augen wirkten riesig wie Teller. Ohne weitere Unterhaltung setzten sie den Weg fort, bis sie zu einem breiten Gang gelangten. Saliman öffnete die erste Tür und steckte den Kopf in den Raum dahinter. »Das sieht nach deiner Kammer aus, Maerad. Fühl dich wie zu Hause.«

Maerads Kammer war sowohl größer als auch höher als ihr Zimmer in Inneil. Schlichte blaue Behänge zierten die weißen Steinwände. Ein scharlachroter Teppich mit einem verschlungenen Muster wärmte den Steinboden. Ein Bett mit Vorhang war in die Wand eingelassen, am Fenster befand sich ein gepolsterter Fenstersitz, auf dem ein prächtiges rotes Kleid und andere Gewänder ausgebreitet lagen. In einem kleinen Ofen knisterte ein Feuer.

»Das Badezimmer ist am Ende des Flurs«, erklärte Saliman. Maerad ging zur Tür hinein und drehte sich um, weil sie ihm danken wollte, doch er ging bereits weiter den Flur entlang und zeigte Hem sein Zimmer. Hem plauderte inzwischen ungehemmt mit ihm; er schien Saliman zu mögen, oder zumindest zeigte er nicht solche Ehrfurcht vor ihm wie vor Nelac. Maerad schloss leise die Tür, stellte ihr Bündel ab und setzte sich auf den Fenstersitz, wo sie reglos verharrte. Das noch vom Unwetter nasse Haar fiel ihr übers Gesicht. Sie warf es zurück und beobachtete, wie der Regen gegen die schwarze Fensterscheibe prasselte. Sie würde sich baden und umziehen, aber zuerst musste sie auspacken.

Maerad kramte ihre Besitztümer hervor. Die Laute lehnte sie gegen die Truhe, die kleine Katze und die Reetflöte legte sie auf den Kaminsims. Als sie die Flöte anhob, blitzte der aus goldenen Lilien geschmiedete Ring im Feuerschein, und sie dachte unwillkürlich an Ardina, die Elidhu und Königin, die ihr in ihren verschiedenen Gestalten beide Geschenke überreicht hatte, die schlichte Flöte und den kostbaren Ring. Zum ersten Mal fragte sie sich, was die Gaben bedeuten mochten. Ardina, davon war sie überzeugt, hatte herzlich wenig mit dem Licht zu schaffen, andererseits war sie aber auch gewiss nicht böse. Irgendwie stand sie außerhalb dieser menschlichen Gesetze – frei, sonderbar und gefährlich –, und doch hatte sie Maerad als ihre Verwandte bezeichnet ... Von den eigenen Gedanken beunruhigt und zu müde, um ihnen nachzugehen, legte sie Dernhils Buch auf einen kleinen Tisch neben eine lilienförmige Lampe, die dort stand. Eine kurze Weile betrachtete Maerad es traurig. Unvermittelt hatte sie ein lebhaftes Bild von Dernhils ernsten Zügen vor Augen, wie er gebückt über seinem Schreibtisch kauerte und etwas schrieb. Betrübt wandte sie sich wieder dem Auspacken zu. Zunächst wusste sie nicht, was sie mit ihrer Kampfausrüstung tun sollte, doch ein Blick in die Truhe offenbarte, dass darin reichlich

Platz war, um sie zu verstauen. Die Truhe enthielt weitere weiche, warme Gewänder wie jene, die sie in Inneil getragen hatte. Das Holz roch süß und übertrug seinen Duft auf die Kleider.

Dann ergriff sie vom Fenstersitz das scharlachrote Kleid aus feiner, ungemein weicher Wolle und eilte damit den Flur hinab, um das Badezimmer zu suchen. Es erwies sich als verlassen, und sie ließ sich ein heißes Bad ein, in das sie großzügig Öl goss, ehe sie sich mit Wonne hineingleiten ließ. Eine Weile entspannte sie sich einfach, leerte ihren Geist von allem außer dem schieren Vergnügen, das ihr das warme Wasser bereitete. Dann dachte sie, dass sie besser nicht trödeln sollte, weshalb sie sich lange, bevor sie eigentlich dazu bereit war, aus dem Wasser hievte, das rote Kleid anzog und in ihr Zimmer zurückkehrte.

Durch das draußen nach wie vor tobende Unwetter wirkte es umso gemütlicher und einladender. Nach dem anstrengenden Ritt der vergangenen Tage war ihr danach zumute, sich so wenig wie möglich zu bewegen, also setzte sie sich einfach ans Feuer und lauschte, wie der Sturm Regenschauer gegen das Fenster schleuderte, während es von grellweiß zuckenden Blitzen erhellt wurde. Endlich befand sie sich in Norloch, aber sie war zu müde, um darüber nachzudenken oder auch nur ein Hochgefühl darüber zu empfinden; mehr als alles andere verspürte sie ein seltsames, hartnäckiges Unbehagen. Norloch war prunkvoll und erhaben, was sie ein wenig entmutigte; andererseits mochte sie Nelac sehr. Warum also suchten sie diese nagenden Zweifel heim?

Saliman führte Maerad und einen gähnenden Hem die Treppen hinab in Nelacs Speisezimmer, wo bereits Essen auf dem Tisch wartete. Hem trug mittlerweile eine schlichte Weste aus blau gefärbter Wolle und eine blaue Hose aus dicker Baumwolle statt der zerlumpten Kluft, in der er eingetroffen war. Allerdings war ihm seine neue Aufmachung zu groß, und er lief immer noch barfuß. Gebadet hatte er eindeutig nicht.

»Wir werden dir Kleider beschaffen müssen, die dir auch passen, was, Hem? Und ein paar Schuhe«, meinte Saliman, als er ihn begutachtete. Überrascht schaute Hem auf; er schien rundum zufrieden damit, warm gekleidet zu sein, und Maerad konnte sich des Eindrucks nicht erwehren, dass er noch nie Schuhe besessen hatte. »Und ich werde dir zeigen, was es heißt zu baden.«

»Nicht nötig«, widersprach Hem und schüttelte entschieden den Kopf. »Ich fühl mich wohl, so wie ich bin.«

»Wahrscheinlich hast du unter dem Dreck eine ganz andere Farbe«, meinte Maerad nachdenklich.

»Ja, weiß wie Schnee«, stimmte Saliman ihr halbernst zu. »Und sein Haar ist vermutlich blond.«

Hem straffte die Schultern und stapfte weiter, ohne etwas zu erwidern. Maerad schaute lachend zu Saliman. »Wenn Ihr ihn wirklich sauber bekommen wollt, steht Euch eine schwierige Aufgabe bevor«, meinte sie.

»Das schreckt mich nicht«, gab Saliman zurück und warf heldenhaft den Kopf zurück. »Nicht einmal Hem von Pellinor vermag Saliman von Turbansk einzuschüchtern!«

Cadvan war nicht beim Abendessen; Nelac teilte ihnen mit, dass er sich zu Bett begeben hatte. Maerad war sehr hungrig, wurde aber fortwährend von Anflügen der Erschöpfung heimgesucht. Wenn sie sich nicht bald hinlegte, würde sie einfach am Tisch das Bewusstsein verlieren. Hem schmauste heißhungrig, und er konnte seine Ungläubigkeit nicht verbergen, als ihm ein Nachschlag angetragen wurde. Als er zögerlich nach mehr fragte und keine Abfuhr erhielt, nahm seine Ungläubigkeit geradezu komische Züge an. Maerad fand, dass er eine regelrecht unglaubliche Menge verschlang – höchstwahrscheinlich würde ihm ziemlich übel werden. Er aß mindestens vier Mal so viel wie Maerad, und das in der Zeit, die sie für einen einzigen Teller brauchte.

Während des Essens erkundigten sich weder Saliman noch Nelac nach ihren Abenteuern. Stattdessen gab Saliman Geschichten über sein Heimatland zum Besten. Seine starken und doch zierlichen Musikerhände woben dabei Bilder in die Luft, und seine Zähne blitzten weiß, wenn er lachte. Hem lauschte wie gebannt, kaute geräuschvoll und hatte den Kopf voller Bilder von Türmen mit goldenen Dächern, Obstmärkten, Seidenständen und seltsamen, fremdartigen Tieren. Er konnte die Augen nicht von Saliman lösen, und als der Barde seiner starrenden Blicke gewahr wurde und lächelte, lief Hem hochrot an und sah sich flink im Zimmer um.

Nelacs Speisezimmer enthielt zahlreiche eigenartige Dinge: eine mit merkwürdigen Runen verzierte Kristallkugel, sonderbare Instrumente, die dem Messen oder Beobachten dienen mochten und ein Regal mit großen, ledergebundenen Büchern, deren Titel vergoldet auf den Rücken prangten. Auf einem Tisch an der Wand stapelten sich Pergamentrollen und Papiermanuskripte. Auf einem Regal befand sich eine Sammlung verschiedenartiger Steine: Quarz- und Amethystkristalle, polierter Achat, Jade und Bernstein. Auf einem anderen reihten sich riesige, exotische Muscheln mit Stacheln und Hörnern aneinander, gesprenkelt mit braunen und rosa Tupfen, außerdem ein makelloses Nautilusgehäuse mit verschlungenen Wirbeln so dünn wie Papier. Eine vergoldete Lampe, die von der Decke hing, spendete gedämpftes Licht. Maerad dachte an Dernhils Arbeitszimmer zurück: Dieser Raum hier wirkte noch unordentlicher als der seine, doch auf dieselbe Weise, als verbärge sich unter dem Chaos eine Ordnung.

»Verzeiht das Durcheinander in meinen persönlichen Gemächern«, sagte Nelac, der Hems Blicke bemerkte. »Ich scheine nie genug Platz für meine Arbeit zu haben, weshalb sie unweigerlich in jeden Raum überquillt.«

»Für mich sieht es nicht unordentlich aus«, log Maerad und errötete unwillkürlich. Sie konnte in Nelacs Gegenwart eine gewisse Zurückhaltung einfach nicht abschütteln, obwohl er ihr keineswegs Furcht einflößte. Er ließ sich mit niemandem vergleichen, dem sie je zuvor begegnet war, und sie konnte spüren, wie weit jenseits ihrer Erfahrung er stand; selbst Ardina hatte sie nicht derart aus der Fassung gebracht. *Vielleicht liegt es daran, dass Ardina ein bisschen wie ich ist,* dachte sie. Aber trotz allem wollte sie unbedingt erfahren, was mit Cadvan geschehen war.

»Geht es Cadvan besser?«, erkundigte sie sich, nachdem sie fertig gegessen hatte.

Nelacs Augen waren dunkel und irgendwie alterslos. Als er den Blick auf sie richtete, wirkte er beinahe so tief wie jener Ardinas. »Cadvan wird sehr bald wieder auf den Beinen sein«, antwortete er. »Ich musste all meine Heilkraft aufwenden, aber ich konnte zusammenfügen, was in ihm gebrochen war, als wäre er nie verwundet worden. Das ist mehr als ein bloßer Heilzauber. Alles, was ihn jetzt noch plagt, ist Erschöpfung, die eine ausgiebige Ruhepause beseitigen wird.«

»Aber was hat ihm gefehlt?« Sie sah Nelac an, und dieses beklemmende Gefühl stieg wieder in ihr auf. »Ich wusste nicht, dass er an etwas litt, ich meine, abgesehen davon, dass er unsagbar müde wirkte und Peitschenhiebe erhalten hatte …«

Aus Nelacs Blick sprach wohlwollendes Verständnis, und Maerad senkte die Augen. Sie fand seine unmittelbare Aufmerksamkeit unbehaglich.

»Cadvan ist ein Barde mit einem ungewöhnlich starken Willen«, erwiderte er freundlich und lächelte kurz, scheinbar über eine alte Erinnerung. »Wenn er versucht, etwas zu verbergen, ist es nahezu unmöglich festzustellen. Als ihr hier eingetroffen seid, wandelte er an der Schwelle zum Tod. Er wurde von einem bösen Willen niedergestreckt und überwältigt, als er ihm seine ganze Macht entgegensetzte. Für einen Barden ist dies folgenreich; je größer der Barde, umso folgenreicher. Und Cadvan ist ein sehr großer Barde. Obwohl die körperlichen Wunden bereits verheilten, wurde er immer kränker und schwand regelrecht dahin.«

Maerad saß schweigend da, bestürzt über den Gedanken, dass Cadvan hätte sterben können. Irgendwie hatte sie ihn für unverwundbar gehalten.

»Ich muss gestehen, dass mich Neugier plagt«, meinte Nelac nach einer Pause. »Wie kommt es, dass ihr nicht alle getötet wurdet? Und wer war dieser Unhold? Es ist viele Jahrhunderte her, seit man in Annar zuletzt von einem Unhold gehört hat.«

Ein Zittern durchlief Maerad, als ein lebendiges Bild der unheilvollen Gestalt des Unholds in ihrem Gedächtnis aufflammte.

»Er sagte, sein Name sei Sardor«, verriet sie.

»Sardor?« Schlagartig verfinsterten sich Nelacs Züge. »Der wurde vor vielen Generationen angekettet. Einst suchte er die Gebrochenen Zähne in den Höhenzügen von Edinur heim, sein Hügelgrab; aber die Barden haben ihn nach der Stille beseitigt. Zurück blieb nur sein Schatten. Eine dunkle Erinnerung an etwas Böses, aber dennoch nur eine Erinnerung. War er es, der euch angegriffen hat? Früher, in dunklen Zeiten, war er ein mächtiger König. Es sind schlechte Neuigkeiten, dass ein solches Übel wieder durch das Land wandelt.«

»Ich glaube, damit ist es vorbei«, gab Maerad matt zurück. Mittlerweile zitterten ihre Hände, und ein Tosen schwoll in ihren Ohren an.

»Ich habe ihn mit einem Feuerblitz getroffen, und er verbrannte und verschwand.«

»Du hast ihn *mit einem Feuerblitz getroffen?*«, wiederholte Saliman mit Ungläubigkeit in der Stimme. Er schaute zu Nelac, der Maerad mit ernster Miene unter buschigen Brauen hervor musterte.

Maerad hatte plötzlich das Gefühl, dass sie die Zweifel der Barden nicht mehr ertragen konnte, nicht jetzt und hier, nicht an jenem Abend. Sie faltete die Hände, um sie vom Zittern abzuhalten.

»Niemand hat es gesehen«, ergänzte sie. »Cadvan war bewusstlos. Von Hem dachte ich, dass er tot sei. Niemand hat es gesehen. Aber ich *habe* es getan. Ihr könnt mir glauben oder auch nicht.«

Trotzig schaute sie auf und begegnete Nelacs stetem Blick. Unverwandt starrte sie zurück, ließ sich nicht einschüchtern. Schließlich regte er sich, wandte sich ab und fuhr sich mit der Hand über die Stirn. Zu Maerads Überraschung wirkte er zutiefst traurig.

»Ich glaube dir«, sagte er.

Kapitel einundzwanzig
Der Rat der Freunde

Maerad trieb durch die Nebelschwaden eines Traumes. Unsinnige Bilder stiegen vor ihr auf: von einer Zitadelle wie Norloch, jedoch winzig und von Glas umhüllt wie ein Kinderspielzeug; von Bäumen, die auf das Meer zuwanderten; von Hem, der eine übernatürlich große Traubenrebe aß. Plötzlich sog sie im Schlaf scharf die Luft ein – ein Untoter tauchte vor ihr auf und streckte die Finger nach ihrem Handgelenk aus. Er erfasste sie, und sie konnte sich weder bewegen noch sprechen. Dann verschwand der Untote, und sie träumte wie vor langer Zeit in Inneil, dass sie wie ein Vogel über das Reich Annar schwebte. In der Ferne berührte die untergehende Sonne die östlichen Berge und die Zinnen einer großen Stadt im Westen, einer Stadt, von der sie nunmehr wusste, dass es sich um Norloch handelte. Der Aleph verlief mitten durch das Land gleich einer Schlange aus geschmolzenem Gold. Wieder kroch ein dunkler Nebel über das Land, und wieder hörte sie Wehklagen und die Stimme, die rief: *Schau nach Norden!* Sie spürte aufkeimende Panik, als ein sich auflösender Schatten sie heimsuchte, dann ertönte, begleitet von der übelkeiterregenden Furcht eines Albtraums, die tote Stimme. Mit betäubendem Entsetzen erkannte Maerad, dass die Stimme sich der Hohen Sprache bediente, allerdings in einer abgewandelten, verzerrten Form, sodass es nicht mehr eine Sprache hehrer Schönheit war, sondern des Bösen und der Leere, eine Sprache umgekehrter Macht. Und diesmal verstand sie die Worte. *Es gibt mich wieder,* verkündete die Stimme, *doch niemand wird mich finden, denn ich lebe in jedem menschlichen Herzen.* Danach begann sie zu lachen, und das Gelächter schmerzte Maerad. Dann entkam Maerad den Klauen des Albtraums, indem sie sich im Bett hin und her warf und schließlich erwachte.

Am ganzen Leib zitternd setzte sie sich auf und sah sich um. Im Zimmer herrschte völlige Stille. Ein matter Lichtstrahl drang durch die Fensterlaibung herein und tünchte den Raum in Silber. Sie ließ den Blick prüfend umherwandern; da war ihre Laute, dort ihr Buch, die Flöte, die sie von der Elidhu erhalten hatte ...

Während sie auf dem Bett saß und erfolglos versuchte, ein überwältigendes Gefühl der Furcht abzuschütteln, klopfte es zögerlich an der Tür.

»Maerad?« Es war Hem.

»Ja?«

Hems blasser, vom Schlaf zerzauster Kopf spähte um die Tür herum.

»Maerad, darf ich bei dir schlafen? Ich habe schlimme Träume ... und das Zimmer ist so groß und dunkel ...«

Maerad nickte. Hem kroch wortlos zu ihr ins Bett. Sie legte sich hin und schlang die Arme um seinen dürren, knochigen Leib. Binnen weniger Lidschläge schnarchte er, und es dauerte nicht lange, bis auch Maerad zurück in einen schwarzen, traumlosen Schlaf sank.

Maerad schlug die Augen auf. Alles, was sie sehen konnte, war eine weiße Fläche, über die ein goldenes Licht tänzelte. Fasziniert beobachtete sie es eine Weile, dann wurde ihr allmählich klar, dass sie an eine Decke starrte. Sie dachte, sie müsste sich in Inneil befinden; doch dort bestanden die Decken aus Stein und waren nicht weiß. Dann kehrte plötzlich die Erinnerung zu ihr zurück, und sie setzte sich jäh auf.

Hem saß in der Ecke und aß.

»Du schläfst wie ein Murmeltier«, sagte er. »Ich warte schon ewig, dass du endlich aufwachst. Ich bin schon seit Stunden munter.«

»Wie spät ist es?« Maerad fuhr sich mit den Fingern durchs Haar.

»Drei Stunden nach Mittag.« Hem nahm einen weiteren Biss von seinem Brot. »Außerdem schnarchst du.«

»Wie geht es Cadvan?« Maerad schwang die Beine aus dem Bett und sah sich nach ihren Kleidern um.

»Weiß ich nicht.« Hem zuckte mit den Schultern. »Wahrscheinlich schläft er, so wie du.«

»Geh weg, damit ich mich anziehen kann.«

»Na schön.« Abermals zuckte Hem mit den Schultern. »Unten gibt's was zu essen, falls du magst. Aber ich muss zurückkommen und dich hinführen – Saliman macht sich Sorgen, dass du dich sonst verirren könntest.« Maerad warf ihr Kissen nach ihm, und er huschte aus dem Zimmer.

Nachdem Maerad sich angekleidet hatte, trat sie ans Fenster und schaute hinaus. Der Tag war klar und wunderschön, als hätte das Unwetter der vergangenen Nacht den Himmel reingewaschen. Sie konnte über die Häuserdächer hinab ins Tiefland von Carmallachen und darüber hinaus auf das Tal von Norloch hinausblicken. Maerad bewunderte gerade die Aussicht, als ihr plötzlich mit einem Schreck, der ihr durch die Knochen fuhr, der Traum der letzten Nacht einfiel. Er entfesselte eine Woge der Übelkeit, die in den Zehen begann und bis zum Kopf emporschwappte. Ihr wurde so schwindlig und schlecht, dass sie sich am Tisch festhalten musste.

Es war eine trübsinnige Maerad, die sich zehn Minuten später zu Hem gesellte und nach unten ging.

Cadvan und Saliman befanden sich bereits in ein Gespräch vertieft in Nelacs Wohnzimmer. Als Maerad und Hem eintraten, schauten sie auf. Cadvan war immer noch sehr blass, und tiefe Schatten furchten seine Züge. Die mit winzigen Fischgrätenstichen überzogenen Peitschenstriemen hoben sich deutlich von der Haut ab, das schwarz umrandete Auge ging mittlerweile in das Farbengemisch eines Sonnenuntergangs über. Aber der Tod, der ihm am Vorabend ins Gesicht geschrieben gestanden und Maerad so beunruhigt hatte, war verschwunden.

»Guten Morgen«, begrüßte Cadvan sie. »Oder, besser gesagt, guten Nachmittag. Ich bin selbst spät aufgestanden!«

»Hallo«, erwiderte Maerad. Sie war so erleichtert darüber, dass Cadvan beinahe wie üblich aussah, dass sie Tränen in den Augen spürte. Sie blinzelte sie fort und schaute zum Esszimmer. »Hem hat gesagt, es gäbe etwas zu essen.«

»Hem und Essen!« Saliman verdrehte die Augen. »Ich habe noch nie ein menschliches Wesen so viel verschlingen sehen. Ich glaube, seit er aus dem Bett gekrochen kam, hat er noch nicht zu kauen aufgehört.«

»Ich bin eben hungrig«, meldete Hem sich zu Wort. »Was ist daran verkehrt?« Damit verschwand er im Esszimmer.

»Wie fühlst du dich?«, fragte Maerad scheu.

Zum ersten Mal seit Tagen lächelte Cadvan. »Sehr gut, meine junge Bardin«, antwortete er. »Abgesehen von ein paar juckenden Stichen. Zur Abwechslung sehe ich mit Sicherheit schlimmer aus, als ich mich fühle. Geh und hol dir etwas zu essen. Nelac wird bald kommen; im Augenblick gibt er Unterricht. Wir haben miteinander zu reden.«

Maerad aß ihr Frühstück – mit Hem, der schamlos erklärte, sie bräuchte etwas Gesellschaft. Danach kehrte sie in den Wohnraum zurück, wo Cadvan und Saliman sich über Salimans Reise nach Norloch unterhielten.

»Nicht ganz so ereignisreich wie deine Reise«, meinte Saliman mit einem Blick auf Cadvans geschundene Züge. »Ich bin keinen Unholden begegnet. Dafür drei Untoten, die mich auf der Weststraße angriffen. Ich konnte sie zwar vertreiben, aber sie haben meine Stute Dima getötet. Ich trauere immer noch um sie. Die letzten sieben Jahre hat sie mich treu getragen. Ich hätte mit solchen Gefahren mitten in Annar nicht gerechnet! Deshalb brauchte ich länger hierher, als mir lieb war. Ich habe ein anderes Pferd gekauft, aber es war nicht so gut wie Dima, zumal ich es eilig hatte und nicht in der Lage war zu feilschen.«

Während er sprach, kehrte Nelac zurück. Das Sonnenlicht strömte durch die großen Fenster, und er öffnete sie, um frische Luft hereinzulassen. Maerad schaute hinaus. Sie sah eine Laube mit bunten Blüten, die sich über einen smaragdgrünen Rasen ergossen, und japste vor Verzücken.

»Meine Blumen haben den Sturm größtenteils überlebt«, meinte Nelac hinter ihr. »Nur leider nicht die Windröschen! Schon beim kleinsten Lüftchen neigen ihre Blüten dazu, davongeweht zu werden; dabei waren sie dieses Jahr so wunderschön.«

Lächelnd drehte Maerad sich zu Nelac um, und plötzlich fiel ihre Scheu vor ihm von ihr ab. Statt seiner Erhabenheit nahm sie seine Freundlichkeit wahr, darunter jene Traurigkeit, die eine Eigenschaft aller Barden zu sein schien und die sie bisweilen verwirrte, weil sie häufig ohne Vorwarnung in Freude umschlug. Plötzlich wurde ihr klar, dass er Cadvan sehr ähnlich war; dann allerdings fiel ihr ein, dass schließlich beide aus derselben Schule stammten.

Danach unterhielten die Barden sich eine Weile. Hem saß auf dem

Boden, lauschte und mümmelte unablässig vor sich hin. Nur gelegentlich verschwand er nach nebenan, um sich Nachschub zu holen. Er schien zu fürchten, die Köstlichkeiten könnten sich in Luft auflösen, falls er sie sich nicht sofort einverleibte. Nelac und Saliman hatten in den großen Sesseln neben dem kalten Kamin Platz genommen, Maerad saß neben Cadvan auf dem Sofa an der bemalten Wand. Hem kauerte in der Nähe ihrer Füße.

Cadvan berichtete Nelac, wie er Maerad in Gilmans Feste entdeckt hatte, wie sie aus Inneil förmlich geflohen waren und dass Dernhil durch die Hände von Untoten gestorben war, was Nelac bereits von Saliman wusste. Saliman schüttelte traurig den Kopf. »Dernhil ist ein schwerer Verlust«, meinte er. »Und ein so seltsamer! In ganz Inneil herrschte Trauer, als ich aufbrach; Silvia war untröstlich.« Bei der Erwähnung von Silvias Namen setzte Maerads Herz einen Schlag aus, und sie sah sie vor ihrem geistigen Auge vor sich, bedrückt von Kummer. »Warum sollten Untote Dernhil angreifen?«, fragte Saliman. »War es vielleicht Rache, Cadvan? Oder denkst du, es hatte etwas mit Maerad zu tun?«

»Womöglich beides«, erwiderte Cadvan verkniffen. Danach schilderte er ihr Aufeinanderprallen mit den Untoten und dem Kulag sowie zuletzt den Hinterhalt durch den Unhold. Weil er es Ardina versprochen hatte, erwähnte er Rachida nicht. Hem lauschte schweigend und kaute nachdenklich. Weder Nelac noch Saliman unterbrachen Cadvan. Auch sie lauschten aufmerksam und mit ernsten Mienen. Gelegentlich spähte Saliman mit einem verwunderten Gesichtsausdruck zu Maerad.

»Das mit dem Kulag war schon sehr seltsam«, meinte er, nachdem Cadvan seine Erzählung beendet hatte. »Aber einen Unhold zu vernichten!«

»Wir wissen nicht, ob er vernichtet wurde«, gab Nelac zu bedenken. »Obwohl es eindeutig so klingt. Ich habe noch nie von einem Barden gehört, der mehr geschafft hat, als einen Unhold in den Abgrund zu verbannen.«

»Und selbst das bedarf eines starken Willens«, fügte Cadvan hinzu. »Ja, hier ist etwas, das wir nicht recht verstehen.« Alle Blicke hefteten sich auf Maerad.

»Warum konntest *du* ihn dann nicht bannen?«, fragte sie Cadvan. »Alle sagen, dass du ein großer Barde bist.«

Cadvan seufzte. »Eigentlich hätte ich dazu in der Lage sein sollen. Aber ich muss zu meiner Schande gestehen, dass ich mich überraschen ließ. Ich war in Eile und traf die falsche Entscheidung, zumal ich dachte, mit Untoten und Werwesen käme ich zurecht. Selbst gegen fünf Untote zu bestehen schien mir nicht unmöglich. Ein Wagnis zwar, aber bei angemessener Vorsicht kein besonders großes. Ein Unhold jedoch war eine völlig andere Sache.« Er grinste schelmisch. »Selbst wenn er für dich nur eine Kleinigkeit gewesen sein mag.«

»Na ja«, gab Maerad zurück und errötete ein wenig. »Wie eine Kleinigkeit kam er mir nicht gerade vor, aber ich habe nicht darüber nachgedacht. Es ist einfach irgendwie aus mir herausgebrochen. Seither fühle ich mich sehr müde«, fügte sie hastig hinzu.

»Kein Wunder«, meinte Saliman lächelnd. »Nach einem Zauber dieser Größe hätte ich eine Woche lang darniedergelegen.«

»Ich habe mich gefragt ...«, setzte Maerad an und verstummte.

»Was, oh meine Retterin?«, fragte Cadvan.

Abermals errötete Maerad über seine Hänselei. »Ich habe mich gefragt, ob der Landrost dich geschwächt hat und du deshalb ...« Sie geriet ins Stocken und verstummte erneut.

»Der Landrost hat mir schwer zugesetzt«, räumte Cadvan ein. »Und ich bin seitdem nicht im Vollbesitz meiner Kräfte gewesen. Aber das ist keine Entschuldigung für unbesonnene Entscheidungen und deren Folgen. Ich betrachte es als meine Schuld, und so ist es auch. Das ist ein schwerwiegendes Urteil, Maerad, denn um ein Haar hätten die Dinge sich anders entwickelt, und das Ergebnis wäre nicht nur für uns, sondern für viele Menschen schrecklich gewesen.« Einen Lidschlag lang entdeckte Maerad eine unerbittliche Härte in Cadvans Zügen. Ihr schauderte. Unwillkürlich dachte sie, dass es ihr wohl kaum gefallen würde, von Cadvan verurteilt zu werden, falls sie etwas wirklich Falsches getan hatte. Doch dann verstrich der Augenblick, und er fuhr fort. »Ein Gutes ist jedoch daraus erwachsen, da die Sprache nun in dir erwacht ist. Vermutlich konnte nur eine solche Notlage das bewirken. Davor war sie wie unter einem dichten Schleier verdeckt.«

»Eine solche Verschleierung kann ein Zeichen einer außergewöhnlichen Gabe sein«, warf Nelac ein. »So war es beispielsweise bei Thorondil von Culor. In ihm erwachte die Sprache erst, als er einundzwanzig war.«

»Da ist noch mehr«, erwiderte Cadvan. Er berichtete von dem Pergament, das Dernhil Maerad gegeben hatte und in dem Lanorgil seinen Zukunftstraum schilderte. Dann erzählte er Nelac von Maerads Laute, dem verborgenen Schatz von Pellinor. Auf Nelacs Bitte hin lief Maerad nach oben in ihr Zimmer und holte sowohl das Pergament als auch die Laute. Der greise Barde ergriff das Instrument mit Ehrfurcht und drehte es in den Händen.

»Ja, Cadvan, du hast recht«, bestätigte er schließlich und strich mit den Fingern behutsam über die Saiten, sodass sie leise durch den Raum klangen. »Das ist tatsächlich dhyllisches Gewerk. Ein wunderschönes, ein makelloses Ding. Was für eine Ausgewogenheit!«

»Ich hatte gehofft, du könntest lesen, was die Inschrift um den Rand besagt«, gestand Cadvan. »Ich erkenne die Schriftzeichen überhaupt nicht.«

Nelac betrachtete sie eingehend. »Nein«, verkündete er schließlich. »In Afinnil waren viele Schriften gebräuchlich, und ich kenne nicht alle. Das sind Runen, und solche Zeichen können ein ganzes Gedicht in einem einzigen Symbol beherbergen. Sie sind äußerst schwierig zu entziffern, wenn der Schlüssel verloren gegangen ist. Aber vermutlich besagen sie nicht mehr als den Namen des Herstellers und einen kurzen Vers.«

Abermals strich er über die Laute, dann gab er sie Maerad zurück, die sie wieder in der Hülle verstaute, die Cadvan ihr geschenkt hatte. Dabei ging sie mit dem Instrument noch sorgsamer um als sonst. Für sie war die Laute schon immer kostbar gewesen, doch diese Barden betrachten sie geradezu mit Ehrfurcht.

»Das ist das Pergament, das ich von Dernhil bekommen habe«, sagte sie und streckte es Nelac entgegen. Der alte Barde unterzog es einer eingehenden Prüfung.

»Ich lese darin den wahren Namen derjenigen, die vorhergesagt wurde«, meinte Cadvan und blickte fragend zu Nelac. »Was denkst du?«

»*Suchet und behütet die Feuerlilie, die vom Schicksal Ausersehene, die an finsteren Orten umso strahlender erblüht und lange in Dunkelheit geschlafen hat; aus einer solchen Wurzel wird die Weiße Flamme neu ersprießen, wenn ihre Saat im Herzen vergiftet scheint*«, las Nelac aus dem Pergament vor. »Hmmmm.« Kurz schaute er zu Maerad auf, dann wieder zurück auf das Pergament. »Er spricht eindeutig nicht von der Lilie Pellinors, und mir scheint klar, dass er sich auf einen wahren Namen bezieht; von diesen heißt es manchmal, dass sie ›von einem finsteren Ort‹ stammen. ›*Nehmet die Zeichen wahr und seid nicht blind! Im Namen des Lichts und zugunsten der Sprache, deren Ursprünge im Baumlied liegen, das alles nährt.* Das Baumlied? Es ist wahrhaft lange her, dass ich daran zuletzt gedacht habe ...«

»Du weißt davon?« Mit leuchtenden Augen beugte Cadvan sich vor. »Es ist ein Hinweis, es hat etwas mit den Elementaren zu tun. Und da ist noch etwas. Maerad, erzähl ihnen von der Elidhu.«

Maerad schilderte die Begegnung mit der Elidhu im Wagwald und gab das Lied wieder, das sie ihr vorgesungen hatte. Saliman und Nelac lauschten andächtig schweigend, und Maerad genoss die Erzählung, da sie das Erstaunen ihrer Zuhörerschaft spürte. Selbst Hem schaute mit offenem Mund auf und vergaß ausnahmsweise zu essen. Maerad dachte an die seltsame Erkenntnis, dass Ardina und die Elidhu ein und dieselbe waren. Aber sie durften Rachida nicht erwähnen, und außerdem hatte sich nicht einmal Cadvan in Ardinas Offenbarung eingeweiht.

»Elementarblut im Haus Karn! Das überrascht sogar mich!«, rief Nelac schließlich aus. »Aber ich bin sicher, du hast recht, es gibt da eine Verbindung. Ich werde tief in meinem Gedächtnis kramen, um sie zu finden. Das Baumlied ist eine uralte Überlieferung aus der Zeit Afinnils, längst in Vergessenheit geraten; es hat mit der Hohen Sprache zu tun. Irgendwie ist es auch an die Verheißene geknüpft, nur kann ich mich nicht recht erinnern ... Es gibt so viele Lieder über die Verheißene. Und alle sind rätselhaft.«

Eine wunderschöne Tenorstimme erfüllte plötzlich den Raum:

»Wächst die Lilie im Gerank,
Rankt die Rose auf der Welle,
Dreigezüngelter Stimme Klang
Edil-Amarandh erhelle.«

Überrascht schaute Maerad auf. Es war Saliman, den sie noch nie hatte singen hören. »Was war das?«, wollte sie wissen.

»Das stammt aus Pels *Hoheliedern*«, antwortete er. »Sie wurden unmittelbar nach der Großen Stille niedergeschrieben. Die Lilie scheint mir recht klar zu sein, wenn wir Lanorgils Weissagung als Geleit heranziehen. Was die rankende Rose angeht, so steht sie für das Haus Karn.«

»Tatsächlich?«, fragte sie erstaunt.

»Dessen Zeichen ist eine Rose«, bestätigte Cadvan. »Eine Wildrose.« Grüblerisch runzelte er die Stirn. »An die *Hohelieder* hatte ich gar nicht gedacht«, gestand er. »Dreigezüngelt? Das bedeutet doch gewiss die Hohe Sprache, Annaren und die Sprache der Elidhu, oder?« Mit vor Aufregung leuchtenden Zügen schaute er zu Nelac.

»Willst du damit andeuten, dass Maerad die Verheißene sei?«, fragte Nelac, dessen Augenbrauen beinahe in seinem Haar verschwanden.

»Ja, ja, selbstverständlich.« Cadvan grübelte wieder geistesabwesend. »Die Welle. Wofür steht das? Die Welle bedeutet so viele Dinge ...«

»Cadvan, das ist eine gewichtige Behauptung!«, rief Nelac aus. »Meinst du das ernst?«

Cadvan starrte Nelac unverwandt in die Augen. »So ernst, wie ich je etwas gemeint habe«, antwortete er. »Not erweckt das Licht, so sagt man. Bezweifelst du etwa, dass wir in Zeiten der Not leben?«

Nelac erwiderte seinen Blick, ohne zu blinzeln. Langsam nickte er und seufzte. Er drehte sich Maerad zu, und sein Blick grub sich tief in ihren Geist, viel suchender, als er sie am Abend zuvor angesehen hatte. Überrascht fuhr sie zusammen. Plötzliche Stille kehrte in den Raum ein. Dann vollführte er eine seltsame Geste: Langsam sank sein Kopf auf die Brust, während seine rechte Hand an den Nacken wanderte und sich darauf legte. So saß er eine Weile da. Cadvan und Saliman starrten ihm mit auf den Lippen erstarrten Worten an.

Schließlich schaute Nelac auf. »Ja, ich glaube, dass Maerad die Ausersehene ist«, verkündete er. »Ich denke, du vermutest richtig.« Abermals seufzte er und betrachtete Maerad mit tiefem Mitgefühl. Sprachlos starrte sie zurück und wollte fragen, woher er das wusste. Sie hörte das Blut in ihren Ohren rauschen.

»Ich denke, du hast mehr zu sagen«, meinte Nelac.

»Ja«, gab Cadvan ihm recht. »Aber ich frage mich, was die Welle bedeuten mag.«

»Die ist natürlich ein Zeichen für das Licht«, erwiderte Nelac. »Daneben ist die Welle auch ein Symbol für Musik und, wie es der Zufall will, für die Schule von Amdrith. Sie könnte auch nur für das Meer stehen. Insgesamt erscheint mir dieses Symbol zu vielfältig, um es sinnvoll zu deuten.«

»Später in den *Hoheliedern* ist von ›Schaum‹ die Rede«, warf Saliman ein.

»Mhm. Ja, stimmt.« Nelac runzelte die Stirn. »Die Elidhu brachte man mit Wellenschaum in Verbindung, weil sie in der Lage sind, verschiedene Formen anzunehmen. Das ist natürlich weit hergeholt.« Er setzte ab und legte die Stirn nachdenklich noch tiefer in Falten. »Jetzt erinnere ich mich, was das Baumlied ist. Das ist ein uraltes Wort für die Hohe Sprache aus den Tagen Afinnils. Es steht für das, was über Worte hinausgeht. Und es ist zugleich ein Lied, angeblich geschrieben, als die Barden erstmals in Annar erschienen. Das Geheimnis der Hohen Sprache soll sich darin verbergen, aber die Überlieferungen wissen zu berichten, dass es ein Rätsel sei, das zu lösen noch kein Barde in der Lage war. Und es ist längst in Vergessenheit geraten. Selbst in den ersten Tagen nach der Stille, als die Barden vieles wieder entdeckten, das verschwunden war, behaupteten viele, es hätte nie existiert.«

Eine betretene Pause trat ein.

»Wie sollen wir es dann finden?«, fragte Maerad.

Nelac warf ihr einen scharfen Blick zu. »Ich weiß es nicht«, antwortete er. »Aber ich denke, du musst es wissen.« Fragend spähte er zu Cadvan. »Also, was noch?«

»Da ist noch die Geschichte mit Hem beziehungsweise Cai«, gab Cadvan zurück.

Hem rührte sich, als wollte er etwas sagen, überlegte es sich jedoch anders.

Cadvan legte mit einem Bericht darüber los, wie sie Hem gefunden hatten. Außerdem erzählte er vom Leben des Jungen im Waisenheim und ihrer Entdeckung des Medaillons. Diesmal nahmen Nelac und Saliman Cadvan eingehender ins Kreuzverhör, danach befragten sie Maerad.

»Ich *weiß*, dass er mein Bruder ist«, sagte Maerad und bewegte sich unterbewusst schützend auf Hem zu. »Ich glaube, ich wusste es schon, *bevor* ich es wusste, unterschwellig, meine ich.«

»Es könnte auch sein, dass dein verständlicher Wunsch, deinen Bruder lebendig bei dir zu haben, hier falsch gedeutet wird«, sagte Nelac freundlich. »Bislang haben wir als einzigen Beweis sein Medaillon und eine leichte Ähnlichkeit mit Dorn. Das Medaillon könnten ihm die Untoten umgehängt haben, um andere in die Irre zu führen.«

»Nein, es gehört mir«, widersprach Hem mit Nachdruck. »Ich hatte es schon, als ich ins Waisenheim kam. Ich hatte es schon immer.« Maerad erkannte die Leidenschaft derer, die nichts besitzen; sie hatte dasselbe bei ihrer Laute empfunden, ihrem einzigen wertvollen Besitz, dem einzigen Nachweis ihrer Herkunft in Gilmans Feste.

»Das bedeutet trotzdem nicht, dass du sie nicht von einem Untoten haben könntest«, warf Saliman ein. »Und in Ermangelung eines anderen Beweises ...« Maerad legte Hem die Hand auf die Schulter und drückte sie.

»Ja.« Nelac hatte den Kopf nachdenklich gesenkt. »Ja. Und wir wissen natürlich, dass auch Erinnerungen in einen Kopf gepflanzt werden können. Untote machen das mit Vorliebe. Sicherheit könnten wir nur durch einen Seelenblick erlangen.«

»*Ich* mache das aber nicht«, gab Cadvan rasch bekannt. »Es war schon schlimm genug, Maerad einem Seelenblick zu unterziehen.«

»Dann übernehme ich es«, erwiderte Nelac. »Falls Hem einwilligt.«

Hem starrte mit finsterer Miene auf den Teppich. »Ich lüge nicht«, brummte er trotzig.

»Ich weiß«, sagte Nelac. »Ich zweifle nicht an deinen guten Absichten, Hem. Und du sollst wissen, dass hier niemand gegen seinen Willen einem Seelenblick unterzogen wird. Nur würdest du uns sehr helfen, wenn du damit einverstanden wärst.«

Eine lange Pause entstand.

»Na schön«, stieß Hem schließlich zornig hervor, wobei er sich anhörte, als könnte er jeden Augenblick zu weinen anfangen. »Dann werft eben einen Blick in meine Seele, wenn Ihr mir nicht glaubt!« Damit stand er auf und rannte hinaus in den Garten.

»Ihr habt ihm Angst eingejagt!«, rief Maerad hitzig und funkelte Nelac wütend an, dann folgte sie Hem hinaus. Er stand unter einem blütenschwangeren Baum und starrte finster auf die Blumenbeete.

»Hem«, rief sie leise zu ihm hinüber.

»Was?« Er drehte sich nicht um.

Maerad suchte nach den richtigen Worten. »Nelac ... Nelac will dir nicht wehtun«, sagte sie schließlich. »Cadvan hat mich einem Seelenblick unterzogen. Es tut nicht weh. Weißt du, tatsächlich habe ich ihn verletzt, als er es bei mir tat!«

»Ich lüge nicht«, erwiderte er mit erstickter Stimme. »Bei dir ist das etwas anderes, es sagt ja niemand, dass man *dir* nicht glaubt.«

»Das stimmt nicht ganz«, widersprach Maerad und dachte an den Rat in Inneil zurück. »Aber wie auch immer, er macht es ja nicht *sofort.* Komm wieder rein.«

Mürrisch und mit zu Boden gerichtetem Blick drehte Hem sich um. Maerad wollte seine Hand ergreifen; er schüttelte sie ab, aber er folgte ihr zurück hinein ins Zimmer. Cadvan, Saliman und Nelac saßen schweigend da.

»Hem, es tut mir leid, wenn ich dir Angst eingejagt habe«, entschuldigte Nelac sich aufrichtig. »Und es tut mir auch leid, dass ich an dir zu zweifeln scheine. Aber worüber wir hier reden, ist so bedeutsam, dass wir dessen, was wir glauben, uneingeschränkt sicher sein müssen.«

Hem nickte und schluckte schwer.

»Allerdings kann ich dir versprechen, dass ein Seelenblick dir nicht wehtun wird«, fuhr Nelac fort. »Und als Entschädigung lasse ich danach ein besonderes Festmahl nur für dich auftragen.«

Abermals nickte Hem und blickte etwas weniger verdrossen drein.

»Ich habe keine *Angst* davor«, erklärte er voll trotzigem Mut. »Wollt Ihr es gleich machen?«, fragte er nach einer Pause. »Mein Kopf ist bereit.«

Saliman grinste und gab ihm einen verspielten Klaps hinter die Ohren. »Was würdest du nicht alles für etwas zu essen tun, was, du kleiner Gauner?«, fragte er. »Aber wir sind hier noch nicht fertig.«

»Später ist noch früh genug«, pflichtete Nelac ihm bei und verbarg ein Lächeln. »Und danach müssen wir natürlich entscheiden, was wir mit dir machen.«

»Mit mir machen?« Schlagartig kehrte der Argwohn in Hems Züge zurück.

»Du musst in eine Schule gehen.«

»Oh.«

»Aber leider glaube ich nicht, dass Norloch dich aufnehmen wird.«

»Nein, wahrscheinlich nicht«, pflichtete Cadvan ihm bei. »Ich hatte vergessen, dass ...«

»Was vergessen?« Jäh schaute Maerad auf.

»Irgendwie scheinen Pilanel hier keine Plätze zu bekommen«, erklärte Cadvan mit einem Anflug von Verachtung in der Stimme. »Eigentlich sollte eine Schule jeden aufnehmen, der über die Gabe verfügt, aber hier beharrt man auf dem Standpunkt, dass in Norloch, dem Mittelpunkt des Lichts, nur jemand von angemessener Geburt die Ehre haben sollte, hier unterrichtet zu werden.«

»Aber Hem stammt aus dem Haus Karn!«, rief Maerad aus. »Du hast gesagt, das sei eine der edelsten Familien überhaupt!«

»Ja«, bestätigte Cadvan. »Aber selbst wenn wir dessen völlig sicher sind, dürfte es schwierig werden, andere von Hems Behauptung zu überzeugen. Vor allem hier. Außerdem glaube ich, dass Hem selbst in einer anderen Schule glücklicher wäre.«

»Wie wäre es mit Turbansk?«, schlug Saliman vor.

»Turbansk?« Unvermittelt hellten sich Hems Züge auf. »Könnte ich wirklich dorthin gehen?«

»Wenn du möchtest«, gab Saliman zurück. »Ich könnte dich mitnehmen. Ich muss hier ohnehin bald weg.«

Maerad verspürte einen jähen Stich im Herzen. Würde sie ihren Bruder so bald wieder verlieren? Hem schien soeben dasselbe gedacht zu haben. »Würde Maerad auch mitkommen?«, fragte er.

»Vielleicht«, meinte Cadvan. »Und falls nicht, könnte sie dich auf jeden Fall besuchen kommen.« Hem wirkte ein wenig beruhigt.

»Über Hems Zukunft können wir uns in den kommenden Tagen Gedanken machen«, sagte Nelac. »Dafür gibt es mehrere Möglichkeiten. Jemand mit Hems ... äh ... *ungewöhnlichen* Hintergrund muss mit Bedacht untergebracht werden. Ich finde ebenfalls, dass Norloch nicht der geeignete Ort für ihn ist. Aber wie die Zeit verfliegt! Die Sonne steht bereits tief im Westen. Ich muss erst alles verarbeiten, was heute besprochen wurde. Jedenfalls scheint klar zu sein, dass wir alle Maerad für die Ausersehene halten.«

Cadvan nickte.

»Das ist eine große Sache«, fuhr Nelac fort, »und eine schwerwiegende Behauptung. Wir können nicht hoffen, die anderen zu überzeugen, bis sie als Bardin eingeführt ist und wir ihren Namen kennen. Ich persönlich glaube der Weissagung von Lanorgil – er war einer der bedeutendsten Seher, die je gelebt haben. Mittlerweile würde es mich sehr überraschen, wenn Maerad *nicht* die Ausersehene wäre, doch wir müssen darüber nachdenken, was das Beste für sie ist. Für uns alle. Denn sie ist noch sehr jung und ungeübt. Sie hat nicht die Ausbildung erhalten, die jemand mit ihrer Fähigkeit haben sollte. Und das kann gefährlich sein.« Er setzte ab. Seine Augen wanderten abermals über Maerads Gesicht. Plötzlich verlegen schauderte Maerad. Unbehaglich dachte sie an die seltsame Freude zurück, die sie empfunden hatte, als sie den Kulag und den Unhold zerstörte. »Außerdem denke ich«, fügte Nelac hinzu, »dass wir ernste Schwierigkeiten dabei haben werden, den Obersten Zirkel hier davon zu überzeugen, ihrer Einführung zuzustimmen.«

»Trotz allem, was heute hier gesagt wurde?«, fragte Saliman erstaunt.

Nelac musterte ihn unter buschigen Brauen hervor. »Wann warst du zuletzt hier, Saliman? Vor fünf Jahren? Und du, Cadvan? Vor mehr als einem Jahr?« Beide nickten. »Dann muss ich euch leider mitteilen, dass Enkir in der Zwischenzeit verboten hat, hier Frauen zu unterrichten.«

»Was?«, stießen beide Barden hervor. Gleichzeitig fragte Maerad, die vergessen hatte, dass Cadvan es ihr bereits gesagt hatte: »Wer ist Enkir?«

»Enkir ist der Oberste Barde«, erklärte Nelac. »Ihr beide wisst, dass er schon seit geraumer Zeit Schriften gegen Frauen verfasst hatte. Vor drei Jahren verbot er, Frauen die Schwertkunst und den unbewaffneten Kampf beizubringen. Letztes Jahr veröffentlichte er den Erlass, dass Frauen nicht zu Barden ausgebildet werden sollten.«

»Aber das ist ungerecht!«, platzte Maerad heraus.

»Es ist ein Maß seiner Macht«, fuhr Nelac fort. »Seit Nardil vor mittlerweile vier Jahren starb, gibt es niemanden mehr, der ihm Einhalt gebieten kann. Natürlich tue ich, was mir möglich ist, aber ich und ein paar andere werden beim Rat ständig überstimmt. Es ist mehr als eine Lebenszeit her, seit zuletzt eine Frau im Obersten Zirkel war. Mir gefällt das nicht. Das Gleichgewicht hier ist aus den Fugen geraten, und es bekommt immer mehr Schieflage.«

»Enkir ist stolz und ehrgeizig«, meldete sich Saliman zu Wort. »Daran erinnere ich mich gut. Aber ich glaube nicht, dass er böswillig ist.«

»Vielleicht nicht böswillig«, gab Nelac zurück. »Aber ein Mann mit einem eisernen Willen. Er ist überzeugt davon, dass er richtig handelt, und überzeugt andere davon. Und es kann teuer zu stehen kommen, sich ihm zu widersetzen.«

»Ich kann mir nicht vorstellen, dass er verderbt ist, auch wenn ich ihn nicht mag«, warf Cadvan ein. »Er hat viel im Dienste des Lichts getan.« Stille trat ein, während die Barden ihren Gedanken nachhingen. Maerad spürte, wie ihr Unbehagen zurückkehrte.

»Ich hatte letzte Nacht einen Traum«, ergriff sie unverhofft das Wort. »Es war ...« Sie verstummte. Übelkeit stieg wieder in ihr auf, und sie wartete darauf, dass sie verflog.

»Einen Traum?«, hakte Cadvan rasch nach. »Ich vergaß, ihren Zukunftstraum in Inneil zu erwähnen«, meinte er zu den beiden anderen.

Nelac stand auf. »Haben die Fähigkeiten dieses Mädchens denn gar kein Ende?«, meinte er in süßsaurem Tonfall.

»Es war derselbe Traum. Nur diesmal konnte ich verstehen, was gesagt wurde«, sagte Maerad. Sie schilderte ihre beiden Träume und rang das übelkeiterregende Empfinden dabei zurück. Wieder lauschten ihr die Barden mit ungeteilter Aufmerksamkeit. Nelacs Hände umklammerten die Armlehnen seines Stuhls, während sie sprach; seine Knöchel traten weiß hervor.

»Ich verstehe«, murmelte er, nachdem sie geendet hatte.

»Was verstehst du, Nelac?«, wollte Cadvan sofort wissen.

»Es ist zweifellos ein Zukunftstraum, und er hat für meinen Geschmack obendrein zu viel mit Lanorgils Weissagung gemein«, erwiderte er. Maerad blickte zu Boden, um ihren Gesichtsausdruck zu verbergen; sie fühlte sich beklommen. »›Schau nach Norden!‹ Ich frage mich, was das bedeutet. Mir scheint, Maerad, dass du dich, so du tatsächlich nach dem Baumlied suchen sollst, nach Norden wenden musst. Aber es ist auch eine Warnung. Aber vieles hier ist noch so ungewiss. Ich halte es für unabdinglich, dass Maerad so bald wie möglich eingeführt wird, damit wir mit Bestimmtheit wissen, ob sie die Ausersehene ist. Ich werde morgen um einen Rat ersuchen.«

»Ich denke dasselbe«, pflichtete Saliman ihm bei. »Aber es wird spät, und all das Reden hat mich müde gemacht. Ich finde, es ist Zeit für ein Schlückchen Wein.«

Nach ihrer Besprechung brauchte Maerad etwas frische Luft, also zeigte Cadvan ihr den ersten Kreis der Stadt. Sie bestaunte die Gebäude und bewunderte die anmutigen Türme. Die meisten waren rund, wenngleich einige sonderbare Formen mit neun oder sieben Seiten aufwiesen, und viele besaßen Dächer mit vergoldeten Ziegeln. Um die Fenster und Türen waren eigenartige Gesichter eingemeißelt, manche grotesk, andere von überragender Schönheit, dazu Inschriften in uralten Runen. Sie waren aus weißem Stein errichtet und derart kunstfertig verfugt, dass einige aussahen, als wären sie aus einem einzigen Block gehauen. An den weißen Mauern blühten Anarech-Bäume, die sonst nur an wenigen Orten in Annaren wuchsen. Sie waren groß und majestätisch, mit schwarzer Rinde und langen, unten silbrigen und oben dunklen Blättern, sodass sie wie Springbrunnen aus tänzelndem Licht und Schatten wirkten, wenn der Wind durch sie hindurchfuhr. Nun standen sie in voller Blüte, und nach dem Sturm der vergangenen Nacht waren die Straßen scharlachrot vor Blütenblättern.

Abgesehen davon traf man in Norloch wenig Pflanzenwuchs an. Die Zitadelle war karg und verschmähte hübschen Tand. Irgendetwas störte Maerad, doch sie vermochte zunächst nicht zu sagen was. Sie brauchte eine ganze Weile, bis sie es herausfand. Nirgends waren Kinderstimmen zu hören. Kein Kind lachte auf den verborgenen Höfen oder spielte in den Gassen. Die Leute, die durch die Straßen wanderten, waren ausnahmslos erwachsen und ernst; zudem sah sie nur wenige Frauen. Maerad fand Norloch wie Nelacs Haus, prunkvoll und wunderschön; doch die Stadt wirkte auch kalt und schien sich ihrer Erhabenheit bewusster als des Herzschlags der Menschen, die darin lebten.

Cadvan hingegen war an den Pomp von Norloch gewöhnt und mit seinen eigenen Gedanken beschäftigt. »Ich bin froh, dass Nelac und Saliman dem beipflichten, was ich über dich denke«, sagte er, während sie vor sich hin spazierten. »Das beruhigt mich. Ich bin selbst alles andere als überzeugt, aber für andere könnte es eine so verrückte Vorstellung sein, dass es mehr als all der Zeichen bedürfte, die du aufweist. Es gibt mir Hoffnung, dass der Oberste Zirkel dich einführen wird.«

»Was ist, wenn er es macht, ich mich aber nicht als die Ausersehene herausstelle?«, meinte Maerad hoffnungsvoll.

»Dann irre ich mich, das ist alles«, antwortete Cadvan lächelnd. »Ich könnte dich an eine gute Schule bringen, vielleicht nach Gant, das ist nicht weit von hier; dort könntest du deine Ausbildung abschließen.«

Maerad dachte eine Weile nach und erinnerte sich daran, was Dernhil über die Fortführung ihres Unterrichts gesagt hatte. Sie hätte seine Schule gerne kennengelernt. »Würdest du dort bleiben?«, fragte sie, wenngleich sie die Antwort bereits kannte.

Mit undeutbarer Miene warf er ihr einen raschen Blick zu. »Eine Weile, bis du dich eingelebt hast«, gab er zurück.

»Das gefiele mir am besten«, meinte Maerad grüblerisch. »Nicht die Ausersehene zu sein und stattdessen ordentlich lesen und schreiben zu lernen. Vielleicht könnte Hem auch mitkommen. All dieses andere Zeug erscheint mir einfach lächerlich.« Sie erinnerte sich an den Reim, den Saliman gesungen hatte. »Edil-Amarandh ›erhellen‹! Was könnte *ich* da schon tun?«

»Niemand von uns weiß, was zu tun er imstande ist«, erwiderte Cadvan. »Vielleicht bist du tatsächlich nicht die Ausersehene, wenngleich mittlerweile sogar Nelac davon überzeugt zu sein scheint. Vielleicht *ist* es lächerlich. So oder so werden wir es bald mit Sicherheit wissen.« Schweigend gingen sie weiter.

Als Maerad von ihrem Spaziergang zurückkehrte, fragte Hem sie, ob sie bei seinem Seelenblick dabei sein würde. Maerad war ohnehin neugierig, wie so etwas aus Sicht einer Außenstehenden vonstatten ging, weshalb sie bereitwillig zusagte.

»Es ist nicht üblich, dass jemand dabei zugegen ist«, meinte Nelac zweifelnd. »Ein Seelenblick ist eine sehr persönliche Angelegenheit. Aber andererseits ist es auch nicht üblich, ein Kind einem Seelenblick zu unterziehen.« Sie befanden sich wieder in Nelacs Wohnzimmer, in dem das Licht der Spätnachmittagssonne durch die Fenster strömte. Hem stand mit dem Rücken zu Nelac da und blickte hinaus in den Garten.

»Mir wäre lieber, wenn Maerad dabei wäre«, sagte er. Trotz seines selbstsicheren Auftretens war Hem außerstande, die Beunruhigung in seiner Stimme zu verbergen, und Maerads Herz krümmte sich vor Mitleid. Was, wenn der Seelenblick ergäbe, dass Hem trotz allem nicht ihr Bruder war? Sie dachte, sie würde dennoch dieselben Gefühle für ihn hegen. Irgendwie gehörten sie einfach zusammen.

»Selbstverständlich werde ich dabei sein, wenn du willst«, sagte sie mit sanfter Stimme und einem Seitenblick zu Nelac, der nickte.

»Das ist nur recht und billig«, meinte er mitfühlend. »Und besser jetzt als nie. Das Warten ist in der Regel der schlimmste Teil jeder Tortur. In Ordnung, Hem?«

Hem nickte trübselig und blickte drein, als würde er zu seiner Hinrichtung geführt. Nelac brachte sie in einen Raum, den Maerad zuvor noch nicht gesehen hatte und den sie für Nelacs Arbeitszimmer hielt. Es war wesentlich größer als jenes Dernhils, vom Boden bis zur Decke mit Büchern gesäumt, mit einem üppig gefärbten Teppich ausgelegt und wies auf denselben Garten wie das Wohnzimmer hinaus. In der Ecke stand eine riesige, vergoldete, zum Ebenbild eines Drachen geschnitzte Harfe, daneben ein großer Schreibtisch aus Eichenholz. Wie in jedem anderen Zimmer von Nelacs Gemächern stapelten sich auch hier überall Pergamente, Schriftrollen und Papier. Darunter erspähte Maerad seltsame Gegenstände: Figuren aus Alabaster und Jaspis, Modelle von Schiffen und Musikinstrumenten, kunstfertig aus poliertem Holz und Stein hergestellt. Dann jedoch wandte sie die Aufmerksamkeit Hem und Nelac zu.

Wie es Cadvan im Irihel mit Maerad getan hatte, ersuchte Nelac Hem, sich vor ihn zu stellen, und die beiden legten sich gegenseitig die Hände auf die Schultern. Etwas erschrocken stellte Maerad fest, dass Hem beinahe so groß wie Nelac war. Hem blickte beunruhigt zu Maerad, die ihm ermutigend zuzwinkerte. Er schluckte und schaute in Nelacs Augen.

»Nun denn, Hem«, sagte Nelac in der Sprache. »Entspann dich.« Er murmelte ein paar Worte, die Maerad nicht zu hören vermochte, dann begann er, mit demselben silbrigen Licht zu schimmern wie bei der Heilung Cadvans. Diesmal wirkte es weniger grell; es war ein sanfterer Schimmer, mild wie Sternenschein. Maerad gewann den Eindruck, dass sich auch um Hem ein Schimmer bildete, allerdings sah er etwas anders aus, goldener. Ein Lichtstrahl schien ihre Augen zu verbinden, doch als sie blinzelte, war sie nicht mehr sicher, ob sie ihn wirklich sah oder ihn sich nur ob der Eindringlichkeit ihrer Blicke einbildete.

Hem schien in eine Art Dämmerzustand zu fallen; seine Augen

wurden völlig leer, als nähme er nichts um ihn herum mehr wahr. Dann umklammerten seine Hände Nelacs Schultern, und einen Lidschlag lang schien er sich zu wehren; sein Gesicht erbleichte. Nelacs Züge konnte sie nicht erkennen, da er ihr den Rücken zukehrte. Maerad biss sich vor Anspannung auf die Lippe. Dann, viel früher, als sie erwartet hatte, beugte Nelac sich vor, küsste Hem auf die Stirn und ließ seine Schultern los. Hems Hände fielen von Nelac ab, als wäre er erschöpft, und das Licht in beiden erstarb.

»Gut gemacht, Hem«, lobte Nelac. »Ein Seelenblick ist eine harte Erfahrung.«

Hem setzte sich unvermittelt zu Boden. Sein Gesicht war immer noch blass, aber seine Miene wirkte offener, als Maerad sie je zuvor gesehen hatte. Er schaute zu ihr auf und errötete.

»Ich habe dich gesehen«, sagte er. »Ich meine, ich habe mich an dich erinnert. Das habe ich vorher nie gekonnt. Du warst ein kleines Mädchen, aber mir bist du groß vorgekommen. Ausgesehen hast du ganz gleich.« Er stockte, und eine unerträgliche Trauer trat in seine Augen. »Vater hat mich festgehalten.« Seine Züge fielen in sich zusammen, und er bedeckte sie mit den Händen. Maerad sah, dass seine Schultern bebten. Plötzlich erkannte sie, wie wahr Nelacs Hinweis darauf gewesen war, dass ein Seelenblick eine sehr persönliche Angelegenheit sei; dies war ein Kummer, der selbst für eine Schwester zu persönlich erschien.

Sie wandte sich von Hem ab und Nelac zu. Gleichzeitig spürte sie, wie sich Erleichterung in ihr ausbreitete. Die Zweifel waren beseitigt; Hem war ohne Frage ihr Bruder. Ihr war nicht bewusst gewesen, wie angespannt sie selbst deshalb gewesen war.

Nelac wirkte müde, als hätte er in Gedanken Schwerstarbeit verrichtet. »Ja, es stimmt. Hem ist dein Bruder«, verkündete er und suchte ihren Blick. »Ich bin sehr froh, dass Hem dem Seelenblick zugestimmt hat. So bin ich mir viel sicherer. Und je sicherer wir in diesen zweifelhaften Zeiten sein können, desto besser.« Er tastete hinter sich nach einem Stuhl, setzte sich und fuhr sich mit der Hand über die Augen. »Ich bin nicht mehr so jung, wie ich mal war«, seufzte er. »In die Seele eines anderen Menschen zu blicken, ist ein anstrengendes Unterfangen. Ich kann gut nachvollziehen weshalb Cadvan es bei Hem nicht tun wollte. In ihm verbergen sich allerlei Qualen.« Abermals seufzte er tief.

Maerad stand verlegen vor den beiden und fühlte sich wie ein Eindringling. »Kann ich Euch etwas holen?«, fragte sie schließlich. »Vielleicht etwas zu trinken?«

Nelac lächelte matt. »Ein Glas Laradhel wäre mir höchst willkommen, vielen Dank, Maerad.«

Mit einem Gefühl der Erleichterung verließ Maerad das Zimmer. Sie brachte zwei Gläser Laradhel und reichte eines davon Hem. Dann ließ sie ihn und Nelac allein. Es fühlte sich nicht richtig an, bei ihnen zu verweilen.

Beim Abendessen in jener Nacht fehlte Hem. Er hatte sich nach dem Seelenblick in sein Zimmer zurückgezogen und war seither nicht mehr aufgetaucht. Saliman zog eine Augenbraue hoch. »Er muss *wirklich* müde sein, wenn er eine Mahlzeit auslässt«, meinte er. »Cadvan hat mir erzählt, der Seelenblick sei gut verlaufen.«

»Ja, er hat alles bestätigt, was wir heute besprochen haben«, antwortete Nelac knapp. »Jetzt bestehen keine Zweifel mehr.« Maerad fand, dass er immer noch erschöpft aussah.

Danach gab Nelac bekannt, dass er für den Nachmittag des folgenden Tages einen Rat einberufen hatte. »Enkir wollte wissen, was du denn so Wichtiges zu sagen hättest, dass dafür ein voller Rat notwendig sei«, meinte er mit einem Blick zu Cadvan. »Ich habe ihm geantwortet, du hättest Neuigkeiten aus dem Norden.«

»Das stimmt ja auch«, erwiderte Cadvan. »Zufällig sogar bedeutende Neuigkeiten.«

»Außerdem habe ich angebracht, dass Saliman Botschaften vom Zirkel von Turbansk hätte, die der Erörterung durch alle Barden bedürften. Die Erlaubnis für Maerads Teilnahme zu bekommen, war etwas schwieriger. Hätte ich gesagt, dass wir ein Mädchen mitbringen wollen, hätte Enkir sich gewiss geweigert. Darum habe ich ihm nur mitgeteilt, dass Cadvan seinen Schüler mitbringen möchte. Nicht einmal er wird es wagen, sie vor dem Zirkel des Raumes zu verweisen.«

»Muss ich denn hingehen?«, fragte Maerad mit sinkendem Mut. Sie hatte gehofft, dass man sie entschuldigen würde.

»Deine Anwesenheit ist von grundlegender Bedeutung«, antwortete Nelac. »Die Barden müssen deine Gabe selbst spüren. Also ja, ich fürchte, du musst hingehen.«

Maerad verzog das Gesicht. Was sie bisher über den Obersten Zirkel von Norloch gehört hatte, gefiel ihr ganz und gar nicht.

»Das sehe ich genauso«, meldete sich Saliman zu Wort und wischte seinen Teller mit einem Stück Brot ab, das er anschließend genüsslich kaute. »Der kleinste Hinweis auf eine Verbindung mit der Elidhu, und die zweiflerischeren Barden würden sich sofort sträuben. Ich sehe auch keinen Grund, Hem zu erwähnen. Nur wir drei wissen, wer er ist, und nur in diesem Haus weiß man, dass er überhaupt hier ist. Ich denke, es würde unser Ansinnen nur schwieriger gestalten.«

»Es gibt keine Spitzel unter diesem Dach, falls du darauf anspielst«, gab Nelac zurück. »Aber ich kann nachvollziehen, worauf du hinauswillst.«

»Dass die Untoten hinter Hem her sind, stärkt uns allerdings den Rücken«, warf Cadvan ein.

»Ja, aber denkst du wirklich, sie werden dir abnehmen, dass du gleich *zwei* Barden von Pellinor gefunden hast?«, gab Saliman zu bedenken. »Der Kulag, der Unhold sowie der kleine Zwischenfall mit dem Landrost sollten genügen. Einige vom Zirkel könnten glauben, dass wir bereits zu dick auftragen; ihnen zu viele Wunder auf einmal aufzutischen, wäre ein Fehler. Eins nach dem anderen.«

»Und keine Erwähnung des Baumlieds?«, fragte Cadvan zweifelnd.

»Nein, besser nicht«, meinte Nelac. »Eindeutig nicht. Das kann später folgen, wenn wir beweisen können, dass Maerad die Ausersehene ist. Vorerst müssen wir uns für ihre Einführung unter diesen besonderen Umständen starkmachen. Das wird schwierig genug. Zum einen ist sie eine Frau, zum anderen besitzt sie nicht die angemessene Ausbildung.«

»Es geht um politische Interessen«, klärte Saliman Maerad auf. »Wir müssen behutsam vorgehen. Wenn Nelac, Cadvan und ich einen Fall vortragen, wird man das als Streben Nelacs nach Macht betrachten.«

»Wieso?«, fragte Maerad verwirrt.

»Weil Nelac unser beider Lehrer war, als wir noch junge Barden waren«, erwiderte Saliman. »Daher sieht man uns auf seiner Seite. Dann ist da noch der Umstand, dass es *die* Ausersehene ist, nicht *der* Ausersehene. Enkir wird das als unmittelbaren Angriff gegen ihn auffassen. Und für einige wird das reichen, um das, was wir vorbringen, samt und sonders zu verwerfen.«

»Aber ist es dafür nicht zu wichtig?«, hakte Maerad nach.

Cadvan seufzte ungeduldig. »Wie ich diese Politik hasse!«, rief er aus.

»Du, mein Freund«, sagte Saliman und deutete mit dem Brotstück auf Cadvan, »hast dich nie auf Politik verstanden. Das ist dein Hauptproblem. Ich hingegen stamme aus dem Süden, wo Politik als Kunst gilt. Es wäre besser, Nelac, wenn ein anderer Barde unser Gesuch vorträgt.«

»Daran habe ich auch schon gedacht«, meinte Nelac. »Aber ich wage nicht, Maerad jemandem aus dem Zirkel gegenüber zu erwähnen. Caragal vielleicht, aber auch bei ihm bin ich nicht sicher, was er dazu sagen würde. Und bei keinem kann ich mir seiner Verschwiegenheit gewiss sein. Wahrscheinlich würde es sofort überall bekannt und als Unfug abgetan, bevor wir überhaupt beim Rat eintreffen. Wir müssen unser Anliegen vollständig und umfassend, unbefleckt von Gerüchten, dem gesamten Zirkel vortragen. Das ist unsere einzige Möglichkeit.«

Eine Weile saßen alle nachdenklich schweigend da.

Cadvan nickte. »Na schön, ich stimme dem zu«, sagte er. »Das Wichtigste ist im Augenblick Maerads Einführung. Auf morgen!« Damit hob er das Glas, und der Rest der Anwesenden tat es ihm gleich.

Allerdings hob Maerad ihr Glas langsamer als die anderen. Ihr wurde beim Gedanken an den Rat regelrecht übel vor Besorgnis. Morgen würde sich ihr Schicksal entscheiden, und sie fühlte sich ganz und gar nicht bereit dafür.

Kapitel zweiundzwanzig
Der Oberste Zirkel von Norloch

Hem war den ganzen nächsten Vormittag beschäftigt. Nach dem Frühstück sah Maerad ihn gar nicht mehr. Saliman nahm sich seiner an. »Ein Bad, ein Haarschnitt und ein paar ordentliche Kleider, dann wird er nicht mehr wiederzuerkennen sein«, murmelte Saliman, während sie frühstückten.

»Ihr nehmt Euch sein Wohlergehen sehr zu Herzen«, meinte Maerad lächelnd.

»Ja, das ist wahr«, bestätigte Saliman plötzlich ernst. »Ich mag deinen Hem, auch wenn er ein kleines Äffchen ist. Er wird eines Tages ein guter Barde, wenn er die richtigen Dinge lernt. Und damit kann er ruhig gleich anfangen.«

Während sie auf die Einberufung des Rates wartete, die zur Mittnachmittagsglocke anberaumt war, wurde Maerad immer aufgeregter. Sie hatte nichts zu tun: Hem, Saliman, Cadvan und Nelac waren allesamt unterwegs. So schlenderte sie durch den Ersten Kreis, stellte jedoch fest, dass sie außerstande war, ihre Umgebung in sich aufzunehmen. Sie spazierte zur Bibliothek, fühlte sich jedoch von den strengen Blicken der Bibliothekare zu eingeschüchtert, um sich richtig umzusehen; außerdem beschwor der Ort Erinnerungen an Dernhil herauf, die ihre bereits chaotischen Gefühle noch weiter durcheinanderbrachten. Brin, Nelacs Hausmeister, brachte ihr das Mittagessen aufs Zimmer, da immer noch keiner der anderen zurückgekehrt war. Danach versuchte sie, in einigen der Bücher in ihrer Kammer zu lesen, konnte sich jedoch überhaupt nicht konzentrieren. Eine halbe Stunde vor dem Rat befand sie sich in einem Zustand, in dem es ihr kaum noch möglich war zu sprechen.

Cadvan hatte ihr nahegelegt, sich förmlich zu kleiden und sowohl ihr Schwert als auch die Brosche zu tragen. Allein in ihrem Zimmer legte sie das lange, scharlachrote Kleid an und band sich das Haar zu einem Zopf zurück. Als sie sich Irigan umgürten wollte, fiel ihr die

Waffe zu Boden. Das Scheppern ließ sie zusammenzucken. Als schließlich Cadvan an ihre Tür klopfte, gekleidet in Schwarz und Silber und mit dem Schwert an der Seite, warf er einen Blick auf ihr bleiches Gesicht und ergriff ihre Hand.

»Maerad, selbst wenn wir bei diesem Rat nichts erreichen, ist das kein Versagen deinerseits«, sagte er. »Merk dir das! Nicht alles hängt am Obersten Zirkel!«

Maerad lächelte zur Antwort matt. Cadvan betrachtete sie etwas eingehender.

»Es sind nur Barden«, meinte er mit sanfter Stimme. »Warum so verängstigt? Du hattest doch schon zuvor mit Barden zu tun, und mit viel schlimmeren. Also, komm, das ist nicht die Maerad, die ich kenne!«

Maerad nickte und versuchte, tapferer auszusehen. Sie sah Cadvan ins vernarbte Gesicht: Er hatte dem Tod ins Auge geblickt und war standhaft geblieben. Im Vergleich dazu war eine Schar alter Barden nicht annähernd so furchterregend. Sie fühlte sich ein wenig gestärkt, dennoch war sie nicht in der Lage, die tiefer sitzende Beklommenheit in ihrer Brust oder das Zittern ihrer Knie zu bändigen. Wortlos und mit dem Gefühl, wie eine Verurteilte zum Schafott geführt zu werden, folgte sie Cadvan den Flur hinab. Wenn sie Nelacs Schülern über den Weg liefen, wandte sie das Gesicht ab, damit sie nicht zu grüßen brauchte.

Saliman erwartete sie unten. Gemeinsam traten sie den Weg zum Turm von Machelinor an, dem höchsten und schönsten Turm in jener Stadt hoher und schöner Türme. An dessen Fuß befand sich ein einzelnes Kuppelgebäude, die Kristallhalle von Machelinor. Sie betraten es durch breite, goldbeschlagene Türen, als die Stundenglocke hoch über ihnen läutete.

Maerad sog scharf die Luft ein, als sie in das Bauwerk eintraten. Ihr erster Eindruck war der eines blendend grellen Lichtes, eines Stroms gewaltiger Macht. Dies war der Mittelpunkt des Lichts in Norloch, in ganz Annar, und seine Kraft pulsierte in ihren Ohren, verursachte ihr Schwindelgefühle. Sie schüttelte den Kopf, um die Benommenheit abzuschütteln, und blickte sich um.

Es war die schönste Halle, die sie je gesehen hatte. Der Boden bestand aus poliertem Stein, perlweiß, rosa und schwarz. An den Rändern waren ringsum Goldrunen eingelassen. Der Scheitel der Decke war aus Kristall, zudem strömte Licht durch die hoch in den schlicht verzierten, weißen Wänden eingebauten Fenster und füllte den weitläufigen Raum mit seinen Strahlen. Entlang der Wände befanden sich schwarze Sockel, auf denen merkwürdige Statuen standen, manche eindeutig Barden, andere Gestalten von überirdischer Schönheit, die kaum menschlich zu sein schienen. Sie waren aus Bronze oder Marmor gefertigt oder aus reinem Kristall geschliffen, und alle waren mit schimmerndem Blattgold verziert, das die Lichtstrahlen funkelnd zurückwarf. Am gegenüberliegenden Ende des Raumes sah Maerad eine weitere goldene Doppeltür, die mit getriebenen Reliefs geschmückt war, verschlungenen Bildnissen von zwischen Flammenbäumen tänzelnden Vögeln. Die Flügel waren geschlossen. Dahinter begann die gewundene Treppe zum Turm von Machelinor, die ohne Absätze anstieg, bis diejenigen, die sie zu ihrem höchsten Punkt erklommen, dreihundert Meter über der Ebene von Carmallachen standen. Wer den Bardenblick besaß, konnte ostwärts das gesamte Reich von Annar bis zur Osidh Annova überblicken oder sich westwärts wenden, um die endlosen Weiten des Ozeans zu betrachten. Daher sahen die Obersten Barden von Annar viel von dem, was in Annar und den Sieben Königreichen vor sich ging. Aus diesem Grund war der Turm auch unter dem Namen *Dancsel*, »Fernsicht«, bekannt.

Maerads Blick jedoch war auf die Mitte der Halle gerichtet, wo der Boden zu einem runden Podium anstieg, auf dem ein riesiger runder Tisch aus schwarzem Stein stand. Der Tisch und die steinernen Sitze ringsum waren völlig schlicht und wiesen keinerlei Zierwerk auf. Auf dem Tisch befanden sich Kelche aus Gold sowie eine goldene Karaffe, außerdem in der Mitte ein riesiger Naturkristall, der als einziger Gegenstand nicht von Menschenhand geformt worden war. Durch ihn fiel das Licht im Raum und brach sich in schillernden Regenbogenfarben an die Wände. In der Mitte des Kristalls schwelte ein weißes Feuer.

Maerads Beklemmung vertiefte sich, als sie zu dritt langsam auf den Tisch zuschritten. Er schien endlos weit entfernt zu sein, und ihre Füße fühlten sich bleiern an.

Um den Tisch saßen neun Gestalten. Der riesige Raum hätte sie zwergenhaft erscheinen lassen, wäre von ihnen nicht eine Macht ausgegangen, die anschwoll, je näher Maerad ihnen kam. Es waren weit weniger Personen anwesend, als Stühle zur Verfügung standen, daher saß jeder Barde für sich allein mit leeren Stühlen zu beiden Seiten. Maerad schluckte und schaute zu Cadvan; seine Züge waren unlesbar. Ihr Mund war mittlerweile völlig trocken geworden. Sie kämpfte gegen den plötzlichen, schier unwiderstehlichen Drang an, sich umzudrehen und aus der Halle, aus dem Ersten Kreis und aus Norloch insgesamt zu flüchten. Mit steten Schritten ging sie weiter.

Schließlich erreichte Maerad den Hohen Tisch des Obersten Zirkels von Norloch. Cadvan, Saliman und sie standen davor, während die neun Barden des Obersten Zirkels sie schweigend musterten. Maerad war überzeugt davon, dass in der völligen Stille, die den Saal erfüllte, nachdem ihre Schritte verhallt waren, ihr pochendes Herz für jeden der Anwesenden deutlich zu hören sein musste. Sie starrte auf ihre Füße und versuchte verzweifelt, ihre Gedanken zu ordnen. Es war, als ließe die durch die Kristallhalle strömende Kraft nicht zu, dass sie dachte oder sah; ihr gesamtes Bewusstsein ging im pulsierenden Herzen des Lichts auf.

Maerad hörte, wie jemand aufstand und das Wort ergriff. Es musste sich um Enkir, den Obersten Barden, handeln. Seine Stimme ertönte frostig und klar.

»Willkommen beim Rat des Obersten Zirkels von Norloch, Saliman von Turbansk und Cadvan von Lirigon«, sprach die Stimme. Und sie fügte mit kaum verhohlener Boshaftigkeit oder Wut hinzu: »Und wen wagst du da noch hierher, in das innerste Heiligtum des Lichtes, mitzubringen?«

Maerad hörte, wie Cadvans Stimme selbstbewusst neben ihr erscholl.

»Meine Herren, Barden des Obersten Zirkels, ich möchte euch meine Schülerin vorstellen, Maerad von Pellinor.«

Als Cadvan ihren Namen aussprach, löste Maerad widerwillig den Blick von ihren Füßen und schaute auf.

Unmittelbar vor ihr, auf der gegenüberliegenden Seite des Tisches, stand ein großer, hagerer, in weiße Gewänder gekleideter Barde. Er starrte sie unverwandt an, und seine Nasenflügel waren vor Wut weiß verkniffen. Er besaß eine vorstehende Hakennase zwischen dunklen, flammenden Augen. Tiefe Linien zerfurchten die Haut zwischen Nase und Mund. Seine Stirn war hoch, weiß und ebenfalls zerfurcht. Das Antlitz zeugte von Stolz und Klugheit, aber auch von der Unerbittlichkeit eines Falken, der auf ein Kaninchen herabstößt; allerdings sprach daraus Kaltblütigkeit, wie ein Tier sie nie empfindet, und darunter spürte Maerad eine bittere Grausamkeit. So nahm Maerad erstmals Enkir wahr, den Obersten Barden von Norloch; und als ihre Augen den seinen begegneten, übermannte sie ihre Schwindligkeit. Die Knie knickten unter ihr ein, ihre Sicht wurde schwarz.

Sie kannte jenes Gesicht. Sie hatte es schon einmal gesehen.

Die Welt zerbarst rings um sie in Scherben, in einen Wirbelsturm verworrener Bilder. Maerad nahm weder Cadvan und Saliman wahr, die sich erschrocken über sie beugten, noch die gemurmelte Aufregung der anderen Barden.

Die Türme von Pellinor brannten.

Die Dunkelheit selbst schien zu brüllen. Ein Chaos aus Lärm herrschte: das Tosen der Flammen, das Krachen von zerspringendem, berstenden Stein und Holz, Gekreisch, das Klirren von Metall auf Metall. Maerad presste die Augen zu, doch das Getöse ging weiter und weiter. Sie schluchzte vor Grauen.

Jemand trug sie. Ihre Mutter. Maerad drückte das Gesicht gegen ihre Schulter und atmete ihren warmen Duft ein, um den beißenden Gestank von Rauch und etwas anderem, Unvertrauten und viel Schlimmeren zu verdrängen, den Geruch von Blut. Sie wurde durchgerüttelt, und es schmerzte.

»Nicht weinen, Maerad«, flüsterte ihre Mutter ihr ins Ohr. »Du bist mein tapferes Mädchen.« Sie schaute ihrer Mutter ins Gesicht, das in der Dunkelheit weißlich schimmerte. Milana fürchtete sich nicht. Ihre Züge waren mit Asche verschmiert und verkniffen vor Verzweiflung und Sorge. Aber sie fürchtete sich nicht. Sie war hart und wunderschön wie ein Diamant. Maerad rang ihre Tränen zurück.

»Was ist mit meinem Papa geschehen?«, flüsterte sie.

Milanas Gesicht verzog sich qualvoll. »Darüber reden wir später«, erwiderte sie.

Doch Maerad wusste, was ihrem Vater widerfahren war. Sie hatte gesehen, wie er innerhalb der Mauern Pellinors niedergestreckt wurde, als die grausamen Männer mit Klingen aus Feuer und schwarzen Schwertern das Tor durchbrochen hatten.

»Und wo ist Cai?«

»Cai ist bei Branar«, antwortete Milana zwischen keuchenden Atemstößen. Branar war ein Freund ihres Vaters. »Wir treffen die beiden in den Linar-Höhlen. Sei tapfer, meine Kleine. Wir müssen ganz leise sein.«

Bald rannten sie durch die äußeren Straßen von Pellinor: schmale kopfsteingepflasterte Gassen, die sich gespenstisch menschenleer präsentierten. Das Geräusch der Flammen war nun nur noch gedämpft zu vernehmen, doch sie warfen immer noch flackernde rote Schatten über sie; Pellinors höchster Turm loderte lichterloh. Die von den Wänden widerhallenden Schritte von Milanas Füßen hörten sich zu laut an. Nach einer Weile sagte Milana: »Ich muss dich jetzt runterlassen. Meine Arme tun weh. Kannst du laufen?« Maerad nickte. Milana gab ihr die Hand, und gemeinsam liefen sie weiter. Maerads Brust fühlte sich an, als würden Messer hineingetrieben, trotzdem rannte sie.

Sie bogen und wanden sich um die Ecken, wobei Milana stets jäh innehielt und vorausspähte, ehe sie weiterliefen, aber sie sahen niemanden. Wo steckten alle? Maerad fürchtete sich mittlerweile zu sehr, um zu weinen. Milanas Hand drückte die ihre heftig. Maerad schüttelte sie, um den Griff zu lockern, aber Milana bemerkte es nicht.

Endlich erreichten sie Milanas Ziel, eine kleine, massive Tür in der Außenmauer Pellinors. Maerad hatte sie noch nie zuvor gesehen. Sie lag völlig unter einem Vorhang aus Efeu verborgen. Milana schob die Ranken hastig beiseite, tastete an ihrer Hüfte herum und holte einen Bund mit Eisenschlüsseln hervor. Keuchend ging sie den Bund durch und fand schließlich den richtigen Schlüssel, den sie in das Schloss steckte und mit beiden Händen drehte. Sie drückte die Riegel zurück und schob die Tür auf. Mit lautem Quietschen schwang die Pforte auf; sie zuckte zusammen und sah sich um. Niemand befand sich in der Nähe. Sie zog Maerad hindurch und drückte die Tür hinter sich zu.

Doch davor erwartete sie jemand.

»Wohin willst du denn, Milana von Pellinor?« Eine hochgewachsene Gestalt ragte in der Dunkelheit auf. Milana sog scharf die Luft ein und zog Maerad dicht zu sich. Sie hörte das Flüstern von Metall, als Milana ihr Schwert zog. Die Stimme lachte leise.

»Glaub nicht, dass eine Klinge mich verwunden könnte.«

»Enkir.« Milanas Stimme zitterte vor Erleichterung, dann richtete sie sich gerader auf, und die Dunkelheit rings um sie wurde von einem sanften silbrigen Schein erhellt, der von Milana ausging. »Was tust du hier?«

»Ich habe dich gefragt, wohin du willst«, wiederholte Enkir barsch. Maerad spähte unter dem Mantel ihrer Mutter hervor; Licht umschimmerte den Barden, sodass sie kaum mehr als die Umrisse seines in Silber getauchten Antlitzes erkennen konnte. Die Augen lagen im Dunklen, und tiefe Schatten zerfurchten seine Züge.

»Was geht dich das an?«, entgegnete Milana hitzig. »Bist du blind? Bist du taub? Weißt du nicht, was hier vor sich geht?«

»Ich dachte mir, dass du versuchen würdest, hier zu fliehen. Die geheimen Wege Pellinors sind mir nicht unbekannt.« Enkir beugte sich vor und starrte in Milanas Augen. »Ich will deinen Sohn. Sofort. Wo ist er?«

Maerad, die sich dicht an ihre Mutter schmiegte, spürte, wie Milana erstarrte. Sie antwortete nicht, aber das Licht um sie wurde heller. Milana ließ das Schwert fallen und hob die Arme. Maerad summte der Kopf. Gleich einem Aufeinanderprallen von Schwertern spürte sie, wie Enkirs und Milanas Wille sich ineinander verkeilten; die Wucht des Zusammenstoßes der beiden Kräfte jagte einen Schauder durch sie. Die Augen vor Entsetzen geweitet, wich Milana zurück.

»Also warst *du* es, der sie hereingelassen hat!«, rief sie heiser. »Verräterischer Narr!« Abermals streckte sie die Arme, und ein Lichtblitz traf Enkir. Einen Lidschlag lang sah es aus, als würde er fallen, doch er sammelte sich und schritt langsam, mit frostiger Miene auf sie zu.

»Nein, Milana«, gab Enkir mit einem grausamen Lächeln zurück. »*Du* bist hier die Närrin. All deine armseligen Bardenkräfte sind nutzlos gegen mich. Ich kann dich wie eine Ameise zerquetschen.« Erneut beugte er sich vor und zischte: »Die Tage von euch Barden sind gezählt – ihr schwafelt kindisch vom Gleichgewicht und leiert eure geistlosen Lieder. Ich habe die Zukunft gesehen, ich weiß, wie sie aussieht. Nur die mit Verstand werden überleben.«

»Du bist wahnsinnig!«, stieß Milana hervor. Doch dann packte Enkir Maerad und entriss sie so plötzlich Milanas Griff, dass ihre Fingernägel über Maerads Hand kratzten. Maerad schrie auf: Seine Finger gruben sich wie Stahl in ihren Arm. Sie spürte etwas Kaltes an der Wange und brüllte erneut. Enkir hielt ihr eine Klinge an den Hals.

»Sag mir, wo der Junge steckt«, forderte Enkir. »Oder ich schneide dem Mädchen die Kehle durch.«

»Ich weiß es nicht«, spie ihm Milana verzweifelt entgegen. »Ich weiß nicht, wo er ist.«

»Ich bin in Eile! Halte mich nicht für dumm. Du weißt, wo er ist, und ich weiß, dass er sich nicht in Pellinor befindet.« Enkir drückte die Klinge fester gegen Maerads Kehle. Sie spürte einen Schnitt; ein Blutrinnsal tropfte ihr den Hals hinab. »Sag es mir, oder das Mädchen stirbt hier und jetzt.«

Milana stand kalkweiß und reglos da; das Licht in ihr schwand.

»Du wirst uns ohnehin beide töten«, gab sie nach langem Schweigen nüchtern zurück. »Nein. Ich sage es dir nicht.«

Maerad schaute flehentlich zu Milana. Würde ihre Mutter sie einfach sterben lassen?

Enkir verharrte, als wäre er vorübergehend verunsichert. Dann begann er, leise zu lachen. Maerad bekam eine Gänsehaut.

»Nein, Milana, ich werde dich nicht töten«, sprach er. »Auch den Jungen will ich nicht töten. Und ich lasse sogar das Mädchen am Leben. Ich kann ein sehr vernünftiger Mensch sein.«

Milana spuckte auf den Boden. »So viel ist das Wort eines Verräters wert!«

»Dich nicht zu töten würde mich belustigen. Das sollte dir Gewissheit geben. Ich könnte aus dem Handel sogar ein paar Münzen herausschlagen.« Er setzte ab. »Und du könntest deine Tochter haben. Die andernfalls langsam und unter grässlichen Schmerzen vor deinen Augen sterben wird.«

»Nein!«, kreischte Maerad. »Lass nicht zu, dass er mir wehtut!«

Milanas Gesicht verzog sich zu einer gequälten Grimasse der Unentschlossenheit.

»Gib sie mir zurück!«, schrie sie plötzlich.

»Sag mir, wo der Junge ist!« Wieder drückte er mit der Klinge zu, und wieder schnitt sie Maerad, die zu weinen anfing. Verzweifelt starrte sie zu ihrer Mutter, von der panischen Angst erfasst, dass Milana es ihm nicht verraten, sie von diesem Mann töten lassen würde.

Unvermittelt fielen Milanas Züge in sich zusammen. »Er wurde zu den Linar-Höhlen gebracht. Ich weiß nicht, ob er tatsächlich dort ist.« Einen Lidschlag lang verlor sie die Selbstbeherrschung und verbarg das Gesicht in den Händen.

Ein banger Augenblick der Stille folgte, dann spürte Maerad, wie Enkirs eherner Griff sich löste und sie zu ihrer Mutter gestoßen wurde. Sie stolperte auf Milana zu und umklammerte hemmungslos schluchzend ihre Beine.

»Siehst du, Milana?«, meinte Enkir mit siegreichem Hochgefühl in der Stimme. »Ich halte mein Wort. Jetzt möchte ich sehen, ob du das deine ebenfalls gehalten hast.«

Damit trat er vor und erfasste Milanas Kinn, zwang sie, ihm in die Augen zu blicken. Maerad schaute panisch auf. Was machte er mit ihrer Mutter? Aus Enkirs Augen schossen rote Flammen, und Milana schien sich nicht bewegen zu können. Wie gebannt starrte sie in seine lodernden Augen und zitterte am ganzen Leib. Plötzlich brach sie zusammen, und alles Licht in ihr erlosch. Maerad stand zitternd neben ihr und glotzte den groß gewachsenen Mann mit geweiteten Augen an. Er ragte über Milanas reglosem Körper auf; sein Gesicht glänzte vor Schweiß. Maerad schenkte er keinerlei Beachtung, als wäre sie gar nicht da.

»Das soll dir eine Lehre sein, Milana von Pellinor«, verkündete er heftig schnaufend. »So einfach ist es, deine armselige Art zu brechen!« Er wischte sich mit der Hand über das Gesicht und spuckte auf den Boden. »Du wirst eine Sklavin sein. Wenngleich wohl keine besonders gute.« Damit trat er gegen Milanas Körper und lächelte mit solcher Boshaftigkeit, dass Maerad vor Grauen das Gesicht verbarg. In ihren Ohren hörte es sich wie Gebrüll an, ihre Welt begann sich zu drehen, zu zerbrechen, sich zu drehen …

Ihre Wange drückte gegen kalten Marmor, und jemand strich ihr sanft über die Stirn, sprach ihren Namen. Das Gebrüll verebbte, und Maerad regte sich.

»Sie bewegt sich«, sagte eine Stimme. Ihr wurde klar, dass sie Cadvan gehörte. Maerad ließ die Augen geschlossen und bemühte sich, wieder zu Sinnen zu kommen. Sie befand sich in der Kristallhalle von Machelinor beim Rat, daran erinnerte sie sich mittlerweile. Das Letzte, was sie wusste, war das, was Ihrer Mutter widerfahren war …

Enkir, der Oberste Barde von Norloch! Hass überflutete sie wie eine Welle. Verrat, Verrat …

Wie hatte sie es vergessen können? Die einzige Antwort boten die Qualen, die mit der Erinnerung einhergingen. Deshalb musste das Erlebnis in den hintersten Nischen ihres Geistes versunken sein. Hätte sie zugelassen, dass sie sich daran erinnerte – an das gnadenlose Zerbrechen Milanas, an die Bosheit Enkirs, an ihr eigenes, kindliches Grauen –, wäre sie wahnsinnig geworden. Nun aber wusste sie es, und sie würde deswegen nicht den Verstand verlieren. Maerad ließ den Kopf baumeln und täuschte Besinnungslosigkeit vor. Wie lange war es her, dass sie in Ohnmacht gefallen war? Was nun?

»Vielleicht ist sie mit dem Kopf auf dem Boden aufgeschlagen?« Salimans Stimme hörte sich sehr nah an. Folglich konnte sie nicht lange bewusstlos gewesen sein. Vielleicht ein paar Sekunden. Sie wartete, bis ihr Verstand etwas klarer wurde, dann bewegte sie sich stöhnend.

Jemand schob ihr eine Hand unter den Kopf und hob ihn an. Blinzelnd schlug sie die Augen auf und sah Cadvans Gesicht dicht vor dem ihren. Er hielt einen mit Wasser gefüllten Kelch. »Trink das«, forderte er sie auf. Sie nippte gehorsam, dann setzte sie sich auf.

»Es … es tut mir leid«, flüsterte sie. »Ich weiß nicht, was geschehen ist.« Jene Macht, die ihr zuvor solche Schwindelgefühle verursacht hatte, war immer noch da, doch sie umwölkte ihren Verstand nicht mehr. Ihr Kopf fühlte sich völlig frei und vielleicht klarer an, als er es je zuvor gewesen war. Ihr erster Gedanke war, dass sie Enkir nicht merken lassen durfte, dass sie ihn erkannt hatte. Allerdings spielte es wahrscheinlich keine Rolle; zweifellos hatte er im Geiste bereits ihr Todesurteil ausgefertigt. Allein ihr Name genügte dafür.

Langsam rappelte sie sich auf die Beine, drehte sich dem Tisch der Barden zu und verbeugte sich. Zu ihrer Linken nahm sie Nelac wahr, der sie besorgt musterte.

»Ich bitte die Barden des Obersten Zirkels und Euch, Enkir, Oberster Barde, mir meine Schwäche zu vergeben«, sagte sie. »Ich wurde von der Ehre überwältigt, hier sein zu dürfen.« Ihre Stimme hörte sich stet und sicher an; Cadvan bedachte sie mit einem überraschten Blick.

»Dann nimm bitte Platz«, gab der Oberste Barde herrisch zurück. Sie begegnete seinem Blick und verbarg ihre Gefühle unter höflicher

Demut; er starrte sie kalt an. Maerad begriff, dass er ihr hier, vor dem versammelten Obersten Zirkel, nichts anhaben konnte, ohne seinen Verrat preiszugeben. Sie setzte sich zwischen Saliman und Cadvan an den Tisch, und der Rat begann.

Saliman sprach als Erster und berichtete von wachsendem Druck in Suderain, von ständigen Vorstößen der Streitkräfte des Schwarzen Hexers in Dén Raven, die sowohl an Häufigkeit als auch an Gewalt zunahmen.

»Mittlerweile sind wir schwer in Bedrängnis, und wenn wir fallen, steht der Schwarzen Armee das Tor nach ganz Annar weit offen«, erklärte er. »Deshalb hat der Zirkel von Turbansk mich geschickt, um Hilfe zu erbitten. Ich bin seit diesem Winter durch den Norden und den Osten von Annar gereist und glaube inzwischen, dass keine Hilfe kommen kann. Eure Grenzen sind bereits ebenfalls bedroht. Dennoch frage ich.« Damit nickte er und setzte sich.

»Wir werden darüber beratschlagen«, sagte Enkir. »Danke, Saliman von Turbansk. Nun zu dir, Cadvan von Lirigon. Wie wir hören, kommst du mit Neuigkeiten aus dem Norden.« Dabei sah er Maerad an, und trotz ihrer Entschlossenheit schauderte sie.

Cadvan berichtete zunächst von seiner Gefangennahme und anschließenden Flucht vor dem Landrost. »Mir ist es inzwischen völlig klar«, beschloss er seine Ausführungen. »Aufgrund dessen, was ich im Thronraum des Landrosts gesehen habe, bin ich überzeugt davon, dass der Namenlose tatsächlich zurückgekehrt ist und die jüngsten Ärgernisse in Annar auf seine Kriegslist zurückzuführen sind, wie einige von uns befürchtet haben.«

Ein Raunen ging um den Tisch.

»Ich muss davon erst noch überzeugt werden«, gab Enkir zurück und starrte Cadvan missfällig an. Maerad schaute zwischen den beiden Barden hin und her. Wiesen sie nicht eine gewisse Ähnlichkeit auf? Ein schrecklicher Zweifel begann sich in ihr zu regen, als sie mit einer Erinnerung rang, mit etwas, das die Untoten gesagt hatten ... »Aber natürlich gibt es viele der geringeren Finsternis, die möchten, dass wir so etwas glauben. Du gibst selbst zu, dass du geschwächt warst, und ich stelle dein Urteilsvermögen in Frage. Wie kannst du dir so sicher sein, dass du nicht in die Irre geführt wurdest, Cadvan von Lirigon?«

»Wenn ich ein Wahrheitsschürfer bin, dann ist das, was ich im

Thronraum gesehen habe, unzweifelhaft wahr«, erwiderte Cadvan. »Aber sag mir, Enkir von Norloch« – und an dieser Stelle vermeinte Maerad Hohn in seinen Augen aufblitzen zu sehen –, »wieso bist du so sicher, dass er *nicht* zurückkehren wird? Stellen die Überlieferungen dies nicht von jeher als Gewissheit dar?«

»Die Überlieferungen können auf mannigfaltige Weise ausgelegt werden, wie du sehr wohl weißt, Cadvan von Lirigon«, entgegnete Enkir. »Ich mahne in dieser Angelegenheit zu Vorsicht.«

»Untote reiten unverhohlen durch Annar, die Schulen werden bedroht oder sind verderbt, wir geraten von allen Seiten unter Bedrängnis. Schlimme, lange Zeit eingekerkerte Ängste werden in diesem Land erweckt, und du mahnst zu Vorsicht!«, rief Cadvan hitzig aus.

»Was soll das heißen?«, fragte ein anderer Barde. »Saliman sprach nur von Untoten ...«

»Ich bin mit meiner Geschichte noch nicht fertig, Tared«, antwortete Cadvan. »Ich bitte euch, habt Geduld mit mir. Bevor ich das verwaiste Reich östlich der Annova hinabreiste und vom Landrost gefangen genommen wurde, begab ich mich, wie es mir aufgetragen worden war, nordwärts nach Zmarkan. Dort wanderte ich von West nach Ost und hörte zahlreiche Gerüchte über Unruhen und Unbilden. Viele Menschen – und keineswegs alle von ihnen Narren – sagen, dass dort eine schwarze Macht erwacht sei, eine uralte Macht. Ich folgte dem Gerede zurück zu seiner Quelle so weit nach Norden, wie ich konnte. Dort im Ödland breitet sich ein Schatten aus. Aus der Ferne sah ich die Gipfel seiner Festung, und ich spürte seinen todbringenden Atem. Es gibt nur eine Erklärung dafür: Der abtrünnige Elidhu, der Eishexer, der Winterkönig höchstpersönlich, ist aus seinem langen Schlaf erwacht und trachtet danach, seine Herrschaft über den Norden wiederherzustellen.«

Erstaunte Stille trat ein.

»Das kann gewiss nicht sein!«, rief ein kleinwüchsiger Barde rechts von Cadvan aus. »Der Winterkönig wurde vor langer, langer Zeit jenseits der Kreise der Welt verbannt.« Er schüttelte den Kopf.

»Es kann nicht sein, Caragal, und doch ist es so«, meinte Cadvan und wandte sich ihm zu. »Genau, wie manche behaupten, der Namenlose könnte nicht zurückkehren, und dennoch tut er es.«

Caragal nickte traurig. »Die Flamme leuchtet immer trüber«, sagte er. »Das kann ich nicht verleugnen.«

»Somit«, fuhr Cadvan fort, »kommen wir zum Kern dieser Geschichte. Denn wie ich schon sagte, mir scheint sicher, dass alle Zeichen, denen wir in den vergangenen Jahren nachgegangen sind, wie befürchtet die Sporen des Namenlosen sind, der seinen bislang tödlichsten Angriff gegen das Licht vorbereitet. Und schlimmer noch, offenbar hat er sich mit dem Winterkönig verbündet. Ich vermute, dass der Namenlose ihn selbst zurückgebracht hat.«

»Es gibt viele Arten von Schatten«, entgegnete Enkir spöttisch. »Wir dürfen nicht vor Angst voreilig die schlimmsten Schlussfolgerungen ziehen.«

»Ich bin von seiner Rückkehr überzeugt«, beharrte Cadvan. »Und ich denke, wenn wir nicht sofort handeln, sind wir verloren.«

»Und wie sollen wir handeln?« Enkir lächelte. Maerad empfand die Geste als so kalt wie das Schimmern von Winterlicht auf Frost. »Du warst schon immer ein Hitzkopf, Cadvan von Lirigon, und neigst von jeher dazu, dorthin zu springen, wo weisere Männer anhalten und einen Abgrund erkennen würden.«

»Bezichtigst du mich etwa der Lüge!«, fragte Cadvan. Äußerlich wirkte er ruhig, beinahe ungerührt, doch Maerad spürte überwältigenden Zorn in ihm aufsteigen. Eine spannungsgeladene Pause entstand, dann lächelte Enkir wieder.

»Ich würde nie etwas Derartiges behaupten«, erwiderte er aalglatt. »Ich sage nur, was du hier vorträgst, klingt äußerst unwahrscheinlich. Der Winterkönig, der Namenlose – derlei Gestalten sind Schatten aus einer Schauergeschichte für Kinder. Ich denke, dass du dich trotz all deiner gut gemeinten Inbrunst irrst, Cadvan von Lirigon.«

Die Beleidigung war unverkennbar, und Maerad nahm eine leichte Röte in Cadvans Wangen wahr. Sein Blick traf auf den Blick Enkirs, und die beiden rangen miteinander, obwohl sich keiner bewegte. Maerad hielt den Atem an. Die beiden ähnelten einander *tatsächlich*. Wie genau, vermochte sie nicht zu sagen. Ihr Herz hämmerte schmerzlich in der Brust. Letztlich war es der ältere Barde, der nachgab und die Augen senkte.

»Dein Hochmut wird dein Untergang sein, Cadvan von Lirigon«, presste Enkir mit vor Wut frostiger Stimme hervor. »Es bedarf keines Sehers, um das vorherzusagen.«

Eine weitere betretene Stille kehrte ein. Die Neun schienen alle damit beschäftigt, ihre Fingernägel in Augenschein zu nehmen, ausgenommen Nelac, dessen Züge Verärgerung verrieten, ob über Cadvan oder Enkir, ließ sich nicht erkennen. Schließlich rührte sich Caragan. »Ich denke, Enkir, wir sollten Cadvans Worte ernsthaft erwägen. Auch mich beunruhigen die Bewegungen der Untoten.«

»Da ist noch mehr«, ergriff Cadvan wieder das Wort. »Den Großteil meiner Geschichte und die wichtigsten Neuigkeiten muss ich erst noch berichten.«

Maerad sah ihn mit einem stummen Flehen in den Augen an, wünschte sich inbrünstig, Cadvan möge seine Vermutung nicht äußern, dass sie die Verheißene sei, und sie nicht an Enkir verraten. Cadvan missverstand den Blick, deutete ihn als Beunruhigung und lächelte ihr ermutigend zu, ehe er mit der Schilderung ihrer Abenteuer begann. Maerads Herz schrumpfte und wurde kälter und kälter, während er redet. Sie sah, dass Enkir ihr fortwährend Blicke zuschleuderte, die mit jedem Mal tödlicher wurden. Wie konnte das Cadvan entgehen?

Plötzlich erinnerte sie sich mit jäher Wut über ihre eigene Dummheit daran, was zuvor an ihr genagt hatte. Cadvan hatte einen der Untoten gekannt, die sie an den Gebrochenen Zähnen auf den Höhenzügen von Edinur angegriffen hatten. Likud. So hatte sein Name gelautet. Was hatte er gesagt? *Glaubst du etwa, wir hätten vergessen, Cadvan, wie beflissen du die Geheimnisse der Finsternis studiert hast?*

Maerad hörte auf zuzuhören und versank ins Grübeln. War Cadvan ebenfalls ein Verräter? Ihre Seele fühlte sich an, als müsste sie in ihr verwelken, dennoch verfolgte sie den schrecklichen Gedanken weiter. Verrat hatte ihre Mutter getötet; wenn sie nicht vorsichtig war, würde er auch zu ihrem eigenen Tod führen. Vielleicht verkörperten Cadvan und Enkir Gegner im Dienste der Finsternis. Vielleicht stellte das den eigentlichen Grund für die Feindseligkeit zwischen ihnen dar. Wenn dem so war, dann war sie gefangen – eine Trophäe als Tauschgegenstand zwischen ihnen, bis sie nicht mehr nützlich wäre.

Mit einem Schlag fühlte sie sich unaussprechlich einsam – noch einsamer als in den schlimmsten Tagen in Gilmans Feste. Sie war nun völlig auf sich allein gestellt. Wie sie es eigentlich immer gewesen war, seit ihre Mutter ermordet worden war, zweimal sogar, dachte sie verbittert: einmal von Enkir, einmal von Gilman. Aber nein, sie hatte

Hem. Wenigstens Hem blieb ihr. Sie musste Hem finden und mit ihm aus Norloch verschwinden, aus den Klauen Enkirs. Konnte sie Cadvan vertrauen? Sie hatte es bisher immer getan ... doch vielleicht war all die Freundschaft, die er ihr entgegengebracht hatte, nur gespielt gewesen, ein Mittel zum Zweck, um sie einzulullen und in seinen Bann zu ziehen. Wie gut kannte sie ihn eigentlich wirklich?

Mittlerweile sprach Enkir mit vor Ungläubigkeit scharfer Stimme. Oder schwang Wut darin mit? »Verlangst du von uns zu glauben, dass dieses Mädchen, das noch vor drei Monaten eine bloße Sklavin war – dieses Mädchen, von dem du offenherzig zugibst, dass es kaum lesen kann, das nicht einmal die Stärke besitzt, die Kristallhalle zu betreten, ohne in Ohnmacht zu fallen – die Ausersehene, die Verheißene sein soll?«

»Ich habe dir die Beweise geschildert«, gab Cadvan gelassen zurück. »Ich halte sie für äußerst überzeugend und denke, dass wir zumindest sagen müssen, es ist sehr wahrscheinlich. Zumindest müssen wir sie als Bardin einführen, damit wir sicher sein können, ob sie es ist oder nicht.«

Saliman, der während Cadvans gesamter Erzählung auf den Tisch gestarrt hatte, schaute nun auf. »Ich denke, dass die Finsternis eher geneigt ist zu handeln als wir und ihre eigene Gefahr rascher erkennt«, sagte er. »Mir scheint, es wäre eine schwere Fehleinschätzung, dies zu verbieten. Auch ich habe die Beweise gehört und glaube, dass Cadvan recht hat. Ich lege dir dringend nahe, seinen Rat zu beherzigen.«

»Der Namenlose kehrt zurück, der Winterkönig regt sich und die Verheißene taucht in der Gestalt eines Görs auf?« Enkirs Augen blitzten vor Boshaftigkeit. »Du überbringst uns zweifellos ein hübsches Paket an Neuigkeiten, Cadvan von Lirigon. Du hättest Minnesänger werden sollen, der die Dörfer bereist und die Bauern ängstigt. Hier gelingt dir das nicht.«

Eine unbehagliche Pause trat ein, während der Enkir abermals einen missbilligenden Blick zu Maerad warf. »Glaub nicht, ich hätte nicht bereits aus anderer Quelle von deiner ... Entdeckung gehört«, sagte er. »Wenn du denkst, mich überraschen zu können, irrst du dich. Das Einzige, was mich überrascht, ist deine Unverfrorenheit.«

In Maerads Verstand tauchte das klare Bild von Helgars spöttischem Blick beim Rat in Inneil auf. Plötzlich war sie überzeugt davon, dass Helgar eine Nachricht über den Verlauf des Konklaves von Inneil an Enkir geschickt hatte. Vielleicht gehörte Helgar, die Bardin von Ettinor, ebenfalls zu den Untoten? Alles war so verwirrend ... und die Kraft des Lichts, die durch den Raum pulsierte, schwoll wieder an, machte das Denken schwierig. Beginnende Kopfschmerzen pochten hinter ihren Schläfen.

Zum ersten Mal meldete sich Nelac zu Wort. »Ich bin von der Wahrheit dieser Angelegenheit überzeugt«, verkündete er. Die anderen Barden drehten sich nach ihm um und lauschten ihm mit ernsten Mienen. »Es würde ein geringes Wagnis darstellen, sie einzuführen, und ich fürchte, was geschehen könnte, wenn wir es nicht tun. Auch ich rate dringend zu dieser Vorgangsweise. Ich empfehle, dass wir Maerad von Pellinor mit größter Dringlichkeit zur Bardin machen.«

»Der wahre Verrat geht von jenen aus, die danach trachten, uns mit falschen Ängsten abzulenken und unsere Wachsamkeit zu zerstreuen«, erwiderte Enkir gefährlich. »Ich muss mich fragen, weshalb du uns zu einer solchen Zeit mit solchen Einwänden behelligst.«

Knisternde Stille kehrte ein.

»Meine Treue gegenüber dem Licht steht außer Frage, und mich verwundert, dass du sie anfichtst«, entgegnete Nelac leise. »Ich schlage vor, du denkst noch einmal nach, Enkir.«

»Es ist nicht deine Treue, die ich anzweifle«, sagte Enkir, der seinen Hohn nicht zu verbergen vermochte. »Ich weiß, dass du anfällig bist, wenn es um Cadvan von Lirigon geht. Die Voreingenommenheit eines Lehrers für seinen ehemaligen Schüler mag zwar entschuldbar sein, aber wir alle wissen, dass Cadvans Vergangenheit ein paar ... dunkle Flecken hat.«

Bei diesen Worten schaute Maerad auf. War sie blind gewesen? Wieder und wieder hatten die Leute etwas Zweifelhaftes in Cadvans Vergangenheit angedeutet ... Warum hatte sie so unbekümmert darüber hinweggesehen?

»Ich zweifle Nelacs gute Absicht nicht an«, meinte ein dunkelhaariger Barde neben Nelac. »Dennoch halte ich Cadvans Geschichte so wie Enkir für unglaubwürdig.« Mehrere andere nickten. »Es gibt so viele andere Erklärungen für die Übel, die unser Reich heimsuchen. Diese scheint mir die am weitesten hergeholte von allen.«

Enkir starrte Nelac finster an. »Es ist nicht so einfach, ein Barde der Weißen Flamme zu werden. Es käme einer Beleidigung gleich, auch nur in Erwägung zu ziehen, einen Jungen dieser Erfahrung in solche Höhen zu erheben, geschweige denn ein Mädchen. Und ich werde meine Zeit nicht weiter damit vergeuden, darüber zu reden – mein Urteil ist gefällt. Ich bin dagegen. Was die anderen vorgebrachten Anliegen betrifft, werden wir darüber beratschlagen und unsere Entscheidung bekannt geben.«

Er ließ den Blick um den Tisch wandern und sah jedem der Barden des Obersten Zirkels in die Augen. Nur Nelac, Caragal, Tared und ein weiterer Barde, der bislang kein einziges Wort gesagt hatte, schüttelten den Kopf.

»Fünf gegen vier. Du bist überstimmt, Nelac. Der Oberste Zirkel hat entschieden.« Er warf Nelac einen triumphierenden Blick zu. »Die Antragsteller sind entlassen.«

Maerad hatte dem Streitgespräch teilnahmslos gelauscht. Für sie spielte es keine Rolle mehr, ob sie nun als Bardin eingeführt oder nicht. Sie spürte, wie die Abneigung, ja der Hass all dieser Männer, vor allem Enkirs, des Verräterischsten unter ihnen, ihr Galle in die Kehle trieb. Maerad fand, dass der Oberste Barde an einem runden Tisch völlig fehl am Platz wirkte; eigentlich müsste er auf einem Thron sitzen, während seine Schergen um seine Knie wuselten.

Alle Barden standen auf und verbeugten sich. Wortlos verließen Maerad, Cadvan und Saliman die Halle. Maerad hörte, wie die Barden hinter ihr wieder Platz nahmen und ihre Stimmen zur Beratung anschwollen.

Blind für die Schönheit rings um sie stapfte sie durch die Straßen des Obersten Kreises. Ihre Gedanken verursachten ihr Übelkeit. Sie spürte, dass sie es nicht ertragen könnte, wenn Cadvan ein Verräter wäre. Aber wie sollte sie ihm nun noch vertrauen?

Kapitel dreiundzwanzig
Alte Narben

»Das war eine völlige Katastrophe«, stieß Saliman angewidert hervor. Er nahm das Schwert ab und lehnte es gegen die Wand. »Aber eins nach dem anderen. Zuerst brauche ich unbedingt etwas zu trinken.«

Sie waren niedergeschlagen schweigend zu Nelacs Haus zurückgekehrt. Maerad war tief in Gedanken versunken und nahm die anderen kaum wahr.

»Mir wäre ein Schlückchen gutes Bier jetzt auch willkommen«, meinte Cadvan zu Saliman. »In der Küche müsste welches zu bekommen sein, wenn du Brin fragst.«

»Ich schau mal, ob ich etwas auftreiben kann«, gab Saliman zurück und verließ den Raum.

»Es tut mir leid«, sagte Cadvan mit einem schiefen Lächeln zu Maerad. »Ich wusste, dass es eine Herausforderung werden würde, den Obersten Zirkel zu überzeugen, aber ich muss gestehen, mit dermaßen heftigem Widerstand hatte ich nicht gerechnet. Ich dachte, angesichts dessen, was wir zu sagen hatten, gäbe es zumindest Raum für Gesprächsbereitschaft.«

Maerad bedachte ihn mit einem finsteren Blick, woraufhin er betroffen wirkte.

»Das ist nicht das Ende der Welt«, beschwichtigte er sie. »Wir haben noch andere Möglichkeiten. Wenn Nelac zurückkehrt, besprechen wir, was jetzt zu tun ist. Am besten wäre natürlich gewesen, dich vor den Augen der Barden von Annar einführen zu lassen. Aber diese Hoffnung können wir nun begraben.« Cadvan nahm auf einem Stuhl am Feuer Platz und legte ebenfalls das Schwert ab. »Setz dich, Maerad«, forderte er sie auf und verlieh den Worten mit einer Handbewegung Nachdruck. »Und schau nicht so finster drein; unser Versagen wirft kein schlechtes Licht auf dich.«

Maerad schaute ihm unmittelbar in die Augen und durchbohrte ihn mit ihrem Blick. Da erst wurde Cadvan das Ausmaß ihrer Wut klar, und einen Lidschlag lang zeigte er sich regelrecht erschrocken. Er begann sich aus dem Stuhl zu erheben.

»Beim Licht, Maerad, was ist denn los?«, fragte er. »Wir haben doch bloß dabei versagt, ein paar Barden zu überzeugen. Ich gebe zu, das ist ein Rückschlag, aber ...«

»Wo ist Hem?« Maerads Stimme klang kalt und hart.

»Ich weiß es nicht. Wahrscheinlich in der Küche.«

»Ich gehe ihn suchen.« Damit wandte sie sich zum Gehen, doch Cadvan ergriff ihren Arm und wirbelte sie zu sich herum, musterte prüfend ihre Züge. Schließlich fragte er mit sanfter Stimme: »Was ist denn, Maerad? Was ist plötzlich in dich gefahren?«

»Vielleicht komme ich ohne dich besser zurecht.« Hasserfüllt starrte Maerad ihn an. Nein, diesmal würde sie nicht auf seine Schliche hereinfallen.

»Bist du verrückt geworden?« Cadvans Gesicht wurde blass, sodass die Peitschennarben deutlich hervortraten. Einen Lidschlag lang geriet Maerad ins Zaudern.

»Nein.« Sie rief sich den Untoten Likud ins Gedächtnis, dem sie an den Gebrochenen Zähnen begegnet waren, und stählte sich. »Bitte lass meinen Arm los.«

»Was hat bloß Besitz von dir ergriffen?«, fragte Cadvan. »Wo willst du denn alleine hin? Glaubst du, Hem und du könnten überleben, wenn in ganz Annar Untote hinter euch her sind?«

Maerad funkelte ihn verächtlich an und entwand sich seinem Griff. »Ich bin zuvor auch alleine zurechtgekommen«, gab sie zurück. »Und es wäre wohl besser, wenn ich gar nicht erst mit einem Untoten reise.«

Alles Blut wich Cadvan aus dem Gesicht, und seine Hand sank schlaff hinab. Eine Weile zeigte er sich sprachlos. Dann blickte er ihr eindringlich in die Augen und sprach leise in der Sprache: *Il ver umonor imenval kor, dhor Dhillareare de niker kor ...*

Die Worte rieselten sanft wie Schneeflocken in Maerads Verstand, dennoch zuckte sie zusammen, als hätte er sie geschlagen. »Bei allem, was wir zusammen durchgemacht haben, bei dem vereidigten Bund, den du mir als deinem Lehrer schuldest und bei dem tiefer reichenden Bund, den du mir als deinem Freund schuldest, bitte ich dich, sag mir: Was ist mit dir geschehen, Maerad von Pellinor?«

Stumm stand sie vor ihm, während ihr überwältigendes Misstrauen und ihre Angst mit anderen Erinnerungen rangen: Ihr erster Anblick Cadvans im Kuhstall und ihr Vertrauen, das sie ihm, einer Eingebung folgend, geschenkt hatte; ihre zahlreichen gemeinsamen Tage, die sie Seite an Seite geritten waren; die Scherze, über die sie zusammen gelacht hatten; Cadvans Antlitz, in der unschuldigen Verwundbarkeit des Schlafes, niedergestreckt von den Untoten, schimmernd vor Licht, furchtlos im Angesicht des Kulags und des Unholds. Mit einem Gefühl der Übelkeit im Magen wandte sie den Kopf ab.

»Du bist der Finsternis gefolgt«, stieß sie mit belegter Stimme hervor. »Du hast das Licht verraten. Ich kann nicht länger bei dir bleiben.« Sie blickte Cadvan kurz ins Gesicht, dann senkte sie die Augen wieder. »Oder leugnest du es?«

»Nein«, antwortete er. »Nein, ich kann es nicht leugnen.« Maerad hatte erwartet, dass er sich dagegen verwehren würde; seine Erwiderung brachte sie vorübergehend aus dem Gleichgewicht. »Ich bin zwar nie ein Untoter gewesen, aber ich ... ich habe Dinge getan, die ich nicht hätte tun sollen. Ich habe dafür bezahlt, Maerad. Und ich habe dich nie verraten.«

»Warum hast du es dann vor mir *verheimlicht?*« Eindringlich und feindselig starrte sie ihn an, bis er den Blick abwandte.

Eine lange, schmerzliche Stille trat ein.

»Maerad«, sagte Cadvan schließlich. »Ich hätte dir mittlerweile längst davon erzählen sollen. Es war nie meine Absicht, es dir zu verheimlichen, aber es ist eine qualvolle Erinnerung für mich und vielleicht ... vielleicht möchte ich auch nicht, dass mir ständig alle misstrauen. Ich war nachlässig. Dafür entschuldige ich mich.«

»Dann erzähl es mir jetzt.« Maerads Stimme klang angespannt wie eine Bogensehne.

»Setz dich«, forderte er sie sanft auf.

»Nein.« Sie starrte ihn unbeirrt an und wartete darauf, dass er zu reden begann.

Cadvan zuckte mit den Schultern, sah sich im Zimmer um, als müsste er sich erst sammeln, dann nahm er Platz. »Eigentlich ist es eine ganz einfache Geschichte«, begann er mit einem Hauch von Verbitterung. »Ich war ein junger Barde in Lirigon, frisch von der Schule, hochmütig angesichts meiner Macht, und trotz meiner Begabung wusste ich viele Dinge noch nicht. Ich lief einem anderen Barden über den Weg, dessen Fähigkeiten den meinen nahezu ebenbürtig waren, und wir wurden zu Gegenspielern.« Kurz setzte er ab und seufzte. »Oder, genauer gesagt, ich hatte das Gefühl, er sei mein Gegenspieler. Er dachte nicht so.«

»Wie hieß er?«

»Sein Name war Dernhil von Gant.« Maerad zuckte leicht zusammen, doch Cadvan sah sie nicht an. »In meinem Stolz wollte ich keinen Nebenbuhler dulden und überlegte, wie ich ihn ausstechen könnte. Also begann ich mich mit den Dunklen Künsten zu befassen. In jugendlicher Torheit dachte ich, dass daraus kein Schaden erwachsen könnte, solange ich mich nur dafür interessierte. Warnungen, so glaubte ich, wären nur für jene mit minderen Fähigkeiten, als ich sie besaß. Insgeheim stand ich sogar in Verbindung mit einem Barden, der verbannt worden war, weil er den Dunklen Künsten frönte, obwohl ich damals noch nicht wusste, dass er ein Untoter war.«

»Likud«, sagte Maerad.

Cadvan schaute zu ihr auf. »Ja, Likud. Als Dernhil mich bei unserem Zweikampf schlug, trug meine Eitelkeit schlimme Narben davon. Ich wollte etwas tun, das ein für allemal beweisen würde, dass ich über größere Kräfte verfügte als er. Ich gelangte zu dem Schluss, dass die einzige Möglichkeit darin bestünde, eine Beschwörung zu vollbringen, die er niemals wagen würde, weil er, wie ich dachte, weniger Mut hätte als ich. Ich rief ihn zu einem Ort, den wir beide kannten, zu einem Wäldchen außerhalb von Lirigon. Dort wollte ich ihm meine Macht beweisen.« Cadvan starrte zu Boden und verstummte eine Weile.

Unterbewusst hatte Maerad sich weiter ins Zimmer begeben und kauerte nun am Rand des von Cadvan am weitesten entfernten Stuhls. »Und, was hast du gemacht?«

»Ich beschwor eine Kreatur aus dem Abgrund herauf.«

»Was ... was für eine Kreatur?«

»Einen Wiederkehrer.« Mittlerweile wirkte Cadvan abwesend, gefangen in einer schlimmen Erinnerung. »Wie ein Unhold, aber nicht so mächtig. Dennoch war ich nicht stark genug, ihn zu bändigen, und er brach meinen Bann.«

Abermals verstummte er. Maerad wartete, bis er fortfuhr. Als er bereit dazu war, schien das Sprechen ein einziger innerer Kampf für ihn zu sein. »Der Wiederkehrer hätte mich beinahe getötet. Dernhil verwundete er schwer. Er hat – hatte – von jener Begegnung eine Narbe von der Schulter bis zum Oberschenkel. Und die Kreatur tötete eine andere Bardin, eine junge Frau, die getreu oder töricht genug war, dabei zu sein, obwohl sie gewusst hatte, was ich tun wollte, und versucht hatte, mich davon abzubringen.« Er setzte ab. Sein Gesicht wirkte verhärmt und gepeinigt.

»Und was geschah weiter?«

»Ich musste den Wiederkehrer zurückschicken. Was mir letzten Endes gelang. Es dauerte lange, weil ich verwundet war und erst genesen musste, ehe ich mich auf seine Spur heften konnte. Danach wurde ich beinahe verbannt. Eine Zeit lang hatte ich Zutrittsverbot zu allen Schulen. Es waren Nelac und Dernhil, die mich vor der dauerhaften Verbannung gerettet haben. Sie haben sich hartnäckig für mich eingesetzt.« Wieder verstummte er eine Weile. »Deshalb ...«

»Deshalb was?«, hakte Maerad mit inzwischen sanfterer Stimme nach.

Nach kurzem Zögern setzte Cadvan sich auf und sah Maerad unmittelbar in die Augen. »Maerad, das alles sind dunkle Erinnerungen für mich. Wenn du willst, erzähle ich dir noch mehr, aber ich möchte lieber nicht allzu lange dabei verweilen. Dies ist die Zusammenfassung dessen, was ich mit der Finsternis zu tun hatte. Seither habe ich mich mehr im Dienst des Lichts und des Gleichgewichts verausgabt als jeder andere Barde, den ich kenne. Das schwöre ich dir bei allem, was mir heilig ist.«

Maerad nickte langsam. Sie wandte sich von ihm ab und saß eine Weile nachdenklich da, ließ sich durch den Kopf gehen, was er ihr erzählt hatte. Nun verstand sie Cadvans Einzelgängertum. Sie bemitleidete den jungen Barden, der er gewesen war.

»Wer ... wer war die Bardin, die starb?«

Erst dachte sie, Cadvan würde nicht antworten. Als er es doch tat, hörte seine Stimme sich belegt an.

»Ihr Name war Ceredin«, sagte er. »Sie war sehr jung, wunderschön und meine große Liebe. Sie war eine Bardin von außergewöhnlicher Begabung. Vielleicht wäre sie besser geworden als ich. Auf jeden Fall war sie weiser.« Unter der Verbitterung in seiner Stimme hörte Maerad den Schmerz eines unverheilten Kummers. Einen Lidschlag lang durchzuckten sie Cadvans Empfindungen, und sie sah flüchtig Ceredin vor ihrem geistigen Auge: ein dunkeläugiges, zierliches Mädchen mit derselben stolzen Haltung, an die sie sich von

Milana erinnerte. »Diesen Tod werde ich ewig mit mir herumtragen«, stieß Cadvan schroff hervor, obwohl Maerad nicht entging, dass seine Stimme dabei stockte. »Ich kann mir dafür nie vergeben.«

Maerad drehte sich um und sah Cadvan in die Augen. Zum ersten Mal setzte sie ihre Gabe ein: Sie drang in sein Bewusstsein, wie sie es fast getan hätte, als er sie vor scheinbar langer Zeit einem Seelenblick unterzogen hatte. Maerad spürte, wie Cadvan ob ihres plötzlichen Eindringens erst zusammenzuckte und sie dann gewähren ließ, die Schilde senkte, mit denen er sein innerstes Ich schützte. Einen kurzen Augenblick lang fühlte es sich an, als *wäre* sie Cadvan, mit Cadvans Erinnerungen, Sehnsüchten und Bedauern, und sie empfand seine Qualen so heftig, als wären es ihre eigenen. Sie blickte nur so lange in ihn, wie es notwendig war; eine solche Nähe konnte sie nicht lange ertragen. Dann wandte sie sich ab und starrte wieder hinaus in den Garten.

Die finstere Stimmung, die sie seit dem Rat befallen hatte, hob sich allmählich von ihr, als kröche die Sonne nach einer langen, bitteren Nacht hinter dem Horizont der Seele hervor. Gleichzeitig spürte sie, wie eine unvorstellbare Müdigkeit über ihr zusammenschwappte.

»Es tut mir leid, Cadvan«, sprach sie leise, nach wie vor an den Garten gewandt. »Es tut mir leid, dass ich an dir gezweifelt habe. Ich konnte mich nicht dagegen wehren, als ...« Ihre Stimme verlor sich. Cadvans Geständnis hatte die Erinnerung aus Maerads Kopf verdrängt, die in der Kristallhalle über sie hereingebrochen war. Nun kehrte sie zurück, doch statt Grauen spürte sie Entschlossenheit in sich heranwachsen. Ihr Zusammenbruch war von der Finsternis in der Flamme heraufbeschworen worden; sie war überzeugt davon, dass die Finsternis sie spüren konnte und danach trachtete, sie zu stören, indem sie ihren Verstand verwirrte und benebelte. Die Finsternis hatte sie mit trostloser Hoffnungslosigkeit geblendet, alles um sie herum hatte verderbt und faulig gewirkt. Maerad durfte nicht zulassen, dass dies erneut geschah.

»Und jetzt«, sagte Cadvan und riss sie damit aus ihrer Grübelei, »kannst du mir erzählen, was das alles verursacht hat.« Seine Stimme klang wieder normal, und ihr fiel ein, was Nelac über ihn gesagt hatte: *Wenn er versucht, etwas zu verbergen, ist es nahezu unmöglich festzustellen.* Und doch hatte Cadvan ihr gestattet zu sehen, was er verborgen hielt; seine Demut und sein Vertrauen, die er damit unter Beweis stellte, hatten sie erschüttert. Krampfhaft versuchte sie, die Gedanken zu ordnen.

»Es war Enkir«, sagte sie schließlich. »Ich kenne ihn. Ich habe ihn früher schon einmal gesehen ...«

Anschließend berichtete sie Cadvan, weshalb sie ohnmächtig geworden war und was sie über Enkir wusste. Dabei gelang es ihr nicht, ihren Hass aus der Stimme zu verbannen, ihre Verachtung für Enkirs Verrat, und noch während sie sprach, spürte sie, wie heiß das Verlangen nach Vergeltung in ihr aufstieg. Cadvan saß neben ihr, lauschte aufmerksam und unterbrach sie nicht, wenngleich sich seine Züge zunehmend verhärteten. Nachdem sie mit ihrer Schilderung geendet hatte, stand er auf, ging zum Fenster, drehte ihr den Rücken zu und blickte in den Garten hinaus.

»Ich dachte, du wärst im Begriff, mich an Enkir zu verraten«, ergänzte Maerad. »Ich konnte nicht verstehen, wie es möglich war, dass du nicht über ihn Bescheid wusstest.«

»Ich würde mein Leben darauf verwetten, dass Enkir kein Untoter ist«, gab Cadvan zurück und wandte sich ihr zu. Er schüttelte den Kopf, als versuchte er, ihn frei zu bekommen. »Maerad, ich kann dir gar nicht sagen, wie schwer es mir fällt, das zu glauben. Enkir ist ehrgeizig und abweisend, dem stimme ich zu. Außerdem mag ich ihn nicht und bin mit vielem nicht einverstanden, was er getan hat. Aber ich habe nie daran gezweifelt, dass er ein sehr gelehrter Mann von großer Weisheit ist, und er ist der Oberste Barde des Zirkels. Er hat viel im Dienst des Lichts vollbracht, große Errungenschaften der Zauberkunst, wobei er sich stets ohne Rücksicht auf sich selbst verausgabt. Wie könnte das sein? Wie kann er seine Pläne und Taten vor so vielen Barden verbergen? Denn keiner derjenigen, die um jenen Tisch saßen, ist ein Narr oder einfach zu täuschen.«

Maerad saß schweigend da. Ihr erschien es vollkommen offensichtlich, dass Enkir grausam und von Böswilligkeit zerfressen war. Sie konnte nichts Edles an ihm entdecken.

»Vielleicht sind die anderen Barden wie er«, gab sie schließlich zu bedenken. Cadvan bedachte sie mit einem raschen Blick, erhob jedoch keine Einwände.

Gemeinsam saßen sie da und grübelten, bis der Türriegel betätigt wurde, was Maerad zusammenzucken ließ. Saliman trat ein, gefolgt von einem zierlichen, gut aussehenden Jungen, der einen Krug Bier trug. Maerad dachte zuerst, dass es sich um einen von Nelacs Schülern handelte, bis sie erkannte, dass es Hem war.

Saliman schaute von Maerad zu Cadvan und bemerkte die Stimmung, die im Raum herrschte. »Was geht denn hier vor?«, fragte er. Als ihm niemand antworten wollte, zog er die Augenbrauen hoch. »Na, jedenfalls möchte ich euch Cai von Pellinor vorstellen, der immer noch darauf besteht, Hem genannt zu werden.«

»Hallo, Hem.« Unwillkürlich lächelte Maerad. Hem präsentierte sich in einer unbeholfenen Mischung aus Stolz und Schüchternheit. Sein Haar war gewaschen und gestutzt worden. Sauber wirkte es merklich heller als zuvor. Er war schneidig im Stil Norlochs gekleidet: in eine blaue Hose aus schwerer Seide, eine langärmlige, scharlachrote Jacke aus derselben feinen Wolle wie Maerads Kleid und weiche, schwarze Lederstiefel. Unsicher durchquerte er den Raum und stellte den Bierkrug auf die Anrichte. »Du siehst gut aus«, stellte Maerad fest. Hem nickte, schien drauf und dran zu erröten und setzte sich neben sie.

»Saliman hat mich dazu gebracht, ein Bad zu nehmen«, erzählte er. »Es war gar nicht so übel.«

»Eine vollkommene Wandlung«, meinte Cadvan, der ihn eingehend musterte. »Jetzt siehst du tatsächlich aus wie der hochwohlgeborene Sohn aus dem Haus Karn.« Darob errötete Hem endgültig.

Saliman schenkte vier Gläser ein. Maerad und Cadvan bedachte er mit neugierigen Blicken, als er ihnen die Gläser reichte, doch er stellte keine Fragen. »Das Mindeste, was ihr tun könntet, wäre, mich zu dem Kunststück zu beglückwünschen, das ich vollbracht habe«, meinte er und nahm Platz.

»Meinen Glückwunsch«, erwiderte Cadvan mit den Anflug eines Lächelns. Er trank einen ausgiebigen Schluck Bier, und Stille kehrte ein.

»Wo ist Nelac? Es ist schon spät. Wir brauchen ihn hier«, stieß Cadvan plötzlich hervor. Wieder schüttelte er den Kopf, nach wie vor ungläubig. »Saliman, es ist viel schlimmer, als wir dachten. Finsternis erfüllt den Hohesitz der Macht, die Weiße Flamme selbst. Was sollen wir jetzt tun?«

Maerad fiel auf, dass es spät war; der Rat hatte über drei Stunden gedauert, und sie hatten in Nelacs Gemächern gesessen und geredet, während es draußen allmählich dunkel wurde. Cadvan hatte Saliman von Maerads Erinnerung erzählt, und wenngleich der Barde aus dem Süden betrübt gewirkt hatte, schien er nicht überrascht zu sein. »Cadvan, ich sage dir schon seit langem, dass im Norden das Licht trüb geworden ist«, sagte er.

»Aber im tiefsten Herzen der Flamme?«, entgegnete Cadvan.

»Ja, das ist schlimm«, räumte Saliman ein. »Ich hatte gehofft, es würde nicht *so* schlimm sein. Dennoch erstaunt es mich nicht. Es passt zu diesen Zeiten. Denk nur an Maerads Traum.«

Cadvan und Saliman bereitete Nelacs Abwesenheit zunehmendes Unbehagen, und Maerad spürte gar Furcht in sich keimen. Etwas ging vor sich, sie konnte es fühlen. Mit dem wachsenden Gefühl eines bevorstehenden Verhängnisses beobachtete sie, wie draußen die Schatten länger wurden.

»Nun wird Enkir gezwungen sein, rasch zu handeln«, meinte Saliman voll Überzeugung. »Was ihm wohl durch den Kopf gegangen ist, als du sie vor dem ganzen Rat angekündigt hast, Cadvan? *Hier ist Maerad von Pellinor!* Sie könnte das ganze Gebilde zum Einsturz bringen. Glaubst du, er hat Pläne für einen solchen Fall geschmiedet? Du, Maerad, hast gesehen, wie dicht er davor stand, sich während des Rats zu offenbaren. Und ich halte Enkir für jemanden, der seine Pläne sorgfältig im Voraus durchdenkt, bis hin zur letzten Einzelheit. Und sie *ist* die Ausersehene! Ich glaube, das hat ihn aus dem Gleichgewicht geworfen. Und ich glaube, darin liegt Hoffnung. Er wird etwas Unbesonnenes tun.«

»Vielleicht«, meinte Maerad. »Aber ich denke, er hat eigene Spitzel. Vermutlich haben wir ihn nicht so sehr auf dem falschen Fuß erwischt, wie Ihr denkt.«

»Hast du dabei Helgar im Kopf?«, fragte Cadvan. Er lief rastlos auf und ab. »Ja, ich denke, es wäre nicht gut, ihn zu unterschätzen; obwohl ich ebenfalls glaube, dass ihn unsere Behauptung, Maerad sei die Ausersehene, völlig überrascht hat. Die Finsternis ist durch ihr eigenes Wesen in vielerlei Hinsicht blind; es gibt vieles, was sie nicht versteht. Enkir hätte nie gedacht, dass eine Frau solche Macht besitzen könnte. Und er weiß nicht – oder zumindest *glaube* ich, dass er es nicht weiß –, dass wir Hem gefunden haben. Aber du dürftest recht haben, Saliman: Er wird nun rasch handeln. Ich vermute, er wird versuchen, uns loszuwerden, bevor wir etwas unternehmen können. Wir müssen weg aus Norloch. Wir alle.«

»Wohin sollen wir gehen?« Hem richtete sich auf und starrte kampflustig auf Saliman und Cadvan.

Cadvan überlegte kurz. »Ich finde, wir sollten nicht zusammen fliehen«, meinte er schließlich. »Man wird uns verfolgen. Wir sollten uns aufteilen.«

Einen Lidschlag lang wirkte Hem am Boden zerstört, doch mit sichtlicher Willensanstrengung riss er sich am Riemen und stellte eine verwegene Unbekümmertheit zur Schau. *Er will nicht als Kind betrachtet werden,* dachte Maerad mit einem Anflug von Hingabe. *Aber das ist er noch.* Sie schlang den Arm um ihn und zog ihn an sich.

»Ich denke, Cadvan hat recht«, meinte sie leise. »Auch wenn es hart ist.«

»Das Beste«, fuhr Cadvan behutsam fort, »wäre, wenn Saliman Hem nach Süden bringt, während ich mit Maerad nach Norden aufbreche. Denn ich glaube, wir müssen nach Norden, und vermute, Maerad könnte mein Geleit immer noch brauchen. Richtig, Maerad?« Mit schmerzlichen Zweifeln in den Augen sah er sie an. Maerad begegnete seinem Blick. Einen Lidschlag lang zögerte sie, dann nickte sie bedächtig. Sie spürte, wie die Woge seiner Erleichterung durch sie hindurchströmte, und wurde von einer plötzlichen Gefühlsregung überwältigt, die sie nicht zu benennen wusste.

Neben ihr war Hem sichtlich hin und her gerissen zwischen seiner Freude bei der Vorstellung, mit Saliman nach Süden zu reisen, und seinem Kummer darüber, sich von Maerad trennen zu müssen. Maerad wandte sich ihm zu und sah ihm eindringlich ins Gesicht. Trotz Hems Willenskraft kullerte ihm eine Träne über die Wange.

»Sei tapfer, kleiner Bruder«, flüsterte sie. »Wir sehen uns wieder. Ich weiß, dass wir uns wiedersehen werden. Und stell dir nur vor: Du wirst die Wasserfälle des Lamar vor mir zu Gesicht bekommen!«

Hem misstraute der eigenen Stimme, deshalb schluckte er nur schwer und nickte.

Saliman musterte Hem mit tiefem Mitgefühl in den Augen. »Wenn Maerad sagt, dass ihr euch wiedersehen werdet, dann wird das wohl auch so sein, denke ich«, meinte er. »Und vielleicht kann der Anblick der Wasserfälle ein kleiner Trost sein, wenngleich natürlich keine Schönheit der Welt den Verlust derer aufwiegen kann, die man liebt.«

Hem blinzelte, dann setzte er sich gerader auf. »Cadvan hat recht«, fügte Saliman hinzu. »Aber zuerst müssen wir aus Norloch hinausgelangen. Irgendwie fürchte ich, das wird nicht so einfach werden.«

»Dann sollten wir packen«, schlug Maerad unvermittelt vor. Sie blickte auf ihr Kleid hinab. »So kann ich nicht aufbrechen.«

»Ja«, stimmte Cadvan zu. »Und wir sollten uns tunlichst beeilen.«

Maerad empfand es als Erleichterung, etwas zu tun zu haben, statt nur zu reden. Binnen fünfzehn Minuten hatten sie sich alle wieder unten versammelt und trugen Reisegewänder. Hem hatte ein neues Bündel dabei, ähnlich jenem Maerads, das Saliman ihm früher an jenem Tag geschenkt hatte. Sie legten ihr Gepäck in eine Ecke und nahmen Platz, um ihre angespannte Wache fortzusetzen.

Zehn Minuten später, die sich jedoch wie mindestens eine Stunde anfühlten, flog die Tür auf, und Nelac stürmte herein.

»Endlich!«, rief Cadvan aus und wandte sich sogleich an den alten Barden. »Nelac, wir haben Neuigkeiten ...«

Nelac ließ rasch den Blick durch das Zimmer wandern. »Gut, ihr seid alle hier«, stellte er fest. »Ich glaube, ich kenne deine Neuigkeiten bereits, Cadvan. Vermute ich richtig, Maerad? Hast du die Finsternis in der Flamme gesehen, als sie dich wahrnahm?«

Verblüfft starrte Maerad ihn an. Dies war ein Nelac, wie sie ihn zuvor noch nicht erlebt hatte. Alle Anzeichen des Alters waren von ihm abgefallen, und seine Stimme vermittelte eine selbstbewusste Autorität. »Uns bleibt sehr wenig Zeit«, fuhr er fort. »Der Zirkel ist zerbrochen, und ich weiß nicht, was nun geschehen wird. Ich habe mit Amdrith gesprochen, dem Hauptmann der Stadt. Ich denke, nicht alle werden Enkir treu bleiben, wenn er die Garde zum Einsatz ruft. Das sollte uns etwas Zeit verschaffen. Aber nicht viel.«

»Was ist geschehen?«, erkundigte Cadvan sich.

»Enkir hat mich des Verrats bezichtigt«, antwortete Nelac. »Mich und alle, die beim Rat gegen ihn gestimmt hatten. Er wollte uns alle einkerkern lassen. Der Zirkel hat darin nicht eingewilligt. Aber er wurde nur mit knapper Mehrheit überstimmt, und mein Herz lässt mich zweifeln; wie tief reicht diese Finsternis? Enkir ist noch im Turm, tobt vor Wut und stachelt die anderen Barden mit Furcht und vergiftetem Misstrauen an. Ihr müsst Norloch sofort verlassen, solange noch Zeit ist.« Seine Augen hefteten sich auf die in der Ecke gestapelten Bündel. Er nickte. »Wie ich sehe, ist euch das bereits klar.«

»Wir haben nur auf dich gewartet«, erklärte Cadvan. »Alles ist bereit.« Er hielt inne. »Weißt du, dass Enkir bei der Plünderung Pellinors dabei war?«

Überrascht schaute Nelac zu Maerad. »Nein«, antwortete er. »Aber ich sehe bereits, dass Enkir ein ungeheuerlicher Verräter des Weistums und des Lichts ist. Nein, er ist kein Untoter«, fügte er hinzu und hob die Hand, als Maerad den Mund öffnete, um ihn zu fragen. »Er ist zu stolz, um sich dermaßen versklaven zu lassen. Ebensowenig ist er der Namenlose selbst in Verkleidung eines Barden«, ergänzte er, um einer weiteren Frage zuvorzukommen. »Vielmehr trachtet er danach, die Finsternis für seine eigenen Zwecke auszunutzen und sich selbst uneingeschränkte Macht zu verschaffen. Er verbirgt sich im Herzen des Lichts, um seinen verräterischen Plänen nachzugehen. Mir ist regelrecht übel bei dem Gedanken, dass ich es nicht erkannt habe.« Nelac sah aus, als wäre er drauf und dran, vor Abscheu auszuspucken. »Aber in seinem Hochmut hat er die Macht der Finsternis unterschätzt; sie hat ihn verschlungen, obwohl er dachte, er lenke ihre Geschicke. So gerissen, und doch so ein Narr!«

Nelac schimmerte mit einem Licht, das Schatten in den düsteren Raum warf. Doch dies war nicht der friedfertige Sternenschein, den Maerad zuvor an ihm gesehen hatte; diesmal flackerte das Licht vor Zorn.

»Aber kommt, wir haben keine Zeit, um über Verrat zu reden«, sagte Nelac. »Wir müssen darüber nachdenken, wohin ihr gehen sollt.«

»Das haben wir bereits«, meldete sich Maerad zu Wort. »Cadvan und ich reisen nach Norden, Saliman nimmt Hem nach Süden mit. Es erschien uns besser so.«

Nelac blickte über ihren Kopf in ungeahnte Ferne. »Ja, du sollst nach Norden gehen, sofern wir die Zeichen richtig deuten«, meinte er nach einer Weile. »Zumindest soviel ist klar. Und du musst das Baumlied finden. Wie du das machen sollst, weiß ich nicht. Das Licht wird dich leiten. Aber dein Weg ist finster, und ich kann nicht weit sehen.«

Nelac berichtete ihnen, dass er für Maerad und Cadvan bereits für die Überfahrt mit einem Fischerboot gesorgt hatte, das ablegen würde, sobald sie am Kai eintrafen. »Es gehört einem Fischer namens Owan, einem alten Freund von mir aus Thorold, der mich heute aufgesucht hat«, erklärte er. »Er wartete in der Halle, als ich nach Hause kam. Ein glücklicher Zufall. Ich würde ihm mein Leben anvertrauen. Eigentlich wollte ich euch alle mit ihm losschicken, aber ich finde ebenfalls, dass es besser ist, wenn Hem und Maerad nicht denselben Weg einschlagen. Denn ich denke, Hem ist für das Licht von ebenso entscheidender Bedeutung wie Maerad, wenngleich sich mir entzieht, was er zu tun hat.«

»Was ist mit Darsor und Imi?«, fragte Maerad.

»Daran habe ich schon gedacht«, ergriff Cadvan das Wort. »Saliman und Hem müssen sie nehmen; sie können sie nach Gant schicken, sobald sie andere Pferde gefunden haben. Darsor wird meinen Freund tragen, wenn ich ihn darum bitte.«

»Aber wie sollen wir aus Norloch gelangen?«, gab Saliman zu bedenken. »Selbst auf dem besten Pferd von ganz Annar wird das schwierig werden, wenn man sich uns an den Toren in den Weg stellt!«

»Für dich ist es etwas einfacher, mein Freund. Enkir sucht nach Cadvan und Maerad, nicht nach Saliman; zumindest nicht, soweit ich weiß«, erwiderte Nelac. Er nahm einen Ring vom Finger und reichte ihn Saliman. Darauf prangte das Siegel der Weißen Flamme. »Diesem Zeichen wird man sich an den Toren nicht in den Weg stellen. Und vergiss nicht, dass Enkir nichts von Hem weiß; gut, dass wir beim Rat nicht über ihn gesprochen haben. Sag einfach, du bist mit einer dringenden Botschaft des Zirkels für Suderain unterwegs. Das große Tor im neunten Kreis wird geschlossen sein, da es bereits dunkel ist. Du musst die Stadt über das Botenportal verlassen.«

»Also, brechen wir auf?«, sagte Saliman. Hem holte tief Luft und erhob sich.

»Ja, ihr solltet euch sofort auf den Weg machen«, gab Nelac zurück. »Ich weiß nicht, wie lange uns Zeit bleibt, bis alle Tore geschlossen sind.«

Saliman ergriff sein Bündel und bedeutete Hem, es ihm gleichzutun, dann begaben sich alle fünf wortlos zu den Ställen. Darsor schnaubte zur Begrüßung, als er Cadvan erblickte, der ihn streichelte und ihm ins Ohr murmelte, während er ihn hastig sattelte. Maerad küsste Imi auf die Nase und legte ihr das Zaumzeug an. Dann wappnete sie sich für den Abschied.

Zuerst küsste sie Saliman auf beide Wangen. Er sah ihr ernst in die Augen. »Möge alles Glück mit dir sein«, sagte er. »Du bist eine tapfere Frau. Möge das Licht auf dich scheinen, Maerad von Pellinor!«

Sie errötete ob des unerwarteten Lobs. Dann wandte sie sich Hem zu und drückte ihn innig an die Brust. Wann würde sie ihn wiedersehen?

»Du wirst das Baumlied finden«, meinte Hem nüchtern. Überrascht schaute Maerad ihn an, und trotz seines Kummers lächelte Hem mit einen Anflug von Verschmitztheit. »Ich *weiß* es, Maerad. Ich spüre es hier drin.« Er klopfte sich auf die Brust. *Vielleicht,* dachte Maerad, *aber im Augenblick weiß ich noch nicht einmal, was das Baumlied ist* ... Sie zwang sich, das Lächeln zu erwidern, dann half sie Hem auf Imi, die geduldig dastand, während er in den Sattel kletterte. Nachdem er sich richtig hingesetzt hatte, grinste er, offenbar stolz auf sich, zu ihr hinab.

Maerad wollte ihm noch vieles sagen, fand jedoch keine Worte dafür. Mit einem Mantel und Stiefeln auf einem Pferd sah Hem wesentlich erwachsener aus. Außerdem hatte er Saliman dabei, der sich um ihn kümmern würde. Seine Aussichten, es zu schaffen, standen gleich wie für sie alle. Dennoch empfand Maerad den Abschied, als würde ein Teil ihres innersten Wesens entzweit.

»Leb wohl, meine Freundin«, sagte sie zu Imi. »Pass gut auf meinen Bruder auf.«

Deinen Bruder?, gab Imi zurück und stellte überrascht die Ohren auf.

»Ja«, bestätigte Maerad.

Das werde ich, gelobte Imi.

»Du wirst mir fehlen!«, rief Maerad aus und spürte, wie ihr abermals Tränen in die Augen stiegen. Ungeduldig blinzelte Maerad sie fort. Zu viele Abschiede ...

Dann, viel zu schnell, preschten Darsor und Imi mit klappernden Hufen über den kopfsteingepflasterten Hof. Nelac öffnete das breite Außentor und spähte auf die Straße hinaus, die verwaist dalag.

»Geht!«, rief er. »Möge das Licht eure Schritte lenken!«

Dann rannten die Pferde in einem flotten Handgalopp hinaus. Binnen weniger Lidschläge bogen sie um eine Ecke und gerieten außer Sicht. Die drei Barden standen noch eine Weile am Tor; Maerad hatte das Haupt tief gesenkt, während sie mit ihrem Kummer rang.

Kapitel vierundzwanzig
Flucht

Nelac schloss das Außentor und verriegelte es. Brin kam mit zwei stämmigen Schülern aus dem Haus, und sie begannen, das Tor mit langen, schweren Eisenstangen zu sichern.

»Aber was ist mit uns?«, fragte Maerad überrascht.

»Wir müssen einen anderen Weg einschlagen«, antwortete Cadvan. »Unter der Zitadelle hindurch.«

Maerad erwiderte nichts. Es ging alles viel zu schnell für sie. Erst der Rat, dann die schreckliche Szene mit Cadvan, und nun hatte sie Hem verloren ... Sie fühlte sich müde, dabei war die Nacht noch kaum richtig angebrochen. In bedrückter Stimmung kehrten sie in Nelacs Wohnzimmer zurück, das mit einem Mal sehr leer wirkte.

»Und jetzt zum Wichtigsten«, sagte Nelac. »Maerad muss als Bardin eingeführt werden, bevor ihr aufbrecht. Dafür gibt es nur eine Möglichkeit: den Weg der Weißen Flamme. Mit dem, was ich inzwischen weiß, würde ich niemandem mehr vertrauen.«

»Den Weg der Weißen Flamme?« Maerad fühlte sich verunsichert.

»Das ist eine Möglichkeit, an die selbst ich nicht gedacht habe«, sinnierte Cadvan. »So wurde die Einführung einst in Afinnil vollzogen. Heute wissen nicht mehr viele, wie dieses Ritual vonstatten geht. Zum Glück ist Nelac einer der Wenigen, die es nicht vergessen haben.« Unverhofft lächelte er Maerad an. Es war eines jener seltenen, strahlenden Lächeln, die so plötzlich eintraten, als sei ein Schatten von seiner Seele abgefallen, in der sich große Freude regte. »Und du wirst endlich deiner Gabe gewahr werden, Maerad.«

Unsicher musterte Maerad die beiden Barden. Die Furcht kehrte zurück wie ein schwarzer Wind, der in ihr aufkam. Sie fürchtete die Macht in sich, von der sie spürte, dass sie wuchs. Und sie spürte, wie sich in ihr eine Veränderung vollzog, als würde eine schwere Tür unwiderruflich hinter ihr geschlossen, sodass es keinen Weg zurück gab.

Weniger als eine halbe Stunde später wurde Maerad von Pellinor in Nelacs persönlichem Garten vor neugierigen Augen verborgen zu einer Bardin der Weißen Flamme.

Am Himmel, über den der abnehmende Mond wanderte, funkelte ein Sternenmeer, auf dem silbrigen Gras ruhten die Schatten der Bäume und Blumen. Maerad schaute empor und ließ den Sternenschein auf ihr Gesicht schimmern. Sie verspürte keine Furcht mehr.

In ihrer Reisekluft stand sie allein unter einem blühenden Anarech-Baum. An der Brust trug sie die Brosche der Lilie Pellinors, in der Hand hielt sie eine Ebereschengerte. Cadvan stand etwa dreieinhalb Meter entfernt reglos wie ein Baum.

Nelac kam aus dem Haus. Seine Hände bildeten eine Schale, darin trug er eine weiße Flamme. Maerad beobachtete ihn voll Verwunderung, als er sich näherte; die Flamme schien von seinen Handflächen emporzuzüngeln und seine Züge von unten zu erhellen; sie warf seine Augenhöhlen in tiefe Schatten. Als er sie erreichte, neigte er das Haupt.

»Maerad, Elevin von Pellinor, ich heiße dich willkommen«, sagte er in der Hohen Sprache.

Maerad senkte schweigend ebenfalls den Kopf.

»Willst du die Weiße Flamme in vollem Bewusstsein um dein Gelübde gegenüber dem Licht entgegennehmen?«, fragte Nelac.

»Ich nehme die Flamme entgegen, in vollem Bewusstsein um mein Gelübde gegenüber dem Licht«, antwortete Maerad und streckte den Stab aus Eschenholz waagerecht vor sich.

Nelac hielt die Flamme an die Rute, die sich entzündete. Maerad widerstand dem Drang, das Holz fallen zu lassen und hielt es stattdessen, während die Flamme sich über den Stiel über ihre Hände hinweg ausbreitete und sie mit einer weißen Flamme umhüllte. Es schmerzte nicht. Vielmehr rann ein seltsames, wildes Kribbeln ihre Arme entlang durch ihren Leib, während ihr gesamter Körper von dem Feuer umfangen wurde. Statt Hitze verspürte sie eine Kälte, doch es war, als züngelte und flackerte die Kälte wie eine Flamme. Sie fühlte sich lebendiger denn je zuvor, als wäre ihr Blut plötzlich aus einem langen Schlaf erwacht. Verwundert blickte sie in Nelacs Augen. Dann hörte sie, allerdings nicht mit den Ohren, eine Stimme, die keine menschliche Stimme war, sondern wie die Stimme des Sternenlichts klang.

Elednor – ihr wahrer Name.

Feuerlilie.

Wie die Prophezeiung es vorhergesagt hatte.

Nach einer kurzen Weile flackerten die Flammen und erloschen, doch das Kribbeln setzte sich fort, und die düsteren Farben des Gartens, des sanften Sternenlichts wirkten beinahe gleißender, als Maerad es zu ertragen vermochte.

»Du bist durch die Weiße Flamme gelangt und wurdest nicht verbrannt«, stellte Nelac fest. »Willkommen, Maerad von Pellinor. Du bist im Herzen, im Verstand und im innersten Wesen eine Bardin der Weißen Flamme.« Dann sprach er in ihrem Verstand: *»Samandalamë, Elednor Edil-Amarandh na, Eled Idhil na, Idhil Agalena na.* Willkommen, Elednor von Edil-Amarandh, Lilie der Wildrose, Wildrose des Schaums.

Damit bückte er sich und küsste sie auf die Stirn. Cadvan hieß sie mit denselben Worten willkommen und küsste sie ebenfalls. Maerad betrachtete die Eschenrute, die sie nach wie vor in der Hand hielt; sie war beinahe zu Asche verbrannt, doch ihre Hände waren weiß und wiesen keinerlei Blasen auf.

Nelac nahm ihr das verkohlte Holz ab und vergrub es unter dem Anarech-Baum. Dann kehrten sie alle schweigend zurück ins Haus. Das Zimmer, das Maerad vor kaum zehn Minuten verlassen hatte, wirkte verändert auf sie. Die Farben schienen üppiger und kräftiger zu sein, die Gegenstände bedeutungsschwer. Maerad zuckte vor der Schärfe ihrer Wahrnehmung zusammen. Blinzelnd sah sie sich um und schüttelte sich.

»Ich wusste nicht, dass es so sein würde«, stieß sie hervor.

»Man weiß nie, wie die Dinge sein werden«, meinte Cadvan verträumt, als erinnerte er sich an etwas aus der eigenen Vergangenheit.

Ein wenig des Strahls der Flamme haftete noch an Maerads Haut. Als sie sich hinsetzte, schimmerte sie leicht. Cadvan betrachtete sie voll Verwunderung; allmählich glaubte er, die Verwandtschaft zu verstehen, von der Ardina gesprochen hatte.

»Nicht alle Barden gelangen durch die Weiße Flamme«, erklärte Nelac. »Nicht alle Barden würden es schaffen. Das hast du gut gemacht, Maerad.« Mit ernster Miene starrte er sie an. »Eine wahre Bardin! Und wenn ich mir die Bemerkung gestatten darf, fürwahr die Tochter deiner Mutter!«

Maerad blieb keine Zeit zu verarbeiten, was geschehen war. In das Wohnzimmer drangen der Lärm von Schreien auf der Straße, leise und weit entfernt, und das gedämpfte Klirren von Waffen. Wesentlich näher war ein Tumult in der Halle zu vernehmen. Jäh schaute Nelac auf. »Es hat begonnen, meine Freunde.«

Maerad seufzte und zwang ihre Gedanken, sich auf die Gegenwart zu konzentrieren. Sie mussten aus Norloch entkommen. Saliman und Hem hatten die Zitadelle inzwischen längst hinter sich gelassen und waren auf dem Weg nach Süden. Sie sah ihre Gestalten wie aus großer Höhe vor ihrem geistigen Auge; sie galoppierten auf der Ebene von Carmallachen durch die Nacht. Nun mussten Cadvan und sie aufbrechen.

Brin kam ins Zimmer gerannt und wirkte aufgeregt. »Meister!«, rief er. »Irgendetwas ist im Schwange. Auf den Straßen herrscht Aufruhr! Aus einem der hohen Fenster habe ich Soldaten gesehen ...«

»Ich weiß, Brin«, sagte Nelac ruhig. »Ich schicke diese Gäste gerade auf den Weg. Vergiss nicht, selbst die Weiße Garde vermag nicht, das Außentor aufzubrechen; es wird von mehr als nur Eisen geschützt. Und wenn du bitte verhindern könntest, dass die Schüler in Panik geraten. Wir müssen hinunter in die unteren Kreise. Ich bin bald zurück. Falls es nötig ist, weißt du ja, wie man zum Fünften Kreis gelangt.«

Brin nickte und ging.

»Brin ist meine rechte Hand«, erklärte Nelac und lächelte erschöpft. Einen Lidschlag lang lehnte er sich gegen die Wand. Zum ersten Mal seit seiner Rückkehr vom Rat sah er alt und müde aus. Wie alt war er eigentlich, dachte Maerad plötzlich. Drei gewöhnliche Lebensspannen, hatte Cadvan gesagt ... Doch Nelac unterbrach ihre Grübelei. »Es ist an der Zeit für euch zwei, zu gehen. Ich bringe euch zum Eingang des Fluchtwegs – er verläuft kerzengerade, ihr könnt euch nicht verirren –, dann lasse ich euch allein. Ihr beide könnte euch ohne Weiteres selbst verteidigen. Ich muss mich um andere dringende Belange kümmern.«

Cadvan und Maerad hoben ihre Bündel auf und folgten Nelac. Er führte sie die große Eingangshalle entlang, dann nach links in einen weiteren, breiten Gang und schließlich durch die riesige Küche, die völlig verwaist war. Am fernen Ende stießen sie auf eine kleine, dunkle Treppe, die sie hinabstiegen. Unterwegs machte Nelac ein

Licht an, und Maerad sah, dass sie ein niedriges Kellergewölbe betraten, das sich endlos rings um sie zu erstrecken schien. Bis unter die Decke stapelten sich ordentliche Reihen von Kisten, Glasflaschen, Fässern und prallen Getreidesäcken. Die Wände säumten Regale mit Obst und Gemüse: Äpfel, Rüben, Karotten und mehr. Von der Decke hingen Zwiebel- und Knoblauchzöpfe sowie lange, duftende Trockenwürste. Die Luft war kühl und unbewegt, aber trocken. Maerad atmete die durchdringenden Gerüche ein, während sie durch das Gewölbe eilten. Dabei fiel ihr plötzlich ein, dass sie keine Zeit zum Essen gehabt hatten.

Nelac führte sie zu einem niedrigen Gang auf der anderen Seite. Dort begaben sie sich eine weitere Treppe hinab und nach links in einen weiteren Flur, gesäumt von mehreren kleinen, robusten Eichentüren. Die Wände wirken gröber behauen, und die Luft roch feuchter und schaler, als würden diese Korridore nicht oft benutzt. Am fernen Ende hielt er vor einer Tür an, holte einen Schlüsselbund von der Hüfte und entriegelte das Schloss. Das Bardenlicht flackerte durch den Eingang, doch Maerad konnte nur ein paar graue Steinstufen erkennen, die in undurchdringliche Dunkelheit verschwanden.

»Hier ist es«, sagte Nelac. »Dieser Weg führt zu einem Felshang tief unten, von dort müsst ihr euch nur einen Pfad über die Felsen zum Kai bahnen. Die nächsten sechs Stunden herrscht Ebbe, ihr braucht also nicht zu schwimmen. Ich glaube zwar nicht, dass Enkir von diesem Gang weiß, aber ich kann nicht sicher sein; es gibt andere, weniger geheime Gänge, die zu den unteren Kreisen führen. Dass ihr einen davon verwendet, wird er wohl erwarten, aber die Öffnung dieses Wegs sollte unbewacht sein. Nur was die Kais angeht, bin ich nicht sicher. Die Zitadelle wird inzwischen abgeriegelt sein, und ich denke, Enkir wird den Weg über das Meer nicht außer Acht lassen. Seid auf der Hut!«

Er setzte ab und wischte sich mit der Hand über die Stirn. Cadvan musterte ihn eindringlich. »Nelac, ich wünschte, du würdest mit uns kommen«, sagte er. »An diesem Ort fürchte ich um dich.«

»Nein, Cadvan«, entgegnete Nelac und lächelte verkniffen. »Ich bin zu alt für solche Unternehmungen. Ich will dich nicht belügen: Mein Herz ist schwer von einer düsteren Vorahnung. Uns stehen schlimme Zeiten bevor. Aber ich werde hier gebraucht.«

Cadvan widersprach ihm nicht; nur die Traurigkeit in seinen Zügen verstärkte sich.

»Hört mir jetzt gut zu«, forderte Nelac sie auf. »Owans Boot nennt sich die *Weiße Eule*. Es besitzt rote Segel, auf denen das Zeichen in Weiß zu sehen ist. Ihr werdet ihn leicht erkennen, er ist groß und dunkel, wie es auf Thorold üblich ist.« Während er sprach, hatte Maerad ein lebendiges Bild vor Augen: ein dunkles, fröhliches Gesicht mit Augen so grau wie die See. »Er sagte, er würde euch an der Felswandseite des Kais erwarten, und er weiß, wie ihr ausseht. Begebt euch dorthin, so schnell ihr könnt. Ihm könnt ihr vertrauen.« Der alte Barde schaute von Cadvan zu Maerad. »All meine Hoffnung geht mit euch beiden. Tut, was ihr tun müsst. Die Finsternis darf nicht die Oberhand erringen.«

Plötzlich quoll Maerad über vor Liebe für diesen alten Mann, der so freundlich, weise und menschlich war und doch auch streng und stark wie ein Fels, wie sie wusste. Sie schlang ihm die Arme um den Hals und küsste ihn auf die Wange. Nelac wirkte etwas überrascht, lächelte aber.

»Lebwohl, junge Bardin«, sagte er.

»Lebt wohl, Nelac«, flüsterte Maerad, nach wie vor mit den Armen um seinen Hals. »Danke.« Damit ließ sie ihn los und trat zurück.

»Was das Licht will, kann kein Frost töten«, meinte Nelac. »Erinnert euch daran. Die Wurzeln des Baumlieds reichen tief, und Triebe davon können auftauchen, wo man sie am wenigsten erwartet. Haltet allzeit die Augen offen!« Maerad nickte. »Lebwohl, Cadvan.« Der ehemalige Schüler umarmte seinen Lehrer wortlos. Dann betraten Cadvan und Maerad den Gang, und Nelac schloss die Tür hinter ihnen. Maerad hörte, wie der Schlüssel sich im Schloss drehte.

Einen Lidschlag lang herrschte völlige Finsternis, doch bald erblühte in der Schwärze langsam ein fahler, silbriger Schimmer. Der Schein ging von Cadvan aus, aber er rührte sich nicht. Stattdessen starrte er geradeaus ins Leere.

»Ich bezweifle, dass ich Nelac je wiedersehen werde«, sagte er mit tonloser Stimme. »Wenngleich ich wissen würde – bestimmt würde ich es wissen –, wenn er stürbe ...« Aus seinem Tonfall sprach Anspannung, ein quälender Zweifel, und eine Weile erwiderte Maerad nichts.

»Du weißt nicht, was geschehen wird«, meinte sie schließlich unbeholfen. »Und Nelac ist stark.«

»Ja.« Cadvan seufzte schwer und verdrängte seine Gedanken. »Es wäre einfacher, wenn ich einen Stab hätte, um Licht zu machen«, erklärte er. »Ich verwende nur selten einen, aber über längere Zeiträume ist das hilfreich. Vielleicht können wir uns abwechseln; ich möchte mich auf dem Marsch nicht allzu sehr erschöpfen. Schließlich haben wir keine Ahnung, was uns am anderen Ende erwartet.«

Maerad schaute voraus. Der Durchgang war grob in den Fels gehauen worden. Vor ihnen krümmte sich die Wand und verschwand außer Sicht. Die Stufen erwiesen sich als steil und schmal und tauchten in einer endlosen Spirale durch das Herz des Felsens hinab. Der Luft haftete Feuchtigkeit an, und sie war kalt. Maerad schauderte und zog den Mantel enger um sich.

Sie begannen den langen Abstieg. Es gab keinen Handlauf, kein Geländer an der Wand, und Maerad verspürte die fortwährende Angst, die Treppe hinabzustürzen. Je weiter sie kamen, desto feuchter wurde es, und vereinzelt lief Wasser die Wände herab, das die Stufen rutschig und tückisch werden ließ. Nach etwa einer halben Stunde übernahm Maerad es, für Licht zu sorgen. Dabei stellte sie fest, was Cadvan gemeint hatte;es war ermüdend, das Licht aufrecht zu erhalten, während sie gleichzeitig darauf achten musste, nicht zu stolpern und zu fallen.

Sie hörten verzerrte Geräusche durch den Stein dringen, und einmal kamen sie an einer Stelle vorbei, wo eine dünne Wand zu einem Zimmer oder einem weiteren Gang sein musste, da von der anderen Seite recht deutlich das Gemurmel von Menschen zu vernehmen war.

»Der Fels von Norloch ist ein wahrer Irrgarten solcher Tunnel«, erklärte Cadvan. »Viele werden als Speicher verwendet oder als Geheimgänge von einem Haus oder Kreis zu einem anderen. Ich glaube kaum, dass irgendjemand alle kennt.«

Maerad fragte sich, was über ihren Köpfen in der Zitadelle vor sich gehen mochte. Gelegentlich hörte sie einen dumpfen Knall, und wenn sie ihr Gehör aussandte, nahm sie den Widerhall des Gebrülls von Menschen und das Pochen von Füßen auf Stein wahr, konnte jedoch dem, was sie vernahm, keinen Sinn zuordnen.

Die Treppe schien sich endlos hinzuziehen, und Maerads Beine begannen zu schmerzen. Die Kälte drang in ihre Knochen ein, und sie wurde der Dunkelheit, der niedrigen Steindecke und des bedrückenden Gefühls eines zunehmenden Gewichts über ihrem Kopf überdrüssig. Das ständige Kreisen der gewendelten Treppe verursachte ihr ein eigenartiges Schwindelgefühl, zumal es sich stets auf dieselbe Weise nach innen drehte; sie glaubte, wenn sie das Ende erreichten, würde ihr Körper dauerhaft darauf eingestellt sein, sodass sie nie wieder gerade laufen könnte. Aber sie biss die Zähne zusammen und ging weiter.

Als die Treppe schließlich endete, zitterten ihre Knie, und ihre Oberschenkel brannten von der unnatürlichen Anstrengung, so viele Stufen hinabzusteigen. Jäh blieb sie stehen und sah Cadvan an.

»Ich muss mich ausruhen«, verkündete sie. »Nur eine kleine Weile ...«

»Dagegen habe ich nichts einzuwenden«, erwiderte Cadvan. »Ich hasse Treppen.« Er stellte sein Bündel ab und setzte sich darauf. Der Boden war feucht, und ein schmales Rinnsal Wasser strömte am Rand des Tunnels entlang, der vor ihnen durch den Fels in Dunkelheit mündete. Maerad tat es Cadvan gleich, streckte die Beine vor sich aus und massierte die Muskeln. Mittlerweile roch sie etwas Neues, einen leichten Meeresduft, der die abgestandene Luft durchsetzte.

»Wir sind fast da«, teilte Cadvan ihr mit. »Bald sind wir hier raus.«

Sie verweilten nicht lange. Nach kaum fünf Minuten stand Cadvan wieder auf und hievte sich das Bündel auf den Rücken. Maerad folgte ihm den gerade verlaufenden Tunnel hinab, der sich ganz leicht nach unten neigte. Das Gehen war nunmehr wesentlich einfacher, und sie kamen flott voran, zumal sie ein wachsendes Gefühl der Dringlichkeit antrieb. Sie waren etwa fünfzehn Minuten gegangen, als der Meeresgeruch stärker wurde. Maerad erkannte in der Ferne einen leichten Schimmer von Sternenlicht, wenngleich sie die Tunnelöffnung noch nicht sehen konnte; dann hörte sie das Tosen von Wellen und darunter das unablässige Rauschen der See. Der Tunnel verwandelte sich von einem Durchgang zu einer natürlichen Höhle, in der ihre Schritte von Sand gedämpft wurden, und die Wände wurden erheblich schmäler, als sie das Ende erreichten. Sie waren gezwungen, sich immer tiefer zu ducken, bis sie beinahe vornüber gekrümmt gingen. Dann führte der Weg plötzlich steil bergauf, und sie mussten die letzten paar Meter klettern. So gelangten sie durch einen engen Durchlass auf eine Ansammlung von vor Seetang schleimigen Felsblöcken.

Unter ihnen säumten Wellen das Ufer, einen Küstenstreifen aus schwarz glänzenden, nassen Steinen. Die Nacht war hell und klar, und Maerad atmete die salzige Luft ein, erleichtert darüber, endlich die beengte Umgebung des Durchgangs hinter sich gelassen zu haben. Die schwarzen Basaltfelsen von Norloch ragten hoch über ihr auf, und über das Wasser erkannte sie die Hafenausfahrt, die sich als Lücke voll Sternenlicht zwischen dunklen Felswänden abzeichnete.

Nun hieß es, sich behutsam einen Weg über die Steine zu bahnen, ohne in den Schatten zu stolpern oder in einen der Salzwassertümpel zu fallen, die jede Ritze füllten. Es gestaltete sich langwierig und zeitraubend, aber langsam kamen sie um den Fuß der Felswand herum, und bald konnte Maerad den mächtigen steinernen Kai vor ihr erkennen. Bedrohlicher hingegen wirkte, dass sie Geschrei über das Wasser hörte, außerdem den Lärm einer bewaffneten Auseinandersetzung. Dann sah sie plötzlich rotes Licht flackern. Flammen.

»Im neunten Kreis wird gekämpft«, murmelte ihr Cadvan ins Ohr. »Ich hoffe, Owan erwartet uns noch!«

»Nelac hat gesagt, er würde ihm sein Leben anvertrauen«, gab Maerad zurück und fragte sich, was sie tun würden, wenn Owan bereits aufgebrochen, von den Ereignissen in Norloch vertrieben worden wäre. Sie kletterten weiter, bis sie sich am Fuß der Kais befanden. An der Seite führten Stufen hinauf, die sie leise erklommen. Kurz bevor sie oben ankamen, streckte Cadvan die Hand aus, um Maerad innehalten zu lassen, dann spähte er über die Kante. Entwarnend bedeutete er ihr, ihm zu folgen, und gemeinsam krochen sie über den Rand des Kais.

Weiter oben an der Hafenanlage kämpften Gruppen von Menschen, von Flammen in ein schauerliches Licht getüncht. Drei an der nächsten Biegung der Bucht verankerte Boote brannten lichterloh und warfen einen Schein auf die Wellen, der wie Blut auf der Wasseroberfläche glitzerte.

»Sie stecken die Schiffe in Brand!«, murmelte Cadvan. »Enkir ist wahrhaft gründlich.«

Maerad konnte nicht deutlich erkennen, was am Kai vor sich ging, aber sie hörte Schwerter klirren und schreckliches Brüllen und Kreischen. Sie schloss die Augen; es fühlte sich zu sehr wie ihre Erinnerungen an Pellinor an. Maerad konnte es sich nicht leisten, daran zu denken. Nicht jetzt.

Sie verbargen sich im Schatten eines großen Pollers. Vorerst hatte sie noch niemand bemerkt. In der Nähe klapperte eine Reihe von Booten leise an der Vertäuung. Geduckt und mit angespannter Miene ließ Cadvan den Blick darüber wandern. Welches war das ihre? Alle schienen verlassen. Nicht weit entfernt, aber trotzdem zu weit für Maerads Geschmack, befand sich eines mit roten Segeln, allerdings konnte sie von ihrem Standort aus den Namen nicht ausmachen.

»Ich denke, das muss es sein.« Cadvan nickte mit dem Kopf in die Richtung des Bootes. »Maerad, du kannst doch jetzt einen Trugbann weben, oder? Mach dich unsichtbar. Wir wollen nicht gesichtet werden. Ich kann zwar keine Barden erkennen, aber es ist bei diesem Chaos schwer zu sagen.« Maerad bündelte kurz ihre Gedanken; sie hatte das noch nie gemacht, dennoch erwies es sich als einfach. Cadvan zog eine Augenbraue hoch, und sie nickte. Dann standen beide auf und rannten los.

Sie hatten das Boot fast erreicht, waren ihm schon nah genug, um eine weiß gemalte, fliegende Eule auf den Segeln und die auf dem Stein schwankende Laufplanke zu erkennen, als ein Schrei ertönte. Ein Barde hatte sie gesichtet.

»Halt!« Ein großer Mann mit einer Keule und einer lodernden Fackel kam auf sie zugerannt. »Halt! Wer ist da! Auf Befehl des Obersten Barden ist niemandem der Zugang zu den Kais gestattet!«

Sie befanden sich noch zu weit vom Boot entfernt, um den Versuch zu wagen, einfach weiterzurennen. Maerad hörte, wie Cadvan einen leisen Fluch ausstieß. Einen Barden vermochte ein Trugbann nicht zu täuschen, dennoch bestand Hoffnung, sich zumindest ein wenig zu tarnen. Mit der Hand unter dem Mantel auf dem Schwertgriff drehte er sich zu dem Mann um. »Habt Gnade, Herr!«, wimmerte er in einem Akzent, den Maerad nicht erkannte. »Ich und mein Junge versuchen nur, nicht getötet zu werden.« Sein Gesicht lag im Schatten der Kapuze verborgen, und Maerad lüpfte sich die ihre weiter über den Kopf.

»Ihr hättet schon vor einer Stunde von den Kais verschwunden sein müssen.« Zwei weitere Männer kamen herbeigerannt.

»Das wussten wir nicht«, erwiderte Cadvan. »Wir waren gefangen ...«

»Das sind Barden«, rief eine Stimme hinter dem ersten Mann, der die Fackel nun näher an sie hielt und eingehend Cadvans Züge musterte. Maerad bewegte sich hinter ihn und versuchte, sich in seinen flackernden Schatten zu verbergen.

»Barden, Herr?«, fragte Cadvan unschuldig.

»Hol Enkir«, befahl die Stimme. »Ich glaube, das sind sie.« Der dritte Mann rannte los.

Das Versteckspiel war zu Ende. Die beiden verbliebenen Barden näherten sich, um sie zu ergreifen, und brüllten gleichzeitig nach Verstärkung. Cadvan riss Arnost aus der Scheide, woraufhin die beiden zurücksprangen. Der erste Mann ließ die Fackel fallen und umklammerte mit beiden Händen seine Keule.

Maerad sah sich verzweifelt um. Dutzende Soldaten schienen auf dem Kai zu kämpfen, doch sie konnte nicht erkennen, wer gegen wen focht. Weitere Soldaten kamen auf sie zugerannt. Maerad sah den weißen Schemen eines Gesichts durch die Reling des Bootes spähen und sogleich wieder verschwinden. Owan. Er hatte sie also nicht im Stich gelassen. Ohne nachzudenken, zog auch sie das Schwert und stellte sich Schulter an Schulter mit Cadvan auf. Sie wichen zu dem Poller zurück und bezogen daran Stellung. Das Wasser schimmerte schwarz hinter ihnen.

»Möchtest du mich töten, Gast?«, fragte Cadvan den ersten Mann. Arnosts Schneide funkelte gefährlich. »An deiner Stelle würde ich mir das noch einmal überlegen.«

»Schweig, Verräter!«, rief sein Gegner. »Der Tod ist dir jetzt sicher.« Gast hob die Keule und stürzte auf sie zu. Cadvan und Maerad sprangen beiseite. Sein Hieb prallte auf den Poller und ließ Funken aufstieben. Eine Klinge zuckte, und Gast fiel zu Boden. Blut rann ihm dunkel aus Hals und Mund. Er verkrampfte sich noch einmal, dann rührte er sich nicht mehr. Einen Herzschlag lang starrte Maerad ihn an, entsetzt wegen seines schnellen Todes, dann jedoch schwang jemand anders ein Schwert gegen sie. Maerad wehrte den Hieb ab und sprang in Cadvans Richtung, der den Soldaten zurückdrängte und dann mit der linken Hand plötzlich eine weiße Flammenwand um sie zauberte. Die Soldaten verschwanden dahinter, und Maerad und Cadvan standen hinter einem lodernden Halbkreis.

Cadvan wandte sich ihr zu. Das Feuer warf einen grellen Schein auf sein Gesicht, wodurch die Gertenstriemen deutlich auf der weißen Haut hervortraten. »Es sind nur etwa zwanzig Schritte bis zum Boot«, sagte er. »Unsere einzige Hoffnung besteht darin, uns den Weg dorthin zu erkämpfen, und das können wir nicht mit Schwertern, dafür sind es zu viele Soldaten. Aber wenn wir beide eine Flammenwand um uns aufrecht erhalten, könnten wir es vielleicht schaffen.«

Maerad nickte. Ihr Atem ging stoßweise. Jenseits der silbrigen Flammen hörte sie das Gebrüll zahlreicher Soldaten. Sie ergriff Cadvans Hand, verschmolz ihren Geist mit dem seinen, und die Flammen züngelten höher, gleißend und kalt. Dann begannen Cadvan und sie, sich entlang dem Kairand Schritt für Schritt auf das Boot zuzubewegen. Sie hatten noch keine drei Schritte zurückgelegt, als sie den Druck eines Gegenzaubers spürte; die Flammen lichteten sich und wurden niedriger, sodass sie die verschwommenen Schemen der Soldaten dahinter sehen konnte. Maerad strengte sich an und ließ sie wieder höher züngeln.

»Da draußen sind mehr als zwei Barden«, stellte Cadvan fest. Schweiß trat ihm auf die Stirn. »Ich spüre mindestens fünf. Trotzdem glaube ich, wir können es schaffen. Halt durch, Maerad.«

Quälend langsam rückten sie dem Boot näher. Maerads gesamter Körper brannte vor Anstrengung. Sie wagte einen Blick über die Schulter – das Fischerboot schaukelte immer noch scheinbar verwaist auf den Wogen. Noch zehn Schritte, nur noch vier oder fünf, sie waren fast am Ziel. Ihr Kopf pochte ob der Belastung, die das Aufrechterhalten der Flammenwand bedeutete, aber sie würden es schaffen.

Dann verpufften die Flammen von einem Augenblick auf den anderen. Maerad taumelte vor Schreck. Es war, als wäre das Feuer vom Fuß eines Riesen ausgetreten worden. Cadvan drückte ihre Hand, blinzelte sich den Schweiß aus den Augen und schleuderte eine weitere Widerstandskraft vor sich, um ihnen weitere kostbare Zeit zu verschaffen. Maerad versuchte angestrengt, etwas zu erkennen. Sie erkannte die rötlichen Schemen von Fackeln sowie eine wuselnde Masse von Gestalten, aber davor befand sich etwas anderes, eine neue Macht, die zuvor nicht da gewesen war.

»Enkir«, stieß Cadvan keuchend hervor. »Es ist Enkir! Er fühlt sich wie ein Unhold an!«

Wie ein Unhold, dachte Maerad mit vor Angst rasendem Verstand, aber auch nicht wie ein Unhold: Seiner Macht haftete nicht das Grauen des Grabes an, sondern dieselbe lebendige Bösartigkeit, die sie in der Kristallhalle verspürt hatte. Sie konnte Enkirs Gestalt kaum fünf Meter entfernt erkennen, nicht größer als die Soldaten, die ihn umgaben; allerdings ballte sich um ihn eine Macht gleich einem abscheulichen Schatten, der hünenhaft über ihm aufzuragen schien, schauerlich und furchterregend. Die Soldaten wichen aus Scheu vor ihm zurück, doch Maerad nahm sie kaum wahr.

Cadvans Widerstand verblasste, und sie selbst spürte Enkirs Willen wie einen heftigen Schlag ins Gesicht, grausam und unerbittlich. Sie zerquetschte Cadvan regelrecht die Hand, sandte panisch einen Feuerschwall aus und wünschte inständig, sie wüsste, wie sie die Kräfte zu lenken vermochte, die sie zweifellos besaß.

Enkir hob nur die Hand und lenkte den Feuerpfeil himmelwärts.

Plötzlich fiel Maerad ein, was Indik scheinbar vor Jahren in Inneil zu ihr gesagt hatte. *Klugheit ist der Schlüssel. Du bist nicht stark genug, um dumm sein zu können. Denk mit!* Sie schluckte und stählte sich.

Enkir stand still, und die schwarzen Wogen, die ihnen entgegenschwappten, verloren ein wenig an Kraft. Er hob die Arme und baute eine schreckliche Kraft der Finsternis um sich auf. Mit einem Empfinden, das aus der Tiefe ihres Verstandes stammte, nahm Maerad wahr, dass er seine Kraft von etwas außerhalb seiner selbst bezog. Sie spürte, wie ihre Ohren zu platzen drohten. Er würde sie und Cadvan mit einem einzigen Streich zerquetschen.

Gleich einem Hieb in den Magen wurde ihr die Verächtlichkeit seiner Geste bewusst; es war dieselbe Verachtung, mit der er ihre Mutter zerstört hatte. Rasch spähte sie zu Cadvan, der ihren Gedanken erahnte. Kaum merklich nickte er. Sie schlangen die Hände ineinander und warteten beklommen einen endlosen Augenblick, während sich die Kraft zu einem beinahe unerträglichen Druck aufbaute. Die Luft geriet mit einem Laut in Schwingung, der sich wie das Kreischen gequälten Metalls anhörte.

Dann entfesselte Enkir seinen Schlag. Maerad und Cadvan ließen in genau jenem Moment gemeinsam einen Schild gleich einem lodernden Spiegel emporschnellen. Einen Lidschlag lang hing er gleißend vor ihnen in der Luft, dann prallte Enkirs Blitz gleich einem Hammer dagegen. Der Schild explodierte zu feurigen Scherben greller Farben. Sowohl Cadvan als auch Maerad taumelten rücklings, bis sie am Rand des Kais wankten.

Aber der Schwall hatte sie nicht erreicht. Stattdessen prallte er zurück und traf Enkir.

Keuchend sammelte sich Maerad und sandte eine Salve von Lichtblitzen hinterher. Die schartigen Blitze erhellten das Geschehen auf dem Kai für ein paar kurze Augenblicke, als wären es reglose Bilder, die sich durch Feuer in ihre Augen brannten. Ein Mann in der Nähe hatte Schwert und Schild fallen gelassen, war auf die Knie gesunken und bedeckte in einer Geste der Verzweiflung oder des Grauens die Augen mit den Händen. Andere rangen mit einer Art Wahnsinn, als wären sie besessen. Mindestens vier Körper lagen reglos auf dem Boden; doch von Enkir sah Maerad weit und breit keine Anzeichen.

Dann drehten sie und Cadvan sich um und rannten, so schnell sie konnten, die letzten paar Schritte zur Planke und auf das Boot.

Owan lag flach auf dem Deck und hielt sich die Hände über die Ohren. Ruckartig sprang er auf, als die beiden an Bord sprangen, doch als er sah, um wen es sich handelte, kam er herbei, um sie zu begrüßen. Cadvan holte bereits die Laufplanke ein.

»Ihr habt euch ja ganz schön Zeit gelassen«, meinte er.

»Rasch!«, stieß Maerad hervor. Scheinbar ohne Hast ging Owan zum Bug. Tatsächlich jedoch bewegte er sich sehr schnell dabei, das Boot von der Vertäuung zu lösen.

»Ein wenig Hilfe mit dem Wind könnte nicht schaden«, meinte er knapp über die Schulter zurück.

Cadvan starrte ihn einen Augenblick an, bis er begriff, was er meinte. Dann hob er die Arme und sprach einige Worte. Maerad fragte sich noch, was Owan gewollt hatte, als sie ein Säuseln der Luft vernahm, das zu einer steifen Brise anschwoll, bis die Segel flatterten und sich bauschten. Das Boot begann mit steter Geschwindigkeit vom Kai wegzutreiben.

Schneller, schneller, bitte schneller, dachte Maerad, doch es schien, als ließe Owan sich nicht zur Eile antreiben. Nach kurzer Zeit hatten sie die anderen vertäuten Boote hinter sich gelassen. Owan gab Cadvan ein Zeichen. Sogleich gewann der Wind an Kraft, und sie preschten über die Wellen auf die Hafenmündung zu.

Maerad schaute zurück zum Kai. Sie konnte nicht erkennen, was dort vor sich ging, aber sie spürte, dass Enkir nicht mehr dort war; die grauenhafte Gegenwart war verschwunden. Hatten sie ihn getötet? Sie vermochte es nicht zu sagen. Der Schlag, den Enkir gegen sie richten wollte, hatte das Geschehen in ein völliges Chaos gestürzt. Tumult war zu vernehmen, und die Soldaten schienen immer noch gegeneinander zu kämpfen. Bisher hatte noch niemand das winzige Boot bemerkt, das sich klammheimlich aus dem Hafen stahl.

Cadvan kam zu ihr und trat neben sie.

»Schade um Norloch!«, meinte er.

»Ja«, pflichtete Maerad ihm bei. Sie umklammerte die Reling, um ihr Zittern zu unterbinden, das von den Nachwehen des Gefechts herrührte. Cadvan spähte über das Wasser zurück.

»Ich bin froh, dass wir nach Thorold reisen«, sagte er. »Es war schon immer eines der unabhängigsten Königreiche, vermutlich, weil es eine Insel ist. Falls der Oberste Zirkel einen Haftbefehl gegen uns erlässt, wird man ihm dort wahrscheinlich keine Beachtung schenken.«

»Einen Haftbefehl?« Mit großen Augen drehte Maerad sich Cadvan zu. Der Barde zuckte mit den Schultern.

»Damit ist zu rechnen, Maerad. Es wurde Blut vergossen. Und sofern der Oberste Zirkel nicht unter Nelac neu aufgestellt wird, wofür die Aussichten eher schlecht stehen, sind wir ab sofort Geächtete. Wir haben uns heute Nacht ein paar mächtige Feinde geschaffen.«

Bedrückt senkte Maerad den Kopf. Eine Weile überlegte sie, ob sie die Kraft besaß, sowohl vor dem Licht als auch vor der Finsternis zu flüchten. Sie hatte gedacht, Norloch würde das Ende ihrer Reise bedeuten, dabei bezeichnete der Ort offenbar nur den Beginn einer neuen Flucht, diesmal ins Unbekannte; ihr Schicksal war ungewisser als je zuvor.

»Ich bedauere Gasts Tod«, sagte Cadvan nach einer Pause. »Er war kein böser Mann, nur fehlgeleitet. Er tat, was er für richtig hielt.«

Er wollte dich töten, dachte Maerad, sprach es jedoch nicht laut aus. »Hast du ihn gut gekannt?«, erkundigte sie sich stattdessen und drehte sich Cadvan zu.

Seine Augen wirkten düster vor Traurigkeit. »Nein, nicht besonders«, antwortete er. »Er kam aus der Schule von Desor.« Eine Weile schwieg er. »Ein Bürgerkrieg ist etwas Hässliches, Maerad. Er stachelt Freunde gegen Freunde auf und verwandelt Menschen in Feinde, die eigentlich Verbündete sein sollten. Ich hatte gehofft, so etwas nie miterleben zu müssen. Aber so sind nun mal diese Zeiten.«

Gemeinsam blickten sie übers Wasser und lauschten dem Kampfgeschrei, das allmählich in der Ferne zurückblieb.

»Denkst du, Enkir ist tot?«, fragte Maerad unverhofft.

»Das würde ich nur allzu gern glauben«, erwiderte Cadvan. »Aber ich verspürte keine Gewissheit, was vermutlich bedeutet, dass er noch lebt. Er bezieht seine Kraft aus einer Quelle, die übermenschlich ist und ihn beschützt haben dürfte. Und wenn Enkir noch am Leben ist, fürchte ich um Norloch. Er ist immer noch Oberster Barde, der mächtigste Barde von ganz Annar, und wenn er noch lebt, wird er die Wirren der heutigen Nacht zu seinen Gunsten nutzen.«

»Aber vielleicht könnte Nelac ihn aufhalten.«

»Vielleicht«, meinte Cadvan. »Aber wie er sagte, wie tief reicht die Finsternis? Wenn die Menschen sich fürchten, geben sie fast alles für ein Trugbild von Sicherheit auf. Nur Nelac weiß, wie unaussprechlich Enkir das Licht verraten hat, und Enkir hat ihn umgekehrt bereits des Verrats bezichtigt. Nelac half uns bei der Flucht, und ich habe mindestens einen Barden getötet. Man muss kein böser Mensch sein, um sich angesichts dieser Umstände in die Irre leiten zu lassen.« Cadvans Stimme erklang tonlos. »Die Beweislast dürfte gegen alles sprechen, was Nelac sagen könnte.«

»Aber vermag der Rat nicht zu erkennen, wie die Wahrheit aussieht?«, fragte Maerad mit plötzlicher Leidenschaft. »Es sind doch alles Barden, oder? Müssten sie den Verrat nicht durchschauen?«

Cadvan bedachte sie mit einem matten Lächeln. »Die Wahrheit ist nicht so einfach, Maerad. Das weißt du. Es kommt ganz darauf an, aus welchem Blickwinkel man sie betrachtet, und sie verändert sich ... Denkst du, es sei so einfach, die Wege des Lichts nachzuvollziehen? Wie soll irgendjemand von uns wissen, wie wir die richtige Entscheidung treffen können?«

Maerad dachte an Norloch, die Hohestätte der Barden, die nunmehr als Zentrum der Finsternis entblößt war, dann an Cadvans Geständnis von jenem Abend, und sie verstummte. Eine plötzliche Unruhe erfüllte sie. Sie hatte gedacht, Finsternis und Licht wären so einfach voneinander zu unterscheiden wie Nacht und Tag. Cadvans

Worte hingegen schienen darauf hinauszulaufen, dass dem ganz und gar nicht so war und dass Gewissheit nur ein tröstliches Wunschdenken darstellte.

»Glaubst du denn, dass wir das Richtige tun?«, fragte sie schließlich.

Cadvan antwortete zunächst nicht, dann seufzte er. »Ja, ich denke schon«, sagte er. »Zumindest geben wir unser Bestes, wohl wissend, wie wenig wir bewirken. Aber manchmal hat man nicht die Wahl zwischen richtig und falsch, sondern nur zwischen Gut und Böse.«

Dann rief Owan Cadvan zu sich, weil er weitere Hilfe mit dem Wind brauchte, und der Barde ließ Maerad an der Reling zurück, wo sie grübelnd zurück auf die brennende Stadt starrte.

Als das Boot den Hafen durchquerte und eine weiße Furche durch die Wellen zog, erstarben die Kampfgeräusche völlig unter dem leisen Knarren der Segel und dem Rauschen der Wogen. Maerad betrachtete lange die Zitadelle und spürte, wie das Zittern ihrer Glieder allmählich nachließ.

Die Schiffe entlang des Kais brannten immer noch und warfen einen flackernden Schein auf das Wasser, und mit einem Anflug von Entsetzen sah Maerad außerdem Flammen in den oberen Kreisen züngeln. Der Erste Kreis schien lichterloh zu brennen. Sie dachte an Nelac; er hatte gesagt, er würde seine Schüler hinab in tiefer gelegene Gefilde führten. Bestimmt würden sie sich nicht mehr im Ersten Kreis aufhalten, oder? Sie hoffte inständig, dass Enkir tot war. Vielleicht konnte dann der Zirkel wiederhergestellt werden.

Trotz allem, was in den vergangenen Stunden geschehen war, fühlte Maerad sich so wach wie nie zuvor. Sie war zwar zu Tode erschöpft, aber keineswegs schläfrig. Langsam ließ sie den Blick über die Weiten des Wassers wandern und spürte, wie sie sich entspannte. Und zum ersten Mal seit jenem Abend dachte sie an ihre Einführung zurück: an das lodernde Feuer, das sie durchdrungen und sie verwandelt hatte. Sie war nun anders. Sie war die Feuerlilie, Elednor von Edil-Amarandh.

Maerad setzte sich auf das Deck und blickte suchend zu den Sternen empor. Dort, einsam und hell, strahlte Ilion genau so, wie sie ihn auch in Gilmans Feste gesehen hatte. Sie dachte an Hem: Wo mochte er sich gerade befinden? Schaute auch er zum Nachthimmel empor und dachte an sie? Und vielleicht hatte auch ihre Mutter Milana dasselbe getan; vielleicht hatte auch sie nach dem strahlenden Juwel Ilions am Firmament gesucht und es als ihren Stern betrachtet.

Auf Erden, dachte Maerad, plagten sich die Menschen, litten und starben. Berührte all dieser Kummer Ilion? Sie fragte sich, ob die Sterne die Schwingungen menschlicher Freude, Trauer oder Verzweiflungen zu spüren vermochten. Wussten die Sterne, was richtig und was falsch war? Was bedeuteten die Finsternis und das Licht für sie? Maerad erinnerte sich daran, was Ardina zu Cadvan gesagt hatte: *An dunklen Orten strahlt Licht umso heller.* Vielleicht entwickelte sich in solcher Ferne zu menschlichen Belangen ein anderes Muster aus dem Chaos, eine andere Art von Notwendigkeit, und das Böse wurde zum Teil einer größeren Musik.

Maerad starrte weiter in den Himmel und spürte, wie ihr Herz im Leib pochte, wie das Blut durch jede noch so winzige Ader floss. Sie hatte das Gefühl, zum ersten Mal in ihrem Leben die verschlungenen Beziehungen zwischen allen Dingen zu begreifen, ein Geflecht von unendlicher Schönheit und Mannigfaltigkeit. Zwischen der kleinen Kugel ihres Auges und dem fernen Stern spürte sie das Ziehen eines winzigen, schimmernden Fadens, einen Bruchteil der unendlichen Anziehungskräfte, die alles Lebendige und alles Tote miteinander verwoben, alles Ferne und alles Nahe, alles Kleine und alles Gewaltige, zu einer sich stetig wandelnden und erneuernden Welt.

Als dieses Verständnis in ihr keimte, wichen die Ängste, die sie heimgesucht hatten, allmählich von ihr und lösten sich auf. Zum ersten Mal, seit sie sich erinnern konnte, dachte sie ohne Wehmut an ihre Mutter. Sie sah sie vor ihrem geistigen Auge, groß, ungebrochen und wunderschön. Milana, Oberste Bardin von Pellinor. Nun wäre sie stolz auf ihre Tochter.

Mit einem kribbelnden Hochgefühl sog Maerad die Nachtluft ein. Es kümmerte sie nicht, was die Zukunft bereithielt, welch gefahrvolle Reisen und verschwommen erahnte Schrecken ihrer harrten. In dieser Nacht genügte ihr die Gegenwart.

Anhänge

1. Hinweise zur Aussprache

Ein Großteil der Eigennamen Annarens leitet sich von der Hohen Sprache her und weist daher im Allgemeinen dieselbe Aussprache auf. In Worten mit drei oder mehr Silben liegt die Betonung für gewöhnlich auf der zweiten Silbe, in Worten mit zwei Silben (z. B. *lembel*, unsichtbar) immer auf der ersten. Bei Eigennamen können Ausnahmen auftreten – so wird beispielsweise *Pellinor* auf der ersten Silbe betont.

Die Aussprache erfolgt überwiegend einheitlich.

a – wie in *Vater.*

ae – ein Gleitlaut ähnlich wie in *Eis. Maerad* wird »Mai-rad« ausgesprochen.

aë – zwei getrennt ausgesprochene Silben, die wie *a-ä* klingen. *Maninaë* wird »Man-in-a-ä« ausgesprochen.

au – wie in *Mauer.*

e – ein *ä*-Laut wie in *Heft.* Wird am Ende eines Wortes immer ausgesprochen. *Remane*, gehen, beispielsweise besteht aus drei Silben. Manchmal wird dies durch ein ë angezeigt, was zudem darauf hinweist, dass die Betonung auf dem Vokal liegt (z. B. wird *ilë* manchmal so ausgesprochen, dass der i-Laut beinahe verloren geht).

ea – die beiden Selbstlaute werden getrennt ausgesprochen, sodass sie wie *ä-a* klingen. *Inasfrea* wird daher »In-as-frä-a« ausgesprochen.

ei – die beiden Vokale werden getrennt ausgesprochen, sodass sie wie *e-i* klingen. *Inneil* wird »In-ne-il« ausgesprochen.

eu – ein *oi*-Laut wie in *Heu.*

i – wie in *mit.*

ia – die beiden Laute werden getrennt ausgesprochen, sodass sie wie *i-a* klingen.

y – ein offener *ö*-Laut wie das *e* in *hatte*.

c – immer ein *k* wie in *Kruste*, nicht wie in *Circe*.

ch – weich, wie in *ach* oder *Loch*.

dh – ein Laut zwischen einem *d* und einem stimmhaften *th* wie in englisch *the*. Es gibt keine richtige Entsprechung im Deutschen; die beste Annäherung bietet ein weich ausgesprochenes *d*. *Medhyl* kann wie »Med'l« klingen.

s – immer stimmlos wie in *Hass*, nicht wie in *Hase*.

Anmerkung: *Dén Raven* ist nicht aus der Hohen Sprache abgeleitet, sondern entstammt den Sprachen des Südens. Es wird ›Don Rah-ven‹ ausgesprochen.

2. Kurzer Abriss der Geschichte von Edil-Amarandh

Die Schwierigkeiten der Datierung der außergewöhnlichen Zivilisation von Edil-Amarandh oder das Bestimmen einer exakten geographischen Lage sind wohl bekannt. Die Schätzungen variieren drastisch und legen das mysteriöse Verschwinden dieser Kultur zwischen 10 000 bis 150 000 Jahre vor dem Beginn der letzten Eiszeit fest. Ursprüngliche Theorien, die in den Schriftrollen von Annar eine Bestätigung der Berichte Platos, des *Mabinogion* und anderer Quellen sahen, dass es einst eine atlantische Nation gab, die Opfer einer Überflutung wurde, gelten gemeinhin als unglaubwürdig, zumal Edil-Amarandh weit älter zu sein scheint, als diese Texte andeuten, und zudem erhebliche kulturelle Besonderheiten aufweist. Manche wiederum meinen, der Kontinent von Edil-Amarandh könnte westlich der afrikanischen und europäischen Küsten im Atlantik versunken sein, wie man es auch über Atlantis vermutete.[1] Jedoch ermöglichen es trotz dieser Argumente die umfangreichen verfügbaren Aufzeichnungen, eine detaillierte Geschichte Annars und der Sieben Königreiche nachzuzeichnen.[2]

Die Barden verwendeten zwei Hauptkalender: die Zeitrechnung nach Afinnil (angezeigt durch ein »A«) und den Annaren- oder Norloch-Kalender (angezeigt durch ein »N«). Diese Kalender wurden im Allgemeinen überall in Edil-Amarandh eingesetzt. Die in *Die Gabe* geschilderten Ereignisse begaben sich im Jahre N 945, also 945 Jahre nach der Restitution des Lichts unter Maninaë.

Die Geschichte Annars und der Sieben Königreiche gliedert sich laut den *Chroniken* des Istar von Norloch (N 398), aus denen dieser Bericht vorwiegend entnommen ist, in drei Epochen (die Große Stille wird nicht als eigene Epoche betrachtet)[3].

Das Zeitalter der Elementare

Die Epoche der Elementare endete etwa tausend Jahre vor der Gründung Afinnils und somit rund 5 000 Jahre vor der Zeit, in der die vorliegende Geschichte spielt. Daher war zum Zeitpunkt der Restitution ein Großteil ihrer Geschichte verloren gegangen, und das wenige Verbliebene war bestenfalls bruchstückhaft. Allerdings schilderten nach der Gründung Afinnils die noch verweilenden Elementare zahlreiche Ereignisse jener Epoche[4], und so blieben viele Geschichten und Lieder durch die Tradition des Bardentums erhalten, wenngleich wiederum nur Fragmente jener Überlieferungen überlebten, nachdem Afinnil vom Namenlosen ausgelöscht wurde.

Elementare (oder Elidhu) waren Unsterbliche und erhielten diese Bezeichnung, weil sie eine Affinität zu Naturgewalten wie Feuer, Wasser, Erde, Luft, der Sonne, dem Mond und den Gezeiten besaßen. Häufig brachte man sie mit bestimmten Orten oder Regionen wie Flüssen oder Bergen in Verbindung. Nach den Kriegen der Elementare zogen sich viele der Elidhu in ihre reinen Formen zurück und wurden nicht mehr als empfindungsfähige Wesen betrachtet, obwohl einige noch als sichtbare Geister ausharrten. Sie konnten nach Belieben verschiedene Gestalten annehmen, und in den Tagen Afinnils besuchten sie die Stadt häufig als Menschen getarnt, um von den Dhyllin die Künste der Hohen Sprache, der Lieder und der Musik zu erlernen, woran sie sich besonders erfreuten. Königin Ardina gilt als die bekannteste jener Elidhu, die zu einem Teil der Welt der Menschen wurden. Nach der Machtübernahme durch die Menschen und die Entfremdung zwischen den beiden Rassen, für die in erheblichem Maße der Namenlose verantwortlich zeichnete, kehrten die meisten in ihre Elementarformen zurück und wurden nur selten gesichtet. Ihre Zahl war nicht bekannt.

Das Zeitalter der Elementare kennzeichnete die Herrschaft des

Eishexers Arkan, der aus dem Norden kam und Edil-Amarandh mit einem dauerhaften Winter überzog. Zu jener Zeit schufen die Elementare in dem Versuch, den Vormarsch Arkans aufzuhalten, einige der Gebirgsketten von Edil-Amarandh wie die Osidh Elanor (die Berge des Sonnenaufgangs) und die Osidh Annova. Alle Lebewesen litten zu jener Zeit schwer, und es hieß, dass die Menschen damals beinahe vom Antlitz der Erde verschwunden wären. Der Eishexer wurde bekämpft und letztlich von einem Bündnis zwischen einigen Elementaren und den Völkern von Edil-Amarandh unter der Führung der Elidhu Ardina und des Königs Ardhors gestürzt. Der entscheidende Krieg gegen Arkan erschütterte den gesamten Kontinent: »Das Meer überschwemmte Land, und Land erhob sich, wo zuvor Meer gewesen war.«[5] Nach dem Ende des Krieges präsentierten sich die Küsten völlig verändert und in der Form, wie sie heute erfasst sind.

Die Geschichte und die Lieder der Menschheit sind von jener Zeit an verzeichnet, beispielsweise in Form der Legende von Mercan, die in den Schriftrollen von Lir in der Bibliothek von Lirigon bewahrt wurde – allerdings wurden die Jahre nicht festgehalten. Kleine Gemeinschaften von Männern und Frauen lebten in Siedlungen östlich der Osidh Annova, und dort gab es ein starkes und stolzes Volk, das sich in der Nähe des heutigen Lir niedergelassen hatte, die Nachkommen derer, die später die Dhyllin wurden.

Das Zeitalter der Dämmerung

Nach den Kriegen besiedelten die Dhyllin jene Gebiete im Norden, die später als Lirion und Imbral bekannt werden sollten, und angeblich tauchten die *Dhillareарë* zu jener Zeit erstmals in Edil-Amarandh auf. Allerdings wurde vor der Gründung von Afinnil nur wenig aufgezeichnet. Diese Zeit wird Inela oder Vordämmerung genannt.

Das eigentliche Zeitalter der Dämmerung beginnt mit der Gründung Afinnils etwa tausend Jahre nach dem Ende der Kriege der Elementare. Afinnil war die erste Stadt, die von den *Dhillareаrë* errichtet und bevölkert wurde, wenngleich sie keineswegs das einzige Volk darstellten, das dort lebte. Die Stadt wurde vom großen Barden Nelsor gegründet, der unter anderem die Buchstabenschrift erfand und der Erste war, der die Hohe Sprache niederschrieb und in Regeln fasste.

Die Schrift, die auf ihn zurückging, war über viertausend Jahre später noch die am meisten verbreitete unter den Barden.[6]

Afinnil war nie eine Stadt der Könige, sondern immer eine der Barden. Sie wurde zwischen Lirimal und Inchan gebaut, den Hauptstädten der Reiche Lirion und Imbral. Ihre genaue Lage ist längst in Vergessenheit geraten, aber sie befand sich an den Gestaden eines Meeres, das angeblich so tief war, dass die Sterne sich selbst bei Tag darin widerspiegelten, des Ilimican oder Spiegelmeers. Afinnil stand im Ruf, die schönste Stadt zu sein, die je in Edil-Amarandh errichtet worden war, und wurde zu einem Mittelpunkt der hehren Bildung und Kultur. Große Gesangshallen und Bibliotheken wurden begründet, und die Stadt wurde berühmt für ihre Gärten und Terrassen, die dem Vernehmen nach meilenweit ihren Blütenduft verströmten.

Dies war die erste große Zeit des Lichts. Viele Jahre gediehen Afinnil und mit der Stadt auch die umliegenden Gebiete. Barden traten weite Reisen an und fanden ihresgleichen an zahlreichen Orten, am häufigsten in Turbansk im Süden, einer uralten Stadt, die noch vor dem Ende des Zeitalters der Elementare gegründet worden war, aber auch in den Ländern des Westens entlang der Küste von Edil-Amarandh. Die Menschen zogen auch nach Osten über die Osidh Annova und errichteten in dem fruchtbaren Land, das sie dort vorfanden, das Königreich Indurain.

Die ersten Anzeichen von Unbilden traten im Jahr A1567 auf, als Sharma, der König von Dén Raven, einem kleinen Gebirgsreich im Süden, nach Afinnil reiste, um Ausbildung ersuchte und als Gegenleistung Gold und Juwelen anbot. Die Barden, die derlei Dinge nur wegen der Schönheit schätzten, die sie darin sahen, lachten und unterrichteten ihn unentgeltlich. »Was ist das kalte Licht eines Edelsteins neben dem lebendigen Licht?«, entgegnete Gel-Idhor, der Oberste Barde von Afinnil, als Sharma an ihn herantrat. »Nein, behalte deine Juwelen.« Sharma, ein stolzer und aufbrausender Mann, fühlte sich zutiefst beleidigt vom milden Hohn der Barden; doch er verbarg seinen Zorn und widmete sich um so mehr dem Erwerb von Wissen.[7]

Sehr bald wurde augenscheinlich, dass Sharma der begabteste Barde war, den man in Afinnil seit Nelsors Tagen gesehen hatte. Insbesondere widmete er sein Augenmerk dem Erschaffen von Dingen der Macht und den Geheimnissen des Bindens. Zudem erwies er sich als überaus neugierig, was Arkan, den Eishexer betraf, und er verbrachte viel Zeit damit, sich mit den Elidhu, die Afinnil besuchten, über die Geschichte jener vergangenen Kriege zu unterhalten. Sein wahres Ansinnen aber verbarg er stets. Erst später wurde klar, dass Sharma danach trachtete, sich selbst unsterblich und so mächtig wie die Elidhu zu machen, die nicht getötet werden konnten. Einige der Elementare in Afinnil, darunter Königin Ardina, beunruhigten Sharmas Fragen. Sie misstrauten seinem Ehrgeiz und rieten davon ab, ihn weiter auszubilden. Doch die Barden sahen keinen Grund, weshalb ihre Überlieferungen einem derart aufnahmefähigen Schüler vorenthalten werden sollten, und so wurden solche Bedenken beiseite gefegt.

Nachdem Sharma zum mächtigsten Barden von Edil-Amarandh geworden war, kehrte er in sein Königreich zurück. Anschließend wob er den Bindungsbann, der seinen Namen verstieß und gewährleistete, dass er nie durch die Tore in den Offenen Kreis des Todes schreiten würde.[8] Dies kam einem entsetzlichen Frevel gleich, denn dass ein Barde die Gesetze des Gleichgewichts solchermaßen herausforderte, war beispiellos. Das Verwerfen seines Namens und sein Abschwur vom Tod kennzeichneten den Beginn der grausamen Kriege, die fünfhundert Jahre später mit der Vernichtung Afinnils sowie mit der völligen Niederlage und Zerstörung von Lirion, Imbral und all den Überlieferungen und all der Schönheit endeten, die es dort gab.

Nachdem Sharma seinen geheimen Namen verworfen hatte, wurde er der Namenlose genannt. Er scharte Anhänger um sich, die er mit dem Versprechen ewigen Lebens und uneingeschränkter Macht lockte. Viele Barden verrieten das Licht und schlugen sich auf seine Seite; sie wurden zu schwarzen Hexern, bekannt als Untote, denn ihr Geist hielt ihren Körper weiter in einem unnatürlichen Leben fest, auch wenn er längst tot und zerfallen war. Außerdem ging der Namenlose Bündnisse mit jenen verbliebenen Elidhu ein, die das Licht hassten, insbesondere mit dem Elidhu Karak, der die Herrschaft über das Reich Indurain östlich der Osidh Annova innehatte, nachdem die Armeen des Namenlosen es zerstört und die dort lebenden Dhyllin niedergemetzelt oder versklavt hatten.

Der Feldzug des Namenlosen zum Sturz des Lichts in Annar wurde im Jahr A 2041 von Erfolg gekrönt, als seine Streitkräfte den letzten verzweifelten Bund von Lirion und Imbral auf den Firman-Ebenen in der Nähe des Findol überwältigten. Die Niederlage läutete das Ende des Zeitalters der Dämmerung und den Beginn der Großen Stille ein.

Die Große Stille

Die Große Stille dauerte von A2041 bis A3234. In jener Zeit verbarg das Licht sich in jenen Gebieten, die später als die Sieben Königreiche bekannt werden sollten, entlang der Küste Edil-Amarandhs und im Süden. Die Barden errichteten keine Städte oder Dörfer. Sie lebten unter großem Ungemach und wirkten stets im Geheimen gegen die Finsternis. Doch bis zur Ankunft Maninaës, des Erben Laurelins, im Jahre A3157 gelang es ihnen nicht, den Namenlosen zu stürzen. Maninaë, ein Barde, einte den Widerstand in den Sieben Königreichen, und nach vielen Jahren – und einer zu verworrenen Geschichte, um sie hier auch nur ansatzweise wiederzugeben – konnte er den Namenlosen von dessen Thron stoßen und das Licht in Annar wiederherstellen. Danach wurde er zum ersten König von Norloch und zum ersten Herrscher über ganz Annar.

Eine neue Jahreszählung, der Annaren-Kalender wurde eingeführt. Er wurde auch als die Zeitrechnung nach Norloch bezeichnet.

Die Restitution

Nachdem der Friede wiederhergestellt war, gründete Maninaë die Zitadelle von Norloch und das System der Schulen. Fünfundzwanzig Schulen wurden errichtet, verteilt über Annar und die Sieben Königreiche. Straßen wurden gebaut, um das uneingeschränkte Reisen zu jeder der Schulen zu ermöglichen. In jener Zeit wurden weitere Gebiete Annars besiedelt, wenngleich in der Landesmitte große Regionen Wildnis blieben. Edil-Amarandh war von jeher ein Kontinent gewesen, der entlang der Küste dichter als im Landesinneren besiedelt war.

Die Kultur des Bardentums erblühte wieder, und die Grundsätze von Afinnil wurden wieder eingeführt. Aber Maninaë dachte auch über militärische Strategien nach, und im Gegensatz zu Afinnil entwickelte sich die Kultur Norlochs zu einer kriegerischen. Afinnil war nie eine Stadt der Könige gewesen, und obwohl alle Barden grundsätzlich in der Schwertkunst unterrichtet wurden, hielten sie diese nie in besonderen Ehren.

Die Restitution oder Wiederherstellung währte 300 Jahre. Danach folgte eine Periode der Festigung, die man als die Mittleren Jahre bezeichnet, ein Zeitraum, in dem all die Künste friedlich und in Harmonie gediehen. Etwa um das Jahr N 720 traten erste Anzeichen von Unruhe auf. Zugleich war es das Jahr des letzten Königs, denn die Thronerben bekriegten einander ob eines Streits um die Erbfolge. Im Zuge dessen wurde die Herrscherlinie Norlochs vollkommen ausgelöscht. Damals sagten sich die Sieben Königreiche von ihrem Bündnis mit Norloch los und führten die Autonomie wieder ein.

Danach herrschten die Barden ausschließlich in Norloch, wo sie das Dreifachzepter der Könige in die Befehlsgewalt der Weißen Flamme einbanden. Nach der durch die Rivalität zwischen den Königen verursachten Zerstörung erschien es allen so besser, und man hoffte, dass die an ihr Gelübde gegenüber dem Licht und der Ausgewogenheit gebundenen Barden weiser herrschen würden. Allerdings gab es auch andere, die dies als eine Verzerrung des Gleichgewichts betrachteten; außerdem wiesen sie darauf hin, dass in Norloch keinen Frauen mehr hehre Ämter anvertraut wurden, wie es in den meisten anderen Schulen sehr wohl noch der Fall war. Dies sahen sie als weiteres Anzeichen von Unausgewogenheit an.

Allmählich wurde im Verlauf der nächsten zweihundert Jahre offenkundig, dass sich in Annar Unheil anbahnte. Die Festen in Dén Raven waren wiederaufgebaut worden, und der Hexer Imank führte Krieg gegen Suderain, wo er auf heftige Gegenwehr stieß. Es gab auch andere Anzeichen von Ungemach: Die zuvor unbekannte Weiße Krankheit begann in Teilen von Annar zu wüten, und einige Schulen entfremdeten sich von den Menschen, verlangten hohe Abgaben und geizten mit ihren Diensten, was zu einem gewaltigen Verlust des Ansehens der Barden in zahlreichen Teilen Annars führte, manchmal sogar zu offenem Aufruhr. Immer häufiger wurden Werwesen und andere Diener der Finsternis gesichtet, und zum ersten Mal seit der Restitution tauchten Untote in Annar auf. Noch beunruhigender war es, dass einige Barden von einer Störung der Hohen Sprache selbst berichteten, die sie zwar nicht auszudrücken vermochten, aber als zutiefst besorgniserregend empfanden. Es schien ihnen, als verlöre die Hohe Sprache ihre uralte Kraft. Doch erst, als die Schule von Pellinor im Jahr N 935 überfallen und niedergebrannt wurde, worauf im Süden binnen der nächsten vier Jahre Baladh und Jerr-Niken folgten, wurden unter den Barden Stimmen laut, dass der Namenlose zurückgekehrt sei.

3. Von Annar und den Sieben Königreichen

Annar, manchmal als das innere Königreich bezeichnet, nahm den größten Teil des Kontinents von Edil-Amarandh ein und wurde gemeinhin als das Land südlich des Lir, westlich der Osidh Annova (der Berge der Erde) und nördlich der Südlichen Wüsten betrachtet.

Die Sieben Königreiche waren kleiner und bildeten einen losen Ring um Annar entlang der Westküste: von Norden beginnend handelte es sich um Lirhan, Culain, Ileadh, Lanorial, die Insel Thorold, Amdrith und Suderain. Das letztgenannte Reich, Suderain, lag in der Nähe von Dén Raven – manchmal das Verlorene Königreich genannt –, einem vergifteten Land, welches die Hochburg des Namenlosen darstellte und auch nach dessen Niederlage gegen Maninaë den Großen und der Restitution des Lichts in Annar als Hort für die Untoten und seine anderen überlebenden Diener diente.[9]

Nachdem der Namenlose gestürzt worden war, einte Maninaë zum ersten Mal alle Sieben Königreiche unter einer Herrschaft, was zu einer langen Zeit des Friedens führte. Maninaë verkörperte insofern einen ungewöhnlichen Mann, indem er sowohl König als auch Barde war, wenngleich das Bardentum in ihm wenig ausgeprägt war und er ihm abschwor, als er das Zepter nahm. Mit einer weiteren Ausnahme waren die Könige und Königinnen von Norloch niemals Barden gewesen, und dies galt als entscheidendes Element des Gleichgewichts.

Die Befehlsgewalt des Monarchen über die Sieben Königreiche war extrem beschränkt und wurde aus freien Stücken gewährt. Insgesamt erinnerte der Zustand eher an ein Bündnis von Stadtstaaten mit den sie umgebenden autonomen Regionen. Es ist bezeichnend, dass der uralte Begriff Edil-Amarandh, der noch aus der Zeit vor der

Dämmerung datierte, der einzige Name für den gesamten Kontinent blieb und dass selbst dieser nur selten verwendet wurde. Die Einheit Edil-Amarandhs war ein Ergebnis des Einflusses des Bardentums, nicht der Durchsetzung seitens weltlicher Herrscher. Die Barden verkörperten auch den Quell der vergleichsweise zwanglosen Hierarchien in Edil-Amarandh; da ein Barde von überallher stammen konnte, selbst aus ärmlichsten Gemeinden, war es durchaus vorstellbar, dass jemand niedrigster Herkunft Macht über die Weisen erlangte – was auch des Öfteren geschah, besonders in den ersten Jahrhunderten nach der Restitution.[10]

Die Regionen wurden zwar als Königreiche bezeichnet, stellten aber keine wahren Königreiche oder Fürstentümer im herkömmlichen Sinn dar. Dies lag an der doppelten Befehlsgewalt des Bardentums einerseits und der Administration andererseits, die sich die Regierung ihrer Völker teilten und durch ihr komplexes Zusammenwirken eine absolute Herrschaft unterbanden. Im Verlauf etlicher Jahre erwuchs daraus ein vielschichtiges politisches und gesellschaftliches System voneinander unabhängiger, autonomer Strukturen, je nach Region in unterschiedlicher Ausprägung. Dem Anschein nach bürgerte sich in vielen Gauen – den Regionen um die Schulen – und anderen Gebieten eine Art Demokratie ein. Von der Bevölkerung wurden Verwalter gewählt, wobei alle Erwachsenen über fünfundzwanzig Jahre unabhängig vom gesellschaftlichen Rang das Wahlrecht besaßen. Nur die Monarchie behielt das System der Erbfolge bei, das viele Barden als primitiv betrachteten; dieser »Erbsünde« schreiben sie auch den späteren Untergang der Monarchie zu.[11] Allerdings muss man einräumen, dass die Monarchie im Rahmen ihrer eingeschränkten Macht mehrere Jahrhunderte lang über ein friedliches Königreich herrschte, ehe ein Bürgerkrieg ausbrach.

Dieses zweigeteilte System – das nur grob der mittelalterlichen Teilung weltlicher und religiöser Macht zwischen Kirche und Staat gleichkommt, obschon es ein verlockender Vergleich ist –, erreichte nach allgemeiner Auffassung seine ideale Form in der Gemeinschaft der Dhyllin, wo Barden und Bürger zusammen lebten und arbeiteten, um sich gemeinsam in Harmonie weiterzuentwickeln. In der Praxis funktionierte es nicht immer so ideal, und bisweilen arteten Streitigkeiten oder Rivalitäten in Geplänkel oder sogar Krieg aus, manchmal zwischen Barden und Monarchen, andere Male zwischen widerstreitenden Regionen. Jegliche Vorkommnisse solcher Art betrachteten die Weisen als eine Schmähung des Lichts.[12]

4. Die Hohe Sprache

Die Hohe Sprache, die bezeichnende Eigenschaft eines Barden und das zentrale Mysterium des Wissens, hat im Verlauf vieler Jahrhunderte zahlreiche Denker unter den Barden beschäftigt.[13] Daher könnte man viel darüber schreiben, wovon hier nur der Ansatz eines Abrisses wiedergegeben werden kann.

Mit der Hohen Sprache verhielt es sich wie mit einer herkömmlichen Sprache, jedoch mit bestimmten entscheidenden Unterschieden. Tatsächlich konnte man sie erlernen – so stellte sie beispielsweise die Hauptsprache des Volkes der Dhyllin dar. Allerdings barg sie aus den Mündern derer, die sie erlernten, statt sie durch die Gabe zu erhalten, keinerlei bardische Kraft.

Barden griffen darauf zurück, wenn sie über ernste und wichtige Belange redeten, weil es als unmöglich galt, in der Hohen Sprache zu lügen. Was in Wahrheit nicht zutraf: Auch Untote bedienten sich der Hohen Sprache und waren durchaus in der Lage zu lügen, wenngleich dieser Anwendungsfall nicht als die eigentliche Hohe Sprache betrachtet und manchmal als Finstere oder Schwarze Sprache bezeichnet wurde. Außerdem gab es jene, die zwar die Hohe Sprache empfingen, aber nie in das Wissen des Lichts eingeweiht wurden und, noch entscheidender, nie ihren bardischen oder geheimen Namen (auch als »wahrer Name« bekannt) erfuhren. Dies war ein Umstand, der in der Regel tragische Konsequenzen nach sich zog, zumal solche Menschen nicht in der Lage waren, ihre Kräfte zu begreifen oder zu kontrollieren, und somit nie in den Vollbesitz ihrer Gabe gelangten. Im Allgemeinen kam dies selten vor, wenngleich häufiger, als die Schulen nach dem Ende des Königtums von Annar in Verruf gerieten. Ferner gab es die Fälle jener, die nur über eine geringe Gabe verfügten. Solche Menschen verdingten sich bisweilen als Dorfhexer (daher der Ausdruck »Hexersprache«) und beherrschten nur eine verkürzte und entfremdete Fassung der Hohen Sprache, die nur wenige Worte der Magie enthielt, obschon sie mitunter dennoch beträchtliche, wenngleich eingeschränkte Macht erlangten.

Aber sie galten nicht als Barden, da sie weder die Hohe Sprache vollständig beherrschten noch ihre Namen kannten. Folglich bezeichnete man sie gelegentlich als die Unbenamten – was vom Namenlosen eindeutig abzugrenzen ist, zumal Letzterer seinen Namen vorsätzlich verworfen hatte.

All das gestaltet den Besitz der Hohen Sprache eindeutig weniger geradlinig, als es zunächst den Anschein haben mag. Die Tatsache, dass die Hohe Sprache von Menschen ohne die Gabe erlernt werden konnte, legte nahe, dass die Kraft der Hohen Sprache nicht von ihren Wörtern selbst herrührte, wie viele Barden in den Mittleren Jahren behauptet hatten, sondern innerhalb ihrer syntaktischen Struktur und der Schwingungen ihrer Laute die Geheimnisse des Kosmos zum Ausdruck brachte, woraus sie ihre einzigartige Macht bezog.[14] Der Hauptgrund, der für das Argument geliefert wurde, dass die Macht in den Wörtern selbst lag, waren die Priorität und die Bedeutung, die Namen in der Hohen Sprache und bardischen Namen beigemessen wurden. Die Wahrheit mochte durchaus eine Verschmelzung beider Aspekte darstellen, wie wiederum andere Barden meinten.

Barden waren die einzigen Menschen, die geheime Namen besaßen, und eines Barden Name war und blieb ein zentrales Rätsel, das nur teilweise entschlüsselt werden kann. Die einzige vollständige schriftliche Aufzeichnung über eine Einführung und Namensgebung scheint im *Rätsel vom Baumlied*[15] auf, das die entscheidende Bedeutung des Rituals bekräftigt. Andere Schriftstücke weisen darauf hin, dass die wichtigsten Geheimnisse nicht niedergeschrieben, sondern in den »Kreisen des lebendigen Gedächtnisses« gehalten wurden. Im Text des Baumlieds fühlten sich die Verfasser verpflichtet, ihre Entscheidung zu verteidigen, es aufzuzeichnen, indem sie anmerkten, dass es – zumal ganze Wälder des Wissens von der Finsternis gerodet worden waren – »nötig ist, uns bekannte Geheimnisse auf so schlichte Weise zu erhalten, für den Fall, dass das Wissen samt und sonders vom Antlitz der Erde verschwindet«[16].

Es scheint, dass der Name eines Barden weit mehr als eine bloße Anrede oder ein Zeichen seines Status oder seiner Herkunft war: Der Name machte das Wesen eines Barden aus, und ihn zu erkennen stellte ein Zeichen dafür dar, dass der Barde zu seiner vollen Kraft gelangt war. Wer den geheimen oder wahren Namen eines Barden kannte, besaß Macht über ihn, weshalb die Namen streng gehütet und nur engen Freunden als Beweis höchsten Vertrauens preisgegeben wurden. Seinen Namen zu verwerfen, war bis zu Sharmas Bindungsbann undenkbar gewesen und galt als schlimmster vorstellbarer Frevel. Sharma von Dén Raven blieb der einzige Barde, der es je erfolgreich getan hatte. Untote verwendeten ihre Namen zwar nicht, waren aber nicht in der Lage, sie vollständig abzulegen, und wer den Namen eines Untoten kannte, vermochte ihn zu zerstören.

Weil die Hohe Sprache nicht auf herkömmliche Weise erlernt wurde und daher nicht denselben Veränderungen oder kulturellen Abwandlungen unterlag wie andere menschliche Sprachen, blieb sie wesentlich konstanter. Barden aus völlig unterschiedlichen Regionen hatten keinerlei Probleme, einander zu verstehen, wenn sie die Hohe Sprache verwendeten, unabhängig von den Unterschieden in Tradition und Kultur, die sie voneinander trennten. Dennoch bleibt festzuhalten, dass es sehr wohl geringe Abweichungen in der Hohen Sprache gab; zwar ging sie stets auf denselben Stamm zurück, aber verschiedene Umfelder förderten verschiedenartige Ausbildungen. So gab es beispielsweise einen bemerkenswerten, wenngleich geringen Unterschied zwischen der Hohen Sprache von Afinnil und der Hohen Sprache in Maerads Tagen, und für Maerads Ohren hätte in der Hohen Sprache Salimans, der aus dem fernen Süden stammte, ein Akzent mitgeschwungen.

Wer die Gabe besaß, setzte die Hohe Sprache für all die Künste des Wissens ein: Die Verwendung der Hohen Sprache bildete ein zentrales Element des Heilens, des Gesangs – der als eine Kunst der Weisheit in hohen Ehren gehalten wurde –, sämtlicher Bannsprüche sowie bei astronomischen oder naturbezogenen Forschungsarbeiten, die wir als Wissenschaft bezeichnen würden. Im Gegensatz zu uns allerdings unterschieden die Barden nicht zwischen Kunst und Wissenschaft, sondern betrachteten beides als Teile eines einzigen Wissens, dessen Gesamtheit man als Weistum bezeichnete. Außerdem ermöglichte es die Hohe Sprache denen, welche die Gabe besaßen, sich mit Tieren und – seltener – mit Pflanzen zu unterhalten. Die Hohe Sprache musste nicht laut ausgesprochen werden, um Wirkung zu erzielen; Barden waren in der Lage, sie auch in rein gedanklicher Form einzusetzen. Dies wirft den wichtigsten und schwierigsten Unterschied zwischen der Hohen Sprache und anderen Sprachen auf, nämlich die wesentlichen, letztlich aber unerklärlichen Feinheiten, mit der sie im Modus geistiger Kommunikation wahrgenommen wird. An dieser Stelle muss als Querverweis das bardische Paradoxon genannt werden, dass der »Mittelpunkt der Hohen Sprache die Stille ist«. Dies stellt auch den Grund dafür dar, weshalb Barden, obwohl sie eine äußerst erhabene Schriftkultur besaßen, dennoch stets mündlichen Ausdrucksformen und den damit einhergehenden Gedankenleistungen den Vorzug gaben.

5. Über die Barden: Geschichte, Gesellschaft und Kultur

Geschichte[17]

Allgemein geht man davon aus, dass jene mit der Gabe, bekannt als das Sternenvolk – die *Dhillareare* – oder die Sänger, zuerst im inneren Königreich auftauchten, und zwar gegen Ende des Zeitalters der Elementare, etwa fünftausend Jahre vor den in *Die Gabe* festgehaltenen Ereignissen. Aufzeichnungen oder auch nur eine Zählung der Jahre wurden erst seit der Gründung Afinnils im Zeitalter der Dämmerung geführt, mehr als tausend Jahre nach dem Ende der Epoche der Elementare. Eine Überlieferung besagte, dass, als die Elementare sich in ihre natürlichen Formen zurückzogen, »etwas von ihrer Macht von ihnen entwich und sich in menschlicher Form manifestierte; so erschienen an allen Orten, an denen einst Elementare geweilt hatten, Sternenmenschen. Genannt wurden sie so, weil in ihren Augen ein fernes Feuer schwelte, als stammten sie selbst von den Sternen, und sie erfreuten sich am Leuchten der Sterne, weshalb sie im Gegensatz zu anderen Menschen, die sich vor der Finsternis fürchteten und sie verfluchten, die Nacht liebten und sie als geheiligt bezeichneten«[18].

Natürlich gab es andere Überlieferungen, darunter eine sich hartnäckig haltende Theorie, dass die Barden aus dem Westen gekommen seien, und zwar kurz nachdem die verheerenden Kriege der Elementare das Gebiet von Edil-Amarandh neu gestaltet hatten. Ein weiterer Bericht weiß zu vermelden, dass die Barden zuerst im Norden aufgetaucht seien, da sie aus den mittlerweile von den Nomadenvölkern von Zmarkan besiedelten Gebieten südwärts gedrängt worden waren. Die Wahrheit hinter diesen widersprüchlichen Theorien, die nach der Restitution Popularität erlangten, mag durchaus sein, dass viele Barden von Annar ihre Verbindung zu den Elementaren, so weit sie auch zurückliegen mochte, als zwielichtig betrachteten; denn seit dem Bündnis des Eishexers mit dem Namenlosen hegten die Bewohner Annars Misstrauen gegen die Elementare. Es war jenes Bündnis gewesen, das zur Niederlage Recabarras, der Königin von Lirion, und Laurelins, des Königs von Afinnil, und den darauf folgenden Übeln geführt hatte: dem Gemetzel an den Dhyllin, der Auslöschung Lirions und Imbrals und der Tyrannei über das innere Königreich, die als die Große Stille bekannt werden sollte.

Die Restitution der Monarchie und des Bardentums wurde viele Male aufgezeichnet. »Die Geschichte des Sturzes des Namenlosen ist lang, schonungslos und verzweifelt, und viele Teile davon blieben nach der Finsternis im Dunkeln«, schrieb Ghoran von Desor. »Ich habe oft an jene gedacht, die gegen ihn kämpften, einsam, furchtsam, bar jeder Hoffnung und wohl wissend, dass kein Sterbenswort über ihren Mut einen neuen Sonnenaufgang erleben würde. Viele Generationen lang stand das Land unter einem schweren Joch, und die Hüter des Lichts flohen und verbargen sich an fernen Orten, um das Geheimnis des Weistums, der Überlieferungen und der Hohen Sprache zu bewahren. Und irgendwann tauchte aus dem Westen, wo die Blutlinie Laurelins, des letzten Königs von Imbral, im Verborgenen am Leben erhalten worden war, ein König auf. Maninaë, gerüstet mit Licht aus den Tiefen der Zeit, trat sein grimmes Erbe an; durch großes Leid wurden die Mächte des Namenlosen gegen ihn gewandt, und schließlich wurden das Reich Annar aus der Sklaverei befreit und das Gleichgewicht wiederhergestellt. Es war eine Zeit großer Freude.«[19]

Maninaë wird die Gründung der Schulen (*Libridha*) in Annar zugeschrieben und somit die Dezentralisierung des Einflusses der Barden: »Und in jener Zeit beschloss Maninaë, sich in Norloch niederzulassen, im Süden von Annar an der Mündung des Aleph. Er errichtete eine große und schöne Stadt, ernannte den Zirkel der Hohebarden und verweilte dort friedlich mit Königin Marva. Aber er wollte nicht, dass die Überlieferungen und Gesänge im Verborgenen und Geheimen blieben und zum Wissen einer ausgewählten Priesterschaft wurden. Und so entschied er, dass die Überlieferungen an mehreren Orten besser aufgehoben wären, weshalb er überall in Annar die Schulen gründete.«[20]

Insgesamt fünfundzwanzig Schulen wurden in allen Gebieten von Edil-Amarandh eingerichtet und wurden zu Zentren der Bildung und Kultur. In gewisser Weise stellte dies lediglich eine Formalisierung einer Situation dar, die bereits eingetreten war: Es gab ohnehin Bardengemeinschaften in allen Sieben Königreichen, wohin sie während der Großen Stille vertrieben worden waren und von wo aus sie entscheidend zur Niederlage des Namenlosen beigetragen hatten.

Norloch erblühte als das Zentrum des Lichts in Annar und bildete sowohl den Sitz der Regierung als auch die höchste Schule des Lichts; zwei Gewalten, die zu diesem Zeitpunkt formell getrennt waren, weil Maninaë seinen Bardenstatus aufgab.

Gesellschaft

Nicht nur die Herkunft der Barden blieb geheimnisumwittert, sondern auch der Grund für das Auftreten der Gabe bei bestimmten Personen. Blutlinien erwiesen sich als keine Gewähr für die Gabe, die ohne Weiteres in einer Familie aussterben konnte, in der sie zuvor stark vertreten war; umgekehrt konnte sie genauso unverhofft in einer Familie auftreten, in der dies bisher noch nie der Fall gewesen war. Diese Eigenschaft hatte grundlegende Auswirkungen auf die gesellschaftliche und politische Ordnung in Annar und den Sieben Königreichen.[21]

Teils aus diesem Grund, teils wegen der Langlebigkeit der Barden, die sich manchmal über das Dreifache der Lebensspanne eines gewöhnlichen Menschen erstreckte, erwiesen sich die Bardengemeinschaften als bemerkenswert tolerant. Borniertheit in Bezug auf Geschlecht oder Rasse waren in Afinnil unbekannt, wiewohl man fand, dass Vorurteile jeder Art das Urteilsvermögen trübten, weshalb man sich von ihnen lossagte, da man sie als Zeichen der Schändung des Mysteriums des Bardentums betrachtete. In Ehren hielten die Barden, was sie als den »Weg des Herzens«, bezeichneten und als wesentlicher Teil zum Verständnis des Schweigens der Weißen Flamme galt. Es gab Mystiker, die lange Gedichte zu dem Thema verfassten, wobei das wohl berühmteste davon *Die Vögel von Anakatin* von Lorica von Turbansk ist. Die Barden besaßen eine hochentwickelte Kultur erotischer Kunst, wenngleich man das Konzept sexueller Freizügigkeit nicht kannte und romantische Liebe als zentrales Mysterium ansah. Gleichgeschlechtliche Liebe wurde nicht als anormal empfunden und niemals geächtet, wie es in einigen weniger zivilisierten Regionen von Edil-Amarandh geschah. Stattdessen wurde sie in beliebten Hymnen wie *Die Ballade von Lamark und Colun* gefeiert, so wie die Balladen von Andomian und Beruldh oder Ardina und Ardhor die Liebe zwischen Mann und Frau beziehungsweise zwischen Mensch und Elidhu priesen.

Das Gebären und Großziehen von Kindern wurde ebenso geachtet und interessanterweise auf eine Weise mit Erotik in Verbindung gebracht, die im Westen unbekannt ist, wenngleich sich ein Ansatz davon im alten griechischen Kindgott Eros erkennen lässt. Das lange Leben der Barden – welches bedingte, dass es nur einen vergleichsweise kleinen Teil ihres Daseins einnahm, Kinder großzuziehen – brachte mit sich, dass Frauen nie als bloße Gebärgeschöpfe betrachtet wurden, und es hat den Anschein, dass die Kinderbetreuung nicht nur eine geteilte Verantwortung beider Eltern darstellte, sondern auch aller mit dem Kind gesellschaftlich verbundenen Erwachsenen. Der Begriff »Familie«, stellte ein wesentlich breiter gefasstes Konzept dar als die moderne Kernfamilie oder auch die ältere erweiterte Sippe.

Diese Haltung der Toleranz hielt sich in den Sieben Königreichen besser als in Annar, wo das Verhalten des Obersten Zirkels während der Mittleren Jahre gewisse Unausgewogenheiten auslöste, darunter die Aufnahme von immer weniger Frauen in den Zirkel.[22] Im Jahr N 945 waren seit Menschengedenken keine Frauen mehr als Bardinnen in den Obersten oder Zweiten Zirkel gelangt, was als Rechtfertigung herangezogen wurde, dies beizubehalten. Den Schulen in den Sieben Königreichen widerstrebte diese Tendenz zutiefst; sie verurteilten sie häufig als Verzerrung des Gleichgewichts.[23] Nichtsdestotrotz traten ab circa N 500 mehrere aufeinander folgende Barden aggressiv für eine patristische Ideologie ein. Nähere Betrachtungen der Bardenlisten der verschiedenen Schulen offenbaren faszinierende Zahlen. Diese belegen, dass im Jahr N 700 jedes Mitglied von Norlochs Oberstem und Zweiten Zirkel männlich war und sich insgesamt nur drei weibliche Barden in der Schule befanden. Dies bildet einen scharfen Kontrast zu Schulen wie Baladh, Pellinor und Inneil, wo die Einführung von Eleven und die Aufnahme von Barden in den Zirkel überwiegend die Struktur der umliegenden Bevölkerung widerspiegelte. Der Anteil der mit hohen Ämter ernannten Frauen lag im Allgemeinen bei über fünfzig Prozent, und Barden stammten aus allen gesellschaftlichen Schichten.[24]

Die Listen in Norloch offenbarten obendrein, dass die eingeführten Barden größtenteils aus mächtigeren und wohlhabenderen Familien stammten, und es gibt Beweise dafür, dass Eleven aus Sippen mit geringem Status wie den Pilanel sowie Frauen ihrer Wege geschickt wurden, um bei anderen Schulen ihr Glück zu versuchen – Handlungen, die eindeutig der Charta der Schulen widersprachen, wie sie von Maninaë festgeschrieben wurde.[25] Diese Veränderung – die sich langsam, aber unaufhaltsam über Jahrhunderte hinweg vollzog – begann mit der Aufnahme des Dreifachzepters der Monarchie in die Befehlsgewalt der Weißen Flamme; bis unter Enkir von Norloch zurzeit der Geschehnisse von *Die Gabe* Schriften von Frauen aktiv unterdrückt wurden und Frauen zunächst der Unterricht in Selbstverteidigung und Kriegskunst, dann in allen Künsten versagt wurde.[26]

Kultur

Die Barden schufen eine außergewöhnlich hochstehende Kultur. Es ist nach wie vor beinahe unmöglich, den Umfang der annarischen Schriften zu begreifen, die vermutlich fast aus der gesamten Bibliothek von Norloch bestehen, welche selbst als Lagerstätte für viele Schriften von anderen Schulen gedient hatte. Übersetzungen der Texte kratzen bislang noch kaum an der Oberfläche dessen, was zur Verfügung steht, weshalb an dieser Stelle nur ein äußerst grober Abriss der bardischen Errungenschaften gegeben werden kann.

Während manche Gelehrte sich genötigt sahen, die Kultur der Barden mit dem mittelalterlichen Europa zu vergleichen und als Grund dafür deren relative technologische Rückständigkeit anführten, entspricht ihre Kultur tatsächlich viel eher der humanistischen Renaissance samt all ihrer wissenschaftlichen Neugier und Komplexität. Die Wahrheit aber ist, dass keiner der beiden Vergleiche wirklich zutrifft; beide verschleiern die grundlegende Andersartigkeit der Barden.

Im Gegensatz zu uns unterschieden sie nicht zwischen Kunst und

Wissenschaft. Die Entfremdung dieser Wissenszweige in unserer heutigen Gesellschaft hätte einen Barden verblüfft, zumal die Barden daran gewöhnt waren, jegliche Kenntnisse als Teil eines einzigen Wissens zu betrachten. Ein Hauptgrund dafür bestand darin, dass ihr Darstellungssystem nicht wie beim westlichen Wissen auf aristotelischen Vorstellungen der Kategorisierung beruhte, sondern auf Beziehungssystemen.[27] Dieser grundlegende Unterschied erklärt vermutlich das ungemein fortschrittliche Verständnis der Barden um das, was heute als komplexe Wissenschaften (wie beispielsweise Biologie) bekannt ist. Eine Wissenschaft, die sich auf Laborexperimente verließ, gab es schlichtweg nicht, obwohl bekannt ist, dass die Schulen von Suderain extrem fortgeschrittene Mathematiker in ihren Rängen hatten und dass die Barden von Baladh bei ihren astronomischen Beobachtungen Gesetze der Physik formulierten und anwendeten. Sie wussten von Atomen und subatomaren Teilen und theoretisierten über Materie und Energie als musikalische Schwingungskräfte, nahmen die Quantenphysik und die Stringtheorie vorweg, und der Barde Thorkon von Turbansk schlug etwas vor, das stark der Relativitätstheorie ähnelt.[28]

Zu weiteren erstaunlichen Entdeckungen gehört der Umstand, dass die Barden über eine fundierte Theorie über die Evolution und die natürliche Auslese verfügten, was aus den zahlreichen Texten überaus deutlich wird, die über das Spiel *Gis* verfasst wurden, das sich in der Bardenkultur größter Beliebtheit erfreute. Wenngleich viele Barden über das Spiel schrieben, war es Intathen von Gant, der Gis erstmals als ein Modell von miteinander im Wettstreit liegenden Populationen verschiedener Spezies und sogar als Entwicklungstendenzen innerhalb einer einzigen Psyche fasste.[29] Malikil von Jerr-Niken drückte im Jahr N 755 in *Der Webstuhl des Lichts*, worin sie ihre sorgfältigen Beobachtungen über die Kreuzung und Querbestäubung von Ikil-Pflanzen festhielt, eine Theorie über das genetische Erbe aus. Angesichts des Vorherrschens des Symbols der Doppelhelix in zahlreichen Bardenschriften besteht sogar durchaus die Möglichkeit, dass die Barden von der Existenz der DNA wussten.

Somit stellt es keine Überraschung dar, dass ihre medizinischen Fähigkeiten höchst fortschrittlich waren, wenngleich viele Praktiken auch von Kräften abhingen, die man der Hohen Sprache zuschrieb und somit geheimnisumwittert bleiben. Die Hohe Sprache, die von den Barden als die Grundlage ihrer magischen Macht betrachtet wurde, ist etwas, wovon wir nach wie vor sehr wenig verstehen. Die meisten Experten vertreten die Ansicht, dass die Barden von Bakterien und Viren wussten, und Hinweise in Texten unterstreichen die Wahrscheinlichkeit, dass die Barden sie beobachteten. Anhand astronomischer Beobachtungen ist belegt, dass ihr Wissen um das Fachgebiet der Optik hoch entwickelt war, womit ohne Weiteres möglich ist, dass sie Mikroskope erfanden, wenngleich dafür erst ein Beweis erbracht werden muss. Es ist bekannt, dass die Barden in der medizinischen Praxis die Bedeutung der Hygiene zur Vorbeugung gegen Infektionen betonten und Impfungen gegen Krankheiten einsetzten. Es gibt sogar Anleitungen für die Herstellung antibiotischer Tränke zur »Ausrottung eindringender Krankheitserreger«[30].

Die Literatur und Kunst der Barden erstaunt ob ihrer Mannigfaltigkeit und Fülle und umfasst großartige Meisterwerke der Musik, der Poesie und der Malerei. Sie hatten ein komplexes Notensystem entwickelt, zumal sie Musik als die dem Licht am nächsten stehende Kunstform verehrten, und ein Großteil der bisher entschlüsselten Musik klingt für das Ohr des Zuhörers äußerst »modern«. Barden ergötzten sich an metrischem und linguistischem Erfindungsreichtum und griffen in ihrer poetischen Literatur auf eine breite Palette von Ausdrucksformen zurück; jegliche Art von Dogmatismus widerstrebte ihrem Sinn für Ästhetik als »Trübung des Lichts«. Als Zeugnisse ihrer darstellenden Kunst sind nur noch die wunderschönen Illustrationen der Schriften erhalten, wenngleich die Texte von außergewöhnlicher Architektur berichten und das weitgehende Vorherrschen von Wandgemälden und Skulpturen in allen Bardengemeinschaften andeuten. Das vollständigste Bild der bardischen Kultur, das bislang entdeckt wurde, zeichnet das *Rätsel des Baumlieds*[31], und gemeinhin wird spekuliert, dass dieses Buch verfasst wurde, um damals in Annar verbreiteten Fehlinformationen über das Bardentum entgegenzuwirken.

Leider entziehen sich die zentralen Grundsätze des Bardentums – was beispielsweise mit dem »Licht« gemeint war oder welche Vorstellung man vom Leben nach dem Tod hatte, wovon nur allgemeine und äußerst zweideutige Hinweise erhalten sind – derzeit unseren Kenntnissen. Teils ist das auf die bardische Tradition zurückzuführen, die wichtigsten Geheimnisse mündlich weiterzugeben. Dazu muss man sich unbedingt vor Augen halten, dass in der bardischen Kultur mündliche und schriftliche Überlieferungen Seite an Seite existierten, wie es im antiken Griechenland während der Jahrhunderte seiner größten Errungenschaften der Fall war.

Ferner ist wichtig zu wissen, dass die Schlüsselkonzepte wie das Licht und das Gleichgewicht keine anthropomorphe Vorstellung von Gott nahelegen. Ohne die dem Licht beigemessene spirituelle Bedeutung und die im Gleichgewicht enthaltenen, ausgeprägten moralischen Prinzipien anzufechten, scheint die Behauptung gerechtfertigt, dass diese viel eher den Kräften der Natur als der monotheistischen Vorstellung eines bestrafenden und belohnenden Gottes nahe kommen.[32] Es ist verlockend, wenngleich vermutlich anachronistisch, zu spekulieren, dass die Barden trotz ihrer Magie eine der wahrhaftigsten weltlichen Gesellschaften schufen, die je bekannt wurden.

Anmerkungen

1 Siehe *Possible Geographies* von Jacinta Crowe (Melbourne: Gondwana Press, 1991) und *History of Atlantis* von Lewis Spence (London: Ryder und Co., 1926).

2 Einen Großteil der Informationen über die Geschichte von Edil-Amarandh verdanke ich Jacqueline Allisons umfassender Studie *The Annaren Scripts: History Rewritten* (Mexico: Querétaro University Press, 1998).

3 Weitere wichtige Quellen sind die *Geschichte Edil-Amarandhs und seiner Völker* von Lanorgil von Pellinor (N 307) und *Das Rätsel des Baumlieds*, Maerad von Pellinor und Cadvan von Lirigon, Bibliothek von Busk (N 1012).

4 *Balladen der Elidhu* vom Barden Jikarren, Afinnil (A 237).

5 *Geschichte Edil-Amarandhs und seiner Völker* von Lanorgil von Pellinor (N 307).

6 Eine faszinierende und maßgebende Studie über bardische Schriften findet sich in *Die Urschrift von Annaren* von Anschelm Juster (Northeim: Bundes Studienverlag 1999).

7 *Sharma, König des Nichts* vom Barden Nindar, Bibliothek von Busk (A 2153).

8 Für Informationen darüber, was über die bardischen Vorstellungen vom Leben nach dem Tod bekannt ist, siehe Kapitel IV–VI von *Knowing the Light: Comparative Studies in Annaren Spiritual Practice*, herausgegeben von Charles A. James (Oxford: Cipher Press, 2001).

9 Für die Geschichte von Dén Raven siehe *Eine Chronik des Schwarzen Königreichs* von Callachan von Gant, übersetzt von Jessica Callaghan (Albany: Coromandel Press, 1996).

10 Eine vollständige Erörterung der komplexen Gesellschaftsstrukturen von Edil-Amarandh findet sich in *Genealogies of Light: Power in Edil-Amarandh*, herausgegeben von Alannah Casagrande (Chicago: Sorensen Academic Publishers, 2000).

11 Siehe Cantos 54–58 von Saliman von Turbansks Gedichtzyklus *Der Kreis des Lichts* (N 915).

12 *Das Gleichgewicht* von Lilidh von Turbansk (N 419) gilt als die umfassendste Artikulation dieser Idee.

13 Siehe Jérôme Cassons bahnbrechende Studie über die Hohe Sprache, *La Parole de Edil-Amarandh* (Paris: La Deuxième Université, 1996).

14 Zwischen den Barden herrschte jahrhundertelang Unstimmigkeit über

den Ursprung und die Macht der Hohen Sprache; die Hauptstreitpunkte wurden jedoch am besten von Hulmir von Norloch (N 367) in *Das Licht der Worte* und *Ein Diskurs über geheiligte Namen* zusammengefasst, ferner in einer Reihe von Dialogen namens *Die Schichten der Hohen Sprache* von Salmira von Jerr-Niken (N 456), die Berichten zufolge bei der Plünderung Jerr-Nikens zerstört wurden. Spätere Kommentare und teilweise erhaltene Kopien lassen darauf schließen, dass sie die Erste war, die eine maßgebliche Theorie über die syntaktische Natur der Hohen Sprache formulierte.

15 *Das Rätsel des Baumlieds,* Buch 2, von Maerad von Pellinor und Cadvan von Lirigon, Bibliothek von Busk (N 1012).

16 Ibd.

17 Siehe *The Annaren Scripts: History Rewritten* von Jacqueline Allison (Mexico: Querétaro University Press, 1998).

18 *Die Geschichte der Sternensprache* vom Barden Menellin (A 1464).

19 *Das Ende der Stille* von Ghoran von Desor, Bibliothek von Desor (N 134).

20 Ibd.

21 Siehe *Genealogies of Light: Power in Edil-Amarandh,* herausgegeben von Alannah Casagrande (Chicago: Sorensen Academic Publishers, 2000).

22 *Women of the Stars* von Anna C. Jones (Toronto: Pimon and Huster, 1997).

23 Siehe *Über Frauen* von Selimor von Norloch (N 808) für ein Beispiel des Arguments gegen Frauen bzw. für dessen Verurteilung: *Der Kreis des Lebens* von Saliman von Turbansk (N 915) und *Im Namen des Gleichgewichts* von Oron von Inneil (N 960).

24 *Women of the Stars* von Anna C. Jones (Toronto: Pimon and Huster, 1997).

25 *Paur Libridha* von Maninaë, König von Annar (N 23) war der maßgeblichste und einflussreichste Text über die Gründung der Schulen. Seine Bedeutung kommt dem der *Magna Charta* gleich.

26 Buch 3, *Das Rätsel des Baumlieds* von Maerad von Pellinor und Cadvan von Lirigon, Bibliothek von Busk (N 1012).

27 Für eine umfassende Diskussion dieses Themas siehe *Uncategorical Knowledge: The Three Arts of the Star People* von Claudia J. Armstrong (Baltimore: Grayden University Press, 1999).

28 *Über den Kern des Lichts* von Thorkon von Turbansk (N 615).

29 *Die atmenden Wellen des Gis* von Intathen von Gant (N 560).

30 *Die Heilkünste* von Malbul von Lirigon (N 238).

31 Die ausführlichste Analyse des *Naraudh Lar Chanë* stellt Christiane Armongaths *L'Histoire de L'Arbre-chant de Annar* dar (Nizza: L'Institut d'Etudes Supérieures, 1995).

32 *Knowing the Light: Comparative Studies in Annaren Spiritual Practice,* herausgegeben von Charles A. James (Oxford: Cipher Press, 2001).